Trompeuses apparences

Mariés pour Noël

Troublante passion

KATHERINE GARBERA

Trompeuses apparences

Traduction française de
MURIEL LEVET

PASSIONS

HARLEQUIN

Collection : PASSIONS

Titre original :
BILLIONAIRE FAKE OUT

HARPERCOLLINS FRANCE
83-85, boulevard Vincent-Auriol, 75646 PARIS CEDEX 13
Service Lectrices — Tél. : 01 45 82 47 47 - www.harlequin.fr
ISBN 978-2-2804-8820-4 — ISSN 1950-2761

Composé et édité par HarperCollins France.
Imprimé en novembre 2023 par CPI Black Print (Barcelone)
en utilisant 100% d'électricité renouvelable.
Dépôt légal : décembre 2023.

FSC
www.fsc.org
MIXTE
Papier issu de sources responsables
FSC® C159065

Pour limiter l'empreinte environnementale de ses livres, HarperCollins France s'engage à n'utiliser que du papier fabriqué à partir de bois provenant de forêts gérées durablement et de manière responsable.

1

Enceinte.

Elle secoua la tête, le regard fixé sur le test. Ce n'était pas possible. Elle avait dû mal interpréter le résultat.

Faites que j'aie mal interprété le résultat.

La journée de Paisley Campbell avait mal commencé. Un peu plus tôt, son frère l'avait appelée pour lui dire que leur vieux chien, Pasha, était très mal en point. Après ça, elle avait été contactée par l'un de ses clients, qui était persuadé que le public le comprendrait s'il donnait une interview pour protester contre le traitement « injuste » dont il avait fait l'objet après avoir appelé la police en vue de signaler un SDF qui fouillait ses poubelles. Et à présent, ce test. Le cinquième positif en cinq jours.

Les trois principaux domaines de sa vie, d'ordinaire si méticuleusement organisée, étaient complètement bouleversés. Mais pour l'heure, la bombe que représentait sa grossesse était son principal souci.

Comment cela avait-il pu arriver ?

Elle n'était pas une femme rigide qui suivait scrupuleusement les règles, mais on ne pouvait pas la qualifier d'impulsive pour autant. Il lui aurait été tellement facile de tout mettre sur le dos de Jack et de ses grands yeux bruns si sexy, qui lui faisaient tout oublier. Mais elle ne pouvait pas s'exonérer de ses responsabilités.

Il fallait qu'elle lui parle de la grossesse. Cinq tests positifs. Elle ne pouvait plus différer ce moment. Par ailleurs, il lui avait envoyé un message un peu plus tôt dans la journée pour lui dire de mettre sa plus belle robe et de le retrouver dans l'un des plus luxueux restaurants de Chicago. Il avait de grandes nouvelles à lui annoncer.

Lesquelles ? Elle se le demandait bien. Peut-être avait-il fini par trouver un véritable emploi ? Elle ne le jugeait pas, non. Mais cela faisait six semaines qu'il travaillait dans une salle de sport du quartier, et honnêtement, cet emploi de coach sportif n'avait pas l'air très lucratif. Mais était-il coach sportif ? Tout bien considéré, elle n'avait aucune idée de ce qu'il faisait là-bas.

La seule chose qu'elle savait, c'est qu'il ne ramenait pas beaucoup d'argent à la maison. Il vivait chez elle depuis leur deuxième rendez-vous. Et s'il faisait la cuisine et payait les courses, il ne contribuait pas aux dépenses du foyer, sauf en glissant de temps à autre quelques billets de cent dollars dans son portefeuille. Elle trouvait cela étrange, mais cela ne la gênait pas.

Ce n'était pas son compte en banque qui avait attiré son regard ; c'étaient ses fesses, dans le jean bien ajusté qu'il portait le jour où ils s'étaient rencontrés. De plus, elle avait les moyens de maintenir son style de vie, même si elle avait très envie de continuer de développer IDG Brand Imaging, l'entreprise que ses amies et elle avaient fondée. IDG faisait figure de leader dans le Midwest, mais Paisley visait à présent une réputation nationale.

Après avoir appliqué son rouge à lèvres, elle vérifia sa coiffure. Elle avait noué ses cheveux en un chignon bas, en veillant à laisser quelques mèches danser autour de son visage. La robe qu'elle avait choisie, en velours ivoire, était couverte d'un voile de tulle brodé. Le tissu moulait les courbes de son corps, et au moment où elle se tourna sur le côté pour mieux se regarder dans le miroir, il lui vint à l'esprit qu'elle ne pourrait bientôt plus porter cette tenue.

Le bébé.

Jusqu'ici, elle s'était bien débrouillée pour ne pas avoir à affronter la réalité de sa grossesse. Elle observa de nouveau son reflet dans le miroir. Elle avait toujours voulu avoir une famille… un jour. Mais pour l'heure, ce petit être qui grandissait en elle ne lui semblait pas réel. Elle ne réaliserait sans doute pas tant qu'elle ne l'aurait pas annoncé à Jack. Et honnêtement, elle n'avait aucune idée de la façon dont il allait réagir.

Peur. Elle avait peur. Or, cela faisait bien longtemps qu'elle ne s'était pas laissée aller à éprouver ce sentiment. D'ordinaire, elle était très douée pour voir le bon côté des choses. Mais cette nouvelle... c'était trop. Elle avait envie d'envoyer un message à Olive et Delaney ; dans un moment comme celui-ci, elle avait besoin de ses meilleures amies.

Mais c'était le bébé de Jack, et en qualité de père, il lui semblait qu'il méritait d'être le premier informé. De plus, ils devaient sortir ensemble ce soir-là. Elle espérait... À chaque fois qu'elle essayait de se représenter la scène, il semblait ivre de joie à l'annonce de la nouvelle. Mais elle ne comptait pas le nombre de fois où la vie n'avait pas été à la hauteur de ses espérances.

— Arrête ! se dit-elle à elle-même.

Il fallait qu'elle cesse de réfléchir. Cela ne la menait à rien.

Elle mit son manteau en velours rouge, parce que c'était décembre et parce qu'elle aimait avoir une allure festive durant la période de Noël. Après avoir pris une profonde inspiration pour se donner du courage, elle sortit. La Rolls-Royce de Delaney l'attendait au coin de la rue.

— Bonsoir, mademoiselle Campbell. Je suis à votre service ce soir, lui dit Lyle en descendant de la voiture.

— Savez-vous où nous allons ?

— Oui, mademoiselle. Vous n'avez qu'à vous asseoir et à vous détendre.

Il lui ouvrit la portière. Il y avait sur la banquette un cadeau enveloppé dans du papier doré, ainsi qu'une enveloppe à son nom.

Aussitôt qu'elle se fut installée, elle ouvrit l'enveloppe, qui, incontestablement, venait de Jack. Elle aurait reconnu son écriture nerveuse et inclinée n'importe où.

Paisley,

Ce soir, j'aimerais que tu oublies le monde réel et que tu me laisses t'emporter loin de là. Vois cette soirée comme ma façon de te remercier pour ces six derniers mois.

Jack

Son cœur battait à présent à tout rompre dans sa poitrine. Qu'avait-il voulu dire ? Qu'il souhaitait que leur relation se prolonge au-delà de ces six mois ou qu'il envisageait de lui faire ses adieux ?

Paisley descendit de la Rolls, et comme à chaque fois qu'il la voyait apparaître, Sean retint son souffle. Avec ses magnifiques yeux bleu-gris et son visage en forme de cœur, elle était toujours magnifique.

Mais ce soir-là, elle était tout simplement merveilleuse.

Sa robe était exceptionnelle. Longue et brodée de tourbillons de constellations évoquant *La Nuit étoilée* de Van Gogh, elle moulait ses bras fins et sa poitrine galbée, mettant en valeur la finesse de sa taille. Comme à son habitude, elle avait choisi des accessoires parfaitement assortis à sa tenue : bottes crème à talons hauts et sac à main Chanel vintage.

Elle l'observait, à présent, et paraissait presque… nerveuse. Comme si, malgré la casquette en tweed dont il avait pris soin de se coiffer, elle avait deviné qu'il avait changé la couleur de ses cheveux. Comme si elle avait deviné qui il était vraiment.

Non, c'était impossible.

De toute façon, ce soir-là, il allait lui dire la vérité. Mais il ne voulait pas le faire dans son appartement, qu'il partageait avec elle depuis six mois. Il voulait un cadre grandiose qui lui permette de voir tous les aspects de sa personnalité qu'il lui avait cachés.

Il avait donc sorti le grand jeu. Réservé tout le restaurant, teint ses cheveux pour retrouver son brun sombre naturel et rasé la barbe qu'il portait depuis leur première rencontre. Et pour la tenue ? Il avait opté pour un costume de son couturier préféré, Hugo Boss, pour qui il avait récemment fait une campagne publicitaire. Par un curieux coup du sort, il avait d'ailleurs vu sa photo sur une affiche en se rendant au restaurant.

Elle lui sourit, et il en fit autant en s'émerveillant encore une fois de sa beauté. Elle portait le manchon en fausse fourrure qu'il lui avait offert, et son long manteau rouge était plié sur l'un de ses bras.

Quand elle finit par remarquer la calèche qui se trouvait à côté de lui, elle hocha la tête d'un air entendu.

— Je comprends mieux maintenant, dit-elle en avançant vers lui.

Des petits flocons de neige étaient restés accrochés à ses cheveux. Il les essuya du bout de ses doigts avant de lui prendre le manteau pour le draper autour de ses épaules.

— Tu penses qu'il fait trop froid pour ça ? lui demanda-t-il en lui indiquant la calèche.

— Absolument pas. J'adore. Tu es très beau sans ta barbe. Tu me fais penser à quelqu'un... Comment se fait-il que je n'aie jamais remarqué que tu avais une si belle ligne de menton ?

— Parce que, en général, ce sont d'autres parties de mon corps que tu regardes, lui répondit-il en lui faisant un clin d'œil.

— Ce n'est pas ma faute. Tu as de très jolies fesses.

Tout en riant, il l'aida à monter dans la calèche, et aussitôt qu'il l'eut rejointe, il étendit sur ses jambes l'épaisse couverture de laine. Le cocher leur remit un thermos de chocolat chaud. Après quoi il se retourna et fit avancer les chevaux.

Tout en inspirant profondément, Sean glissa son bras autour des frêles épaules de Paisley. S'il continuait d'être Jack, rien ne changerait. Il n'aurait pas à stresser, il continuerait simplement de jouer son rôle.

Mais pour combien de temps ?

Il ne pouvait pas lui mentir éternellement. Il était attendu à Los Angeles à la fin de la semaine pour commencer la promotion. Il fallait qu'il le lui dise. Il n'avait plus d'excuses.

Ce soir-là, il allait être le jeune premier qu'il avait incarné une fois ou deux. Lui donner le sentiment qu'elle était le centre de son univers et qu'il ne lui avait pas menti pour lui faire du mal, mais, au contraire, pour la protéger.

Nerveusement, il se passa une main sur la nuque. Comment sa petite amie si pragmatique et si franche allait-elle réagir à son aveu ? Il aurait dû le lui dire plus tôt.

Par exemple deux semaines auparavant, quand elle lui avait proposé de passer Noël avec elle. À la lueur chaude de sa cheminée électrique, il la tenait entre ses bras et il s'était rarement senti aussi heureux.

Il avait failli lui révéler la vérité à ce moment-là. Mais il ne l'avait pas fait. Tant que les tournages n'étaient pas terminés, il n'aimait pas parler de ses personnages. Dommage. Le rôle qu'il jouait dans ce film était très proche de son avatar de Chicago, Jack. Il lui aurait été facile d'argumenter sur le flou des frontières entre fiction et réalité. Trop tard de toute façon. Il ne lui restait plus qu'à espérer qu'elle le comprendrait et qu'elle accepterait de le revoir.

— Ta lettre était assez énigmatique, finit-elle par dire, coupant court à ses pensées.

— Ah oui ? Je pensais qu'elle était plutôt romantique.

— Je le comprends, maintenant. Mais sur le moment, j'ai cru que tu voulais me remercier pour cette petite aventure avant de partir.

À ces mots, il ne put s'empêcher de grimacer. Avait-il laissé cette impression délibérément ? Parce qu'il savait que, une fois qu'il lui aurait dit qui il était, plus rien ne serait jamais pareil ? Elle comprenait la célébrité et l'image publique mieux que quiconque. Mais cela ne voulait pas dire pour autant qu'elle allait accepter facilement qu'il lui ait caché la vérité si longtemps.

— Non, j'avais envie d'une soirée romantique. Parce que j'ai une grande nouvelle à t'annoncer.

— Il se trouve justement que moi aussi.

Cette affirmation le surprit. Il s'était tellement concentré sur la révélation qu'il avait à faire qu'il ne lui avait pas prêté autant d'attention qu'elle l'aurait mérité. Certes, il savait que ce qu'il y avait entre eux n'était pas de l'amour ; il n'avait tout simplement pas ça en lui. Au fil du temps, il était devenu très doué pour jouer les amoureux, mais la vérité, c'est qu'il était certain de ne l'avoir lui-même jamais été. Cependant, elle lui plaisait. Et il avait envie de continuer de la voir une fois qu'il aurait repris sa vie à Los Angeles.

— Honneur aux dames, dit-il.

Il lui semblait que c'était l'approche la plus courtoise à adopter. Par ailleurs, elle était courageuse, les prises d'initiatives ne lui faisaient pas peur. Elle avait travaillé plus dur que jamais au cours des semaines passées pour essayer de décrocher des contrats au-delà des frontières du Midwest. Il avait bien souvent eu l'occasion de l'écouter parler de ses projets lors de leurs conversations sur l'oreiller. Et il était ravi qu'elle partage ses rêves avec lui.

Elle était tellement différente des femmes qu'il avait connues à

Los Angeles et qui essayaient toutes de le convaincre de les aider. Paisley, elle, n'avait besoin ni de passe-droits ni de coups de pouce.

— Non. Je préfère que tu parles en premier, finit-elle par dire en sortant l'une de ses mains de son manchon pour la poser sur la sienne.

Son regard était plein d'honnêteté, mais empreint d'une certaine vulnérabilité.

Il essaya de se convaincre qu'il n'avait pas à se sentir coupable. Ce qui ne fut d'aucune utilité. Par ailleurs, il la trouvait ce soir-là légèrement différente, comme éteinte. Avait-elle appris qui il était réellement ? Si c'était le cas, cela rendrait les choses plus faciles.

— La nouvelle que tu as à m'annoncer me concerne-t-elle ? lui demanda-t-il.

Si elle lui répondait oui, il n'aurait qu'à se lancer dans son discours tout prêt sur la politique de confidentialité des studios.

— Oui, murmura-t-elle. Mais je ne sais pas trop comment me lancer. J'ai besoin de quelques minutes pour rassembler mes esprits.

— Viens, dit-il en l'attirant pour l'embrasser.

Son intention était de la réconforter, mais comme à chaque fois qu'il la sentait contre lui, la passion prit le dessus. Cependant, s'il lui était si difficile de résister à la tentation de sa bouche pulpeuse, c'était en partie parce qu'il avait peur de ne plus jamais pouvoir l'embrasser. Oui, comme il redoutait sa réaction, il avait envie d'elle, encore plus.

Passant ses bras autour de ses épaules, elle lui rendit son baiser en inclinant la tête sur le côté pour l'approfondir.

Il avait envie d'elle, tellement envie.

— J'espère que ça t'a un peu aidée à apaiser ta nervosité, finit-il par dire.

Au lieu de lui répondre, elle détourna son regard du sien.

Une réaction qu'il jugea inquiétante. Qu'avait-elle à lui dire qui pouvait la rendre si anxieuse ? En attendant d'avoir la réponse à cette question, il allait devoir lui parler de ce qu'il avait lui-même à annoncer.

— Euh... ça ne va pas être facile pour moi non plus...

— Tu m'as dit que tu ne voulais pas partir, l'interrompit-elle en le regardant à nouveau dans les yeux.

— C'est exact.

— Alors, qu'as-tu à me dire ?

— Je ne suis pas celui que tu penses. Ou plutôt si, mais je ne suis pas que ça.

Son talent était reconnu de tous. Mais jamais il n'aurait remporté un Oscar avec un texte aussi ridicule. Dommage qu'il n'ait pas pensé à contacter l'un de ses amis scénaristes pour qu'il lui écrive cette scène.

— Qu'est-ce que tu veux dire par là ? demanda-t-elle en fronçant les sourcils.

— Je n'ai pas été tout à fait honnête avec toi concernant ma profession.

Prenant un air légèrement sévère, elle se mit à le dévisager.

— C'est bien ce que je me disais… Je ne sais pas vraiment ce que tu y fais, mais cette salle de sport où je te dépose régulièrement n'a pas l'air de te rapporter beaucoup d'argent.

Elle s'interrompit et ouvrit de grands yeux.

— Attends, ne me dis pas que tu fais quelque chose d'illégal.

— Non ! Écoute, c'est difficile à expliquer…, commença-t-il.

Le cocher venait de faire demi-tour pour les ramener au restaurant. Du coin de l'œil, Sean cru voir quelque chose s'agiter derrière des buissons, mais il ne voulut pas se laisser distraire de Paisley, qui semblait à présent attendre impatiemment ses explications.

— Contrairement à ce que je t'ai dit, je ne suis pas Jack Nelson. Je suis…

— Sean O'Neill, là ! hurla brusquement quelqu'un, dans la rue.

L'air décontenancé, elle se mit à jeter des coups d'œil autour d'elle, comme pour chercher du regard Sean O'Neill. Elle finit par se retourner vers lui. Elle le dévisagea et il vit dans ses yeux le moment où elle comprit.

— Si vous vous cachez à Chicago, c'est parce que votre ex vient de se remarier avec le milliardaire Ainsley Hartman ? beugla un paparazzi.

Des flashs s'étaient mis à crépiter autour d'eux. Sans se donner la peine de répondre, il prit le plaid qui se trouvait sur leurs genoux pour en couvrir leurs deux têtes. Et une fois cachés dans ce cocon d'intimité, il se tourna vers elle.

— Ex-femme ? lâcha-t-elle d'un air médusé.

Tout en le fusillant du regard, elle lui retira la casquette qui lui couvrait les cheveux.

— Sean O'Neill !

2

Paisley n'arrivait pas à intégrer le sens de ses paroles. Les flashs et les hurlements des paparazzis n'arrangeaient rien. Heureusement, le cocher accéléra l'allure, et à leur retour devant le restaurant, plusieurs vigiles les attendaient. Elle n'arrivait même pas à regarder Jack. Ou plutôt Sean.

Tant de questions se bousculaient dans son esprit qu'elle en avait des vertiges. Un : était-il marié ? Et deux : était-elle vraiment en couple avec l'un des plus grands acteurs de Hollywood ? Elle n'était pas sûre qu'il soit marié, mais sa célébrité, elle, était indéniable. Comment se faisait-il qu'elle ne l'ait pas reconnu ? Elle se sentait complètement stupide.

Certes, il avait totalement modifié son apparence physique en se teignant les cheveux en blond et en se laissant pousser la barbe et la moustache. Mais tout de même ! Elle avait dû faire de Jack l'homme qu'elle voulait qu'il soit. Elle ne l'avait pas vraiment vu pour ce qu'il était réellement. Mais à présent qu'elle savait qu'il était Sean O'Neill, il lui semblait impossible de ne pas le voir.

— Tu portes des lentilles ?

— Euh… oui.

C'était sans doute très mal de sa part, mais elle aurait presque préféré qu'il soit un criminel. Cette possibilité lui aurait semblé plus facile à accepter.

N'importe quoi lui aurait semblé plus facile à accepter.

Pourquoi était-elle surprise ? À quel moment sa vie avait-elle été aussi douce et facile qu'au cours de ces six mois passés avec Jack ? Sean !

Le portier leur ouvrit, elle avança vers le restaurant et glissa un peu sur le trottoir gelé. Instinctivement, elle porta la main à son ventre. Le bébé. Le bébé qu'elle avait conçu avec... Pas maintenant. Elle ne pouvait pas. Au moment où elle reprit son équilibre, elle sentit la main de Sean sur son dos. Elle s'écarta de lui pour rentrer dans le restaurant. Et après avoir brièvement inspecté les lieux, elle se précipita vers les toilettes, laissant tomber au passage le manchon en fausse fourrure qu'il lui avait offert.

Elle ne voulait plus rien de lui. Plus jamais. Aussitôt qu'elle eut refermé la porte, elle s'adossa au mur carrelé et commença à pratiquer les techniques de respiration que son thérapeute lui avait apprises à l'époque du divorce de ses parents.

Inspirer, retenir, compter jusqu'à quatre, lâcher.

Comment pouvait-elle retenir son souffle alors qu'elle venait de découvrir que le père de son enfant était un imposteur ? Qu'il n'avait rien de l'homme qu'il... ?

Arrête. Respire.

Instinctivement, elle sortit son téléphone de son sac pour appeler en visio ses amies Olive et Delaney. Elle avait besoin d'elles. Elles l'aideraient à se calmer et à arranger les choses. Elles lui donneraient de sages conseils et parviendraient même peut-être à la faire rire.

Ce fut Olive qui répondit en premier. Delaney décrocha dans la foulée.

— Qu'est-ce qui ne va pas ? lui demanda immédiatement Olive.

— Waouh ! Tu as une mine horrible ! Qu'est-ce qui se passe ? s'exclama Delaney. Tu as besoin de nous ? Lyle vient de rentrer.

— C'est... C'est Jack. Il n'est pas celui qu'il prétendait être. En fait... c'est l'acteur Sean O'Neill.

— Quoi ? fit Delaney.

— Euh... tu es sûre ? lui demanda Olive. Sean O'Neill est connu pour ses yeux bleu vif ; Jack a les yeux marron.

— Il portait des lentilles et s'est teint les cheveux. Il m'a menti depuis le début.

— J'arrive, lui dit Delaney.

— Tu peux passer me chercher ? demanda Olive.

— Oui, je pars tout de suite.

— Pais, de quoi as-tu besoin ?

— Je ne sais pas. Il y a aussi… Écoutez, les filles, je suis enceinte. J'envisageais de le lui dire ce soir, mais je ne peux pas. Je ne connais pas cet homme. Il n'a fait que me mentir. J'ai tellement honte de ne pas m'en être rendu compte.

— Enceinte ? D'accord, dit Olive. Et tu es contente ?

— Je l'étais. Mais maintenant, je ne sais plus.

— Qu'il aille se faire voir, siffla Delaney. Tu feras une merveilleuse maman. Ne le laisse pas te voler ce bonheur.

— Merci, les filles.

Submergée par l'émotion, elle fondit en larmes. Elle n'arrivait pas à croire qu'elle se soit montrée aussi stupide. Elle avait envie de partir d'ici, de ne plus jamais le revoir.

Mais comment ?

Les paparazzis devaient être toujours là. Et lui aussi. Il lui fallait un plan.

— Tout bien réfléchi, je préfère que vous ne veniez pas. Je vais d'abord sortir du restaurant et…

— Tu n'as pas de voiture, l'interrompit Delaney. Ma présence distraira les paparazzis.

Elle secoua la tête. Elle ne pouvait pas laisser ses amies résoudre le problème à sa place.

— Je vais me sortir de là toute seule. En fait… j'étais tellement secouée que j'avais besoin de parler.

— Crois-moi, on te comprend, lui répondit Delaney. Je vais demander à Lyle de venir te chercher. Ça t'évitera d'avoir à attendre un Uber. Il t'enverra un message quand il sera là. Et tu pourras sortir dès que tu te sentiras prête.

— Appelle-nous quand tu seras rentrée, ajouta Olive.

— Oui. Merci à toutes les deux.

— On t'aime, lui dit Delaney.

— Je vous aime aussi, répondit Paisley avant de raccrocher.

Après avoir essuyé ses larmes, elle se tourna vers le miroir. Ce n'était pas la première fois qu'on lui mentait. Son père l'avait fait pendant des années. Elle allait s'en remettre. Elle n'avait pas le choix, de toute façon, parce qu'il fallait qu'elle pense au bébé.

Déterminée, elle s'aspergea le visage d'eau fraîche, et en regardant l'eau s'évacuer au fond du lavabo, elle essaya de se convaincre qu'elle emportait avec elle toute la confiance et toute l'affection qu'elle avait eues pour Ja… Sean. Mais ce n'était pas facile. Elle était toujours en état de choc.

Elle allait donc devoir adopter un état d'esprit de survie. Heureusement pour elle, elle avait l'habitude. Son père ayant été un homme très malhonnête, sa famille et elle avaient beaucoup déménagé au cours de son enfance, à chaque fois que l'une de ses escroqueries était découverte. Cependant, jusqu'à son admission à l'université, elle ignorait les véritables raisons de ces déménagements incessants. Elle pensait tout simplement que son père était souvent muté.

Elle était vraiment stupide pour tout ce qui concernait les hommes. Elle avait cru son père pendant des années, et quand elle avait fini par apprendre la vérité, elle avait pensé que cette mauvaise expérience aurait au moins l'avantage de lui permettre de détecter plus facilement les mensonges. Force lui était de constater qu'elle s'était trompée.

Comment avait-elle pu se laisser berner par Sean O'Neill ? C'était l'un des acteurs les plus célèbres de sa génération. Elle se pensait plus intelligente que ça.

Mais il fallait qu'elle cesse de se dévaloriser et qu'elle commence à réfléchir à un plan.

— Tu es une femme extraordinaire, dit-elle à son reflet dans le miroir. Tu mérites d'être aimée par quelqu'un qui ne te ment pas. Ne lui montre pas qu'il t'a fait souffrir.

Déterminée, elle redressa le dos. Elle n'avait pas d'autre choix que de tenir le coup. Il fallait juste qu'elle sorte de ce restaurant et qu'elle retourne…

Ah. Nouveau problème.

Il vivait chez elle. Elle avait invité ce menteur dans son sanctuaire. Mais elle s'occuperait de ça plus tard. Pour l'heure, il fallait qu'elle sorte de ce restaurant.

Reste forte, Paisley. Elle prit une profonde inspiration et ouvrit la porte.

Les choses ne s'étaient pas du tout passées comme il l'avait imaginé.

Sean attendait dans le hall du restaurant. Les vigiles s'occupaient des paparazzis, qui étaient cependant le cadet de ses soucis. Le manchon qu'il lui avait offert était par terre. Il le ramassa. Manifestement, il avait tout gâché. Sentant la colère l'envahir, il serra les poings. Il avait envie de cogner quelque chose. Il prit quelques longues inspirations pour essayer de se calmer, mais au vu de l'ampleur des dégâts, ce n'était pas chose facile.

Il aurait aimé pouvoir tout mettre sur le dos des photographes et des sites people pour lesquels ils travaillaient. Mais il savait qu'il était le seul responsable de ce désastre.

Comment y remédier ? Il n'en avait aucune idée. Pour essayer de trouver les mots et les émotions justes, son esprit fouillait dans les souvenirs des innombrables rôles qu'il avait joués, mais il se sentait totalement vide. Sans doute parce qu'il n'avait jamais incarné un personnage ayant menti à une femme comme Paisley.

Ce qui représentait une part importante du problème. Car elle n'était comme aucune des femmes qu'il avait connues jusqu'ici. Avec son ego surdimensionné et sa certitude qu'on pouvait tout lui pardonner, il s'était contenté de jouer son rôle, sans jamais avoir conscience de tout le mal qu'il pouvait lui faire. Et sans imaginer une seule seconde que son charme ne lui permettrait peut-être pas, cette fois-ci, de s'en tirer impunément. La plupart des gens se montraient bien plus indulgents avec lui qu'il ne le méritait. Mais Paisley n'était pas la plupart des gens. Il le savait parfaitement, et pourtant, il avait laissé son orgueil le convaincre qu'il s'en sortirait sans problème.

Dans un premier temps, il avait pensé que c'était uniquement une histoire de sexe, mais à mesure que les mois étaient passés, il avait compris qu'il n'y avait pas que l'attirance physique qui le poussait à revenir toujours vers elle. Il l'aimait beaucoup et n'avait jamais voulu lui faire de mal. Mais il ne pouvait pas courir le risque d'une fuite d'informations dans la presse, et malgré toute l'affection qu'il avait pour la belle spécialiste de l'image publique, il n'avait pas eu suffisamment confiance en elle pour lui dire la vérité.

Mais il se rendait compte à présent qu'elle n'accepterait pas cette excuse.

Il aurait voulu... ressentir des émotions. Mais il ne percevait en lui que du vide. De toute façon, il ne pouvait pas jouer la comédie. Parce que c'était Paisley et qu'il voulait être honnête avec elle.

Le problème était qu'il ne l'avait jamais été.

Enfin, elle ouvrit la porte pour sortir. Elle avait les yeux rouges ; l'expression de son visage trahissait sa colère et son dégoût.

— Je suis désolé.

C'était toujours un bon moyen de commencer.

Le corps crispé, elle se contenta d'acquiescer.

— Je veux qu'on surmonte ce problème ensemble.

— Impossible, lui répondit-elle.

— Tu m'en veux ?

— Oui.

— Je comprends.

— Pourquoi m'as-tu menti ?

— J'ai signé un accord de confidentialité avant de venir ici pour travailler et les journalistes sont complètement fous. Les paparazzis, tout à l'heure, ce n'était qu'un avant-goût. Normalement, ils me pourchassent partout où...

— Je vois. Tu es super célèbre et tout le monde veut obtenir quelque chose de toi. Mais pas moi. Je pensais juste que tu étais un garçon gentil et sexy.

Ces mots... Était-ce des regrets qu'il sentait déferler sur lui ? Il ne savait pas. Tout ce qu'il savait, c'est que cette femme comptait pour lui. Déterminé, il prit le risque de lui poser doucement la main sur l'épaule.

Peut-être y avait-il une chance de sauver la situation ? En tout cas, elle n'avait pas cherché à le repousser. Mais quand il se pencha pour l'embrasser, elle tourna vivement la tête sur le côté.

— D'accord..., fit-il avant de s'éclaircir la gorge. Euh... tu veux dîner ?

— Tu plaisantes, j'espère ? répliqua-t-elle vivement. Tu crois vraiment que je peux faire comme si tout était normal et dîner avec toi ?

— Non, bien sûr. Qu'est-ce que je peux faire ?

— Ne me parle pas, c'est tout. J'attends que Lyle vienne me chercher et je rentre chez moi. Tu pourras venir récupérer tes affaires demain.

Il commençait à avoir le sentiment qu'elle cherchait à l'exclure définitivement de sa vie. Il ressentait quelque chose qu'il n'avait pas ressenti depuis qu'il avait été officiellement émancipé de sa mère à l'âge de dix-sept ans. *Arrête ça*, se dit-il en lui-même. *Tu as toujours su que tu devrais payer les conséquences de tes mensonges.*

Mais il avait parié sur la profondeur de leur relation. Il avait pensé pouvoir s'appuyer sur le lien qu'ils avaient créé en tant qu'amants. Comment avait-il pu se tromper à ce point ?

— D'accord.

— C'est tout ce que tu as à me dire ?

À bout de nerfs, il se passa une main sur le visage.

— Il faut voir les choses en face, Paisley : rien de ce que je pourrais te dire maintenant ne parviendrait à te convaincre. Même le meilleur des scénaristes...

— Arrête ça. Je ne veux pas que tu joues un rôle... Mais c'est ce que tu as fait depuis le moment où on s'est rencontrés, je me trompe ?

Jack, son alter ego, lui aurait menti pour chercher à l'apaiser, mais elle voulait l'homme qu'il était réellement.

— Non, tu ne te trompes pas. En fait, au départ, tu étais juste une fille sexy avec un joli sourire. Je ne te connaissais pas, alors je n'avais pas de scrupules à te mentir.

— Mais une fois que tu as appris à me connaître ? Tu vivais chez moi, Sean. Tu aurais dû me dire quelque chose. Je t'ai laissé entrer dans ma vie.

— Je sais, répondit-il doucement.

— Pourquoi maintenant ? Tu t'en tirais si bien avec tes mensonges...

Mal à l'aise, il baissa les yeux. S'il avait éprouvé de véritables émotions, cette réplique lui aurait fait du mal.

— J'ai fini mon tournage et je retourne à L.A. lundi.

— Ah.

Jamais dans sa vie il n'avait entendu un son si faible.

— J'avais espéré qu'on puisse trouver un moyen de continuer de se voir.

— Ah oui ? Pourquoi ?

— Je t'aime bien.

C'était la pure vérité.

— Eh bien moi, je ne t'aime pas.

— C'est la colère qui parle pour toi et c'est tout à fait compréhensible. Mais nous savons l'un comme l'autre que tu m'aimes bien toi aussi.

— Je n'aime pas Sean O'Neill. J'aimais bien Jack, mais c'est un personnage que tu as inventé et que j'ai sans doute aussi un peu créé. Il n'existe pas. Quant à Sean O'Neill, je ne le connais pas et...

Sa voix se brisa et ses mains se mirent à trembler. D'un geste brusque, elle croisa les bras sous sa poitrine.

Il ne savait pas si elle réussirait un jour à lui pardonner. Et pour être tout à fait honnête, il ne savait pas s'il le méritait. Elle avait besoin de plus que d'un acteur qui jouait un rôle, un comédien qui suivait un scénario et s'en servait comme d'un guide pour être digne d'elle.

Digne d'elle ?

Sans son masque, il ne l'était pas. Mais il ne pouvait tout simplement pas la laisser partir. C'était ce qu'elle voulait, certes, mais il n'était pas prêt pour ça.

— Est-ce qu'on ne pourrait pas tout reprendre à zéro ? murmura-t-il.

— Non.

— Pourquoi pas ? demanda-t-il, angoissé. Je ne suis pas un monstre, même si c'est comme ça que tu me vois.

— Je ne te vois pas comme un monstre. Juste comme un étranger.

— Alors remédions à ce problème. Avec le recul, je regrette de ne pas te l'avoir dit plus tôt. Mais d'abord, je faisais des recherches sur le rôle, et ensuite, j'ai commencé le tournage. Et surtout, je ne te connaissais pas.

Il tenta à nouveau de s'approcher d'elle. Pas de réaction de crispation cette fois-ci. Mais quand il se pencha pour l'embrasser, elle ouvrit grand les yeux et il vit qu'elle était de nouveau sur le point de pleurer. Tout en secouant la tête, elle finit par s'écarter de lui.

Une sourde douleur lui tenaillait à présent le cœur. Mais il la laissa partir et s'éloigna même un peu pour lui laisser de l'espace.

— Je comprends, dit-elle. Je te rappelle que je dirige une société de communication. Je sais ce que c'est qu'un accord de confidentialité.

Curieusement, l'entendre de sa bouche était pire encore que de l'entendre dans sa propre tête. Cet argument était une très mauvaise excuse, il en avait à présent pleinement conscience. Tout cela avait peut-être été vrai les cinq premières semaines mais, passé ce délai, il avait appris à la connaître et il savait très bien qu'elle n'aurait jamais trahi sa confiance.

Il n'aimait pas l'homme qu'il était quand il ne jouait pas un rôle. Sans doute parce qu'il avait grandi devant les caméras. Mais pouvait-il vraiment se servir de cette excuse pour justifier tous ses défauts ?

— Je suis désolé.

— Je sais. Et j'aimerais pouvoir te pardonner. Mais je ne peux pas.

— Et tu ne veux pas non plus tout reprendre à zéro. Alors, que fait-on, maintenant ?

Elle prit une profonde inspiration avant de pousser un long soupir.

— Honnêtement, je ne sais pas.

L'acteur si talentueux, reconnu pour la profondeur de ses émotions, la regardait à présent avec des yeux vides qui ne révélaient absolument aucun sentiment.

Son teint avait pris une nuance cendrée, il devait bien ressentir quelque chose. Mais quoi ? La veille encore, Paisley se serait précipitée aux côtés de Jack pour le rassurer. Mais ce n'était pas Jack. C'était Sean. Un étranger.

— Tu refuses de me pardonner ? Ça ne te ressemble pas, Pais.

— Appelez-moi Mlle Campbell, monsieur O'Neill. Nous ne nous connaissons pas.

La colère était toujours là, plus discrète, mais bien présente au fond d'elle. Or, il fallait qu'ils parlent. Et il était préférable que cette conversation ait lieu dans un cadre plus intime. Mais où ? Chez elle ? Elle ne supportait pas l'idée de le revoir dans son appartement.

— Il faut qu'on parle, lui dit-il, comme s'il avait lu dans ses pensées. J'ai une chambre d'hôtel…

— Tu as quoi ?

— J'ai une suite dans un hôtel. Je m'en servais pour le travail, les réunions, ce genre de choses. On pourrait aller là-bas pour parler ?

— D'accord, répondit-elle.

Dans son esprit, un nouveau mensonge venait de s'ajouter à la liste. Et pas des moindres. En réalité, il avait vécu toute une vie loin d'elle sans qu'elle ne se doute de rien. Comment avait-elle pu le laisser gagner sa confiance ? La faute en revenait sans doute à ses baisers brûlants, à son corps si parfait. Tout cela lui avait fait tourner la tête.

— Je suis désolé.

— Je sais. Tu l'as déjà dit, répondit-elle en relevant fièrement le menton. Écoute, ces mensonges avaient peut-être pour but de protéger ton intimité, mais moi, je n'ai jamais soupçonné quoi que ce soit. Et maintenant je suis là, à me prendre un coup de massue à chacune de tes révélations. Une de plus, et je crois que tu m'auras perdue totalement.

Plaçant ses mains sur ses épaules, il la regarda dans les yeux.

— Je comprends. Mais tu dois me croire quand je te dis que je ne te cache rien d'autre. Et qu'à partir de maintenant, je ne te mentirai plus jamais, même si le silence servirait mieux mes intérêts. Tu peux me demander tout ce que tu veux.

Au contact de ses mains, elle sentit un délicieux frisson la traverser. Et contre toute attente, elle fut tentée de le croire. Est-ce que cela la rendait plus pitoyable encore ? Elle espérait bien que non. Peu lui importait, de toute façon. Elle avait besoin de le croire. Il était le père de son enfant à naître. Et il était aussi un étranger, et pourtant son visage lui était si familier.

Elle était persuadée de s'être éprise de lui.

Mais à présent, elle n'en était plus si sûre. Elle avait besoin de réponses et elle allait devoir soit le croire sur parole, soit lui demander de partir. C'étaient là ses deux seules possibilités.

Car si elle n'avait pas confiance en lui, il était inutile qu'elle continue de l'écouter. Mais combien de temps lui faudrait-il pour pouvoir lui faire confiance à nouveau ? Y arriverait-elle un jour ?

Elle fit un pas en arrière, le forçant à rompre le contact physique avec elle.

— Tu vivais à l'hôtel quand nous nous sommes rencontrés ?

— Oui.

— Alors, pourquoi avoir emménagé avec moi ?

— C'est toi qui me l'as demandé, se contenta-t-il de répondre.

— Et si je ne l'avais pas fait ?

— J'aurais continué de te voir et je serais resté à l'hôtel la nuit. Mais j'aimais ton appartement, qui m'a vraiment permis de découvrir qui était la véritable Paisley. Et pas seulement la jolie fille qui m'avait souri au café.

— Jack l'aimait. Mais tu n'es pas Jack.

Comme s'il avait serré les dents, elle vit sa mâchoire se crisper.

— Tu es totalement dans ton droit quand tu me lances toutes ces piques, mais je suis juste humain. J'ai commis une erreur et je me suis excusé.

Il avait raison, bien sûr. Elle devait l'admettre.

— Très bien. Je vais essayer de me montrer juste. Mais ça ne va pas être facile, parce que je suis toujours très en colère contre toi et contre moi-même. Je me sens stupide, Sean. Tu es tellement célèbre. Même avec ton déguisement et tes lentilles, j'aurais dû te reconnaître.

— Tu n'es pas stupide. Si tu n'as rien vu, c'est parce que tu as bon cœur et que tu as cru que j'étais celui que je prétendais être.

Bon cœur.

Il ne pouvait pas savoir que c'était exactement ce que son père lui avait dit jadis. Il avait cherché à la flatter pour mieux la manipuler. Était-ce ce que Sean essayait de faire à présent ? Elle ravala sa salive avec peine. L'homme qui se trouvait en face d'elle n'était pas son père. La situation n'était pas la même. Il ne lui demandait pas de cacher quelque chose au reste de la famille.

— Je vais essayer de tenir ma langue, dit-elle.

Au même moment, son téléphone bipa. C'était un message du chauffeur de Delaney. Il était arrivé.

— Lyle est là. Il peut nous emmener à ton hôtel.

Galamment, il lui fit signe de passer en premier et ils ne tardèrent pas à se retrouver dans la nuit sombre de ce mois de décembre. Elle se mit alors à avancer précautionneusement ; elle n'avait aucune envie de glisser à nouveau. Lyle, qui l'attendait, lui ouvrit la portière. Il parut étonné de voir Sean.

— J'ignorais que vous étiez accompagnée.

— Il se trouve que oui. Nous devons nous rendre dans un hôtel dont M. O'Neill vous donnera l'adresse.

Une fois installée dans la voiture, elle se tourna vers la fenêtre. La neige s'était transformée en une pluie épaisse.

Logique.

Elle n'avait vu que le conte de fées qu'elle voulait voir, mais à présent que la poussière de fée avait disparu, la réalité reprenait ses droits. Ce n'était pas le début de quelque chose de spécial ; juste une nuit d'hiver froide et sombre.

Sean prit place à côté d'elle et Lyle referma la portière. Comme Sean fit mine de lui parler, elle tourna entièrement son corps vers la fenêtre. Comment pouvait-elle encore le désirer après tout ce qu'il lui avait fait ? Elle ne savait pas, mais force lui était de constater que c'était le cas. Elle aurait voulu pouvoir s'installer sur ses genoux et l'embrasser jusqu'à en oublier la vérité qu'il lui avait révélée ce soir-là. Elle ne savait pas si c'était bien ou mal, mais elle avait envie de se servir de son corps pour se convaincre qu'elle avait vraiment connu le père de l'enfant qu'elle portait.

Mais elle ne le connaissait pas. Et malgré tout le désir qu'elle avait pour lui, elle savait que ce n'était pas une solution.

Elle était seule au monde, elle l'avait toujours été. Et elle regrettait de ne pas s'en être souvenue avant d'avoir laissé Jack ou Sean entrer dans sa vie.

3

La neige s'était changée en une pluie épaisse et drue qui n'avait rien de romantique, et Sean avait le sentiment que le réalisateur avait commis une erreur sur le choix du décor. Mais ce n'était pas un film. Personne n'allait dire « coupez ».

C'était la vie, la vraie.

La seule et unique chose qu'il avait toujours eu du mal à affronter. Et il en était donc là, à observer le beau profil de Paisley et à essayer de trouver les mots pour la convaincre de se tourner vers lui. Pour la faire rire. Il avait envie de voir son sourire, qui faisait partie de ce qu'il y avait de plus beau chez elle. Mais au fond de lui, il avait le sentiment qu'il n'aurait plus jamais l'occasion de l'admirer.

— Et donc...

Très éloquent de sa part.

Elle avait cependant fini par se tourner vers lui. Et ses yeux étaient brillants de larmes. Il était vraiment un sale type. Peu importaient ses intentions ; il avait commis un acte impardonnable. Et pour une fois dans sa vie, lui qui avait toujours un plan n'avait aucune idée de ce qu'il devait faire.

— Je ne peux pas parler avec toi ce soir. Je pensais que oui, mais j'ai besoin de temps, dit-elle d'une voix douce avant de se pencher en avant pour tapoter l'épaule de Lyle. Pourriez-vous me déposer chez moi avant de ramener M. O'Neill à son hôtel ?

Sans détacher son regard de la route, Lyle changea de voie.

— Bien sûr, mademoiselle.

Elle se renfonça dans son siège, croisa les bras sur ses genoux. Elle essayait de paraître détachée, mais il voyait bien qu'elle était à deux doigts de s'effondrer. Et pourtant, elle était toujours aussi belle et sexy. Et il avait de plus en plus de mal à garder ses mains dans ses poches. Il savait parfaitement qu'elle n'avait aucune envie qu'il la touche, mais il était tellement tenté de le faire. Dans les bras l'un de l'autre, ils réussiraient à surmonter tous leurs problèmes, c'était certain.

— Qu'est-ce que je peux faire ? lui demanda-t-il.

— Me laisser tranquille, c'est tout.

Cette réponse était tout ce qu'il méritait, mais elle lui fit mal. Très mal.

— Je voudrais contribuer à rétablir la situation.

À ces mots, elle lui adressa un regard qui aurait brisé un homme plus faible que lui.

— Je ne peux pas faire ça maintenant. Laisse-moi un peu de temps. On parlera plus tard.

Tout en se passant la main dans les cheveux, il acquiesça.

— Oui, bien sûr. Je veux juste que tu saches que je n'ai jamais voulu te faire de mal.

— Super, fit-elle en secouant la tête. Un homme animé de bonnes intentions qui m'a menti pour me faire du bien.

Elle s'interrompit, baissa brusquement la tête.

— Je suis désolée. Je sais que tu t'es excusé, mais je ne m'attendais pas du tout à ça de ta part. Comment se fait-il que je ne me sois doutée de rien ?

Il savait bien qu'il s'agissait d'une question rhétorique, mais il lui sembla qu'elle pouvait lui permettre de rebondir.

— Pourquoi te serais-tu doutée de quelque chose ? La plupart des gens ne prétendent pas être une personne qu'ils ne sont pas, dit-il pour essayer de la rassurer.

— Tu crois ? La plupart des gens essaient de renvoyer une image qui n'est pas nécessairement fidèle à la réalité de ce qu'ils sont. Même moi, je le fais. Je suis la fille qui a réussi, la cheffe d'entreprise sûre d'elle. C'est cet aspect de ma vie que j'essaie de mettre en avant. Mais en veillant toujours à ne faire souffrir personne.

— La situation est…

— Arrête. Je sais que tu as des explications à me donner, et si tu me laisses le temps de me calmer, j'arriverai peut-être à les entendre. Mais pour l'heure, je ne peux te donner que le pire de moi-même.

— Pas de problème. Le pire de toi me convient très bien.

— Mais pas à moi. La dernière fois qu'un homme m'a fait ça, il m'a fallu des années pour me retrouver. Or, je ne dispose pas de ce luxe cette fois-ci. J'ai une entreprise qui est sur le point de faire une percée nationale et je ne te laisserai pas te mettre en travers de la route de son succès.

— Je n'ai aucune envie de te voir échouer. J'aime ta réussite, j'aime tes rêves et ta vision de l'avenir.

Peut-être était-ce pour cette raison qu'il ne lui avait pas dit la vérité plus tôt. Les rêves qu'elle avait... Sean O'Neill ne pouvait pas s'y intégrer.

— Ma vision de l'avenir est différente, maintenant.

Lyle venait d'arrêter la voiture devant son immeuble. Sean fit mine de sortir, mais elle secoua la tête.

— Reste là.

— Quand pourrai-je te revoir ?

— Je t'enverrai un message.

Lyle lui ouvrit la portière. Sans même jeter un regard derrière elle, elle sortit. Sean la regarda s'éloigner. Il avait un choix à faire : soit trouver un moyen de la reconquérir... soit la laisser partir.

Au moment où Paisley arriva dans son appartement, elle se sentait dans un état second. Ravalant sa salive avec peine, elle ôta sa robe du soir, la laissa par terre et alla chercher le sweat et le jogging qu'elle portait pour le télétravail. Mais c'étaient les vêtements de Jack. Les larmes qu'elle avait retenues finirent par s'échapper, et cette fois-ci, elle se laissa aller à pleurer.

Elle lui avait fait confiance. Bien plus qu'à aucun homme avant lui. Mais ça... elle aurait dû le voir venir.

Elle entra dans sa chambre, ignora le lit où ils avaient fait l'amour le matin même, et sortit de son dressing ses leggings préférés et un sweat qui n'appartenait qu'à elle.

Une fois rhabillée, elle s'assit par terre et se recroquevilla sur elle-même. Elle était tellement en colère. Au point qu'elle avait envie de cogner son visage si parfait. Comment avait-elle pu se montrer aussi stupide ? Tant d'hommes dans le monde, et il avait fallu qu'elle s'éprenne de celui qui prétendait être un autre.

Elle était contente qu'il ne soit pas un criminel, mais de son point de vue, un menteur ne valait pas beaucoup mieux.

Rageusement, elle essuya son visage d'un revers de main. Tout était tellement incertain à présent. Le bébé... Ce petit être innocent qu'elle allait devoir protéger. Elle était suffisamment forte pour ça. Et elle avait de l'expérience : il lui avait fallu s'occuper de ses frères et sœurs durant toute son enfance. Mais pourquoi fallait-il que ce soit toujours elle qui veille à la sécurité de tous ?

Et surtout, pourquoi, oh pourquoi, avait-elle laissé entrer Sean O'Neill dans sa vie ?

Elle pensait s'être enfin débarrassée de la jeune fille naïve qu'elle avait été. Elle pensait être enfin devenue une femme suffisamment forte pour prendre des décisions avisées. Mais à présent elle se sentait fragile et mal assurée. Elle comprenait mieux comment sa mère avait pu se retrouver mariée à un escroc. Elle commençait même à éprouver de la compassion pour elle.

La sonnette retentit, mais elle ne voulait voir personne. Pas maintenant.

Nouveau coup de sonnette, suivi par des coups frappés à la porte. Puis un bruit de serrure.

— Pais, où es-tu ?

Olive. Dans un lourd soupir de lassitude, Paisley se leva. Au moins, elle n'aurait pas à donner le change face à son amie. Elle pourrait être elle-même.

En sortant de sa chambre, elle trouva devant elle non seulement Olive, mais aussi Delaney. Elles avaient dû ouvrir avec la clé qu'elle leur avait confiée pour qu'elles l'utilisent en cas d'urgence. Aucune d'entre elles ne prononça le moindre mot ; elles se contentèrent de s'approcher pour la prendre dans leurs bras. Dans cette étreinte, Paisley se laissa aller à pleurer plus fort encore. Elle avait le cœur brisé, sa confiance avait été trahie et son estime d'elle-même était au plus bas. Mais ses amies avaient foi en elle, elles l'aimaient, et dans leurs bras, elle se sentait un peu mieux.

— Je suis furieuse. Et je me sens tellement stupide.

— Tu n'es pas stupide, lui dit Delaney. Mais je suis furieuse moi aussi. Il va entendre parler de moi, celui-là.

— Arrête, Dellie. C'est Paisley qui est concernée, pas toi, dit Olive. On a apporté de la glace, de la vodka, du jus de cranberry... et nos pyjamas.

— Merci. Mais je ne peux pas boire.

— C'est vrai, tu es enceinte, murmura Delaney.

— Oui.

— Ah là là, firent, presque ensemble, ses deux amies.

Après quoi elles s'écartèrent un peu pour l'observer. La compassion qu'elle lut dans leurs yeux la toucha. Mais ne l'aida pas.

— Comme vous dites. Je suis sous le choc, moi aussi. Pour ça, et parce que l'homme que je pensais connaître n'existe pas.

— Sale type. Je me disais bien que c'était trop beau pour être vrai, murmura Olive en commençant à servir la glace. Mais j'espérais me tromper.

— Moi aussi, ajouta Delaney.

— Il était vraiment super, souffla Paisley. Mais c'était juste un rôle qu'il jouait...

Mollement, elle se laissa tomber sur le canapé. Delaney prit place à côté d'elle et passa son bras autour de ses épaules.

— Je ne voudrais pas me montrer trop brusque, mais... tu envisages de garder le bébé ?

— Oui. Dès l'instant où j'ai compris que j'étais enceinte, j'ai voulu ce bébé. Même si Sean m'a menti, je veux garder cet enfant.

Elle avait à présent le sentiment qu'elle ne serait plus jamais seule. Qu'elle aurait ce petit être qu'elle pourrait dorloter et à qui elle pourrait accorder sa confiance. Durant son enfance, elle n'avait jamais pu s'appuyer sur sa mère, qui avait toujours cherché à couvrir son père pour essayer de protéger Paisley et ses frères et sœurs. Mais les mensonges finissent toujours par être découverts. Cependant, avec ce bébé, elle aurait la famille qu'elle avait toujours voulue. Elle aurait quelqu'un dans sa vie qu'elle pourrait aimer de façon inconditionnelle, et après ce qui s'était passé ce soir-là, elle avait besoin de ça plus que tout.

— On sera les meilleures taties qu'un enfant puisse rêver d'avoir, finit par dire Delaney. Et on sera toujours là pour te soutenir.

Après leur avoir remis à chacune une coupe de glace, Olive vint s'asseoir de l'autre côté de Paisley.

— Et Jack ? Enfin, Sean ? Ça fait bizarre de l'imaginer comme quelqu'un d'autre que Jack...

— À qui le dis-tu ? Je ne lui ai pas parlé du bébé. J'ai besoin de temps pour intégrer la bombe qu'il a lui-même lâchée.

— Je comprends, murmura Olive. Tu sais, Delaney et moi pouvons te remplacer si tu as besoin de quelques jours de congé.

— Non. Je vais travailler comme d'habitude. Ce sont les fêtes de fin d'année ; j'ai des clients qui ont besoin de profiter au maximum de l'ambiance pour améliorer leur image.

Il fallait qu'elle se concentre sur le travail. Pour l'heure, c'était le seul moyen dont elle disposait pour oublier Sean et soigner son cœur brisé. Elle ne pouvait pas le laisser lui prendre ça, en plus de tout ce qu'il lui avait déjà volé.

Ses amies passèrent donc la nuit chez elle. Delaney la fit rire en lui racontant des anecdotes sur Daisey, la petite fille de six ans de son fiancé Nolan. Pendant ce temps, Olive changea les draps de son lit et mit toutes les affaires de Sean dans un carton.

Elle aurait dû se sentir reconnaissante à l'égard de ses amies, qui faisaient tant d'efforts pour alléger l'ambiance, mais elle avait besoin d'être seule pour réfléchir à un moyen de prétendre que son cœur brisé allait guérir et que tout finirait par s'arranger. Car pour l'heure, elle avait l'impression que ce ne serait jamais le cas.

Seul dans sa chambre d'hôtel, Sean se disait qu'il avait besoin d'un nouveau scénario pour Paisley et lui, mais au fond de son cœur, il savait que ce dont elle avait besoin, c'était de l'homme qu'il était réellement. Et non pas d'un personnage qu'il jouait. Le problème était qu'il n'avait jamais été doué pour ça. Il avait grandi devant des caméras ; incarner les rôles qu'on lui attribuait, quels qu'ils soient, avait toujours été plus facile pour lui.

Il avait commencé sa carrière à l'âge de six ans et il lui avait fallu des années pour comprendre que le lien qu'il entretenait avec la caméra lui semblait plus fort que sa relation avec sa propre mère, elle-même actrice.

C'est à son côté qu'il avait joué son premier rôle, et bien vite, il avait conquis le cœur du public et était devenu une véritable star. À partir de là, ses relations avec sa mère n'avaient plus jamais été les mêmes, dans la mesure où sa carrière avait continué d'évoluer, tandis que la sienne avait stagné.

Sa réflexion fut interrompue par la sonnerie de son téléphone. C'était son agent, Thom Mulholland. Thom et lui s'étaient connus sur des plateaux de cinéma au cours de leur enfance, mais Thom avait fini par abandonner la comédie pour fonder sa propre agence.

Calant le téléphone contre la bouteille de Jack Daniel's qu'il avait ouverte à son arrivée dans sa suite, Sean répondit à l'appel vidéo.

— Tu as vraiment une sale mine. C'est à cause de la fille avec qui tu vis ?

— Sympa, merci, marmonna Sean.

— Si je me permets d'évoquer le sujet, c'est parce que cette photo de vous deux est déjà partout. Et la fille a l'air... eh bien, disons que je n'aimerais pas être à ta place.

— Ouais. Moi non plus.

— Bon, qu'est-ce que tu envisages de faire ?

Avant de répondre, Sean poussa un lourd soupir de frustration.

— Je ne sais pas. Je ne peux pas inventer un autre personnage. Paisley ne me le pardonnerait jamais.

— Alors sois toi-même.

— Personne ne m'aime quand je suis moi-même.

— Moi si. Sauf quand tu fais ta diva.

— Peux-tu me dire pourquoi est-ce que je suis ami avec toi ?

— Parce que je te fais toujours redescendre sur terre.

— Ce qu'il me faudrait, c'est un peu moins de réalisme et un peu plus de compassion. Et peut-être un plan.

Thom se pencha en avant. Derrière lui, au-delà de la baie vitrée, Sean pouvait à présent distinguer les vagues de l'océan Pacifique. Thom aimait travailler depuis sa villa de Malibu.

— Oublie cette fille et rentre. Tu feras la promotion du nouveau film, et ensuite, en février, tu partiras à Vancouver pour le nouveau tournage. Le travail est toujours la réponse.

Sean secoua la tête. Le travail ne réglerait pas ce problème. Il fallait qu'il se rachète auprès de Paisley. Il lui avait fait du mal et ce n'était pas son intention. Mais il n'avait pas eu beaucoup de temps pour y réfléchir.

— Elle est en colère, mais je ne peux pas partir tant que je ne me serai pas fait pardonner, répondit-il.

Après quoi il reprit le téléphone pour se servir un autre verre. Tout bien considéré, noyer ses soucis dans l'alcool était peut-être le meilleur plan qu'il puisse trouver pour la soirée.

— Tu veux un coup de main ? Je pourrais venir ici lui parler.

— Non. Certainement pas.

— Alors… qu'est-ce que tu envisages de faire avec cette fille ?

— Arrête de l'appeler comme ça. Son nom est Paisley.

— D'accord, d'accord, fit son agent en levant ses deux mains devant lui. J'essaie juste de te soutenir comme je l'ai toujours fait.

— Je sais. Et je te remercie, mais…

— Mais ?

— J'ai commis une grave erreur. Je lui ai fait croire que j'étais Jack, le personnage que je joue dans le film, et je veux me racheter pour ça. Elle n'est pas du genre à laisser n'importe qui entrer dans sa vie.

Comme Thom leva les yeux au ciel, Sean se sentit obligé d'insister.

— Je t'assure qu'elle n'est pas comme ça !

— Les femmes savent toujours qui tu es.

— Elle croyait que j'étais un type sans argent qui vivait de menus larcins.

Le fait qu'elle l'ait soutenu était l'une des raisons pour lesquelles il était si déterminé à se faire pardonner. Elle avait toujours été avec lui, l'avait encouragé à faire de meilleurs choix de vie et lui avait donné le sentiment qu'il était important. Et il avait beau ne pas être l'homme désœuvré qu'elle avait vu en lui, il se sentait profondément ému par son comportement positif et encourageant.

— D'accord. Alors qu'est-ce que je peux faire ? Le studio aimerait que tu communiques pour expliquer que la fille… euh, Paisley…

— Je ne veux pas participer à ça, l'interrompit Sean d'une voix ferme.

— Trop tard. Son visage va être partout et une fois qu'ils auront découvert que tu lui as menti…

— Ils ne le découvriront pas. Je ne veux pas que ça sorte, Thom.

Et je ne veux pas que son nom apparaisse dans la presse. Je te demande de veiller personnellement à ça.

— C'est promis. Qui est au courant, en dehors de vous deux ?

— Ses amies, mais elles ne diront rien. Pourrais-tu contacter le studio pour qu'ils embauchent un consultant en image basé à Chicago ?

— Bien sûr. Tu veux quelqu'un en particulier ?

— IDG. Et je veux que ce soit Paisley Campbell qui soit chargée de mon dossier.

— Attends... Paisley travaille pour une société de communication ?

— Oui.

— J'ai de plus en plus de mal à croire qu'elle ne t'ait pas reconnu.

— Les gens ne sont pas tous intéressés. Elle est très à cheval sur l'honnêteté. Crois-moi, elle ne savait pas. Tu m'as bien dit que tu avais vu la tête qu'elle faisait sur les photos...

— C'est vrai... Bon, je m'occupe de ça. Tu veux faire la promotion du film à Chicago ?

— Oui. Comme je te l'ai expliqué, il faut que je reste pour arranger les choses.

— D'accord. Compte sur moi pour organiser tout ça. Je te recontacte bientôt.

— Merci.

Après avoir raccroché, Sean s'approcha des baies vitrées qui surplombaient Michigan Avenue. Cela faisait plusieurs mois qu'il était à Chicago et, de peur d'être reconnu, il n'avait rien fait de touristique, préférant rester discret et apprendre ce que c'était que de vivre une vie normale avec Paisley.

Le bilan était mitigé : il s'était senti à la fois réconforté et limité par ce style de vie. Peut-être était-ce une bonne chose qu'elle sache désormais qui il était. Car il ne pourrait jamais vivre une vie tranquille comme la sienne ; il avait besoin de rebondissements palpitants. Mais pourrait-il en vivre avec elle ? Oui, il allait trouver un moyen de concilier les deux. Il le fallait absolument.

4

Après l'avoir effacé et être allé le rechercher dans la corbeille, Paisley relut l'e-mail pour la troisième fois. D'un point de vue strictement professionnel, il n'y avait aucune raison pour qu'elle n'y réponde pas par un grand oui. Elle aurait même déjà dû répondre. Et pourtant, alors que l'offre émanait de l'un des plus éminents studios de Hollywood et que la somme proposée était mirifique, elle hésitait.

Elle ne voulait pas être la consultante en image de Sean O'Neill pour son dernier film. Mais d'un autre côté, dans l'optique du développement national d'IDG, elle voulait ce contrat avec Hollywood. Et cela, elle était absolument sûre que Sean le savait. Car elle avait passé bien des nuits lovée dans ses bras, ou plutôt les bras de Jack, à parler de ses projets d'avenir avec lui.

Allait-elle trahir ses rêves et refuser parce qu'elle était toujours en colère contre lui ? Ou allait-elle réussir à prendre suffisamment de hauteur pour accepter ? Elle ne devait pas oublier l'argent ; il fallait qu'elle pense au bébé à présent. Elle n'avait pour l'heure aucun problème financier, mais des liens avec Hollywood pourraient permettre à IDG d'assurer encore mieux son avenir financier.

La deuxième possibilité était donc de loin la meilleure. Mais comment réussir à se convaincre, et à le convaincre, qu'elle avait tiré un trait sur lui ? Cela ne faisait que trois jours après tout. Il lui avait fallu dix ans pour se sentir normale après le départ de son père. C'était…

— Salut, fit Olive, coupant court à ses pensées. Je t'ai pris une tisane au romarin à la place de ton café habituel. Je ne sais pas si les femmes enceintes ont droit à la caféine.

— Merci, répondit Paisley en lui prenant la tasse des mains.

Elle ne savait pas elle non plus. Elle avait lu des théories contradictoires à ce sujet.

— Tu vas bien ? lui demanda Olive.

— Je viens de recevoir une proposition d'un studio de cinéma pour représenter le film *Christmas Magic*.

Comme pour prendre le temps de réfléchir à ce qu'elle devait dire, Olive s'assit sur le rebord de son bureau et prit une gorgée de café.

— Tu veux que je la prenne ?

— Je croyais que tu devais faire la promotion de la bière de Noël de Dante, en plus de tes clients habituels...

— C'est vrai. Mais cette proposition est une véritable aubaine pour nous. Je pourrais peut-être demander à l'assistante de Dante de m'aider.

— T'aider à quoi ? demanda Delaney, qui venait de faire son arrivée dans le bureau.

— IDG a reçu une proposition pour représenter le film *Christmas Magic* et ses acteurs, lui répondit Paisley.

— Quel sale type ! Il te propose une carotte. Une belle carotte, mais tout de même...

— C'est exactement ce que je me suis dit. Il est malin. Il sait très bien que c'est une offre que je ne peux pas refuser.

Et tout bien considéré, elle n'allait pas la refuser, cette offre. Elles avaient toutes trois fait beaucoup d'efforts pour en arriver à ce stade. Elle ne pouvait pas laisser Sean la détourner de ses objectifs.

— Je t'aurais bien proposé de m'en occuper, mais il faut que je fasse la promotion du musée, et ça me prend vraiment beaucoup de temps, lui dit Delaney. Tu penses que tu pourras le faire toute seule ?

— Je ne vois pas pourquoi je ne pourrais pas. Je suis une adulte responsable.

— Personne ne doute de ça. Mais tu vas sûrement devoir travailler avec Sean. Est-ce que tu te sens prête pour ça ? lui demanda Olive.

C'était là la question à un million de dollars qu'elle avait jusqu'ici scrupuleusement évité de se poser. Il lui était si facile de s'appuyer sur sa colère. De penser qu'il lui avait menti et qu'elle avait été bêtement crédule. Mais il y avait autre chose. Quelque chose qui lui laissait croire qu'elle ne serait peut-être jamais prête à le revoir. Elle aimait toujours Jack. Pour elle-même et pour le bébé, elle voulait toujours de l'homme que Sean avait prétendu être. Et cette pensée la faisait douter d'elle comme jamais elle n'avait douté auparavant.

Elle s'était toujours targuée d'être forte. Elle était l'amie qui prodiguait les durs conseils puis accordait son soutien sans faille. Mais dans cette situation précise, elle avait beau savoir ce qu'elle devait faire, elle ne pouvait nier ce qu'elle ressentait réellement.

Elle n'avait pas envie de tourner la page. Mais en reprenant les choses avec Sean, elle aurait le sentiment de laisser derrière elle sa fierté. Elle se sentirait sans nul doute humiliée si elle cherchait à recoller les morceaux avec un homme qui lui avait menti de façon aussi éhontée.

— Tu as le droit de dire non, murmura Olive.

— En réalité, je ne sais pas si je suis prête. Mais je pense que ça pourrait m'aider à comprendre qui il est réellement. Et éventuellement, à tourner la page.

Tout en soupirant, Delaney secoua la tête.

— Je n'ai pas vraiment envie de dire ça, mais je le trouvais sympa quand on sortait avec lui. Je sais qu'il est comédien, mais tout avait l'air bien réel. Tu crois qu'il n'était pas vraiment lui-même quand il était avec toi ?

— Je ne sais pas, répondit-elle avant de baisser les yeux vers l'e-mail et la proposition chiffrée.

C'était énorme. Mais l'argent n'était pas sa seule motivation. Au fond d'elle, elle avait envie d'en savoir plus sur Sean. De découvrir qui il était vraiment et de déterminer s'il s'était servi d'elle. Or, le travail pourrait lui fournir un cadre sûr pour parvenir à cette fin.

— Je vais accepter. Si ça ne marche pas, je peux toujours annuler.

— Ou alors, on reprendra ta place, dit Olive. Mais quoi qu'il en soit, je pense que tu devrais fixer des limites très claires avec lui.

— Bonne idée, répondit-elle.

Mais quelles seraient les règles du jeu ? D'abord et avant tout, pas de mensonge. Il lui faudrait par ailleurs comprendre quel genre d'homme était le père de son enfant. La presse et la réputation qu'il traînait ne donnaient pas vraiment l'image d'un homme avec qui on souhaite élever un enfant. Jack, cependant, était différent. Il était discret, gentil, honnête. Mais elle savait à présent que tout cela n'était que mensonges. Il fallait donc qu'elle découvre qui était vraiment Sean O'Neill, au-delà de l'image qu'il renvoyait, et qu'elle détermine si elle pouvait lui faire confiance pour élever son enfant avec lui.

Sean n'avait aucune idée de ce que Paisley attendait de lui. Il fallait certainement qu'il se montre humble et qu'il tente de gagner son pardon. Le problème était qu'il n'avait jamais été humble. Et que, plus il essayait de trouver des idées qui correspondaient à ce mode de pensée, moins il lui semblait que cela allait fonctionner. Il ne pouvait pas faire profil bas ; il n'était pas comme ça.

Il avait commis une grave erreur et il le savait. Il ne pouvait pas revenir en arrière, et même si cela avait été possible, il n'aurait sans doute rien changé. Il avait aimé la vie calme qu'il avait menée avec Paisley. Il avait pris cela comme un répit bien agréable et bien mérité.

Mais tout cela était terminé. Il n'était pas le personnage simple qu'il avait incarné et il était temps pour elle de rencontrer le véritable Sean.

C'est dans cette optique qu'il avait demandé à sa société d'assurer la promotion de son film. Et il avait reçu dans la soirée un message de son agent l'informant qu'elle avait accepté.

L'audace. Il ne connaissait que ça.

Il mit un soin particulier à se préparer pour son entretien avec elle. Il se rasa, sachant que cela mettait en valeur la ligne droite de son menton. Et il se coiffa comme il le faisait le plus souvent quand il ne tournait pas, avec un produit qui lui permettait de paraître légèrement décoiffé, mais pas négligé. Enfin, il revêtit le costume Hugo Boss qui lui avait été offert par la marque après la campagne publicitaire d'octobre, au cours de laquelle il avait justifié son absence auprès de Paisley en affirmant qu'il devait rendre visite à sa grand-mère.

Avec le recul, il réalisait qu'il avait toujours su qu'elle ne s'intégrerait pas facilement à la vie qu'il menait à Hollywood. Mais il avait espéré pouvoir lui faire une place.

Après avoir jeté un dernier coup d'œil à son reflet dans le miroir, il sortit de la suite. Il avait demandé à son équipe de lui chercher une maison dans le quartier où habitait Paisley pour qu'il puisse quitter l'hôtel. Il avait toujours très envie de la ramener à Hollywood avec lui, mais le moment aurait été mal choisi pour le lui proposer.

Conscient que tous les regards étaient fixés sur lui, il traversa le hall lentement, prenant le temps de sourire à ses fans, de s'arrêter pour signer des autographes et poser pour des photos. Puis il monta dans sa voiture avec chauffeur et prit la direction des bureaux de Paisley. Michigan Avenue était tout illuminée pour les fêtes, et s'il faisait généralement de son mieux pour rester occupé en cette période de l'année et ne pas avoir à affronter la dure vérité de sa solitude, cette année, il avait l'impression que son monde était en quelque sorte entré en collision avec celui de Paisley.

En temps normal, il n'aurait jamais fait cette promotion sur le thème de Noël, mais il voulait Paisley, et travailler sur les relations presse avec sa société était le seul moyen qu'il avait trouvé de lui parler. Et même s'il n'était pas sûr que leur relation puisse se prolonger dans le temps, il avait besoin d'en reprendre le contrôle.

Arrivé devant l'immeuble des bureaux de Paisley, le chauffeur s'arrêta et lui ouvrit la portière. Sean passa la porte avec assurance. Et après s'être annoncé à l'accueil, il s'engouffra dans un ascenseur. Les portes commencèrent à se refermer derrière lui. Mais soudain, une main féminine les arrêta et Paisley apparut, un sourire amical aux lèvres. Sourire qui disparut aussitôt qu'elle sembla le reconnaître.

Après avoir appuyé sur le bouton de l'étage, il se tourna vers elle. L'odeur florale de son parfum le submergeait totalement et, déjà, il ne pouvait plus détacher son regard de sa bouche. Il avait l'impression que des années s'étaient écoulées depuis la dernière fois qu'il l'avait tenue entre ses bras.

Pour la première fois depuis que les paparazzis les avaient coincés, ils étaient seuls et il aurait aimé pouvoir tirer parti de ce moment, mais il savait qu'elle était toujours en colère contre lui.

Cela lui paraissait normal, mais ça ne l'empêchait pas pour

autant d'avoir envie de la reconquérir. Il n'aurait su dire si c'était l'émotion qui le motivait, mais il pensait plutôt que c'était le désir. Il avait tissé un lien physique avec elle, et à présent, son instinct le poussait à la remettre dans son lit.

— J'ai entendu dire qu'on allait être amenés à travailler ensemble, murmura-t-il.

— Oui. Mais je n'avais pas compris que tu devais venir ici. Je pensais que la réunion devait se faire sur Zoom.

— C'est bien ce qui était prévu. Mais je me suis dit que ce serait idiot de ne pas me déplacer alors que mon hôtel se situe si près de tes bureaux.

— La prochaine fois, je te prie de m'en parler préalablement, lui dit-elle en resserrant les pans de son manteau rouge autour de son corps.

— Je t'enverrai un mail.

— Bien. Mais veille à inscrire « Travail » dans la rubrique objet. Si tu veux que je le lise…

Elle se montrait particulièrement désagréable et distante, mais il ne pouvait pas le lui reprocher. Il comprenait. Cependant, il ne se laisserait pas décourager.

— Mettons les choses au clair. Je suis désolé. Je sais que je l'ai déjà dit, mais je suis déterminé à racheter mes erreurs.

— Tu n'y arriveras pas.

— Pas si tu laisses ta fierté décider pour toi, en effet.

— Ma fierté ? Tu m'as menti pendant des mois !

— C'est vrai, répondit-il calmement. Mais plus maintenant. Et à un moment ou à un autre, il faudra bien que tu tournes la page.

— Tu as raison. Il va bien falloir que je passe à autre chose, mais pour le moment…

Elle s'interrompit.

— Pour le moment quoi ? demanda-t-il, alors que les portes s'ouvraient.

— Pour le moment, je suis toujours en colère, lui répondit-elle en sortant. Je pensais pouvoir faire une distinction entre le professionnel et le privé, mais honnêtement, je ne sais pas si j'en serai capable. Je crois que je vais devoir annuler le contrat.

Sa fureur était bien visible. Notamment dans la façon dont elle serrait les poings. Par ailleurs, elle évitait le contact visuel, ce qui ne lui ressemblait pas.

Et pourtant, malgré tout cela, il sentait son sexe palpiter de désir et avait du mal à garder le contrôle de lui-même. Il avait envie de l'embrasser. De changer sa colère en passion. De leur donner à tous deux une chance d'exprimer ce qu'ils ressentaient l'un pour l'autre.

Comme deux personnes bien réelles, qui ne cherchaient pas à cacher leurs émotions. Elle n'avait jamais essayé de dissimuler les siennes, et à présent, il devait déterminer s'il pouvait le faire lui aussi. Dans le cas contraire, ce serait à lui de s'en aller. Mais le ferait-il vraiment ? Il ne pensait pas, non.

Paisley s'en voulait énormément d'avoir toujours envie de Sean et de l'avoir laissé la toucher émotionnellement. Quand elle le voyait fraîchement rasé, elle n'avait aucun mal à comprendre pourquoi il avait été élu à deux reprises « homme le plus sexy de l'année ». Et ses baisers… Elle ne cessait d'y resonger. Tellement enivrants. Tellement emplis de sensualité.

Elle s'était juré de rester froide et détachée, mais sa simple présence à côté d'elle faisait grimper la température de son corps. Et comme elle s'en voulait, elle avait envie de le faire souffrir comme il l'avait lui-même fait souffrir. Ce qui, en soi, constituait la preuve absolue qu'elle ne devait pas travailler avec lui. Parce que la vengeance n'avait jamais été sa tasse de thé. Elle n'avait jamais été une fille méchante ; elle avait toujours été celle qui prend soin de tous les autres. Qui se fait passer après les autres. Mais à présent qu'elle était enceinte, elle ne pouvait pas continuer de se comporter ainsi.

Elle avait fait la connaissance d'Olive et de Delaney dans le cadre des travaux d'intérêt général. Olive y avait été condamnée pour avoir harcelé l'une des filles de sa sororité et Delaney pour avoir conduit sous l'empire de l'alcool. Quant à elle, elle se trouvait là volontairement, pour se débarrasser du mauvais karma qu'elle pensait avoir acquis quand elle avait compris que son père avait financé ses études avec de l'argent qu'il avait extirpé à des veuves âgées. Ensemble, ses deux amies et elle avaient décidé de monter leur entreprise pour utiliser leur énergie et leur savoir à des fins positives.

— Paisley, je suis désolé, répéta-t-il, coupant court à ses pensées.

Elle poussa un lourd soupir de frustration. Combien de fois encore allait-elle devoir l'écouter prononcer ces mots ? Elle se tourna vers lui, secoua la tête.

— Je sais. Mais je ne me sens pas prête à te pardonner.

— Je comprends, dit-il en acquiesçant.

Il se montrait tellement... raisonnable. Ce qui, curieusement, ne faisait que l'irriter davantage.

— Écoute, je ne vais pas rester en colère éternellement, mais tu ne m'as pas laissé l'occasion de venir à toi. C'est toi qui as imposé cette rencontre.

Les portes de l'ascenseur venaient de s'ouvrir. Par habitude, elle lui prit la main pour le conduire jusqu'à son bureau. Au contact de son corps, elle sentit un frisson de désir la traverser. C'était la dernière fois qu'elle le touchait ; elle ne devait surtout pas recommencer.

Travailler avec lui et l'oublier. C'était le plan.

Après avoir fermé la porte, elle s'y adossa et prit une profonde inspiration.

— Si j'ai forcé cette rencontre, c'est parce que j'avais peur que tu coupes définitivement les ponts avec moi.

Pétrifiée par la sincérité qu'elle avait perçue dans le ton de sa voix, elle resta quelques instants immobile à le dévisager. Mais elle se hâta de se reprendre. Elle n'avait aucune raison d'être étonnée.

— Pourquoi devrais-je croire à ce que tu me dis ?

La question paraissait méchante, mais elle n'avait pas pu s'empêcher de la poser. Il lui avait menti, et elle avait beau savoir qu'il avait ses raisons, elle n'arrivait pas à lui pardonner. Et pour être tout à fait honnête, elle devait ajouter qu'elle n'arrivait pas à se pardonner à elle-même de ne s'être doutée de rien. Était-ce ce que sa mère avait ressenti toutes les fois où son père avait fait une promesse qu'il n'avait pas tenue ?

— Je ne sais pas, finit-il par dire lentement. Mais tu devrais peut-être me laisser une chance.

La proposition était tentante, mais elle ne pouvait en aucun cas l'accepter. L'erreur est humaine, mais persévérer est diabolique. Cependant, il leur fallait travailler ensemble et c'était là ce sur quoi elle devait se concentrer. D'autre part, elle avait vraiment envie de découvrir quel genre d'homme il était. Elle avait signé ; il lui fallait à présent tirer un maximum de bénéfices du contrat qu'ils avaient passé.

— Je veux apprendre à te connaître sur le plan professionnel. Et il nous faut d'ailleurs parler de ça. Ton studio souhaite que tu participes à des événements en relation avec le film. Je te propose donc des chants de Noël au Cloud Gate, du bénévolat à une soupe populaire et un week-end en banlieue pour distribuer des cadeaux déguisé en Père Noël.

Ces propos lui tirèrent une petite grimace.

— Qu'est-ce qu'il y a ?

— Euh… en général, je ne fais pas ce genre de choses.

— Je sais. Et le studio le sait tout aussi bien que moi. Mais je te rappelle que c'est toi qui as insisté pour faire appel à ma société. Je crois qu'il y a également un gala de charité très chic, auquel tu pourrais participer.

— C'est tout ?

Son inconfort évident lui donnait une furieuse envie de sourire.

— Pour l'instant. Le but de la réunion Zoom d'aujourd'hui est de finaliser la liste et d'obtenir ton approbation.

Inclinant la tête sur le côté, il se mit à la dévisager. Elle avait très envie de le mener par le bout du nez. Et de voir jusqu'où il pourrait aller.

— Très bien. Et si, au lieu de me déguiser, j'invitais le Père Noël à un dîner réservé aux enfants défavorisés pour qu'il leur offre à chacun un cadeau figurant sur leur liste ?

— J'adore l'idée. Je pense qu'on devrait le faire en partenariat avec l'hôtel dans lequel tu séjournes.

Elle s'approcha de son bureau pour prendre de quoi noter. Elle travaillait toujours mieux quand elle avait un stylo à la main. Mais au moment où elle passa à côté de lui, il l'arrêta en lui posant la main sur le bras. De nouveau, elle sentit le désir affluer dans ses veines.

— Qu'est-ce qu'il y a ?

— Merci.

Il était tellement proche qu'elle pouvait sentir la chaleur de son souffle contre sa joue. Et en observant ses yeux bleu vif, elle se remit à s'interroger. Ses yeux étaient ce qu'elle connaissait le mieux chez lui. Mais même eux étaient différents à présent. Instinctivement, elle appuya son front contre son épaule, en quête de réconfort. Mais quand elle se rendit compte de ce qu'elle faisait, elle s'écarta immédiatement de lui.

— Je fais mon travail, rien de plus, finit-elle par répondre en retirant son manteau pour le draper sur le dossier de son fauteuil de bureau.

Après quoi elle s'assit et sortit son carnet de notes pour ajouter à sa liste l'idée qu'il venait de lui exposer. Quand elle eut terminé, elle releva la tête pour le regarder.

— Tu avais raison quand tu as dit que je devais tourner la page, et j'ai beau désapprouver tes méthodes, je pense que cette collaboration professionnelle pourrait aider.

— Je dois tout de même te prévenir que je suis connu pour être difficile au travail.

— Alors nous ferons la paire. Parce que je ne suis pas commode moi non plus.

À ces mots, il se crispa un peu. Elle devait admettre qu'elle aimait la situation. Elle avait le pouvoir sur lui et elle avait besoin de ça après ce qu'il lui avait fait. Mais elle ne devait surtout pas oublier qu'il avait menti. De façon si convaincante qu'il avait réussi à berner plusieurs personnes. Non pas seulement elle, mais aussi tous ses amis.

Comment se faisait-il qu'il soit si doué pour ça ? Il était comédien, bien sûr, mais il lui semblait qu'il y avait autre chose. Il le faisait de façon si naturelle. Et s'il n'y avait personne derrière les différents masques qu'il portait ? Aucun homme véritable qu'elle pourrait apprendre à connaître ?

5

Sean savait qu'il devait être lui-même. Et comme à chaque fois que c'était le cas, il sentait la panique monter en lui, l'obligeant à passer en revue les différents personnages qu'il avait incarnés au fil des années pour, au final, en arriver à la conclusion qu'aucun d'entre eux ne convenait.

— Je suis difficile, mais je ne suis pas sujet aux caprices de diva, finit-il par dire.

— Tien donc. Pourquoi pas ?

Il finit par s'asseoir dans l'un des fauteuils d'invités, sans la regarder. Une scène de son enfance venait de lui revenir en mémoire. Imbu de sa personne, il avait dit à sa mère qu'il n'avait pas à l'écouter ou à l'aider dans les tâches ménagères parce qu'il était la star de *Ranger Ten*. La scène s'était très mal terminée.

L'une des rares choses que sa mère lui avait apprises était qu'il devait se montrer humble à l'égard de son talent.

— Eh bien, quand j'avais dix ans, j'aimais beaucoup me vanter en disant à qui voulait l'entendre que j'étais la star d'une série télé.

— Et… ?

— Ma mère a fini par me remettre à ma place.

On ne peut pas se plaindre quand on est riche et célèbre ; tout le monde déteste ça. De toute façon, le fait que sa mère n'ait pas vraiment été la meilleure maman du monde n'avait plus d'importance à présent. Cela faisait longtemps qu'elle ne faisait plus partie de sa vie et ils étaient tous les deux plus heureux ainsi.

— C'est plutôt une bonne chose, finit-elle par dire.

— Et ta mère à toi, comment était-elle ?

— Elle était amoureuse et elle aurait fait n'importe quoi pour que mon père soit heureux, répondit-elle avant de secouer la tête. Mais nous n'avons pas le temps de parler de ça.

S'étant levée, elle commença à avancer vers la sortie, mais il la suivit de près et posa la main sur la porte pour l'empêcher de l'ouvrir. Brusquement, elle se tourna dans sa direction. Elle était désormais si proche de lui qu'il sentit son corps effleurer le sien au moment où elle releva les yeux. Ses magnifiques yeux bleu-gris.

— Sean…

— Paisley, tu ne peux pas dire quelque chose comme ça sans t'attendre à une réaction de ma part. Tu as toujours présenté ta famille comme…

— Comme une famille parfaite ? Je sais. J'ai menti.

— Pourquoi ? lui demanda-t-il calmement.

— Hmm… sûrement parce que j'ai eu une enfance difficile et chaotique, et que je ne voulais pas que tu voies cet aspect de moi.

Bienvenue au club, songea-t-il. Mais il se garda bien de le dire.

— Je comprends. Ma mère m'a battu avec une ceinture la fois où je me suis vanté. Elle m'a dit que je n'étais pas spécial, que j'avais juste de la chance. Elle m'a dit que c'était Ranger que les gens aimaient, pas moi. Et elle a conclu en affirmant que je n'avais aucun intérêt, pour personne, y compris elle-même.

Surpris d'avoir prononcé ces paroles, il s'écarta d'elle.

— Oh ! Sean, fit-elle d'un air attristé en s'approchant de lui pour le prendre dans ses bras.

Fermant les yeux, il prit le temps de savourer le contact de son corps. Il la serra fort contre lui, inhala sa divine odeur. Elle lui avait tellement manqué. Mais il ne devait pas se faire d'illusions. Si elle se montrait si tendre, c'était parce que le petit garçon qu'il avait été l'avait émue ; pas l'homme qui se trouvait avec elle en cet instant.

Il finit par lui ouvrir la porte, mais elle ne bougea pas. Et quand il plongea son regard dans le sien, il perçut dans ses beaux yeux quelque chose qui trouva un écho profond en lui. De la tendresse, de l'empathie, de la compréhension. Doucement, rapidement, elle serra sa main dans la sienne.

— On parlera de nous plus tard, lui dit-elle.

Il se borna à hocher la tête. Il avait peur de parler. Il se sentait trop ému. Quand il était comme ça, il ne préférait pas s'exposer. Il ne voulait pas perdre le contrôle de lui-même devant elle. Jusqu'ici, elle n'avait vu que ses meilleurs côtés, dont Jack était l'incarnation. Le meilleur de lui-même.

Tout en méditant sur l'idée qu'elle souhaitait connaître l'homme qu'il était réellement, il la suivit jusqu'au hall d'entrée. Hélas, cet homme n'était pas quelqu'un de bien, ne l'avait jamais été. Cette correction qu'il avait reçue durant son enfance n'avait pas fait de lui l'homme qu'il était à ce jour, mais elle avait tout de même constitué un point de départ. Que pouvait-il déduire du fait que son meilleur ami était son agent ? Qu'il avait laissé croire à sa compagne qu'il était un autre ? Et qu'il ne savait pas comment être lui-même tout en continuant de plaire ?

Ce dernier point avait toujours représenté un important problème pour lui.

S'il s'obstinait à rester à Chicago, à essayer de recoller les morceaux avec elle, était-ce parce qu'elle était spéciale à ses yeux ? Ou cherchait-il simplement à prouver que Sean O'Neill était tout aussi digne d'être aimé que n'importe lequel des personnages qu'il avait incarnés ?

Mais il était trop tôt pour songer à tout cela. C'était là le genre de réflexions qu'il gardait généralement pour ses soirées en solitaire avec sa bouteille de Jack Daniel's. Heureusement, elle finit par l'extirper de ses pensées en le conduisant dans une vaste salle de réunion au fond de laquelle était accroché un grand écran de télévision.

— On va s'asseoir là pour qu'ils puissent nous voir, lui dit-elle en lui indiquant deux chaises installées devant une table, face à l'écran. Tu veux un café, de l'eau, autre chose ?

— Je veux bien de l'eau, merci.

En la regardant s'éloigner, il se dit qu'elle s'était un peu adoucie. Était-ce juste parce qu'elle avait eu pitié de lui à cause de son enfance ? Il savait que certaines femmes étaient touchées par ce genre d'histoire. Mais Paisley n'était pas comme ça, ou du moins il ne le pensait pas.

Il fallait qu'il regarde la vérité en face : ce qui l'avait émue, c'était le fait qu'il ait partagé la vérité avec elle. Elle semblait être particulièrement à cheval sur l'honnêteté, et malgré toute la haine qu'il éprouvait à l'égard de son passé, il allait lui falloir puiser dedans s'il voulait déterminer pourquoi il n'était pas prêt à tourner la page sur elle.

Quand la réunion avec le studio se termina, Paisley réalisa que la fureur qu'elle ressentait à l'égard de Sean s'était un peu atténuée. Dans le couloir, lorsqu'ils retournaient ensemble à son bureau, ils croisèrent Delaney.

— Sale type, marmonna-t-elle.

— Bonjour, Delaney, répondit-il simplement.

Après lui avoir jeté un regard noir, son amie poursuivit son chemin. Heureusement, la porte du bureau d'Olive était fermée. Paisley s'estimait chanceuse d'avoir ses deux amies pour la soutenir, mais comme ses sentiments pour Sean étaient en train de changer, elle n'était plus vraiment sûre de la façon dont elle devait réagir.

Elle n'était plus en colère contre lui. Ce qui lui semblait être une mauvaise chose.

Mais elle avait également compris qu'elle ne savait rien de l'homme qu'il était réellement. Jack était terre à terre et agissait souvent de façon impulsive. Sean, au contraire, était sophistiqué et réfléchi. Plus intelligent qu'elle ne l'aurait pensé et très doué pour faire bon usage de son charme en vue d'atteindre ses objectifs. La preuve en était d'ailleurs qu'elle avait accepté de travailler avec lui. Personne ne disait non à Sean O'Neill. Et les rares fois où cela arrivait, il s'arrangeait pour transformer ce non en oui.

Le charme de Sean était une chose qui lui inspirait de la méfiance, non seulement parce que c'était de Jack qu'elle s'était éprise, mais aussi à cause de leur bébé. Il ne fallait pas qu'elle oublie qu'il était une star de cinéma. Un homme avec qui elle n'aurait normalement dû avoir aucune chance…

Mais au moment où il s'installa dans le fauteuil d'invité, en étendant ses longues jambes musclées devant lui, il lui fut impossible de ne pas resonger à ce moment, quelques mois plus tôt, où il s'était trouvé exactement au même endroit, dans son bureau. Il l'avait attirée sur ses genoux et il l'avait prise, vite et fort. En repensant à cet épisode de passion intense, elle sentit ses joues s'empourprer. Elle se tourna vers la fenêtre pour essayer de le cacher. Dehors, il faisait un temps typique de décembre, froid et humide. Le genre de climat qui donne envie de se réchauffer sous la couette, en bonne compagnie…

— Tu trouves que j'en ai trop fait ? finit-il par demander, coupant court à ses pensées.

Elle prit une profonde inspiration pour se débarrasser des derniers vestiges d'images érotiques qui demeuraient dans son esprit. Et elle se retourna vers lui.

— Non, mais je commence à comprendre que tu te sers de ton charme pour arriver à tes fins au lieu de faire preuve d'autorité.

Le sourire qu'il affichait à présent avait quelque chose d'ironique.

— Eh bien, je sais d'expérience qu'obtenir la coopération de tout le monde est toujours plus efficace que de taper du poing sur la table.

— Bien. Je pense que tu devrais maintenant retourner à ton hôtel pendant que j'organise tout ça avec mes contacts. Je t'appellerai… à moins bien sûr que tu ne préfères que je passe par ton assistant ?

Elle avait eu l'occasion de voir le jeune homme lors de la réunion en visio. Manifestement âgé d'une petite trentaine d'années, Bert, qui avait des cheveux noirs bouclés, semblait très calme. Il avait pris des notes, n'était intervenu que pour les choses qui concernaient directement ses fonctions et avait demandé s'il devait venir à Chicago ou rester chez Sean, à Malibu. Sean lui avait énigmatiquement répondu qu'ils en parleraient plus tard.

— Je m'occuperai moi-même de transmettre les informations à Bert. C'est entre toi et moi. Je crois qu'il envisageait de demander en mariage sa petite amie pour Noël. Je préférerais donc ne pas m'interposer dans ses projets.

— D'accord, répondit-elle.

Mais sa réponse l'avait perturbée. Il avait fait passer son assistant avant lui, ce qui tendait à affecter son jugement sur l'homme qu'il était réellement. Elle fut tentée d'ignorer l'impression positive qui en avait découlé. Mais elle ne devait pas faire ça. Car si elle avait accepté de le prendre comme client, c'était précisément pour apprendre à le connaître, pour son bien à elle et pour celui du bébé.

— Parfait. Et maintenant, le déjeuner.

— Qu'est-ce que tu veux dire par là ? demanda-t-elle, intriguée.

— Accepterais-tu de déjeuner avec moi ?

— Non.

Elle avait du travail, un scandale à étouffer concernant un chef de cuisine de renommée nationale.

— Je croyais que tu voulais apprendre à me connaître...

— Il se trouve que tu n'es pas mon seul client. J'ai un rendez-vous. Mais on peut se retrouver à 15 heures, si tu veux, dans le café où on s'est rencontrés ?

S'étant levé, il contourna le bureau pour lui tendre la main.

Indécise, elle passa un long moment à le regarder. Et quand elle finit par glisser sa main dans la sienne, il se pencha pour en effleurer doucement le dos du bout de ses lèvres.

— Un rendez-vous galant...

— Ce n'est pas un rendez-vous galant. C'est un entretien professionnel, affirma-t-elle.

Mais les délicieux frissons qui lui parcoururent le corps trahirent ce mensonge. Elle ne parviendrait jamais à se montrer indifférente au contact de sa peau.

— À tout à l'heure, lui dit-il en lui faisant un clin d'œil avant de quitter le bureau.

Quand il eut disparu, elle poussa un lourd soupir. Elle ne s'était pas rendu compte qu'elle avait retenu son souffle. Les choses devenaient de plus en plus compliquées.

En réalité, elle aurait préféré qu'il soit le sale type que Delaney voyait en lui. Mais il était bien plus que ça. Elle commençait à comprendre que Jack n'était qu'une facette de la personnalité du véritable Sean. La star de cinéma en était une autre. Et l'enfant battu par sa mère encore une troisième. Mais comment ces facettes s'assemblaient-elles et qui était le véritable Sean O'Neill ?

Elle allait s'efforcer de le découvrir au cours des deux semaines à venir.

Mais serait-ce suffisant ? Au fond d'elle, elle avait le sentiment que non. Qu'il lui faudrait toute une vie pour parvenir enfin à le cerner.

Et elle n'eut pas le temps d'y réfléchir davantage, cependant, car son téléphone venait de vibrer pour lui signaler un message de sa part.

Merci de m'avoir accordé une deuxième chance.

Tu crois vraiment que j'ai fait ça ?

En tout cas, je l'espère.

Nous verrons – À plus tard.

Accorder une deuxième chance… D'expérience, elle savait que cette stratégie ne fonctionnait que rarement. Mais elle espérait de tout cœur que, cette fois-ci, les choses seraient différentes.

Sean venait de recevoir un message de Bert. Son assistant lui avait trouvé une maison, qu'il avait déjà décorée comme il le lui avait demandé. S'il le voulait, il pourrait y emménager dans la soirée.

Surpris, Sean décida de l'appeler pour vérifier.

— Salut. Dès ce soir, vraiment ?

— Oui. J'ai donné ton nom, beaucoup d'argent, et je leur ai dit de se dépêcher. Elle était déjà meublée. J'ai juste eu à leur demander d'ajouter les choses que tu aimes. Et je n'ai pas oublié d'insister sur la nécessité de confidentialité, en leur expliquant que, s'ils parlaient trop, les paparazzis risquaient de venir piétiner les platebandes.

— Merci. Je voulais également te dire que tu pouvais rester à Malibu. Je vais me débrouiller seul avec Paisley.

— Merci beaucoup. Je ne me suis toujours pas décidé sur le moment où j'allais faire ma demande à Christa, mais si je reste ici, il me sera plus facile de choisir.

— De rien, tu es comme un frère pour moi.

— Ce sentiment est partagé. À bientôt.

Au fil du temps, Bert et lui avaient tissé des liens étroits. Il arrivait souvent à Sean de songer à cette famille qu'il s'était lui-même créée. On dit parfois que les liens du sang sont plus forts que tout, mais pour lui, ce n'était pas le cas. C'étaient les liens du cœur qui prévalaient.

Durant toute sa vie, il avait substitué les équipes de tournage à sa famille, se glissant dans la peau de chacun de ses personnages le temps d'une production. Il avait été nomade pendant si longtemps qu'il n'était pas sûr de pouvoir un jour être à même de développer des racines. Mais ces quelques mois passés avec Paisley lui avaient révélé un autre aspect de lui-même.

Devait-il s'y raccrocher ?

Nerveusement, il se passa une main sur le visage. Il avait passé tant de temps à jouer la comédie qu'il n'était même pas sûr de savoir encore qui il était réellement. Il fallait qu'il trouve, cependant. Car les enjeux n'avaient jamais été aussi élevés. Il n'était même pas sûr que Paisley l'apprécie en tant que Sean. Au moment où il l'avait rencontrée, il était totalement immergé dans son personnage. C'est Jack qui l'avait séduite ; pas lui.

Mais à présent, Sean devait s'imposer. Car elle lui plaisait. Il ne pouvait le nier. Il adorait ses répliques spirituelles et son sourire espiègle. C'était la meilleure maîtresse qu'il ait jamais eue ; il voulait qu'elle retourne dans son lit. Mais il avait bien compris qu'elle ne recherchait pas une autre aventure à court terme avec lui. Il fallait qu'il lui offre… la meilleure facette de sa personnalité. Ce qui représentait beaucoup de travail pour lui.

Le méritait-elle ?

Et lui, la méritait-il ?

Il n'en était pas sûr. Au fond de lui, il était toujours cet enfant star qui avait appris à la dure que la seule chose qu'il y avait de spécial chez lui était le rôle qu'il jouait dans une série télé.

6

Drapée dans son long manteau d'hiver, Paisley passa les portes du café, sa sacoche à la main. Ses cheveux étaient légèrement décoiffés, comme quand ils venaient de faire l'amour. Sentant son sexe durcir, Sean changea de position. Il avait beau essayer de rester détaché, il n'y arrivait pas en sa présence. Il fallait absolument qu'il la remette dans son lit. Quand elle finit par le remarquer, elle lui adressa un petit signe de la main et se mit à avancer vers lui, l'air stressé. Une mèche de cheveux, qui s'était échappée de sa queue-de-cheval, s'enroula autour de son beau visage.

— Je suis désolée, mais j'ai une urgence. Je ne peux pas prendre le café avec toi.

À ces mots, il se leva et, après avoir remis son manteau, lui tendit le moka qu'il lui avait commandé en l'attendant. Elle eut un sourire reconnaissant.

— Quel genre d'urgence ?

— Du genre personnel. Je ne peux vraiment pas rester, mais je me suis dit qu'il ne valait mieux pas que je t'envoie un message, comme les choses entre nous sont… tu sais ? J'avais peur que tu penses que j'avais changé d'avis et que je cherchais à t'éviter.

Touché par la prévenance dont elle avait fait preuve, il acquiesça. Elle était comme ça. Et c'était en partie pour cette raison qu'il l'aimait tant.

— Je peux t'aider ?

La tête inclinée sur le côté, elle se mit à le dévisager.

— Est-ce que par hasard, tu saurais décorer des cookies ?

— Je ne l'ai jamais fait de ma vie, mais ce n'est pas le genre de choses qui m'arrête. Allez, on y va.

Elle ne chercha pas à protester. Sûrement parce qu'elle n'avait pas le temps et parce qu'elle avait vraiment besoin d'aide. À leur sortie du café, il vit que Lyle, Delaney et Olive les attendaient dans la voiture. Après avoir ouvert la portière arrière à Paisley, il s'installa devant, à côté du chauffeur.

Sans prononcer le moindre mot, Lyle redémarra la Rolls. À l'arrière, silence total également. Mais Sean entendait des tapotements d'ongles sur des écrans et il était certain qu'elles s'envoyaient des messages à son sujet.

Pour vérifier, il se retourna. Olive soutint son regard. Fermement, et pas très gentiment. Au vu du comportement qu'avait adopté Delaney précédemment, il savait qu'il ne trouverait pas de réconfort chez elle.

— Bonjour, mesdemoiselles. J'imagine que vous avez appris que je n'étais pas vraiment Jack.

— On l'a appris, oui, répliqua sèchement Delaney.

— Je suis désolé de vous avoir menti. J'étais à Chicago pour un film et je devais rester discret.

— On sait ce que sait, lui répondit Olive. On signe sans arrêt des accords de confidentialité avec nos clients. Ce qu'on n'arrive pas à te pardonner, c'est d'avoir fait du mal à notre amie en lui mentant pendant que tu couchais avec elle.

— Olive, siffla Paisley.

— Bien dit ! s'exclama Delaney.

— Je comprends ce que vous ressentez. Mais pour aujourd'hui, est-ce qu'on ne pourrait pas mettre tout ça de côté afin d'aider Paisley à régler son problème urgent ?

Olive, qui avait toujours été gentille avec lui, hocha la tête.

— On commet tous des erreurs et il est important de les reconnaître, dit-elle.

Mais Delaney soupira lourdement et baissa les yeux vers son téléphone, l'ignorant royalement.

— Bon, fit-il en se tournant vers Paisley, pourrais-tu m'expliquer ce que c'est que cette urgence en cuisine ?

— Mme B, une amie à moi qui est âgée, devait décorer des

cookies pour le goûter de Noël des enfants dont elle s'occupe. Mais beaucoup de personnes qui devaient l'aider se sont désistées, à cause de l'épidémie de grippe.

— De combien de cookies parlons-nous ? demanda-t-il, en décidant de se concentrer exclusivement sur Paisley.

Car elle était, après tout, la raison pour laquelle il se trouvait dans cette voiture et s'apprêtait à décorer des cookies. Il n'avait jamais fait ça de sa vie. Pas même pour un rôle.

— Environ cinq cent, je pense.

— Pour un goûter ? demanda-t-il, surpris.

— Oui. Mme B travaille dans un centre aéré. Ce n'est que l'un des nombreux événements qu'elle organise.

Alors que Paisley prononçait ces mots, Lyle s'était engagé dans le parking souterrain d'un immeuble de standing. Une fois garé, le chauffeur sortit de la voiture pour ouvrir les trois autres portières.

D'un pas assuré, Sean s'approcha de l'arrière du véhicule pour proposer sa main à Paisley. Elle accepta son geste, et quand leurs regards se rencontrèrent, il sentit passer cette alchimie sexuelle qu'il y avait toujours entre eux.

— Merci d'avoir accepté que je vienne.

— Merci de l'avoir proposé, répondit-elle en souriant.

Tous les quatre finirent par monter au troisième étage, où se trouvait l'appartement de Mme B, dont le vrai nom, lui apprit Paisley, était Mildred Buchner. Elle avait été maîtresse d'école pendant quarante ans. À présent retraitée, elle travaillait bénévolement pour le centre aéré. Sa coiffure rappelait celle de Lucille Ball, et elle avait un sourire radieux et un rire tonitruant.

Elle porta sur lui un regard critique, voire sévère.

— Combien de cookies avez-vous décorés dans votre vie ?

— Aucun.

— Alors allez avec Candace sur les bonshommes de neige. Un bon coup de pinceau de glaçage blanc. Vous pensez pouvoir y arriver ?

— Oui, madame, répondit-il avant de se diriger vers la table en question, à laquelle s'affairait une autre femme âgée. Bonjour, je suis Sean.

— Candace. Je vois que vous avez vous aussi été relégué à la table des personnes dépourvues de tout talent.

— Je n'ai jamais fait ça de ma vie, répondit-il en riant. Et vous ?

— Moi non plus. Mais Mildred avait désespérément besoin d'aide ; je n'ai pas pu refuser. Ceci étant, ce n'est pas bien compliqué. Regardez.

Après avoir étalé le glaçage d'un coup de pinceau sur l'un des cookies, elle plaça deux perles de sucre noires à la place des yeux et petit morceau d'orange confite à la place du nez.

— Vous pensez que vous pouvez y arriver ?

— Oui. Je pense que oui.

Tout en riant, ils se mirent au travail. Candace était bavarde. Elle lui raconta des anecdotes sur les autres bénévoles présents dans la pièce. Mais au bout d'un moment, elle prit un air sérieux et releva les yeux vers lui.

— La plupart d'entre nous sont là pour Mildred, mais je crois pouvoir dire que, vous, vous êtes là pour Paisley.

— C'est vrai. Je n'ai pas pu m'empêcher de lui proposer mon aide.

— Elle a cet effet-là sur les gens, lui dit-elle avec un sourire plein de tendresse. Elle a tellement bon cœur. Je me demande parfois si elle ne fait pas toutes ces bonnes actions pour réparer les erreurs de son père.

— Je ne sais pas qui est son père.

À l'époque où ils étaient ensemble, elle parlait très peu de sa famille, et exclusivement de sa mère, et de ses frères et sœurs. Et comme il lui cachait lui-même beaucoup de choses, il ne s'était pas senti en droit de l'interroger à ce sujet.

— Jeffrey Campbell. Il a dépouillé de toutes leurs économies des tas de gens de la région, y compris Mildred.

Médusé, il se tourna vers Paisley. Comment avait-elle pu lui cacher ça ? Tout bien considéré, il ne la connaissait pas du tout. Il y avait dans son passé bien plus de zones d'ombre qu'il ne l'avait pensé.

Accepter l'aide de Sean avait été un pari risqué. Jusqu'ici, Paisley préférait que cet aspect de sa vie reste privé. Mais elle devait à présent penser au bébé. Et au fond d'elle, elle avait vraiment envie de percevoir quelque chose chez Sean qui la convaincrait qu'elle ne s'était pas trompée sur lui. C'était pour cette raison qu'elle l'avait laissé l'accompagner chez Mme B.

Quand il était allé rejoindre Candace, elle s'était un peu inquiétée. Mais il avait travaillé avec beaucoup d'application tout en bavardant avec la vieille dame comme s'ils étaient amis depuis toujours. Et à présent Paisley se sentait déchirée. Elle avait peut-être vu en lui toutes les choses qu'elle voulait trouver chez un homme, mais elle avait aussi redouté le moment où il révélerait ses failles. Et quand il avait fini par le faire… elle avait eu mal, mais elle n'avait pas vraiment été surprise.

— Je croyais que tu sortais avec un garçon qui s'appelait Jack, lui dit Mme B, coupant court à ses pensées.

Elles travaillaient toutes deux à de complexes décorations.

— Euh… oui. En fait… Sean est Jack.

Mme B s'éclaircit la voix avant de parler :

— Si ce n'est pas indiscret, j'aimerais bien quelques explications.

— Ça ne l'est pas. Et je vous comprends. Je suis aussi curieuse que vous.

Tout en riant, Mme B hocha la tête.

— Allez, raconte.

— C'est un acteur, chuchota Paisley.

Il ne cherchait plus à cacher son identité, mais elle n'était pas à l'aise avec cet aspect de sa personnalité. Et elle ne savait pas si elle le serait un jour. Grâce à son travail, elle avait l'habitude de côtoyer des stars. Mais dans la vie privée… c'était une tout autre chose.

— Il est célèbre ?

— Oui.

Après avoir reposé sa douille à pâtisserie, Mme B releva les yeux vers Sean et Candace.

— Son visage ne me dit rien.

— Je ne l'ai pas reconnu, moi non plus. Mais il a été élu deux fois homme le plus sexy de l'année, répondit Paisley.

Et pour la première fois, elle réussit à en rire. Mais elle espéra que Mme B ne percevrait pas la triste ironie qu'elle sentait en elle.

— Tu n'as pas à t'en vouloir, lui dit la vieille dame en la prenant dans ses bras. On voit tous ce qu'on a envie de voir.

— Merci. Ce sont là de bien sages paroles, murmura-t-elle.

— C'est toi-même qui m'as dit ça quand il y a eu toute cette histoire avec ton père. Tu t'en souviens ? Tu m'as dit que je voyais le bien chez tout le monde, et que, par conséquent, je m'attendais à ce que tout le monde soit à la hauteur de mes espoirs.

Paisley avait oublié cette conversation.

— Je pense toujours que c'est vrai. Mais j'aurais dû me douter de quelque chose. Compte tenu de mon passé, les mensonges…

— Il ne t'a peut-être pas menti sur ce qui est vraiment important. Il y a bien quelque chose qui t'a attirée chez lui. Et cette chose ne pouvait être que vraie.

— Arrêtez de rationaliser. C'est tellement plus facile de rester en colère contre lui que de prendre le risque de…

— D'être de nouveau roulée dans la farine ? compléta Mme B. Je sais. Je me souviens quand un certain Campbell est venu me trouver pour me proposer de racheter mon crédit immobilier.

Paisley releva les yeux vers la femme âgée qui était devenue une amie proche au cours des dix années passées. Elle avait été l'une des dernières victimes de son père, juste avant qu'il ne soit arrêté et accusé d'escroquerie. Non seulement il ne lui avait jamais versé la somme promise, mais il lui avait aussi pris sa maison, ainsi que toutes ses économies. Paisley avait été horrifiée quand elle avait appris que cet argent avait servi à payer ses études. Il lui avait menti en lui disant qu'il s'était acheté une conduite et qu'il avait trouvé un nouvel emploi… Elle se sentait encore tellement coupable pour ça.

Elle n'était toujours pas parvenue à soulager sa conscience. Mais pour réparer les torts que son père avait fait subir à Mme B, elle s'était servie de ses propres économies pour lui offrir cet appartement.

— Je suis contente que vous m'ayez fait confiance.

— J'ai eu tôt fait de comprendre que tu étais aussi sincère que ton père était fourbe. Tu as un grand cœur, Paisley. Et je pense que cet homme a quelque chose de bon, qui t'a attirée vers lui.

— Du sex-appeal ? lança Delaney, qui venait d'arriver à leur table.

Son amie n'avait pas tort. Paisley se souvenait bien de la première fois qu'elle l'avait rencontré, dans la file d'attente de Hestia's Hearth. Rien qu'en entendant le timbre de sa voix, elle avait senti une douce chaleur se répandre dans son corps, qui était devenu tout vibrant de désir.

— C'est difficile à dire, vu d'ici, murmura Mme B. Mais ce n'est certainement pas Robert Redford.

Toutes trois se mirent à rire. Comme il les avait sûrement entendues, il releva les yeux vers elle et lui sourit. Alors, elle comprit qu'elle avait déjà commencé à lui pardonner. Mme B avait raison : il y avait quelque chose en lui qui trouvait un profond écho en elle. Et malgré ce que venait de dire Delaney, elle espérait que c'était bien plus que du sexe.

De toute façon, il le fallait. Elle avait besoin de ça pour son propre bien et celui de l'enfant qu'elle portait. Cependant, quand elle releva les yeux vers lui quelques minutes plus tard, elle s'aperçut qu'il avait disparu. Devait-elle y voir un signe ? Elle aurait préféré pouvoir répondre non à cette question, mais...

Le temps jouait contre eux : ils ne parviendraient jamais à faire cuire et à décorer tous ces cookies. En regardant autour de lui, Sean finit par comprendre qu'il y avait là une occasion en or d'aider Paisley. Déterminé, il quitta la pièce pour envoyer un message à l'un de ses amis qui était chef de cuisine. Remy lui répondit rapidement en lui donnant les coordonnées d'un grand chef pâtissier de Chicago, qui accepta immédiatement de l'aider. Sean se hâta de lui envoyer l'adresse.

Après quoi il se retourna. La porte venait de s'ouvrir.

— Tiens, je croyais que tu étais parti, lui dit Paisley.

Son beau visage était incontestablement marqué par l'inquiétude et la déception.

— Je n'aurais jamais laissé ma petite amie dans le pétrin.

En guise de réponse, elle porta sur lui un regard sceptique.

— J'étais juste sorti pour appeler du renfort. On devrait avoir plus de cookies qu'il nous en faut dans une heure environ.

— Quoi ? Mais comment est-ce possible ?

— J'ai contacté Dom Mallon. C'est le chef pâtissier du restaurant où je t'ai emmenée... l'autre soir.

— Le soir où la vérité a éclaté au grand jour ?

— Oui, lui répondit-il en lui adressant un sourire penaud. Il est en train de faire des cookies, qui seront là dans une heure et demie environ. Mme B et Candace peuvent donc se préparer pour la chorale. Candace a de l'arthrose ; elle commence à avoir mal aux mains.

— Euh... merci. Je vais le leur dire. La dernière fournée a brûlé.

Il hocha la tête.

— J'ai vu que tout le monde commençait à paniquer.

— Attends-moi là.

Après son départ, il décida de contacter Dante, le fiancé d'Olive, qu'il avait rencontré plusieurs fois à l'occasion des soirées margaritas entre amis. Il lui demanda par message s'il pouvait leur faire parvenir quelques-unes de ses célèbres bières de Noël, pour les parents. Dante lui répondit qu'il allait s'arranger pour venir.

Je regrette que tu ne te sois pas montré honnête avec nous.

Moi aussi. Je suis désolé.

Je ne t'en veux pas, mais les filles si.

Je l'ai bien compris. J'espère que ça me permettra de me racheter à leurs yeux, au moins en partie.

C'est possible. À tout à l'heure.

Il était sur le point de retourner dans l'appartement de Mme B quand il se retrouva face à Delaney.

— Tu as donc fini par faire quelque chose de bien. Merci, lui dit-elle avec toute l'audace dont elle savait faire preuve.

Et aussitôt, elle se mit à pianoter sur son téléphone, l'ignorant royalement. Manifestement, Delaney et lui n'allaient pas redevenir amis de sitôt.

Ce qui ne représentait cependant pas un gros problème à ses yeux. C'était pour Paisley qu'il était là. Pour une deuxième chance. Pour voir si ce qu'il ressentait pour elle était réel ou s'il ne s'agissait que de sentiments résiduels issus du personnage qu'il avait joué.

Alors qu'il se faisait ces réflexions, la porte s'était ouverte de nouveau, cette fois-ci sur Paisley.

— Désolée d'être partie. Je voulais leur dire qu'elles pouvaient arrêter de paniquer et de se donner du mal. Elles sont ravies et elles voudraient que tu viennes les rejoindre.

— Je te suis.

Plus il l'observait dans son environnement, plus il avait envie d'elle. Sans doute parce qu'elle avait baissé la garde et ne semblait plus chercher à le tenir à distance.

— Candace m'a dit que tu avais offert cet appartement à Mme B.

— C'est vrai, répondit-elle.

Et aussitôt, il sentit ses murs défensifs se relever.

— Et alors ? fit-elle en le regardant d'un air de défi.

Il posa doucement sa main sur la sienne et sentit qu'un frisson de désir la traversait. Elle voulait que les choses restent platoniques, mais il était évident qu'elle avait envie de lui, elle aussi. Et tout à coup, une idée lui vint. La découverte de ses mensonges avait été pour elle une sorte d'élément déclencheur qui l'avait ramenée à une époque de sa vie où elle ne pouvait jamais faire confiance à son père.

— C'est très gentil de ta part. Bien souvent, les gens omettent ou refusent de faire ce genre de choses. Mais pas toi.

Avant de répondre, elle retourna sa main contre la sienne, et au contact de sa peau, il sentit une décharge de désir le traverser.

Mais il fallait absolument qu'il se concentre sur ce qu'elle allait dire et non sur cette sensation d'excitation.

— Ce n'était que justice. Mon père s'est servi de l'argent qu'il lui a extorqué pour payer mes études à l'université. Si je l'avais su, je n'aurais jamais accepté. Il m'avait dit qu'il avait eu une prime au travail... Je... Je m'en veux vraiment de l'avoir cru, alors qu'il m'avait déjà menti tellement de fois.

Manifestement, elle essayait de lui faire comprendre les raisons pour lesquelles elle était si furieuse contre lui. Et il comprenait. Vraiment. Cédant à son instinct, il la prit dans ses bras. Sa bouche était une tentation à laquelle il ne pouvait résister. Brièvement, il effleura ses lèvres des siennes.

Et au moment où il releva la tête, elle soupira.

Il comprenait, à présent, combien ses mensonges lui avaient fait du mal. Parviendrait-il un jour à se faire pardonner ? Pour l'heure, en tout cas, il lui fallait reculer. Il ne devait pas la brusquer.

— Dis-moi, comment as-tu réussi à rassembler suffisamment d'argent pour acheter cet appartement ?

— Après la fondation d'IDG, j'ai mis beaucoup d'argent de côté et j'ai utilisé mes parts dans la société pour obtenir un prêt. Je rembourse tous les mois. Mais ce n'est pas très important, tu sais ?

C'était très important, au contraire, et cela lui en disait bien plus sur elle que tout ce qu'il avait pu apprendre au cours des quelques mois où ils avaient vécu ensemble.

— Pourquoi ne m'en as-tu jamais parlé ?

Elle piqua un fard et se mit à se mordiller la lèvre d'un air gêné.

— Ça ne me semblait pas important.

Il avait furieusement envie de faire sensuellement glisser son pouce sur ses belles lèvres. Mais il se retint.

— Ça l'est. Alors j'imagine que tu venais rendre visite à Mme B sans moi ?

— Oui.

— Donc, je ne suis pas le seul à avoir caché une facette de ma personnalité ?

Elle se détourna de lui quelques instants avant de le regarder à nouveau en face.

— C'est peut-être parce qu'on avait tous les deux peur de baisser la garde.

— Il n'y a pas de « peut-être » ; c'est sûr.

— Mais en dehors de ça, j'ai tout partagé avec toi. Tu sais... ce n'est pas facile d'avoir un père condamné pour avoir dépouillé de toutes leurs économies des tas de personnes innocentes. Ce n'est pas une chose qu'on a envie de crier sur tous les toits.

Cette discussion lui rappela toutes les conversations intimes qu'ils avaient eues sur l'oreiller. Mais c'était là la première fois qu'ils touchaient au cœur de la vérité. Et dans cette pièce bondée, il se sentait à présent plus proche d'elle qu'il ne l'avait jamais été quand ils étaient nus au lit.

Et pourtant, il avait envie d'être nu avec elle au lit. Il avait envie de retrouver avec elle ses vieilles habitudes. Mais il commençait à comprendre qu'ils ne pourraient jamais revenir en arrière.

— Comme moi avec mon métier. Parfois, ça ne fait pas de mal

d'avoir un nouveau départ et d'être la personne qu'on souhaiterait être.

Il essayait de l'influencer. De lui faire comprendre que son mensonge n'était pas aussi intentionnel qu'elle l'avait sans doute pensé. Mais elle avait à l'évidence perçu en lui quelque chose qui suscitait sa méfiance.

Il essaya de se dire que ce n'était pas un problème, mais la partie de lui qui doutait toujours avait peur. Ce vide qu'il craignait d'avoir en lui… Et si elle l'avait perçu, elle aussi ?

7

Paisley n'avait pas vraiment le temps de réfléchir à tout ce que Sean lui avait dit. Mais il avait mis en avant une chose qu'elle avait manquée, peut-être délibérément : elle lui avait elle aussi caché une part de sa personnalité. Elle passa l'après-midi à bavarder avec les autres femmes, gardant ses distances avec lui pour mieux l'observer.

Mais tout bien considéré, il se comportait exactement comme il le faisait quand il était Jack. Avait-elle réagi de façon excessive à cette histoire d'identité cachée ?

La salle commune de l'immeuble avait été décorée d'un immense sapin, sous lequel se trouvaient des tas de cadeaux. Une grande scène avait été montée à l'une des extrémités et des bouquets de gui étaient suspendus partout.

Les cookies se trouvaient sur une grande table longue. À côté, diverses boissons étaient proposées, dont la bière de Noël de Dante. Des rangées de chaises avaient été disposées face à la scène, et elles étaient déjà occupées par les résidents de l'immeuble, les familles des enfants participants et d'autres invités.

Mme B et ses collègues finirent par monter sur scène avec un groupe d'enfants, et ils commencèrent le spectacle par « Step into Christmas » d'Elton John. Paisley les observa en songeant au bébé. Dont elle dissimulait l'existence à Sean, parce qu'elle ne savait pas qui il était. Elle venait de se faire cette réflexion quand Candace lui fit signe de rejoindre la scène. Tout sourire, il intégra la chorale, qui venait de se lancer dans une version jazzy de « The Twelve Days of Christmas ».

Il était évident qu'il rayonnait quand il se trouvait devant un public. Et il était tellement sexy. Elle avait toujours envie de lui, bien plus qu'elle n'aurait dû. Elle ne savait pas si elle pouvait lui faire confiance et elle ne pouvait pas laisser ses hormones la ramener dans ses bras. Mais c'était là qu'elle avait envie d'être.

Cependant, elle ne pouvait plus tenir compte uniquement d'elle-même dans ses prises de décision. Il lui fallait également penser au bébé.

Elle était tellement absorbée dans sa réflexion qu'elle ne s'était même pas rendu compte qu'Olive s'était approchée d'elle.

— Tu sais, je trouve que Sean est vraiment super. Jack était bien, déjà, mais maintenant que je sais qui il est réellement, il me semble moins… fade.

— C'est aussi mon sentiment.

— Et bizarrement, ça n'a pas l'air de te rendre heureuse.

— Si, si. Mais il se trouve que Sean m'a fait remarquer que je ne lui avais jamais parlé de Mme B. Et du coup, j'ai compris que, moi aussi, je lui avais dissimulé un aspect important de ma vie.

— Attends… vous appreniez à vous connaître. Tu ne lui as jamais dit que tu t'appelais Judy, ou un truc comme ça. Il savait dès le départ quel genre de femme tu étais.

— Mais il n'a pas tort. Il est vrai que j'ai une fâcheuse tendance à prétendre que je ne suis pas la fille de mon père.

L'air attendri, Olive la prit dans ses bras.

— J'ai moi-même une fâcheuse tendance à prétendre que je n'ai jamais été une garce. Tu sais, Dante n'aime pas regarder en arrière lui non plus, mais l'une des choses que j'ai apprises de lui est que nous sommes tous le produit de notre passé. Si tu es la femme que tu es aujourd'hui, c'est grâce à l'homme que ton père était. Je ne te dis pas que tu as eu raison de le cacher à Sean, mais je pense que, s'il n'y avait pas eu ce bouleversement dans votre relation, tu n'aurais pas tardé à lui ouvrir ton cœur.

Paisley puisa dans ces paroles un certain réconfort. En effet, avant que la situation ne dégénère, elle commençait tout juste à se sentir prête à partager davantage de choses avec Sean. Mais elle devait voir la vérité en face : elle avait honte de son père. Elle n'avait pas envie que Sean sache qu'elle était la fille d'un escroc.

Cependant, si elle exigeait de sa part une totale honnêteté, elle se devait de lui offrir la même chose.

Ce qui signifiait qu'il fallait qu'elle lui parle du bébé.

Elle ne pouvait plus prétendre qu'elle ne savait pas qui il était réellement. Il l'avait soutenue tout au long de la journée. Sans jamais penser à ce que cela pouvait lui apporter. Elle ne s'attendait pas à ça de sa part. Et l'opinion qu'elle avait de lui s'était beaucoup améliorée.

Tout sourire, il finit par s'approcher d'elles. Au passage, il attrapa sur une table un bonnet de Père Noël, dont il se coiffa.

— Eh, les filles, vous venez avec nous sur scène ?

— Non, répondit Paisley. Ce n'est pas ma tasse de thé. Mais c'est là le genre d'événement qui pourrait vraiment mettre en valeur ton film. Ça te dérange si je fais quelques photos et vidéos et qu'on les met en ligne demain ?

— Pas de problème pour moi, mais il faudrait que tu demandes l'avis des autres personnes. Je ne voudrais pas qu'on m'accuse de m'être servi d'elles pour mettre en avant mon film.

— J'en parlerai à Mme B. Et merci d'avoir demandé à Dante d'apporter de la bière. C'est la première année où il y a autant de résidents de l'immeuble. Et j'ai remarqué que beaucoup de parents étaient restés, aussi.

— Ce n'est rien. Je suis content de voir que tout le monde s'amuse et profite de l'ambiance de Noël. Pour tout te dire, je n'aurais jamais imaginé que je passerais un aussi bon moment.

— Pourquoi ?

— Eh bien, je ne pense pas être aigri ou quoi que ce soit de ce genre, mais Noël n'a jamais signifié grand-chose pour moi. Ceci étant, depuis que j'ai chanté avec ces dames et que j'ai écouté leurs histoires... je crois que je commence à mieux comprendre la beauté et l'attrait de cette fête.

Elle lui sourit. Au même moment, Candace cria le nom de Sean.

— Candace a l'air conquise, elle aussi. Manifestement, j'ai de la concurrence.

Il s'était tourné vers la scène, mais il fit volte-face et passa son bras autour de ses épaules.

— Ce n'est qu'un petit flirt, lui dit-il d'une voix taquine. Je veux bien plus que ça avec toi.

Mais jusqu'où voulait-il aller, exactement ?

Elle se posa la question, mais se garda bien de prononcer ces mots. Il y avait encore tellement de non-dits entre eux. Néanmoins, elle avait le sentiment qu'ils venaient de s'engager sur la bonne voie. Une voie qui lui permettrait, à un moment ou à un autre, de lui parler sereinement du bébé.

Sans le moindre avertissement, il déposa un baiser sur ses lèvres, léger, un simple effleurement. Après quoi il lui fit un clin d'œil malicieux en pointant son doigt vers le haut.

— Du gui, dit-il juste avant de partir rejoindre Candace.

Paisley le regarda s'éloigner. Ce baiser avait réveillé des souvenirs et décuplé le désir qu'elle avait pour lui. Mais elle s'était juré que, s'ils étaient amenés à coucher à nouveau ensemble, il fallait qu'il n'y ait aucun secret entre eux.

Il fallait qu'elle lui parle.

Sean avait passé un bon moment à chanter sur scène avec Candace et les enfants. Cela faisait bien longtemps qu'il n'avait pas participé à un rassemblement familial de ce genre. Au fond de lui, il avait envie de faire bonne impression sur Paisley, mais il ne pouvait pas le faire comme il en avait l'habitude. Une contrainte qui, paradoxalement, avait un effet libérateur. Elle voulait le voir tel qu'il était réellement ; ce n'était pas la superstar de Hollywood qu'elle attendait.

Elle voulait l'homme. Rien de plus.

Tout bien réfléchi, peut-être avait-il passé trop de temps à essayer de diviser sa vie en compartiments. Ce fut la réflexion qu'il se fit. Mais quand les parents commencèrent à le reconnaître et à lui demander de poser pour des photos, d'instinct, il remonta la garde pour se glisser dans la peau du personnage avec lequel il se sentait le plus à l'aise.

Il plaisanta avec les hommes, charma les femmes et fit de son mieux pour amuser les enfants. Plus les gens lui réclamaient des photos, moins il avait le sentiment d'être l'homme de Paisley.

Il n'allait pas se plaindre, et jamais il ne repousserait un fan, mais pour la première fois de sa vie, le feu des projecteurs l'irritait. Il aurait voulu être là en tant que Jack. Mais il n'était pas Jack. Telle était sa vie. En cherchant Paisley du regard, il finit par la trouver avec Olive et Dante. Après avoir posé pour une dernière photo, il s'excusa pour aller les rejoindre.

Elle releva les yeux à son approche et quelque chose de familier passa entre eux. Ces quelques mois au cours desquels ils avaient vécu ensemble avaient fait d'eux un couple. Et il ne voulait surtout pas gâcher ça. Il sentit son cœur s'emballer quand il en prit conscience. Son esprit embrouillé lui jouait des tours, il se demandait à présent s'il était Jack, Sean ou quelque chose entre les deux. Il ne savait pas. La seule chose qu'il savait, c'est qu'il voulait être ce qu'elle voulait qu'il soit.

Doucement, elle lui prit la main pour le conduire jusqu'à une remise.

— Je voulais juste te remercier pour tout ce que tu as fait, lui dit-elle après avoir refermé la porte derrière eux. Évidemment, tu t'es servi de ta célébrité, dans le bon sens du terme, mais l'homme que j'ai observé ce soir… il ne m'a pas semblé si différent de Jack.

Il lui fallut croiser les bras pour s'empêcher de la toucher. Comment lui expliquer ce qu'il ne comprenait pas lui-même ?

— Il est évident que Jack est une facette de l'homme que je suis réellement. Mais qu'est-ce que tu as voulu dire quand tu as affirmé que je m'étais servi de ma célébrité dans le bon sens du terme ?

Après s'être mordillé la lèvre quelques secondes, elle finit par secouer la tête, comme si elle venait de prendre une importante décision.

— Je pensais à la façon dont tu as traité tes fans et au naturel avec lequel tu t'es comporté avec Candace et Mme B. J'imagine que tu n'as pas envie d'entendre ça, mais… j'avais peur que tu te sentes au-dessus de tout ça.

À ces mots, il ne put s'empêcher de rire.

— J'essaie de ne pas trop me comporter comme un abruti quand je suis en public.

— Tu as fait bien mieux que ça. Et pour en revenir à ce que tu m'as dit tout à l'heure, au sujet du fait que je t'avais caché des choses moi aussi… eh bien je crois que tu as eu raison. Je ne sais pas pourquoi j'ai fait ça.

Mais lui, il le savait.

— On essaie tous de cacher ce qu'on perçoit comme les choses laides de notre passé. C'est ce que je fais, moi aussi.

— Pourquoi avoir choisi le mot « percevoir » ? Ce que mon père a fait est bien réel, tu sais ?

— Ce que je veux dire, c'est qu'on voit ça comme des taches, des choses qui ont laissé une vilaine marque sur nous. Mais en réalité, les actes criminels de ton père ont fait de toi la femme que tu es aujourd'hui. Ils te rendent plus forte. On a tous en nous quelque chose de similaire qui nous permet d'avancer.

— Pour toi, qu'est-ce que c'est ? lui demanda-t-elle d'une toute petite voix.

— L'ego. L'assurance. J'ai besoin de ces deux choses pour croire que je peux convaincre un public que je suis un autre. Mais paradoxalement, à force d'être un autre, il m'arrive parfois de me sentir perdu. De ne plus savoir qui je suis réellement.

Après avoir doucement secoué la tête, elle le prit dans ses bras. Et il la serra dans les siens en retour, se délectant de la chaleur de son corps, de la douce sensation de sa joue contre son cœur.

— On a tous le sentiment de faire semblant, parfois, lui dit-elle. Et même si tu m'as menti sur ton nom et sur ta profession, il me semble à présent que tu t'es montré honnête sur beaucoup d'autres choses. À moins bien sûr que tu ne fasses semblant, maintenant ?

Que pouvait-il répondre à cela ? De toute façon, comme il l'avait dans les bras, il ne parvenait pas à réfléchir. Il sentait la douceur de ses seins appuyés contre les muscles de son torse et il lui fallait se faire violence pour ne pas céder au besoin de passer ses mains sous ses fesses parfaites pour la serrer un peu plus contre lui et l'embrasser. Ce baiser dont il rêvait jour et nuit depuis qu'il l'avait laissée partir le soir où tout avait basculé.

Mais il avait également envie de savourer ce qui, pour lui, était un moment de tendresse. Il pouvait compter sur les doigts d'une main le nombre de fois où quelqu'un l'avait ainsi serré dans ses bras et lui avait ainsi donné le sentiment d'être important et aimé.

— Je ne fais pas semblant, Paisley. Mais je t'ai dit la vérité : je ne sais pas trop où j'en suis, je me sens perdu.

Elle eut un doux sourire.

— Moi aussi. Je voudrais… Je voudrais que ce Noël soit un nouveau départ pour nous. Qu'est-ce que tu en dis ?

— J'ai envie de ça, moi aussi. Plus de secrets.

Après l'avoir longuement regardé, elle se hissa sur la pointe des pieds pour l'embrasser. Et à ce moment-là, il ne put plus réfléchir du tout. Ce qui ne l'empêcha cependant pas de remercier sa bonne étoile de lui avoir accordé une deuxième chance.

Jusqu'à cet instant, Paisley n'avait pas réalisé combien la chaleur des bras de Sean lui avait manqué. Elle savait qu'elle avait fait preuve de lâcheté en l'embrassant, mais elle ne se sentait pas encore prête à lui parler du bébé. Elle avait vraiment aimé ce qu'elle avait vu de lui ce jour-là, mais il y avait une autre part d'elle-même qui avait toujours du mal à accepter la situation.

Le baiser fut passionné et familier, mais après ce qui s'était passé entre eux, il lui donna également une impression de nouveauté. Tout en mêlant sa langue à la sienne, elle se hissa un peu plus sur la pointe de ses pieds pour passer fougueusement la main dans ses beaux cheveux épais. Tout en lui lui semblait à la fois similaire et différent.

La porte finit par s'ouvrir derrière eux. Embarrassée, elle s'écarta de Sean, qui garda néanmoins son bras autour de ses épaules.

— Désolée de vous déranger, les enfants, leur dit Candace, mais les gens commencent à partir. Vous voulez venir leur dire au revoir pendant qu'ils récupèrent leurs manteaux ?

— Bien sûr, répondit Paisley. On était juste en train de…

— Je suis vieille, mais je n'ai pas oublié ce que c'est que d'être avec un homme, leur dit Candace, en leur faisant un clin d'œil.

Tout en riant, ils suivirent la vieille femme dans la grande salle, où parents et enfants attendaient de récupérer leurs manteaux. Et comme il se remit à signer quelques autographes, Paisley décida de profiter de cette occasion pour reprendre ses distances. Sa détermination commençait à faiblir. Elle n'avait qu'une envie :

se blottir contre lui et prétendre qu'elle pouvait tout oublier de sa grossesse et de son passé. Mais elle n'avait pas le droit de faire ça.

Elle avait besoin d'une distraction et, comme toujours, elle la trouva dans son travail. À l'aide de son téléphone, elle le filma tandis qu'il parlait aux enfants. Il avait vraiment un don pour adapter son comportement en fonction de la situation.

C'était plutôt inquiétant. Mais l'était-ce suffisamment pour justifier de garder le secret d'un bébé ? Il lui avait dit qu'il voulait repartir à zéro.

« Plus de secrets. »

Elle luttait pour essayer de justifier son silence. Mais soudain, elle se souvint de quelque chose que sa mère avait dit à l'occasion du procès public de son père. Ils n'avaient pas à se justifier. Chacun d'entre eux devait trouver un moyen de vivre en paix avec ce qu'il avait fait.

Elle poussa un lourd soupir. Il fallait qu'elle trouve un moyen de vivre en paix avec le bébé et qu'elle détermine si elle voulait en parler à Sean. Il semblait toujours vouloir se racheter. Se montrait-elle trop dure avec lui ? Ne cherchait-elle pas à se raccrocher à sa colère pour se justifier de son silence ?

Comme s'il avait perçu son trouble intérieur, il porta sur elle un regard interrogateur. Se forçant à sourire, elle secoua la tête et pointa du doigt son téléphone.

Mais qu'est-ce qu'elle faisait ?

On aurait à présent dit qu'elle cherchait compulsivement à le duper. Tournant les talons, elle se dirigea vers les toilettes publiques de l'immeuble et s'enferma dans l'une des cabines. Il fallait qu'elle arrête ça.

Plus de secrets. C'était ce qu'il lui avait demandé. Il fallait soit qu'elle lui révèle ce qu'elle avait à lui révéler, soit qu'elle lui explique qu'elle avait besoin de temps pour lui en parler. Mais la vérité, c'est qu'elle était déjà à moitié amoureuse de Jack quand elle avait appris qu'il était en réalité Sean. Et qu'elle espérait de tout son cœur avoir une deuxième chance de découvrir qu'il était bien l'homme qu'elle avait cru voir en lui.

Mais cette deuxième chance, elle ne pourrait jamais la saisir si elle lui mentait.

Elle ne pouvait pas passer à côté de ça. Il faisait des efforts ; elle devait suivre son exemple.

— Pais ? fit soudain la voix d'Olive, de l'autre côté de la porte. Tu es là ?

Embarrassée, elle tira la chasse d'eau pour éviter que son amie pense qu'elle était juste là pour se cacher. Et elle finit par sortir.

— Oui. Qu'est-ce qui se passe ?

Tout en inclinant la tête sur le côté, Olive se mit à l'observer attentivement.

— J'étais juste venue prendre de tes nouvelles. Sean m'a dit qu'il avait l'impression que quelque chose n'allait pas.

— Toujours le même problème, répondit Paisley en posant la main sur son ventre pour faire comprendre à son amie de quoi elle parlait.

Elle ne voulait pas prendre le risque d'être surprise à parler du bébé avant d'avoir annoncé la nouvelle à Sean.

— Ah. Est-ce que ce qui s'est passé aujourd'hui t'a permis d'y voir un peu plus clair ? Je sais bien que cette histoire de Jack-Sean doit être très lourde à digérer. Et je ne parle même pas de… ça, fit Olive en pointant du doigt son ventre.

Paisley ne savait pas si cela lui avait permis d'y voir un peu plus clair. Ce qu'elle savait, en revanche, c'est qu'elle n'avait aucune envie d'en parler. Elle ne savait pas ce qu'elle ressentait, elle ne voyait pas comment elle pouvait l'expliquer.

— Peut-être. En tout cas, il a été super aujourd'hui, tu ne trouves pas ?

— Super, oui ! Et je serais prête à parier cher qu'il n'a pas fait semblant.

— Moi de même. Il m'a dit… qu'il ne voulait plus de secrets.

— Mais toi, tu en as toujours un.

— Oui. Et je n'ai ni envie de me hâter de le lui dire, ni envie de le lui cacher. Du coup… je ne sais pas quoi faire.

— Tu as le droit de ne pas savoir quoi faire. Et je pense que, quelle que soit ta décision, il comprendra.

— Tu crois ?

— En réalité, non. J'essayais juste de te soutenir comme se doit de le faire une amie. Mais en fait… moi, je comprends que tu n'aies pas envie de précipiter les choses ; mais lui, c'est un homme. Je ne suis pas sûre qu'il saisisse la subtilité des sentiments qui t'auront poussée à attendre.

Tout en riant un peu, Paisley acquiesça.

— C'est exactement ça. Je suis piégée et je ne sais pas quoi faire pour m'en sortir.

— Tu trouveras bien un moyen. Tu trouves toujours un moyen, lui dit Olive tandis qu'elles quittaient ensemble les toilettes.

La salle commune s'était vidée ; ne restaient plus que Dante et Sean. Olive et Dante la serrèrent dans leurs bras pour lui dire au revoir, et quand elle finit par se tourner vers Sean, elle sentit son cœur s'emballer.

Plus de secrets. C'était ce qu'il voulait. Comment allait-elle faire ? Elle ne se sentait pas du tout prête.

— Il commence à neiger. Tu veux aller te promener ? lui demanda-t-il.

— Oui. J'adore la neige.

— Je sais, tu me l'as dit. Je ne te connais pas si mal, après tout.

8

Au moment où ils quittèrent l'immeuble pour s'engager dans Michigan Avenue, Paisley releva le col de son manteau. Elle resongea au Noël de l'année passée et au souhait qu'elle avait fait de voir sa vie changer. Force lui était de constater que ce souhait s'était réalisé, mais pas du tout comme elle aurait pu le penser. Elle avait une aventure avec une star de cinéma, elle était enceinte et ses meilleures amies étaient toutes les deux en couple.

En y pensant, elle ne put s'empêcher de rire. Sean se tourna alors vers elle. Des flocons de neige étaient restés accrochés à ses longs cils noirs et à la casquette qu'il portait.

— Qu'est-ce qu'il y a ?

— Je me disais juste que la vie s'était révélée bien surprenante, ces derniers temps.

— Ah oui ? Sur quel aspect en particulier ?

— Il s'avère que j'ai à présent une aventure avec une superstar, répondit-elle en haussant les épaules. Je n'aurais jamais imaginé ça un jour.

— Si tu l'avais su dès le départ, est-ce que ça aurait changé les choses ?

— Bien sûr que oui. Je n'aurais jamais flirté avec Sean O'Neill. Nous n'appartenons pas au même milieu. Ça m'aurait semblé bizarre.

— La gloire est une chose superficielle. Tu le sais, n'est-ce pas ?

— Oui, naturellement. Mais... comment fais-tu pour rester normal ?

— Euh... tu sais bien que j'ai un ego démesuré, lui répondit-il en lui faisant un clin d'œil.

— Je ne pense pas, non.

— Ce que je veux dire, c'est que je sais que je suis doué pour mon métier. Quant aux photographes et aux sites people qui parlent sans arrêt de moi, ce n'est pas ma partie préférée. Mais tu sais, on ne se serait jamais connus si…

Tout en hochant la tête, elle l'interrompit.

— Si tu ne m'avais pas menti. Oui, tu as raison.

— C'est bizarre. Tu admets enfin que j'ai eu raison, et pourtant, j'ai toujours le sentiment d'avoir eu tort.

— Ce n'est pas comme ça que je l'entendais.

À ces mots, il s'arrêta pour placer sa main sur son bras. Elle se tourna vers lui. La neige continuait de tomber en flocons légers. Un décor parfait, qu'on aurait cru tout droit tiré d'un film de Sean O'Neill. Elle s'efforçait de nouveau de le voir comme une superstar. Mais c'était trop tard. Parce qu'elle le connaissait à présent. Elle avait juste peur de lui accorder sa confiance. Peur de se tromper une nouvelle fois sur lui.

— Je sais. C'est juste que… plus on en discute, plus je me rends compte que mentir était la seule possibilité que j'avais. Mais d'un autre côté, c'est à présent la seule raison pour laquelle tu n'as plus confiance en moi.

Il s'interrompit, soupira.

— J'aimerais pouvoir dire quelque chose de juste, mais soyons honnêtes, je ne suis pas dialoguiste. Je ne suis doué que pour faire vivre des paroles écrites par un autre.

Il paraissait tellement… seul. Émue, elle lui caressa doucement la joue.

— Je trouve que tu t'en sors très bien. Il n'est pas toujours facile d'expliquer les erreurs qu'on a commises. Et puis comme tu l'as si bien dit, je t'ai caché des choses, moi aussi.

— Certains aspects de nous sont plus difficiles à partager. Je ne sais pas pour toi, mais moi, quand je sors avec quelqu'un, j'essaie d'être la meilleure version de moi-même.

— Moi aussi. Je ne commence jamais par dire : « Mon père était un escroc. »

Comme elle l'avait espéré, cette réplique le fit rire. Prenant sa main dans la sienne, il finit par l'attirer vers lui pour l'embrasser.

Elle soupira au moment où il joignit ses lèvres aux siennes, et tout en l'embrassant avec passion, elle passa fougueusement la main dans ses cheveux, n'hésitant pas à se lover contre lui, pressant ses seins contre les muscles durs de son torse.

— Ce baiser..., finit-elle par dire.

— C'était bon ?

— Pas mal. Mais je pense qu'en s'entraînant un peu ce soir, on pourrait encore s'améliorer.

Rejetant la tête en arrière, il se mit à rire aux éclats, et pour la première fois depuis que les paparazzis avaient bouleversé sa vie, elle se sentit totalement emplie de joie.

Main dans la main, ils se remirent à avancer vers les lumières de Michigan Avenue. C'était de cette façon qu'ils devaient prendre leur nouveau départ. Il n'y avait pas de moyen facile d'effacer les mensonges qu'il y avait entre eux, mais il commençait lentement à lui révéler sa véritable personnalité.

Ce qui ne faisait qu'ajouter au mélange déjà complexe d'émotions qu'il lui inspirait. Mais il ne fallait surtout pas qu'elle réfléchisse trop à ce nouveau départ dans leur relation. Il fallait qu'elle savoure l'instant présent. Elle avait une fâcheuse tendance à tout planifier, à chercher le moyen le plus sûr de passer à l'étape suivante. Mais les relations humaines ne fonctionnent pas de cette façon.

Notamment quand un bébé est impliqué. Un sentiment de panique s'empara d'elle. Comment allait-elle réussir à élever un enfant ? Serait-elle une bonne mère ? C'est là précisément le genre de chose qu'il est impossible de planifier.

— Ça va ? lui demanda-t-il d'un air anxieux.

— Euh... pas vraiment, non. Je sais que tu as dit que tu ne voulais plus de secrets, mais je ne suis pas sûre de pouvoir tout te dire...

Il l'interrompit en plaçant son doigt sur ses lèvres.

— Tu n'es pas obligée de tout me dire. Parfois, l'honnêteté, c'est juste d'être fidèle à soi-même. Quand tu auras confiance en moi, tu n'auras plus peur de me parler.

Mais était-ce vraiment ça ?

Était-ce le manque de confiance qui l'empêchait de lui parler du bébé ? Oui, naturellement. Mais il y avait aussi un million d'autres questions : constitueraient-ils une famille ? Élèveraient-ils l'enfant ensemble ou vivraient-ils chacun de son côté ? Éprouverait-il l'envie d'être père ?

Sa belle voix grave la ramena doucement à la réalité :

— Ne nous mettons pas la pression, Paisley. Profitons juste de ce moment de bonheur. Si nous avons décidé de prendre un nouveau départ, c'est parce que nous nous apprécions mutuellement, parce qu'il y a une incroyable alchimie sexuelle entre nous, et certainement aussi parce que nous n'avons pas envie de nous séparer, non ?

Pas de pression ? Pouvait-elle vraiment lâcher prise... au moins pour quelque temps ?

Allez, Paisley. Tu es Elsa de La Reine des neiges. *Libère-toi. Profite de cette belle soirée de décembre sous la neige avec ta superstar de Hollywood.*

Tout en riant, elle le prit dans ses bras et le serra fort contre elle. Plaçant ses mains sur ses joues, il l'obligea alors à relever la tête et l'embrassa avec une fougue à laquelle elle ne s'attendait pas. L'étincelle qu'il y avait toujours entre eux s'embrasa immédiatement, et au moment où elle ferma les yeux, elle sentit toutes ses craintes se dissiper. Quand il l'embrassait comme ça, il n'y avait plus de place pour elles dans sa tête.

Avec une fermeté qui lui était familière, elle sentait à présent ses lèvres bouger sur les siennes. Inclinant la tête sur le côté, elle lui rendit son baiser, mêlant sa langue à la sienne. Le sentiment qu'elle avait, c'est que quelque chose de perdu venait d'être retrouvé.

Sean savait qu'il n'y avait pas de moyen facile de gagner sa confiance. Ou de trouver la confiance d'être lui-même. Il avait compris que Paisley avait peur. C'est sa célébrité qui avait cet effet-là. Les gens n'arrivaient pas à comprendre qu'il pouvait être exactement comme eux. Mais il se moquait bien de ce que les gens pensaient. Seule Paisley importait.

Elle était de nouveau dans ses bras et il avait le sentiment que quelque chose de dur et de froid commençait à fondre en lui. Un brasier s'allumait dans son corps. Sentant son sexe durcir, il se déplaça légèrement pour qu'elle ne puisse pas le sentir. Il ne voulait pas qu'elle pense qu'il ne s'agissait que de sexe. Mais il lui fallait arrêter de raisonner ; il réfléchissait trop. Il l'avait dans les bras et il n'avait aucune intention de la laisser partir. Elle avait un goût aussi divin que dans ses souvenirs. Plus exotique et addictif que tout ce qu'il avait pu goûter jusqu'ici. Il avait envie d'elle.

Il voulait retourner dans son lit, non pas seulement parce qu'elle le rendait fou de désir, mais aussi pour que la tension en lui puisse se dissiper et lui permettre de se convaincre qu'il était toujours l'homme qu'elle voulait qu'il soit. Il faisait beaucoup d'efforts pour la reconquérir, mais dans son esprit subsistait l'inquiétude de ne pas être assez bien pour elle. Il avait peur de ne jamais réussir à se faire pardonner. Peur que ce soit la dernière fois qu'il la tienne dans ses bras.

Elle n'avait pas confiance en lui.

Pouvait-il utiliser le lien physique qui les unissait pour regagner sa confiance ? Il ne savait pas. Mais il l'espérait.

Entendant que des passants s'approchaient d'eux, il releva la tête, sans cesser de la serrer contre lui.

— Allons-y.

— Où ?

— Regarder les vitrines. J'en ai vu une qui devrait t'intéresser.

Il se souvenait avoir vu chez elle la reproduction d'un tableau. Une peinture de Norman Rockwell représentant une petite fille devant une cheminée décorée de guirlandes, à côté d'un sapin. Or, il avait repéré dans une vitrine une reproduction beaucoup plus grande de ce même tableau. En la lui montrant, il voulait lui prouver que, même s'il n'avait pas été tout à fait honnête avec elle, il prêtait attention à elle parce qu'elle comptait beaucoup pour lui.

— Tu crois que tu peux faire ça ? lui demanda-t-elle. Les gens ne vont pas te reconnaître ?

— Quelques-uns, peut-être. Mais avec cette casquette, je pense que je devrais passer inaperçu.

— Dans ce cas, oui, avec plaisir, dit-elle en glissant sa main gantée dans la sienne et en entrelaçant ses doigts aux siens.

Agréablement surpris, il prit une profonde inspiration. Manifestement, ce baiser l'avait adoucie, plus encore qu'il ne l'avait espéré.

Michigan Avenue était bondée de passants, et des chants de

Noël s'y déversaient par les portes ouvertes des magasins. Serrés l'un contre l'autre, ils se faufilèrent dans la foule pour s'approcher de la vitrine qu'il avait repérée précédemment.

— Celle-ci, dit-il en passant son bras autour de ses épaules.

Et juste avant qu'elle ne tourne la tête vers lui, il l'entendit reprendre son souffle bruyamment.

— Comment sais-tu que j'adore cette scène ?

— Tu en as une reproduction chez toi.

— Elle est minuscule. À peine la taille d'une carte postale. Je ne pensais pas que tu l'avais remarquée.

— Je l'ai remarquée.

Glissant son bras autour de sa taille, elle se tourna entièrement vers lui.

— Qu'as-tu remarqué d'autre ?

— Que tu ouvres les stores aussitôt que tu es réveillée et que tu restes quelques secondes à la fenêtre à regarder le ciel. Que tu te réveilles tôt, mais que, les vingt premières minutes environ, tu n'as pas envie de parler.

Il le savait d'expérience. Mauvaise expérience.

— C'est vrai, répondit-elle en riant. Moi, j'ai remarqué que tu te réveillais tôt toi aussi et que tu faisais du sport. Cinquante pompes et cent abdominaux.

— Quand je n'ai pas d'activité physique, je réfléchis. Et je n'aime pas toujours la direction que prennent mes pensées.

C'était vrai surtout à l'époque où il la trompait sur son identité. Il lui était difficile de rester positif alors qu'il savait qu'il ne se montrait pas honnête avec elle. Mais il ne savait pas comment lui expliquer ça.

— Ça doit être stressant de faire semblant d'être un autre.

Sans cesser de la serrer contre lui, il s'éloigna de la vitrine et se remit à avancer.

— Pas vraiment. C'est mon métier, tu sais ? Ce qui était stressant, c'était de ne rien te dire.

— En fait, chaque personne a sa façon bien à elle de gérer son stress.

— Je pense aussi. Et toi, qu'est-ce que tu fais quand tu es stressée ?

— Des listes. En ce moment même, je suis en train de dresser celle des pour et des contre.

— C'est vrai ? Et quel stress vise-t-elle à soulager ?

— Celui du désir de te réinviter chez moi. Ce baiser de tout à l'heure était vraiment délicieux.

— Ah. Je sais que j'ai toujours été très doué pour ça.

— Je croyais qu'on s'était mis d'accord pour que tu laisses ton ego de côté, lui dit-elle d'une voix taquine.

— Quoi ? Je ne me souviens pas avoir renoncé au plaisir d'être caressé dans le sens du poil.

Tout en riant un peu, elle lui passa la main dans les cheveux. Mais soudain, elle s'arrêta. Son regard était devenu beaucoup plus sérieux.

— Alors, c'était vrai ?

— Tout ce qu'il y a eu entre nous était vrai, Pais.

Ils étaient arrivés au bout de la zone commerçante de Michigan Avenue. Doucement, elle releva la tête vers lui.

— Je n'en suis pas si sûre. Pour ma part, j'ai fait semblant de ne pas vouloir que tu retournes dans mon lit. Mais c'était un mensonge que je me disais à moi-même pour préserver ma fierté.

Fierté. Jusqu'à ce que Paisley prononce ce mot, Sean n'avait pas pensé que ce sentiment puisse jouer un rôle dans leur relation. Et s'il était lui aussi motivé par la fierté ? S'il ne pouvait pas la laisser partir, n'était-ce pas parce que son ego avait été blessé. Toutes les femmes avaient envie de lui. Enfin, pas toutes, mais presque. Comment pouvait-elle ne pas vouloir de lui juste parce qu'il était Sean O'Neill ?

Mais il cherchait à se distraire. Le problème n'était pas là. L'important était qu'elle retourne dans son lit. Car au fond de lui, il était persuadé que, s'il parvenait à la reconquérir physiquement, il réussirait également à la convaincre que sa place était auprès de lui.

— Je trouve ton silence inquiétant, finit-elle par lui dire. Tu n'as pas envie de moi ?

— Bien plus que tu ne le penses, ma belle. Mais je veux que ce soit ta décision.

— Je pense plutôt que ça devrait être la nôtre.

La nôtre.

À ces mots, il sentit son cœur s'emballer. L'idée de prendre part à un couple trouvait un profond écho en lui. Mais il s'efforça d'ignorer ces émotions. Il aurait tout le temps d'y songer plus tard.

Alors qu'il se faisait ces réflexions, elle lui avait adressé ce doux sourire intime qu'elle ne faisait que devant lui, et malgré tout le désir qu'il avait de prétendre que cela ne le touchait pas, il sentit que quelque chose venait encore de fondre en lui. Il la reprit dans ses bras ; ne pas la toucher ne fonctionnait pas, ce n'était pas une solution. Et de toute façon, il avait besoin de ce contact physique. Le serrant fort contre elle, elle releva la tête et ils joignirent leurs lèvres pour échanger un long baiser plein de sensualité. Il fallait absolument qu'ils trouvent un endroit privé.

Elle avait toujours eu cet effet-là sur lui. Elle avait un véritable don pour l'exciter.

— Oui. Retournons chez nous.

Elle hocha la tête, et tout en se mordillant la lèvre, elle sortit son téléphone pour réserver un Uber. Quelques minutes plus tard, un chauffeur passait les chercher. Durant le trajet, aucun d'entre eux ne prononça le moindre mot. Serrés l'un contre l'autre, ils se contentèrent de regarder les bâtiments défiler. Mais quand le chauffeur finit par s'arrêter devant son immeuble, Sean hésita. Il se souvenait à présent de la dernière fois qu'il s'était trouvé là.

Il n'était pas revenu dans son appartement depuis le matin où il était parti chez le coiffeur pour retrouver sa couleur naturelle afin de se débarrasser des derniers vestiges de Jack.

Elle devait y resonger elle aussi. D'ailleurs, elle sembla hésiter devant le portail de l'immeuble. Avait-elle changé d'avis ?

— Tu en as toujours envie ? lui demanda-t-il.

— Oui... Je pensais juste à... la dernière fois...

— Moi aussi. Ce matin où tu te dépêchais de te préparer pour partir au travail et où, moi, je suis resté au lit, parce que le tournage était terminé et que je savais qu'il fallait que je te dise qui j'étais.

— Oui... Qu'est-ce que ça t'a fait ?

— Ça m'a fait peur.

— C'est vrai ? Et moi qui pensais que tu n'avais peur de rien.

Il se borna à secouer la tête. Si seulement elle savait combien il avait peur d'elle, au fond de lui. Sans doute parce qu'il ne parvenait pas à la cerner. D'ordinaire, il était plutôt doué pour cerner les autres, comprendre ce qui les motivait, ce qu'ils attendaient de lui ou ce qu'ils voulaient de lui. Mais Paisley était toujours un mystère à ses yeux.

— Il y a plusieurs types de peurs, finit-il par dire.

Une main posée sur son ventre, elle finit par déverrouiller la porte de l'immeuble.

— Je sais. Mais tu sembles toujours si sûr de toi. Même quand je pensais que ton emploi était une impasse, je pouvais percevoir cette assurance qui émanait de toi.

Cette remarque le fit un peu rire.

— J'ai de l'assurance, c'est vrai. D'aucuns parleraient même d'arrogance. Mais ce n'est pas ça qui empêche la peur. Je me souviens que, à mes débuts, l'un de mes mentors avait dit que, plus il devenait grand, plus il lui semblait qu'il avait à perdre.

Son appartement se trouvait au troisième étage et elle prenait toujours l'escalier. Ensemble, ils commencèrent à monter. Le décor, le rythme de son souffle et de son pas… tout dans cette démarche lui paraissait familier. Rien à voir avec l'inconnu des premiers rendez-vous. En réalité, ses peurs n'étaient pas si fortes quand il était avec elle. Elles ne prenaient de l'ampleur que quand il était seul. Il en avait toujours été ainsi.

— Je comprends, lui dit-elle. Tu as plus de choses à perdre que la plupart des gens. Ce n'est pas la même chose pour moi avec IDG, parce que je ne suis pas toute seule. Je peux m'appuyer sur Olive et Delaney. Si l'une d'entre nous se met à paniquer, les autres sont là pour l'apaiser.

Il avait bien compris ça. Son amitié avec ces deux femmes était un aspect important de sa personnalité. Olive et Delaney étaient son soutien dans sa vie personnelle et professionnelle, et il l'enviait pour ça. Ce devait être bon d'avoir toujours quelqu'un sur qui s'appuyer. Pour sa part, il pouvait naturellement compter sur son amitié avec Bert, mais c'était différent, dans la mesure où le jeune homme travaillait non pas avec lui, mais pour lui.

— Ça ne te fait pas bizarre de revenir ici ? lui demanda-t-elle devant la porte de son appartement.

— Oui et non.

Il faillit lui expliquer qu'il avait l'impression de rentrer chez lui après une longue absence, mais il se retint. Tout bien considéré, il ne préférait pas lui révéler qu'il s'était senti plus chez lui dans ce petit appartement de Chicago que dans sa villa de Malibu.

Après avoir déverrouillé la porte, elle se tourna vers lui. Elle arborait un air grave.

— Quand tu es parti, tu pensais vraiment que j'accepterais que tu reviennes ?

— Je ne sais pas.

Elle continua de le regarder. Manifestement, elle voulait qu'il développe. Mais il ne savait pas comment formuler les choses.

— Je crois que je me suis fait des illusions en pensant que, une fois que tu saurais qui je suis réellement, tu trouverais toute cette histoire très drôle et nous pourrions poursuivre notre aventure comme si rien ne s'était passé.

— Tu t'es fait des illusions, je confirme.

— Je sais. Mais je suis content que tu nous aies accordé cette deuxième chance de repartir à zéro, sans aucun secret entre nous.

9

Paisley ne savait pas vraiment à quoi s'attendre. Revoir Sean en ce lieu l'aiderait peut-être à comprendre quelque chose qu'elle avait manqué ? Quoi qu'il en soit, à cet instant, elle avait juste envie de le plaquer contre la porte pour qu'ils s'embrassent comme ils avaient l'habitude de le faire. Lui retirer son manteau, libérer son sexe et faire l'amour avec lui, passionnément, dans le hall. Comme la toute première fois… Mais ce n'était pas la première fois. Sans rien dire, elle l'observait, sachant à quoi ressemblait son corps nu et quelles sensations il lui procurait quand il était en elle. Mais parallèlement, elle se sentait submergée par une vague d'émotions.

Elle aurait aimé, tellement aimé, faire partie de ces personnes qui parviennent à se couper totalement de leurs réflexions. Mais hélas, elle n'était pas comme ça.

— À quoi est-ce que tu penses ?

— À faire l'amour avec toi contre la porte.

À ces mots, ses pupilles se dilatèrent. Inclinant la tête sur le côté, il la regarda dans les yeux.

— Je ne dirais pas non.

En guise de réponse, elle secoua la tête.

— Mais, toi, tu dirais non ?

— Je ne sais pas, murmura-t-elle. Je me demande comment ça se passe quand c'est la première fois, mais que ce n'est pas vraiment la première fois.

— Avec toi, c'est toujours comme si c'était la première fois, pour moi.

— Comment ça ?

Avant de lui répondre, il retira son manteau et le laissa tomber par terre.

— À chaque minute que je passe avec toi, je découvre quelque chose de nouveau, dit-il en commençant à avancer vers elle. Une nouvelle facette de la personnalité de cette femme que je croyais connaître. Et à chaque fois qu'on fait l'amour, j'ai l'impression de m'insinuer un peu plus profondément en toi.

Touchée par ces paroles, elle le regarda s'approcher. Son cœur battait plus fort, sa peau lui semblait plus chaude, ses seins lui semblaient plus lourds. Il s'arrêta à quelques centimètres d'elle. Elle pouvait à présent sentir l'odeur mentholée de son souffle, le sillage boisé de son parfum, ainsi que quelque chose qu'elle associait uniquement à lui.

Il fixa son regard sur le sien. Elle avait envie de lui, mais il ne bougeait plus, à présent. Il lui laissait le choix. Et elle lui en était reconnaissante, mais d'un autre côté, elle ne savait pas si elle pouvait prendre l'initiative. Elle était trop consciente du secret qu'elle portait, trop tourmentée par l'annonce qu'elle allait devoir lui faire. Comment réagirait-il quand elle lui parlerait du bébé ?

— Embrasse-moi, lui dit-elle.

— Avec plaisir, répondit-il.

Et il fit sensuellement glisser sur ses lèvres le bout de son pouce, qu'elle se mit à mordiller tandis qu'un frisson de volupté la traversait.

N'y tenant plus, elle s'appuya sur ses épaules et se mit sur la pointe des pieds pour mieux plonger son regard dans ses magnifiques yeux bleus. Et quand il la hissa dans ses bras, elle enroula ses jambes autour de ses hanches étroites. La sensation de sa bouche, sur la sienne, lui parut aussi familière qu'elle lui avait semblé un peu plus tôt dans la soirée, mais cette fois-ci, la saveur du baiser était plus douce. Il n'y avait plus aucune hésitation. C'était un baiser censé se prolonger jusqu'à ce qu'ils se retrouvent tous les deux nus l'un contre l'autre.

Elle se délectait de la sensation de sa langue contre la sienne, de celle de ses grandes mains qu'elle sentait courir sur son dos, ses fesses. Il finit par lui retirer l'élastique qui retenait sa queue-de-cheval et par s'écarter d'elle, sans doute pour regarder ses cheveux retomber sur ses épaules.

À ce moment-là, quelque chose la frappa. Elle venait de discerner dans ses yeux une émotion qu'elle n'avait jamais remarquée auparavant et elle avait envie de l'explorer. Mais toutes les pensées rationnelles qu'elle pouvait avoir disparurent au moment où il la reposa à terre pour commencer à déboutonner son manteau, dont il finit par écarter les pans pour le lui retirer impatiemment.

Elle avait tellement envie de lui. Elle brûlait d'envie de se déshabiller, le plus rapidement possible. Mais elle savait qu'elle ne pourrait pas se contenter de ça. Il lui fallait bien plus que quelques ébats fougueux dans un hall d'entrée.

Ce qu'elle voulait, c'était faire l'amour avec Sean. Le connaître de la même façon qu'elle avait connu Jack, voire mieux.

Le conflit intérieur était terminé ; Sean avait tranché. Il était de retour chez Paisley, qui voulait qu'il revienne dans son lit. La boucle était bouclée, c'était tout ce qui comptait. Son manteau venait de tomber par terre à côté du sien, et il avait furieusement envie de la prendre contre la porte, dans le hall de son appartement.

Mais c'était leur première fois sans aucun mensonge entre eux et il avait envie de faire les choses bien. Cependant, il savait qu'il ne pourrait pas réfléchir bien longtemps. Depuis qu'elle lui avait dit qu'elle avait envie qu'il lui fasse l'amour contre la porte, il lui fallait lutter de toutes ses forces pour garder le contrôle de lui-même. Il ne pensait plus qu'à la prendre. Il ne voyait pas d'autre moyen de formuler les choses. Ses mains tremblaient un peu. Il lui fallait faire beaucoup d'efforts pour se maîtriser, ne pas lui arracher ses vêtements, ne pas s'enfoncer en elle aussi vite qu'il le pouvait.

Car c'était Paisley.

La seule et unique femme qu'il désirait.

La seule et unique femme qu'il avait jamais essayé de reconquérir.

Comme elle commençait à soulever son pull, il prit les devants en le retirant lui-même impatiemment, avant de procéder de la même façon avec le sien. À présent, il sentait ses doigts délicats s'activer sur les boutons de sa chemise. Instinctivement, il s'écarta légèrement d'elle pour admirer son corps. Ce corps qu'il avait perdu le droit de voir nu au moment où elle avait appris qu'il lui avait menti.

Il n'avait pas imaginé qu'il ressentirait cette émotion. Mais qu'était-ce, exactement ? Peut-être de la gratitude, peut-être du soulagement. Le tout mêlé à du bonheur et du désir. Mais ces deux dernières émotions étaient toujours dominantes quand il se trouvait en sa compagnie. Parfois, il suffisait qu'il la voie sourire pour que son sexe se mette à durcir.

Elle portait un soutien-gorge de dentelle rouge. Ivre de désir, il se mit à lui caresser les tétons. Elle avait une peau claire et douce. Du bout de ses doigts, il retraça sensuellement les contours de son soutien-gorge. C'était une mise à l'épreuve qu'il s'imposait à lui-même. En réalité, tout ce qu'il voulait était le lui retirer, immédiatement. Mais à présent qu'il savait qu'elle ne le repousserait pas, il avait également envie de jouer sur le plaisir de l'anticipation.

Il avait le sentiment... qu'il ne pouvait pas prendre ça pour une chose acquise. Elle l'avait déjà quitté une fois et il se connaissait suffisamment bien pour savoir qu'il finirait par tout gâcher encore une fois et par la perdre pour de bon.

C'était entre autres pour cette raison qu'il ne voulait jamais oublier ce moment.

Comme il ne bougeait plus depuis quelques secondes, elle finit par placer ses mains sur ses hanches, ce qui fit ressortir le galbe de sa poitrine.

— Ne me dis pas que tu as changé d'avis.

— Bien sûr que non. Je suis juste en train de me battre avec moi-même pour m'empêcher de faire les choses trop rapidement. J'ai envie de... ah, ça semblerait bête de le dire à voix haute.

Tendrement, elle lui passa la main dans les cheveux.

— Ça n'a rien de bête. J'ai envie que ce soit spécial, moi aussi.

À ces mots, il sentit une partie de sa tension se dissiper. Parce que, manifestement, elle ressentait exactement la même chose que lui.

Tout en souriant, il la prit dans ses bras pour l'embrasser, et ce faisant, il dégrafa son soutien-gorge. Délicatement, elle glissa les mains entre leurs deux corps et se remit à s'activer sur les boutons de sa chemise. Et soudain, il put sentir ses doigts sur les muscles de son torse, ses ongles qui effleuraient sa peau, ne faisant que renforcer son excitation.

Relevant légèrement la tête, il lui ôta son soutien-gorge, et après l'avoir négligemment jeté par terre, il l'attira de nouveau contre lui pour sentir ses seins nus contre sa peau. La fermeté de ses tétons, la douceur du galbe de sa poitrine. Glissant les mains sous ses fesses parfaites, il la serra un peu plus fort contre lui.

Tendrement, elle appuya sa joue contre son cœur, où elle finit par déposer un baiser. Mais quand elle releva la tête, il remarqua, consterné, que ses beaux yeux bleu-gris étaient brillants de larmes.

— Qu'est-ce qui ne va pas ?

— Tout va bien, murmura-t-elle. C'est juste que je pensais qu'on ne serait plus jamais aussi proches, tous les deux.

Lui aussi, mais s'ils se mettaient à parler, il risquait fort de dire quelque chose qui n'allait pas. Aussi se contenta-t-il de la hisser dans ses bras pour la conduire jusqu'à sa chambre. Arrivé sur le seuil, il remarqua immédiatement que le lit avait été déplacé. Par ailleurs, il n'avait jamais vu ces draps.

Ces changements lui firent du mal. C'était là la preuve qu'elle avait essayé de l'effacer de sa vie. Mais il ne disparaîtrait pas si facilement. Ce soir-là, il en avait appris énormément sur elle et il avait compris qu'il y avait encore beaucoup à découvrir. Mais il y avait trois choses dont il était sûr à cent pour cent : il tenait à elle, il avait envie d'elle et il était hors de question qu'il la laisse partir.

Il finit par la redéposer sur ses pieds, près du lit. Après quoi il se débarrassa de sa chemise et de ses chaussures. Il voulut poursuivre sur sa lancée avec son jean, mais elle le devança. Déjà, elle avait les mains sur sa ceinture, qu'elle était en train de défaire.

Au moment même où elle eut terminé, il baissa son legging et sa culotte, d'un coup, et il finit par s'accroupir pour l'aider à retirer le tout.

Quand il se redressa, elle était totalement nue devant lui. Il en eut le souffle coupé et il sentit son sexe durcir encore un peu plus. Cette femme était sienne.

Comment se faisait-il qu'il ne l'ait pas compris plus tôt ? C'était sa fierté qui avait dû fausser son jugement. Mais à présent il en était certain : il la voulait et il ne la laisserait plus partir.

Ni ce soir-là ni jamais. De toute façon, à présent qu'il n'y avait plus de mensonge entre eux, il n'y avait aucune raison pour lui de la laisser partir.

Paisley avait décidé d'ignorer l'embarras qu'elle avait ressenti quand elle avait vu le regard qu'il avait porté sur le lit déplacé et les nouveaux draps. Elle avait procédé à ces changements dans une volonté de l'effacer de son appartement puisque ses efforts pour l'effacer de ses pensées n'avaient abouti à aucun résultat.

Dans ces conditions, comment se faisait-il qu'elle ne réfléchisse pas davantage à ce qu'elle était en train de faire à présent ? Pourquoi se tenait-elle là, nue entre ses bras ? Pourquoi cherchait-elle à ouvrir sa braguette pour le sentir en elle ? Elle aurait dû le repousser. Tout pouvait si mal se terminer.

Mais…

Mais d'un autre côté, tout pouvait merveilleusement bien se terminer. Elle se sentait tellement à sa place dans la chaleur de ses bras. Et dans sa vie rêvée, elle avait tant espéré qu'ils puissent reformer un couple avant l'arrivée du bébé.

Sa conscience la tourmentait à présent.

Dis-lui pour le bébé.

Mais elle décida de l'ignorer. Et elle tira sur son jean pour le lui ôter. Une fois totalement nu, il la prit dans ses bras et se remit à l'embrasser fiévreusement. Puis il se mit à avancer. Et il ne relâcha son étreinte qu'au moment où elle tomba sur le lit. Aussitôt qu'elle s'y fut allongée, il vint se positionner entre ses cuisses.

Elle observa alors son visage. Et faillit pleurer. Il lui avait manqué. Ça ne faisait pas si longtemps, mais « ça » lui avait manqué. Embarrassée, elle ferma les yeux et tourna la tête sur le côté, mais elle le sentit essuyer, du bout de ses pouces, les larmes qui avaient déjà commencé à couler sur ses tempes.

Il ne prononça pas le moindre mot, mais commença à tracer un lent chemin de baisers pour atteindre ses épaules et la courbe de ses seins. Et quand il prit en bouche l'un de ses tétons durcis, elle sentit son sang se changer en lave. Glissant la main entre leurs deux corps, elle prit son sexe et se mit à le caresser en essayant de l'orienter vers le sien.

Elle avait envie de le sentir en elle. Elle en avait assez d'attendre et d'essayer de faire de cette première fois quelque chose de différent. C'était différent. Et en même temps, ça ne l'était pas.

Il lui avait déjà fait l'amour dans le passé et il avait laissé sa marque dans son cœur et un enfant dans son corps. Il l'avait transformée, même s'il ne le savait pas, et refaire l'amour avec lui était pour elle l'occasion... de retrouver un peu de ce qu'elle avait perdu quand elle avait découvert qu'il lui avait menti.

Il lui avait vraiment manqué. Beaucoup de choses lui avaient manqué. Comme la façon dont son visage s'adoucissait quand il la regardait et ce sourire intime qu'elle ne voyait sur ses lèvres que lorsqu'ils étaient ainsi seuls tous les deux. Elle finit par rouvrir les yeux pour prendre son visage entre ses mains. Et elle sentit une douce sensation de chaleur l'envahir au contact rugueux de sa joue quand elle fit glisser son pouce sur son menton.

— Ça m'avait manqué.

— À moi aussi, lui répondit-il d'une voix haletante tandis qu'il positionnait son sexe à l'entrée du sien.

D'instinct, elle se cambra pour l'encourager à s'enfoncer en elle. Mais il ne le fit pas.

— Je...

— Ce n'est pas le moment de parler, coupa-t-elle. C'est le moment d'agir.

S'il continuait, elle allait devoir lui dire pour le bébé. Elle aurait sans doute déjà dû l'avoir fait. Mais elle avait trop peur pour ça.

Tout en souriant, il s'était penché vers elle pour reprendre en bouche l'un de ses bouts de sein. Et enfin, enfin, il la pénétra. À cet instant, elle cessa immédiatement de songer aux conséquences de son silence pour se concentrer sur les sensations de son corps dans le sien.

Elle avait envie de le sentir plus fort, plus profond. Heureusement, il sembla percevoir ce besoin. Glissant les mains sous ses fesses pour lui surélever les hanches, il accéléra la cadence de ses coups de reins. Et bien vite, dans un véritable feu d'artifice de sensations intenses et voluptueuses, elle sentit l'orgasme exploser en elle.

Elle cria son nom tandis qu'il accélérait encore le rythme. Et il grogna le sien au moment où il vint à son tour, tout au fond d'elle.

Un instant plus tard, il se laissait tomber contre elle, appuyant son front contre ses seins. Elle pouvait sentir la chaleur de son souffle, irrégulier, saccadé. Pour mieux se délecter de cette proximité, elle passa son bras autour de ses larges épaules, glissa ses doigts dans ses beaux cheveux. Alors, lovée contre lui, elle comprit qu'elle ne pourrait plus se mentir, qu'elle ne pourrait plus jamais prétendre qu'elle ne voulait pas de lui dans sa vie et celle du bébé. Elle ferma les yeux et l'image de la famille qu'elle avait toujours cherché à éluder dans la vraie vie était là.

Elle, Sean et l'enfant qu'elle portait.

Un sentiment de panique s'empara d'elle, la prenant à la gorge. Était-ce ce qu'il avait ressenti quand il avait compris qu'il fallait qu'il lui dise la vérité concernant son identité ? S'était-il senti assailli par la peur et les regrets ?

— As-tu eu peur de me perdre ? murmura-t-elle.

Et elle crut lire de la panique sur son visage, mais cette expression disparut très rapidement, remplacée par ce qu'elle perçut comme le masque d'un personnage. Non pas l'homme qu'il était, mais celui qu'il pensait qu'elle voulait voir en lui.

— En fait, je...

— Je croyais qu'on avait dit : plus de secrets.

Fermant les yeux, il poussa un lourd soupir de frustration.

— Je n'ai pas envie de gâcher ce moment.

— Et tu penses que tu le ferais en me disant la vérité ?

— Non. Mais j'ai peur de dire quelque chose qui ne convient pas.

Attendrie par ces paroles, elle se mit à lui caresser la joue.

— Sois toi-même. C'est la seule chose qui convienne.

10

Être soi-même… Sean avait toujours été plus doué pour jouer les héros. Mais il avait le sentiment que ni elle ni lui n'étaient prêts à se contenter d'autre chose que de la pure vérité.

— Très bien…

C'était plus dur qu'il ne l'avait imaginé. Il était fatigué et avait juste envie de s'endormir en la serrant dans ses bras. Mais elle portait à présent sur lui un regard interrogateur, comme pour l'encourager à continuer.

— Je t'écoute.

— Pour tout te dire, je n'y ai pas vraiment pensé. Je te revoyais nue, je me souvenais du bonheur que je ressentais à te serrer dans mes bras et j'avais envie de pouvoir éprouver ce bonheur à nouveau.

Il se pencha pour lui embrasser le ventre. Parce qu'il ne voulait pas voir l'expression de son visage. La pièce sentait le sexe et les épices qu'on met dans le vin chaud.

— Tu sais, je suis aussi très curieuse de comprendre ce que tu as ressenti à l'égard du secret de ton identité. Ça ne t'a jamais inquiété ?

Il prit une profonde inspiration. Elle avait des questions et il lui devait des explications.

— Tu veux toujours que je sois moi-même ?

S'étant un peu écartée de lui, elle croisa les bras sous sa poitrine comme si elle cherchait ainsi à se protéger.

— Bien sûr que oui. Sois Sean.

— En fait, j'y ai beaucoup pensé quand tu te faisais du souci concernant mon emploi. Quand tu m'encourageais avec tout le tact dont tu sais faire preuve à rêver plus grand. Le problème était que le personnage de Jack ne pouvait pas être à la hauteur de Sean.

Après l'avoir longuement regardé en fronçant les sourcils, elle finit par se blottir à nouveau contre lui.

— Je n'aurais pas dû me comporter de cette façon. Mais j'avais sûrement deviné que tu valais mieux que ça.

— Et tu m'en vois ravi, répondit-il en se mettant à lui caresser langoureusement le dos. Tu m'as toujours soutenu, même quand je te laissais croire que j'occupais un emploi minable. L'une des choses que j'apprécie beaucoup chez toi, Pais, c'est que tu ne juges pas. Tu pensais peut-être que je pouvais mieux faire, mais tu ne te sentais pas gênée d'être avec moi. Tu te disais juste que je serais plus heureux si je visais plus haut.

Au mouvement de sa joue contre son épaule, il sentit qu'elle souriait.

— Je n'ai jamais été gênée d'être avec toi. Et je déteste cette pression que nous met la société. Du moment que tout le monde est heureux, je ne vois pas ce qu'il y a à juger.

Elle s'interrompit, sembla réfléchir quelques instants.

— Mais pour être tout à fait honnête avec toi, au moment où j'ai cru que tu étais un criminel... je n'ai pas du tout aimé.

Évidemment. Elle était honnête jusqu'au bout des ongles.

— Y a-t-il autre chose que tu voudrais savoir ?

— Quand comptes-tu retourner sur la côte Ouest ?

À ces mots, il ne put s'empêcher de grimacer. En réalité, il n'avait pas vraiment songé à cela. Il avait un scénario à lire pour un nouveau projet et il allait devoir poursuivre la promotion du film qu'il venait de terminer. Mais il voulait d'abord se concentrer sur sa relation avec elle. Déterminer si ce n'était qu'une aventure de Noël ou quelque chose qui pouvait durer.

— Ça dépend.

— Je n'aime pas ça, répliqua-t-elle en secouant la tête d'un air réprobateur. Dis-le, c'est tout.

— Je ne suis pas tout seul ; ma décision dépend aussi de toi. Si tu me mets dehors en me disant : « Merci pour cette soirée, on se rappelle », je n'aurai plus aucune raison de rester.

— C'est juste. Mais pour ta gouverne, je ne dirais jamais : « On se rappelle. »

— Ah oui ?

— Oui, je dirais : « Fiche le camp, Sean. »

Il éclata de rire. Et se sentit soudain beaucoup plus détendu.

— D'accord. Bien, en dehors de ces changements que tu as apportés dans la décoration, qu'as-tu fait au cours de la semaine où j'ai été absent ?

Ses joues prirent une nuance légèrement plus rose.

— Pas grand-chose. Je voulais aller chercher un sapin, mais mon frère n'a pas eu le temps de venir pour m'aider.

— Tu passais de beaux Noëls quand tu étais petite ? lui demanda-t-il en resongeant à son père et à sa situation familiale.

— Oui. Papa faisait toujours en sorte que nos Noëls soient parfaits. Ou la plupart du temps.

— Pour ma part, j'ai plutôt une relation douce-amère avec Noël. Certaines années, je fais la fête et j'embauche un décorateur pour ma villa. Et d'autres années, je commande une caisse de whisky et je reste tout seul.

— Tu es le genre d'homme qui fait dans les extrêmes.

Il ne lui semblait pas, mais les fêtes de fin d'année lui avaient toujours inspiré des émotions très contradictoires.

— Noël, c'est une fête de famille, et quand la vôtre n'est pas super... parfois, le mieux, c'est de faire comme si c'était un jour comme les autres.

— J'ai envie qu'on le fête ensemble, dit-elle en le prenant dans ses bras.

En guise de réponse, il la serra fort contre lui.

L'idée de fêter Noël avec elle ne déclenchait pas chez lui un grand enthousiasme, mais pour la première fois de sa vie, il ne redoutait pas l'arrivée du 25 décembre. Grâce à elle.

De nouveau, il se hissa au-dessus de son corps et se mit à lui embrasser la gorge tandis qu'elle prenait en main son sexe. Il pouvait à présent sentir ses baisers brûlants sur son torse.

Sensuellement, il fit glisser sa main entre ses cuisses. Et sur un coup de tête, il se remit sur le dos et l'attira au-dessus de lui. Le regard rivé sur le sien, elle s'accroupit lentement sur son sexe érigé.

Elle commença alors ses mouvements de haut en bas et il se retint de jouir tant bien que mal jusqu'à ce qu'il sente ses muscles se resserrer autour de lui. Jusqu'à ce qu'elle atteigne elle-même l'extase en criant son nom. Alors, tout en poursuivant frénétiquement ses assauts, il se laissa aller à venir à son tour. L'extase fut intense, foudroyante, un plaisir plus fort encore que la première fois. Bouleversant. Après ça, il resta un long moment à la tenir dans ses bras. Elle finit par s'endormir, mais il avait pour sa part l'esprit agité.

Il avait une deuxième chance avec elle et il ne voulait pas prendre le risque de tout gâcher.

Fêter Noël avec Sean. Paisley en avait envie. Elle se représentait parfaitement le déroulement prévisible des choses. Pour être tout à fait honnête, elle aurait dû lui expliquer que tous les Noëls de son enfance ne s'étaient pas bien passés. Mais la plupart, si. Ce qui lui avait permis de beaucoup rêver à ce que pouvait être un Noël idéal.

Cela nécessitait quelques efforts. Mais quand, le lendemain matin, elle suggéra à Sean de se rendre avec elle dans une pépinière pour l'aider à choisir un sapin, il parut ravi.

Tandis qu'il retournait à son hôtel pour se changer, elle enfila un pantalon cigarette à carreaux rouges et verts et un audacieux pull rouge. Elle avait eu des nausées un peu plus tôt dans la matinée, mais heureusement, elle avait réussi à le lui cacher en se retranchant dans la salle de bains pendant qu'il préparait le petit déjeuner.

Il était largement temps de lui parler du bébé. Elle n'aurait même pas su dire ce qu'elle attendait.

Après ce qui s'était passé la veille au soir, elle n'avait plus d'excuses.

Ils avaient fait l'amour plusieurs fois au cours de la nuit et ils étaient à présent plus proches qu'ils ne l'avaient jamais été. Avant son retour dans son lit, elle n'avait pas réalisé à quel point la chaleur de ses bras lui avait manqué. Et elle espérait que tout cela était bien réel. Mais si son enfance avec son père lui avait appris une chose, c'est que n'importe qui pouvait se faire escroquer.

Elle s'était fait escroquer par Sean une fois, et en toute honnêteté, elle ne comprenait toujours pas pourquoi il était resté. À moins bien sûr qu'il n'ait développé des sentiments pour elle...

Elle ne voyait pas d'autre raison.

Mais elle avait tellement l'habitude qu'on lui mente qu'elle avait du mal à y croire. Elle avait eu mal, très mal, quand elle avait appris que Jack était en réalité Sean, mais au fond d'elle, elle n'avait pas vraiment été surprise. C'était trop beau pour être vrai.

Et à présent, n'était-ce pas plus ou moins la même chose ?

Pouvait-elle le croire ? Avoir confiance en sa parole ? Ils s'étaient mis d'accord pour fêter Noël ensemble. Elle en avait envie, bien plus qu'elle ne voulait l'admettre, mais elle s'était toujours sentie en quelque sorte mise de côté pendant les fêtes. Olive était proche de sa famille, et si Delaney entretenait une relation douce-amère avec son père et le reste de sa très riche famille, elle assistait néanmoins toujours aux réceptions organisées par le clan.

Pour sa part, elle retrouvait généralement son frère et sa sœur, et parfois sa mère. Mais ils n'étaient pas spécialement proches. Instinctivement, elle posa la main sur son ventre. Elle voulait pour son enfant une famille semblable à celle d'Olive. Pour son enfant, et pour elle, aussi...

Quant à Sean, il avait sûrement besoin de ça lui aussi. Il avait toujours été seul, il le lui avait confié. Peut-être ce bébé était-il un cadeau du ciel, pour elle comme pour lui.

— Coucou, ma belle, lui dit-il à son retour.

— Coucou, mon beau.

Fougueusement, il la prit dans ses bras pour échanger avec elle un long baiser passionné. Très long. Comme s'il avait tout son temps devant lui.

Et quand ils finirent par sortir, elle était déterminée à laisser toutes ses mauvaises pensées derrière elle et à profiter pleinement de cette belle matinée d'hiver avec lui.

— Tu as fait vite pour te préparer.

— J'étais pressé de te rejoindre. J'ai loué un SUV.

Quelques instants plus tard, ils montaient ensemble dans la voiture et quittaient la ville. Il avait choisi une playlist de chants de Noël, qui, pour la plupart, étaient traditionnels.

— Pour un homme qui n'aime pas spécialement Noël, je trouve que tu as des goûts bien classiques.

Il jeta un bref coup d'œil dans sa direction avant de se retourner vers la route.

— Ça me semblait être une bande originale appropriée pour cette sortie.

— J'aime beaucoup. Tu l'as choisie pour moi ?

Il haussa brièvement les épaules avant de répondre :

— Pour nous. C'est mon premier sapin de Noël. Enfin, j'en ai toujours eu, bien sûr, mais jusqu'ici, c'était toujours quelqu'un d'autre qui s'en occupait. Je ne suis jamais allé en chercher un. Je n'en ai jamais décoré un.

En un geste de réconfort, elle posa la main sur les muscles fermes de sa cuisse. Il y avait tellement de choses dans sa vie en apparence si merveilleuse qui étaient loin d'être spectaculaires.

— J'ai décoré beaucoup de choses. Parfois des sapins, parfois des cactus. Ce qu'on avait sous la main…

— Je croyais que les Noëls de ton enfance…

— Ça pourrait être le scénario de ton prochain film, coupa-t-elle.

— Ha, fit-il en jetant un nouveau coup d'œil dans sa direction. Tu ne veux pas en parler, c'est ça ?

Avant de répondre, elle tourna son regard vers le paysage qui défilait derrière les vitres. Tous les jolis petits quartiers de banlieue.

— Si. En fait, certaines années, on avait un merveilleux Noël, avec des tas de cadeaux sous le sapin, mais parfois, on devait tout laisser derrière nous. Une année, on s'est retrouvés dans un motel de Floride à décorer les plantes en pot. Bref, les Noëls de mon enfance ont été, disons, inégaux.

Délicatement, il prit sa main dans la sienne pour y déposer un baiser.

— C'est pour ça qu'on a besoin de ce Noël traditionnel tous les deux. On va aller chercher ce sapin, et ensuite… est-ce que tu as des décorations ?

— Quelques-unes. Mais on pourrait en acheter d'autres. Pour avoir nos décorations à nous.

Cette idée lui plaisait beaucoup. Mais elle doutait qu'il ait envie de faire un détour par Walmart ou Target pour aller chercher des boules et des guirlandes.

— Super idée ! Tu veux que j'envoie mon assistant en acheter ?

— Je croyais qu'il était en Californie.

— C'est exact, mais il a des contacts partout.

— Pas la peine. Il nous suffit de les commander sur l'appli de Target et de passer les chercher. J'aimerais qu'on les choisisse ensemble.

Ils venaient d'arriver sur le parking de la pépinière.

— Tout bien considéré, moi aussi.

Sean n'avait pas pris la mesure de tout ce qu'il avait encore à apprendre sur Paisley. Elle lui avait fait croire qu'elle était un livre ouvert, mais en réalité, elle ne lui avait présenté qu'un bref résumé de ce qu'elle était réellement. Avant d'entrer dans la pépinière, il mit une casquette de base-ball et des Wayfarer pour être moins facilement reconnaissable. En général, cette stratégie fonctionnait.

Elle avait regardé quasiment tous les sapins mis vente, mais elle ne cessait de revenir à l'un d'entre eux, qui était très fourni d'un côté mais beaucoup moins de l'autre. C'était celui-là qu'elle voulait, ses imperfections lui plaisaient. Mais elle n'osait pas lui dire.

— J'aime bien, celui-ci, finit-il par dire en le pointant du doigt.

— C'est vrai ? Moi aussi. Il est magnifique de ce côté-là, mais je suis sûre que, dès que les gens en font le tour, ils passent leur chemin.

Il avait perçu ça en elle dès le départ. Cette empathie qu'elle avait pour tout le monde, toute chose. Et il se demandait bien comment une femme aussi douce pouvait se montrer si dure dans certaines situations.

— Je crois que c'est ce qui le rend parfait pour nous, murmura-t-il.

Et ce ne fut qu'au moment où les mots sortirent de sa bouche qu'il comprit à quel point ils étaient vrais.

— Pourquoi ?

— Les défauts ne doivent jamais être ignorés. Nous avons des bons et des mauvais côtés, comme tout le monde, comme toute chose.

— Ne me dis pas que tu t'identifies à ce sapin, répliqua-t-elle en souriant.

Elle était tellement mignonne quand elle le taquinait qu'il ne put s'empêcher de la prendre dans ses bras pour l'embrasser. Et s'il n'avait jamais beaucoup apprécié les démonstrations d'affection publiques, il ne put résister non plus à l'envie de passer ses mains sous ses fesses pour l'attirer plus près de lui. Il lui fallut se faire violence pour s'écarter d'elle. Mais s'il avait laissé ce baiser se prolonger, il n'aurait jamais pu s'arrêter.

Elle lui souriait, à présent, un sourire si radieux qu'il percevait son bonheur comme si c'était le sien. Il sentit alors une douce sensation de chaleur l'envahir. Mais ce n'était pas sexuel ; cela venait de son cœur. Aussi s'efforça-t-il d'en refermer la porte brusquement en se détournant d'elle. Il ne voulait pas lui montrer le mélange de joie et de peur qu'il ressentait en cet instant.

— Bon, tu veux que j'aille chercher un employé pour qu'il nous emballe ce sapin ? lui dit-elle.

— Oui. Je reste là. Je monte la garde pour que personne ne nous le prenne.

Elle secoua la tête en riant avant de s'éloigner. Il la regarda partir, conscient que quelque chose était en train de changer en lui. Jamais il n'avait ressenti un tel bouleversement. Parfois, quand il se mettait dans la peau d'un personnage, il éprouvait un sentiment assez similaire, mais c'était la première fois que cela lui arrivait dans la vraie vie.

Qu'est-ce que cela signifiait ? Avait-il envie d'y réfléchir et de le découvrir ? Mieux valait peut-être se contenter de l'ignorer...

Oui, c'était ce qu'il allait faire.

La dernière fois qu'il avait cru comprendre ses émotions, il s'était trompé sur toute la ligne et avait fini par perdre Paisley et voir sa belle soirée romantique gâchée par les paparazzis.

Quelques minutes plus tard, le sapin était chargé dans la voiture et elle ouvrait l'application de shopping.

— Pour la cime du sapin, tu es plutôt étoile ou ange ?

— Je ne crois pas que ça change grand-chose. Et toi, qu'est-ce que tu en penses ?

— Je ne sais pas trop… Plutôt étoile. J'aime l'histoire de ces rois pleins de sagesse qui ont suivi l'étoile.

— Moi aussi. Va pour l'étoile.

Après avoir ajouté la décoration au panier, elle se tourna vers lui et une mèche de ses doux cheveux retomba le long de son visage.

— Et maintenant, la question à un million de dollars : guirlandes lumineuses blanches ou multicolores ?

Était-ce vraiment un problème ?

— Les deux.

Elle porta sur lui un regard grave.

— On ne peut pas prendre les deux. Blanc, c'est élégant et sophistiqué. Multicolore, c'est chaleureux et…

— Multicolore.

— D'accord. Je préfère, moi aussi.

Ils passèrent la demi-heure qui suivit à choisir des décorations, une chose qu'il n'avait jamais faite auparavant.

Elle finit par sortir sa carte bancaire pour payer, mais il lui donna la sienne.

— C'est moi qui offre.

— Tu n'es pas obligé.

— Je sais. Mais ça me fait plaisir. Et maintenant, où va-t-on ?

— Il nous faut attendre deux heures pour récupérer nos achats. On pourrait rentrer chez moi pour installer le sapin ?

— D'accord. Que dirais-tu que je paie quelqu'un pour aller chercher notre commande ?

La tête inclinée sur le côté, elle se mit à le dévisager.

— Tu aimes te faire servir, hein ?

— J'y suis habitué, répondit-il en haussant les épaules. Et surtout, je n'aime pas tenter le diable. Jusqu'ici, on a passé une bonne journée, rien que tous les deux, sans fans. J'aimerais que ça continue. Par ailleurs, plus je sortirai, plus il y aura de chances pour que les paparazzis te trouvent.

— Ils connaissent déjà mon existence.

— Ils savent que j'ai une femme dans ma vie, mais ils ne connaissent pas ton nom. Je ne veux pas qu'ils viennent fouiner dans ton intimité.

— D'accord. Je peux demander à l'un des coursiers d'IDG d'y aller. Ça te convient ?

— Très bien. Et maintenant, allons voir si on peut monter ce sapin dans l'escalier.

— Je crois que, pour cette fois, je vais faire une exception à la règle et privilégier l'ascenseur.

— Tu es sérieuse ? lui demanda-t-il pour la taquiner.

Pour la première fois de sa vie, il ne se souciait pas de l'image qu'il renvoyait. Il était juste lui-même.

Et c'était tout simplement merveilleux.

11

Paisley avait décidé de ne plus se faire de souci et de se contenter de savourer ce moment avec Sean. Elle demanda à son enceinte connectée de passer son album de bandes originales Disney, et avec la musique de son enfance pour toile de fond, ils commencèrent à déballer leurs achats et à décorer le sapin. Tout en l'aidant, il fredonnait les chansons ; il s'en souvenait, lui aussi.

Elle l'observa attentivement tandis qu'il suspendait à une branche une petite figurine de Boba Fett. Il l'avait étonnée quand il avait insisté pour acheter des décorations de *Star Wars*. Mais comme elle avait commandé toutes celles des princesses Disney, il lui avait semblé impossible de refuser.

— Est-ce qu'il t'arrive d'envisager de mettre un terme à ta carrière d'acteur ?

— Ce n'est pas la gloire qui m'intéresse. C'est la comédie. J'aime me mettre dans la peau d'un personnage et lui faire prendre vie.

— Ce qui explique sans doute pourquoi tu as remporté tant de prix.

Tout en haussant les épaules, il secoua la tête.

— Chacun d'entre eux m'a donné un peu plus de liberté pour choisir les projets qui me tenaient vraiment à cœur, lui répondit-il.

Et tout en approchant du sapin avec une décoration, il effleura son sein du dos de la main.

Elle prit le temps de mieux l'observer. Une ombre de barbe commençait à marquer ses joues. Et il était tellement sexy qu'elle avait envie d'envoyer valser les décorations et de le traîner jusqu'au canapé pour faire l'amour avec lui. Était-ce les hormones de la grossesse qui avaient cet effet sur sa libido ? Ou était-ce simplement lui ?

— Ce sapin est... intéressant, finit-il par dire en souriant.

— Il nous ressemble, à toi et moi. Il ne pourrait jamais figurer dans un reportage présentant les décorations de Noël des villas des plus grandes stars de Hollywood.

Tout en riant, il la prit dans ses bras pour l'embrasser.

— Absolument pas. En fait, j'aime les décors modernes et épurés, et je pense que ma maison reflète ma personnalité, mais ça, c'est beaucoup plus chaleureux.

— Comme moi.

— Oui, comme toi, répondit-il en lui relevant doucement le menton pour la regarder dans les yeux. Tu es un mélange de tellement de choses différentes qui te rendent unique.

Ce compliment la fit rougir : elle sentit ses joues s'empourprer.

— Je trouve pour ma part qu'il n'y a rien à changer, chez toi.

— Menteuse, lui répondit-il en souriant.

— C'est vrai, tu as raison. Je préférerais que tu ne sois pas si célèbre, mais d'un autre côté, tu ne serais pas l'homme que tu es sans cette célébrité.

— Ce sont là de très sages paroles, lui dit-il en posant ses deux mains sur sa taille.

— Sages comme les Rois mages qui ont suivi l'étoile. Je vais aller chercher une couverture pour mettre sous le sapin.

Arrivée dans sa chambre, elle alla ouvrir le placard où elle entreposait le carton contenant ses affaires d'enfant que sa mère lui avait fait parvenir quelques années plus tôt. À cette époque, elle en voulait toujours à sa famille ; c'était pour cette raison qu'elle les avait remisées ici. Tout en soupirant, elle ouvrit le carton, et l'odeur de pin et d'orange qui s'en échappa la prit d'assaut. Elle ferma les yeux, laissant les souvenirs affluer en elle. Elle ne voulait pas que le passé interfère avec ce moment. Mais le passé est toujours là, quelque part, bien présent.

— Besoin d'un coup de main ? lui demanda-t-il depuis le pas de la porte.

— Non.

En repoussant sur le côté des guirlandes rouges et vertes en papier crépon, elle avait fini par trouver la couverture.

— La voilà.

— Elles me plaisent bien, celles-ci, dit-il en s'approchant pour prendre les guirlandes. On pourrait les accrocher dans le sapin ?

Elle prit le temps de réfléchir à la question. Pendant des années, elle avait eu le sentiment qu'elle devait expier son passé, et non pas en chérir le souvenir. Elle s'était en quelque sorte punie pour être née dans une famille imparfaite. Mais elle ne pouvait plus continuer.

— D'accord, dit-elle d'une voix ferme et assurée.

Paisley se rendit dans la cuisine sous prétexte de préparer du chocolat chaud, mais en réalité, son instinct lui disait que le moment était venu pour elle de parler à Sean du bébé. L'après-midi était passé, ils avaient commandé des pizzas, mais elles n'arriveraient pas avant un moment. En resongeant à son passé, elle avait été forcée de penser à son avenir. Comment souhaitait-elle qu'il soit ? La seule chose qu'elle savait, c'est qu'elle voulait la famille dont elle avait toujours rêvé. Et qu'elle la voulait avec Sean.

Sa belle voix grave la ramena doucement au temps présent.

— Ça peut attendre ?

— Bien sûr que oui, répondit-elle en coupant le feu sous la casserole de lait. Qu'est-ce qui se passe ?

— J'ai besoin de ton aide.

Elle retourna avec lui vers le séjour. Et resta figée sur place, émerveillée par la magie de Noël. Il avait éteint toutes les lumières pour ne laisser que celles des guirlandes qui décoraient le sapin et la cheminée. Et il avait changé la musique pour des chants de Noël traditionnels. Elle remarqua également qu'il avait pris des coussins du canapé pour les placer par terre, près du sapin.

— C'est magnifique, souffla-t-elle.

Juste derrière elle, il glissa ses bras autour de sa taille et appuya doucement son menton sur son épaule. Il ne le savait pas, mais ses mains se trouvaient à présent sur leur bébé. Et à cette pensée, elle sentit sa crainte et sa nervosité reprendre de la vigueur. Mais la chaleur de son corps contre le sien l'apaisa.

Malgré leur importante différence de taille, leurs corps s'intégraient parfaitement l'un à l'autre, une sensation qu'elle n'avait jamais connue avant que Jack/Sean ne fasse son entrée dans sa vie. Il fallait absolument qu'elle poursuive ses efforts pour parvenir à lui accorder sa confiance. Le problème était que, plus il se montrait honnête envers elle, plus elle se sentait fragile et exposée. Elle regrettait de ne pas pouvoir se libérer de son passé pour profiter pleinement de ce Noël avec lui.

— Ça, dit-il en désignant le séjour d'un vaste geste de la main, ça me donne envie de t'embrasser.

— C'est vrai ?

Il eut un petit rire amusé.

— Hm hm. Tu as passé toute la journée à me charmer. Avec tes décorations de princesses et ta musique de dessins animés.

— Quoi ?

— Comme si tu voulais que je te hisse sur mon fier destrier pour t'emporter avec moi dans un monde féerique…

— Tu n'es peut-être pas si loin de la vérité.

Ce moment de légèreté lui plaisait beaucoup. Elle était en train de tomber amoureuse de lui.

Sans lui laisser le temps d'y songer davantage, il la fit tourner dans ses bras et joignit ses lèvres aux siennes. Un baiser ferme et passionné, qui l'amena immédiatement à s'ouvrir à lui, tandis que la chaleur de l'excitation se répandait dans son corps. Il avait un goût délicieux. Elle ne pourrait pas se contenter de ça ; elle en voulait plus.

Ivre de désir, elle mêla sa langue à la sienne, et au même moment, elle sentit un délicieux frisson la traverser. Hissée sur la pointe des pieds, elle se serra un peu plus fort contre son corps musclé.

Le goût de sa bouche était plus addictif encore que celui du chocolat chaud. Elle en voulait plus, toujours plus. Et pas seulement pour les fêtes. Pour toujours. Il allait juste falloir qu'elle réapprenne la confiance. Confiance en lui et confiance en elle-même.

Sensuellement, elle fit glisser ses mains sur ses larges épaules avant de passer ses doigts dans ses beaux cheveux. Elle commençait à s'habituer à sa couleur naturelle, mais il lui semblait qu'il y avait toujours quelque chose de nouveau dans sa relation avec lui.

L'espace d'un instant, elle resongea à ce secret qu'elle lui cachait. Mais le goût de sa bouche était tellement enivrant qu'elle ne voulait plus y penser. Elle voulait juste se délecter de ce moment.

Tandis qu'elle se faisait ces réflexions, il lui avait retiré son pull et le T-shirt qu'elle portait en dessous. Et elle se tenait à présent devant lui, dans son soutien-gorge rouge festif, frissonnant un peu car la température était légèrement tombée. Mais ses mains ne tardèrent pas à la réchauffer. Il les fit sensuellement glisser sur ses épaules avant de se mettre à tracer de délicats motifs autour des globes de ses seins. Et quand il plongea ses pouces sous la dentelle du soutien-gorge pour les faire glisser sur ses tétons durcis de désir, elle se cambra contre lui, s'abandonnant totalement à ces incroyables sensations.

À l'aide de ses grandes mains viriles, il continuait d'explorer chaque zone de sa peau. Mais après lui avoir caressé les bras, il l'attrapa par les poignets et recula d'un pas pour porter sur son corps un regard viril et appréciateur. Tellement excitant. Au bout d'un temps, il finit par la prendre par les hanches pour l'attirer vers lui.

Alors, doucement, il s'accroupit, l'obligeant à faire de même, et ils ne tardèrent pas à se retrouver sur les coussins qu'il avait disposés près du sapin. Dans sa douce odeur boisée, elle le regarda ôter sa chemise, dévoilant son torse puissant et musclé. Les mains sur ses fesses, il se pencha pour embrasser ses seins, auxquelles il prodigua de nombreuses attentions tandis qu'il continuait de lui caresser langoureusement les fesses. Et quand il finit par prendre l'un de ses tétons en bouche, elle sentit une décharge de plaisir la traverser.

Sa bouche… Elle ne parvenait même plus à penser. Elle ne pouvait que ressentir les enivrantes sensations qui déferlaient sur elle tandis qu'il poursuivait ses caresses si sensuelles et si habiles.

À l'aide de l'une de ses jambes musclées, il finit par lui écarter les cuisses pour se positionner entre elles. Elle pouvait à présent sentir son gland contre son clitoris et elle se mit à se déhancher sensuellement pour accroître la pression.

Ivre de désir, elle ressentit le besoin de le toucher, de s'accrocher à lui tandis qu'il traçait un chemin de baisers vers son nombril. Il finit par relever la tête, leurs regards se rencontrèrent et elle perçut quelque chose dans ses yeux qu'elle ne parvint pas à déchiffrer. Cependant, à cet instant, elle eut le sentiment que leur relation avait changé, qu'elle s'était approfondie.

Du bout de sa langue, il se mit à tracer de langoureux cercles sur son ventre, autour de son nombril, et à chaque fois qu'il plongeait sa langue dedans, elle sentait son sexe humide et brûlant palpiter.

Avec toute son habileté, il finit par reprendre son chemin de baisers, plus bas, toujours plus bas, et ce faisant, il s'accrocha à la ceinture de son jean, dont il baissa lentement la braguette. Un instant plus tard, elle sentait la chaleur de son souffle contre son sexe, suivie par la merveilleuse sensation de sa langue sur la chair qu'il venait d'exposer.

Le frottement de son début de barbe, contre sa peau, était terriblement excitant. Elle se laissa aller à gémir, mais elle n'osait pas prononcer son nom, de peur de se réveiller de ce rêve, dans lequel il était sien. Elle avait encore beaucoup à apprendre sur lui, mais sa sensualité sauvage lui était très familière.

— Cambre-toi, lui dit-il.

Les pieds fermement campés sur le sol, elle releva les hanches pour lui permettre de retirer son jean. Quelques secondes plus tard, elle ne portait plus que la minuscule culotte en dentelle rouge assortie au soutien-gorge qu'elle avait revêtu le matin.

Sensuellement, il fit glisser ses mains sous le tissu, au niveau de ses fesses.

— J'ai besoin de plus, Sean, murmura-t-elle en rejetant la tête en arrière, sur les coussins.

— Que veux-tu, exactement ?

— Je veux tout. Donne-moi tout ce que tu as, répondit-elle.

Et il fit ce qu'elle lui avait demandé. Après lui avoir caressé les hanches, il se pencha vers sa culotte pour la lui ôter, à l'aide de ses dents. Avec ses grandes mains expertes, il continua de s'activer sur ses cuisses, jusqu'à ce qu'elle se retrouve totalement nue sous son corps. Alors, il s'agenouilla devant elle et se mit à la regarder.

— J'avais peur que tu ne me permettes plus jamais de faire ça, lui dit-il.

Au son de sa voix, si basse et si sensuelle, elle sentit son sang se changer en lave. Chaque seconde qu'elle passait avec lui ne faisait que renforcer son excitation.

— Moi aussi j'avais peur que ça ne se reproduise plus jamais. Ça n'a jamais été comme ça avec personne d'autre, tu sais ?

— Tant mieux. Je veux que tout ce qu'il y a entre nous soit meilleur que tout ce que tu as pu connaître jusqu'ici.

Il avait parlé contre sa peau, elle avait senti chacune de ses paroles se réverbérer en elle. De nouveau, il baissa la tête et frotta son menton contre son sexe humide et brûlant de désir. Un simple mouvement de va-et-vient qui embrasa son clitoris d'un plaisir infini.

Délicatement, il lui écarta les lèvres et elle perçut un souffle d'air contre sa chair exposée juste avant qu'il ne se mette à la caresser du bout de sa langue. Une douce sensation de chaleur humide venait de l'envahir ; elle se cambra contre lui. Elle avait envie de plus. Non, elle avait besoin de plus.

Comme s'il avait lu dans ses pensées, il se mit à lui masser le clitoris du bout de son pouce. À ce moment-là, elle faillit venir. Mais il s'interrompit et releva la tête pour lui adresser un sourire espiègle. Elle connaissait à présent suffisamment bien son partenaire pour comprendre qu'il avait envie de faire durer le plaisir.

Elle s'accrocha à ses larges épaules quand il reprit ses caresses buccales si habiles, et quand elle sentit le plaisir approcher du sommet, elle s'accrocha à ses cheveux et, instinctivement, cambra les hanches. Tandis qu'elle commençait à gémir, elle eut vaguement conscience de l'entendre grogner, mais elle sentit les vibrations de sa voix se répercuter dans son corps tout entier.

Du bout de ses doigts, il se mit alors à retracer sensuellement les contours de son sexe. Ses seins lui paraissaient lourds, ses tétons presque douloureux quand il enfonça l'un de ses doigts en elle.

Le plaisir commença à affluer en elle, mais il se retira, relevant la tête pour se mettre à lui caresser les cuisses. Le désir était tel qu'elle en avait mal. Elle avait besoin de bien plus. Toujours plus.

— Sean...

— Oui, répondit-il en effleurant son ventre du bout de ses doigts.

— J'ai besoin de plus.

— Ne t'inquiète pas. Je vais tout te donner.

Le désir de venir était tel qu'elle était toute tremblante à présent. Elle n'avait qu'une envie : sentir son grand corps viril au-dessus du sien, sentir son long sexe viril dans le sien. Passant sa main entre eux, elle se mit à le caresser à travers son jean. Mais au moment où elle entreprit d'en baisser la braguette, il l'attrapa par le poignet et lui releva la main au-dessus de la tête.

— C'est tellement bon, murmura-t-elle tandis qu'il hissait son corps si spectaculaire au-dessus du sien.

Elle pouvait à présent percevoir les muscles fermes et bien dessinés de son torse contre la douceur de ses seins. Et elle avait envie de crier tant elle avait besoin de le sentir en elle.

Il finit par s'enfoncer en elle, en un seul coup de reins. Elle enroula alors ses jambes autour de lui, tandis qu'il commençait à s'activer sur un rythme lent, en faisant pivoter ses hanches de gauche à droite pour accroître encore ses sensations. Elle ouvrit alors les yeux pour le regarder et, cette fois-ci, il lui sembla voir quelque chose de différent.

La première vague orgasmique déferla sur elle avec la puissance d'un tsunami.

La fulgurance du plaisir fut telle qu'elle se cambra brusquement sous lui. À présent, elle sentait tout son corps trembler du bonheur que lui donnait le sien, mais il ne s'arrêta pas pour autant. Il poursuivit ses assauts, encore et encore, jusqu'à ce qu'ils viennent ensemble, corps et souffle mêlés.

Des étoiles se mêlèrent aux lumières de Noël et elle s'accrocha fermement à ses épaules tandis que le plaisir l'emportait. La puissance de l'orgasme fut telle qu'elle n'eut pas d'autre choix que de fermer les yeux. Et une fois cette spectaculaire tempête passée, elle ressentit le besoin de se lover contre lui, pour chercher un peu de réconfort dans son corps puissant.

Tendrement, il s'était mis à la bercer.

— Je crois qu'on vient d'inventer une nouvelle tradition. Hâte de découvrir les autres idées que tu vas m'inspirer au cours de ces fêtes de fin d'année.

À ces mots, elle ouvrit les yeux, plongea son regard dans le sien. Si elle ne lui parlait pas du bébé à cet instant, elle allait le perdre à jamais. Les mots étaient là, mais ils refusaient de sortir, comme coincés dans sa gorge.

La sonnette finit par retentir. Après avoir déposé un bref baiser sur ses lèvres, il se leva et remit son jean.

— J'y vais.

Bouleversée, elle le regarda partir. Il lui avait ouvert son cœur et lui avait prouvé qu'elle pouvait lui faire confiance, mais elle continuait d'hésiter. Elle savait pourtant qu'elle ne pouvait plus attendre. Pour son bien à elle et celui du bébé. Et pour le bien de Sean, aussi.

12

— Soirée pulls de Noël ! s'exclama Delaney en ouvrant la porte d'entrée de la maison où elle vivait avec Nolan et sa petite fille de six ans, Daisey.

Delaney et Daisey portaient des pulls assortis, sans doute les plus laids que Paisley ait jamais vus. Rouge et vert, ils avaient été brodés de clochettes et d'étoiles dorées.

Delaney vivait avec son fiancé, Nolan, dirigeant d'une grande entreprise d'aérospatial.

— Waouh ! fit Paisley. Vous êtes super mignonnes, toutes les deux.

Et après avoir remis à sa meilleure amie une bouteille de champagne, elle s'accroupit pour donner à Daisey le cadeau qu'elle lui avait apporté.

— Merci, Paisley. Est-ce qu'il faut que j'attende Noël pour l'ouvrir ? lui demanda la petite.

Paisley tourna son regard vers Delaney, qui acquiesça.

— Oui.

— Zut, murmura Daisey.

— Va le mettre sous le sapin. Et dis à papa que Paisley est arrivée.

Aussitôt que la petite eut disparu, Delaney se tourna vers Daisey.

— Où est Sean ? Ne me dis pas qu'il est reparti sur la côte Ouest.

— Elle ne te dira pas ça, non, répondit l'intéressé qui, adossé au mur du palier, se trouvait jusqu'ici hors du champ visuel de Delaney. Et puis si je partais, je te manquerais trop.

— Tout à fait. Je te prie de m'excuser, je suis un peu nerveuse, ce soir. J'ai envoyé à mon père une invitation. C'était juste pour plaisanter. Mais il m'a répondu qu'il viendrait.

Paisley se prit à rire. Le père de Delaney était un homme très guindé qui n'avait jamais vraiment approuvé le style de vie déjanté de sa fille, mais depuis que Delaney s'était posée en s'installant avec Nolan, le père et la fille s'étaient un peu rapprochés.

— Ça devrait être marrant de le voir dans un pull de Noël, dit Sean.

— C'est certain, répondit Delaney. En tout cas, j'adore les vôtres.

Ils avaient également choisi une tenue assortie. Pulls verts figurant des cerfs et brodés de gros pompons rouges.

Olive et Dante arrivèrent à leur tour, vêtus, eux aussi, de pulls assortis. Les leurs portaient simplement le logo de la brasserie Inferno, dont Dante était le fondateur et propriétaire.

— Vos pulls sont loin d'être moches, leur dit Delaney. Mais donnez-vous tout de même la peine d'entrer. La fête commencera par des cocktails et…

— J'ai ramené de la bière, coupa Dante.

— Et de la bière, alors ! s'exclama joyeusement Delaney.

Et elle les conduisit jusqu'au séjour, somptueusement décoré pour les fêtes. Sous le grand sapin, des cadeaux avaient déjà été entassés. Un bar avait été monté à gauche de la pièce et un DJ attendait derrière sa table de mixage, à droite. Les meubles avaient été redisposés pour former de petites zones de conversation privées.

Un homme, dont l'uniforme portait le logo d'un traiteur renommé, s'approcha de Delaney pour lui poser une question. Au même moment, Sean glissa sa main dans celle de Paisley.

— Je ne pensais pas que ce serait une si grande fête.

— Tu m'aurais laissée tomber si tu l'avais su ?

— Non, mais j'aurais peut-être teint mes cheveux pour me présenter comme Jack.

— Jack appartient désormais au passé.

— Ne t'inquiète pas, il ne reviendra pas. Tu sais combien de personnes elle a invitées ?

— Si c'est comme la dernière soirée qu'elle a organisée, pas beaucoup. Elle n'invite généralement que ses amis proches. Certains d'entre eux sont plus célèbres que toi.

— Ça, ça m'est bien égal. Tout ce qui compte pour moi, c'est de passer une bonne soirée avec la fille de mes rêves.

— La fille de tes rêves ? répéta-t-elle en se hissant sur la pointe des pieds pour mieux le regarder. Je pensais t'avoir prouvé que j'étais une femme.

— Bien dit. Mais tu as très bien compris ce que je voulais dire. Tu ne penses pas que tu es mienne ?

Était-elle sienne ? Elle avait envie de l'être, c'était certain. Mais tant qu'il y aurait encore ce secret entre eux, ce ne serait pas possible. Pas vraiment.

— J'aimerais l'être.

— Parfait. C'est tout ce que j'ai besoin de savoir, répondit-il avant de se pencher vers elle pour l'embrasser.

Et au moment où elle mêla sa langue à la sienne, elle regretta de ne pas être seule avec lui. Dans un cadre plus intime, peut-être aurait-elle trouvé le courage de lui parler du bébé.

La voix d'Olive la ramena doucement à la réalité.

— Ça suffit, tous les deux. Vous êtes venus pour faire la fête avec nous, pas pour ça, leur dit-elle en leur tendant des cocktails.

Tout sourire, ils trinquèrent avec elle.

— À tous ces adorables couples en pulls moches assortis, lança Olive.

Sean et Dante menèrent ensuite la conversation. Paisley observait Sean. Il s'intégrait vraiment bien à son groupe d'amis. Toutes les inquiétudes qu'elle avait pu avoir à ce sujet avaient à présent disparu. Elle n'avait plus aucune excuse pour ne pas lui parler du bébé. La dernière de ses craintes, celle qu'il ne fasse pas preuve envers elle d'une totale honnêteté, n'avait plus lieu d'être.

Son silence, en réalité, était dû à des inquiétudes qui la concernaient elle, et non plus lui. Elle s'en voulait d'avoir cru qu'il était réellement Jack. Et elle avait trop souvent pardonné dans le passé. La situation, cependant, était différente avec Sean. Elle se sentait prête à lui pardonner dans sa tête, mais son cœur, lui, était incertain.

— Karaoké ? dit soudain Dante, coupant court à ses pensées.

— Quoi ? Excuse-moi, j'étais encore en train de réfléchir à la conférence de presse de demain.

Comme pour lui demander si elle allait bien, Sean porta sur elle un regard interrogateur. Elle hocha la tête, presque imperceptiblement.

— Delaney a organisé des jeux, dont un karaoké en duo, lui dit Olive.

— Super ! s'exclama Paisley. On devrait bien s'en sortir ; Sean a une super voix.

— C'est incontestable, dit Olive.

— Hé ! La mienne n'est pas si mal, marmonna Dante.

— Tu as la plus belle voix du monde, roucoula Olive en se tournant vers son fiancé. Et je pense que Sean va devoir faire beaucoup d'efforts s'il veut te battre.

— Depuis quand est-ce devenu une compétition entre nous ? lança Sean. Dante, qu'est-ce que tu dirais de t'associer avec moi contre les filles ?

— Si vous croyez que vous pouvez nous battre… Paisley et moi, on a toujours été les meilleures.

— Mais seulement après quelques verres de tequila, ajouta Paisley.

— Défi accepté, affirma Dante.

Paisley se mit à rire. La soirée s'annonçait bien. Mais au fond d'elle, elle rêvait d'un signe clair que Sean allait rester. Qu'il était bien le partenaire dont elle avait besoin pour l'aider à élever le bébé.

Les deux semaines qui suivirent filèrent à toute allure et Sean se prit à croire que sa relation avec Paisley pourrait peut-être se prolonger au-delà des fêtes de fin d'année. Ils passèrent beaucoup de temps avec ses amis, et naturellement, il participa aux différents événements que Paisley avait organisés pour la promotion du film. Ce soir-là, il devait se rendre à l'avant-première et il avait vraiment hâte d'y être. Dans le film, il jouait le rôle d'un prince sous couverture qui tombait amoureux d'une fille rencontrée dans un aéroport.

Pas si différent de sa rencontre avec Paisley dans la vie réelle.

Il passa beaucoup de temps à se préparer pour la soirée, car contrairement au grand rendez-vous romantique qu'il avait organisé pour Paisley le soir où les paparazzis l'avaient piégé, ça allait être quelque chose de vrai, d'authentique. Il savait à présent que, jusqu'à ce moment fatidique, il avait joué la comédie dans sa relation avec

Paisley. S'il pensait sincèrement avoir des sentiments pour elle, ses émotions n'étaient pas pleinement réalisées, et il commençait seulement à le comprendre, après ces quelques semaines où ils avaient appris à se connaître réellement.

Il avait fait quelques projets pour la soirée, en sachant cependant qu'ils pourraient changer en fonction de Paisley. Il lui avait proposé de lui offrir une tenue pour l'occasion et elle avait accepté. Aussi avait-il contacté l'un de ses amis couturiers, à qui il avait envoyé une photo de Paisley. Dimitiri lui avait fait parvenir une robe somptueuse, ainsi que des chaussures et une pochette.

Très impatient de la voir avec, il devait passer chez elle la chercher. Depuis qu'il n'était plus Jack, ils partageaient leur temps entre son appartement et la maison qu'il louait au bord du lac Michigan. Elle avait insisté pour qu'ils mettent également des décorations de Noël dans cette villa et, cette fois-ci, ils s'étaient mis d'accord sur un thème de couleur. Rouge et doré. Machinalement, il jeta un coup d'œil au sapin, vérifia une dernière fois son nœud papillon avant de partir.

Elle avait laissé sa marque dans cette villa. La desserte près de la porte d'entrée. Une photo encadrée les représentant tous les deux dans leurs pulls assortis à la soirée organisée par Delaney, ainsi qu'une photo de lui, Nolan et Dante brandissant un micro doré que Delaney leur avait remis en guise de trophée quand ils avaient gagné le karaoké.

Pour la première fois de son histoire, il se sentait chez lui en un lieu. Et ce sentiment, il le devait à Paisley.

Ce soir-là, il voulait prendre du temps avec elle. Vérifier que son instinct ne le trompait pas et s'assurer qu'il était vraiment tombé amoureux. Et ensuite... Ensuite, demander que leur relation devienne permanente. Il ne savait pas ce à quoi ce genre de relation ressemblait. Il n'avait pas été élevé dans une famille traditionnelle. Mais petit à petit, il avait commencé à envisager d'en fonder une lui-même. Cela avait mis du temps à venir, mais il était désormais prêt à admettre qu'il avait envie de se marier et peut-être un jour d'avoir des enfants avec elle. Elle était tout ce dont il avait besoin, et même bien plus que ça.

Quand la sonnette finit par retentir, il mit son manteau et ouvrit au chauffeur que le studio lui avait envoyé.

— Bonsoir, monsieur. J'espère que je ne suis pas trop en avance.

— Vous êtes parfaitement à l'heure. Mais il vous faudra peut-être attendre un peu quand nous nous arrêterons chez Mlle Campbell, répondit-il, comme il savait très bien que, malgré toutes ses bonnes intentions, Paisley était très souvent en retard.

— Vous êtes la star, lui répondit le chauffeur en souriant. Ils vous attendront.

Absorbé dans ses pensées, Sean s'installa à l'arrière de la limousine. Il voulait que ce rendez-vous soit parfait et il n'arrêtait pas de songer à la bague qu'il avait dans la poche et à tout ce qu'elle signifiait pour lui.

Et s'il s'était trompé sur les signaux qu'elle lui avait envoyés ? Pour la première fois, ce talent auquel il se fiait tellement, à savoir, sa capacité à cerner les intentions des autres, lui semblait difficile à convoquer. Il se demandait s'il ne s'était pas laissé influencer dans son jugement par ses propres sentiments.

Quoi qu'il en soit, il ne s'était jamais senti aussi nerveux avant un rendez-vous. Ou une projection. Mais ce n'était pas le film qui l'inquiétait. Les critiques qui l'avaient déjà vu s'étaient montrés unanimement positifs. Ce stress ne pouvait donc provenir que des sentiments qu'il avait pour Paisley.

Elle l'avait changé. Elle lui avait permis de découvrir enfin qui il était vraiment dans le monde réel. Avec des personnes qui n'avaient rien à voir avec le milieu du cinéma. Il était Sean, tout simplement, et pour la première fois de sa vie, il se sentait pleinement accepté.

Le chauffeur finit par s'arrêter devant l'immeuble de Paisley. Quelques photographes se trouvaient déjà là. Mais pour une fois, il ne se contenta pas de les ignorer. Tout sourire, il leur adressa un petit signe de la main en les encourageant à aller voir son film. Après quoi il entra et monta l'escalier.

En frappant à la porte, il admira la couronne de Noël que leur avait offerte Daisey, la fille de Nolan. La petite avait tressé des branches de sapin et de houx et avait accroché sur la couronne ainsi constituée des photos d'elle, de Paisley et lui. La famille qu'il avait toujours rêvé d'avoir sans jamais oser y croire.

Mais il pouvait oser, à présent. Grâce à Paisley.

Quand elle finit par lui ouvrir, il retint son souffle tant elle était belle dans cette robe longue en satin bien ajustée. Ses cheveux étaient relevés en un chignon flou, de petites mèches encadraient son visage. Elle lui sourit.

Et le monde s'arrêta.

Il était amoureux d'elle. C'était pour cette raison qu'il était si nerveux à l'égard de cette soirée. Il l'aimait, et c'était la chose la plus fabuleuse, et en même temps la plus angoissante, qu'il lui soit jamais arrivée.

— Tu es magnifique...

— Toi aussi, lui répondit-elle en lui faisant un clin d'œil. Enfin, tu l'es toujours, mais...

Il l'interrompit en se penchant vers elle pour l'embrasser. Pas parce qu'il ne voulait pas entendre de compliments, mais parce qu'il ressentait un besoin urgent de lui avouer son amour et qu'il n'était pas sûr d'être prêt à faire ça.

Le baiser que Sean lui avait donné sur le pas de la porte avait donné le ton de la soirée. Ils passèrent un long moment à s'embrasser dans la limousine, mais quand ils arrivèrent devant le cinéma, Paisley s'efforça d'écarter de son esprit toutes les pensées torrides que lui inspirait son si sexy cavalier. Elle avait une mission professionnelle à accomplir. Les journalistes attendaient le long du tapis rouge.

— Tu es prêt ? lui demanda-t-elle.

Le tapis rouge avait été disposé sous des arches ornées de branches de pin et de houx et décorées de neige artificielle.

— Hélas, je suis un habitué. Et toi, tu es prête ?

— J'ai le rôle le plus facile : t'orienter vers les bons journalistes.

Le chauffeur finit par leur ouvrir les portières. Une large foule s'était rassemblée devant le cinéma. Aussitôt que Sean sortit, des flashs se mirent à crépiter, des gens à applaudir et à crier son nom. Il leur adressa un signe amical, avant d'avancer en l'entraînant avec lui, sa grande main appuyée au bas de son dos. Et à son grand étonnement, il ne passa pas devant ses fans sans s'arrêter. Il prit le temps de serrer des mains, de poser pour des photos.

De bonne grâce, elle joua les photographes pour plusieurs d'entre eux. Elle était surprise par sa volonté de parler avec chacune des personnes qui étaient venues ici pour le rencontrer. Il ne cherchait pas à se débarrasser d'eux rapidement, ce qui, à son sens, montrait bien sa personnalité. Et ne faisait que renforcer les certitudes qu'elle commençait à avoir sur lui.

Il avait beau être une grande star de Hollywood, il était honnête et probe. Il avait beau être habitué aux luxueuses villas, aux limousines avec chauffeur, aux livraisons de tout et n'importe quoi, il y avait chez lui quelque chose de très terre à terre.

Après avoir doucement serré sa main dans la sienne, il finit par s'approcher des journalistes qu'elle lui avait indiqués.

Restée à distance, elle essaya de se concentrer sur la soirée, mais il lui était impossible de ne pas songer au bébé et au fait qu'elle n'en avait toujours pas parlé à Sean. Le voir dans son élément, entouré de ses admirateurs, lui avait fait prendre conscience d'une chose : leurs vies étaient différentes, mais ce n'était pas un problème qui lui semblait impossible à régler.

Elle n'avait aucun mal à s'imaginer travailler avec lui pour de futurs événements de ce type. Les quelques semaines passées avaient été magiques. Elle n'aurait jamais pensé que les fêtes de fin d'année puissent être aussi belles. Ils avaient assisté à plusieurs soirées pour la promotion du film, ils avaient passé du temps avec sa famille de cœur, et Mme B les avait même invités à venir regarder chez elle son film préféré, *Miracle sur la 34e rue*.

À présent, il lui était impossible de prétendre qu'elle avait toujours peur qu'il joue la comédie avec elle. Il était plus sincère que son père ne l'avait jamais été. Et pourtant elle continuait de lui cacher le secret de sa grossesse.

Le problème était le suivant : être sûre de lui en tant qu'homme était une chose ; être sûre de lui en tant que père en était une tout autre.

Ils n'avaient même pas encore parlé de rester ensemble après les fêtes. Et s'il retournait à L.A. le 1er janvier ? Il finirait bien par le faire, de toute façon.

Deux jours plus tôt, il avait reçu un scénario et lui avait expliqué qu'il partirait tourner à Vancouver de février à mai. Presque comme dans un aparté, il avait affirmé qu'elle pourrait venir le voir, mais son regard était troublé. Ce qui indiquait qu'il était aussi incertain de la survie de leur relation qu'elle l'était elle-même.

Elle lui avait dit qu'elle viendrait, en espérant qu'il ajoute qu'il voulait qu'ils forment un couple. Mais il ne l'avait pas fait. Et par conséquent, elle ne savait pas ce qu'il pensait de l'avenir de leur relation.

Il lui semblait ridicule de laisser ses peurs contrôler à ce point sa vie avec lui, mais elle ne pouvait pas faire autrement. Elle avait peur de lui dire qu'elle avait des sentiments pour lui, peur de reconnaître combien elle avait envie de lui dans sa vie, parce qu'elle était terrifiée par la réaction qu'il aurait quand elle lui annoncerait qu'elle était enceinte.

À présent, elle regrettait de ne pas avoir lâché le morceau le soir où elle avait découvert sa véritable identité. Mais hélas, elle ne pouvait pas remonter dans le temps pour changer le passé.

Cependant, quand elle resongeait au sentiment de trahison qu'elle avait éprouvé quand elle avait découvert qu'il lui avait menti… comment pouvait-elle se justifier de ne lui avoir toujours rien dit concernant le bébé ?

— Ça c'est fait, lui dit-il, coupant court à ses pensées. À présent je suis tout à toi. On va faire une photo ensemble, et ensuite, on pourra regarder le film tranquillement.

Elle lui sourit, mais la soirée était en partie gâchée. Il fallait qu'elle le lui dise.

— J'ai quelque chose d'important à t'annoncer.

Baissant les yeux vers elle, il lui adressa ce sourire intime qui lui était uniquement destiné.

— Moi aussi. Après la fête ?

Elle hocha la tête, soulagée par ce répit. Mais d'un autre côté, elle savait bien que, plus elle mettrait de temps à le lui dire, plus cela serait difficile pour lui à accepter.

13

L'avant-première avait été un immense succès, et pour le fêter, toute l'équipe de tournage s'était rendue dans un club privé. Une fois arrivé dans la grande salle de bal, Sean s'arrêta pour parler à des producteurs, et là encore, Paisley se mit à l'écart du bruit et de la foule. Elle ne s'éloigna pas trop, cependant, parce qu'elle ne connaissait personne dans ce milieu.

Elle était ravie qu'il se soit intégré à son univers, mais elle n'était pas sûre que l'inverse soit possible. Ce genre de soirée ne ressemblait à rien de ce à quoi elle était habituée. Elle avait eu l'occasion de travailler sur quelques événements de ce type avec ses clients, certes, mais généralement, une fois que les journalistes quittaient les lieux, elle prenait congé, elle aussi.

— Qu'est-ce que tu fais toute seule, ma belle ? lui dit-il quand il eut terminé sa conversation.

— J'essayais juste de respirer un peu. Ton film était super. Et ton jeu incroyable. Tu étais le meilleur acteur, de loin.

Les premières notes de « Step into Christmas » d'Elton John se mirent à résonner dans la salle.

— Tu trouves ? lui demanda-t-il en portant sur elle un regard dubitatif. Ton jugement ne serait-il pas un peu biaisé ?

— C'est possible. Pour tout t'avouer, tu es la seule star du cinéma que je connaisse.

— C'est donc pour ça que je te plais ?

— Certainement pas ! s'exclama-t-elle.

— Je sais bien. Je disais juste ça pour te taquiner. Tu danses ?

Si je reste ici sans bouger, dans quelques instants, on aura tout le monde autour de nous.

Passant ses bras autour de son cou, elle plongea son regard dans le sien. Elle venait de se rendre compte qu'elle allait toujours devoir le partager. Mais c'était une chose qu'elle pouvait accepter, non ? Cédant à son instinct, elle se hissa sur la pointe des pieds pour l'embrasser. Tout en soupirant, il l'attira plus près de lui encore, les mains sur ses hanches, et il mêla sa langue à la sienne. Elle aurait voulu que ce moment de douceur et de sensualité se prolonge éternellement.

Mais il fallait qu'il s'arrête, parce qu'ils se trouvaient à une soirée organisée en l'honneur de son film et parce qu'elle devait lui parler du bébé.

— Allons-y, lui dit-elle.

Elle pensait qu'il avait un peu exagéré en affirmant que les gens le suivaient partout, mais alors qu'ils avançaient vers la piste de danse, elle remarqua que trois ou quatre groupes de personnes leur avaient emboîté le pas.

Une dame âgée, élégamment vêtue, pressa le pas pour les rattraper.

— Ah, Sean ! Tu es là. Une fois que cette chanson sera terminée, il faudrait que tu montes sur scène pour faire un discours, dit-elle avant de se tourner vers Paisley. Bonjour, je suis Cass Genaro. Nous nous sommes déjà parlé sur Zoom. Ravie de vous rencontrer en personne.

Il s'agissait de l'une des cadres du studio qui avait organisé les différents événements relatifs à la promotion du film avec Paisley. Les deux femmes échangèrent une poignée de main.

— Moi de même.

— Je vais vous conduire jusqu'à votre table pendant que Sean fait ce qu'il a à faire. Il lui reste encore deux petites choses à terminer et il est à vous pour la soirée. En attendant, je vais vous tenir compagnie.

Comme pour lui demander si cela ne la gênait pas, il avait baissé les yeux vers elle. Tout en lui adressant un faible sourire, elle hocha la tête.

— Parfait pour moi. Je vous suis, Cass.

Elle commença à avancer, mais Sean l'arrêta en posant la main sur son épaule pour l'embrasser.

— Merci de ta compréhension.

— Ce n'est pas grand-chose. Et puis, j'aime bien te voir faire ton travail.

Elle suivit donc Cass jusqu'à une table qui se trouvait à l'avant de la pièce et à laquelle plusieurs des cadres qu'elle avait eu l'occasion de voir au cours des réunions en visio étaient déjà installés. Elle reconnut également le mari de l'actrice qui avait été la partenaire de Sean à l'écran. Le jeune homme semblait bavarder de tout et de rien avec les employés du studio. Et à l'observer, il lui sembla avoir un aperçu de ce que sa vie pourrait être si Sean et elle réussissaient à faire fonctionner leur relation.

Manifestement, elle allait devoir faire ce genre de choses à toutes les soirées organisées en l'honneur de ses films. Perdue dans ses pensées, elle finit par sourire aux autres invités. Ce serait un test : elle verrait bien si elle était à la hauteur. Mais au fond d'elle, elle se sentait nerveuse et ne savait pas vraiment quoi faire. Ce fut alors qu'elle se souvint de Sean, qui n'avait pas hésité une seule seconde à aider Mme B à décorer les cookies et qui s'était lancé avec enthousiasme dans la partie de karaoké organisée par Delaney. Ce n'était pas un test, c'était un baptême du feu. Une chance de se prouver à elle-même qu'elle désirait être bien plus pour lui qu'une simple aventure sans lendemain.

— Bonsoir, je suis Lorenzo, lui dit le mari de l'actrice avec un accent espagnol assez marqué.

— Paisley. Je suis avec Sean.

— J'ai remarqué, lui dit-il en souriant.

Il la présenta ensuite au reste de la table. La conversation lui sembla fluide et agréable. Quand la chanson finit par se terminer, Sean et sa partenaire, Desi, montèrent sur scène.

— Je tenais ce soir à remercier chacun d'entre vous pour le dur travail qui a été accompli sur *Christmas Magic*. Contempler un film achevé est toujours très édifiant. Je n'ai jamais douté que nous étions tous excellents, mais ce que j'ai vu ce soir n'a fait que me le confirmer, dit Sean.

— Cette soirée est une occasion pour nous de vous remercier

encore, tous, pour la contribution que vous avez apportée, ajouta Deli. Nous espérons que vous passerez un excellent moment.

Ils poursuivirent leur discours en appelant plusieurs contributeurs à monter sur scène. Tous se virent remettre des cadeaux. Au bout d'une trentaine de minutes, Sean et Desi finirent par les rejoindre à leur table, tandis que Cass se levait pour présenter le making-of du film, qui ressemblait plutôt à un bêtisier.

Tendrement, Sean passa son bras autour des épaules de Paisley et déposa un baiser sur sa joue. On aurait presque dit qu'il était nerveux lui aussi. Doutait-il de quelque chose ? D'elle, d'eux ? Elle n'en avait aucune idée, mais en observant les scènes du making-of, il lui sembla percevoir encore une autre facette de sa personnalité. Il était très amusant sur le plateau. Comme il était avec elle, mais légèrement différent. On sentait son professionnalisme dans tout ce qu'il faisait, mais il semblait très conscient d'être le grand nom de l'affiche et c'était sans doute cette certitude qui donnait le ton de l'ambiance décontractée.

Quand la vidéo se termina, on leur servit le dîner. Après le dessert, un orchestre monta sur scène et tous furent invités à se rendre sur la piste de danse.

Elle passa un long moment à danser avec lui, à savourer son bonheur. Mais au bout d'un temps, il finit par attraper deux coupes de champagne sur le plateau d'un serveur et par l'éloigner de la piste pour la mener jusqu'à un coin discret, sous une arche.

— Le soir où je t'ai invitée à dîner, il y a quelques semaines, je m'étais mis dans la peau d'un personnage romantique, et tout a tourné à la catastrophe. Ce soir, je n'ai pas suivi de scénario. Tout n'a pas été parfait, il m'a fallu travailler. Mais en ayant été moi-même, j'ai l'impression de t'avoir donné le meilleur de ce que je suis en mesure de t'offrir.

Il s'interrompit, puis reprit :

— T'avoir à mes côtés m'a permis de réfléchir à ma vie et je sais à présent qu'il n'y a rien que je désire plus que de te garder avec moi. Je sais... Je sais qu'on a dit que ce serait juste pour les fêtes, mais je ne pourrai pas me contenter de ça.

Un sentiment de pur bonheur inonda son être, et sans plus

penser aux conséquences du secret qu'elle lui cachait, elle se jeta dans ses bras pour l'embrasser.

— J'en déduis que l'idée te plaît, finit-il par dire avec un sourire amusé.

— Oui.

— Trinquons à notre avenir, dit-il en lui tendant une coupe de champagne.

Elle prit la coupe et commença à la lever. Mais soudain, elle se figea. Elle ne pouvait pas boire d'alcool. Et elle ne pouvait pas trinquer à leur avenir. Pas tant qu'elle ne lui aurait pas parlé du bébé.

— Euh… il y a quelque chose qu'il faut que je te dise d'abord, commença-t-elle.

Mais elle ne put poursuivre ses propos. Quelqu'un venait d'interrompre leur conversation.

— Sean, on a besoin de toi pour la photo du casting !

D'un certain côté, Sean se sentait soulagé d'avoir une excuse pour s'éloigner de Paisley avant d'en dire plus que ce qu'il souhaitait lui confier. Ses émotions étaient exacerbées, et pour la première fois avec elle, il se sentait vulnérable. Car si elle ne ressentait pas la même chose, si elle n'envisageait de rester avec lui que pour les fêtes de fin d'année…

Il comprendrait, bien sûr. Mais il aurait mal. Très mal.

Elle lui avait dit qu'elle avait envie d'être avec lui. Que pouvait-elle avoir à ajouter ?

Cass lui demanda de se placer devant le sapin avec le reste de la distribution. Desi se mit juste à côté de lui.

— J'adore Paisley, lui dit-elle. Et Lorenzo la trouve lui aussi exceptionnelle. On dirait bien que tu as trouvé la perle rare.

— Oui, elle est super, répondit-il.

Mais à présent, il n'en était plus si sûr. De quoi voulait-elle lui parler ? Il sourit pour la photo, mais le sentiment que la soirée avait été parfaite commençait à s'estomper. Il n'avait jamais été du genre à rechercher activement ce type de bonheur, il avait toujours pensé qu'il était hors de sa portée. S'était-il fait des illusions ? À cause de son beau visage ? Et de son passé brisé ?

Le lien qu'il avait tissé avec elle s'appuyait aussi bien sur le présent que sur les confidences qu'ils s'étaient faites au sujet de leurs enfances respectives. Des histoires et des passés différents, mais qui, lui semblait-il, les avaient menés l'un à l'autre.

La voix de Cass le ramena brutalement à la réalité.

— On va en faire une avec l'équipe technique.

Il continua de sourire, mais au fond de son cœur, c'était à présent de la panique qu'il ressentait. Pourquoi s'était-il ainsi mis à nu devant elle ? Mais aussitôt qu'il se posa la question, une autre lui vint à l'esprit : était-ce ce qu'elle avait ressenti quand elle avait appris son véritable nom ? Quand elle avait compris qu'il n'était pas Jack ?

Il avait beau réfléchir, il n'avait pas la moindre idée de ce qu'elle envisageait de lui dire. Il savait juste qu'elle voulait lui parler de quelque chose.

Se faisait-il trop de souci pour rien ?

N'était-ce pas d'ailleurs toujours le cas ?

Son instinct le portait toujours à considérer chaque situation sous tous les angles possibles. Son passé lui avait appris à ne jamais baisser la garde, mais avec elle, il s'était à l'évidence relâché.

Il s'était épris d'elle et avait fait d'elle la compagne idéale qu'il n'avait jamais rencontrée auparavant. Ne pouvait-il pas lui accorder sa confiance et rester sur cette idée ? Au moins jusqu'à ce qu'elle lui prouve qu'il avait tort ?

— Parfait, dit Cass. On a terminé. Vous pouvez profiter de votre soirée. N'oubliez pas de récupérer vos cadeaux en partant. Et surtout, passez un joyeux Noël.

Tandis que Desi s'éloignait pour retrouver son mari, il se tourna vers Paisley, qui l'attendait sous l'arche. D'un pas mal assuré, il alla la rejoindre.

— Tu voulais donc me dire quelque chose...

L'air gêné, elle se mordilla la lèvre.

— Oui... En fait...

— Tu vas bien ?

— Oui... C'est juste que je viens de me rendre compte de ce que ta vie était réellement. Est-ce que... ? Écoute, après tout, ce n'est pas si important. Je n'ai pas envie de gâcher la soirée.

Tout comme lui, elle avait des doutes sur les chances de survie de leur relation. Les choses étaient tellement plus faciles quand il était Jack. Jack n'avait pas d'engagements, pas de fans, pas de vie réelle.

— On va trouver un endroit calme pour parler.

— Je viens de te dire que ce n'était pas important, lui répondit-elle en haussant les sourcils.

— Oui, mais nous savons l'un comme l'autre que ça l'est. On va rentrer.

— Chez toi ou chez moi ?

— Chez nous, lui répondit-il.

Et après avoir envoyé un message à son chauffeur, il la fit sortir de la salle de bal. Une fois installée dans la limousine, elle se mit à le regarder, la tête inclinée sur le côté.

— Il y a quelque chose d'un peu bizarre dans le fait que tu me connaisses si bien.

— On vit ensemble depuis plusieurs mois.

— Je sais, mais maintenant que tu es toi-même, c'est... disons, différent.

— C'est vrai. Mais je ne regrette pas totalement les moments que nous avons passés ensemble avant ça. C'était plus facile.

— Parce que ce n'était pas réel ? lui demanda-t-elle en faisant une petite moue.

— Qu'est-ce qui est réel et qu'est-ce qui ne l'est pas ?

— Tu as vraiment envie de parler philosophie et perception de la réalité ?

— Plus ou moins. En fait, il me semble plus facile de discuter de théories abstraites que de parler avec toi de choses concrètes.

Elle eut un petit rire dépourvu de gaieté.

— Ça me semble logique, parce que...

Elle s'interrompit, joignit ses mains sur ses genoux.

— Très bien. Je vais le dire sans réfléchir aux mots que je devrais ou pas utiliser, d'accord ?

Cela ne lui semblait... pas bon du tout.

— D'accord.

— Tu ne pourras jamais vraiment vivre ici avec moi, n'est-ce pas ? Tu peux rester pour les fêtes, mais ce n'est pas ta vie ?

Pensivement, il se tourna vers la fenêtre et regarda les façades des immeubles défiler. Le chauffeur venait de s'engager dans la rue familière qui menait à son immeuble. Non, il ne pouvait pas vivre dans son appartement, à Chicago. Il avait besoin de plus d'intimité que ce lieu ne pouvait lui en procurer. Mais il avait envie de vivre avec elle. Cependant, il n'arrivait pas vraiment à imaginer un scénario où elle emménagerait avec lui à Los Angeles.

— Dans ton appartement, non, mais ici à Chicago avec toi, je pense que oui. Tu trouves que c'est un motif de rupture ?

Elle se remit à se mordiller la lèvre, et au souvenir de cette bouche si sensuelle contre la sienne, il eut envie de la prendre dans ses bras. Il faisait tout ce qu'il pouvait pour être à la hauteur de ses espérances et se montrer honnête avec elle. Mais la vérité, c'est qu'il se sentait beaucoup plus à l'aise derrière la façade d'un rôle. Or, ce n'était absolument pas une option à ce moment-là.

— Non. Cette soirée a été… l'une des plus belles de ma vie. Et je n'ai aucune envie de tout gâcher en me montrant égoïste, mais je suis de nature anxieuse.

— Tu n'as rien gâché du tout. Et j'aime ta nature anxieuse. Parce qu'elle prouve que tu as de vrais sentiments.

Délicatement, elle plaça sa main dans la sienne.

— J'ai de vrais sentiments pour toi, Sean. Tu ne dois surtout pas en douter.

À ces mots, il resta figé sur place. Pour quelle raison aurait-il dû douter d'elle ?

Heureusement, le chauffeur venait de s'arrêter devant son immeuble. Sean et elle montèrent dans son appartement sans qu'elle puisse ajouter quoi que ce soit. Elle était consciente de sa présence juste derrière elle dans l'escalier et aussi consciente qu'elle ne lui avait pas dit ces trois petits mots : je suis enceinte. C'était pourtant tout ce qu'elle avait à faire.

C'était aussi simple que ça.

Or, elle avait passé tout le trajet à divaguer. Parce qu'elle avait peur. Peur que la vérité ne change irrévocablement les choses entre eux. Mais quand ils entrèrent dans son appartement et qu'elle se retrouva face au sapin qu'ils avaient décoré ensemble, elle se souvint des merveilleux ébats qu'ils avaient eus dans ce décor scintillant. Elle s'était sentie tellement amoureuse de lui.

Amoureuse.

C'était ça. Elle était amoureuse de lui. Elle ne pouvait plus prétendre qu'elle ne l'était pas parce qu'il l'avait trompée sur sa véritable identité. Elle ne pouvait plus croire qu'elle ne pouvait pas lui faire confiance parce qu'il lui avait menti. Elle ne pouvait plus essayer de se convaincre qu'elle ne souhaitait pas passer le reste de sa vie avec lui.

Sa belle voix grave la ramena doucement au temps présent.

— Pourquoi devrais-je douter de toi ? Je trouve bizarre que tu m'aies dit ça.

Elle ravala sa salive avec peine. Pourquoi avait-elle formulé les choses ainsi ? On aurait dit qu'elle voulait qu'il insiste jusqu'à ce qu'elle n'ait plus d'excuses pour ne pas lui dire cette vérité qu'elle était trop lâche pour lui annoncer de sa propre initiative.

— Oui. C'est juste que... Tu te souviens quand je t'ai dit que je voulais te parler de quelque chose mais que je ne me sentais pas encore prête à le faire ?

Tout en portant sur elle un regard interrogateur, il retira son manteau.

— Très bien, oui. Et tu te sens prête, maintenant ?

Embarrassée, elle baissa les yeux. Il n'y avait que deux réponses possibles à cette question. Oui ou non. Dans un cas comme dans l'autre, ce serait un moment capital.

— Je ne suis pas sûre.

— Qu'est-ce qui te retient ?

— Toi.

L'air soucieux, il s'approcha d'elle et la prit doucement dans ses bras.

— Écoute, je sais que tu hésites à me faire confiance concernant cette chose importante que tu as à me dire, mais tu peux m'en parler, Pais. Tu peux me parler de tout.

En relevant la tête, elle vit qu'il l'observait. Après lui avoir doucement massé les tempes du bout de ses pouces, il se pencha pour déposer sur ses lèvres le plus tendre et le plus doux baiser qu'elle ait jamais reçu. *Fais-moi confiance. Je serai toujours là pour toi.* C'était ce message qu'elle percevait à présent dans son étreinte.

Elle sentit alors qu'elle se mettait à pleurer. Elle savait qu'il serait toujours là pour elle. Il se montrait d'ailleurs beaucoup trop gentil. Il fallait juste qu'elle lui dise pour le bébé et ensuite… Ensuite, elle pourrait passer à autre chose. Le fait de ne pas savoir comment il allait réagir la rendait…

C'était horrible.

Elle sentait à présent de la bile remonter le long de sa gorge. Elle allait vomir.

— Je reviens tout de suite.

Elle courut jusqu'à la salle de bains, où elle arriva juste à temps. Et quand elle eut terminé, elle se brossa les dents, évitant scrupuleusement de regarder la porte, contre laquelle il s'était adossé. Sa posture était décontractée mais son regard trahissait son anxiété.

— Ça va ?

— Oui. J'ai dû un peu trop boire.

— Et c'est moi qui mens ? Je ne t'ai rien vue boire d'autre que de l'eau pétillante.

Nerveusement, elle s'essuya la bouche d'un revers de main. Elle ne pouvait plus attendre une seconde de plus. Elle n'avait plus aucune excuse.

— Je vais bien, finit-elle par affirmer. Je ne sais pas trop comment te dire ça. Ce n'est pas facile.

— Tu es malade ? demanda-t-il d'un air paniqué. Tu as un cancer, quelque chose comme ça ? Je connais beaucoup de monde, tu sais ? Je te trouverai le meilleur traitement qui existe.

Prenant sa main dans la sienne, il la conduisit jusqu'au canapé du séjour. Dans la lumière vacillante des guirlandes multicolores, la pièce semblait chaleureuse et réconfortante.

Une fois qu'ils furent tous deux assis, il passa son bras autour de ses épaules pour la serrer contre lui.

— Pas étonnant que tu n'aies rien voulu me dire. Ne t'inquiète pas. Je ne te laisserai pas. Je serai toujours avec toi.

C'était horrible. La situation avait encore empiré. L'espace d'une brève seconde, elle se demanda si elle ne pouvait pas prétendre qu'elle était en effet gravement malade, mais elle rejeta immédiatement cette idée. Cela aurait été un mensonge beaucoup trop grand et beaucoup trop cruel. Il ne méritait pas ça.

— Merci, murmura-t-elle.

Et elle se tourna vers lui pour le regarder.

— Mais je ne suis pas malade. Je suis… enceinte.

Fronçant les sourcils, il se mit à la dévisager comme si elle venait de lui parler dans une langue étrangère. Elle perçut nettement le moment où il finit par se remettre du choc. Son visage devint dur, il se leva et se mit à arpenter la pièce de long en large.

— Depuis combien de temps le sais-tu ? finit-il par lui demander brutalement en se tournant vers elle.

— Depuis le soir où j'ai découvert que tu n'étais pas Jack.

— Œil pour œil, dit-il en hochant la tête. Je t'ai menti, tu me devais bien ça.

— Ce n'est pas le problème, répliqua-t-elle vivement. Le problème était que je ne te connaissais pas.

— J'essaie de comprendre.

Elle n'en doutait pas un instant. Dans son smoking, à l'autre bout du séjour, il la regardait à présent fixement. Les lumières du sapin n'avaient plus rien de réconfortant.

14

Enceinte ?

Sean n'arrivait pas à y croire.

Il allait devenir papa.

Il n'avait aucune idée de ce que cela signifiait. Son propre père était parti quand il était bébé et il n'avait aucun souvenir de lui. Il n'avait même pas cherché à revenir dans sa vie quand il était devenu célèbre. Quant à sa mère… on ne pouvait pas vraiment dire qu'elle ait été un parent exceptionnel. Elle n'avait jamais souhaité devenir maman. Elle le lui avait confié à plusieurs reprises. Elle aurait voulu pouvoir partir, elle aussi, mais il fallait bien que quelqu'un reste.

Il avait été un fardeau pour elle.

Il regarda Paisley. Il était furieux contre elle, mais il pensait à son enfant. Son enfant. Il ne voulait pas que cet enfant se sente abandonné ou ait l'impression d'être un fardeau.

— Et quelle est la différence pour toi ? demanda-t-il, incapable de contenir la colère qui transparaissait dans le son de sa voix.

— Le bébé, répondit-elle en se levant pour s'approcher de lui. Tout est lié au bébé. Je ne connaissais pas Sean O'Neill. Je n'avais aucune idée de ce que la part de l'homme que je connaissais comme Jack représentait pour toi.

Son raisonnement était logique. Mais il n'en demeurait pas moins douloureux.

— Je t'ai dit que je ne t'avais pas menti.

— Comme mon père l'avait fait avant toi…

— Je ne suis pas ton père ! Je n'ai escroqué personne, je n'ai pris les économies de personne, je n'ai mis personne à la rue. Je suis un acteur et tu as bien vu ce qu'était ma vie en public. J'ai fait le choix d'apprendre à connaître une femme vers qui je me sentais attiré en qualité d'homme, et non pas de célébrité. Je voulais voir si ça faisait une différence.

Il était trop près d'elle, son comportement pouvait sembler menaçant. C'était la colère qui le motivait, mais il ne voulait en aucun cas l'intimider. Aussi fit-il l'effort de s'éloigner. Il prit plusieurs longues inspirations, commença à avancer vers la porte. Mieux valait qu'il la laisse jusqu'à ce qu'il parvienne à dompter son côté le plus sauvage.

— Je comprends. Tu as raison, dit-elle.

Elle ne l'avait pas suivi.

En se tournant, il la trouva debout devant le sapin qui, dans son esprit, était associé à un véritable tournant dans leur relation. Le moment où il avait décidé que les choses pouvaient fonctionner entre eux. Il sentit son cœur se serrer douloureusement. Elle ne s'était pas montrée aussi honnête envers lui que lui avec elle.

Mais il préféra garder le silence. Sa douleur et sa colère risquaient de le rendre méchant ; il n'était pas sûr de pouvoir se contenir.

— Je ne te connaissais pas, dit-elle d'une voix faible, puis j'ai appris à te connaître, et mon instinct me poussait à te faire confiance, mais le problème... Le problème, c'est que j'avais peur. Ce n'est pas juste envers toi, mais c'est la réalité. J'aimerais pouvoir dire que j'avais de bonnes raisons de faire ça, mais tout se passait merveilleusement bien et j'avais envie de... de profiter sereinement des fêtes de fin d'année avec toi.

— J'avais envie de ça moi aussi, répondit-il en baissant les yeux. Mais j'ai des sentiments pour toi, Paisley. Et toi, tu m'as caché ça... Je ne sais pas comment réconcilier ces deux choses dans mon esprit.

— Je comprends. Je ressens la même chose. Je peux te laisser du temps si tu penses avoir besoin de ça.

— Ce dont j'ai besoin..., commença-t-il.

Mais il s'interrompit. De quoi avait-il besoin exactement ? Il n'en avait aucune idée.

— Tu pensais que je ferais un mauvais père ? C'est pour ça que tu as hésité à m'en parler ?

Il releva la tête pour la regarder. Elle venait de croiser les bras sur son ventre. Elle avait vomi quelques minutes plus tôt…

— Attends. Les nausées matinales… est-ce qu'elles ne sont pas censées se produire le matin ?

— Si. C'est la première fois que je vomis le soir. Ça doit être le stress. J'avais tellement peur de te le dire…

Soudain inquiet, il marmonna un juron.

— Assieds-toi. Tu veux que j'aille te chercher quelque chose ?

Tout en secouant la tête, elle prit place sur le canapé. Il s'installa dans un fauteuil, à côté d'elle.

— Je ne savais pas quel genre de père tu serais. Je ne savais même pas si tu avais envie d'être père. En as-tu envie ?

Oui. Il n'avait aucun doute là-dessus. Il ne pouvait pas abandonner son bébé. Mais qu'allait-il devoir faire ? Il n'en avait aucune idée, mais ce n'était pas cela qui allait l'arrêter.

— Bien sûr.

— C'est bien ce que je pensais. Mais au départ, tu étais un homme que je ne connaissais pas. Je sais que ce n'est pas une bonne excuse, mais elle figurait au sommet de mal liste. Il me fallait attendre de savoir qui tu étais vraiment.

— Je comprends que tu aies ressenti le besoin d'attendre. Mais ensuite, il y a eu les chants de Noël, le sapin, la soirée chez Delaney… Autant d'occasions qui t'ont permis d'apprendre à me connaître. Et pourtant tu ne m'as rien dit ?

C'était là le pire de tout à ses yeux. Elle n'avait pas eu confiance en lui. Elle n'avait confiance en aucun homme. Et tant qu'il en serait ainsi, il n'y aurait pas d'avenir pour eux. Le problème n'avait rien à avoir avec sa célébrité ou la distance entre Chicago et la côte Ouest. Il était bien plus profond que ça et elle était la seule à pouvoir le régler.

— Je sais, dit-elle d'une voix triste. Je ne me suis pas montrée juste envers toi.

— C'est l'impression que j'ai moi aussi. Parle-moi de ta grossesse.

Il avait très envie d'en apprendre plus à ce sujet. Par ailleurs, ce changement de conversation lui permettrait sans doute de se calmer.

— Je suis enceinte de cinq semaines à présent. Je dois revoir mon gynécologue la deuxième semaine de janvier. J'ai quelques nausées matinales, mais rien de trop pénible.

— Tu arrives à t'expliquer comment ça a pu arriver ?

Ils avaient toujours utilisé un préservatif.

— Le week-end avant Halloween. Quand nous sommes rentrés de cette soirée chez Olive.

— On l'a fait dans le hall et le préservatif qu'on avait nous a ensuite semblé en mauvais état. J'avais oublié…

Il se souvenait à présent avoir tellement eu envie d'elle qu'il avait ignoré l'emballage abîmé du préservatif. Il l'avait remarqué, lui en avait parlé ensuite. Mais le désir qu'elle lui inspirait était tel qu'il n'avait pas pu attendre.

Il n'avait pas réfléchi.

— Je vais avoir besoin de temps pour intégrer ça. Cependant, il y a une chose dont je suis sûr : je veux participer à la vie du bébé.

— Mais pas à la mienne ?

Les mots étaient venus de plus profond de son cœur. Paisley comprenait le point de vue de Sean, mais ce point de vue lui faisait mal. Le conflit intérieur qui faisait rage en elle s'était arrêté quand elle avait vu combien il avait été blessé par son silence concernant le bébé.

Elle savait désormais qu'elle pouvait se fier à lui, de tout son cœur, de tout son être. Mais à présent qu'elle l'avait fait tant souffrir, il ne voudrait peut-être plus jamais ça.

Il ne lui avait pas été facile de lui cacher l'existence du bébé au cours des quelques semaines passées, mais elle avait eu le sentiment qu'elle n'avait pas le choix. Elle avait laissé le passé régir son présent et avait ainsi totalement compromis son avenir. Le cœur lourd, elle ne pouvait rien faire d'autre que le regarder. Il se tenait à présent à côté du sapin. C'était au moment où ils l'avaient décoré qu'elle aurait dû lui dire la vérité.

Oui, c'était ce jour-là qu'elle avait ressenti pour la première fois le besoin de lui en parler. Elle aurait dû le faire.

À présent, c'était trop tard.

— Je ne sais pas, finit-il par dire. J'ai besoin de temps pour réfléchir. Ce bébé me semble beaucoup plus facile à accepter que le fait que tu m'aies caché son existence.

Elle hocha la tête.

— C'est exactement ce que j'ai ressenti quand j'ai appris que tu étais Sean O'Neill. Mais… à quel point souhaites-tu t'impliquer ?

Elle allait lutter pour ne pas pleurer sa perte. Car elle l'avait perdu, c'était fini. Elle le sentait dans la froideur qui émanait de lui à présent. Il ne jouait pas la comédie, il ne prétendait pas être autre chose qu'un homme qui avait été profondément blessé.

— Je veux participer à tout. Je veux t'accompagner à tes rendez-vous médicaux, si ça ne te dérange pas, et je veux voir régulièrement mon enfant.

Elle commençait à se sentir complètement vide, ce n'était pas bon du tout. La dernière fois qu'elle avait éprouvé ce genre de sentiment, elle avait eu énormément de mal à s'en remettre. Or, la situation était bien pire à présent. Et tout était sa faute, à elle seule.

— Je vais demander à mes avocats de travailler là-dessus. Pour commencer, je vais m'arranger pour que vous ne manquiez jamais de rien, toi et le bébé. Par ailleurs, tu ne peux pas continuer de vivre ici. Une fois que la nouvelle se répandra…

— Pourquoi se répandrait-elle ?

L'air incrédule, il se mit à la dévisager.

— Allons, Paisley, ne sois pas naïve. Tu sais comment sont les paparazzis ? Une fois que ta grossesse commencera à se voir, il deviendra très difficile de te protéger. Je vais demander à Bert de se mettre en contact avec toi pour toutes les modalités pratiques. En attendant, j'aimerais que tu me préviennes par message de tes rendez-vous médicaux. Ce genre de choses.

Là-dessus, il se leva et se mit à avancer vers la porte, les poings serrés. Il allait partir, et cette fois-ci… cette fois-ci, cela lui semblait réel. Il ne reviendrait pas dans sa vie. La blessure, le sentiment de trahison étaient trop profonds pour lui. Si elle ne l'avait pas si bien connu, s'il ne lui avait pas confié toutes ces choses sur son passé, peut-être aurait-elle pu entretenir l'espoir qu'il revienne.

Mais elle savait qu'il n'y avait aucune chance pour que ce soit le cas.

Et si elle en était si certaine, c'était parce qu'elle n'aurait elle-même jamais pu lui pardonner si les rôles avaient été inversés.

Mollement, elle se leva pour le suivre. L'espace d'un instant, elle envisagea de s'excuser encore, mais elle se souvint de toutes les fois où il l'avait lui-même fait sans que cela ne soit d'aucune utilité. Que pouvait-elle dire ? Elle ne savait pas. Mais au moment où il ouvrit le placard pour y récupérer son manteau, une idée lui vint.

— Je sais que ce que j'ai fait est impardonnable et je pourrais facilement mettre mes actions sur le compte de mon passé et des mauvais agissements de mon père. Mais la vérité, c'est que tu n'as rien à voir avec lui et que tu ne m'as jamais menti sur ce qui est vraiment important. Même quand tu étais Jack, tu étais tout de même Sean. Ces quelques dernières semaines que nous avons passées ensemble me l'ont prouvé.

Il la dévisageait, la mâchoire crispée, sans prononcer le moindre mot, et face à son regard si dur, elle faillit s'interrompre. Mais c'était sa dernière occasion de lui parler. Il n'y avait aucune chance pour qu'ils se recroisent au café ou à l'épicerie. Aussitôt qu'il aurait passé cette porte, il retournerait à son monde de célébrité et de gardes du corps.

— Ce qui me faisait peur, c'était tout autant ma capacité à élever cet enfant que celle à te faire confiance pour que tu sois le partenaire dont j'ai besoin. J'ai vu ma mère souffrir d'aimer un homme fourbe et lutter pour élever ses enfants. Je sais qu'elle a fait tout ce qu'elle a pu, mais elle a échoué avec nous. J'ai essayé de faire les meilleurs choix moi aussi, et j'ai échoué, moi aussi.

Même le hochement de tête qu'il lui adressa lui parut crispé.

— Je comprends parfaitement tout ce que tu viens de dire. Je ne vais pas te mentir en faisant comme si la perspective d'élever un enfant ne m'effrayait pas. Le seul parent que j'ai eu était horrible. Et si ma mère était comme ça avec moi, ce n'est pas parce qu'elle était aveuglée par l'amour, comme la tienne. Non, si elle était comme ça, c'est parce qu'elle était égoïste et ne pensait qu'à la gloire.

— Tu n'es pas ta mère. Je n'ai jamais pensé que tu ferais un mauvais papa. C'est juste que je ne savais pas qui tu étais vraiment. Et maintenant que je le sais… je regrette d'avoir tant hésité.

— Pas autant que moi, crois-moi, lui répondit-il sur un ton dur et froid.

Il n'y avait donc plus rien à dire. Aucun mot ne l'aiderait à la comprendre, aucun mot ne l'aiderait à guérir de ses blessures.

— Alors j'imagine qu'on doit se dire adieu.

Adieu. Il y avait dans ce mot un côté définitif qui le fit hésiter. Tous ses projets venaient de s'effondrer. Plus de vie rêvée pour lui. Tout cela n'avait été qu'un miroir aux alouettes, un écran de fumée. Il aurait dû le comprendre, lui qui travaillait dans le milieu du cinéma depuis si longtemps.

En jetant un coup d'œil à son reflet dans le miroir du hall, il se rendit compte que son visage paraissait dur, presque effrayant. Était-ce ceci qu'elle voyait en lui ? Cette image participait-elle des raisons pour lesquelles elle lui avait caché ce secret ? De toute façon il n'avait aucun moyen d'apaiser la colère qui le rendait si rigide. Il était à deux doigts de perdre le contrôle de lui-même.

Il pouvait toujours se faire des illusions en prétendant qu'il s'était laissé porter par la magie de Noël ; la vérité, c'est qu'il s'était laissé porter par la magie de Paisley. Avec elle, il avait enfin trouvé un lieu où il se sentait chez lui. Un sentiment d'appartenance qui, sans qu'il s'en rende compte, lui avait manqué toute sa vie.

— Oui. Adieu.

Elle hocha la tête et battit des cils plusieurs fois. Manifestement, elle essayait de retenir ses larmes. Il aurait dû partir. Le problème était qu'il avait toujours de l'affection pour elle. Ce n'était pas parce qu'il avait été blessé par son silence que ses émotions avaient disparu.

Tout en étouffant un juron, il la prit dans ses bras. Et au moment où il la serra contre lui, il se souvint de ce qui aurait dû constituer l'apogée de la soirée. La bague qu'il avait mise dans sa poche, le cœur débordant d'espoir.

— Au revoir, Paisley. Ça a été une belle histoire, murmura-t-il.

Et après avoir déposé un baiser sur son front, il s'éloigna. S'il ne le faisait pas tout de suite, il allait rester, même en sachant le peu de confiance qu'elle avait en lui.

Elle releva vers lui ses beaux yeux bleu-gris à présent baignés de larmes et il sentit une sourde douleur lui serrer le cœur. Il n'avait jamais voulu la faire souffrir. Mais il ne pouvait pas rester si elle n'avait pas foi en lui.

Si les journalistes l'avaient vu dans cette situation, ils auraient ri à gorge déployée. Il s'était toujours efforcé de paraître détaché après une rupture, mais en réalité, il l'avait toujours été, parce que les relations qu'il avait eues jusqu'ici avaient été superficielles. Jamais il n'avait trouvé en elles ce qu'il avait trouvé avec Paisley.

Il y avait dans ses yeux tellement d'émotions… Il se détourna avant de céder à sa faiblesse et de faire quelque chose qu'il finirait plus tard par regretter. Tout en prenant une profonde inspiration, il sortit. Et après avoir refermé la porte derrière lui, il se laissa aller à s'y adosser. Mais quand sa tête heurta la couronne de Noël, il se tourna pour regarder la famille qu'il avait trouvée à Chicago. Il avait à présent envie de donner des coups de poing dans les murs. Il aurait tellement voulu que les images décorant cette couronne soient sa nouvelle vie, mais la vérité était en fait conforme à ce que sa mère lui avait dit quand il était petit.

« Les gens t'apprécient beaucoup plus quand tu joues le rôle de quelqu'un d'autre. »

S'efforçant d'écarter ses peurs et ses doutes de son esprit, il finit par descendre les marches de l'immeuble. Dehors, il faisait un froid glacial. Son chauffeur l'attendait. Sean lui fit signe de rester assis et ouvrit lui-même la portière.

— Ramenez-moi chez moi.

— Oui, monsieur.

15

Dans deux jours, ce serait Noël. Cela faisait cinq jours que Paisley avait parlé à Sean du bébé et elle se trouvait à présent au centre commercial, à déambuler à la recherche de... En réalité, elle ne savait pas trop ce qu'elle recherchait. Quelque chose. Elle s'arrêta sous le grand sapin qui se trouvait au centre de la galerie marchande et releva les yeux pour le regarder.

La voix d'Olive, juste à côté d'elle, la fit alors sursauter.

— Je savais que je te trouverais ici. Et pas seulement à cause de l'application de géolocalisation. À chaque fois que tu quittes le bureau, c'est là que tu viens.

— Comment le sais-tu ?

Son amie avait raison. Tous les soirs depuis le lundi précédent, mécaniquement, elle était venue ici. Pour chercher une sorte de signe chez les personnes autour d'elle ou dans les vitrines des magasins. Quelque chose qui l'aiderait à trouver une bonne idée quant à ce qu'elle pourrait dire ou offrir à Sean pour lui faire comprendre qu'elle regrettait de ne pas lui avoir fait confiance plus tôt.

— J'ai demandé à Lyle de te suivre, lui dit Delaney, qui venait d'apparaître à côté d'Olive. On a bien vu que tu étais triste.

— Je ne suis pas triste. Pas vraiment. Ou peut-être que si. C'est juste que je ne sais pas comment réparer ça. Quand papa a extorqué l'argent de Mme B pour payer mes études, il m'a été facile de trouver une solution.

Offrir à Mme B un nouveau logement était une chose du domaine du possible. Mais comment reconstituer la confiance qu'elle avait fait voler en éclats ?

— Tu ne peux pas régler ça, lui dit Delaney. Tu as mal agi et tu t'es excusée. La balle est dans son camp maintenant. C'est à lui de trouver un moyen de revenir vers toi.

— Sauf qu'il ne le fera pas. J'ai bien vu son visage. C'est d'ailleurs à ce moment-là que j'ai compris combien je l'aimais.

— Lui as-tu dit ? demanda Olive.

— Non. Tu crois vraiment que ça aurait servi à quelque chose ? Il était fou de rage.

Elle se souvenait de sa colère, presque palpable. Mais aussi de la façon dont il s'était écarté d'elle pour se contenir.

Tandis qu'elle se faisait ces réflexions, Olive s'était mise à la contempler d'un air méditatif.

— Quand j'ai découvert que Dante était le garçon que j'avais humilié à l'université, j'étais folle de rage, moi aussi, qu'il ait gardé le secret de notre passé. Mais une fois que je me suis calmée, l'amour que j'ai pour lui m'a fait comprendre qu'il en allait de notre responsabilité, à tous les deux, de pardonner et de tourner la page.

— Pareil pour moi et Nolan, dit Delaney. Il pensait que je me servais de lui et ça m'énervait au plus haut point parce que, pour la première fois de ma vie, je n'essayais pas d'être autre chose que moi-même. Ça m'a fait du mal de penser qu'il me voyait exactement comme tous les autres me voyaient. Mais quand j'ai pris le temps d'y réfléchir… j'en suis arrivée à la conclusion qu'une vie sans lui et Daisey ne serait pas une vie pour moi.

Attendrie, Paisley passa ses bras autour des épaules de ses deux amies.

— Merci. Mais dans vos deux cas, c'est vous qui avez été blessées. Alors que là… c'est moi qui suis responsable.

— Mais c'est lui qui a commencé. Un peu comme moi avec Dante. Si je n'avais pas été aussi méchante à la fac, il ne se serait jamais senti obligé de faire comme si on ne s'était jamais connus dans le passé. De la même façon, si Sean s'était montré honnête, tu l'aurais certainement été, toi aussi.

— Peut-être. Mais en réalité, si j'avais su qu'il était Sean O'Neill, je n'aurais jamais flirté avec lui.

— Ça aurait été dommage, dit Delaney. Il y a quelque chose de torride entre vous.

— Comment faire pour le reconquérir ?

— Un grand geste romantique ? proposa Olive.

— Je ne pense pas que ça fonctionnerait pour lui. C'est le genre de chose qui se fait en public. Or, il y est déjà beaucoup trop exposé.

— Alors un grand geste romantique devant les personnes qui comptent pour lui et pour toi ? reprit Olive.

Quelque chose de grand, oui. Mais quoi ? Elle l'avait fait souffrir en refusant de lui accorder sa confiance, il fallait donc qu'elle se montre vulnérable vis-à-vis de lui. Et Olive avait raison. Il fallait que cela se fasse devant les personnes qui comptaient vraiment pour eux. Le cercle était restreint.

— Je suis sûre que tu lui manques, affirma Delaney.

— Qu'est-ce qui te fait dire ça ?

— Il est toujours à Chicago. Nolan m'a dit qu'il l'avait vu tous les jours de la semaine à la salle de sport.

— Je ne savais pas...

Elle avait présumé qu'il retournerait à Los Angeles, mais il n'avait personne là-bas, en dehors de son assistant, qui devait se fiancer bientôt.

— Dante m'a invitée à la fête organisée par son club privé pour le soir du réveillon, dit Olive. Tu pourrais faire quelque chose là-bas ?

— Comme quoi ?

— Je ne sais pas, lui répondit Olive. Lui, qu'a-t-il fait pour te reconquérir ?

— Il m'a envoyé des tonnes de messages, et comme je n'ai pas répondu, il s'est arrangé pour que le studio m'embauche. Il a essayé tous les moyens possibles de reprendre contact avec moi.

Ce ne fut qu'au moment où elle prononça ces mots qu'elle se rendit compte qu'elle n'en avait pas fait autant. Elle avait gardé le silence. Ce qui avait dû le conforter dans sa décision de s'en aller. À quel moment était-elle tombée amoureuse de lui ? Le jour où il avait aidé Mme B pour les cookies. Aussitôt qu'elle eut la réponse à cette question, elle comprit ce qu'elle devait faire. Elle allait devoir solliciter toute la famille qu'elle s'était choisie, mais elle allait y arriver.

Comment ? En mettant son cœur à nu.

Elle avait eu peur de lui dire qu'elle l'aimait, parce que la dernière fois qu'elle s'était laissée aller à aimer, elle avait été blessée. Mais l'amour est une chose qui vous tombe dessus comme ça, on ne peut pas y résister. Elle lui avait confié que l'amour que sa mère avait porté à son père avait brisé sa famille. Mais elle ne lui avait jamais dit que son amour à lui pouvait réparer ce qui avait été brisé en elle.

— J'ai trouvé. Je vais organiser une fête. Ce soir. Vous pensez que vous pourriez m'aider, toutes les deux ?

— Évidemment, répondirent en chœur ses amies.

Ce café qu'il venait de prendre avec Dante lui avait permis de passer un moment bien agréable et de réaliser que, malgré tout ce qui s'était passé, il s'était fait de bons amis à Chicago. Sean avait également discuté plusieurs fois avec Nolan à la salle de sport. Pour la première fois de sa vie, il passait du temps avec des personnes qui n'appartenaient pas au milieu du cinéma et n'avaient pas besoin de lui pour faire avancer leur carrière.

Dante l'avait invité à son club privé pour le réveillon, et même s'il savait que Paisley y serait, et même si elle n'avait pas cherché à le recontacter depuis le soir où ils avaient rompu, il était bien décidé à s'y rendre. Grâce au bébé, il lui faudrait de toute façon venir régulièrement à Chicago, où il pourrait revoir ses amis, qu'il n'avait aucune envie d'abandonner.

Il avait beaucoup réfléchi au concept de père. De parent. Un mot qui lui paraissait aussi étranger que le mot « amour ». Ce ne serait donc pas facile, il ne se faisait pas d'illusions. Il avait l'habitude de faire des recherches pour ses rôles, de s'immerger totalement dans ses personnages, d'intégrer leur façon de penser. Et il avait bien compris que son rôle de père ne serait comme aucun de ceux qu'il avait endossés jusqu'ici. Mais il était sûr de lui : il pouvait y arriver.

Pour commencer, il avait décidé d'acheter une maison ici, à Chicago. Il savait qu'elle n'accepterait pas de déménager à Los Angeles et il voulait être proche du bébé. Quand sauraient-ils si ce serait un petit garçon ou une petite fille ?

Il avait encore tellement à apprendre.

Il vérifiait sans arrêt son téléphone et il se sentait stupide, mais elle lui manquait. Il attendait qu'elle le recontacte, qu'elle lui répète qu'elle était désolée… oui, il avait besoin de l'entendre encore une fois. Sa colère s'était apaisée au fil du week-end, mais sa fierté était toujours là et elle l'empêchait de faire le premier pas.

Il en était à ce point de sa réflexion quand il entendit la sonnette retentir. Empli de l'espoir que ce soit elle, il consulta son application de vidéosurveillance. Ce n'était, hélas, qu'un livreur.

Quand il finit par ouvrir la porte, l'homme lui remit un paquet.

— J'ai vu tous vos films. Je suis un grand fan.

— Merci.

— Pourrais-je faire une photo ? Je sais qu'on doit vous le demander tout le temps, mais…

— Bien sûr. Si vous ne regardiez pas mes films, je n'aurais pas de travail.

Il s'installa près du jeune homme qui retourna l'objectif de son appareil-photo. Et il sourit.

— Merci beaucoup. Joyeux Noël.

— À vous aussi.

Une fois le livreur parti, il se rendit compte qu'il ne s'était pas du tout senti dans l'ambiance de Noël depuis qu'il avait quitté l'appartement de Paisley. Ça ne serait certainement plus jamais le cas. Il n'avait jamais rien attendu de spécial des fêtes. Mais cette année… Cette année avait été différente. Il se souvint du sapin, des cookies. Et il eut mal.

Le cœur lourd, il finit par ouvrir le paquet, qui lui avait été expédié par Cass et le studio.

Chers Paisley et Sean,

Vous êtes partis sans vos cadeaux, et surtout, sans votre photo. J'ai trouvé ça dommage. Vous êtes tellement mignons dessus.

Bonnes fêtes de fin d'année.

Cass

Il laissa de côté le sac de cadeaux, qui devait regorger d'articles de luxe qu'il possédait déjà ou dont il n'avait pas besoin. La photo se trouvait au fond du carton. Elle avait été faite sur le thème du film, *Christmas Magic*, et en l'observant, il sentit son cœur s'emballer.

Dans les bras l'un de l'autre, ils se regardaient en souriant. Le rythme de son cœur continuait de s'accélérer, il le sentait désormais cogner dans sa poitrine. Le moment qui avait été immortalisé était celui où il lui semblait avoir tout ce dont il avait toujours rêvé. Il l'aimait et elle le regardait comme si elle l'aimait elle aussi.

Mais à présent…

À présent quoi ? Il n'avait pas cessé de l'aimer parce qu'elle lui avait caché l'existence du bébé. Il l'aimait toujours, et plus il observait son visage, plus il lui semblait qu'elle l'aimait, elle aussi. Avait-il mal évalué la situation ?

Pouvait-il lui pardonner d'avoir attendu si longtemps pour lui dire qu'elle était enceinte ?

Formulé de cette façon, le problème lui apparaissait à présent beaucoup moins important. Elle lui avait fait du mal en ne plaçant pas une confiance aveugle en lui et en l'amour qu'il ne lui avait jamais déclaré. Mais comment pouvait-il lui demander de lui faire confiance alors qu'il n'avait pas confiance en lui ?

D'un geste décidé, il prit son téléphone. Il allait lui envoyer un message et voir si elle répondrait. Ces cadeaux offerts par le studio… ce serait un bon prétexte pour briser la glace.

Il allait s'efforcer de paraître détaché, se dit-il. Mais en jetant un nouveau coup d'œil à la photo, il comprit qu'il ne pourrait jamais prétendre être heureux si elle n'était pas avec lui à l'avenir. Il ne pourrait pas tourner la page, il n'avait aucune envie de ça.

Il voulait qu'elle revienne dans sa vie.

Coucou, le studio m'a fait parvenir des cadeaux pour toi. Tu veux qu'on se retrouve quelque part pour que je te les remette ?

Des points de suspension apparurent. Mais ils disparurent aussitôt. Il lui fallut attendre environ cinq minutes pour les voir apparaître à nouveau.

D'accord.

Cela faisait beaucoup de temps pour taper deux petits mots.

Pourquoi pas ce soir ?

J'ai un événement au bureau à 18 heures. Tu penses que tu pourrais passer ?

Un événement ? Peut-être ne voulait-elle pas se retrouver seule avec lui ? Mais peu importait.

Oui, pas de problème. À tout à l'heure.

Après avoir rangé son téléphone dans sa poche, il se rendit dans la salle de bains pour se raser, chose qu'il n'avait pas faite depuis qu'il avait quitté son appartement. Il mit beaucoup de temps à se préparer pour coller au plus près à l'image de la star de cinéma qu'il était. Il savait bien que son physique ne suffirait pas à la reconquérir, mais il voulait arriver à son événement dans la peau de Sean O'Neill, avec toute l'assurance qu'il pouvait convoquer.

Anxieuse, Paisley attendait l'arrivée de Sean. Avec l'aide de ses amies, elle avait changé la salle de conférences en un lieu où régnait la magie de Noël. Un chemin serpentait entre des sapins illuminés, chacun décoré de photos et de symboles des moments forts qu'ils avaient vécus ensemble.

Sur le premier sapin figurait une capture d'écran : une photo de lui qu'elle avait prise le jour où ils s'étaient rencontrés et qu'elle avait envoyée à Olive et Delaney avec des émoticônes « feu » et « cœurs à la place des yeux ». On pouvait également y voir deux objets qu'elle avait précieusement gardés : la tasse en carton sur laquelle figurait sa commande, ainsi que la serviette en papier sur laquelle il lui avait noté son numéro, car elle avait laissé son téléphone au bureau ce jour-là.

Chaque sapin était décoré d'éléments figurant l'évolution de leur relation, jusqu'au moment où elle avait découvert que Jack était en réalité Sean O'Neill. Et plus on avançait sur le chemin, plus ces sapins comportaient de lumières et de décorations. Elle espérait lui faire ainsi comprendre à quel point elle était tombée amoureuse de lui.

Le vigile finit par lui envoyer un message pour la prévenir de son arrivée. Tout en prenant une profonde inspiration, elle lui répondit de le laisser entrer. Tous leurs amis, y compris son assistant et sa fiancée, l'attendaient au bout du chemin. Elle envisageait de faire un discours. Mais elle lui révélerait tout ce qu'elle avait sur le cœur dans le secret de l'intimité.

Au moment où les portes de l'ascenseur s'ouvrirent, elle retint son souffle. On l'aurait dit tout droit sorti d'une couverture de *GQ*. Il portait un costume noir taillé pour mettre en valeur ses larges épaules, une chemise blanche et une cravate rouge. Ses cheveux étaient parfaitement peignés et on voyait qu'il était fraîchement rasé.

Il lui sourit. Et porta sur elle un regard qui trahissait une certaine surprise.

Il fallait dire qu'elle portait la robe que son ami couturier avait confectionnée pour elle. Le satin rouge, bien ajusté, mettait en valeur ses courbes et faisait ressortir l'éclat de sa peau. Cependant, si cette robe lui était apparue comme la tenue idéale pour l'occasion, c'était parce qu'elle avait envie que la soirée se termine comme celle de l'avant-première aurait dû se terminer. Mais son rêve allait-il se réaliser ? Parviendrait-elle à se faire pardonner et, ensemble, pourraient-ils célébrer l'amour qu'ils se portaient l'un à l'autre et qu'ils portaient au bébé ?

— Je suis tellement contente que tu sois venu ce soir, murmura-t-elle. Quand tu m'as envoyé ce message, je m'apprêtais juste à t'en envoyer un.

— Je suis content moi aussi.

— Je voulais te laisser un peu de temps pour digérer tout ce qui s'est passé…

Il hocha la tête maladroitement.

— Merci.

Il était tellement rigide. Les choses ne se passaient pas du tout comme elle l'avait espéré. D'un geste un peu brusque, il lui tendit un carton.

— Waouh ! C'est lourd.

À ces mots, il se hâta de le lui reprendre des bras.

— Tu veux que je le dépose dans ton bureau ?

— Non, tu n'as qu'à le mettre ici, dit-elle en ouvrant la porte restée entrouverte de la salle de conférences.

S'étant déjà accroupi, il le posa à l'entrée de la pièce, à l'endroit qu'elle lui avait indiqué. Et quand il se redressa, il ouvrit de grands yeux surpris.

— Qu'est-ce que c'est que ça ?

— C'est pour toi. Je voulais te montrer toute l'importance que tu as pour moi. Et te prouver que, même si j'avais très peur de te parler du bébé, au fond de moi, j'ai toujours eu confiance en toi.

D'un pas hésitant, il s'approcha du premier sapin et observa la photo de lui qu'elle avait envoyée à ses amies puis il passa au deuxième, qui symbolisait la première fois qu'elle l'avait invité à une soirée margaritas avec Olive et Delaney. Et ainsi de suite.

— Je suis tombée amoureuse de Jack, lui dit-elle en le conduisant jusqu'au dernier sapin, le plus lumineux et le plus décoré de tous.

Elle avait accroché sur ses branches des décorations figurant des fers à cheval et des appareils photo.

— J'envisageais de te parler du bébé ce soir-là.

— Mais tu as appris que je n'étais pas l'homme que tu pensais que j'étais, dit-il doucement. Je regrette que les choses se soient si mal passées. Que cette soirée n'ait pas été la belle soirée romantique censée te montrer tout ce que j'avais à t'offrir. J'aurais voulu pouvoir te rassurer et te prouver que j'étais bien l'homme que tu souhaitais avoir à tes côtés.

Impulsivement, elle prit sa main pour la serrer doucement dans la sienne. Elle avait peur qu'il la rejette, mais il entrelaça ses doigts aux siens et l'attira contre lui.

— Paisley.

Il n'avait fait que prononcer son nom, mais elle avait perçu tant d'émotions dans le ton de sa voix qu'elle sentit son cœur s'emballer.

— Sean, je t'aime. Je suis désolée de ne pas t'avoir parlé du bébé...

— Non, coupa-t-il. Tu n'aurais pas pu le faire ce soir-là. Je le comprends à présent. Tu avais besoin de temps pour déterminer qui j'étais vraiment.

Tout en hochant la tête, elle se hissa sur la pointe des pieds pour l'embrasser.

— Je t'ai toujours aimé. Mais je voulais être sûre que cet homme que j'aimais existait réellement.

Il lui rendit son baiser et ils passèrent un long moment à s'embrasser, tendrement, profondément. Quand il finit par s'écarter d'elle, elle ne put retenir ses larmes.

— Je t'aime bien plus que tu ne pourras jamais le savoir, lui chuchota-t-il à l'oreille. Aux yeux du monde entier, je passe sans doute pour un homme qui a tout. Mais si je ne vous avais pas, toi et le bébé, je n'aurais rien.

— J'espère que nous ferons de bons parents.

— On sera les meilleurs parents qu'on puisse avoir. Nous n'avons pas de bons exemples, mais nous avons de bons contre-exemples.

Il se remit à l'embrasser tout en faisant sensuellement glisser ses mains sur son dos. Sachant où cela allait les mener, elle s'écarta un peu de lui.

— Nous ne sommes pas seuls. Mais ne t'inquiète pas, on finira ça plus tard, lui dit-elle en lui faisant un clin d'œil. Viens. Tu n'as pas encore vu tous les sapins.

— Combien en reste-t-il ?

— Un seul, répondit-elle.

Et elle le conduisit jusqu'au dernier arbre de Noël du chemin. Celui de son appartement, avec ses guirlandes multicolores et ses décorations de Boba Fett et des princesses Disney. Leurs amis s'étaient disposés tout autour.

— Je souhaitais que notre famille soit avec nous ce soir.

— Car c'est bien de famille qu'il est question. Celle que nous avons choisie et celle que nous allons fonder.

Il la comprenait si bien. Bouleversée, elle se contenta de hocher la tête tandis qu'il la prenait tendrement dans ses bras.

— Merci de m'avoir offert tout ça, Pais. Tu es le plus beau cadeau de Noël qu'on puisse rêver d'avoir.

— Je ressens exactement la même chose pour toi. Je t'aime de tout mon cœur et je pense que notre enfant a beaucoup de chance de t'avoir pour papa.

— Je vais faire de mon mieux pour être à la hauteur de tes espérances.

— Je sais que tu le seras.

Épilogue

Un an plus tard

Paisley venait de sortir de la maison qu'ils avaient achetée dans le quartier où résidaient Nolan, Delaney et la petite Daisey. Olive et Dante y avaient récemment emménagé eux aussi. Sean et Paisley étaient devenus plus proches encore des deux couples, que Sean avait hâte de retrouver dans la soirée. Olive était à présent enceinte de six mois et, d'après Paisley, Nolan essayait de convaincre Delaney d'avoir un enfant avec lui.

Sean retint son souffle comme à chaque fois qu'il voyait apparaître Paisley. Elle tenait dans ses bras leur petit garçon, Jack. Ses beaux yeux bleu-gris s'illuminèrent aussitôt qu'elle se tourna vers lui. Et quand elle vit la calèche, elle se mit à rire.

— Je me demandais bien ce que tu avais en tête quand tu m'as dit de m'habiller chaudement. Je comprends mieux, maintenant.

Tendrement, il lui prit Jack des bras, et tout en le serrant contre lui, il l'embrassa sur le front. Le petit garçon de trois mois babilla et lui fit ce qu'il prit pour un sourire. Il était enveloppé dans une chaude couverture et portait un petit bonnet de laine.

La calèche n'était là que pour le décor. Il n'avait aucune intention de l'utiliser. S'il l'avait fait venir ici, c'était parce qu'il avait l'intention de demander Paisley en mariage. Dans une calèche. Il ne voyait pas de lieu plus approprié.

En regardant Paisley et son fils, il sentit son cœur déborder de joie. Malgré toutes les craintes qu'il avait pu avoir, il se sentait à présent parfaitement à sa place dans son rôle de papa. Et ce en grande partie parce qu'il partageait ses responsabilités parentales avec elle. Tous deux étaient déterminés à ne pas reproduire les erreurs que leurs parents avaient commises avec eux.

— Tu sais, lui dit-elle, je te trouve très beau maintenant que tes cheveux ont repoussé. Tu es plus sexy que tu ne l'as jamais été.

Il venait tout juste de rentrer d'un tournage de six semaines en Europe, au cours duquel ils lui avaient tous deux beaucoup manqué. Il avait attendu le bon moment pour lui faire sa demande. Il ne savait rien du mariage ; ce qu'il savait, en revanche, c'est qu'il voulait qu'elle devienne sa femme. Qu'elle demeure à ses côtés, jusqu'à la fin de sa vie.

Tout en riant, il l'aida à monter dans la calèche et lui remit Jack une fois qu'elle fut assise. Et après s'être installé à côté d'eux, il étendit l'épaisse couverture blanche sur leurs genoux. La dernière fois qu'il s'était trouvé dans cette calèche avec elle, il était certain qu'il pouvait la convaincre de changer de vie et de s'installer sur la côte Ouest avec lui. Il n'avait pas compris que celui des deux qui devait changer, c'était lui.

Après avoir pris une profonde inspiration, il passa son bras autour de ses épaules et l'attira contre lui. Aussitôt, il sentit la température de son corps grimper, mais il s'efforça d'ignorer son désir. Il avait des choses importantes à faire avant de l'assouvir.

— Il y a un an tout juste, je pensais que cette calèche serait le point de départ de quelque chose de nouveau entre nous. Plus de mensonges, plus de rôles à jouer devant toi. Et en effet, tout a changé, mais pas du tout comme je l'avais imaginé.

— C'est sûr, répondit-elle en riant.

— Je ne regrette rien. Naturellement, j'aurais préféré te révéler ma véritable identité plus tôt, mais je pense que le chemin que nous avons pris, quoique chaotique, était le bon.

— Moi aussi, dit-elle doucement. Nous avions besoin de ça

pour comprendre combien le lien de l'amour était fort entre nous, et aussi pour nous préparer à être parents.

— Je me demande toujours si je suis prêt. Mais je suis sûr d'une chose : toi.

— C'est exactement ce que j'étais en train de penser, répondit-elle en souriant, avant de se pencher vers lui pour l'embrasser.

— Tu me manques tellement quand je dois partir.

Il avait dû s'absenter à trois reprises au cours de l'année passée pour ses projets de film, et à chaque fois, il avait regretté de ne pas pouvoir l'emmener avec lui. Aussi avait-il entrepris différentes démarches pour monter sa propre société de production à Chicago afin de pouvoir mieux contrôler ses projets et rester plus près de la maison.

— Tu me manques aussi. Mais je suis contente que tu sois là pour les fêtes de fin d'année.

— Si on refaisait la même chose que l'année dernière, tu crois que ça pourrait devenir une tradition ?

— Je ne te savais pas si traditionnel..., lui dit-elle ironiquement.

— Je l'ai pourtant toujours été. Ce qui m'amène à la raison pour laquelle je t'ai demandé de venir avec moi dans cette calèche.

Délicatement, il s'écarta d'elle pour sortir le petit écrin de sa poche, avant de l'ouvrir devant elle.

— Paisley Campbell, accepteriez-vous de m'épouser ?

Après avoir laissé échapper un petit cri de surprise et de ravissement, elle releva la tête vers lui, les yeux brillants de larmes.

— Oui !

Jack émit un petit roucoulement de contentement. Ivre de bonheur, Sean glissa au doigt de Paisley le bel anneau de platine serti d'un diamant taille marquise qu'il avait choisi spécialement pour elle. Dehors, la neige s'était mise à tomber. Il les prit tous deux dans ses bras, les serrant fort contre lui. Grâce à eux, avec eux, il avait trouvé le rôle de sa vie.

— Tu as un véritable don pour faire opérer la magie de Noël, lui dit-elle en regardant la neige tomber.

— Je voulais vraiment que ce moment soit parfait. Parfait pour nous.

De retour à la maison, ils passèrent des chansons de Noël et dansèrent avec Jack jusqu'à l'heure de sa sieste. Puis il fit l'amour avec sa fiancée.

La magie de Noël.

C'était bien ça, oui.

Et dire qu'il avait toujours pensé jusqu'ici que ça n'existait que dans les films...

Vous avez aimé ce roman ?
Retrouvez sur Harlequin.fr les premiers volets de votre série
« Scandaleuses images » :

1. *Une vengeance si parfaite*
2. *Le secret de l'héritière*
3. *Trompeuses apparences*

ALLISON LEIGH

Mariés pour Noël

Traduction française de
HÉLÈNE ARNAUD

PASSIONS

HARLEQUIN

Titre original :
THE RANCHER'S CHRISTMAS PROMISE

À ma famille.

Prologue

— *Vous plaisantez, j'espère !*

Ryder Wilson dévisagea les trois personnes, sur le perron. Avant même que ces gens se présentent, il avait compris que la petite femme du centre était policière, grâce au badge brillant qu'elle portait. Mais les deux hommes qui l'accompagnaient lui étaient inconnus.

Et après la bombe qu'ils venaient de lâcher, il n'avait aucune envie de les revoir.

— Nous ne plaisantons pas, monsieur Wilson, répondit le chauve, le plus grave des deux.

Ce type n'arrêtait pas d'éponger la sueur sur son front en dépit des températures glaciales, comme s'il était sur le point d'avoir une attaque. Le mois de mars avait été brutal, cette année, commençant par une énorme tempête de neige. Ryder n'habitait pas ici depuis longtemps – c'était son deuxième hiver dans la région – mais les autochtones prétendaient qu'ils n'avaient pas vu ça à Braden depuis plus de dix ans.

La neige, qui s'était accumulée en congères d'un mètre de haut, avait rendu sa vie encore plus difficile qu'elle ne l'était déjà. Pourquoi avoir choisi le Wyoming, plutôt que le Nouveau-Mexique ? Certes, il y avait aussi de la neige à Taos, mais pas autant !

— Nous pensons que la fillette placée sous notre protection depuis son abandon il y a trois mois est votre enfant, reprit l'homme en jetant un coup d'œil par-dessus l'épaule de Ryder. Peut-être devrions-nous en parler à l'intérieur ?

Il n'avait aucune envie de les accueillir, mais la femme *était* flic. Jamais encore il n'avait eu de démêlés avec la loi, et il n'avait aucune envie de commencer. Mais ça lui déplaisait...

Sa tante ne l'avait pas élevé dans l'oisiveté. Elle aurait été horrifiée de savoir que des inconnus allaient découvrir sa maison dans un tel état. Il rassembla néanmoins ses gants de cuir dans une main d'un geste sec. Il avait du travail, mais il n'était pas à une minute près.

— Je ne vois pas ce qu'il y a à dire, les prévint-il en les précédant à l'intérieur.

Les bras croisés, il leur barra la route dans l'entrée étroite, les obligeant à s'y entasser. Sa tante Adelaide aurait appelé cette pièce un « vestibule », mais il n'était pas si formel. Après tout, sa nouvelle maison était une ancienne grange rénovée.

— Je comprends que vous vous inquiétiez de ce bébé abandonné, mais la personne qui prétend que je suis le père doit être folle.

« Chat échaudé craint l'eau froide », comme aurait dit sa tante. Il avait déjà donné, merci bien.

La policière prit un air plus compatissant.

— Ryder... Puis-je vous appeler Ryder ?

Elle n'attendit pas son accord et poursuivit :

— Je suis désolée de vous apporter de mauvaises nouvelles, mais nous pensons que votre femme était bien la mère de ce bébé et...

À ces mots, le sang de Ryder ne fit qu'un tour.

— Ma *femme* m'a quitté il y a un an. Ce qu'elle a pu faire depuis est son prob...

— Plus maintenant, coupa l'homme brun.

— Pardon, je n'ai pas saisi votre nom, lâcha Ryder sèchement, sachant très bien que l'homme ne s'était pas présenté.

La femme flic était là pour une bonne raison, tout comme le chauve, qui semblait travailler pour les services sociaux. Mais celui-ci ? Ce type qui le dévisageait avec mépris ?

— Grant Cooper, dit-il froidement. Karen est ma sœur.

— Et voilà ! Ma prétendue *femme* s'appelait Daisy. Daisy Miranda. Vous vous êtes trompés d'adresse.

Il leur indiqua la porte sans ménagement.

— Si vous voulez bien m'excuser, je dois briser la glace des bassins pour que mes bêtes puissent boire.

— Voici Karen.

La policière, si menue, s'était glissée devant lui et lui tendait une petite photo. Les nerfs de Ryder se crispèrent de plus belle. Il ne voulait pas regarder l'image ou la toucher. Inutile. Il se reconnaissait dessus, embrassant l'alliance qu'il venait de passer au doigt de Daisy. Leur mariage avait été un coup de passion, comme le reste de leur relation. Trois mois à peine, entre leur rencontre devant le bar d'où elle venait de démissionner et son départ, quinze jours après la cérémonie. Coup de foudre et coup de cafard en un temps record.

Bien sûr, Ryder n'avait pas encore tourné la page – non pas qu'il espérât encore qu'elle revienne. Il avait juste des soucis plus urgents que le divorce, à commencer par le ranch qu'il avait acheté peu de temps avant de rencontrer Daisy. Il regrettait juste de s'être laissé détourner de ce rêve. Ça ne lui avait apporté que du malheur.

— Où avez-vous trouvé ça ? demanda-t-il.

Mais la policière ne semblait pas disposée à lui répondre.

— Pouvez-vous confirmer qu'il s'agit bien de vous et de votre femme ?

— Ouais, s'étrangla-t-il.

Hélas. La chapelle de Las Vegas leur avait offert quelques photos de mauvaise qualité et il les avait toutes brûlées – à part celle-ci. Il l'avait envoyée à Daisy, après la stupide carte postale qu'il avait reçue de sa part au bout de six mois de séparation. Une carte où elle n'avait écrit que trois mots : *« Je suis désolée. »* Il n'était pas encore sûr de savoir ce qu'elle avait voulu dire. Désolée de l'avoir quitté sans prévenir ? Ou bien désolée de l'avoir épousé ?

— Avez-vous écrit ceci ? insista la femme flic en retournant l'image.

Au dos s'étalaient les mots : *« Jusqu'à ce que la mort nous sépare... Vraiment ? »* Ryder fut surpris de voir la phrase si lisible, étant donné qu'il avait été soûl comme un cochon, le jour où il avait posté la photo. Il acquiesça.

— Je suis navrée de vous apprendre que votre femme est morte dans un accident de voiture, le soir du réveillon, reprit la policière d'un air sincèrement peiné.

Il attendit que ses mots s'impriment en lui. Éprouva-t-il de la tristesse ? Peut-être. Il n'en était pas sûr. Il avait su dès le départ que Daisy avait un sacré caractère et n'aurait pas dû s'étonner qu'elle prenne la poudre d'escampette. Une chose était certaine, cependant. Tout ce qu'elle lui avait dit était un mensonge. *Tout.*

Il n'était néanmoins pas assez bête pour ne pas comprendre ce qui se passait. Il se tourna de nouveau vers l'homme brun.

— Avez-vous l'intention de me faire porter le chapeau pour ce bébé ? Voulez-vous de l'argent ? Regardez autour de vous. Tout ce que je possède est là, et l'enfer gèlera avant que je laisse des gens comme vous mettre la main dessus.

Grant lui adressa un regard meurtrier.

— Comme toujours, les goûts de ma sœur en matière d'hommes étaient pires que...

— Messieurs, coupa le chauve. Restons calmes. Seul le bébé compte.

Ryder l'ignora, restant concentré sur Grant.

— Ma femme ne m'a jamais parlé d'un frère.

— Et elle ne m'a jamais parlé d'un mari.

— Les choses sont assez compliquées sans que vous en veniez aux mains, intervint la femme.

Elle paraissait troublée, mais calme. Ryder remarqua la familiarité avec laquelle elle posa la main sur le bras de Grant.

— Ray a raison. Seul le bébé compte.

— Oui, ajouta « Ray ». Nous n'avons trouvé aucun acte de naissance et vous êtes le seul à pouvoir nous confirmer l'identité des parents, monsieur Wilson. Nous avons épuisé toutes les autres options.

— Vous n'êtes même pas *sûrs* qu'elle était la mère ?

Ray semblait peiné. Grant paraissait vouloir frapper Ryder en plein visage. La flic était juste inquiète.

— Nous supposons qu'elle a laissé cet enfant chez son ancien employeur, Jaxon Swift, et son frère Lincoln, dit-elle.

— Typique, grinça Ryder. Je ne l'ai connue que quelques mois, mais c'était assez pour comprendre qu'elle était douée pour fuir.

Peut-être était-il un peu triste pour Daisy, après tout. Il n'avait pas divorcé et, si ces gens avaient raison, il n'aurait pas besoin de le faire. Il était veuf. N'aurait-il pas dû sentir son monde tomber en miettes ?

— Mais vous pouvez vous tromper. Elle n'était pas enceinte quand elle m'a quitté, ajouta-t-il sèchement.

— Accepteriez-vous de faire un test de paternité ?

— La justice peut l'exiger, ajouta Ray quand Ryder hésita.

Mauvaise stratégie. Ryder avait déjà été accusé d'avoir abandonné un enfant – à tort. Il n'avait pas apprécié.

— *Si* l'enfant est le sien, ce que vous ne pouvez confirmer. La justice vous soutiendra-t-elle vraiment ? Pour l'instant, je ne suis qu'un gars sur une photo.

— Nous aurions dû faire venir Greer, marmonna Grant à la femme flic. Elle sait y faire avec ce genre de types.

Celle-ci ne l'écoutait pas, trop concentrée sur Ryder.

— Vous êtes plus que ça. Vous seul pouvez éviter que la nièce de Grant soit adoptée par des inconnus.

À cet instant, Ryder vit ses doigts se mêler à ceux de Grant. Ainsi, elle avait un intérêt dans l'affaire… Il songea à leur rappeler qu'il était aussi un inconnu pour eux.

— Si je coopère et que le test confirme que je ne suis *pas* le père, ça ne voudrait pas dire que Daisy est… *était* la mère.

— Si le test est positif, par contre, nous saurons qu'elle l'était, répondit Ray. Vous étiez son mari. Test ADN ou non, si vous aviez soupçonné sa grossesse pendant votre union, vous seriez légalement reconnu comme géniteur.

— Et le tribunal ne pourrait pas placer Layla à l'adoption.

— *Layla !* cria presque Ryder, sous le choc.

Trois regards le dévisagèrent.

— Layla était le nom de ma mère, expliqua-t-il de mauvaise grâce.

Quoi que Daisy ait pu faire, donner ce nom à son bébé était un moyen de l'impliquer. Elle en savait assez long sur lui pour connaître l'identité de ses parents. Il soupira, tordit ses gants, puis s'écarta de la porte du salon pour laisser ses hôtes entrer.

— Venez. J'imagine que nous n'en avons pas fini.

Il se sentait soudain épuisé, comme si tout ce qu'il avait accompli depuis trente-quatre ans venait de tomber en ruines. Il contempla la pièce en désordre, le canapé en cuir et la grande télé accrochée au mur. Voilà ce qui arrivait quand un homme passait tout son temps avec ses vaches. Il en avait même soigné certaines ici même. Heureusement, tante Adelaide ne le saurait jamais.

— Pardonnez le désordre…

1

Cinq mois plus tard

La chaleur d'août était insoutenable. Les prévisionnistes n'arrêtaient pas d'annoncer le retour de la fraîcheur, mais Greer Templeton ne leur faisait plus confiance. Elle se tortilla sur son siège, dans l'espoir de se placer en face de la climatisation de sa voiture. Ce n'était pas comme si elle pouvait retrousser sa jupe pour laisser l'air souffler sur ses cuisses, ou enlever sa blouse...

Elle avait déjà essayé, un jour, et avait attiré les regards lubriques d'un chauffeur de camion garé près d'elle. Si, au moins, elle n'avait plus entendu parler de lui ! Mais non : elle avait été commise d'office à sa défense deux jours plus tard, quand il avait été accusé de déposer ses déchets sur la voie publique.

— *Je hais août !* cria-t-elle dans sa frustration.

Personne n'entendit. Les autres voitures qui s'entassaient sur l'autoroute tortueuse entre Weaver – où elle venait de rendre visite à un nouveau client incarcéré – et Braden avaient fermé leurs fenêtres, tout comme elle. Elle parcourait les cinquante kilomètres qui séparaient les deux villes plusieurs fois par semaine et connaissait cette route par cœur. Elle savait où elle risquait de rencontrer des bouchons, où le gel pouvait s'installer en hiver, à quel endroit se trouvait le radar... Le pire était les montagnes russes entre les collines, où on pouvait se retrouver coincé derrière un camion, comme aujourd'hui.

Son impatience grandit encore et elle plaqua les doigts contre la bouche d'aération. L'air était à peine tiède, sans doute parce que sa voiture était au bord de la combustion. Elle aurait voulu crier encore, mais se contenta de se garer sur l'étroit bas-côté. La voiture qui la suivait la salua d'un coup de klaxon rageur.

— Je hais août ! hurla-t-elle tandis que sa voiture lâchait des flots de vapeur dans l'air étouffant.

Jamais je ne serai à l'heure pour la baby-shower surprise de Maddie...

Ali ne le lui pardonnerait jamais. Contrairement à leur sœur Maddie, patiente comme une sainte, Ali n'aimait pas attendre. Elle avait encore appelé Greer ce matin pour lui rappeler les tâches qu'elle lui avait confiées – son cinquième appel en cinq jours. Visiblement, son mariage avec Grant n'avait pas rendu Ali moins agaçante...

Craignant de sortir côté conducteur et d'être happée par une voiture, elle retroussa sa jupe pour ramper côté passager. Ce simple effort plaqua sa blouse moite sur son corps. Le moteur avait enfin cessé de fumer mais, malgré les efforts de son père pour enseigner des rudiments de mécanique aux triplées, Greer n'avait aucune idée du fonctionnement d'un moteur. Elle savait aussi qu'il était inutile de chercher du réseau ici. Si aucun bon Samaritain ne s'arrêtait, elle allait devoir attendre les patrouilles qu'effectuaient régulièrement la police de Braden ou les adjoints du shérif de Weaver sur cette portion de route. Bref, elle serait bientôt secourue.

Elle entrouvrit le coffre pour laisser circuler l'air dans l'habitacle et baissa les vitres. Puis elle gravit le talus et, à l'ombre relative d'un rocher, ôta ses chaussures pour patienter.

Désolée, Ali.

Ryder aperçut la fine silhouette en blanc avant de voir la voiture. Il faillit s'étouffer, comme un marin qui pense apercevoir une sirène en pleine mer ; mais non, en dépit de ses insomnies, il n'avait pas d'hallucinations. Pas encore.

La femme était de l'autre côté de la route et il ne pouvait pas traverser les voies. Il prit donc la première sortie – sa destination originelle –, fit un tour complet du rond-point, et revint sur l'autoroute. Ça ne lui prit qu'un quart d'heure.

La voiture étrangère en panne était toujours là, comme un curieux insecte dans le défilé des camions. Il se gara derrière et laissa le moteur tourner, avec la clim allumée. Un coude calé sur le tableau de bord, il repoussa son chapeau d'une pichenette et regarda la femme. Elle l'avait remarqué et descendait à présent vers lui au milieu des mauvaises herbes.

Il la reconnut sans peine. Greer Templeton, l'une des triplées qui avaient bouleversé sa vie – à commencer par la policière, Ali, qui avait frappé à sa porte cinq mois plus tôt.

Bien sûr, tout ça n'était pas vraiment leur faute. *Elles* n'avaient pas abandonné Layla. Sa femme, oui. À présent, la petite passait de nounou en nounou, comme un paquet. En ce moment, Tina Lewis s'occupait d'elle. En poste depuis deux semaines, elle commençait déjà à se plaindre...

Il poussa un soupir et jeta un coup d'œil dans son rétroviseur avant de sortir de son pick-up.

— On dirait que tu as un problème.

— Ryder ?

— Je le crains...

Voilà. Dans un instant, elle allait lui poser des questions au sujet du bébé et il ne saurait pas quoi répondre. Depuis que le juge lui avait officiellement confié la garde de Layla, plusieurs mois auparavant, les triplées Templeton l'avaient observé de loin. Il avait vite compris qu'elles s'étaient attachées au bébé après que Daisy l'eut abandonné chez un « ami » qui avait très bien pu être son amant. Jaxon Swift, bien que n'étant pas le père d'après le test ADN, possédait le bar où Daisy avait travaillé jusqu'à leur rencontre. Pourquoi donc n'était-elle pas venue *lui* demander de l'aide ? Il était son mari, bon sang ! Pas son patron temporaire, et plus si affinités.

Tout le monde avait paru ravi de trouver le véritable papa de Layla en découvrant le mariage de Ryder et Daisy. Mais ça ne l'avait pas libéré de ses propres doutes. Hélas, le test n'aurait pas changé grand-chose, à ce stade. Il aurait juste prouvé que Layla était de son sang, ou pas. Quoi qu'il en soit, elle était certainement la fille de sa femme, donc sous sa responsabilité. Point. Par contre, à chaque fois qu'il regardait la petite, il ne pouvait s'empêcher de s'interroger sur Daisy.

Mais, pour l'instant, il se concentrait sur Greer. Ce n'était pas difficile. Les sœurs Templeton étaient très jolies. Il reconnaissait Greer car elle avait une allure plus sophistiquée. Maddie, l'assistante sociale qui avait eu Layla en charge, avait de longs cheveux. Ali, la policière, avait des mèches blondes et portait son uniforme en permanence.

Mais Greer ?

Elle portait un carré impeccable d'un brun profond. Avocate, elle s'habillait en conséquence avec des jupes droites, des vestes élégantes et des talons hauts qui détonnaient dans la poussière du Wyoming. C'était elle qui s'était occupée du dossier légal concernant le bébé, et la seule qui n'avait pas pleuré quand elles avaient déposé Layla, ainsi que ses affaires, au ranch. Mais son regard avait trahi son émotion. Elle avait juste tenu à se maîtriser devant lui, ce qui – étrangement – n'avait fait qu'empirer les choses.

Toute cette sensibilité féminine, en particulier celle de Greer, avait rendu Ryder très mal à l'aise. Il préférait affronter l'animosité franche du frère de Daisy. C'était plus simple. La sœur de Grant était morte et, qu'il le dise ou non, il le tenait pour responsable.

Greer le regardait, protégeant ses yeux du soleil d'une main et retenant ses cheveux de l'autre. Au lieu de l'interroger au sujet de sa fille, elle s'arrêta près de sa voiture et dit :

— Je crois que le moteur a surchauffé. J'ai vu de la vapeur monter du capot et je me suis arrêtée dès que possible.

Il s'approcha. Il avait des bases de mécanique, juste assez pour entretenir les engins sur son ranch, mais maîtrisait bien mieux l'anatomie des vaches ou des chevaux.

— Depuis quand attends-tu ?

— Trop longtemps…

Elle agita l'avant de sa blouse, qui collait à sa gorge, puis jeta un coup d'œil à sa montre.

— Je pensais que quelqu'un s'arrêterait plus tôt. Ali va croire que je fais exprès d'être en retard.

La seule chaleur qui montait à présent du capot venait du soleil. Ryder vérifia l'état des tuyaux et jeta un coup d'œil sous le véhicule pour voir si le liquide de refroidissement fuyait, mais l'asphalte était sec.

— En retard pour quoi ? demanda-t-il.

— Nous avons organisé une baby-shower surprise pour Maddie. Je suis censée l'aider à tout installer.

— Je ne savais pas qu'elle était enceinte.

Il se redressa et vit que Greer le fusillait du regard.

— Comment le saurais-tu ? Tu nous évites depuis mars.

— Est-ce contraire à la loi ?

Il ne les évitait pas – enfin, presque pas. Fuir l'attention des triplées avait été facile, étant donné que son ranch, le Diamond L, était à l'extérieur de la ville.

— Tu sais que ma famille tient beaucoup à Layla, reprit Greer. Tu aurais au moins dû accepter une ou deux de nos invitations, non ?

— Je suis peut-être trop occupé pour ça, répliqua-t-il sèchement. Je suis père célibataire, tu te souviens ?

Il crut la voir tressaillir, elle qui était pourtant toujours si guindée. Hélas pour lui, il était incapable de la croiser sans chercher un moyen de la *détendre*... Il referma le capot.

— Veux-tu essayer de démarrer, pour voir ?

Il pensa qu'elle allait protester, par principe, mais elle ouvrit la portière passager et il dut réprimer un éclat de rire en la voyant se tortiller jusqu'au volant. Elle démarra et il put deviner que la jauge de température grimpait à la manière dont elle fronça les sourcils. Elle coupa le moteur et se pencha à la fenêtre.

— L'aiguille est montée tout droit dans le rouge.

De nouveau, elle sortit côté passager.

— Ta portière est bloquée ?

Elle baissa les yeux et tira furieusement sur la jupe blanche qui épousait ses hanches à la perfection.

— Non, mais je ne veux pas courir le risque d'être heurtée par une voiture.

Il mesura la distance entre son véhicule et la route.

— C'est très prudent de ta part.

— Je suis avocate. Je suis toujours prudente.

— Ce n'est rien de le dire.

Bien sûr, il n'avait pu s'empêcher de profiter du spectacle... Elle était un peu trop mince à son goût, mais elle restait très séduisante. Il retira son chapeau de cow-boy le temps d'essuyer son front d'un revers de main.

— Je peux te conduire en ville ou appeler une dépanneuse, si tu veux.

Il n'avait pas le temps de faire les deux. Il devait rentrer chez lui avant que la nounou décide de démissionner, ou sa femme de ménage, Mme Pyle, piquerait une crise.

— Que préfères-tu ?

Greer ravala sa frustration. Elle était un peu étonnée que Ryder, si distant depuis leur rencontre, lui soit venu en aide. Dès qu'elle avait vu qui conduisait l'énorme pick-up, elle avait été déchirée entre l'excitation et l'envie de hurler : « Quoi, encore ? » Pourquoi fallait-il que le premier homme à s'arrêter soit ce rancher bronzé aux yeux bleus qui avait le don de mettre ses hormones en ébullition ? C'était exaspérant et impossible, étant donné les circonstances de leur rencontre. Elle mourait d'envie de lui demander comment se portait Layla, mais Maddie avait insisté pour qu'aucune d'entre elles n'envahisse sa vie privée. Elles étaient toutes tombées sous le charme du bébé, surtout Maddie qui s'était occupée d'elle pendant des mois avant qu'Ali ne découvre Ryder. Et pourtant, c'était aussi elle qui insistait pour qu'elles laissent au nouveau père le temps de s'adapter. Son patron, Raymond Marx, s'était assuré que Ryder s'occupait bien de la petite, au début. Il ne restait plus qu'à attendre qu'il leur ouvre sa porte de lui-même… Mais ce n'était pas facile. Greer avait envie de courir au pick-up, pour voir Layla. Était-ce pour ça qu'elle tremblait tant ? Ou à cause du papa de la fillette ? Elle n'était pourtant même pas sûre d'*apprécier* Ryder !

Oui, il était légalement le père. Et oui, il s'occupait de sa fille. Mais quelque chose en lui gênait Greer depuis le début sans qu'elle sache ce que c'était.

— Je veux bien que tu me conduises en ville. Merci.

Il baissa la tête et repartit vers son pick-up.

— Tu devrais verrouiller ta voiture, lança-t-il.

Elle le regarda s'éloigner. Il portait un jean et une chemise à carreaux aux manches retroussées. La chaleur paraissait à peine le déranger.

— « Tu devrais verrouiller ta voiture », imita-t-elle dans un souffle, comme une gamine vexée.

Pensait-il vraiment qu'elle n'y avait pas songé ? Elle récupéra ses affaires sur la banquette arrière, passa son sac à l'épaule et souleva un peu plus le hayon du coffre. Le gâteau de fête qu'elle avait soigneusement calé entre deux caisses de dossiers ne paraissait pas trop abîmé, sous son glaçage jaune et bleu. Elle avait eu peur que tout le sucre ait fondu...

Soulevant la création fragile avec soin, elle la porta jusqu'au pick-up. Son cœur battait la chamade. Elle n'avait pas revu Layla depuis cette journée, au Shop-World de Weaver, quand elle avait accompagné un client pour lui trouver une tenue décente avant son procès. Ryder avait été là, occupé à acheter des couches, du café et du whisky, pendant que le bébé dormait dans le chariot. Ses boucles blondes prenaient des reflets plus roux avec le temps et elle tenait le poney en peluche que Greer lui avait offert dans sa petite main. Elle avait été tentée de la serrer contre elle, mais s'était contentée d'échanger quelques mots polis avec Ryder et était retournée auprès de son client.

Hélas, arrivée devant le véhicule, son cœur s'arrêta. Pas de rehausseur. Pas de Layla. Sa déception fut si brûlante que même le soleil d'août parut pâlir. Elle sentit ses paupières piquer et cligna plusieurs fois. Accélérant le pas pour atteindre la portière, elle sentit son talon déraper dans les graviers. Le lourd gâteau commença à glisser sur son plateau et elle le redressa vivement, non sans se cogner à la carrosserie. Le souffle court, elle reprit son calme.

— Que fais-tu ? gronda Ryder.

Elle avait chaud. Elle transpirait. Et son cœur se brisait.

— Ça ne te regarde pas ! aboya-t-elle en retour. Ouvre la portière, ce truc est lourd et si je ne le livre pas en une seule pièce, Ali va m'étriper.

Il obtempéra, puis tenta de saisir le plateau. Ses grandes mains, posées sur les siennes, envoyèrent un courant électrique dans tout son corps.

— Je vais le prendre.

— Je n'ai pas besoin de ton aide, répliqua-t-elle en sentant ses joues s'empourprer.

— OK, dit-il en reculant d'un air contrarié.

Personne n'aimait se ridiculiser. Pas même elle.

Elle tenta de placer le gâteau par terre, mais il était trop grand et elle allait devoir le garder sur les genoux. Lâchant un soupir frustré, elle appela Ryder à l'aide d'un regard. Sans un mot, il prit le gâteau juste assez longtemps pour lui permettre de s'installer.

— C'est bon ? demanda-t-il d'une voix mielleuse.

Son ton agaça Greer plus encore, puis elle se rendit compte qu'elle avait laissé son coffre grand ouvert, ainsi que les portières de sa voiture. Elle redescendit en maudissant intérieurement les ranchers et leurs grosses camionnettes. Ignorant le regard amusé de Ryder, elle serra les dents. Son talon glissa de nouveau dans les graviers, et elle se serait étalée par terre, cette fois, si une main solide ne l'avait pas rattrapée au dernier moment.

Elle se dégagea, comme s'il l'avait brûlée, mais parvint à marmonner un « merci » contrarié. Non seulement il n'avait pas lâché le gâteau, mais en plus, il avait réussi à l'empêcher d'atterrir sur les fesses... Elle parvint enfin à sa voiture et la ferma, puis elle monta dans le pick-up et attacha sa ceinture. Ryder déposa l'énorme gâteau sur ses genoux, prenant son temps avant d'écarter ses grandes mains chaudes. Dès qu'il eut reculé, elle ferma brutalement la portière.

Un air frais s'échappait des bouches d'aération – c'était sans doute le seul point positif de ce désastre. Elle tint fermement le plateau tandis que son sauveur s'installait derrière le volant. Ses yeux bleus glissèrent de nouveau dans sa direction et elle frissonna. En dépit de la chaleur. En dépit de la transpiration qui trempait sa blouse.

— J'espère que tu as confié Layla à quelqu'un de bien, lâcha-t-elle sans cacher son agacement.

L'expression de Ryder devint glaciale.

— J'ai assez de choses à faire, en plus de te secourir. Veux-tu vraiment qu'on se dispute ?

Elle pinça les lèvres. Si Maddie apprenait qu'elle avait été impolie avec lui, elle ne le lui pardonnerait jamais.

— Contente-toi de conduire, répliqua-t-elle.

Il haussa un sourcil surpris. Seigneur, qu'elle détestait se sentir mal à l'aise comme ça !

— S'il te plaît, ajouta-t-elle avec plus de douceur.

Il attendit un instant, puis répondit :

— J'aime mieux ça.

Et il redémarra.

2

— Je savais que tu serais en retard.

Greer ignora l'accueil d'Ali en entrant dans l'immense maison de Maddie et de son mari, Lincoln Swift. D'un coup de pied, elle referma la porte pour étouffer le son du moteur du pick-up, qui repartait. Puis, passant devant le guéridon du hall garni de paquets-cadeaux, elle entra dans la salle à manger avec son chargement. La vue d'un magnifique gâteau décoré sur la table finit de la faire craquer. Elle jeta un coup d'œil à Ali par-dessus son épaule. Sa sœur était ravissante, dans sa robe d'été jaune. Pire encore, elle paraissait aussi fraîche que la marguerite qu'elle avait piquée dans sa queue-de-cheval.

— Tu as commandé un gâteau *de secours* ?

— Bien sûr, répondit Ali tranquillement, parce que je savais que tu serais en retard ! C'est toujours le cas, depuis que tu travailles pour cet esclavagiste...

— Je n'aurais *pas* été en retard si ma voiture ne m'avait pas lâchée en route ! Veux-tu bien faire disparaître ce stupide gâteau, pour que je puisse poser le mien à sa place ?

— Les filles ! interrompit leur mère, Meredith, en entrant dans un tintement de grelots venant du bracelet de cheville qu'elle portait. C'est une journée de fête ! Tsss... Trente ans, et vous vous disputez encore comme des fillettes.

Elle saisit la pâtisserie de la discorde.

— Ali, va poser ça dans la cuisine.

Celle-ci obtempéra et loucha en direction de Greer, dans le

dos de leur mère, tandis qu'elle posait le chef-d'œuvre de Tabby sur la table.

— Il est splendide ! s'écria Meredith, les yeux pétillants. Maddie va l'adorer.

Puis, elle se retourna dans une envolée de boucles brunes.

— Quel dommage que Tabby ne puisse pas venir.

— Elle aurait apporté le gâteau elle-même, si Gracie n'avait pas eu de la fièvre, répondit Greer. Apparemment, Ali n'a pas eu de mal à décorer cet endroit sans moi. On se croirait dans une maison de fée.

Le thème choisi, la pluie, s'étalait partout : ballons blancs et argentés pour figurer des nuages suspendus au-dessus de la table, gouttelettes en cristaux accrochées sur des fils en nylon... C'était à la fois doux et élégant, comme Maddie. Bref, parfait. Oui, comme à son habitude, Ali n'avait pas eu besoin de sa sœur pour accomplir ce miracle.

Lisant sans doute dans ses pensées, sa mère lui prit le bras.

— Ne t'attriste pas, Greer. Tu as participé à l'organisation, même si tu n'étais pas là pour tout mettre en place. Maintenant, dis-moi : que s'est-il passé avec ta voiture ?

Son regard attentif lui rappela qu'elle devait avoir une drôle d'allure – et les invités étaient attendus d'une minute à l'autre ! Linc était censé amener Maddie un peu plus tard pour lui faire la surprise.

— Le moteur a surchauffé. J'ai laissé la voiture verrouillée sur le bas-côté.

— Comment es-tu arrivée là ?

Elle n'avait pas envie de répondre. Une seule mention de Ryder leur rappellerait à quel point Layla leur manquait...

— Je dois enfiler une tenue propre, dit-elle. J'espère que Maddie a autre chose que des vêtements de grossesse dans son placard.

Elle avait à peine traversé le hall quand la sonnette retentit. Ali se précipita pour accueillir les premiers invités. Greer monta l'escalier quatre à quatre. Elle avait encore du mal à croire que Maddie vivait dans ce manoir avec Linc, qui l'avait hérité de sa grand-mère Ernestine. Autrefois, Meredith avait fait le ménage pour elle, ici, et les filles l'avaient souvent accompagnée. À présent, Maddie y habitait.

Elle entra dans le grand dressing, s'excusant mentalement auprès de son beau-frère pour cette intrusion. Sa sœur, elle, n'allait sans doute pas lui en vouloir. Comme elle l'avait craint, presque tous les vêtements semblaient taillés pour une femme enceinte de cent mois...

La sonnette tinta de nouveau en bas et elle passa en revue rapidement toutes les tenues, s'arrêtant sur une robe colorée que Maddie avait portée au début de sa grossesse, à Pâques. La ceinture élastique était un peu large pour Greer, mais ça ferait l'affaire. Elle se changea, attacha ses cheveux avec une pince. Si elle avait porté des mèches blondes, elle aurait été le portrait craché d'Ali : détendue et insouciante. Mais elle n'avait plus connu l'insouciance depuis des années.

Elle se contempla dans le miroir, tirant sur la ceinture de sa robe. Maddie était enceinte. Maintenant qu'Ali et Grant étaient mariés et ne pouvaient se détacher l'un de l'autre, ils allaient sans doute fonder une famille sous peu, eux aussi.

Mais elle ?

Son dernier rendez-vous galant datait de plus de deux ans. Si elle tenait à avoir un bébé, elle allait devoir prier pour un miracle ou se résigner à une PMA. À l'heure actuelle, son implant contraceptif ne servait à rien.

Un éclat de rire résonna au rez-de-chaussée et elle redescendit. Peut-être était-elle encore tendue, mais elle était aussi enchantée par la grossesse de Maddie et était prête à donner le change pour le bien de sa sœur. Elle allait aussi tenter d'oublier qu'Ali avait prévu un gâteau de secours !

Ryder dévisagea Doreen Pyle.

— Comment ça, vous *démissionnez* ?

— C'est pourtant clair, répondit Mme Pyle en tentant de faire avaler sa bouillie à une Layla récalcitrante. Quand vous m'avez engagée, je devais être votre employée de maison, pas votre nounou.

— Parce que j'*avais* une nounou, coupa-t-il trop sèchement.

Écoutez, je suis désolé que Tina soit partie sans prévenir, cet après-midi.

Au moins, les précédentes avaient pris la peine de donner un préavis.

— Je vais chercher quelqu'un d'autre dès demain.

— Ça ne changera rien. Personne ne veut habiter ici, au milieu de nulle part.

Elle renonça finalement à ses efforts et le dévisagea d'un air plus doux que ses paroles ne le laissaient penser.

— Vous devez renoncer à l'idée d'avoir une nourrice à demeure, Ryder, ou à celle d'avoir une seconde employée. Vous ne pouvez pas verser deux salaires convenables.

Si, il pouvait. S'il se décidait à piocher dans ses économies. Mais il n'en avait aucune envie, tout comme il ne voulait pas demander d'argent à Adelaide. Sa tante se débrouillait seule, et il y parviendrait aussi. D'un autre côté, s'il voulait développer son ranch, il ne pouvait pas se permettre de trimballer un bébé partout avec lui.

— Je vais vous accorder une autre augmentation, dit-il. Restez pour prendre soin de Layla. Vous vous entendez bien avec elle, et je trouverai quelqu'un pour vous aider.

— Je ne veux pas non plus vivre ici, coupa Mme Pyle en se levant avec une grimace. La seule différence entre Tina et moi, c'est que je ne partirai jamais dans votre dos.

Elle attrapa une serviette et entreprit d'essuyer la bouche de Layla. Le bébé tenta de l'éviter, mais Mme Pyle triompha.

— De toute manière, vous n'avez pas besoin d'une nounou vingt-quatre heures sur vingt-quatre. Vous êtes là, la nuit, non ? dit-elle en extirpant le bébé de sa chaise haute. Vous pourriez vous occuper d'elle et employer une nourrice pour la journée, de préférence quelqu'un vivant à Braden si vous ne voulez pas avoir d'ennuis quand la neige bloquera les routes.

Elle lui fourra Layla dans les bras et alla humidifier une autre serviette dans l'évier.

— Quoi qu'il en soit, ce ne sera pas moi. J'ai aussi une famille, vous savez. Mon petit-fils...

Elle grimaça en essorant le linge mouillé.

— Je ne m'excuserai pas de ne pas vouloir me lier à un autre bébé. Pas à mon âge.

— Je ne cherche pas d'excuses, madame Pyle. Juste quelqu'un pour veiller sur Layla !

Le bébé lui tapota la joue en riant et Mme Pyle sourit.

— Au lieu de chercher une nourrice, vous pourriez envisager de lui trouver une maman, dit-elle.

Ryder soupira.

— Vous avez le choix. Vous êtes plutôt beau, quand vous le voulez, et une femme finira par mordre à l'hameçon.

— Je ne crois pas, non.

Un mariage désastreux lui avait suffi. Doreen le regarda avec plus d'empathie.

— Je sais ce que c'est de perdre un époux, mon chou. Les parents célibataires sont peut-être mis à l'honneur, de nos jours, mais je peux vous dire que la vie de famille est toujours plus facile à deux. Vous êtes encore trop jeune pour rester seul. Je suis sûre que votre pauvre femme n'aurait pas voulu ça non plus et elle aurait aimé que cette petite chérie ait une mère. Quelqu'un qui ne l'abandonnera pas sur un coup de tête comme Tina.

Il tenta de sourire. C'était exactement ce que sa « pauvre femme » avait fait. Au final, le départ de Tina était plus excusable que la manière dont Daisy s'était débarrassée de sa propre fille.

— Acceptez-vous au moins de rester jusqu'à ce que je trouve quelqu'un d'autre ?

Il devait finir de rentrer le foin avant l'automne, puis rassembler son troupeau avec l'aide de son voisin pour compter les têtes de bétail. Ensuite, il y aurait du tri, des exportations, des...

— Je veux bien rester une semaine de plus, répondit fermement Mme Pyle. Mais ce sera tout.

Layla sourit à son père de toutes ses six dents et le frappa de nouveau. Il soutint le regard de son employée.

— Une semaine ?

— Je ne peux vous promettre davantage, Ryder. Désolée.

Après tout, une semaine était mieux que rien – et mieux que ce que Tina lui avait accordé.

— J'imagine que vous ne pouvez pas vous attarder quelques

heures, ce soir ? Une amie – *grosse exagération* – a eu une panne près de Devil's Crossing et a besoin que je l'aide à tracter sa voiture en ville.

Il lança à Mme Pyle un regard plein d'espoir. Celle-ci le dévisageait avec attention.

— Cette amie est-elle célibataire ?

Une sonnerie d'alarme se mit à hurler dans son crâne.

— Oui…

Mme Pyle lui reprit alors la petite.

— Allez donc sauver votre damoiselle en détresse, et réfléchissez un peu à ma suggestion. Vous avez besoin d'une épouse.

Il ne releva pas cette dernière remarque.

— Merci, madame Pyle.

— Néanmoins, je pars dans une semaine, reprit-elle en emmenant le bébé. Et vous devriez envisager de vous doucher avant de jouer les chevaliers servants !

Il ne s'était pas douché, mais il s'était débarbouillé et avait enfilé des vêtements propres, tout en se sentant assez stupide. Ce n'était pas comme s'il avait l'intention d'impressionner Greer Templeton – et il n'allait *pas* réfléchir à la suggestion de Mme Pyle. Se marier, juste pour le bien de Layla ? C'était ridicule !

Il chassa cette idée tout en se garant dans l'allée du vieux manoir victorien. La peinture blanche des frises tarabiscotées s'écaillait et le gris perle du bardage était défraîchi. Le toit aurait eu besoin d'être réparé, tout comme la cheminée de briques qui penchait dangereusement. Mais le jardin, lui, était parfaitement entretenu. Ce n'était pas vraiment l'idée qu'il se faisait de la maison d'une avocate. D'un autre côté, elle travaillait pour le barreau public, où la paie était honteuse, pour défendre des clients considérés comme des causes perdues…

Il coupa son moteur et sortit du pick-up pour inspecter la remorque sur laquelle il avait chargé la petite voiture de Greer. Une fois certain que les chaînes n'avaient pas bougé, il s'approcha de la porte. La rue était calme et ses bottes résonnèrent sur les marches du porche. Un heurtoir en forme de libellule était fixé sur le battant. Si jamais il parvenait un jour à convaincre Adelaide de visiter Braden, il était sûr que cette maison lui plairait.

Il frappa, sans réponse, puis redescendit les marches. Une vieille femme balayait activement le trottoir d'en face tout en lui jetant des coups d'œil à la dérobée. Ryder la salua avant de détacher la voiture. Serrant fort son balai, la femme traversa la rue. Un petit caniche noir obèse la suivait.

— C'est le véhicule de Greer, dit-elle d'un air méfiant.

— Oui, madame.

— Que faites-vous avec ?

— Je le décharge.

Elle s'arrêta à quelques pas de lui, sans lâcher son arme improvisée.

— Je ne vous connais pas.

— Non, madame, mais je vous assure que Greer, oui.

Il abaissa les rampes de la remorque et se faufila au volant. Greer rentrait peut-être dans cette voiture minuscule, mais il eut du mal à tenir sur le siège. Il démarra, recula jusqu'au milieu de l'allée et, coupant le moteur, sortit pour replacer la clé dans la boîte magnétique qu'il avait découverte sous le garde-boue. La femme n'avait pas bougé. Il replia les rampes et la salua de nouveau.

— Si jamais vous la croisez, dites-lui qu'elle a un problème de thermostat.

— Dites-le vous-même, répondit la femme en indiquant un luxueux SUV noir qui remontait la rue.

Ryder ravala un juron. Il ne savait toujours pas pourquoi il avait tenu à remorquer la voiture jusqu'ici sans le lui dire, et voilà qu'il allait devoir l'affronter.

Le SUV aux vitres teintées s'arrêta devant la maison et Greer en sortit. Elle ne se ressemblait pas, dans cette longue robe colorée. Elle aurait presque pu figurer dans l'un des tableaux de sa tante. Ses cheveux étaient souplement retenus par une pince rose vif. Néanmoins, il était certain que c'était elle et pas l'une de ses sœurs – son regard perçant la trahit.

— *Tu* as remorqué ma voiture ici ? lança-t-elle après avoir fermé la portière du SUV.

Le véhicule repartit. Ryder n'avait pas besoin de savoir qui le conduisait, mais il ne put s'empêcher de demander :

— Petit copain ?

— Non, c'est Grant. Pourquoi as-tu fait ça ?

Il comprit immédiatement pourquoi le chauffeur ne s'était pas montré...

— Aurais-tu préféré qu'elle reste sur le bas-côté ?

— Non, bien sûr, mais...

Elle s'interrompit d'un air consterné et parut enfin remarquer qu'ils avaient un public.

— Comment allez-vous, madame Gunderson ?

Elle caressa le chien et Ryder se détourna poliment quand le décolleté de la robe bâilla pour dévoiler l'ombre d'un sein.

— Je vais bien, ma chère. Oh ! Mignon, couché !

Hélas, le chien avait déjà sauté dans les bras de Greer, qui éclata de rire. Jamais encore Ryder ne l'avait entendue rire, pas plus que ses sœurs. Ses yeux noirs se mirent à pétiller et il sentit un frisson brûlant le parcourir.

— Tu vas avoir besoin d'un nouveau thermostat, dit-il.

Le chien lui lécha le menton. Elle s'écarta, sans le poser.

— Comment le sais-tu ?

— Parce que j'ai vérifié la cause de la panne avant de charger ta voiture. Et tu devrais aussi mieux cacher ta clé de secours, conseilla-t-il en grimpant sans son pick-up.

Greer ouvrit grand la bouche, puis reposa enfin Mignon pour se pencher à la fenêtre.

— Tu t'en vas ?

— Que devrais-je faire d'autre ?

— Puis-je au moins te payer pour l'essence ?

— Inutile.

— Je me sens redevable, insista-t-elle tandis qu'il mettait le contact. Je devrais te remercier. Que puis-je faire ?

La première réponse qui lui vint fut parfaitement inappropriée, surtout en présence de la vieille voisine... Aussi en avança-t-il une autre.

— Si j'ai un jour besoin d'un avocat, je t'appellerai, répondit-il avec un sourire un peu factice.

Cela dut suffire, car elle sourit aussi.

— Ça n'arrivera pas.

— Si j'ai appris une chose, dans ma vie, c'est qu'on ne doit jamais dire « jamais ». Où est le chien ?

Surprise, elle se retourna, lui donnant une vue parfaite sur la courbe de son cou. Elle avait trois petits grains de beauté, à la racine des cheveux, comme une tombée de cannelle sur une crème bien lisse. Se détournant, il aperçut Mme Gunderson à l'arrière de sa remorque.

— Mignon, sors de là-dessous ! criait-elle.

Greer s'agenouilla pour regarder sous le véhicule. Ryder dut couper le moteur pour descendre à son tour.

— Où est-il ?

— Juste là, près de la roue arrière. Mignon ! Vilain ! Sors de là tout de suite ! Oh non… Il a l'air d'avoir trouvé quelque chose à manger.

— Vous devriez l'appâter avec une friandise, suggéra Greer.

— Bonne idée.

Mme Gunderson traversa de nouveau la rue en courant. Si Ryder avait espéré que son départ pousse le chien à la suivre, il s'était trompé. Il s'agenouilla par terre.

— Viens là, mon grand.

Mignon l'ignora. Pire, il s'enfonça un peu plus sous la remorque. Greer, qui était restée près de lui, bougea et sa robe s'évasa en corolle autour de ses jambes.

— Il n'aime pas les inconnus, dit-elle. Mais ne t'en fais pas : l'appel des friandises va le faire sortir.

— À le voir, il ne se nourrit que de ça…

Il allait mettre une heure à rentrer, et Mme Pyle l'attendait. Si la friandise ne marchait pas, il tirerait l'animal lui-même par la peau du cou.

— Il est plus large que haut, ajouta-t-il, un peu comme Brutus, le chien de ma tante.

Il se releva dans l'espoir de voir Mme Gunderson revenir, mais elle atteignait à peine sa porte – et les minutes défilaient.

Greer sentait l'impatience de Ryder grandir. Clairement, il avait hâte de partir.

— Ta tante a aussi un caniche obèse ?

— Un carlin, en fait, dit-il, son regard bleu vif posé sur elle. Elle le gâte beaucoup trop.

— Un carlin nommé Brutus ? gloussa Greer malgré elle.

— Elle a beaucoup d'humour.

— Tu sais, j'aime bien le nom de ta tante. Adelaide.

Il sourit et elle vit une fossette se creuser dans sa joue.

— Vu la maison victorienne dans laquelle tu vis, ça ne m'étonne pas.

— Habite-t-elle au Nouveau-Mexique ?

Greer et ses sœurs savaient peu de choses sur Ryder, mais elles avaient appris qu'il venait de là-bas. Il baissa la tête et son chapeau vint cacher ses yeux.

— Oui, près de Taos.

— Personnellement, je n'ai vu que l'aéroport d'Albuquerque, pendant un transit.

Elle jeta un coup d'œil à la maison d'en face. La porte était restée ouverte, mais Mme Gunderson ne revenait pas.

— Y as-tu grandi ?

La fossette se dessina de nouveau, plus longtemps.

— Dans l'aéroport d'Albuquerque ?

— Ha, ha.

— Oui, reprit-il. J'ai grandi à Taos.

Avait-il d'autres parents ? Des frères et sœurs ? Quelqu'un, à part Layla ?

— Comment est-ce ? On dit que c'est un repaire d'artistes.

— Plus que Braden, c'est sûr.

— Ta tante vient-elle souvent te voir ?

— Non, c'est moi qui lui rends visite. Elle n'aime pas voyager.

Il repoussa son chapeau et leva les yeux sur le ciel.

— Tu as hâte de partir ?

— Ouaip, dit-il en s'agenouillant de nouveau pour siffler le caniche. Ma femme de ménage va piquer une crise... Allez, viens, mon gros !

— Doreen Pyle ?

Toujours agenouillé, il redressa la tête vivement.

— On m'espionne ?

— Braden n'est pas une grande ville, dit-elle pour se défendre. Je connais très bien son petit-fils.

— Tu sors avec lui ?

Elle ne put retenir un grand éclat de rire.

— Étant donné qu'il est mineur, non ! Je n'ai pas eu de rencard depuis...

Elle s'interrompit, effarée par son imprudence et gênée par le regard perçant de Ryder. Heureusement, Mme Gunderson réapparut soudain, agitant quelque chose triomphalement au-dessus de sa tête.

— Les friandises arrivent.

En quelques secondes, Mignon jaillit de sa cachette et courut – roula – de l'autre côté de la route. Ryder se releva, sourit, et Greer sentit quelque chose se nouer en elle.

— On ne devrait jamais sous-estimer le pouvoir de la gourmandise, dit-il.

Il la salua en portant le pouce à son chapeau, comme il le faisait souvent, puis monta de nouveau dans son pick-up. Quelques instants plus tard, il disparaissait au coin de la rue. Mme Gunderson s'approcha, son caniche dans les bras.

— Il est plutôt beau garçon, non ?

Greer se sentit étrangement essoufflée.

— Il est... surprenant, répondit-elle en caressant la tête de Mignon, qui mordillait joyeusement son bâtonnet de viande séchée. Excusez-moi, mais je dois prévenir mon père qu'il n'a plus besoin d'aller chercher ma voiture...

Elle se précipita chez elle, ignorant de son mieux le rire entendu de sa voisine.

3

— *Ryder Wilson* a remorqué ta voiture ?

Greer cala le téléphone de son bureau contre son épaule.

— Un instant, Maddie.

Elle n'attendit pas la réponse et bascula sur son double appel tout en faisant défiler ses e-mails. On était lundi matin et elle aurait aimé que les cinquante messages qui l'attendaient soient un cas exceptionnel ; mais elle était surtout surprise qu'il n'y en ait *que* cinquante.

— Madame Pyle, comme je l'ai expliqué à votre fils la semaine dernière, le juge Donnelly a refusé l'appel d'Anthony. Il a déjà bénéficié deux fois de cette mesure, ce qui est rare. Son procès s'ouvrira jeudi et mon associé Don Chatham le représentera. C'est notre meilleur avocat et il gère presque toutes les audiences devant jury.

Après qu'elle se fut chargée de toutes les autres étapes du dossier, y compris la négociation de peines – que le procureur refusait d'accorder à Anthony, cette fois. Ce n'était pas étonnant : les élections approchaient.

— Je connais le juge Donnelly, sanglota presque Doreen dans le combiné. Je ne pourrai pas être au tribunal jeudi, mais si j'allais lui demander personnellement...

Greer secoua la tête.

— Je vous conseille de ne pas parler directement au juge.

— Dans ce cas, trouvez une autre date ! Vous savez comment est mon fils. Anthony a besoin d'être soutenu par sa famille. Si seulement son père m'en avait parlé la semaine dernière, j'aurais pu m'arranger, mais je dois travailler !

Oui, travailler. Pour Ryder Wilson. Greer se pinça l'arête du nez et soupira. Le seul adulte responsable sur qui Anthony pouvait compter était sa grand-mère.

— Je vais voir ce que je peux faire et je vous rappelle avant ce soir, madame Pyle. D'accord ?

— Merci, Greer. Merci beaucoup !

Elle doutait que Mme Pyle la remercie encore plus tard et ajouta :

— N'ayez cependant pas trop d'espoir...

Puis elle bascula sur l'autre appel.

— Désolée, Maddie.

Elle répondit rapidement à un e-mail, puis commença à en écrire un pour le procureur, le menaçant de déposer une main courante au tribunal s'il refusait de repousser l'audience.

— Alors, t'es-tu remise de ta baby-shower ?

— La seule chose qui pourrait m'aider, à ce stade, serait de perdre les eaux. Donc, au sujet de Ryder...

— Oui, il a remorqué ma voiture, confirma-t-elle en passant le téléphone sur l'autre épaule pour ouvrir un tiroir de son bureau. J'imagine qu'Ali te l'a dit.

Elle sortit le dossier qu'elle cherchait et l'ouvrit sur la table. Anthony Pyle. Dix-sept ans. Accusé de destruction de propriété et de dégradations. C'était sa deuxième mise en examen et il allait être jugé comme un adulte, risquant plus de six mois de prison. Greer doutait que son père, Rocky, se soucie de l'avenir du garçon. Il lui avait même clairement dit que son fils avait mérité son sort, en dépit de ses protestations d'innocence.

— Ali ? répondit Maddie. Non. Les infos circulent, c'est tout. Tu sais comment ça se passe.

Greer soupira. Ainsi, Mme Gunderson avait lancé la rumeur en ville. Sachant ce qui allait suivre, elle précisa :

— Il n'était pas accompagné par Layla.

— Je sais. Il paraît que sa dernière nounou est partie...

Greer se figea. Ryder n'avait pas mentionné *ça*.

— C'est la quatrième !

— Troisième, corrigea sa sœur. Ray l'a à l'œil.

— Est-il inquiet ? demanda-t-elle en faisant signe à Keith Gowler, l'un de ses associés qui passait dans le hall.

— Il n'a rien dit. Nous n'avons encore aucune raison de penser que Layla est négligée.

— Sans doute est-ce pour ça que Ryder était si pressé de rentrer. Doreen devait s'occuper de la petite.

Et c'était aussi pour ça qu'elle regrettait tant de ne pas pouvoir assister au procès de son petit-fils.

— La pauvre, elle a tant de choses à gérer.

Greer jeta un coup d'œil au dossier. Comme Anthony était mineur, le bureau de Maddie était aussi impliqué.

— As-tu vu la date d'audience ?

— Jeudi ? Oui, mais je ne serai pas là. J'ai un rendez-vous médical à Weaver et Linc aura une attaque si je le repousse.

— Tout va bien ? demanda Greer, soudain alarmée.

— Oui, sauf que je suis grosse comme une vache et encore à deux semaines du terme. Mais ne commence pas à paniquer, toi aussi. Linc me rend déjà folle.

— Il s'inquiète. C'est votre premier bébé.

— Et j'ai déjà trente ans, bla-bla-bla. Je sais.

Keith passa la tête par la porte du bureau.

— Tu as reçu les derniers dossiers ?

Elle acquiesça, puis jeta un coup d'œil à sa pendule.

— Écoute, Maddie, je dois y aller : j'ai un client. On parlera mieux...

— ... plus tard, acheva sa sœur avant de raccrocher.

Sa sœur et elle avaient toujours été sur la même longueur d'onde. Hélas, Greer ne pouvait pas en dire autant d'Ali. Elle nota son nom dans son calendrier pour l'appeler. Peut-être que si elle organisait leur repas du lundi suivant, elle finirait par se faire pardonner. Les triplées essayaient de manger ensemble chaque premier lundi du mois, mais leurs emplois du temps concordaient rarement – et Greer avait annulé plus souvent que les autres. On n'était pas en début de mois, mais elles n'avaient pas le choix si elles voulaient profiter de cette tradition une dernière fois avant l'accouchement de Maddie.

Keith se laissa tomber sur le second siège coincé entre le mur et la table, dans le bureau étroit.

— Alors, combien d'assignations, cette semaine ?

Elle ferma le dossier d'Anthony et attrapa une pile de documents posée dans un coin.

— Trop. Regarde.

— Je ne pourrai pas en prendre autant que d'habitude, prévint-il en parcourant les premières pages. Lydia et moi avons fixé la date du mariage au mois prochain.

Greer s'y était attendue, mais elle fut quand même surprise. Quelques mois plus tôt, il clamait encore qu'Ali lui avait brisé le cœur après sa rencontre avec Grant. Puis il avait rencontré Lydia en gérant un dossier impliquant son fils.

— Félicitations. C'est le grand saut, hein ?

— Je l'aurais épousée il y a six mois, mais elle tenait à ce qu'on règle le cas de Trevor d'abord. À présent, nous sommes libres de reprendre le cours de nos vies. Le dossier Santiago avance ?

— L'audience préliminaire approche et Michael pousse le détective à faire des heures supplémentaires.

— Tu m'étonnes ! Le patron veut obtenir un acquittement au plus vite, je parie.

— On verra bien.

Stormy Santiago aurait été le couronnement de la campagne de réélection du procureur. Belle, manipulatrice et accusée de complicité de meurtre…

— Don se prépare déjà pour le procès.

— Bien sûr. S'il réussit, toutes les portes s'ouvriront devant lui.

Greer avait du mal à imaginer Don quitter leur département, où il avait toute autorité.

— Tu crois ?

Keith haussa les épaules et sélectionna plusieurs dossiers.

— Je peux m'occuper de ceux-là.

— Super. On se voit au tribunal.

Des audiences y avaient lieu tous les jours, matin et soir, ce qui obligeait Greer à courir dans les couloirs en permanence pour distribuer dossiers, assignations, et gérer une myriade d'autres détails. De plus en plus souvent, elle faisait des heures supplémentaires durant les week-ends, pour rencontrer des clients incarcérés dans tout le comté. C'était sa vie d'avocate commise d'office : beaucoup de préparation, et assez peu de plaidoyers.

Elle s'occupait surtout des rendez-vous, des réunions, de la saisie des dépositions et de la traque des témoins réticents. Don, grâce à son amitié avec son patron Michael, n'avait qu'à se montrer à la barre avec les éléments de l'affaire qu'elle avait collectés. Mais si jamais Don quittait le bureau…

Elle soupira, chassant cet espoir vain, et envoya d'autres e-mails au bureau du procureur avant de glisser un monceau de dossiers dans sa sacoche, d'attraper son blouson et de quitter la pièce. Elle trouva Michael assis à son bureau.

— Des nouvelles du prochain interne ? demanda-t-elle depuis le seuil.

Ils n'en avaient plus depuis trois mois, ce qui expliquait qu'elle soit aussi en charge des photocopies et du café… Son patron secoua la tête d'un air agacé.

— Trois autres cabinets de la région ont besoin d'internes. Quand on aura du nouveau, je te le dirai. En attendant, fais ton boulot.

Elle réprima une envie de le gifler et poursuivit son chemin en saluant à peine Bernice, la femme de Michael, qui tenait le standard en attendant qu'ils puissent s'offrir les services d'une secrétaire. Celle-ci bondit et lui fourra une liasse de messages dans les mains au passage.

— Merci, Bunny.

Greer remonta la rue en direction du tribunal. Heureusement pour elle, il était proche et elle n'avait pas besoin de sa voiture – toujours entre les mains de son père. En dépit de sa carrière passée derrière un bureau, Carter savait tout réparer. Une chance pour Greer, qui était toujours plus ou moins sur la paille.

Bien sûr, elle avait su que son salaire de commise d'office ne serait jamais grandiose, et elle avait placé toutes ses économies dans la grande maison victorienne qu'elle avait achetée avec ses sœurs, et dans laquelle elle vivait maintenant seule. Ironie du sort, Maddie et Ali auraient pu l'aider, étant donné que leurs époux pouvaient se permettre de financer toutes leurs lubies. Mais non. Elle devait s'en occuper elle-même, désormais. Elle avait rénové sa chambre et la salle de bains, mais le reste de la demeure était dans un état lamentable. Les travaux auraient coûté trop cher.

Elle contourna une mère encombrée d'une poussette et gravit

en courant les marches du tribunal. À l'intérieur, elle fit la queue devant le portail de sécurité, puis, une fois passée, grimpa l'escalier de marbre jusqu'au troisième étage. Elle arriva dans la salle d'audience du juge Waters avec moins de deux minutes d'avance et eut à peine le temps de s'asseoir à sa place avant que l'homme fasse son apparition, sombre et sévère. Observant l'assemblée à travers ses petites lunettes, il lança sans humour :

— Seigneur ! Tous mes amis sont là. Et à l'heure.

Il se servit un verre d'eau, avala trois cachets et reprit :

— Bon, comme vous le savez déjà, la séance sera levée à midi et pas une seconde plus tôt. Si vous êtes assez malchanceux pour ne pas être passés d'ici là, les audiences reprendront à une heure et demie, sans faute.

Il examina les différents accusés du jour alignés sur un banc, près de la table de Greer. Un second groupe, aussi nombreux, attendait dans une autre salle.

— Allons-y, ordonna le juge.

Au final, cette matinée n'avait rien d'exceptionnel…

Hélas pour Greer, la normalité prit fin à midi vingt-cinq exactement, quand elle vit Ryder Wilson et Layla dans la rue. Son cœur fit un bond et, sans remarquer les voitures, elle traversa en courant pour les rejoindre. En théorie, la tâche était facile, mais avec ses talons hauts et sa lourde sacoche ballottant sur sa hanche, ce fut une épreuve. Ryder allait atteindre le carrefour et disparaîtrait bientôt de sa vue…

Bon sang ! Elle avait pourtant été sportive, au lycée !

Sautillant au bord du trottoir, elle enleva ses escarpins et poursuivit sa course pieds nus. Le bitume était chaud, mais elle s'en moquait. Elle retrouva Ryder devant le drugstore, prêt à entrer, et l'appela en criant.

Il hésita, se retourna, et la vit enfin.

— Salut ! dit-elle, essoufflée.

Elle n'avait d'yeux que pour Layla et sentit qu'elle souriait trop en se penchant sur elle.

— Bonjour, ma puce. Tu es ravissante dans cette robe rose ! Tu ne te souviens sans doute pas de moi, mais je ne t'ai pas oubliée.

Layla agita un gobelet rose qu'elle reconnut immédiatement et babilla en lui montrant ses petites dents très blanches. Greer sentit sa gorge se nouer. Elle avait tellement envie de serrer la fillette dans ses bras ! Mais elle se contenta de lui caresser la joue d'une main tremblante.

— Tu m'as manqué, dit-elle avec émotion avant de lever les yeux sur Ryder.

Il la regardait d'un air méfiant – compréhensible, après sa course folle.

— Qu'est-ce qui vous amène en ville, tous les deux ?

— Elle doit prendre des vitamines spéciales, dit-il en indiquant la boutique. N'as-tu pas chaud aux pieds ?

Elle baissa la tête et prit conscience de la brûlure du trottoir, moins intense que celle qui envahit soudain ses joues. Très vite, elle remit ses chaussures.

— Je dois aussi avoir l'air un peu bête…

— Ouaip.

— Tu n'étais pas obligé de le confirmer ! Dis-tu toujours tout ce qui te passe par la tête ?

— Pas forcément, murmura-t-il avec un soupçon de sourire, mais je pense toujours ce que je dis.

Layla babilla de plus belle en tapant le bras de Greer avec son gobelet. Devant le regard émeraude du bébé, elle sentit un sanglot lui monter à la gorge.

— Je n'arrive pas à croire qu'elle ait tant grandi…

— Veux-tu la prendre dans tes bras ?

À présent qu'elle était enfin devant Layla, Greer hésita.

— Je ne sais pas si elle va se souvenir de moi…

Pour toute réponse, il lui tendit le bébé et Layla sourit de plus belle, sans se soucier des larmes qui embuaient la vision de Greer. Elle la serra fort contre elle et frotta sa joue sur ses cheveux soyeux.

— Je m'attendais à ce qu'elle soit plus lourde. Qu'est-ce qu'elle sent bon !

Ryder gloussa.

— Quand elle ne largue pas un truc digne d'un film d'horreur dans sa couche, oui.

Greer sourit avant d'embrasser le petit poing de Layla.

— De quoi papa parle-t-il, hein ? Tu es trop parfaite pour faire ce genre de choses.

— Excusez-moi…

Ils sursautèrent et virent qu'ils empêchaient une vieille femme d'entrer dans le drugstore. Greer s'écarta en s'excusant, mais la femme se contenta de sourire.

— Ce n'est rien. C'est si rare de voir de jeunes familles passer du temps ensemble, de nos jours.

Greer se mordit la lèvre pour ne pas protester, une habitude prise au tribunal. Ryder ouvrit la porte pour la femme et la laissa se refermer.

— Comme quoi les apparences sont trompeuses, dit-il quand ils furent de nouveau seuls.

Cette fois, Greer sourit. Elle eut soudain conscience que les minutes défilaient, mais elle n'avait aucune envie de consulter sa montre ou de lâcher Layla.

— Quelle est cette histoire de vitamines ?

— Son médecin les lui a prescrites, répondit Ryder en haussant les épaules.

— La fais-tu toujours suivre par mon oncle ?

David Templeton était pédiatre à Braden depuis des décennies. Il avait ausculté Layla quand Lincoln l'avait trouvée abandonnée devant chez lui, en décembre.

— Il ne te l'a pas dit ?

— Ça n'aurait pas été très professionnel de sa part et, qu'on le veuille ou non, ma famille n'est plus celle de Layla.

Ryder pinça les lèvres et Layla soupira en posant la tête sur l'épaule de Greer, qui lui caressait le dos.

— J'ai entendu parler de tes problèmes de nourrice…

— Comment ?

— Braden est une petite ville. Les rumeurs vont vite et les nounous ne sont pas tenues au secret professionnel.

— J'imagine, dit-il amèrement.

Il reprit Layla et sa main effleura l'épaule de Greer. Celle-ci frissonna – absurde, dans cette chaleur ! Un peu gênée, elle consulta enfin sa montre et faillit lâcher un juron. Elle était en retard.

— Je te dois toujours une faveur, pour ma voiture, dit-elle très vite. Peut-être que je pourrais t'aider sur ce point.

— *Toi ?* Passer d'avocate à nounou serait un sacré retour en arrière, non ?

— Non, pas *moi* personnellement, répliqua-t-elle en faisant de son mieux pour ne pas s'offenser de son air incrédule. – Ne la croyait-il pas capable de s'occuper d'un bébé ? – Je pourrais me renseigner : avec mon travail, je connais du monde...

— J'y réfléchirai.

Prenant ça pour une ouverture, elle insista :

— J'ai beaucoup de relations et je veux t'aider.

Layla était à présent presque endormie contre la poitrine de son père, le gobelet toujours serré dans son poing.

— Je suppose qu'on n'a rien à perdre, soupira-t-il.

— Super ! C'est vraiment... super.

Elle grimaça, regarda de nouveau l'heure et s'empressa d'embrasser Layla sur la joue.

— Je t'appellerai dès que j'aurai des détails sur les tarifs, les horaires, ce genre de choses.

Il la regarda reculer, déjà en route pour le tribunal, d'un air résigné.

— Ai-je le choix ?

Elle sourit – bêtement, mais elle ne put s'en empêcher. Elle avait enfin vu Layla. Même l'inévitable colère du juge Waters ne pourrait pas ternir son bonheur.

4

Ryder aperçut la petite voiture étrangère garée devant chez lui – et il vit que le 4x4 vieillissant de Doreen Pyle, lui, n'était plus là. Quand il était parti faire les foins, ce matin, Mme Pyle était occupée à donner son petit déjeuner à Layla… À présent, elle était partie et Greer semblait avoir pris sa place.

Il n'osait espérer qu'elle ait fait tout ce chemin pour lui annoncer qu'elle avait trouvé la nourrice idéale. Elle aurait pu se contenter de lui téléphoner. Il leva les yeux au ciel.

— Qu'est-ce qui va encore me tomber dessus, cette fois ?

Bien sûr, l'azur immaculé ne répondit pas. Seuls les insectes meublaient le silence lourd. Il entra, s'attendant à trouver Greer dans la cuisine avec la petite, mais la pièce était vide. Il en profita pour s'asperger le visage d'eau froide et s'essuya avec un torchon avant de partir à leur recherche. La maison n'était pas grande et il les trouva endormies, allongées sur le canapé du salon. Layla, vêtue d'un débardeur rose et d'une couche, était étendue sur la poitrine de Greer, qui portait un T-shirt du même rose tendre et un short en jean.

Se détournant des jambes bronzées de l'avocate, il monta sur la pointe des pieds jusqu'à la passerelle qui desservait l'étage de la grange rénovée. De là, il avait une vue parfaite sur la scène. À l'exception des nounous et de Mme Pyle, la dernière femme à avoir mis les pieds chez lui était Daisy – et Doreen avait tenu plus longtemps qu'elle !

Il passa dans sa chambre, fermée par une porte coulissante, se glissa dans sa salle de bains et actionna la douche. De la poussière s'envola de ses vêtements quand il se déshabilla et il se précipita sous l'eau à peine tiède.

Il avait encore la chair de poule quand il en sortit, quelques minutes plus tard, mais au moins, il était propre. Il enfila un jean et un T-shirt blanc avant de redescendre.

Greer et Layla dormaient toujours. Après avoir attrapé une bouteille d'eau dans le frigo, il revint s'asseoir sur l'unique autre siège du salon – un fauteuil au dossier triangulaire dessiné par sa tante lors de sa phase « design ». S'il l'avait gardé, c'était uniquement pour des raisons sentimentales, car l'assise était particulièrement inconfortable... Il se laissa néanmoins aller contre le dossier comme il put et posa ses pieds nus sur l'accoudoir du canapé, près de ceux de Greer. Pressant la bouteille glacée sur son front, il ferma les yeux. Ces temps-ci, il regrettait presque les congères de mars...

Moins de deux minutes plus tard, il entendit Greer murmurer :

— Crois-tu que cette canicule s'arrêtera un jour ?

— J'ai passé un été à Phoenix, dit-il sans ouvrir les yeux. J'avais quinze ans et ma tante avait organisé une exposition.

Il n'avait pas élevé la voix, craignant de réveiller Layla.

— J'avais l'impression de vivre dans un four.

— Ça ne répond pas à ma question.

— Où est Mme Pyle ?

— Ce n'est toujours pas une réponse. Mais elle est en train d'assister au procès de son petit-fils. Évidemment.

Ryder rouvrit brusquement les yeux. Le bébé dormait toujours et Greer le regardait par-dessus sa tête, ses yeux aussi noirs et profonds que la nuit.

— Quel procès ? demanda-t-il.

— Elle ne t'en a pas parlé ?

— On dirait que non, répliqua-t-il un peu sèchement.

— Tu sais au moins qu'elle *a* un petit-fils, non ?

Il se contenta de lui adresser une œillade agacée.

— Anthony a dix-sept ans, poursuivit-elle, et il est accusé d'avoir fait brûler une grange.

Ryder ravala un juron et se redressa.

— Elle aurait dû me demander sa journée. Je ne suis pas un monstre ! Et toi ? Que fais-*tu* là ?

— Je n'ai pas réussi à convaincre le procureur de décaler la date et le juge a un balai dans le... Bref, Anthony a déjà un avocat très compétent. Il n'a pas besoin de moi. Tout ce qui lui manquait, c'était la présence de sa grand-mère.

— N'est-ce pas plutôt parce que tu voulais voir Layla ?

— Elle a rendu cette journée tolérable. Je travaille sur le dossier d'Anthony depuis des semaines...

— Est-il coupable ?

— Non. Mon client est innocent.

— Une affirmation d'avocate de haut vol.

— Je le suis, mais je suis mal payée grâce aux merveilleuses lois du Wyoming.

— S'il est ton client, pourquoi n'es-tu pas à l'audience ?

Elle pinça les lèvres.

— C'est la question à cent dollars.

Elle roula avec soin sur le côté pour poser Layla sur les coussins sans la réveiller, puis se redressa prudemment. Un vrai numéro de contorsionniste... Lorsqu'elle fut assise, elle redescendit l'ourlet de son T-shirt, qui s'était soulevé sur son ventre et soupira.

— Tu as fait du bon boulot, ici, mais il te faut la clim.

— J'ai un ventilateur dans ma chambre.

Pourquoi n'ajouta-t-il pas qu'il en avait aussi installé un dans celle de sa fille ?

— Quel rapport ?

— J'ai une *sorte* de clim, mais pas au rez-de-chaussée. Pourquoi Mme Pyle ne m'a-t-elle rien dit ?

— Elle devait avoir ses raisons. Je l'ai prévenue lundi.

Il se pencha pour lui tendre la bouteille d'eau, qu'il n'avait toujours pas entamée.

— Et pourquoi n'en as-tu pas parlé, quand on s'est croisés en ville, l'autre jour ?

— C'était à elle de choisir à qui elle se confiait.

Leurs doigts s'effleurèrent autour de la bouteille.

Adelaide avait toujours essayé de lui inculquer un goût pour la beauté et les arts. Il n'avait pas toujours compris quelle réaction elle attendait de lui quand elle lui demandait : « Que vois-tu ? » Mais il avait dû apprendre malgré lui, car il appréciait à présent beaucoup le spectacle de la gorge nue de Greer tandis qu'elle rejetait la tête en arrière pour boire. Son cou était long, charmant. Son profil, parfait. Il parvenait presque à pardonner la désertion de Mme Pyle...

Elle lui rendit la bouteille à moitié vide. Ses lèvres charnues luisaient d'humidité et il ne put en détacher ses regards, tout en buvant à son tour. Elle se détourna, baissant la tête pour contempler ses pieds d'un air gêné.

— T'a-t-elle dit pourquoi elle démissionnait ?

— Tu devrais lui poser la question.

Elle le fusilla du regard et il céda. Décidément, il ne savait pas résister aux femmes qui croisaient son chemin...

— Elle dit qu'elle est femme de ménage, pas nourrice.

— Parce que laver les sols est plus facile que réchauffer un biberon ?

— Oh ! crois-moi, nettoyer une maison est une promenade de santé, comparé au rôle de parent !

Il indiqua d'un geste Layla, qui dormait toujours et bavait un peu sur le cuir déjà fatigué du canapé.

— A-t-elle dit quand elle comptait partir ?

— Elle m'a donné un préavis d'une semaine.

— Même si nous n'avons pas trouvé de nounou d'ici là ? demanda Greer. A-t-elle dit autre chose ?

— Oui, que j'ai plus besoin d'une épouse que d'une nourrice, lâcha Ryder.

La jeune femme étouffa un petit rire surpris.

— Désolée...

— Pour quoi ?

— Je ne pensais pas qu'elle pourrait te donner un conseil aussi... insensible.

Elle grimaça, puis se tourna vers Layla comme si elle craignait de l'avoir réveillée en parlant trop fort.

— C'est-à-dire ?

— Ta femme est morte il y a moins d'un an. Je suis sûre que tu ne penses pas à te remarier, pour l'instant.

— En effet, je n'y pensais pas jusqu'à ce que Mme Pyle en parle. Elle a raison sur un point : Layla a besoin d'une maman.

Lui avait eu Adelaide, quand sa mère était morte… Il se cala de nouveau contre le dossier, les pieds sur l'accoudoir du canapé, et croisa les mains sur son estomac.

— Tu n'as pas connu Daisy, n'est-ce pas ?

Greer fronça les sourcils.

— Non, mais Grant nous parle beaucoup de Karen, ces temps-ci.

— Vraiment ? Il sait parler ?

— Il a souffert aussi à cause d'elle, tu sais. Il était son frère, mais le juge n'a pas voulu lui confier Layla.

— Elle n'a jamais été Karen pour moi, grommela Ryder. Elle s'appelait Daisy Miranda. C'est sous ce nom qu'elle m'a épousé, puis qu'elle m'a quitté. Elle n'a pas parlé d'un frère non plus. Soit Grant n'était pas assez important à ses yeux, soit c'était moi ; et vu la tournure qu'ont prise les événements, j'ai ma petite idée…

Greer repoussa ses cheveux derrière son oreille. Un voile de sueur luisait sur son front.

— Quel qu'ait été son nom, tu l'aimais assez pour l'épouser. Ça ne doit pas être facile de tourner la page.

— As-tu été quittée par un époux ? Ou amenée à faire des dépistages pour t'assurer qu'il ne t'avait pas laissé une IST en souvenir ?

— Non, mais…

— As-tu été mariée, tout court ?

Elle paraissait de plus en plus gênée.

— Non. Ça ne veut pas dire que je n'ai pas de compassion pour ce que tu as traversé. Un cœur brisé ne se répare pas sur commande.

Il ne put réprimer un petit sourire, et elle parut encore plus troublée.

— Qu'y a-t-il de si drôle ?

— Rien.

Elle lâcha un hoquet agacé et il sentit ses lèvres s'étirer de nouveau. Il put à peine retenir son rire. Elle lui lança un regard noir, la paupière tressautant comme à chaque fois qu'elle était contrariée.

— Calme-toi, dit-il. Ne crains pas de me voir en pleine dépression à cause de ma tendre épouse. Elle m'a trahi, après tout, tu te souviens ?

— Quoi que tu dises, je suis sûre que tu en souffres. Mais, tu sais... si ta fierté exige que tu prétendes le contraire, fais-toi plaisir.

Il la regarda un long moment, puis se pencha vers elle.

— Veux-tu une bière ?

— Quoi ?!

Il se leva. Layla dormait toujours – et ronflait, sans doute à cause de la poussière de foin qu'il devait trimballer malgré sa douche. Le pédiatre lui avait dit qu'elle semblait développer une allergie.

— Une bière, répéta-t-il avant d'aller en chercher deux dans le frigo de la cuisine.

Greer n'avait pas bougé quand il revint et il lui en offrit une après avoir jeté les capsules dans la cheminée éteinte.

— Il doit être l'heure de l'apéritif, quelque part.

Elle prit la bouteille, d'un air toujours un peu méfiant, trinqua avec lui et but, non sans une hésitation.

— Sortons un peu, il doit faire plus frais derrière.

Elle jeta un coup d'œil inquiet à Layla et parut sur le point de protester, mais il prit la petite et la déposa dans son parc. Puis il alluma le moniteur bébé et lui montra l'écran vidéo.

— Rassurée ?

Bière et moniteur en main, il sortit par la porte de la cuisine et elle le suivit. Il ne faisait pas plus frais, dehors, mais une petite brise soufflait et l'auvent offrait un peu d'ombre. Ryder l'invita d'un geste à s'asseoir à la table qu'il avait dénichée dans le cellier en emménageant.

— Je ne m'attendais pas à ça de ta part, dit-elle en enjambant le banc et en posant sa bouteille sur le plateau peint de la table. Des fleurs, vraiment ?

— Des marguerites, précisa-t-il avant de poser le moniteur entre eux. Vingt-cinq cents si tu devines qui les a peintes.

— Ah. *Daisy*... La marguerite.

Il soupira et se retourna pour étendre ses jambes. Les collines qui s'élevaient au bout du jardin lui appartenaient et ce qui se cachait au-delà, il le louait. Son voisin le plus proche habitait à seize kilomètres, à vol d'oiseau ; et on atteignait l'autoroute grâce à un trajet de près de trente kilomètres dont cinq à peine étaient goudronnés. Il avait acheté cette propriété, convaincu qu'il l'avait attendue toute sa vie... Mais sa femme de ménage avait raison : c'était très isolé.

— Le petit-fils de Mme Pyle va s'en sortir ?

— On ne le saura que quand le jury se sera prononcé, répondit Greer. Mais la balance penche en sa faveur.

— Et ça ne t'ennuie pas de ne pas assister au procès ?

— Beaucoup de choses m'ennuient, dans mon travail.

Il but une autre gorgée et l'observa un instant.

— Je l'admets, j'aimerais y être, reprit-elle en faisant tourner sa bouteille entre ses paumes. Mais nous avons construit une défense solide et Don Chatham, même s'il m'agace, est un bon avocat. Anthony *est* en de bonnes mains, sans doute meilleures que les miennes, puisque Don a dix ans d'expérience de plus que moi face aux jurys.

— Quand attendez-vous le verdict ?

— Ce soir, avant 18 heures. Le juge tient à rentrer à temps pour le repas du soir. Si le jury ne s'est pas prononcé d'ici là, il annoncera un report d'audience jusqu'à demain matin, ce qui les mettrait de mauvais poil, Don et lui : ils n'aiment pas travailler le vendredi. Alors, es-tu venu vivre ici à cause de Daisy ?

Ce changement de sujet brutal le surprit.

— Non. Nous nous sommes rencontrés plus tard. Pas beaucoup de temps plus tard...

— Pourquoi avoir acheté cette maison, alors ? Gérais-tu un ranch, au Nouveau-Mexique ?

— Non, mais je travaillais pour des propriétaires. J'ai aussi fait du rodéo et passé quelques années dans l'armée. Et toi ? As-tu toujours voulu être avocate ?

— Mon père a été militaire aussi, avant ma naissance, dit-elle en souriant. Et j'ai su que je voulais être avocate dès que j'ai lu mon premier *Perry Mason*. Mon père a gardé tous ses romans d'enfance et je me suis plongée dedans un été, parce que j'étais punie. Je rêvais de défendre les faibles face à l'oppression. Je voulais aussi marcher dans les pas d'Archer.

Devant l'air étonné de Ryder, elle précisa :

— Mon frère aîné. Demi-frère, en fait, du côté de papa. J'ai aussi une demi-sœur avocate du côté de maman, mais je n'ai pas grandi avec Rosalind autant qu'avec Archer. Ils travaillent tous les deux pour des cabinets privés.

— C'est un trait de famille, donc ?

— Un peu. J'ai une autre demi-sœur psychologue. Hayley vit à Weaver avec son mari, Seth, et leur bébé, Keely. Et toi ?

— Enfant unique.

— Avec une tante Adelaide, et son carlin nommé Brutus.

— Les avocats et leur souci du détail, plaisanta-t-il.

— Tu me l'as dit il y a moins d'une semaine, répliqua-t-elle sèchement. Et tes parents ?

— Quoi ?

Elle attendit puis, voyant qu'il ne disait rien de plus, but une gorgée. Elle plissa les yeux, les mâchoires serrées. Elle était transparente comme le verre – étonnant, vu son métier. Au final, ce n'était peut-être pas si mal qu'elle affronte rarement des jurys, si elle savait si mal camoufler ses réactions...

— Ça ne te plaît pas ?

— Si, ça va.

Il leva les yeux au ciel et lui prit la bouteille.

— Je suppose que tu es du genre à éviter l'alcool.

— Non, mais... Je préfère le vin.

Ce fut à lui de grimacer.

— Pas moi. Whisky, peut-être ?

— Lorsque l'occasion se présente.

— Ça nous fait au moins une chose en commun.

Il se leva et, devant son regard alarmé, dit :

— Ne t'en fais pas, je ne vais pas chercher de bouteille. Boire une bière fraîche pendant un après-midi étouffant est une chose, mais nous garderons le whisky pour les froides soirées d'hiver. Je te rapporte un soda.

Greer se mordilla la joue en le regardant entrer dans la maison. Elle était fière de ne pas être tombée du canapé quand elle s'était réveillée pour le découvrir assis devant elle. Il venait clairement de se doucher : ses cheveux plus sombres et humides étaient rabattus en arrière et son T-shirt collait encore un peu à ses épaules. Il avait les pieds nus et, devant ce spectacle, son imaginaire avait tout de suite pris un chemin dangereux.

Elle n'avait pas pensé s'endormir avec Layla ; mais elle n'aurait pas cru non plus que six heures de baby-sitting l'épuiseraient à ce point. Elle était arrivée tôt pour libérer Doreen Pyle à temps pour l'ouverture de l'audience. Elle avait passé la nuit à se préparer mentalement à l'affrontement inévitable avec Ryder, mais il n'avait pas été là. D'après Doreen, il était parti depuis deux heures. « Pour le foin », avait-elle précisé comme si ça expliquait tout. Greer avait bêtement pensé que Mme Pyle l'avait prévenu – et lui avait expliqué la raison de son absence.

Elle tourna le moniteur pour mieux voir l'écran. Layla avait fait un tour complet dans son parc, mais elle dormait toujours. Elle reposa l'appareil à contrecœur quand Ryder revint placer une bouteille de cola devant elle.

— C'est mieux ?

Elle en buvait rarement, mais c'était frais et meilleur que la bière.

— Merci.

Il sourit, se rassit.

— Pourquoi avoir choisi d'être commise d'office ?

On lui avait posé cette question mille fois, déjà. Elle avait toujours donné la même réponse.

— Parce que je voulais aider des gens qui en ont réellement besoin.

Son regard revint au moniteur. Elle ne pouvait s'en empêcher.

— Et c'est le cas ? Tu aides des gens dans le besoin ?

Elle but une gorgée de soda, quittant à regret l'image de Layla. Elle n'avait pas l'intention d'avouer qu'elle n'était plus tout à fait certaine de ce qu'elle accomplissait.

— Tout le monde mérite une défense juste, dit-elle au bout d'un moment, convaincue. Huit accusés sur dix, dans cet État, terminent dans un bureau comme le mien. J'essaie de faire ma part au mieux.

— Mais pas face aux jurys.

Elle se rendit compte qu'elle venait de reprendre le moniteur et s'obligea à le poser.

— En général, non. D'un autre côté, j'ai plus de travail que Don.

Nous avons plusieurs procès par mois, mais il passe ses week-ends à pêcher pendant que je cours entre tribunal et prisons… J'ai toujours au moins cent dossiers de clients sur mon bureau.

La fossette réapparut un instant sur la joue de Ryder.

— Et ils se prétendent tous innocents ?

Elle sourit amèrement, sans relever cette pique.

— Nous couvrons plusieurs comtés, mais d'autres bureaux sont encore plus écrasés par la demande. Nous nous servons tous d'internes ; seulement, en recruter est un parcours du combattant, soupira-t-elle. Le problème, c'est qu'il n'y a jamais assez d'argent pour financer tout le matériel et payer le personnel dont nous aurions besoin.

— On croirait entendre une politicienne.

Sur l'écran, Layla s'était retournée, les fesses en l'air.

— Jamais ! Même si je gagnerais sans doute mieux ma vie comme ça. On ne devient pas riche avec mon métier.

— Tu veux devenir riche ?

Elle éclata de rire.

— Je me contenterais de pouvoir payer mes factures !

— Et ta maison ? Elle doit coûter cher.

— Je vois où tu veux en venir, mais non. Je l'aime. Elle a du caractère. Il est hors de question que je la vende.

— Comme ta voiture ?

Elle le fusilla du regard.

— Ne critique pas ma voiture.

Il leva les mains en signe d'abdication.

— D'ailleurs, c'était bien le thermostat, reprit-elle. Merci pour l'info.

— As-tu déjà pensé à exercer dans le privé ?

— La plupart des avocats prennent cette voie.

— Justement. Tu pourrais en parler à ton frère…

— J'adore Archer, mais je ne pourrais pas *travailler* avec lui. Quant à Rosalind, elle bosse dans le cabinet de son père et s'occupe surtout de litiges financiers ou de fraudes fiscales. Bar-bant. Donc…

Elle but une autre gorgée pour s'empêcher de reprendre le moniteur une troisième fois.

— Donc… ?

— Pourquoi toutes ces questions, Ryder ?

— Ne devrais-je pas en savoir plus long sur la femme qui s'est occupée de Layla sans me prévenir ?

— Juste aujourd'hui. Ne fais pas comme si c'était habituel, coupa-t-elle. Nous avons tous un faible pour elle, tu sais…

Elle caressa l'image de la petite sur l'écran.

— Ça a commencé quand Linc a appelé Maddie pour lui dire qu'on avait abandonné un bébé devant sa porte. Notre seul indice était le mot que Daisy avait laissé.

— *« Jaxie, occupe-toi de Layla pour moi, s'il te plaît »*, récita Ryder.

— Oui. Quand elle travaillait pour Jax, elle l'appelait comme ça, et c'est pourquoi nous avons pensé qu'elle était la mère du bébé.

Ryder avait l'air plus sombre. Elle devinait ce qu'il devait penser – elle avait les mêmes soupçons, tout comme Linc. Son frère Jax était du genre dragueur, et c'était pour ça que Linc n'avait pas tout de suite déclaré la découverte de Layla. Mais que Jax et Daisy aient pu ou non se fréquenter, on avait fini par l'exclure de la liste des pères présumés.

— Quand nous avons appris l'accident de Daisy, Layla était déjà sous la protection de l'État. Le juge avait désigné Maddie comme famille d'accueil d'urgence, le temps que l'on retrouve sa famille biologique.

— Ta sœur et Linc voulaient l'adopter. Puis le frère de Daisy est apparu dans le tableau.

Étrange… Ils ne lui avaient pas confié ce détail, quand ils lui avaient remis sa fille.

— Qui t'en a parlé ?

Il fit tourner un instant la bière dans sa bouteille, puis but. Essayait-il de gagner du temps ? Il renversa ensuite ce qui restait dans l'herbe.

— Elle a tiédi, dit-il.

Elle pensait qu'il n'allait pas lui répondre, mais il l'étonna de nouveau.

— Comme tu l'as remarqué, les nouvelles vont vite, dans une aussi petite ville. Alors ? Est-ce vrai ?

Elle était avocate, pas menteuse. Et puis, pourquoi lui mentir maintenant ? S'il comprenait, il ne se montrerait peut-être plus aussi distant vis-à-vis de sa famille.

— Ils auraient aimé, mais Maddie savait que ça aurait été impossible. Trop de couples attendent de pouvoir adopter.

Elle croisa les bras sur la table pour s'empêcher de reprendre le moniteur. Sa fascination devenait alarmante…

— La recherche de Daisy ne menait nulle part et le juge n'allait pas tarder à demander un placement définitif en famille d'accueil. Même la découverte de Grant et du vrai nom de ta femme n'y aurait rien changé : comme Grant et Karen étaient eux-mêmes adoptés, l'ADN n'aurait pas prouvé de lien de parenté entre oncle et nièce. Le juge a juste émis une recommandation pour un placement dans un foyer stable, afin de compenser l'abandon de Layla. La famille était même déjà désignée.

Ryder restait de marbre. Elle étendit les doigts sur la table.

— Puis nous avons appris que ta… que Karen était morte dans un accident au Minnesota. Grâce à la photo que Grant et Ali ont trouvée dans ses affaires, nous t'avons découvert. Nous ne savions pas que Daisy-Karen était mariée.

— J'étais donc le père présumé aux yeux de la loi.

Elle l'examina un instant. Il aurait pu prouver le contraire en demandant un test de paternité, mais il ne l'avait pas fait. Au contraire, il avait admis sous serment avoir été au courant de la grossesse de sa femme. Cette déclaration et les informations dénichées au sujet de Karen Cooper avaient suffi pour octroyer la garde légale de Layla à Ryder. Elle était née pendant leur mariage, point. Et mieux valait ne pas se demander pourquoi Karen ne lui avait pas confié Layla quand elle avait décrété que la vie de mère ne lui convenait pas. Oui, l'affaire était close, mais il restait des mystères…

— Tu n'étais pas obligé, tu sais, reprit-elle au bout d'un moment. D'endosser la paternité de Layla, je veux dire. Nous n'avions même pas de réelle preuve que Karen était sa mère.

Elle ne voulait pas savoir s'il avait menti ou non à l'audience. Ses soupçons étaient déjà assez atroces.

— C'était la bonne chose à faire.

— Même si nous n'étions pas sûrs que Daisy soit la maman de Layla ?

Presque aucun de ses clients n'aurait fait ce que Ryder avait fait. Le premier jour, il avait affirmé à Ali que sa femme n'avait pas été enceinte quand elle l'avait quitté. Puis, devant le juge Stokes, il avait juré que Daisy l'*avait* prévenu.

— Croises-tu souvent des fillettes nommées Layla ? C'était le nom de ma mère et Daisy le savait. Elle l'aimait et m'avait dit une fois – au début, quand je pensais encore que nous avions un avenir – qu'elle aurait aimé appeler notre première fille Layla. Elle *était* sa mère, j'en suis certain.

Il s'interrompit un moment, puis répéta :

— C'était la bonne chose à faire.

Greer sentit son cœur se serrer. Il pensait peut-être que Daisy était bien la maman de Layla, mais était-il convaincu d'être son père biologique ? Elle posa doucement la main sur la sienne, par-dessus la table.

— Je suis désolée, Ryder. Vraiment.

Désolée qu'il ait perdu sa femme. Désolée qu'il soit devenu père de cette manière. Elle se posait encore des questions, et lui aussi, probablement.

Il serra les dents. Ses yeux bleu vif rencontrèrent les siens et, pour une raison qu'elle ne s'expliqua pas, un vent de panique souffla sur elle. Elle voulut retirer sa main, mais il la retint dans la sienne.

— Assez désolée pour m'épouser ? demanda-t-il.

5

— *T'épouser ?*

Greer écarta si brutalement sa main qu'elle faillit tomber du banc. En se rattrapant, elle renversa la bouteille de soda sur ses vêtements.

— Regarde ce que tu as fait !

Clairement, Ryder se retenait pour ne pas rire.

— Tu vas me faire un procès ? Tu sais, pour une femme qui a l'air capable de diriger le monde, tu es plutôt maladroite… Pensais-tu vraiment que j'étais sérieux ?

Elle écarta son T-shirt poisseux de son ventre. *Jamais* elle n'avait été maladroite – sauf avec lui.

— Bien sûr que non, mentit-elle. C'est juste étrange de t'entendre dire ça après…

Elle s'interrompit quand il se leva et disparut dans la maison sans prévenir. Ravalant un juron, elle s'essuya du mieux qu'elle put. Il revint, portant une Layla somnolente et un torchon qu'il lança à Greer.

— Je dois changer sa couche, dit-il.

— Suis-je censée envoyer un mémo à la presse ? répliqua sèchement Greer, qui sentait le soda mousser sur ses cuisses.

— Tu es méchante, quand tu te sens mal à l'aise, non ?

Il disparut de nouveau dans la maison, et elle remarqua que le moniteur avait été aspergé aussi. Elle l'essuya. Hélas, l'écran était noir et elle le porta à Ryder, qui avait couché Layla sur le canapé pour la changer.

— As-tu du riz ?

Elle n'attendit pas sa réponse et passa dans la cuisine pour fouiller les placards.

— Ali a mouillé son téléphone, l'an dernier, et elle l'a enfermé dans un bocal de riz pendant quelques jours pour absorber l'humidité. Je n'y croyais pas, mais ça a fonctionné.

Elle trouva des assiettes, des verres, une collection de céréales... Elle s'apprêtait à poursuivre ses recherches quand il répondit :

— Non, je n'ai pas de riz.

Sa voix, juste dans son dos, la fit sursauter.

— Oh ! fit-elle en fermant le placard. Dans ce cas, je ne sais pas quoi faire. L'appareil a reçu plus de soda que moi...

Elle le posa sur le comptoir et il l'observa d'un air perplexe avant de placer Layla sur sa chaise haute.

— Tu as pourtant l'air trempée.

Elle voulut tirer sur l'ourlet de son short et se retint.

— Merci de me le rappeler. C'est ta faute, tu sais.

Il prit une boîte de céréales et en versa une portion généreuse sur le plateau creux de la chaise. La petite se mit à les dévorer comme un loup affamé. Elle aimait clairement manger : Greer lui avait déjà donné les deux pots qu'avait sortis Doreen avant de partir, ainsi qu'une banane écrasée et quelques gâteaux, avant sa sieste.

— Je l'admets, dit Ryder. Mme Pyle n'arrête pas de me dire que Layla a besoin d'une mère, mais je ne sais pas comment faire. Je n'arrive même pas à garder une nounou.

Elle sentit de nouveau la panique l'envahir, mais ne trouva pas de réponse appropriée – ce qui était rare, pour elle !

— Tu ne peux pas juger toutes les femmes en te basant sur Daisy et une nourrice un peu légère, finit-elle par dire.

— Trois nourrices, corrigea-t-il. Ça commence à faire beaucoup, et je pense que Mme Pyle a raison.

Greer sentit qu'elle ouvrait des yeux comme des soucoupes et fit de son mieux pour se calmer, en vain.

— C'est-à-dire ?

— Je sais que je ne suis pas un prince charmant, répondit-il, mais ne penses-tu pas que je suis capable de trouver une femme, si je le veux ? Au moins, cette fois, je la choisirai avec ma tête et pas mon...

— Cœur ?

— Ce n'est pas ce que j'avais à l'esprit, dit-il en souriant amèrement.

Les joues de Greer s'empourprèrent davantage. Ridicule ! Elle n'était pas une ado, bon sang. Elle connaissait les choses de la vie, même si elle n'avait pas vraiment mis ce savoir en pratique, dernièrement.

— Bref, reprit-il, ce ne serait pas un marché déséquilibré.

Il sortit un tupperware du frigo, versa son contenu dans une casserole et la plaça sur le feu.

— Je comprends que ma future épouse aura aussi besoin de retirer quelque chose de cette affaire. Ce serait une sorte d'arrangement entre nous, bénéfique pour tous les deux.

Greer faillit s'étouffer en le voyant se pencher pour ramasser le gobelet de Layla, dans son jean moulant.

— Si tu continues à le jeter, je vais te l'enlever, prévint-il en reposant le gobelet sur le plateau de la petite.

Layla gloussa et envoya des céréales valser dans toute la pièce.

— C'est ça, ris, Mini-Terreur ! murmura-t-il avant d'aller mélanger le contenu de sa casserole.

La scène avait quelque chose de surnaturel.

— J'ai toujours été plus doué pour les affaires que pour les relations sociales, poursuivit-il. Autant jouer avec les atouts que j'ai déjà dans la manche, non ?

— Le mariage n'est pas un accord commercial !

— Je préfère ça à l'amour. J'ai déjà donné, sur ce plan, et je ne suis pas pressé de recommencer. Tu es avocate depuis longtemps, non ? N'as-tu jamais constaté les avantages du pragmatisme, dans ton travail ?

Elle aurait voulu protester, mais ça aurait été malhonnête.

— Je ne pense simplement pas que ce soit une bonne base pour construire un couple.

— Par contre, c'est essentiel pour les affaires.

Il goûta la mixture et coupa le feu.

— Bref, Mme Pyle a raison : deux parents valent mieux qu'un. Je n'ai pas connu ça en grandissant, donc je ne peux pas en être certain, mais si j'avais eu cette chance…

Il secoua la tête et n'acheva pas. À la place, il remplit une assiette en plastique et attrapa une cuillère en plastique avant de tirer une chaise en face de Layla.

— Tous les enfants méritent d'avoir une mère, non ?

— Oui, mais je ne cautionne pas ta stratégie !

— On se marie par intérêt depuis la nuit des temps. Si je peux poster une annonce pour trouver une nounou, je ne vois pas ce qui m'empêcherait de faire la même chose pour dénicher une épouse convenable.

— Tu sais ce que je pense ? Que tu perds la tête.

— Tu as tort. J'y ai réfléchi. Que deviendrait Layla, s'il m'arrivait quelque chose ?

— Tu... Eh bien, Grant...

— Daisy ne lui a pas confié sa fille. Penses-tu que ce soit un hasard ? Elle ne voulait pas qu'il s'occupe d'elle.

— Tu ne peux pas l'en blâmer ! Que je sache, elle ne t'a pas non plus confié Layla !

— Oui, et je dois vivre avec ça. Mais elle lui a donné le nom de *ma* mère et c'est important à mes yeux.

Greer soupira, le cœur serré.

— Ryder, nous allons lui trouver une nourrice. Quelqu'un qui restera. Je te le promets.

— Si tu étais à sa place, préférerais-tu une maman ou une baby-sitter ? demanda-t-il avant d'enchaîner : Ceci mis à part, je tiens à laisser ma fille en de bonnes mains, si je me fais un jour piétiner par un taureau de mauvais poil.

Greer se laissa tomber sur une chaise, bouleversée.

— Mon esprit d'avocate me permet d'apprécier ta prévoyance, mais je n'ai pas envie d'imaginer une telle scène, Ryder...

— Je suis sûr que tu as entendu bien pire, au tribunal.

Oui, mais c'était différent !

— Tu peux choisir de désigner un tuteur pour Layla, en cas d'accident. Bon Dieu ! Je peux même t'aider à rédiger ton testament dès maintenant, si ça te rassure. Rien ne t'oblige à te lier à une femme que tu n'aimes pas.

— Parfait. Il y a du papier dans ce tiroir, prends-le.

Elle obéit, mais ne put s'empêcher de signaler :

— Tu n'as pas à t'en occuper dans la seconde.

— Rien ne vaut le présent.

Il donna une cuillerée de bouillie à Layla.

— Peut-être devrais-tu réfléchir à la personne la mieux placée pour…

— *« Moi, Ryder Wilson, sain de corps et d'esprit, bla-bla-bla… »* Je te laisse remplir les formules d'usage.

Greer soupira bruyamment.

— Sain d'esprit ? C'est à voir… Alors, qui veux-tu désigner comme tuteur ? Ta tante Adelaide ?

— Elle a déjà fait sa part avec moi. Ce sera toi.

— Moi, quoi ?

— Toi. Sa tutrice. Écris-le.

Elle lâcha son crayon dans le tiroir et le referma.

— Ce n'est pas drôle, Ryder.

— Je ne plaisante pas, maître. Tu tiens clairement à ma fille, mais si tu ne penses pas en être capable, dis-le.

Il remplit une autre cuillerée, que Layla avala avec impatience. Ses paroles avaient tant troublé Greer qu'elle préféra se concentrer sur l'étrange bouillie.

— Qu'est-ce que *c'est* ? demanda-t-elle avec une grimace.

— Patate douce, betteraves et poulet haché.

— Seigneur…

— J'appelle ça de la PBS. Purée-bouillie-surprise. Layla adore ça et elle dort mieux depuis que je mélange de la viande à ses petits pots. Tu n'es pas végétarienne, au moins ?

Elle secoua la tête.

— Bien.

Il continua à nourrir sa fille jusqu'à ce qu'elle s'empare de la cuillère et la jette par terre en babillant joyeusement. Il se releva, déposa l'assiette dans l'évier et commença à nettoyer le visage et les mains de la petite avec une serviette humide. Elle s'était étalé de la purée partout…

— N'as-tu pas de bavette ?

— Si, ta sœur m'en a donné plein, mais Mini-Terreur ne les aime pas et j'ai fini par renoncer à me battre.

Il détacha Layla et la posa par terre pour qu'elle puisse explorer la pièce à quatre pattes. Après avoir passé la journée avec elle, Greer était moins surprise par sa rapidité que par l'aisance de Ryder. Elle l'avait imaginé luttant avec ses nouvelles responsabilités de parent…

— As-tu d'autres enfants ?

— En vois-tu, quelque part ? demanda-t-il, clairement agacé par sa question.

Elle prit Layla pour l'empêcher d'aller trop loin et répliqua :

— Ne sois pas si susceptible. Nourrice ou non, tu as l'air de bien t'en sortir, c'est tout.

— Mieux que ce à quoi tu t'attendais, de toute évidence.

— Pas du tout !

Menteuse…

— J'ai un troupeau à rassembler avant l'arrivée de l'automne, ce qui veut dire que je vais être absent quelques jours. Que je m'en sorte bien ou pas, j'ai besoin d'aide. Une nourrice. Une épouse. Peu importe.

— Et je te rappelle encore une fois que toute ma famille est prête à s'occuper de Layla, pour te soulager.

— Maddie, qui est enceinte jusqu'aux yeux ?

— Comment le sais-tu ?

— Elle était au restaurant de Josephine, l'autre jour.

— Elle n'a pas dit qu'elle t'avait vu.

— Parce qu'elle ne m'a *pas* vu.

Il ne donna pas plus de détails et Greer dut étouffer son impatience comme on éteint un incendie.

— J'ai déjà posté des annonces pour une nourrice, dit-elle. Tu trouveras bientôt quelqu'un. Tiens.

Elle lui confia la petite.

— J'ai des entretiens à préparer pour le travail.

Elle avait pris ses dossiers, pensant s'y plonger pendant la sieste de Layla, mais puisqu'elle avait dormi *avec* elle, elle n'avait évidemment rien fait. À présent, elle était prête à tout pour fuir Ryder…

— Des entretiens pour un travail qui te déçoit.

— Je n'ai pas dit ça.

— Inutile, ça se voit.

Il l'examina et elle se sentit très mal à l'aise. Elle tira sur son T-shirt poisseux de soda, et son short tout aussi sale.

— Je te préviendrai quand j'aurai trouvé des candidates valables.

Des *nounous*. Mais que ça ne t'empêche pas de te lancer dans une course au mariage, si ça te chante.

— Oui, je vais le faire.

— Parfait. Mais cette fois, ne t'arrête pas aux serveuses de Magic Jax.

À peine eut-elle prononcé ces mots qu'elle se sentit affreusement coupable.

— Désolée. C'était déplacé.

— Mais honnête, répondit-il. Tiens-moi au courant, si tu veux me présenter ta candidature, en fin de compte.

Oh non, elle n'allait pas se laisser avoir par ses blagues, cette fois. Elle attrapa son sac, ses dossiers et courut presque jusqu'à la porte d'entrée.

— Je te rappellerai pour cette histoire de testament !

Sans attendre de réponse, elle sortit et claqua la porte.

Elle resta un instant sur le seuil, le souffle court. Le soleil bas dardait ses rayons sous le porche, illuminant ses chaussures et ses jambes.

Épouser Ryder.

Elle cligna les paupières et fit de son mieux pour faire taire cette ritournelle.

Épouser Ryder.

Hélas, les deux mots tintaient toujours à son oreille.

— Laisse tomber, murmura-t-elle.

Il n'avait pas été sérieux, tout comme il n'envisageait pas vraiment de la désigner comme tutrice de Layla. D'un pas décidé, elle rejoignit sa voiture.

Épouser.

Ryder.

Greer entendit la porte d'entrée s'ouvrir et lança :

— Je suis dans la cuisine !

Elle était en train d'agencer un plateau de crudités et de fruits. Les étoiles s'étaient enfin alignées pour lui permettre d'accueillir ses sœurs pour le repas, ce lundi. Elle porta le plateau dans le salon, où Maddie luttait déjà pour s'installer sur le canapé. Posant son chargement, elle voulut se précipiter pour l'aider, mais sa sœur la chassa d'un geste.

— Il fait si chaud, grommela-t-elle, enfin installée, en chassant une mèche moite de sueur de son front.

— J'ai de la limonade et du thé glacé.

— Peux-tu y ajouter une larme de vodka ? demanda Maddie avant de sourire devant son air choqué. Je plaisante.

Elle se releva immédiatement et se massa les reins.

— Ou pas...

Au même instant, Ali fit son apparition en trombe.

— Connaissez-vous le dernier exploit de Vivian ?

Greer et Maddie échangèrent un regard inquiet. Quand on parlait de leur grand-mère paternelle, tout était possible. Vivian Archer Templeton était une excentrique et sa fortune, amassée grâce à l'acier de Pennsylvanie et à plusieurs veuvages, lui permettait de s'offrir ce qu'elle voulait.

— Non, répondit prudemment Maddie. Dis-nous tout.

— Elle a eu un *rencard* avec Tom Hook !

Greer n'en crut pas ses oreilles. Tom était avocat, rancher et avait bien vingt ans de moins que Vivian.

— Un rencard ? Tu es sûre ?

— Mieux vaut ça qu'un mariage, gloussa Maddie.

C'était vrai. Leur grand-mère avait déjà enterré quatre époux au fil des ans.

— Elle dit toujours que se remarier ne l'intéresse pas car elle a connu le grand amour avec Arthur, leur rappela Greer – inutilement.

Il avait été son dernier conjoint. Le seul qui n'avait pas été riche. Et Vivian répétait souvent qu'elle était prête à le rejoindre dès que Dieu le voudrait. Après une vie d'erreurs qu'elle tentait d'amender, elle prétendait qu'Arthur avait été sa seule *bonne* décision.

— On sait qu'elle ne cherche pas l'amour. Juste du bon vieux sexe, sans doute, dit Ali avec un sourire entendu.

— Ne sois pas vulgaire, petite sœur !

Ali ne releva pas cette plaisanterie habituelle – elle n'aimait pas qu'on lui rappelle qu'elle était la plus jeune des triplées – et se contenta de rire.

— Je suis mariée, à présent, et j'aimerais bien être encore intéressée par ce genre de choses à l'âge de Vivian !

— Et moi, je ne veux pas entendre parler de vos vies sexuelles, répliqua Greer.

— Admets-le : tu es jalouse. Tu as besoin d'un homme, toi aussi. Encore plus que grand-mère.

Elle leva les yeux au ciel, sans vouloir admettre que sa sœur avait mis dans le mille.

— Je comprends pourquoi Vivian est intéressée, mais qu'est-ce que Tom aurait à y gagner ?

— Greer, la gronda Maddie. Vivian est intelligente, élégante...

— ... et riche, ajouta Ali avec sa franchise coutumière.

— Tom ne la voit pas pour son argent, protesta Maddie. Il n'est pas comme ça. C'est un type bien. Hein, Greer ?

— C'est un bon avocat et un homme de bon sens. Mais sortir avec Vivian ? Je ne sais pas...

Elles aimaient toutes leur grand-mère. Seulement, qu'un homme comme Tom puisse être séduit par elle ?

— Et s'il s'intéressait *réellement* à son argent ?

— Penses-tu qu'elle serait trop naïve pour s'en apercevoir ? répliqua Ali. Ce serait plutôt à *lui* de s'inquiéter : Vivian est une femme rusée.

— Ce n'était qu'un rencard ! cria Maddie. On a vu plus étrange, par ici, et ça ne veut pas dire qu'ils vont se fiancer !

Se massant toujours les reins, elle se dirigea vers la cuisine. Greer la regarda faire en se demandant ce que ses sœurs allaient penser du projet de mariage ridicule de Ryder.

— Fais attention aux planches descellées, lança-t-elle. J'ai posé une chaise dessus.

Maddie revint avec un plateau de crackers et de fromage qu'elle posa avec peine sur la table basse. Sa joue était gonflée comme celle d'un écureuil. Elle se rassit, avala sa bouchée, et demanda :

— Depuis quand a-t-on des problèmes de plancher, ici ?

— Depuis toujours ! répondit Ali en s'installant sur une chaise à son tour. As-tu prévu du chaud ou du froid, Greer ?

— Du froid. J'ai aussi des sandwichs de rôti, si tu veux.

— Oh non, c'est trop lourd par cette canicule ! Alors ? Il paraît que ton collègue a obtenu un acquittement pour Anthony Pyle, la semaine dernière ?

Elle posa les pieds sur le bord du canapé et fit tomber quelques grains de raisin dans sa bouche ouverte.

— Tu dois être contente d'avoir relâché un autre petit délinquant dans les rues...

Greer serra les dents. Le verdict était tombé tard, le soir où elle avait gardé Layla, mais elle n'avait pas été au tribunal pour l'entendre. Elle faisait les cent pas chez elle, hantée par les paroles de Ryder.

— Oui, je suis contente, surtout après que *ton* département a arrêté un innocent pour ce crime.

— Les filles ! coupa Maddie. Pas de disputes, d'accord ?

Elle grimaça et passa une main sur son énorme ventre.

— Quand vas-tu prendre ton congé maternité ?

— En fin de semaine. Mon terme n'arrive que la semaine prochaine, mais j'ai de plus en plus de mal à...

— ... passer les portes ?

Maddie donna un coup de coude à Ali.

— Ha, ha. Bientôt, ce sera ton tour, tu sais.

Puis, se tournant de nouveau vers Greer, elle reprit :

— J'ai du mal à travailler. Linc me pousse à m'arrêter depuis un mois, et mon gynéco, depuis quinze jours. Je n'en peux plus de me battre alors que je suis sur le point...

— ... d'exploser ? gloussa Ali avant de lui prendre la main. Blague à part, tu n'as pas à te justifier devant nous.

— Ali a raison, et j'ai hâte de rencontrer mon neveu ou ma nièce, renchérit Greer.

Assise sur l'accoudoir du canapé, elle caressa l'épaule de sa sœur, qui sourit.

— En parlant de ça, intervint Ali, Grant aimerait savoir si nous pourrions avoir des recours légaux pour rendre enfin visite à Layla. Les oncles ont-ils des droits, sur ce point ?

— Je suis sûre que ce n'est pas nécessaire !

— Ça fait presque six mois, Maddie. Ryder n'a même pas essayé de nous...

— Et Grant ? coupa Greer. Rien ne se passera tant que vous ne vous montrerez pas plus chaleureux vis-à-vis de Ryder, tous les deux.

— Vraiment ? Qu'est-ce que tu en sais ? répliqua Ali.

— Je sais qu'un parent a le droit de choisir qui peut fréquenter son enfant !

Sa sœur parut agacée mais ne répondit pas.

— D'ailleurs, si Ryder n'avait pas été là, Layla aurait été adoptée par ce couple de Floride et nous ne l'aurions *jamais* revue.

— C'est vrai, confirma Maddie. Nous avons tous besoin de temps, c'est tout. Les choses finiront par s'arranger. Je le sais. Il nous faut être patients. J'ai entendu dire que Ryder avait des problèmes pour garder une nourrice, mais d'après Ray, il s'occupe très bien de Layla.

— Oui, j'en ai été témoin.

Deux paires d'yeux se tournèrent vers Greer.

— J'ai gardé Layla, la semaine dernière, pour permettre à Mme Pyle d'assister à l'audience d'Anthony.

Maddie ouvrit grand la bouche. Ali la fusilla du regard.

— C'était une décision de dernière minute, se défendit Greer devant son air farouche.

— Et il t'a fallu *cinq* jours pour nous le dire ? Quels autres secrets nous caches-tu ?

— Ce n'est pas un secret !

— Vraiment ? Qu'est-ce que c'est, alors ?

Ali avait marqué un point.

— OK. J'ai... croisé Ryder une ou deux fois, ces derniers temps, admit Greer.

— Une ou deux fois ? Quand ?

— La semaine dernière.

Elle avait horreur de se sentir acculée, mais c'était sa faute : elle aurait dû les prévenir plus tôt.

— Nous nous sommes croisés en ville lundi, par hasard...

... et parce qu'elle lui avait couru après pieds nus.

— Pourquoi ne pas nous en avoir parlé ?

— Je ne sais pas. Je lui ai juste proposé de l'aider à trouver une nouvelle nounou.

Maddie avait fermé les yeux et faisait un effort visible pour respirer calmement, tandis qu'Ali regardait sa sœur comme si elle était sur le point de lui passer les menottes.

— Pourquoi ?

— Parce que je veux l'aider ! Tu sais bien qu'il m'a dépannée, quand ma voiture m'a lâchée.

— Je me demande *pourquoi*, d'ailleurs. Comment a-t-il pu arriver précisément au moment où tu avais besoin d'aide ?

— Bon sang, Ali ! Arrête de soupçonner tout le monde. Oui, c'était une coïncidence. Maddie n'arrête pas de nous dire de ne pas le harceler et d'attendre qu'il fasse un geste. Eh bien, il a fait un geste ! Il m'a secourue et je lui ai offert un coup de main à mon tour. Je n'ai pas l'intention de m'excuser. Au contraire, tu devrais être contente !

— Contente que tu aies vu la *nièce* de mon mari sans m'en parler ? glapit Ali. Tu *sais* à quel point ça compte pour lui et à quel point sa relation avec Karen était compliquée !

Greer bondit, les poings sur les hanches.

— Je t'en parle, maintenant ! Écoute, je sais que Grant a du mal à faire son deuil, mais s'il se souciait tant de Layla, *pourquoi* n'est-il pas allé frapper à la porte de Ryder pour demander à la voir ?

Elle soupira en voyant Maddie pâlir. Elle n'avait jamais supporté les disputes de ses sœurs.

— Ne prétends pas qu'un homme comme ton mari serait prêt à suivre un conseil qui ne lui plaît pas, même venant de ta propre sœur. Il en veut à Ryder et nous le savons toutes !

— Il ne lui en veut pas ! C'est lui qu'il blâme ! hurla Ali, le souffle court. Et à en juger par l'attitude de Ryder, le sentiment est mutuel.

Greer n'en pouvait plus.

— Il est évident qu'aucun d'entre eux n'est responsable des erreurs de Karen.

— Je le sais. Tu le sais. Et Grant aussi, mais ses émotions le tourmentent quand même.

Greer repoussa le plateau de fruits et s'assit sur la table basse en face de ses sœurs pour prendre les mains d'Ali.

— Y a-t-il un autre problème entre vous ?

Ali sourit faiblement.

— Non. Grant représente tout pour moi et je veux juste l'aider à surmonter cette épreuve.

— Tu y arriveras, murmura Maddie. Dis-lui, pour le bébé.

— Le bébé ? répéta Greer. Crois-tu vraiment que l'arrivée d'une autre nièce ou d'un neveu compensera l'absence de Layla ?

— Bien sûr que non.

— Elle parle de mon bébé.

Greer sursauta, mais Ali ne la regardait plus.

— Comment as-*tu* su, Maddie ? demanda-t-elle. Je n'en ai encore parlé à personne !

— Je l'ai deviné.

Elle soupira longuement et se poussa vers l'avant des coussins pour se lever avec peine.

— Maintenant, rendez-moi un service et appelez *mon* mari pour lui dire que le moment est venu.

Elle se massa de nouveau et Greer fut parcourue par un vent de panique.

— C'est-à-dire ?

— *Quel* moment ? s'écria Ali à son tour.

— Le bébé arrive ! cria Maddie d'une voix qui ne lui ressemblait pas. *Dépêchez-vous !*

6

L'horloge de la salle d'attente semblait s'être arrêtée. Maddie avait beau être arrivée à l'hôpital en trombe six heures plus tôt, les minutes s'éternisaient. Le père de Greer faisait les cent pas. Meredith était tassée sur une chaise, ses longs cheveux tombant sur ses genoux relevés. Vivian, assise près d'elle, somnolait sur un magazine ouvert. Archer était en route depuis Denver où il s'était rendu pour un rendez-vous. Quant à Hayley et Seth, ils étaient partis une heure plus tôt pour coucher la petite Keely. Puis, il y avait Ali et Grant. Le beau-frère de Greer semblait aussi bougon qu'à son habitude, mais il contemplait sa femme, endormie sur son épaule, avec une pointe de tendresse.

— Combien de temps ça va prendre ? demanda Carter en s'arrêtant devant Meredith.

— Désolée, répondit-elle en souriant. J'ai laissé ma boule de cristal à la maison. C'est un bébé, chéri, pas une commande de pizza. Il arrivera quand il l'aura décidé.

Son mari n'eut pas l'air rassuré.

— Et s'il y avait un problème ?

— Mais non, le rassura Meredith en lui prenant la main.

— Tu n'en sais rien. Il *peut* y avoir un problème.

— Carter, reprit-elle en se levant pour l'enlacer et l'obliger à la regarder. Hayley a eu Keely il y a quelques mois et tout s'est bien passé. Maddie n'aura pas de problème.

Il pressa sa joue contre son front. Greer, elle, comprenait son père : régler des problèmes était son métier.

La voix angoissée de Ryder revint résonner à son oreille.

« Que deviendrait Layla, s'il m'arrivait quelque chose ? »

— Je vais à la cafétéria, dit-elle en se levant d'un bond. J'ai besoin de café. Quelqu'un en veut ?

— Moi, mais je peux y aller, proposa Grant.

— Ne réveille pas la Belle au Bois Dormant.

Durant l'agitation de ces dernières heures, Greer n'avait cessé de se demander si Ali lui avait enfin parlé de sa grossesse. Sans doute pas…

— Ton père en prendra aussi, ma chérie.

— J'imagine qu'un cocktail est hors de question ? intervint Vivian en ouvrant les yeux.

Carter soupira. Il n'avait jamais été proche de sa mère, mais depuis qu'elle s'était installée dans le Wyoming pour tisser de nouveaux liens après des années d'indifférence mutuelle, il faisait de son mieux pour la tolérer.

— C'est un hôpital, maman, pas un bar.

— Tu n'as jamais eu le sens de l'humour !

Vivian adressa un clin d'œil à Greer en tapotant son sac.

— J'ai toujours une flasque sur moi pour les urgences. Juste assez pour rendre l'affreux café de cet endroit potable.

Greer sourit, sans savoir si elle plaisantait ou non. De toute manière, si sa grand-mère voulait corser son café en attendant le bébé, elle s'en moquait. C'était une situation tendue pour tout le monde.

— Je reviens vite, promit-elle en quittant la pièce.

Passant devant la vitre des couveuses, elle ralentit le pas. Plusieurs berceaux transparents étaient alignés et quatre étaient occupés par des nouveau-nés bien emmitouflés dans des couvertures. Une infirmière entra pour en prendre un et l'emporter. Greer ne put s'empêcher d'effleurer la vitre du bout des doigts. Quand Daisy avait laissé Layla devant la maison de Linc, on avait estimé son âge à trois mois. Il était presque incroyable de penser que sa mère avait pu l'abandonner ainsi. Si elle avait survécu, on aurait pu l'accuser de mise en danger d'enfant. Greer aurait-elle défendu un tel dossier avec ardeur ?

L'infirmière revint sans lever les yeux sur la vitre. Était-ce un miroir sans tain ? Elle prit un autre bébé et s'assit dans un fauteuil à bascule pour le bercer. Greer finit par se détourner, hantée par une étrange sensation de vide.

Cette impression la suivit dans l'escalier où l'écho de ses pas sur les marches métalliques résonna bruyamment. Arrivée en bas, elle poussa la porte et se rendit compte qu'elle n'était pas arrivée dans le hall mais au service des urgences. Comme elle avait souvent dû rendre visite à des clients ici, elle connaissait heureusement presque tous les raccourcis. Elle passa devant le bureau d'accueil en direction du couloir qui la ramènerait à l'entrée principale.

— Hé, Greer ! Il paraît que Maddie a été admise aujourd'hui. Tout se passe bien ? lança Courtney, l'infirmière assise derrière le comptoir.

— Six heures, et on attend encore, répondit Greer en ralentissant. Je croyais que tu ne travaillais plus de nuit ?

— En général, non. Mais nous avons des absences à combler, ces jours-ci, donc on fait tous un effort.

Elle se pencha, un sourire malicieux aux lèvres.

— Ça permet aussi à Sadie de profiter de son papa tous les soirs à l'heure du coucher. Hier, quand je suis rentrée, elle avait convaincu Mason de lui construire un « palais de glace » avec des coussins pour y passer la nuit ensemble. À trois ans, on dort n'importe où...

— Et Mason ?

— Mon gros nounours de mari m'a demandé de lui réserver un massage pour soulager ses lombaires ! Mais je suis toujours attendrie quand je le vois avec elle. Tu verras : un jour, tu comprendras.

Greer fit de son mieux pour sourire, tandis que l'image de Ryder en train de donner de la purée-bouillie-surprise à Layla se dessinait dans son esprit.

— Penses-tu venir au pique-nique ?

— Pardon ?

— Gloria et Squire organisent un grand pique-nique la semaine prochaine pour Labor Day. Toute la famille y sera. Y compris les Templeton, bien sûr.

— Désolée, je dois me montrer à un déjeuner prévu pour les employés du bureau, ce week-end. La femme de mon patron a tout préparé. Et puis, ce n'est pas parce que nous sommes maintenant liés aux Clay que nous sommes nécessairement les bienvenus. Si *ma* grand-mère apprend que nous complotons avec *ton* grand-père, il y aura des étincelles.

— Ce sont de vieilles histoires, répliqua Courtney. Vivian a peut-être été fâchée avec la femme de Squire pendant des années, elle s'est excusée et il est temps de tourner la page. Réfléchis-y, d'accord ?

Puis elle décrocha le téléphone qui s'était mis à sonner et Greer la laissa travailler. Elle se figea de nouveau quand la porte de la salle d'examen s'ouvrit pour laisser apparaître Ryder et Layla, enveloppée dans une couverture. D'un seul coup la panique la saisit. Il paraissait épuisé et inquiet.

— Que fais-tu là ? demanda-t-il d'un air surpris.

— Et *toi* ?

Sans réfléchir, elle se précipita pour toucher le front de la petite. Elle dormait, mais ses joues étaient très rouges.

— Qu'a-t-elle ?

— Rien de grave, intervint Caleb Buchanan, le pédiatre qui avait suivi Ryder dans le hall. Mais si son état ne s'améliore pas dans les prochaines vingt-quatre heures, je vous conseille d'appeler son médecin habituel.

— Merci, répondit Ryder, les dents serrées.

— Et ne vous en faites pas trop. Les enfants ont souvent de la fièvre. Tant que vous parviendrez à la contenir, tout ira bien : c'est une réaction naturelle du corps.

Puis, se tournant vers Greer, Caleb demanda :

— Il paraît que Maddie est là. Comment va la famille ?

Le médecin était un cousin éloigné, descendant du côté Clay de leur famille élargie.

— Bien. Nous avons hâte de voir le bébé. Nous sommes là depuis des heures.

— Veux-tu que je me renseigne ?

— Ce serait super, merci. Tout le monde est dans la salle d'attente et j'allais chercher du café.

Il sourit, lui tapota l'épaule, promit de se renseigner et disparut dans la salle d'examen. Greer se retourna immédiatement vers Ryder.

— Depuis combien de temps Layla est-elle malade ?

— Elle a très peu mangé hier soir, mais ça allait bien jusqu'à ce qu'elle se réveille en pleurant il y a deux heures. Elle a vomi tout son déjeuner et son front était brûlant.

Greer ne put s'empêcher de passer la main sur la couverture qui enveloppait son petit corps.

— Pauvre bébé…

— En parlant de ça, ta sœur est en train d'accoucher ?

— Oui. Le reste de la famille doit nous rejoindre.

— J'espère que tout se passera bien.

Il se détourna pour sortir.

— Ryder…

Il ralentit, lui jeta un coup d'œil. Pourquoi avait-elle soudain la bouche si sèche ?

— Je… Je n'ai pas encore reçu de réponse aux annonces d'emploi. Et toi ?

— Rien. Mme Pyle a fini par accepter de rester une semaine de plus. Je crois que l'acquittement de son petit-fils lui a remonté le moral.

— Mais elle ne compte pas prolonger son contrat.

— C'est une employée de maison, pas…

— … une nounou, acheva Greer avec lui. Bon. Je devrais rejoindre les autres. Ils vont se demander ce qui me retient.

Elle se mordilla un instant la lèvre.

— J'imagine que tu n'as pas envie de venir…

Il secoua la tête avant même qu'elle termine sa phrase.

— Je dois rentrer pour coucher Layla.

— Bien sûr.

Elle fourra les mains dans ses poches. C'était une idée stupide, de toute manière.

— J'espère en tout cas qu'on trouvera quelqu'un.

Il sourit un instant et elle songea de nouveau à son idée de mariage. Troublée, elle battit en retraite.

— N'oublie pas tes cafés ! lança Ryder dans son dos.

— Quoi ? Oh ! oui…

— Bonne nuit, Greer, reprit-il avec un sourire qu'elle lui rendit avec peine.

— Bonne nuit, Ryder.

Il disparut dans le parking et elle ravala sa salive en regardant la nuit l'engloutir. Elle faillit sursauter quand Courtney vint se camper près d'elle.

— Si je n'étais pas aussi amoureuse de mon mari, je lui ferais les yeux doux aussi, lui glissa-t-elle.

— Je ne lui fais *pas* les yeux doux.

— Bien sûr que non ! C'est évident.

Elle cala la pile de dossiers au creux de son bras et s'éloigna avec un sourire entendu. Restée seule, Greer pressa ses paumes sur ses joues brûlantes. Hélas, son trouble ne passait pas.

Soudain, son téléphone vibra, annonçant un texto d'Ali.

Où es-tu ? Le bébé est là !

Oublie le café !

Elle rangea son portable et courut jusqu'à l'ascenseur.

— Si on vous empêche de dormir, mademoiselle Templeton, alors vous devriez changer de métier.

Greer jeta un regard coupable au juge Manetti et tenta vainement d'étouffer un nouveau bâillement. Rester à l'hôpital jusqu'à 3 heures du matin pour célébrer la naissance de son neveu n'était hélas pas une raison suffisante pour demander un jour de congé.

— Veuillez m'excuser, Votre Honneur.

Ancien avocat, Steve Manetti avait été nommé juge du tribunal municipal un an plus tôt, et elle commençait à peine à s'habituer à cette nouvelle distance entre eux. Après tout, ils avaient été à l'école ensemble… Elle consulta ses dossiers du jour et reprit :

— Mon client, M. Jameson, plaide non coupable.

Manetti eut un soupir résigné.

— Bien entendu, dit-il en observant l'homme maigrichon tassé sur son siège par-dessus ses doigts croisés. Est-ce correct, monsieur Jameson ?

Johnny Jameson hocha la tête en tremblant. Dès son arrivée dans la salle, Greer avait compris qu'il était drogué – à la meth, sans doute, puisqu'il était accusé de possession. Encore.

— Oui, m'sieur.

Manetti haussa les épaules et feuilleta son agenda.

— L'audience pourra avoir lieu le deuxième jeudi de décembre, au plus tôt.

— Merci, Votre Honneur, répondit Greer en notant la date sur son calepin.

— La séance est levée et reprendra cet après-midi.

Toutes les personnes présentes se levèrent sur un signe de l'huissier et Manetti disparut dans son bureau. Greer ferma son dossier et se tourna vers son client.

— Johnny, le juge vient de nous accorder quatre mois. Je vous conseille de vous sevrer avant le procès. Est-ce clair ?

Il grommela une réponse indistincte sans croiser son regard. Elle fit donc appel à sa femme, assise derrière eux.

— Katie ? Voulez-vous une autre copie de la liste de centres de désintoxication que je vous avais donnée ?

— Non, madame, répondit Katie, plus polie et présentable que son mari. Johnny ira mieux d'ici là. Je vous le promets.

Oh ! si seulement Greer avait pu la croire !

— Parfait, dit-elle sans conviction. Vous savez où me joindre, en cas de besoin. M. Chatham vous contactera avant décembre pour préparer vos dépositions.

Johnny hocha la tête et sortit sans les attendre.

— Vous êtes bien plus gentille que M. Chatham, murmura Katie. J'aimerais que vous vous occupiez du procès…

— Ne vous en faites pas. Johnny et vous serez en de bonnes mains.

— Merci pour tout ce que vous avez fait jusqu'à présent.

Il était rare que Greer soit remerciée pour ses services. La plupart du temps, elle s'épuisait à négocier des accords sans recueillir la moindre reconnaissance de la part de ses clients.

— C'est un plaisir, Katie, dit-elle en lui tendant la main. Prenez soin de vous, d'accord ? Et quand je vous ai proposé de m'appeler, c'était sincère.

La jeune femme hocha la tête puis, le menton baissé, courut après son mari. Greer quitta le tribunal en étouffant un autre bâillement. Si elle avait eu un peu d'argent de côté après le paiement de ses factures, elle se serait offert un repas chez Josephine, mais elle se contenta de s'enfermer dans son bureau et de se déchausser pour manger son sandwich beurre de cacahuète-confiture, le nez dans les messages qui l'attendaient depuis le matin.

Elle était là depuis moins d'une heure quand son patron vint lâcher une nouvelle pile de dossiers sur sa table.

— Nous n'avons toujours pas décroché d'interne, annonça-t-il. Il n'y en avait que deux de disponibles, cette fois, et les autres bureaux en avaient plus besoin que nous. Je te laisse traiter ces plaidoyers. Nous voulons obtenir des accords à tout prix.

Elle ravala la bouchée restée coincée en travers de sa gorge et contempla les dossiers.

— Et s'ils refusent de négocier ? demanda-t-elle machinalement, consciente de la sottise de sa question.

— Persuade-les.

Sur ce, son patron ressortit aussi brusquement qu'il était entré. Il répondait toujours ainsi, même quand il savait que certains accusés refusaient obstinément de plaider coupable pour négocier des remises de peine – parfois à raison, lorsqu'ils étaient innocents...

Elle jeta un coup d'œil à l'horloge, offerte par un de ses anciens professeurs après son diplôme et qui retardait en permanence malgré ses efforts quotidiens pour la remettre à l'heure, se prépara à avaler une autre bouchée de sandwich, quand le téléphone sonna.

— Cabinet d'avocats de Braden.

Une hésitation se fit entendre dans le combiné, puis une voix de femme répondit :

— J'appelle pour l'offre d'emploi de nourrice.

Greer se redressa immédiatement. La femme avait un léger accent qu'elle ne reconnaissait pas.

— C'est bien le bon numéro ? Vous avez dit « cabinet d'avocats »...

— Oui, c'est le bon numéro. Je suis Greer Templeton et je représente... *J'aide* un ami qui recherche une nourrice.

— Il n'a pas de problèmes avec la loi, au moins ?

— Non, pas du tout !

— Tant mieux, dit la femme avec un petit éclat de rire. Je n'ai pas besoin d'un autre boulot sans débouchés... Je suis à la recherche d'une position stable et pérenne. Vous... Votre ami recherche quelqu'un à demeure, c'est bien ça ? Est-ce négociable ?

— Sans doute. Donnez-moi vos coordonnées et je les lui transmettrai pour que vous puissiez lui en parler directement.

— Parfait. Je m'appelle Éliane Dupré.

— Pouvez-vous épeler... ?

Elle rit de nouveau.

— Comme « Elaine » en inversant le *i* et le *a*. C'est un nom français.

Greer imagina immédiatement une élégante Parisienne en train de chanter des berceuses dans sa langue natale à Layla sous le regard admiratif de Ryder. Agacée, elle s'éclaircit la voix et chassa cette image.

— Êtes-vous française ?

— Non, suisse. Je me suis installée aux États-Unis il y a quelques années, avec mon mari. Les choses se sont mal finies entre nous, hélas, mais je suis restée. J'ai obtenu la citoyenneté, ajouta-t-elle très vite, si cela peut vous rassurer.

Greer aurait en effet dû se soucier de son statut légal, mais son imaginaire semblait hors de contrôle. Dans *La Mélodie du bonheur*, Maria n'était-elle pas suisse ? Non. Le film se passait en Autriche. Néanmoins, la charmante gouvernante avait réussi à séduire à la fois le père et les enfants... De plus en plus contrariée, elle secoua la tête et nota le numéro de téléphone d'Eliane ainsi que son adresse à Weaver.

— L'annonce mentionnait aussi que le lieu de travail est une maison très isolée. Est-ce un problème pour vous ?

— Au contraire, cela me convient très bien.

— Et depuis combien de temps habitez-vous Weaver ?

— Je ne suis là que depuis quelques semaines. Je loge chez une connaissance en attendant de trouver un travail. Dois-je attendre un appel de votre ami, alors ?

Il n'y avait aucune raison d'hésiter, mais Greer avait l'impression d'avancer en traînant un poids énorme.

— Bien sûr. Je lui transmettrai vos coordonnées dès que je le pourrai.

— Merci beaucoup ! Bonne journée à vous.

— De même, souffla à peine Greer.

Mais Eliane avait déjà raccroché. Elle reposa le combiné et

contempla ses notes sans les voir. Puis elle reprit le téléphone et composa le numéro de Ryder. Ni lui, ni Mme Pyle, ni le répondeur ne se manifestèrent. Layla était-elle encore malade ? Avait-elle transmis son virus à son père ? Sa fièvre avait-elle empiré ? D'un seul coup, une migraine la saisit.

— Arrête d'imaginer le pire, se dit-elle, et sois logique.

Elle fouilla le dossier d'Anthony Pyle, y trouva un numéro et appela. Toujours sans réponse. Consultant l'horloge de nouveau, elle songea qu'elle ne pouvait pas conduire jusqu'au ranch pour porter les coordonnées d'Eliane à Ryder et s'assurer que tout allait bien – pas si elle voulait reprendre sa place au tribunal moins d'une heure plus tard, en tout cas ! Elle examina ensuite son planning du jour : que des audiences préliminaires… Quand elle composa un troisième numéro, elle obtint enfin une réponse.

— Keith ? C'est Greer. Peux-tu me remplacer, cet après-midi ? J'ai une urgence personnelle de dernière minute…

— *Personnelle ?* Tu plaisantes ?

— Ai-je l'air de plaisanter ?

Son collègue gloussa.

— Je te charrie, mais c'est agréable de savoir que tu es bien humaine, en fin de compte. Bien sûr que je peux te remplacer. C'est uniquement pour aujourd'hui ?

— Oui. Je vais laisser mes dossiers à Bunny. Les audiences reprennent à 14 heures.

— J'y serai, promit-il. Est-ce que tout va bien ? J'ai appris que Maddie a accouché cette nuit…

— Le bébé et elle vont bien, le rassura-t-elle, en s'émerveillant encore une fois sur la vitesse à laquelle les nouvelles circulaient, dans cette ville. Mon urgence n'a rien à voir avec ça. Je te remercie, Keith. Je t'en dois une.

— Et je saurai m'en souvenir !

Maintenant que sa décision était prise, elle jeta le reste de son sandwich dans la poubelle. Le pain était rassis, de toute manière. Rassemblant les dossiers pour Keith, elle les posa sur le bureau de Bunny Towers, puis revint enfiler ses chaussures, récupérer son sac, et quitta l'immeuble. Même son patron ne remarqua pas son départ. Visiblement, quoi qu'elle fasse, rien ne l'impressionnait

– elle aurait tout aussi bien pu faire l'école buissonnière trois fois par semaine…

Il lui fallut presque une heure pour atteindre le ranch. En arrivant, elle ne vit aucune voiture garée devant la maison. À chaque fois qu'elle venait, la silhouette de cette grange réhabilitée, comme dans les magazines de décoration, l'émerveillait. Sans doute Eliane-et-son-bel-accent saurait rendre le décor encore plus charmant…

— Ressaisis-toi, marmonna-t-elle en traversant la cour d'un pas vif.

Elle frappa à la porte. Pas de réponse. Essayant la poignée, elle vit que la maison n'était pas fermée et entra timidement.

— Bonjour ! Madame Pyle ? Ryder ?

À son dernier passage, la maison avait été rangée et propre. À présent, elle ressemblait aux ruines laissées sur le passage d'une tornade. Des jouets étaient éparpillés partout, du linge sale s'empilait dans le fauteuil et cascadait jusqu'au sol. Le canapé disparaissait derrière une immense caisse en plastique remplie du matériel pour bébé que Maddie et Linc avaient donné à Ryder en lui confiant Layla.

Greer posa son sac dessus et passa dans la cuisine. Des céréales crissèrent sous ses semelles. L'évier était presque rempli de vaisselle sale. Elle traversa ce chaos comme elle put et se pencha à la porte de derrière. La table peinte était toujours là, au milieu du gazon trop haut qui envahissait le jardin.

Les Suisses ne sont-ils pas maniaques ? Eliane pourrait s'enfuir en courant, si elle voyait ce désordre… Cette pensée aurait dû l'inquiéter et le fait qu'elle l'amuse, au contraire, était un souci d'une tout autre nature.

Elle entrouvrit la porte pour laisser entrer un peu d'air – chaud – et monta à l'étage. La chambre de Layla était vide. Les draps avaient été retirés du lit. Sans doute venaient-ils gonfler la pile de linge, en bas. Ici aussi, l'air était étouffant. Un ventilateur était encastré dans la fenêtre, mais il ne tournait pas. Elle le laissa éteint et ouvrit le battant en grand. La brise fit danser les voilages blancs.

Elle ressortit sur la passerelle et hésita un instant devant l'autre porte restée ouverte. Un bout de lit recouvert d'un édredon bleu replié apparaissait, près d'une paire de bottes de cow-boy abandonnées sans soin par terre. C'était la chambre de Ryder, sans aucun doute. Lorsqu'elle était venue garder Layla, cette porte avait été fermée, mais aujourd'hui...

Après tout, la maison était vide, que craignait-elle ? Elle risqua un regard à l'intérieur, le cœur battant. Une grosse commode avec six tiroirs occupait un mur. Une photo encadrée posée dessus était l'unique bibelot visible. Le grand lit était agrémenté d'un cadre en acier. Trois gros oreillers étaient vaguement empilés contre les barreaux à l'ancienne. À la place de la table de chevet, un support de selle exposait un harnachement de cheval complet en cuir travaillé. Une lampe de style industriel était fixée au mur. Une immense fenêtre nue était percée près du lit et Greer traversa la pièce sans réfléchir pour jeter un coup d'œil dehors. La table peinte se trouvait juste en dessous. Combien de fois Ryder contemplait-il cette vue en pensant à sa femme ?

Penserait-il toujours à elle, quand une charmante Suisse serait là pour s'occuper de sa fille ?

Dégoûtée par sa jalousie absurde, elle se détourna et alla examiner la photo, sur la commode. C'était un portrait de jeunes mariés en noir et blanc. Ses parents ? Sa tante Adelaide ? Soudain, un bruit étouffé la fit sursauter et elle sortit de la chambre en courant.

Ryder, parfaitement incongru dans sa tenue de cow-boy agrémentée d'un porte-bébé rose sanglé sur sa poitrine, apparut au sommet des marches.

Il eut immédiatement l'air soupçonneux.

— Qu'est-ce que tu fiches ici ?

7

— *Qu'est-ce que tu fiches ici ?*

La question de Ryder résonna autour d'eux. Il transpirait et avait l'air de souffrir de la chaleur, tout comme Layla. Greer sentit sa gorge s'assécher – non seulement parce qu'il avait failli la surprendre dans sa chambre, mais aussi parce que son estomac se nouait en sa présence.

— Greer ?

Incapable de réfléchir à une réponse, elle montra vaguement la chambre de la petite d'un geste.

— J'étais… Je…

— Laisse tomber.

Avec une étonnante dextérité, il libéra Layla de son harnais et la tendit à Greer.

— Garde-la un instant, pendant que je me rafraîchis.

Les yeux verts de la petite pétillèrent de joie quand ils se posèrent sur la jeune femme. Elle portait un T-shirt jaune moite de sueur et un short à volant assorti. Ses boucles blond vénitien étaient collées par la transpiration.

— A-t-elle toujours de la fièvre ? demanda Greer.

— Non. Elle a eu chaud dans le porte-bébé, c'est tout.

Il retira son chapeau en passant près d'elle. Elle surprit son odeur de soleil et de foin frais. Tout en remontant la passerelle, il enleva le harnais, puis son T-shirt.

— Elle a laissé percer deux autres dents ce matin, poursuivit-il sans se retourner. Je me moque de ce que le docteur a dit hier, sur l'absence de lien entre la fièvre et la poussée des dents. Dès qu'elles sont apparues, la température de Layla est retombée, comme l'avait prédit Adelaide.

Il entra dans sa chambre, adressant un rapide coup d'œil à Greer.

— Merci de t'occuper d'elle. J'en ai pour cinq minutes.

Puis il tira la porte coulissante sur lui. Elle ferma les yeux. L'image de son torse nu resta imprimée sur sa rétine.

Seigneur !

Quand elle regarda de nouveau Layla, celle-ci souriait de toutes ses dents neuves. Elle attrapa les joues de Greer et les tapota. La jeune femme lui prit la main pour l'embrasser.

— Bonjour à toi aussi, ma chérie.

Elle entendit quelques chocs derrière la porte de la chambre de Ryder. Il était bien trop facile de l'imaginer assis au bord de son lit défait pour enlever ses bottes et les lancer au pied du mur.

Après, son jean tomberait et…

— Descendons, glissa-t-elle très vite à Layla, qui rit comme s'il s'agissait du mot le plus rigolo au monde.

— Il y en a au moins *une* qui s'amuse, soupira Greer en dévalant l'escalier. Tu sais que tu commences à ressembler à ta tante Ali ?

Une fois dans la cuisine, elle installa la petite dans sa chaise, plus nette que le plan de travail, puis ouvrit davantage la porte pour accentuer le courant d'air. Enfin, elle dénicha un torchon propre dans un tiroir, le mouilla et commença à humidifier les joues de Layla. Pensant sans doute que c'était un jeu, la fillette commença par essayer de fuir ses efforts pour la rafraîchir, puis attrapa le torchon et entreprit de se le fourrer dans la bouche. Comme mordiller un torchon n'était pas spécialement dangereux, Greer la laissa faire et se concentra sur la vaisselle sale. Pas exactement sale, remarqua-t-elle. Juste rincée.

Charger le lave-vaisselle ne lui prit pas longtemps. Elle trouva les tablettes et le mit en route. Comme son ronronnement n'étouffait pas encore le chant tentateur de la douche de l'étage, elle se mit à essuyer furieusement le plan de travail à l'aide d'un autre torchon. Elle balaya ensuite les céréales éparpillées au sol et, quand ce fut terminé, elle attrapa une brassée de linge et la fourra dans la machine installée dans une buanderie lumineuse près de la cuisine.

L'éclat joyeux de cette pièce aurait presque pu lui faire apprécier les tâches domestiques... Ryder l'avait-il aménagée pour Daisy ?

Une fois la machine en route, elle revint chercher Layla et la porta dans le jardin.

— Aimes-tu l'herbe autant que moi ? demanda-t-elle en détachant les sangles de ses sandales à talons pour les abandonner près de la porte et enfoncer les orteils dans le gazon.

Elle posa Layla par terre et lui tint les mains pendant que la petite essayait de se tenir debout en riant.

— Tu verras : l'an prochain, tu courras partout...

Elles s'approchèrent lentement de la table, mais Layla se laissa tomber sur les fesses avant de l'atteindre. Elle attrapa une poignée d'herbe et tira, clairement surprise quand les brins se brisèrent. Greer retroussa sa jupe droite au-dessus de ses genoux et s'assit à côté d'elle. Elle arracha quelques brins d'herbe à son tour et ouvrit la main pour que Layla les voie s'envoler. La petite l'imita et, au lieu de rire, fronça les sourcils d'un air perplexe.

— Qu'est-ce qu'il y a ? demanda Greer, amusée, avant de recommencer. Tu les as vus s'envoler ?

Elle se pencha et enfouit son nez dans les paumes de la petite.

— Hmm, ça sent si bon !

Elle frotta son nez contre celui de Layla et ramassa un brin d'herbe pour lui caresser la joue avec.

— Ça sent un peu comme ton papa, non ?

— Mama mamamamama ! gazouilla Layla en voulant attraper plus d'herbe mais roulant à la place sur le côté.

Elle se redressa et rampa sur les genoux de Greer. Bien sûr, elle n'avait pas réellement tenté de dire « maman », mais le cœur de la jeune femme se serra tout de même. Elle pressa son petit corps chaud contre elle et embrassa ses boucles blondes. Puis toutes les deux arrachèrent de nouvelles poignées d'herbe pour les lancer au-dessus de leurs têtes.

Ryder avait une vue idéale sur elles, depuis la fenêtre de sa chambre.

Il se frotta les cheveux avec sa serviette, puis essuya son torse.

L'eau de la douche avait été à peine tiède, puis était devenue froide d'un seul coup. Au fond, ce n'était pas si mal.

Dans le jardin, Layla venait de grimper sur les genoux de Greer et celle-ci roula sur le dos, sans se soucier de froisser sa blouse de soie ou de défaire son chignon. Elle fit sauter la fillette en l'air. Leurs rires lui parvinrent, même à travers la fenêtre close.

Il en avait voulu à Mme Pyle de l'abandonner sans prévenir aujourd'hui, malgré ses promesses. Son départ précipité l'avait obligé à emmener Layla avec lui sur le tracteur, et il n'avait pas pu terminer son travail. Il se laissait déborder par tout, ces derniers jours. Mais en cet instant, tout en observant Greer et la petite, il s'en moquait presque.

Presque.

Greer dut sentir son regard, car elle leva soudain la tête. Ryder était trop loin pour discerner son expression, mais il n'eut aucun mal à imaginer l'éclat hypnotique de ses yeux noirs Leur flamme le hantait jour et nuit...

D'un seul coup, le ventilateur se mit en route et envoya un flot d'air froid sur lui, noyant les cris aigus de Layla. Il recula et soupira. Depuis quand retenait-il son souffle ?

— Tu perds les pédales, vieux, marmonna-t-il en finissant de s'essuyer avant de jeter la serviette sur la commode.

Elle fit basculer la photo de mariage de ses grands-parents et il la redressa mécaniquement tout en enfilant une chemise propre, puis un jean... un peu moins propre. Une fois habillé, il descendit jusqu'à la cuisine et comprit pourquoi l'eau de la douche était froide. La machine à laver *et* le lave-vaisselle tournaient. Ça ne pouvait être l'œuvre de Mme Pyle. Le séchoir à tasses posé près du billot de boucher était garni de trois mugs propres. Il en prit deux, les remplit d'eau et poussa la porte-moustiquaire.

Quand elle se referma avec un claquement sec dans son dos, Greer se retourna. Elle était aussi rouge que Layla et quelques mèches folles collaient à son cou. La blouse ivoire qu'elle portait s'était partiellement libérée de la ceinture de sa jupe gris perle. Suivant son regard, elle repoussa soudain la jupe sur ses cuisses et plia les jambes sur le côté avant de reposer Layla dans l'herbe.

— Il fait encore si chaud, commenta-t-elle en baissant les yeux. Qu'est-il arrivé à Mme Pyle ?

— Son petit-fils.

Comme les filles, Ryder était pieds nus et savoura la fraîcheur de la terre tandis qu'il les rejoignait. Il comprenait pourquoi Greer avait choisi de s'asseoir dans l'herbe. Il lui tendit l'une des tasses.

— Ce n'est que de l'eau.

Elle sourit et le remercia. Sans lui laisser le temps de boire, Layla se jeta sur le mug et la moitié de l'eau éclaboussa cette blouse si délicate, la rendant en partie transparente.

Poliment, Ryder ne fit aucune réflexion, mais son instinct d'homme l'empêcha de se détourner. Il devina l'entrelacs d'une dentelle bleue sous la soie mouillée et imagina sans peine la peau veloutée cachée derrière. Greer tira vivement sur le tissu pour l'écarter de son corps, libérant ce qui restait d'ourlet coincé dans sa jupe, et but une gorgée avant de tendre le reste de l'eau à Layla.

— Qu'est-il arrivé à Anthony ? Il vient d'être acquitté.

— Eh bien, il a déjà replongé. Apparemment, on l'a arrêté pour conduite en état d'ivresse, hier soir.

Elle bondit, l'air presque furieux.

— Quoi ? Où ? Je n'en ai pas entendu parler !

— Je ne sais pas où, répondit Ryder en s'asseyant par terre, adossé au pied de la table de pique-nique. Je sais juste que Mme Pyle a tout laissé tomber pour voler à son secours.

Elle avait pris la peine de lui téléphoner pour le prévenir, mais c'était tout...

— On dirait que tu la blâmes pour ça.

— Je n'ai pas beaucoup de compassion pour les gens qui conduisent quand ils ont bu.

— À cause de ce qui est arrivé à la mère de Layla.

— À cause de ce qui est arrivé à la *mienne*.

Il regretta immédiatement cet aveu et se pencha pour verser la moitié de l'eau qui lui restait dans le mug vide avec lequel jouait Layla.

— Mais tu n'es pas venue parce que Mme Pyle t'a demandé de la remplacer encore une fois, reprit-il en se redressant. Alors, *que* fais-tu là ?

— J'ai reçu un appel au sujet du poste de nourrice.

— Ça devait être une sacrée candidature, pour que tu fasses toute cette route. J'ai un téléphone, tu sais.

— J'ai appelé, mais personne n'a répondu. Après cette nuit, la fièvre de Layla, j'ai…

Elle haussa les épaules et regarda la petite, qui avait abandonné sa tasse dans l'herbe pour ramper plus loin.

— J'étais inquiète, donc je suis venue.

— Et tu as découvert une maison plongée dans le chaos.

— Veux-tu que je te dise que ce n'était pas si terrible ?

— Je doute que tu apprécies de mentir, même par politesse, répondit-il.

Elle se mit à quatre pattes, le temps de rattraper Layla.

— J'ai gardé la petite une journée entière, tu te souviens ? Je sais que c'est une force de la nature. Si on ajoute à ça ton trajet jusqu'à l'hôpital hier soir, je m'étonne moins du désordre de ta maison…

Certes, il faisait chaud, mais l'incendie qui se déclencha soudain en Ryder n'avait rien à voir avec ça. Il se détourna vivement des fesses sensuelles qu'il venait d'apercevoir, clairement soulignées par la jupe tendue de Greer.

— Quelle impression t'a-t-elle laissée ?

— Qui ? Oh ! la nourrice, répondit Greer en se levant pour s'asseoir finalement sur le banc. Elle s'appelle Eliane Dupre.

— Française ?

Un regard surpris accueillit sa supposition.

— J'ai déjà connu une Eliane. Elle a posé pour Adelaide pendant ses phases de nu.

— Pardon ? demanda Greer, l'air soudain soupçonneuse.

— Ma tante est une artiste…

Et Eliane avait été une excellente professeure, pour un ado de dix-sept ans esclave de ses hormones. Néanmoins, il préféra ne pas le préciser. Il aimait déstabiliser Greer, ne serait-ce que pour qu'ils soient sur un pied d'égalité ; mais pas à ce point !

— Que t'a-t-elle dit d'autre ?

Greer semblait toujours méfiante.

— Elle vit à Weaver pour le moment et m'a demandé si le fait de devoir s'installer chez toi était négociable. Sans doute abordera-t-elle le sujet, quand tu lui parleras.

— Quoi d'autre ?

— Elle est suisse. Apparemment divorcée. Et elle cherche un emploi stable. J'ai noté son numéro de téléphone.

— Appelons-la, alors.

Il se leva et Greer l'imita, les lèvres toujours pincées, Layla dans les bras. Il ne pouvait s'empêcher de songer qu'elle était surprise par sa réaction si rapide – et pas nécessairement en bien.

Ils retournèrent à l'intérieur le temps qu'elle récupère un bout de papier dans son sac à main, puis elle porta de nouveau Layla dehors. Pour le laisser téléphoner en privé ? Ou parce qu'elle ne voulait pas savoir de quoi il allait parler avec cette Eliane Dupre ?

Le simple fait de se poser la question était ridicule !

Peut-être manquait-il de sommeil...

Il attrapa son téléphone et contempla le bout de papier. Greer avait une écriture sobre, un peu penchée. « Avare », aurait dit Adelaide. Il n'y avait ni fioritures, ni lignes superflues. Il composa le numéro tout en imaginant sa main en train de tracer les chiffres. Daisy, elle, avait eu une écriture fantaisiste, toute en boucles avec des petits cœurs sur les *i*.

Pourquoi pensait-il à ça ? Oui, il avait besoin de dormir.

La sonnerie retentit quatre fois, puis le répondeur prit le relais. Était-il déçu ? Soulagé ? Il laissa un court message avec ses coordonnées et raccrocha avant de retrouver les filles. Il faisait plus chaud, au jardin, mais l'air y circulait. Cette fois, il trouva Greer assise à table, en train de faire rebondir la petite sur ses genoux.

— Pas de réponse. J'ai laissé un message.

— Je suis sûre qu'elle te rappellera. Elle avait l'air très intéressée par le poste.

Sa blouse avait déjà séché et Ryder ne voyait plus l'éclat bleu de son soutien-gorge. Par contre, il aperçut une tache verte sur sa cuisse.

— Je crois que l'herbe a marqué ta jupe.

Elle regarda très vite et frotta la trace.

— Le pressing devrait en venir à bout. J'espère.

Elle haussa les épaules, puis prit une grande inspiration.

— Bon. Je ferais mieux d'y aller.

— Retour au bureau ?

Elle jeta un coup d'œil à sa montre.

— Le tribunal devrait en avoir fini pour aujourd'hui, mais oui, je devrais y retourner quand même et faire le point sur les audiences de demain.

— Ou...

Il attendit. Elle le regarda, sans bouger.

— Ou je pourrais nous préparer deux bons steaks, poursuivit-il en indiquant son barbecue d'un geste, donner son bain à Mini-Terreur, et jeter la viande sur le gril.

Greer eut un petit sourire. Il remarqua soudain que sa lèvre supérieure était un peu plus charnue que l'autre.

— À moins que *tu* veuilles la baigner, suggéra-t-il avec innocence.

Elle sourit de plus belle.

— J'aime bien le steak. À point.

— Si tu avais dit « bien cuit », j'aurais refusé.

Elle passa les doigts dans les boucles de Layla.

— Tu la nourris *après* son bain ?

— Maître, sachez que je la nourris même dix fois par jour, quand elle insiste. Ça fait bien longtemps que je ne me préoccupe plus du moindre planning, avec elle...

— Ma mère t'apprécierait beaucoup, murmura-t-elle avant de se lever, la fillette calée sur sa hanche. Et je ne suis pas incorruptible quand il s'agit de me soudoyer avec un bon repas.

Elle entra dans la maison. Il la suivit et la trouva en train d'attacher Layla sur sa chaise haute.

— Est-ce qu'il te reste de la purée-bouillie-surprise ?

— Hélas, non, dit-il en attrapant sa dernière banane avec une grimace. Personnellement, je déteste ces trucs mais elle les adore.

Il pela le fruit et le coupa en petits morceaux qu'il déposa dans un bol en plastique. Il le posa devant Layla, qui se jeta dessus en dépit de son air déjà fatigué.

— Petite gloutonne...

Il décolla un morceau de banane de sa joue et le lui fit manger. Greer semblait le regarder avec insistance.

— Quoi ? demanda-t-il.

Elle secoua la tête sans répondre.

— Qu'aime-t-elle d'autre, à part les bananes trop mûres ? Boit-elle encore au biberon ?

— Non, elle tient à boire son lait dans un gobelet.

Il le chercha dans l'évier.

— J'ai tout mis dans le lave-vaisselle...

Ryder l'ouvrit dans un nuage de vapeur, récupéra le gobelet en plastique, son capuchon, et referma la machine qui reprit son cycle. Il rinça les éléments à l'eau froide et remplit le gobelet de lait maternisé.

— Il y a une boîte avec des légumes cuits, dans le frigo, dit-il. Elle ne les a pas mangés, hier.

Greer ouvrit le réfrigérateur et il ajouta :

— Étagère du haut. Couvercle rouge.

Elle prit la boîte et jeta un coup d'œil à l'intérieur.

— Miam. Petits pois-carottes. Mon plat préféré...

— N'en fais pas trop.

Il donna le gobelet à Layla, puis versa les légumes dans une casserole et la posa sur le feu.

— Le micro-ondes n'irait pas plus vite ?

— Si, mais Adelaide passerait des semaines à me faire la leçon sur les dangers de cet appareil.

— C'est dangereux ?

— Sans doute pas autant qu'elle le dit, seulement j'ai abandonné la lutte sur ce point depuis longtemps. Disons juste que ma tante est un peu... excentrique.

Au même moment, son téléphone sonna et il confia la cuillère en bois à Greer.

— Tu veux bien surveiller la casserole ?

— Une tante excentrique qui peint des nus et appelle son chien Brutus... Elle a l'air intéressante. Tu parles beaucoup d'elle.

Elle prit la cuillère en précisant :

— Je ne suis pas douée pour la cuisine.

— Moi non plus, mais il faut bien manger. Et ma tante *photographie* des nus, entre autres choses.

Tout en parlant, il avait attrapé son portable et décrocha.

— Allô ?

— Je cherche M. Ryder Wilson, dit une voix marquée d'un accent. Je suis Eliane Dupre.

— Eliane, répéta-t-il tandis que Greer se tournait vers la cuisinière, dos à lui.

Ses épaules semblaient tendues sous sa blouse. *Intéressant.* La conversation fut brève et elle était toujours tournée dos à lui quand il raccrocha. Elle remuait les légumes avec tant d'énergie qu'ils allaient finir en purée. Il s'approcha et coupa le gaz.

— Je la vois demain chez Josephine, pour le déjeuner.

— Super, dit-elle avec un sourire trop marqué. Tu sais quoi ? Je viens de me souvenir que je *dois* retourner au bureau avant demain, donc je vais faire l'impasse sur le steak, en fin de compte.

Elle reculait déjà jusqu'au salon, ne s'arrêtant que pour embrasser le front de Layla.

— Tu en es sûre ?

Il goûta les légumes. Clairement réduits en bouillie, mais pas trop chauds. Il les versa dans le bol de Layla. Depuis le salon Greer répondit :

— Certaine. Dis-moi comment ça se sera passé avec… ta candidate.

Elle attrapa son sac et le serra contre elle à deux mains.

— Promis.

— Super, répéta-t-elle. Eh bien… Bonne chance.

Elle tourna les talons sur ses pieds nus et courut vers l'entrée. Ryder l'arrêta dans le vestibule.

— Au fait, garçon ou fille ?

— Quoi ?

— Ta sœur…

Pendant un instant, elle parut ne pas comprendre, puis son regard s'illumina.

— Oh ! Maddie ! Elle a eu un garçon. Trois kilos cinquante-quatre. Cinquante-trois centimètres. Ils l'ont appelé Liam Gustav, en hommage au grand-père de Linc. Ma sœur et lui se portent bien.

Elle sourit rapidement et ouvrit la porte.

— Par contre, le père est apparemment un paquet de nerfs.

Elle le salua de la main et sortit, refermant derrière elle.

Ryder attendit.

Elle ne revint pas.

Même si elle était toujours pieds nus, car ses sandales à talons étaient restées dans le jardin. Il regarda Layla, occupée à trier ses petits pois et ses carottes avec les doigts.

— Intéressant, en effet, dit-il.

— Pa'tie, pa'tie, pa'tie ! glapit-elle d'un air béat.

— Tu as raison, Mini-Terreur, elle est partie. Mais je te parie qu'elle reviendra vite.

8

— Qu'est-ce que tu as fait à tes pieds ?

Greer leva les yeux pour découvrir Ali campée à la porte de son bureau et baissa les jambes, qu'elle avait posées sur un coin de la table.

— Rien, dit-elle en ramenant sa jupe sur ses cuisses.

— Tu as des bandages partout !

— Je sais que tu es flic, mais tu n'es pas obligée de m'interroger comme une criminelle.

Elle enfila précipitamment les chaussures qu'elle avait abandonnées, encore mortifiée par sa course hors de la maison de Ryder, la veille. Elle n'avait pas envie d'expliquer la situation à sa sœur…

— Alors, que viens-tu faire du côté obscur ?

— Heureuse de voir que tu acceptes enfin la réalité au sujet de ton métier, répondit Ali dans un sourire en se laissant tomber sur une chaise.

Elle posa à son tour ses pieds, chaussés des lourdes bottes de son uniforme, sur le bureau.

— Hé ! Ce n'est pas parce que je le fais que tu as le droit de m'imiter. Montre un peu de respect.

— Pour le côté obscur ? Jamais.

Néanmoins, elle reposa les pieds au sol.

— Tu as l'air de bonne humeur, grommela Greer. Si tu viens encore te vanter de ta nouvelle vie sexuelle avec ton mari, ne te fatigue pas.

— Pourtant, je pourrais m'en vanter, en effet…

— Par pitié !

— Tu n'as pas besoin de pitié, mais d'un homme.

— Ali, arrête ça.

— Tu es si facile à provoquer, gloussa sa sœur.

— Si tu n'étais pas enceinte, je te rendrais la pareille. Alors, en as-tu parlé à Grant ?

— Oui.

— Et... ?

— Il a failli tomber dans les pommes et me traite comme une porcelaine fragile depuis, mais je pense qu'il est ravi. Néanmoins, il a toujours besoin de créer un lien avec Layla. Il n'abandonnera pas, Greer. C'est impossible.

— Et il a raison.

Elle laissa tomber sa tête dans ses mains et se massa les tempes avant de prendre une profonde inspiration.

— Ryder s'adoucit, Ali.

Du moins, elle l'espérait.

— Est-ce pour ça que tu es venue ?

— En fait, je voulais t'inviter à manger chez Josephine.

— Tu peux te le permettre, maintenant que tu es mariée à un auteur de thrillers à succès.

— Moque-toi si tu veux. Alors ? Déjeuner gratuit ?

— OK, répondit Greer en jetant un coup d'œil à sa montre. Mais ce sera rapide : je dois être au tribunal dans moins d'une heure.

— Oui, oui, lâcha Ali en se levant. Je connais. Josephine ne sert que des policiers et des avocats. Elle est rapide.

Elle attendit que sa sœur attrape son sac.

— Sérieusement, qu'est-il arrivé à tes pieds ? Tu boites. Ne me dis pas que tu es tombée à cause du plancher abîmé de ta cuisine.

— Bien sûr que non. J'ai... cassé un verre.

Ali soupira en la précédant dans la rue.

— Frangine, tu ne sais pas mentir. Oh ! bonjour, monsieur Towers. Vous profitez du beau temps ?

Elle sourit d'un air crispé, comme elle le faisait toujours face aux personnes qu'elle n'appréciait pas. Michael l'ignora et se concentra sur Greer.

— Il paraît que tu ne vas pas négocier d'accord dans l'affaire Dilley.

— Le client a refusé, répondit-elle.

Son patron eut un soupir exaspéré.

— Je t'avais dit de les convaincre.

— Je ne peux pas forcer un client à accepter un accord ! Surtout quand il n'est pas à son avantage. Voyons, Michael, ne sommes-nous pas meilleurs que ça ?

Il serra les dents et se détourna brusquement.

— Nous en reparlerons plus tard, lança-t-il.

— Comment supportes-tu de travailler pour lui ? demanda Ali tandis qu'il passait la porte, sans même tenter de baisser la voix.

Greer l'entraîna plus loin avec fermeté.

— Michael a beaucoup de soucis.

— Oui, j'ai entendu parler de Stormy Santiago.

— C'est une grosse affaire.

— D'autant plus qu'il couche avec elle !

Greer lâcha le bras de sa sœur, choquée.

— Quoi ?

— Ne me dis pas que tu n'as pas entendu les rumeurs.

— Michael Towers ne couche *pas* avec Stormy Santiago. Il pourrait être radié pour ça !

— Peut-être le devrait-il, répliqua Ali en traversant la route sans regarder, suivie de près par Greer.

— Il est heureux en ménage, tu sais.

— Dire que je trouvais Maddie naïve, soupira sa sœur. Es-tu si occupée par tes clients que tu ne voies pas ce qui se passe dans ton propre bureau ?

Elle ouvrit la porte de chez Josephine et recula d'un pas.

— L'âge avant la beauté, chère sœur.

Greer entra et se figea en voyant Ryder assis plus loin, en face d'une séduisante blonde. Ali la percuta de plein fouet.

— *Qui* est-ce ? demanda-t-elle en suivant son regard.

— Eliane Dupre, souffla Greer en l'entraînant de l'autre côté de la salle presque pleine.

— Et qui est Eliane Dupre ?

Peut-être la prochaine Mme Ryder Wilson... Greer fit de son mieux pour étouffer sa jalousie.

— Ne les regarde pas comme ça, Ali. Ils vont te voir.

— Et alors ?

— Eliane est intéressée par le poste de nourrice. Elle a répondu à l'annonce que j'ai postée pour Ryder.

— Ah.

— Mme Pyle a dû retourner au ranch, sans quoi il serait venu avec Layla…

— Dommage. J'aurais adoré voir la petite, *moi*.

Greer prit le menu, qu'elle connaissait pourtant par cœur, et fit semblant de le lire avec attention.

— Comment va le bébé ? demanda soudain Josephine en approchant de leur table pour poser une carafe d'eau entre elles et remplir leurs tasses de café brûlant.

— Liam se porte bien, répondit Ali. Je suis allée les voir à l'hôpital, hier soir. Maddie devrait sortir aujourd'hui.

— Fais-lui une bise, ainsi qu'à Linc. Alors, que désirez-vous manger ?

— Un sandwich au bœuf, répondit Ali sans hésiter.

— Pour moi, ce sera une salade du chef.

C'étaient leurs commandes habituelles.

— Très bien, répondit Josephine en partant vers la cuisine.

— Je suppose que tu m'en veux de ne pas être allée voir Maddie, hier, grommela Greer.

— Non, mais je suis… curieuse. J'y ai passé quelques heures. Maman et papa sont venus, ainsi que Vivian, Squire et Gloria Clay. Nous avons pensé que tu passerais après tes audiences du jour.

— Je n'étais pas au tribunal. Keith Gowler m'a remplacée. Sais-tu qu'il va épouser Lydia Oakes ?

Hélas, Ali refusa de se laisser distraire.

— Tu as manqué une audience ? C'est la seconde fois, ce mois-ci. Tu ne fais jamais ça, d'habitude !

— Tout change. Je passerai voir Maddie et le bébé chez eux, ce soir.

À l'autre bout de la salle, un rire clair s'éleva. Si Ryder lui tournait le dos, elle avait une vue parfaite sur Eliane. Étrangement, elle avait imaginé quelqu'un de plus âgé. Une femme assez mûre pour avoir quitté son pays et avoir déjà divorcé. Mais Eliane, avec ses longs cheveux dorés et ses traits délicats, semblait avoir à peine son âge. Voire moins.

— Est-ce à cause de Ryder ?

— Quoi ? demanda-t-elle sans comprendre.

Ali se tourna un peu sur sa banquette pour l'observer discrètement sans se faire un torticolis.

— J'ai manqué le travail à cause de *Layla*, corrigea Greer.

— Bien sûr.

— Ali…

Un nouvel éclat de rire musical perça le brouhaha ambiant et elle soupira, se massant de nouveau la tempe.

— As-tu beaucoup de migraines, ces temps-ci ?

— Non, mentit-elle.

Ali se contenta de la dévisager et elle laissa tomber sa main. La silhouette de Ryder, au bord de son champ de vision, allait la rendre folle.

— Changeons de place, dit-elle.

Ali parut surprise, mais obtempéra. Une fois assise, Greer prit sa tasse de café et ravala sa salive.

— Et si je te disais que je pourrais avoir une solution, au sujet de la petite ?

Ali se pencha sur la table en Formica et baissa la voix.

— Le seul problème, c'est que Ryder refuse notre aide depuis trois mois. Il nous tient à l'écart de Layla.

— Surtout ton mari, non ?

— Il *est* son oncle. Alors, quelle est ta solution ? As-tu trouvé une loi qui pourrait jouer à notre avantage ?

— En quelque sorte.

Quelle mouche la piquait ? Elle n'aurait jamais dû envisager la chose – et encore moins en parler à Ali.

— Arrête de tourner autour du pot, Greer !

— Ryder a parlé de se remarier, au lieu de chercher une simple nounou. Pour le bien de Layla.

Voilà, c'était dit. Elle but une grande gorgée de café.

— Tu plaisan…

Ali fut interrompue par l'arrivée de leurs assiettes. Josephine voulut poser les plats, mais suspendit son geste.

— Vous avez changé de place ! Vous faisiez toujours ça, petites, pour voir si on vous confondait.

— Je pense que nous ne pouvons plus jouer à ça, répondit Ali en caressant ses cheveux méchés. Avez-vous encore de la tarte au chocolat ? Je pensais en ramener une part à Grant.

— Je vais l'emballer pour vous, promit Josephine.

— Il ne lève pas le nez de son nouveau manuscrit, expliqua Ali quand elles furent de nouveau seules.

— Je croyais qu'il en avait fini avec ses polars militaires.

— Je ne sais pas si c'est un nouveau thriller. Il pourrait aussi écrire un album pour enfants. Je suis juste ravie qu'il ait repris la plume. Quant à Ryder…

Elle jeta un coup d'œil à l'autre table et baissa la voix.

— Penses-tu qu'il veuille épouser la nounou ?

Greer hésita un instant avant de répondre :

— Ou quelqu'un d'autre… Moi, par exemple.

Le sandwich chaud échappa à Ali et atterrit dans son jus, envoyant des éclaboussures sur toute la table.

— Depuis quand êtes-vous… ?

Elle agita vaguement la main.

— Nous ne sommes pas ensemble.

Même si Greer y pensait de plus en plus souvent…

— Mais il t'a *demandée en mariage* ?

— Non. Pas vraiment.

Il avait plaisanté en en parlant, non ?

— Il a juste abordé le sujet. Ce serait un arrangement pratique, précisa-t-elle. Pas une histoire d'amour.

Ali se redressa et prit une frite, qu'elle goba d'un coup.

— As-tu perdu la tête ?

— Crois-moi, j'ai pensé que c'était fou. Au début…

— Quand est-ce arrivé ?

— La semaine dernière.

Ali laissa tomber sa deuxième frite et eut un sourire crispé. Quelques secondes plus tard, Ryder passait devant leur table, la main légèrement posée sur le bras d'Eliane. Ils étaient splendides. Grands. Beaux. Parfaits. Son regard croisa un instant celui de Greer et il la salua de la tête.

Ciel…

Puis il ouvrit la porte pour Eliane et disparut avec elle. Greer soupira. Elle tremblait de la tête aux pieds. Sa sœur lui tendit un verre d'eau.

— Bois. Tu as l'air prête à t'évanouir.

— Ça ne m'est jamais arrivé, et ça ne va pas commencer aujourd'hui.

Néanmoins, elle vida la moitié du verre, prit sa fourchette et entama enfin sa salade. Sans le moindre appétit. Elle ne mangeait que pour rassurer sa sœur.

— Layla mérite d'avoir une mère, dit-elle finalement.

— Tu ne peux pas épouser un homme juste parce que tu aimes sa fille, murmura Ali avec douceur.

— On parie ? J'aime aussi mes sœurs et, si je faisais ça, Layla *ferait* partie de notre famille. Pour de bon. Tu sais que j'y veillerais.

— Et toi ?

— Moi ? J'aurais la plus belle récompense : Layla.

— Ce n'est pas ce que je veux dire.

Greer ravala péniblement sa salive.

— Tu sais que je n'ai jamais envisagé de me marier. Ma carrière compte trop pour moi.

— Es-tu sûre que ce n'est pas *à cause* de ta carrière ? demanda Ali en repoussant son assiette pour s'accouder à la table. Il y a six mois, tu envisageais de démissionner, non ?

— Un instant de faiblesse que tu me renvoies gentiment au visage…

Hélas, Ali ne se laissa pas décourager. Elle la regarda avec attention, sans souci de la mettre mal à l'aise.

— Ce n'est pas à cause de mon boulot, répéta Greer. Je ne pense pas. Pas complètement, en tout cas.

— Je dois dire que cette nouvelle facette indécise de ton caractère m'inquiète un peu, sœurette.

— Et moi, j'ai du mal à accepter ta nouvelle facette *d'épouse-épanouie-sur-le-point-d'avoir-un-bébé*. Maddie, oui : elle est née pour être mère. Mais tu as passé ton enfance à décapiter tes poupées pour jouer à la catapulte avec.

Ali pinça les lèvres.

— C'est faux !

— Vraiment ? Tu étais à la fois un garçon manqué et une séductrice. Tu réussissais tout, et je suis sûre que tu auras autant de succès en tant que mère.

— *Dixit* Mme l'Avocate, répondit sèchement Ali. Peut-être ai-je fait tant d'efforts parce que j'ai toujours su que tu étais la plus brillante. Enfin. Jusqu'à présent. Tu *ne peux pas* épouser un homme que tu n'aimes pas, Greer. Pas même pour Layla.

— Pourtant, ça pourrait résoudre le problème entre Grant et Ryder. Je suis arrivée à un carrefour et je dois choisir la bonne direction. Maddie est mère. Tu vas le devenir. Peux-tu comprendre que j'en aie envie aussi ?

Peu importait que Ryder ait voulu plaisanter. Il avait été sérieux au sujet du testament. Ne pouvait-elle pas conclure un marché avec lui aussi bien qu'*Eliane* ?

— Que se passera-t-il, le jour où tu tomberas amoureuse ?

— J'ai trente ans, et ce n'est pas encore arrivé.

— Je vois que tu t'es déjà convaincue de le faire.

Oui… Peut-être…

— Si tu prends cette décision, que diras-tu à papa et maman ? La vérité ? Ou bien vas-tu prétendre que vous avez eu un coup de foudre inattendu ? Tu sais que tu ne peux pas mentir. Ils verront clair dans ton jeu, et maman aura le cœur brisé en te voyant piégée dans un mariage sans amour.

— Ce ne sera pas comme son histoire avec le père de Rosalind, soupira Greer.

— Vraiment ? Elle est restée des années mariée à Martin Pastore, *pour* Rosalind. Je ne vois pas la différence.

— Pour commencer, Ryder n'est pas Martin ! Il n'est pas froid, ou manipulateur.

— À le voir agir ces six derniers mois, il cache bien son jeu…

— Tu ne le connais pas. Il est amical et… loyal.

— On croirait que tu décris un chien.

Greer la fusilla du regard.

— Grande sœur, tu as tendu le bâton, reprit Ali.

— Tu es insupportable !

— J'admets qu'il ferait un chien particulièrement sexy. Nous avons grandi au milieu de types en bottes et chapeaux de cow-boy, mais il les porte mieux que personne.

— Il *est* plus charmant que les autres, répondit Greer, en proie à un nouveau mal de tête. Bref, je dois retourner au tribunal.

— Tu n'as presque rien mangé.

— Crois-moi, le juge Waters s'en moque, dit-elle en se levant. Mais c'était gentil de m'inviter.

Elle se dirigea vers la porte, suivie par Ali qui cria à Josephine qu'elle revenait tout de suite. Elle lui emboîta le pas sur le trottoir.

— Promets-moi au moins d'y réfléchir avant de te décider, supplia-t-elle.

Une bourrasque brûlante souleva la toile de l'auvent. Greer leva les yeux sur le ciel qui s'encombrait de nuages. L'orage tant promis allait peut-être enfin éclater.

— Je ne fais que ça, Ali. Je pense qu'il est temps que je...

— ... laisse faire le hasard ?

Elle parvint à sourire. Faiblement.

— Possible.

Ali lui prit les mains et les serra fort.

— Greer, je sais à quoi est censé ressembler un vrai mariage et je veux que tu connaisses ce bonheur aussi.

Elle sentit sa gorge se nouer.

— Petite sœur, si tu me fais pleurer, je ne te le pardonnerai pas.

Ali grimaça, mais Greer l'embrassa sur la joue, s'écarta et traversa la rue. La voix de sa sœur la suivit encore, de loin.

— Qu'as-tu bien pu *faire* à tes pieds ?

Greer répondit d'un simple geste de la main et accéléra en faisant de son mieux pour ignorer les coupures qu'elle s'était faites en courant sur les graviers, devant la maison de Ryder. Elle entra dans son immeuble, courant presque en passant devant Bunny Towers, et s'enferma dans son bureau.

— Oh ! Greer. Tu as un...

Elle faillit tomber en découvrant Ryder adossé à la table. Il croisait les bras. Son chapeau était posé près de lui. Troublée, elle lissa sa jupe noire et s'avança d'un pas mal assuré pour fourrer des dossiers dans sa sacoche sans même vérifier si c'étaient les bons.

— Je suis attendue au tribunal dans cinq minutes. Comment s'est passé ton entretien avec Eliane ?

— Elle est prête à commencer dès demain, si je le décide. Elle n'a même pas abordé le sujet du logement et a accepté de signer un accord l'obligeant à rester au moins six mois.

Greer sentit son cœur se serrer.

— Je vois. Et lui as-tu parlé de ton *autre* idée ?

Il plissa les paupières d'un air méfiant.

— Tu n'as pas proposé ta candidature pour ça, alors en quoi cela te concerne-t-il ?

Elle sortit d'une pile le testament qu'elle avait rédigé pour lui et le lui tendit.

— Ça ne me regarde pas, tant que tu signes ceci.

Et tant qu'il ne déciderait pas qu'Eliane ferait une adorable maman pour Layla… Il reposa la feuille sans la lire.

— Non. Je ne lui en ai pas parlé. Pas encore.

Elle glissa encore quelques dossiers dans son sac et passa la sangle sur son épaule avant de repartir vers la porte.

— Tu sais, une nounou est bien plus facile à gérer qu'une épouse. Je retirerai les annonces ce soir, après les audiences. Merci de m'avoir tenue au courant.

— Je t'ai aussi rapporté ceci.

Il indiqua sa chaise d'un signe du menton et elle sentit ses joues s'empourprer. Ses sandales étaient posées là. Celles qu'elle avait abandonnées dans son jardin quand elle avait fui le ranch comme si le diable était à ses trousses.

— Merci, lâcha-t-elle, les lèvres pincées. Désolée de t'avoir obligé à faire un détour.

— Ce n'est rien. J'étais en ville, de toute manière.

L'horloge semblait plus bruyante que d'habitude.

— Est-ce qu'Eliane t'a… euh… fait penser au modèle de ta tante ?

Il sourit et elle pria pour que le sol s'ouvre sous elle.

— Ouf ! J'avais peur de te manquer !

Elle se retourna d'un bond. Ali était dans le couloir, deux sacs de nourriture à emporter à la main.

— Je pensais t'apporter le reste de ton déjeuner pour…

Soudain, elle vit Ryder et acheva plus lentement :

— … ton dîner. Je vais poser ça dans le frigo de la salle de pause pour toi. Je vous laisse… discuter.

— Inutile, répondit Ryder en remettant son chapeau. Je déposais juste les chaussures que ta sœur a oubliées, hier soir.

Greer tressaillit. Ryder les salua d'un imperceptible signe de tête et l'effleura en passant dans le couloir. Une bouffée de chaleur l'envahit.

Tic. Tac.

L'horloge devenait assourdissante. Ali se détourna lentement des chaussures pour la regarder. Elle avait la bouche sèche. Ridicule ! Ali était sa sœur. Elles étaient triplées, avec Maddie. Elles n'avaient rien à se cacher.

Tic.

— Ce n'est pas ce que tu crois, lâcha-t-elle.

— Bien sûr. Aucune preuve tangible, n'est-ce pas ?

— Tout à fait !

— Je pense que mes inquiétudes étaient déplacées.

— Tu n'as pas à t'inquiéter pour moi, point.

Ali soupira.

— Tu peux toujours te convaincre que tu le fais pour Layla, que c'est ton devoir, que tu es à un carrefour. C'est sans doute vrai, en partie. Mais si tu penses que tu envisages d'épouser Ryder uniquement pour ça, tu rêves, grande sœur. Alors, que se passera-t-il si tu le fais et si tu te rends compte que tu es *amoureuse* alors qu'il cherche juste à conclure une transaction ?

— Impossible, coupa Greer. De toute manière, ce n'est plus d'actualité. Il compte proposer le poste à Eliane.

— Le poste d'épouse ?

— De nourrice !

— En es-tu certaine ?

Tac.

9

— Templeton ! Amène-toi !

Greer sentit ses épaules se tasser. Elle lâcha sa sacoche trop remplie sur le bureau et se rendit dans le bureau de Michael Towers. *Je ne suis pas un chien, bon sang !*

— Oui ? dit-elle en passant la tête à l'intérieur.

— Entre et ferme la porte.

Après ses discussions avec Ryder et Ali, elle venait de vivre un après-midi infernal au tribunal. Elle avait été en retard pour deux audiences. Un de ses clients, déjà accusé de possession de drogue, venait de tomber pour un second délit, ce qui voulait dire que l'accord qu'elle espérait négocier allait passer à la trappe. Et elle s'était disputée avec Steve Manetti au sujet de la conduite en état d'ivresse d'Anthony Pyle, échappant de peu à un rappel à l'ordre.

Elle ferma la porte prudemment.

— Assieds-toi.

Le bureau de Michael était deux fois plus grand que le sien, mais il n'y avait tout de même de la place que pour deux chaises. Elle en prit une.

— Si c'est à propos de Manetti, je peux expl...

— Je t'avais dit de trouver un accord pour Dilley.

Elle sursauta, surprise, puis se reprit.

— J'ai essayé. M. Dilley a refusé. Il tient à se défendre jusqu'au bout.

— Tu amènes plus de clients devant le juge que n'importe quel avocat de ma juridiction, dit-il en tapotant son encrier avec son stylo. Je pense que tu seras plus à ta place au bureau de Hale.

— Hale ! cria-t-elle en bondissant sur ses pieds. Il travaille à plus de cent trente kilomètres d'ici !

— Il s'apprête à prendre sa retraite et tu serais son associée principale. Tu pourrais choisir la manière dont tu veux traiter tes dossiers, là-bas.

— Bien sûr. Au tribunal municipal de Lillyette, qui n'ouvre des audiences que trois fois par semaine. Au mieux. Tu essaies de me punir, Michael. Pourquoi ?

— Au contraire, je t'offre une promotion.

— En m'envoyant à *Lillyette* !

En comparaison, Braden ressemblait à une métropole.

— Et que se passera-t-il, si je refuse cette... promotion ?

Michael la dévisagea sans bouger. Elle serrait tellement les dents qu'elle en avait mal aux gencives.

— Je vois.

Elle remit soigneusement la chaise à sa place, se sentant prise de vertige. Elle n'avait encore jamais perdu un emploi, mais ça risquait d'arriver si elle n'acceptait pas cette mutation ridicule.

— Quand as-tu besoin de ma réponse ?

— En fin de semaine.

Sans doute était-ce mieux que rien. Incapable de prendre congé poliment, elle hocha la tête et quitta la pièce. De retour dans le placard qui lui servait de bureau, elle laissa libre cours à sa frustration.

Ses paupières brûlaient. Elle ravala péniblement ses larmes et vida sa sacoche avant de la remplir de nouveau pour le lendemain. Puis elle répondit à quelques e-mails, éteignit son ordinateur et, avant de partir, jeta un coup d'œil à son horloge. Comme toujours, elle retardait de quelques minutes. Elle se hissa sur une chaise, la décrocha et ajusta l'heure. Mais, au moment de la remettre en place, elle hésita. Le mécanisme allait continuer ses tic-tac, perdant des secondes en route.

Elle inspira profondément, serrant l'horloge contre sa poitrine, et soupira.

Tic. Tac.

Elle redescendit de sa chaise, la remit en place, glissa l'horloge dans sa sacoche et partit.

Ryder entendit à peine les coups à sa porte, dans les roulements de tonnerre. Les nuages s'étaient amoncelés tout l'après-midi, mais la chaleur était toujours là et il n'avait pas encore plu.

On frappa de nouveau. Il ferma son registre et alla ouvrir.

Greer était là.

Ses cheveux secoués par le vent brillaient sous la lumière du porche. Elle portait encore sa blouse blanche ajustée et sa jupe noire, mais elle avait ouvert quelques boutons et retroussé ses manches. À ses pieds, il vit des tongs orange fluo. Et dans sa main, il y avait une bouteille de whisky.

Elle la lui tendit. Il jeta à peine un coup d'œil à l'étiquette bon marché, puis la regarda de nouveau.

— C'est en quel honneur ?

— À toi de voir. Je crois que je viens de perdre mon boulot.

Sans attendre sa permission, elle entra. Un nouveau grondement résonna dans le lointain. La voiture de Greer était déjà noyée dans les ombres.

Layla dormait depuis plusieurs heures et, avec un peu de chance, elle ferait une nuit complète. Sauf si l'orage s'en mêlait.

Ryder referma la porte sans un mot et rejoignit Greer, déjà assise sur le canapé, les pieds sur la table basse. Ses claquettes auraient été plus à leur place aux pieds d'une ado, mais ses chevilles fines et ses longues jambes appartenaient bien à une femme...

Il s'assit à l'autre bout du divan, laissant un coussin entre eux et prit la bouteille. Il posa aussi un pied sur la table, déboucha le whisky et le lui tendit.

— Les dames d'abord.

Ses yeux sombres croisèrent un instant les siens et elle but une longue gorgée. Il s'attendit à une toux. Un hoquet. Quelque chose. Elle plissa juste les yeux, savourant la brûlure de l'alcool quand elle avala.

Lorsqu'il était encore dans le circuit du rodéo, les filles avaient tendance à préférer la bière. Daisy se serait damnée pour un daïquiri à la fraise surmonté d'un nuage de crème fouettée. Eliane – le modèle, pas la nounou – lui avait fait découvrir le vin rouge avant qu'Adelaide les surprenne et les accompagne. Ils avaient fini la bouteille à trois. Il pensait toujours à ça quand il buvait du vin...

Soudain, il songea qu'il était excité de voir Greer boire ainsi au goulot. C'était très dangereux !

Elle lui tendit la bouteille. Leurs doigts se touchèrent. Il la prit, elle ne lâcha pas tout de suite.

— Quand Daisy est partie, j'ai passé beaucoup de temps avec Jax, dit-il.

Elle écarta sa main.

— Tu devais beaucoup l'aimer.

— Je le croyais. Assez pour lui passer une bague au doigt.

Mais pas *la* bague – celle de sa grand-mère, que sa tante gardait précieusement depuis son enfance. Depuis qu'elle l'avait pris sous son aile, car personne d'autre ne pouvait le faire. Il but une gorgée et grimaça un peu quand la chaleur familière du whisky coula dans sa gorge.

— Adelaide dit que j'ai le complexe du héros. Que j'ai épousé Daisy pour tenter de la sauver et pas par amour.

— Qu'en penses-tu ?

Il songea à sa mère, aussi perturbée que son épouse fugitive, but de nouveau et rendit la bouteille à Greer.

Elle la tint entre ses mains, le pouce caressant l'étiquette. Ses ongles étaient courts. Propres. Rationnels.

— Je n'ai jamais été amoureuse, murmura-t-elle. Je crois que je ne suis pas faite pour ça.

— Ne me dis pas que tu es encore vierge !

Il avait cru la surprendre, l'amuser. Ce ne fut pas le cas.

— Le sexe et l'amour ne vont pas toujours de pair.

— Adelaide serait sans doute d'accord.

— Je pense que ta tante me plairait. Tu parles beaucoup d'elle, mais jamais du reste de ta famille…

— C'est parce qu'il n'y a personne d'autre.

Greer l'observa un instant, puis se détourna. Elle but encore, plus longtemps. Puis, rejetant la tête en arrière, elle ferma les yeux. Ryder se leva pour ouvrir la porte de la cuisine. Le vent était enfin plus frais. Il resta un moment adossé au montant et sentit ses cheveux se dresser sur sa nuque quand elle approcha, toujours chaussée de ses tongs ridicules.

— Penses-tu qu'il va pleuvoir ? chuchota-t-elle.

— J'ai fini les foins ce matin. En ce qui me concerne, il peut pleuvoir une semaine entière, maintenant.

Elle pressa les doigts contre le bois de la moustiquaire.

— Layla ?

— Elle dort.

Poussant le battant grillagé, elle sortit, la bouteille à la main. Ryder n'avait pas allumé la lampe du porche, de ce côté. Il vit la blouse blanche danser dans l'éclat de la fenêtre de la cuisine, tandis que le reste de son corps se noyait dans la pénombre. Il la suivit, fermant la moustiquaire avec soin, et s'assit au bord de la table pour contempler Greer qui marchait à présent pieds nus dans l'herbe. Elle paraissait aussi agitée que le ciel, au-dessus de leurs têtes.

— Quel âge as-tu, Ryder ?

Sa voix semblait lointaine. Il appuya une main sur la table de pique-nique. Le bois avait besoin d'être poncé et il songea à la repeindre pour camoufler ces fleurs absurdes.

— Trente-quatre ans, dit-il.

— Moi, j'en ai trente.

— Est-ce un échange de statistiques ? Vas-tu me demander ma pointure ? Je fais un quarante-sept.

Il entendit l'herbe se froisser. Sous ses pieds ? Ou à cause du vent ? L'éclat de la blouse se rapprocha.

— As-tu engagé Eliane ?

— Non.

Elle but une autre gorgée et s'approcha pour poser la bouteille près de lui.

— Pourquoi ?

— Pourquoi penses-tu que tu viens de perdre ton boulot ?

Elle voulut s'éloigner de nouveau, mais il lui prit les mains et elle se figea. Ses paumes étaient étroites et ses doigts longs et fins. Il percevait une pointe d'humidité au coin de sa lèvre dans la lumière tamisée.

— Parce que je ne veux pas aller travailler à cent trente kilomètres d'ici, ou déménager… Parce que…

Elle fit un pas vers lui et soupira en tremblant.

— Parce que.

Il lâcha ses mains pour passer les doigts dans sa nuque. Sa

peau était chaude, plus douce que dans ses rêves. Il n'alla pas plus loin. Ne l'attira pas à lui. Jamais encore il n'avait fait preuve d'une telle retenue.

— Plaisantais-tu vraiment, l'autre jour ?

Il n'eut pas besoin de demander de quoi elle parlait – ou de réfléchir à sa réponse.

— Non. Es-tu intéressée ?

Elle parut hésiter, puis s'approcha encore, calée entre ses cuisses. Quand elle inspira, il sentit sa poitrine contre son torse.

— Si nous faisons ça, dit-il d'une voix troublée, je sais ce que j'en retirerai. Mais toi ? Qu'espères-tu ?

— Parlons-nous de mariage ? répondit-elle en effleurant ses cuisses à travers son jean, montant lentement. Ou de ça ?

Il plaqua ses paumes sur ses mains pour l'arrêter.

— Maître, je sais déjà ce que tu tireras de *ça*.

Elle se pencha, l'enveloppant de son parfum sensuel de femme, de chaleur et de whisky. La brise faisait voleter ses cheveux. Elle effleura sa joue du bout des lèvres, son menton. Puis elle trouva sa bouche pour un baiser qui fut en même temps interminable et trop bref. Ses ongles griffaient presque son jean.

— J'espère avoir ta promesse que Layla fera partie de nos vies. Pour toujours. Si tu veux te marier pour lui donner une mère, alors je *serai* sa mère. Légalement.

Il passa de nouveau la main dans sa nuque, l'obligeant à se redresser pour voir son visage. Mais il faisait trop noir sous les lourds nuages. Seules ses pommettes accrochaient les derniers reflets de lumière. Ses lèvres l'appelaient, sombres et tentatrices. Quant à ses yeux ourlés de cils noirs… ils n'étaient plus que des abysses mystérieux.

— Tu veux adopter Layla.

— Est-ce si bizarre ?

Il n'était pas certain de le savoir, mais son cœur se serra.

— J'y réfléchirai. Quoi d'autre ?

— Nos testaments. S'il nous arrive quelque chose, Layla sera confiée à Grant et Ali. Ce sont mes conditions.

— As-tu déjà envisagé d'ouvrir ton propre cabinet d'avocat ? demanda-t-il.

— Peut-être un jour, quand j'aurai gagné à la loterie.

Il caressa son cou, son épaule. L'étoffe fine de sa blouse laissait s'échapper la chaleur de sa peau.

— Je pourrais te financer.

— Ce n'est pas qu'une question d'argent. Il faudrait un bureau, de l'équipement, du temps. Mais je n'aurai pas ce temps, si je dois rester ici pour m'occuper de Layla.

— Tu es avocate. Ton principal outil est ton cerveau. Tu pourrais transformer cette villa victorienne que tu es censée rénover en bureau...

Elle lâcha sa cuisse et recula. Un flot d'air frais déferla entre eux.

— Tu as beaucoup d'idées, d'un seul coup.

— J'y ai un peu pensé, admit-il.

— En quoi est-ce que ça te regarde ? Je t'ai déjà dit que seule Layla comptait pour moi.

— Ça me regarde parce que je n'obligerais jamais une femme à abandonner son rêve.

Il reprit la bouteille, sans boire. Greer resta aussi silencieuse un moment. Au loin, le tonnerre gronda.

— Est-ce à cause de Daisy ? demanda-t-elle enfin.

— Le seul rêve dont elle m'a parlé était notre mariage. Jamais elle ne m'a confié ses véritables aspirations.

Pour la première fois, il parvenait à en parler sans ressentir d'amertume. Était-ce un progrès ?

— Et quel est *ton* rêve ?

— Ce ranch. Je l'ai nommé Diamond L en hommage à ma mère, la première Layla. Veux-tu que je te parle d'elle ? Elle est née ici, dans le Wyoming.

Il sentit la surprise de Greer. Ses doigts nerveux griffaient l'étiquette de la bouteille et commençaient à la déchirer.

— Son père était pasteur. Il déménageait souvent, de petite ville en petite ville. Mes grands-parents sont morts avant ma naissance. Ma mère rêvait d'aventure, de découvrir le monde entier. Puis elle a abandonné ce rêve parce qu'elle est tombée enceinte avant d'y être préparée.

Il but une dernière gorgée brûlante et jeta la bouteille au loin, sans souci du gâchis.

— Elle était alcoolique. Un soir, elle a pris le volant en ayant bu. Elle s'est tuée et a emporté deux personnes avec elle, dit-il, la gorge nouée.

— Oh ! Ryder, soupira Greer. Quel âge avais-tu ?

— Huit ans.

— Et ton père ?

— Je n'ai jamais su son nom.

— Ta tante ?

— Elle ne savait pas non plus qui il était. Elle est restée seule pour s'occuper de moi. En fait, Adelaide n'est pas vraiment ma tante, mais la meilleure amie de ma grand-mère. Elle a été là quand ma mère l'a perdue, et quand j'ai perdu ma mère à mon tour. Elle m'a donné un foyer.

Il sentit une première goutte de pluie sur sa main.

— Je lui ai demandé pourquoi, une fois. Elle a répondu que c'était la chose à faire.

Greer s'approcha de nouveau et l'enlaça.

— Ma maison ferait un beau bureau, murmura-t-elle. Je vais y réfléchir. Maintenant, serre-moi contre toi.

Il n'eut pas besoin qu'elle se répète et obéit, surpris mais ravi. Elle avait la taille si fine que ses grandes mains en faisaient presque le tour. En descendant sur ses hanches, par contre, il se demanda comment il avait pu la trouver trop mince à son goût.

— Si nous faisons ça, rien ne changera, dit-elle en se cambrant un peu quand il atteignit ses fesses. Layla aura deux parents. Nous l'élèverons ensemble, mais notre accord restera...

— ... strictement légal.

Il trouva la fermeture Éclair de sa jupe et la fit lentement descendre. Le tissu glissa le long de ses cuisses, dévoilant une culotte en dentelle.

— C'est ça.

Elle effleura son lobe du bout des lèvres.

— Légal.

Il caressa son cou, sentant le sang battre sous la peau. Elle ravala sa salive quand il lui redressa le menton des doigts.

— Dois-je comprendre que cette soirée ne sera pas considérée comme un précédent, maître ?

— Je dis juste qu'il ne faut pas donner à ce mariage un sens qu'il n'aura pas. Ce sera juste une union de convenance.

Il l'embrassa en douceur. Sentit ses lèvres s'adoucir. S'entrouvrir, comme une invitation. Mais il redressa la tête et étendit de nouveau sa main à la base de sa nuque.

— Mes pensées ne sont pas vraiment *convenables*, ce soir.

Sa poitrine se soulevait et retombait contre son torse.

— Les miennes non plus. Tant que nous ne confondons pas ça avec nos sentiments, je ne vois pas le problème. Ce n'est pas parce que nous envisageons un mariage de convenance qu'on doit tout s'interdire. Si nous ne nous plaisions pas, ce serait différent. Mais nous nous plaisons.

Ses lèvres étaient si proches des siennes...

— Autant être réalistes, non ?

— Tout à fait.

Elle prit une nouvelle inspiration. Ses seins se pressaient toujours contre lui.

— Et... Et si... *quand* ça ne fonctionnera plus, quand Layla sera grande, nous y mettrons fin. Sans drame. Tout ce qui compte, c'est que je sois légalement sa mère. Alors, ma famille - *toute* ma famille - sera aussi la sienne. Y compris Grant, déclara-t-elle.

Il sentit une autre goutte de pluie. Sur son bras, cette fois.

— Si j'accepte de te laisser l'adopter, tu dois accepter d'ouvrir ton propre cabinet.

— Est-ce une négociation ?

— Il paraît que tu es douée pour ça.

— D'accord. C'est entendu.

Dès qu'elle eut prononcé ces mots, il la reprit par les hanches et l'attira dans ses bras. Elle était chaude. Douce.

— Il va pleuvoir, Greer.

— Et la pluie peut bien durer toute une semaine, répondit-elle dans un souffle, tout contre ses lèvres.

Il sourit, puis l'écarta d'un pouce.

— Enlève ta blouse, maître.

Elle poussa un petit gémissement et il sentit l'intensité de son regard sur lui.

— Je préférerais que tu le fasses toi-même.

Certaines invitations sont destinées à être ignorées.

D'autres, pas.

Il effleura sa gorge et, malgré son impatience, déboutonna lentement sa blouse. Un bouton. Deux. Descendant toujours jusqu'à ce qu'un geste du doigt fasse couler le vêtement par terre, vite suivi par sa jupe. Elle portait un ensemble de lingerie blanche en dentelle élastique, qui ne résista pas longtemps.

Elle recula ensuite pour lui permettre de se relever et d'ôter son T-shirt. Il déboucla sa ceinture, enleva son jean. Une seconde plus tard, elle était de nouveau là, sa main s'aventurant dans son boxer. Elle eut un petit frisson quand elle ferma les doigts sur son sexe tendu.

— Parfait, souffla-t-elle.

Il leva les yeux au ciel en retenant son souffle. Une autre goutte tomba sur son front. Puis son épaule. Son dos.

— On devrait rentrer, proposa-t-il.

— Je ne suis pas en sucre, tu sais.

Elle fit descendre son boxer et s'agenouilla.

— Je ne suis pas la Sorcière de l'Ouest. L'eau ne me fait rien, ajouta-t-elle tandis que ses cheveux effleuraient son genou, sa cuisse, et que ses lèvres...

— Peut-être pas, dit-il.

Quand elle le goba, il ne put retenir un soupir rauque. Il glissa les doigts dans ses mèches soyeuses, incapable de résister. Il aurait voulu la tenir là et se mit à trembler tant la tentation était grande.

— Mais ce que tu fais ressemble à de la... sorcellerie.

L'air se chargea soudain d'électricité et un coup de tonnerre claqua au-dessus d'eux. Greer poussa un grognement. Sexy. Vorace. Et redoubla de fièvre.

Il la lâcha. Qu'elle fasse ce qu'elle voulait. Et oh, que c'était bon... Du moins, tant qu'il tiendrait le coup. Soudain, un flash illumina le lointain, donnant plus de volume aux nuages denses et éclairant un instant la femme devant lui.

— Assez.

Ce fut un ordre brusque. Une prière rauque. Il s'écarta et releva Greer. Peut-être que cette soirée ne serait pas la dernière.

Peut-être tiendraient-ils un an. Deux. Avant que la « convenance » cesse de satisfaire Greer et qu'elle se mette à désirer autre chose qu'un simple accord légal.

Mais, pour cette fois – la première – il voulait davantage qu'une simple fellation dans la nuit.

Une autre grosse goutte s'écrasa sur son épaule tandis qu'il la serrait contre lui pour retrouver sa bouche, ses seins sous ses paumes. Elle était bien là, se pressant contre lui, les tétons affermis par l'air humide. Leurs langues se mêlèrent. Les doigts de Greer parcoururent son échine dans les deux sens, puis s'enfouirent dans ses cheveux.

Il sentait son cœur battre aussi fort que le sien en la soulevant de terre. Ses jambes s'enroulèrent autour de ses hanches. Elle cria quand il entra en elle et il se figea. Elle était trop tendue, trop étroite pour lui et il eut soudain peur de lui faire mal.

Le tonnerre claqua de nouveau et les nuages se fendirent, faisant enfin déferler un torrent sur eux.

Il n'aurait pas dû pouvoir la tenir. L'eau rendait leurs peaux glissantes. Mais elle serra un peu plus les genoux.

— Ne t'arrête pas.

Elle semblait prise de fièvre en cherchant de nouveau sa bouche. D'un seul coup, la perfection de l'instant étouffa tout le reste.

De la pluie dehors.

Sa chaleur moite dedans.

Et elle le désirait autant qu'il la voulait. Il recula jusqu'à sentir la table dans son dos. Ils auraient le temps d'aller au lit plus tard. Ils auraient le temps de faire tout ce dont ils avaient envie. Ignorant l'agression du bois rude, il s'appuya sur le plateau, maintint Greer contre lui et poussa.

— Oui, cria-t-elle en se cambrant.

Encore. Et encore. Et encore. Il aurait voulu continuer toute la nuit, mais il n'allait pas tenir. Elle accélérait aussi, se serrait autour de lui, tremblait.

Un éclair brilla.

Elle rejeta la tête en arrière, sans lâcher ses épaules.

— Oui !

La pluie tomba plus dru et le monde parut se réduire autour de cette femme, dans ses bras.

Il s'abandonna enfin.

— Ouiiiiiiiii !

10

— Je le veux.

Le juge Stokes sourit à Ryder, puis se tourna vers Greer et répéta ses paroles.

— Acceptez-vous, Greer Templeton, de prendre cet homme, Ryder Wilson, pour légitime époux ? De l'aimer et de le chérir, dans la santé et la maladie, dans la joie et la peine ? De lui rester fidèle ?

Se retrouver dans cette pièce avait quelque chose d'irréel... Mais sa réponse ne le fut pas. Depuis qu'elle avait pris sa décision, Greer n'avait pas connu de regrets.

— Je le veux, dit-elle d'une voix claire.

Le juge leur sourit de nouveau. Avec sa barbe et ses cheveux blancs, sa chemise rouge, il avait l'air d'un Père Noël en plein mois d'août.

— Dans ce cas, reprit-il en fermant son petit livre, par les pouvoirs qui me sont conférés par l'État du Wyoming et, ajouterais-je, avec beaucoup de satisfaction personnelle, je vous déclare mari et femme. Félicitations. Vous pouvez embrasser la mariée.

Ryder, d'une rare élégance dans son costume anthracite et sa chemise grise rayée, se tourna vers elle. Il lui prit les mains, caressant du pouce l'anneau de platine qu'il lui avait offert. Ses cheveux épais étaient ramenés en arrière, sans chapeau. Il était rasé de frais et ses yeux bleus brillaient. Quand il se pencha, à la place de son parfum habituel de foin et de grand air, elle perçut des effluves boisés. Exotiques.

Il n'avait plus rien d'un rancher.

Et pour la première fois en trente-six heures, depuis qu'ils avaient passé la nuit chez lui et conçu ce projet de mariage, elle eut un léger malaise.

Que savait-elle vraiment de l'homme qu'elle venait d'épouser ? De cet éleveur en costume ajusté, qui semblait presque taillé sur mesure ? Avait-il porté le même, quand il avait épousé Daisy à Las Vegas ?

Non, se réprimanda-t-elle. *Ce n'est qu'un costume, tout comme la robe que tu portes provient de ton dressing.*

Leurs regards se croisèrent et elle eut l'impression qu'il pouvait lire dans ses pensées.

— Nous allons y arriver, murmura-t-il tout bas, rien que pour elle.

Elle acquiesça. De petites rides se dessinèrent au coin de ses yeux et elle vit apparaître sa fossette. Enfin, il l'embrassa. Ce n'était qu'un effleurement furtif, mais ça suffit à la réchauffer tout entière.

Elle n'eut pas le temps de s'y abandonner. La femme du juge et sa clerc, Sue, qui avaient fait office de témoins, s'étaient mises à applaudir. Layla, vêtue d'une salopette jaune à volants, les imita joyeusement. Mme Stokes avait tenu à la porter pendant la cérémonie.

— Charmant, dit-elle. Si romantique !

Greer réprima un éclat de rire et se détendit un peu plus. En ce qui concernait la romance, Ryder et elle étaient sur la même longueur d'onde : ils étaient prêts à s'envoyer en l'air dans la chambre, le jardin, la douche qu'elle avait crue trop petite et qui ne l'était pas, pendant que Layla dormait... Mais ce mariage n'était *pas* romantique. Ils le faisaient uniquement pour la fillette.

— Puis-je avoir vos signatures ? demanda Sue en montrant le contrat de mariage qu'ils avaient récupéré le matin même à l'hôtel de ville.

Ryder signa, puis tendit le stylo à Greer avant de prendre Layla des mains de Mme Stokes.

— Merci.

— C'était un plaisir. Je suis si heureuse de participer à votre conte de fées...

Greer signa à son tour et rendit le stylo.

— Merci, Sue.

— J'ai encore du mal à croire qu'on ait fait ça sans votre famille, Greer. Tout le monde va être très surpris, non ?

— Nous ne voulions pas... retarder la cérémonie.

— Je comprends ! Quand on sait qu'on ne peut plus passer un seul instant sans la personne qu'on aime, on oublie tout le reste. C'était pareil pour nous, n'est-ce pas, Horvald ?

Mieux valait les laisser penser qu'ils étaient pressés, et non que Greer avait peur que ses parents tentent de la dissuader – ce qu'ils auraient fait, en dépit de leur affection pour Layla. Ryder avait voulu attendre et les prévenir. Pas pour obtenir leur accord, mais par respect pour eux. Au final, Greer avait eu le dernier mot. Ils avaient fait leur choix et attendre les aurait obligés à se marier après le long week-end du Labor Day. Sans parler de sa demande d'adoption de Layla, qui aurait aussi été repoussée.

Sue signa à son tour, après Mme Stokes, puis rendit le document au juge.

— Félicitations, dirent-elles encore en quittant la salle.

— Très bien, déclara le juge en apposant son paraphe au bas de la page. Je vous laisse transmettre ceci au service de l'état civil. À présent, passons à notre seconde affaire.

Il plaça un autre document sur la table.

— J'ai lu votre demande d'adoption, et tout est en ordre.

Il signa tout en parlant, puis sortit l'immense agenda dans lequel il notait toutes ses audiences. Sue gérait son planning officiel sur ordinateur, mais le juge Horvald Stokes était de la vieille école – et jamais il ne manquait un rendez-vous. Il feuilleta l'agenda, murmura quelque chose, revint en arrière, puis s'arrêta à une page.

— L'audience aura lieu le 19 novembre, juste avant Thanksgiving, annonça-t-il.

Pour la première fois, Greer sentit son sourire vaciller. Adopter Layla était le but de la manœuvre et l'audience ne serait qu'une formalité pour permettre au juge d'acter définitivement le décret final.

— C'est parfait, Votre Honneur.

— C'est un plaisir, vraiment.

Il se leva et attrapa une de ses robes noires sur la patère pour l'enfiler rapidement.

— Layla a hélas connu des premiers mois compliqués et je suis ravi de voir tous ses problèmes enfin résolus.

Greer aussi, bien qu'elle n'ait jamais cru que les choses allaient se passer ainsi. Sa gorge se noua.

— Merci encore d'avoir trouvé un moment pour nous.

— Un quart d'heure pour une bonne cause, dit-il avec un clin d'œil.

Sue revint le débarrasser des dossiers.

— Tout le monde est prêt pour votre prochain rendez-vous, juge Stokes. On vous attend.

Il hocha la tête et se dirigea vers la porte qui conduisait à la salle d'audience.

— Viendrez-vous au pique-nique du comté, ce week-end ?

Elle s'humecta les lèvres et ajusta la ceinture de velours noir qui ornait sa simple robe de coton ivoire. Mariage de convenance ou non, elle avait tenu à faire un effort de toilette et, après avoir vu le costume de Ryder, elle était ravie d'avoir pris cette peine.

— Hélas, non. J'ai quitté le bureau.

Elle avait donné sa démission à Michael la veille. Il avait été furieux et lui avait dit de ne pas rester pour son préavis. Étant donné le chantage qu'il lui avait fait, n'était-ce pas plutôt à elle de bouillonner ?

— En fait, je m'apprêtais à aller rassembler mes affaires.

Le juge parut surpris.

— Vous n'abandonnez pas votre carrière, j'espère. Vous êtes un membre précieux du barreau, Greer.

— Elle a l'intention d'ouvrir son cabinet, intervint Ryder.

— Bonne idée ! J'ai hâte de vous voir prendre votre envol, dit le juge en souriant. Et un jour, madame Wilson, j'aimerais vous retrouver à la barre, dans ma salle.

Sur ce, il les laissa seuls. Mari et femme. Tout s'était passé si vite qu'elle n'avait pas décidé quel nom elle allait adopter. *Mme Wilson...*

Layla se mit à tirer sur la cravate de son père en gazouillant et Greer chassa cette pensée.

— Ça s'est bien passé, n'est-ce pas ? demanda-t-elle.

— Très bien, répondit Ryder en luttant pour récupérer sa cravate. Et j'aurais dû te dire plus tôt à quel point tu es belle.

Elle lissa sa robe nerveusement.

— J'imagine que la robe a tenu son rôle. Elle date de mes études. Tu… es très élégant aussi.

Elle récupéra son petit sac et le bouquet de lavande inattendu que Ryder lui avait offert.

— Tu dois faire partie de ces hommes qui gardent toujours un costume dans leur placard, au cas où.

— Je craignais qu'il soit trop serré, admit-il. Je ne l'ai pas porté depuis cinq ans.

Ah. Donc ce n'était pas sa tenue de mariage à Vegas. Soulagée, elle quitta le bureau avec lui.

— Il te va très bien, en tout cas.

Serrant fort son bouquet, elle sentit le poids étrange de l'alliance à son doigt. Elle était un peu trop large… Elle ne savait d'ailleurs pas ce qui l'avait surprise le plus : la bague ou les fleurs. Il avait choisi les deux – mais quand ?

Elle se répéta qu'elle s'habituerait à l'anneau, comme au fait de courir après Layla dans le jardin, et plus après ses clients dans les couloirs du tribunal. Ce serait facile.

Ils arrivèrent au sommet de l'escalier principal. Ses talons cliquetaient sur le marbre. Il n'était que 10 heures du matin, un vendredi, et le bâtiment était presque vide. Le bureau de l'état civil était néanmoins ouvert et ils y déposèrent leur acte de mariage.

— N'oubliez pas ça, dit la fille derrière le comptoir en tendant leur exemplaire.

Elle ne connaissait pas Greer. Celle-ci prit la feuille et sentit la réalité de ce qu'elle avait fait lui tomber dessus. Un vertige la prit et sa main se mit à trembler.

— Merci.

Elle voulut glisser le document dans son sac, le lâcha, se pencha pour le ramasser et se releva en titubant un peu. Ryder lui prit le bras pour la stabiliser.

— Depuis quand n'as-tu pas mangé ?

— Hier soir.

Elle avait passé la nuit à rédiger sa lettre de démission, à contacter ses anciens clients pour leur dire qu'elle ne les abandonnait pas – même si elle en avait la pénible impression – et qu'un collègue reprendrait leurs dossiers. Elle avait fini par s'endormir au milieu de ses papiers, pour se réveiller avec un pli marqué sur la joue et la nuque raide.

— Allons te nourrir, dit Ryder en caressant son cou comme s'il avait senti la tension qui y restait.

— Quand j'aurai vidé mon bureau…

— Ton bureau peut attendre, reprit-il fermement.

Un bras passé autour de sa taille et portant Layla de l'autre, il l'entraîna vers la sortie.

— Mais…

— Qu'y a-t-il de si important, là-bas ? Tu m'as parlé de l'horloge que tu as récupérée.

— Je ne sais pas. J'ai d'autres affaires.

— Des trombones ? demanda-t-il en la lâchant pour ouvrir la porte. Sois honnête : si quelque chose avait vraiment compté à tes yeux, tu l'aurais pris avec l'horloge.

Il avait raison, hélas.

— Je dois au moins y déposer les cartons de dossiers que j'ai encore dans ma voiture.

— Bien.

Ils sortirent et furent accueillis par un beau ciel bleu. Il faisait un peu moins chaud, depuis l'orage.

— Mais *après* le déjeuner, insista Ryder.

— Est-ce à ça que va ressembler notre mariage ? Comptes-tu vraiment me donner des ordres ? protesta-t-elle en pointant le bouquet dans sa direction tandis que Layla tirait toujours sur la cravate comme sur des rênes.

— Oui, quand je sais que j'ai raison.

Il voulut lisser la soie rayée, en vain. Puis il reprit la main de Greer et descendit les marches avec elle.

Ce fut alors qu'elle *les* vit.

Ses parents. Vivian. Son frère et ses sœurs. Leurs époux. Tout le monde était là, même Rosalind qui n'était pas revenue à Braden depuis des années.

Elle s'écarta vivement de Ryder.

— Qu'as-tu fait ?!

— Tu voulais que Layla fasse partie de ta famille, donc…

Il lui reprit la main avec fermeté et indiqua d'un signe de tête la petite foule assemblée au pied des marches.

— Je les ai appelés. La dernière fois, je pensais me marier pour de bonnes raisons. Nous nous sommes enfuis, sans rien dire à personne, et tu sais comment ça s'est fini. Cette fois, j'ai voulu agir différemment. Je ne vais pas faire semblant de vivre en ermite et me couper des gens auxquels nous tenons.

Il lui adressa un regard intense.

— Ils vont dire que ce mariage est une folie, mais je m'en moque. Nous savons pourquoi nous l'avons fait. Tant que nous restons tous les deux, ça me va, dit-il en serrant sa main plus fort. Et le leur *montrer* est le seul moyen de les convaincre.

Elle s'humecta les lèvres, un peu gênée.

— Je ne suis pas sûre d'aimer savoir que tu as raison.

— Tu t'y habitueras, répondit-il avec un sourire.

Oui, c'était une bonne idée. En théorie. Alors, pourquoi se sentait-elle si troublée ? *Adapte-toi, Greer.*

Elle empêcha Layla de s'attaquer de nouveau à la cravate et la lissa sur son torse. Ses doigts voulaient s'y attarder, mais son bon sens n'était pas d'accord.

— Je suppose que je n'ai plus besoin de me demander comment annoncer ça à mes parents.

— En effet.

La fossette reparut.

— As-tu tout raconté à Adelaide ?

— Qui m'a rappelé qu'une mariée devait avoir des fleurs, à ton avis ?

De nouveau, elle sentit son cœur se serrer.

— Tu as prévenu ma famille, mais ta tante viendra-t-elle ?

— Elle ne voyage pas, tu te souviens ?

— A-t-elle rencontré Layla ?

— Je pensais lui rendre visite pour Noël. Quelques jours. Je ne peux pas m'éloigner du ranch trop longtemps. Bref… Nous devrions y aller. En famille.

— Bonne idée.

Elle inhala le parfum de son bouquet dans l'espoir vain de dissiper sa gêne.

— T'a-t-elle suggéré de choisir de la lavande, aussi ?

— Inutile. C'étaient les seules fleurs adaptées à une femme qui vit dans une maison comme la tienne.

— Vivait, corrigea-t-elle avant de contempler sa famille. Bien. Nous ne pouvons pas passer l'éternité ici. Au moins, ils ont l'air contents...

— Ouaip.

Il marmonna un juron quand Layla tira de nouveau sur sa cravate déjà bien froissée.

— Tu vas finir par m'étrangler, tu sais, Mini-Terreur.

— Je vais la prendre.

Greer lui tendit son sac et son bouquet avant de caler Layla sur sa hanche. Puis elle reprit les fleurs. Ryder contempla sa petite pochette un instant d'un air indécis et la fourra dans sa poche.

— Prête ?

Elle acquiesça et l'accompagna au bas des marches. Ils avaient à peine atteint le trottoir quand tout le monde leur ordonna de s'arrêter et une demi-douzaine de téléphones jaillirent pour les prendre en photo. Puis, clairement trop excitée pour attendre plus longtemps, Meredith se précipita pour enlacer sa fille et Layla.

— Oh ! mes chéries !

Elle parvint à prendre Layla, rusée comme à son habitude, et lui embrassa le front.

— Tu as tellement grandi ! Et toi... !

Elle attira la tête de Ryder pour poser un gros baiser sur sa joue. Il lança à Greer un regard vaguement affolé.

— J'ai toujours su que tu étais un homme unique, et quand tu as téléphoné, hier soir...

— Hier soir ?! s'écria Greer.

— Hé ! Tu te préparais, moi aussi.

Meredith passa sa main libre au bras de son gendre et l'entraîna vers les autres. Greer suivit, guidée par la main de Ryder, qui ne l'avait pas lâchée. Ils s'arrêtèrent devant son père, qui se tenait toujours aussi droit qu'un militaire, bien qu'il n'ait plus servi depuis des années. Il faisait la même taille que Ryder, mais ce dernier était plus large d'épaules. Tous deux s'observèrent, se jaugèrent. Carter paraissait sur la défensive – évidemment.

— Je suppose que tu n'as pas jugé bon de demander ma permission avant d'épouser ma fille.

— Papa ! Je n'ai pas besoin...

Elle s'interrompit quand il leva la main et se tourna vers sa mère.

— Maman...

Meredith se contenta de sourire. Elle était aussi originale que son époux était conventionnel ; mais ils formaient un couple parfait.

— Si j'avais fait ça, et que Greer l'ait appris, elle ne porterait pas mon alliance, ce matin, répondit Ryder.

— C'est bien vrai ! intervint-elle malgré le regard autoritaire de son père.

— Le fait que tu n'aies pas demandé ma bénédiction me laisse supposer que tu la connais bien. Et le fait que tu nous aies invités, ce matin, me dit que tu n'es pas un idiot...

— Papa !

— Mais le fait que ma fille t'ait choisi en dit encore plus long, poursuivit-il en contemplant les triplées tour à tour. Je leur ai appris à éviter les mauvais choix, donc... Sois le bienvenu dans la famille, fils.

Il tendit la main et Ryder la serra. Greer sentit des larmes inexplicables lui piquer les yeux.

Suite à ça, tout le monde se précipita pour les embrasser et ils n'auraient sans doute pas atteint le restaurant de Josephine si Ryder n'avait pas pris les choses en main. On se disputa les chaises, les menus, mais heureusement la salle était presque vide et personne ne s'offusqua de ce chaos. Les autres semblaient si pressés de se faire passer Layla que Greer la perdit vite. La fillette, câlinée par Ali, Maddie et Meredith, gloussait de joie. Linc, qui portait le petit Liam endormi sur son épaule, se lança dans une discussion politique animée avec Vivian et Seth, le mari d'Hayley, qui tenait aussi la petite Keely. Hayley tenta en vain de les couper avant que Carter s'en mêle. À l'autre bout de la table, Rosalind et Archer se fusillaient du regard, comme pendant leur enfance. Ce qui laissait Grant, assis près de Ryder.

Greer envisagea un instant de changer de place avec son mari, mais renonça. Elle se contenta de se glisser entre eux pour faire barrage. Ils lui adressèrent le même regard... Elle fut tentée de souligner ce détail, mais ça n'aurait pas été une bonne idée. La moitié de sa famille risquait déjà d'exploser à force de parler politique et elle ne voulait pas jeter d'huile sur le feu. Le simple fait que Grant soit venu était prometteur et elle lui sourit.

— Ali me dit que tu travailles à un nouveau texte. C'est génial ! Ça avance bien ?

— Pas mal.

Elle se tourna ensuite vers Ryder. Il avait les cheveux moins noirs que Grant et le bleu de ses yeux était un peu plus sombre. Si Grant était bâti comme un nageur, Ryder ressemblait plus à un footballeur. L'un était un auteur de thrillers fortuné ; l'autre, un éleveur. Bref, ils menaient des vies opposées et leur seul point commun était Layla, abandonnée par sa mère...

— Tu sais, Ryder a servi dans l'armée, dit-elle avec entrain, la main posée sur son épaule. Pendant combien de temps, déjà ?

Il parut comprendre ce qu'elle essayait de faire.

— Quatre ans, répondit-il. Juste après le lycée.

— Et toi, Grant ?

Puis, devant son silence, elle répondit elle-même.

— Il a servi dans l'aviation. C'est comme ça qu'il a écrit son premier thriller militaire. Tu as été dans l'armée long...

— *Youhou !*

La voix résonna dans toute la salle. Greer se retourna et Ryder bondit sur ses pieds avec un cri de joie avant d'aller embrasser la femme mince qui venait d'entrer. Elle avait des cheveux blonds décolorés et portait des boucles d'oreilles turquoise assorties à son collier et aux nombreuses bagues qui ornaient ses doigts. Une sacoche d'où dépassait la tête d'un petit chien pendait à son épaule. Greer sut immédiatement qui elle était : Adelaide était bel et bien venue...

Vivian se leva à son tour, dévisageant la femme.

— Oh ! mon Dieu ! C'est Adelaide Arians !

— Elle a élevé Ryder, expliqua Greer, émue.

Son mari s'écarta de sa tante et elle lui tendit quelque chose, mais il refusa d'un geste, puis regarda Greer et hésita.

— C'est l'une des plus grandes artistes de notre temps, clama Vivian à la cantonade. Ses œuvres sont exposées au MoMA !

Décidément, le Wyoming et la *culture* font deux. Parfois, je me demande ce que je fais ici...

Elle tira sur les manches de son tailleur Chanel et les diamants de sa bague scintillèrent.

— Quelle snob, remarqua froidement Carter.

— Papa, intervint Hayley.

Elle avait toujours tenté de calmer la tension entre leur père et leur grand-mère.

— Le fruit ne tombe jamais loin de l'arbre, fils, répliqua Vivian. Mais je suis la *seule* que tu juges.

— Tu es *impossible* !

De l'autre côté de la table, Rosalind venait de bondir et contemplait Archer avec mépris. Lui-même souriait d'un air satisfait, comme toujours.

— Retourne ramper sous ton rocher ! cria Rosalind.

Liam et Keely ne dormaient plus dans les bras de leurs pères, mais pleuraient ; et les mères s'empressèrent de les calmer. Layla tambourinait sur la table avec son gobelet préféré, faisant tomber la tour de godets de crème en plastique érigée par Meredith pour l'amuser.

Au milieu de ce brouhaha, Ryder approcha avec sa tante. On ne voyait plus l'objet qu'elle lui avait glissé dans la main.

— Voilà l'heureuse élue, lança Adelaide par-dessus le bruit ambiant.

Elle examina Greer. Ses yeux très maquillés pétillaient et ses lèvres d'un rouge vif formèrent un sourire chaleureux.

— Je dois admettre que tu as eu meilleur goût que la dernière fois, mon petit Ryder.

En entendant cela, Grant se leva vivement, jeta sa serviette et quitta la salle.

— Oh ! mince.

La voix d'Adelaide aurait pu remplir un auditorium sans micro. Elle posa son chien sur la chaise abandonnée.

— Ai-je dit quelque chose qu'il ne fallait pas ?

Ryder jeta un coup d'œil à Greer, qui soupira.

— On ne pouvait pas espérer que ça se passe aussi bien que devant le juge...

Il fronça les sourcils, mais avec une pointe de sourire. Greer tendit la main à Adelaide.

— Je suis ravie de vous rencontre, madame Arians. Je suis Greer.

— Appelez-moi Adelaide, dit-elle avant de la noyer dans une étreinte étouffante. Oh ! je vais *tellement* m'amuser, ces prochains mois !

Elle lâcha la jeune femme, qui vacilla.

— Pensez-vous rester un moment ?

— Jusqu'à Noël, ma jolie.

Elle ajusta son foulard teint de couleurs agressives.

— Bon, où est la petite crevette qui a provoqué tout ça ? Oh ! te voilà ! Que tu es jolie !

Layla ouvrit de grands yeux en voyant approcher la grande et bruyante Adelaide, puis se mit à pleurer. Adelaide retira une de ses énormes bagues et la fit danser devant la fillette. Distraite, Layla l'attrapa, mais ne cessa pas de crier - provoquant un grand éclat de rire chez la tante de Ryder.

— Elle sait déjà se faire respecter, cette petite !

— Attention, elle va mettre la bague à sa bouche.

— Et pourquoi pas ? Tu faisais aussi ça quand tu étais petit. La pierre est grosse comme une balle de golf, elle ne risque pas de l'avaler !

Elle resta campée devant Layla, les mains calées sur ses hanches maigres. Greer effleura le bras de Ryder, qui semblait encore nerveux. Elle aurait voulu lui demander ce que sa tante lui avait donné, mais il aborderait sans doute le sujet quand il serait prêt. En attendant, la cacophonie devenait assourdissante, aggravée par les jappements du chien dans son sac. Elle dut lever la voix pour que son mari l'entende :

— Toujours convaincu que nous allons tous vivre heureux, comme une grande et belle famille ?

Il passa un bras autour de ses épaules.

— Le temps nous le dira, maître. Le temps nous le dira...

11

— … Joyeux anniversaire, Layla ! Joyeux anniversaire !

Quand tous les invités eurent fini de chanter, Greer posa le gâteau commandé à Tabby Clay devant la fillette. Il ressemblait à un énorme cupcake blanc orné de volutes de glaçage rose et d'une immense bougie.

— Non, non, non, chanta Layla en contemplant le gâteau.

C'était récemment devenu son mot préféré, avec « papa », « au'voir », et « ni'reur » qui devait être sa version de « Mini-Terreur ». Elle avait même trouvé des surnoms pour Brutus et Adelaide. Mais elle n'avait plus jamais dit « mama »…

— Oui, oui, oui, répondit Greer en chassant Brutus pour approcher la chaise haute de la table. Voilà un beau gâteau pour la plus jolie petite fille du monde.

— Ryder, Greer, asseyez-vous près d'elle, ordonna Maddie. Je veux une photo de vous trois.

Elle portait Liam en écharpe et tenait un appareil à la main. On était le 27 octobre. La fête aurait dû se passer dehors, mais une chute de neige précoce avait contrecarré ce projet et toute la famille s'entassait autour de la table à manger, bien à l'abri.

— En fait, nous ne sommes même pas *certains* que ce soit son anniversaire, non ? lança la voix puissante d'Adelaide.

Greer, assise près de Layla, leva les yeux sur Ryder qui venait d'approcher une chaise. Il semblait aussi contrarié qu'elle, mais le camoufla.

— Non, dit-il à sa tante pour la dixième fois, mais puisque nous ne connaissons pas sa date de naissance exacte, nous avons choisi ce jour. C'est le plus plausible.

— Et c'était aussi l'anniversaire de ta grand-mère ! répliqua Adelaide, tout sourire, un appareil-photo à la main.

Sachant qu'elle était tout aussi susceptible de photographier un mouton de poussière qui aurait attiré son attention que Layla, les mains dans le glaçage, Greer était soulagée que Maddie soit là, avec le bel appareil que Linc lui avait offert à la naissance de Liam.

Ryder adressa à Greer un clin d'œil par-dessus la tête de sa fille. Il ne s'était pas rasé depuis quelques jours et elle ne savait pas encore si elle aimait ou non ce nouveau look.

— Oui, je sais, Adelaide, dit-il patiemment.

— Ne penses-tu pas que ce serait troublant, si vous découvrez un jour sa *vraie* date de naissance ?

— Aucune importance, répondit très vite Meredith. Layla aura un tout nouvel acte de naissance, quand l'adoption sera prononcée.

Elle s'approcha en les mitraillant avec son téléphone, tout en évitant de piétiner Brutus. Ryder passa une main sur le dossier de la chaise haute et faillit effleurer les doigts de Greer – mais pas tout à fait.

— Vas-tu vraiment laisser ma nièce démolir ce gâteau ? grommela Grant, assis sur le canapé avec Ali.

Il s'était peut-être passé deux mois depuis qu'il avait quitté en trombe leur déjeuner de mariage, mais ses relations avec Ryder ne s'étaient pas améliorées. Au mieux, ils faisaient preuve d'une politesse guindée pendant les réunions de famille… Greer aurait parfois voulu cogner leurs têtes butées ensemble, mais elle n'avait pas le temps de s'en préoccuper. Depuis que Layla commençait à marcher, elle devait passer son temps sur ses talons, et elle ne pouvait pas vraiment l'emmener sur le chantier de sa maison victorienne, pour superviser le début des travaux. Heureusement, Meredith avait volé à son secours, ravie de jouer les baby-sitters. Elle avait commencé le jour du mariage, insistant sur l'importance d'une véritable nuit de noces.

Ce qu'elle ne savait pas, c'est que les jeunes époux avaient à peine fermé l'œil, allongés de part et d'autre du grand lit dans un malaise grandissant. À croire que le marathon sexuel du soir d'orage n'était jamais arrivé...

Greer n'avait pas pensé que ce serait un incident isolé, et pourtant, ils n'avaient pas refait l'amour depuis.

— Bien sûr qu'elle va démolir le gâteau, dit-elle en chassant son amertume et en enlaçant Layla. Cette journée est toute à toi, ma chérie.

Elle attrapa sa petite main recouverte de glaçage et lécha bruyamment ses doigts.

— Miam, miam...

— Miam ! glapit la fillette en étalant de la crème sur tout son visage avec adoration. Miaaaam !

Le cœur gonflé d'amour, Greer embrassa sa paume minuscule et ne put s'empêcher de regarder de nouveau Ryder. Il souriait. Il avait l'air d'un pirate, avec cette barbe.

— Oh oui, miam, dit-il.

Elle tenta d'ignorer son frisson. En vain. Elle préféra donc reporter son attention sur Layla. Les flashs illuminèrent le salon quand elle se jeta sans prévenir sur le gâteau avec un gazouillement excité qui provoqua des jappements aigus de peur chez le pauvre Brutus.

Greer n'aurait pas pu imaginer un goûter plus réussi pour le premier anniversaire de leur petite fille...

Hélas, il fallut se résoudre à nettoyer le désordre quand les assiettes furent vidées et, évidemment, tout le monde parut soudain très occupé.

Vivian et Meredith partirent dans la Rolls-Royce luxueuse de Vivian. Où ? Pourquoi ? Elles ne le dirent pas. Greer savait que sa grand-mère était très mauvaise conductrice et elle s'estimerait heureuse qu'il n'y ait pas d'accident. Maddie et Ali montèrent à l'étage pour baigner Liam et Layla. Quant aux hommes, ils accompagnèrent Adelaide et son chien dehors pour admirer les vaches de Ryder rassemblées dans le pâturage voisin.

Comme le lave-vaisselle était déjà plein, Greer entreprit de laver à la main l'immense pile d'assiettes qui attendait sur le plan de travail.

Au-dessus d'elle résonnaient des rires provenant de la salle de bains et elle sourit.

Ses deux premiers mois de mariage avec Ryder avaient été plutôt agréables. Elle appréciait particulièrement les moments comme celui-ci, quand elle avait les bras plongés jusqu'aux coudes dans l'eau de vaisselle. Ryder avait pu rattraper son retard dans les tâches du ranch, et elle se rendait compte que son travail ne lui manquait pas tant que cela – surtout depuis qu'un scandale avait éclaté quand on avait appris que Michael Towers couchait *vraiment* avec leur cliente la plus célèbre, Stormy Santiago. D'après ce que Greer avait appris, tous ses anciens collègues en subissaient les conséquences et on envisageait de faire venir un superviseur de Cheyenne pour y mettre bon ordre.

Plus important encore, Layla s'épanouissait.

Greer soupira et ouvrit le robinet pour rincer les assiettes couvertes de mousse.

— Eh bien, quel soupir…

Elle sursauta et vit que Grant venait d'entrer.

— Tu as fini par décider que les vaches n'étaient pas si passionnantes, en fin de compte ?

Il sourit vaguement.

— Quelque chose comme ça, oui.

Elle hésita. Elle aurait voulu parler, mais de quoi ? Elle se concentra de nouveau sur sa casserole et l'égoutta avant de la poser sur le plan de travail avec le reste de la vaisselle.

— Ali est en haut, dit-elle enfin. Je suis sûre que Layla et Liam ont presque fini leur bain.

Il ne monta pas. Au contraire, il s'approcha, prit un torchon et commença à essuyer la casserole.

— Merci.

— Tu nous as préparé un bon chili. Il m'a rappelé la cuisine de ma mère.

Elle replongea les mains dans l'eau, troublée.

— Remercie Adelaide. Elle a dirigé les opérations. En plus de son travail d'artiste, elle a écrit un livre de cuisine, il y a plus de vingt ans et on en trouve encore des copies d'occasion à un prix exorbitant, en ligne.

— C'est une femme spéciale, remarqua Grant sans lever les yeux. Elle dit tout ce qui lui passe par la tête.

— Elle le *crie*, précisa amèrement Greer. Au début, je pensais qu'elle était dure d'oreille, mais non. Je crois que c'est juste dans sa nature.

— Ali dit que vous devez être serrés, tous les quatre. Il n'y a que deux chambres, n'est-ce pas ?

— Ouais…

Elle rinça le dernier fait-tout et vida l'évier pour le remplir d'eau propre. Il lui restait encore tous les verres à laver.

— Nous avons installé le berceau de Layla avec nous.

Souvent, la petite se glissait même dans leur lit et s'étalait pour prendre toute la place. Heureusement, Ryder avait refusé tout net que Brutus s'invite aussi. Le chien d'Adelaide semblait penser que toute la maison était à lui.

— Je suis surpris qu'Adelaide n'ait pas accepté la chambre d'amis offerte par Vivian, à Weaver. Elle aurait eu plus de place, remarqua Grant au bout d'un moment.

— Ryder dormirait par terre avant de laisser Adelaide loger chez quelqu'un d'autre. Je sais qu'elle a du caractère, mais elle compte beaucoup pour lui. Sa venue est un événement majeur : elle n'aime pas voyager.

Elle jeta un petit coup d'œil à Grant en attendant que l'évier se remplisse. Il avait eu une enfance troublée, lui aussi, avant d'être adopté par la famille qui avait déjà accueilli sa sœur.

— Tu sais, Ryder a perdu sa mère très jeune, comme toi.

— Ali m'en a parlé.

Elle ferma le robinet, posa des verres dans l'eau et soupira avant de se tourner face à lui avec fermeté.

— Il s'en veut, Grant. Pour ce qui s'est passé. Daisy, Karen, quel que soit le nom qu'elle ait choisi était sa *femme*. Quand elle a décidé d'abandonner son bébé, elle ne l'a pas appelé non plus.

Il s'éclaircit la voix, les dents serrées.

— Elle était ma sœur avant d'être sa femme.

— Et ça rend ta douleur plus légitime ? Les choses ne fonctionnent pas comme ça, Grant. Tu le sais. Le temps n'est pas un jugement de valeur. Tu es marié à Ali depuis moins d'un an, mais si un malheur devait lui arriver, souffrirais-tu moins que Maddie ou moi ? Nous avons pourtant partagé un utérus !

Sans se soucier de ses mains mouillées, elle lui prit le bras avec douceur.

— Ryder et toi avez connu ta sœur de différentes façons. Elle ne t'a pas tout dit et lui a caché beaucoup de choses aussi. Elle l'a épousé sous un faux nom. Peu importe ce que vous avez vécu enfants, Daisy a commis de graves erreurs. Je comprends qu'elle ait été perturbée, vraiment. Mais elle a abandonné son bébé, alors qu'elle avait d'autres options honnêtes ! Peut-être a-t-elle regretté son geste sans avoir le temps de réparer ses torts. Je sais que c'est ce que tu crois. Mais peut-être aussi n'a-t-elle rien regretté du tout. Quoi qu'il en soit, elle était la *seule* responsable. Ni Ryder, ni toi n'étiez ses gardiens. Si vous continuez comme ça, vous serez perdants car, de toutes les personnes que Layla a dans sa vie, vous étiez les plus proches de sa vraie mère !

D'un seul coup, elle sentit des larmes monter.

— Je vais adopter ta nièce. Je ne vois pas comment je pourrais l'aimer davantage que maintenant. Nous allons lui donner une date de naissance officielle et le certificat qui va avec. Mais, un jour, elle voudra savoir qui était sa mère biologique. Seuls Ryder et toi pourrez répondre à ses questions, et ça se passera mieux si vous cessez d'agir en ennemis ! Qui êtes-vous, au fond ? Deux hommes qui ont aimé la même femme et qui ont souffert de sa trahison.

Elle soupira de nouveau et replongea les mains dans l'eau.

— Je suis désolée, lâcha-t-elle en frottant furieusement un verre. Je suis sûre qu'Ali n'appréciera pas mon ingérence…

— Comme tu viens de le dire, Karen n'était pas uniquement mon affaire, murmura-t-il en prenant le verre qu'elle venait de laver. Et ton argumentaire est imparable.

Il le rinça, s'attardant un peu avant de le poser.

— J'aurais juste aimé que la situation soit différente.

— Je n'en doute pas.

Ses paupières brûlaient. Elle ne pouvait se résoudre à dire qu'elle aussi aurait aimé que ce soit différent parce que, si ça avait été le cas, Ryder serait toujours avec Daisy en dépit de ses blessures. Il était loyal.

Son estomac se noua et elle s'essuya les mains.

— Je vais monter pour voir où en est le bain. Les bébés doivent être fripés comme des pruneaux…

Elle se précipita dans le salon puis, tournant le dos à l'escalier, s'enferma dans la salle de bains. Elle atteignit à peine le lavabo avant de rendre tout son déjeuner. Quelques minutes plus tard, le souffle court et les jambes faibles, elle s'assit par terre, la tête appuyée contre le mur.

Ça faisait deux mois, depuis leur passage devant le juge.

Deux mois, aussi, depuis ses dernières règles.

Et c'était aussi la quatrième fois qu'elle vomissait juste après le repas. Apparemment, le petit implant, dans son bras, n'avait servi à rien. Elle n'avait pas encore fait de test, mais elle savait la vérité.

Elle était enceinte.

La maison avait plongé dans le calme, après la fête. Ryder pénétra sans bruit dans la chambre et ferma la porte coulissante avec soin. Il n'avait pas besoin de lumière : la lune déversait ses rayons par la fenêtre.

Il s'attendait à trouver le berceau de Layla vide, mais la bosse d'une couche pointait en l'air sous sa turbulette. Une autre bosse se devinait au bout de son propre lit. Les draps étaient remontés très haut et seuls les cheveux de Greer dépassaient, sombres sur l'oreiller blanc.

Il se détourna et se déshabilla pour enfiler le vieux pantalon de jogging qui était devenu son pyjama depuis son mariage. Quelle ironie… Il aurait pu dire qu'il évitait de dormir nu parce que sa tante était là, ou parce que sa fille était dans la chambre, mais ça aurait été un mensonge.

Il passa dans la salle de bains et, de nouveau, ferma la porte en silence avant d'allumer la lumière. Il se brossa les dents, puis passa la main sur sa barbe naissante. Il la laissait pousser par confort… et par paresse. Elle l'aidait à garder les joues au chaud, quand il montait à cheval dans le vent froid. Mais, aussi, elle lui permettait de se regarder dans le miroir sans trop de honte, chaque matin.

Il abandonna la serviette moelleuse près du lavabo. Depuis son mariage, ses vieilles serviettes rêches et ses draps froissés avaient peu à peu laissé place à du linge frais et repassé. Il y avait des vêtements propres dans sa commode et des fleurs sur la table du salon. Greer prétendait ne pas être bonne cuisinière, mais Layla avait tout de même appris qu'il existait des choses bien meilleures, dans la vie, que la purée-bouillie-surprise. La table de pique-nique qu'il avait voulu rénover était bel et bien poncée – mais pas par lui. Et les marguerites n'avaient pas été recouvertes de peinture rouge, mais laquées.

Bref, Greer avait laissé son empreinte partout. Elle avait même préservé ces fleurs peintes, qu'il aimait finalement plus qu'il ne l'avait cru.

Il retourna dans la chambre et s'assit au bord du lit.

Depuis deux mois, il passait ses nuits près d'elle, un oreiller calé sous sa nuque, la regardant dormir à l'autre bout du grand matelas. Comme toujours, elle portait un pyjama rayé, avec un haut boutonné et un pantalon simple. Elle en possédait un jaune, un bleu, un rouge, un violet, un rose…

Quand Daisy avait été là, elle n'avait porté que des nuisettes en satin ou rien du tout. Le lit de Ryder avait été plus petit, à l'époque, et ils dormaient collés.

Mais il s'était débarrassé de ce lit, de toute cette lingerie et des choses qu'elle avait laissées. À l'exception de la table. Elle était pratique et solide.

Jamais il n'aurait cru que les pyjamas rayés puissent lui paraître sexy, jusqu'à ce qu'il passe deux mois à rêver qu'il les déboutonnait, nuit après nuit.

Ces pensées rendant ses nuits encore plus longues, il avait pris l'habitude de se lever avant l'aube pour travailler. De se coucher tard.

Son ranch tout entier bénéficiait de ces journées de labeur et de son attention – à part cette chambre et ce lit…

Il aurait pu se faciliter la vie. Il aurait pu moins insister pour qu'Adelaide reste avec eux et la laisser accepter l'invitation de Vivian. Ces deux femmes n'auraient pu être plus différentes ; leur seul point commun étant leur excentricité unique… Et pourtant, elles s'étaient immédiatement liées. Ryder avait conscience que la grande maison victorienne bâtie par Vivian en bordure de Weaver offrait bien assez de place pour une demi-douzaine d'Adelaide et leurs insupportables carlins.

Oui, il aurait pu laisser sa tante s'installer chez Vivian, puisqu'elle en avait clairement envie. S'il avait fait ce choix, le berceau de Layla ne bloquerait pas les tiroirs de sa commode, en ce moment. Il ne se réveillerait pas non plus six nuits sur sept à cause des pieds de sa fille qui le frappaient tandis qu'elle s'agitait dans son sommeil, prenant toute la place entre Greer et lui au lieu de dormir dans son propre lit.

Tout cela était sa faute.

Le soir qui avait suivi le mariage, il aurait dû serrer Greer dans ses bras, sous les couvertures. Il aurait dû clore cette distance entre eux.

Il aurait dû entamer leur vie commune de la manière dont il souhaitait la poursuivre. Il aurait dû lui offrir l'alliance de sa grand-mère qu'Adelaide lui avait confiée lors de son arrivée tonitruante au restaurant. Il aurait dû lui faire l'amour pendant leur nuit de noces.

Mais il ne l'avait pas fait. Et il ne savait même pas pourquoi !

L'alliance était toujours dans son écrin, au fond de la commode bloquée par le berceau de Layla.

Et ils étaient là.

Aussi éloigné qu'humainement possible, dans ce grand lit.

Il redressa la tête, tassa son oreiller et se tourna vers la selle exposée sur son support. S'il l'avait déplacée dans la sellerie, où était sa place, il aurait pu placer le berceau là. Seulement, il était fier de cette selle. Il l'avait gagnée aux finales nationales de rodéo, lors de sa dernière participation. Cette même année, il avait aussi gagné tout l'argent qu'il avait si soigneusement mis de côté – car l'élevage restait une activité risquée – en prévision des mauvais jours à venir.

Des économies qu'il dilapidait à présent pour s'assurer que sa femme, couchée à l'autre bout du lit, ait un bureau à son nom sans planchers pourris ou circuits électriques défectueux.

Deux minutes plus tard, étouffant un juron, il se tourna de nouveau pour contempler le dos de Greer.

Sauf qu'elle était à présent face à lui.

Et qu'elle ne dormait pas.

Ils restèrent immobiles, s'observant de part et d'autre du grand canyon de draps. Ses yeux sombres n'étaient plus que des océans de mystère dans la lueur de la lune.

Enfin, elle chuchota :

— À quoi penses-tu ?

Il chercha un instant quelque chose à répondre.

— C'était une fête agréable...

— Mmm.

Elle se cala un peu mieux sur son oreiller.

— Même après que Brutus a bondi sur le plan de travail pour manger les restes du gâteau.

Elle cala les mains sous sa joue, comme les angelots créés par Adelaide durant sa phase « céramiques ».

— Puis-je te poser une question ?

Elle chuchotait toujours bien que ce fût sans doute inutile. Du moins, pour ce qui concernait Layla. Dernièrement, la fillette avait appris à dormir n'importe où, même dans le pire des chaos. La voix tonitruante d'Adelaide ne parvenait même plus à la réveiller.

— Quoi ? demanda-t-il.

— Pourquoi n'as-tu pas voulu faire de test de paternité ?

De toutes les questions qu'elle aurait pu poser, celle-ci était de loin la plus inattendue.

Elle remua de nouveau un peu et, pendant un instant, il crut qu'elle allait se rapprocher d'un pouce. Ou peut-être deux.

Mais non. L'intégralité du matelas semblait s'étendre entre eux.

— À quoi bon ? Dès que j'ai appris son nom, j'ai su que j'allais la garder avec moi.

— Mais n'as-tu pas envie de *savoir* ?

— Savoir quoi ? Que Daisy m'a trompé, en plus du reste ?

— Ou avoir confirmation qu'elle ne l'a pas fait.

— Quelle serait la pire option des deux ?

Greer ne répondit pas. Elle se tourna insensiblement et il devina qu'elle contemplait le berceau – et Layla, couchée dedans.

— As-tu peur que cela change tes sentiments pour elle ?

— Non.

— Est-ce un mensonge ?

Il envisagea de ne pas répondre, mais le matelas installait déjà assez de distance entre eux. Il ne voulait pas en rajouter.

— Peut-être, admit-il, un peu honteux. Elle est à moi...

Puis, sans lui laisser le temps de protester, il se corrigea tout seul :

— À *nous*.

L'adoption n'était pas encore officielle, mais ça ne changeait rien à ses yeux.

— Je ne veux pas qu'un test ADN vienne troubler nos vies. D'ailleurs, cela concernerait plus Daisy que Layla elle-même.

Greer garda le silence si longtemps qu'il pensa qu'elle allait simplement se retourner. Dos à lui. Mais elle ne bougea pas.

— L'aimes-tu encore ? dit-elle enfin d'une voix étouffée.

— Non. Et ne me demande pas si je mens, car la réponse est aussi non.

Sur ce point, au moins, il n'avait aucun doute. Il aurait aimé avoir autant de certitudes concernant ses sentiments pour la femme allongée là.

— Un jour, Layla voudra peut-être connaître la vérité.

Elle parlait du test de paternité, bien sûr.

— C'est une autre histoire... J'ai déjà fait établir mon profil ADN. Si nous devons nous en servir, il sera prêt.

Elle se redressa sur un coude, clairement surprise. Ses cheveux avaient poussé depuis qu'ils s'étaient dit « oui ». À présent, ils ondulaient autour de ses épaules. Plus soyeux. Plus brillants. Presque aussi étrangers que sa barbe.

— Vraiment ?

— Je l'ai fait durant ma dernière année de rodéo, dit-il en se redressant aussi pour indiquer la selle d'un geste. Quand j'ai gagné ça. On m'a intenté un procès concernant la paternité d'un enfant. La fille cherchait juste à obtenir une part de mes gains. Elle pensait que je n'allais pas me défendre, mais je savais qu'elle mentait. J'avais couché avec elle, d'accord, mais le bébé n'était pas le mien et le test l'a prouvé.

— Est-ce différent, pour Layla ?

— Layla n'avait personne d'autre et elle est la fille de ma première femme.

Greer se recoucha, les mains jointes sur sa poitrine.

— C'était donc la bonne chose à faire, murmura-t-elle.

Il se rallongea à son tour, fit gonfler le coussin sous sa tête. Il n'avait pas besoin de répondre, mais il le fit quand même.

— Oui.

Elle poussa un petit soupir, sans lui dire à quoi elle pensait.

Tout ce qu'il avait à faire, c'était lui poser la question.

Tout ce qu'il avait à faire, c'était tendre un bras vers elle, lui offrir sa main.

Il n'était pas encore trop tard pour briser la glace accumulée en deux mois de longues nuits. Le grand canyon pouvait être comblé. Un pont pouvait être jeté entre ses rives.

Il suffisait d'un geste.

Il bougea timidement et, dans la faible lumière bleutée, devina que Greer se crispait.

Alors, il tassa une dernière fois son oreiller et ferma les yeux.

12

— Joyeux Thanksgiving !

Greer sourit à sa mère en passant la porte de la maison dans laquelle elle avait grandi. Layla marchait presque seule à côté d'elle. Sa démarche, bondissante et maladroite, était le plus charmant des spectacles. Elle tenait fermement la main de Greer d'un côté et celle de Ryder de l'autre.

— Joyeux Thanksgiving. Hmm, ça sent bon, ici !

En dépit du sol gelé, dehors, la maison restait chaude. Greer remarqua que Meredith avait les pieds nus, comme à son habitude, tandis qu'elle sortait de la cuisine pour venir les embrasser. Les clochettes de son bracelet de cheville tintaient et Layla s'accroupit pour tenter de les attraper.

— Cloche ! dit-elle sans hésiter.

— C'est ça, ma chérie. Ce sont les clochettes de mamie.

Meredith la souleva dans ses bras et frotta le bout de son nez contre le sien. Les cheveux blond vénitien de Layla ne seraient sans doute jamais aussi épais que ceux de la mère de Greer, mais ils bouclaient presque autant.

— L'as-tu obtenu ?

Greer brandit l'enveloppe qu'elle tenait.

— C'est officiel ! Je suis allée chercher notre exemplaire du décret d'adoption hier, juste avant la fermeture du bureau pour les vacances.

Elle tendit le document à sa mère.

— Eh bien, murmura Meredith en le feuilletant, les larmes aux yeux, avant de le poser sur le guéridon de l'entrée. Félicitations, nouvelle maman !

Si seulement ils savaient...

Greer ravala ses propres larmes d'émotion, jeta un coup d'œil à Ryder et se détourna très vite. Elle ne lui avait pas encore annoncé sa grossesse. En fait, elle n'en avait parlé qu'à son médecin.

Adelaide entra derrière eux en portant comme toujours Brutus dans un sac de cuir hors de prix.

— C'est une superbe journée ! cria-t-elle. Meredith, j'ai décidé qu'il fallait absolument que je vous photographie !

— Pourquoi ? demanda la mère de Greer, les yeux ronds.

— Remerciez juste le Ciel qu'elle ne soit plus dans sa phase « nus », remarqua sèchement Ryder.

Il portait toujours la barbe courte et bien entretenue qu'il avait commencé à faire pousser après le mariage. Sa fossette avait totalement disparu dessous, à présent.

— Oh ! elle ferait un nu formidable, croyez-moi ! gloussa Carter en approchant pour offrir une bière à Ryder.

— Papa !

Meredith souriait et échangea un regard d'une intimité déconcertante avec son mari.

— Excusez-moi. Il faut que j'aille vomir, murmura Greer en passant dans la cuisine, suivie par le rire de sa mère.

Heureusement, c'était une image. Ses nausées d'après-dîner s'étaient calmées. Elle savait néanmoins qu'elle allait bientôt devoir dévoiler son secret, surtout à son mari. Pour l'instant, son ventre restait plat, mais le gynécologue qu'elle était allée voir en cachette à Weaver l'avait prévenue : ça ne durerait pas. Quand Maddie attendait Liam, sa grossesse avait commencé à se voir à quatre mois. Ali, qui en était à six mois, se déplaçait déjà avec plus de peine. Greer avait deux options : avouer la vérité dans les semaines à venir, ou la montrer malgré elle peu de temps après.

Mais elle n'allait pas s'en soucier aujourd'hui. C'était Thanksgiving, elle était affamée et un festin royal attendait.

Le plan de travail débordait de nourriture. Elle picora avec enthousiasme une poignée d'olives et de noix de pécan. Quelques minutes plus tard, d'autres invités arrivèrent. Famille. Amis.

Même Vivian, en dépit des tensions entre elle et Carter ou l'oncle de Greer. Bientôt la maison fut pleine à craquer.

On riait. On se disputait avec malice. Malgré le secret qu'elle portait, Greer commença à se détendre ; même lorsqu'elle sentit la cuisse de Ryder se presser contre la sienne autour de la table tellement remplie qu'on ne pouvait manger sans se donner des coups de coude.

Après le repas, on se concentra sur le football. Certains regardèrent le match à la télé, tandis que les autres sortirent pour jouer dans la cour. Archer s'y échauffait déjà, lançant la balle à leurs cousins et beaux-frères. Ali l'intercepta et demanda à la cantonade :

— Alors, garçons contre filles ? Cousins contre cousins ? Qu'a-t-on fait, l'année dernière ?

— Cousins contre cousins, clama Maddie, et ça a été un massacre !

— C'était la faute de Seth ! protesta Quinn, l'aîné de leurs cousins qui, comme Archer, n'avait que des sœurs. Je dis : Templeton contre leurs époux.

Sa femme Penny se frotta les mains.

— Je veux bien : presque tous les hommes seront de mon côté...

Ali jeta un coup d'œil à Greer, qui se tenait à l'écart.

— Je ne joue pas, dit-elle très vite. Il fait trop froid !

Les bras croisés, elle battait de la semelle pour se réchauffer.

— Quelle douillette, se moqua sa sœur. Va chercher Maddie, alors. Et Ryder. C'est son premier Thanksgiving chez nous, comme Grant et Linc. On doit les bizuter dans les règles ! Comme toujours, pas de tacles. Juste des passes.

— On va avoir du mal à différencier ton ventre du ballon, lança Archer.

Ali se redressa fièrement en tirant sur son pull. Puis Grant, responsable de ce ventre, lui prit le ballon, calé sous son bras, et la partie commença, malgré les absents. Ça se passait toujours comme ça... La seule règle du football façon Templeton était de s'amuser sans finir à l'hôpital.

Greer retourna à l'intérieur avec un sourire. Elle trouva Maddie en train d'allaiter Liam dans le bureau tout en grignotant une part de tarte à la citrouille. Elle la laissa en paix et se mit en quête de Ryder. Il n'était pas au salon, devant la télé, ni dans la cuisine où sa mère et sa tante finissaient la vaisselle.

— Avez-vous vu Ryder ?

Meredith indiqua d'un geste la terrasse arrière. Greer vit son époux assis avec Adelaide sur le banc, entre les plates-bandes nues. Layla courait après Brutus un peu plus loin. Attendrie par ce spectacle, Greer sortit sous le porche.

— Ry...

— Pourquoi ne la lui as-tu pas donnée ?

La voix d'Adelaide résonnait dans la cour. Quelque chose, dans son ton, interrompit l'appel de Greer.

— C'est mon choix, Adelaide, répliqua froidement Ryder.

Un frisson parcourut la jeune femme. Elle aurait dû s'éloigner, mais fut incapable de bouger. La curiosité la clouait sur place, bien qu'elle anticipât un désastre.

— Si j'avais voulu lui offrir cette bague, je l'aurais fait.

— Tu commets une erreur, Ryder.

Sans se douter qu'il avait un public, il se leva d'un bond.

— Eh bien, ce n'est pas ma première en matière de mariage ! dit-il avant de siffler le chien qui creusait au pied d'un arbre, en vain. Brutus, non ! Adelaide...

— Brutus, au pied !

Le carlin obéit au moins à sa maîtresse et bondit sur ses genoux. Ryder prit Layla pour la faire sauter en l'air, provoquant des cris aigus et ravis. Puis il la cala sur son épaule et revint vers la maison.

Plus près. Plus près.

Greer relâcha son souffle d'un coup et battit enfin en retraite avant qu'il la voie. Sa mère l'interrogea du regard et elle marmonna :

— Il fait si froid, dehors.

— Ton père a allumé un feu dans le sal...

Elle répondit d'un signe et s'échappa dans l'entrée. Là, elle inspira profondément, une main plaquée sur son ventre. Elle devait tenir le coup, quoi qu'il en coûte.

Ryder disait toujours ce qu'il pensait.

En dépit de ses promesses, le jour de leur mariage, il considérait ça comme une erreur de plus…

— Te voilà ! lança soudain sa voix grave depuis la porte. Adelaide est fatiguée et je pensais la ramener au ranch.

— Je vais le faire, proposa-t-elle malgré elle. Layla va devoir prendre son bain et se coucher, de toute manière. On… On t'attend pour le match, dehors.

Au même moment, Grant entra en trombe, les joues rouges et les cheveux en bataille.

— Dis-moi que tu joues au football !

— Au lycée, admit Ryder. Mais ça fait longtemps.

— Ce sera mieux que rien. On se fait écraser. Archer…

Un autre jour, Greer aurait pu rire.

— Ne te vexe pas, Grant. Il était quarterback, dit-elle.

— Et ma femme ? Était-elle championne en coups bas ?

— Attaquante, comme Ali et moi, répondit-elle encore avec un sourire forcé. Nous avons grandi avec un ballon dans les mains. Papa se moquait de savoir si ça nous plaisait ou non.

— J'aurais dû m'en douter. Si l'équipe des époux perd, nous allons en entendre parler jusqu'à la fin des temps. C'est une question d'honneur, Ryder !

Son mari lui adressa un regard interrogateur.

— Une question d'honneur, imita Greer. Vivian te raccompagnera. Faire le détour ne la gênera pas.

— Moi si : je l'ai vue conduire.

Néanmoins, il suivit Grant dehors en souriant.

Comme si tout allait bien.

Comme s'il se souciait vraiment du résultat du match.

Elle les vit rejoindre le terrain au petit trot et cria :

— N'oubliez pas, aucun tacle !

Si sa voix semblait tendue, personne ne s'en aperçut.

Elle referma la porte et récupéra le décret d'adoption sur le guéridon pour le ranger avec soin dans son enveloppe. Puis elle alla chercher sa fille, Adelaide et le chien pour les conduire à la maison.

Heureusement, ses deux passagères s'endormirent sur la route et personne ne vit les larmes couler en silence sur ses joues.

— Tiens, dit Ali en lui tendant un cintre. Essaie celle-ci.

Greer enfila la tunique rouge. Elle descendait jusqu'à ses cuisses, sur son pantalon large. Elle se contempla un instant dans la glace. Son ventre naissant disparaissait sans peine dans les plis du tissu.

— OK. Je pense que ça marchera, soupira-t-elle.

Elle passa les doigts dans ses cheveux, qu'elle n'avait pas recoupés depuis sa démission. Avec les vitamines prescrites par son gynéco, ils poussaient plus vite que jamais et lui arrivaient aux omoplates. Hélas, cette satisfaction ne suffisait pas à lui faire oublier ses soucis.

Ali secoua la tête. Elle ressemblait à un bouddha, assise en tailleur sur le meuble de la salle de bains de Greer, dans sa maison en travaux.

— Tu aurais déjà dû lui en parler, dit-elle.

— Je le ferai.

Elle redressa le menton et appliqua un peu de blush pour ne pas paraître pâle, dans ce pull carmin.

— Adelaide partira après Noël et je lui dirai tout quand nous serons seuls. Ce n'est que dans quatre jours.

Ali croisa les bras sur son gros ventre. Tandis que Greer faisait tout pour cacher le sien, elle semblait bien décidée à étaler sa grossesse aux yeux de tous, dans un haut blanc moulant un legging bordeaux qui dévoilait ses courbes.

Et pourquoi pas ?

Grant et elle étaient fous amoureux. Elle n'avait aucune raison de dissimuler le fruit de cette passion.

Greer avait juste la malchance d'avoir laissé son époux prendre une place dans son cœur. Dès qu'il apprendrait la nouvelle, elle deviendrait une autre de ses erreurs conjugales. Le bébé et elle seraient sa prochaine « chose à faire ».

Et elle ne pourrait le supporter.

Elle ne voulait pas qu'il se sente responsable d'elle, ou rester une simple associée dans un mariage stérile.

— Je n'arrive pas à croire que Ryder n'ait encore rien vu, reprit Ali. Tu peux peut-être te cacher sous des pulls épais et des pyjamas larges, mais ta poitrine… Est-il aveugle ?

Greer attrapa son mascara dans sa trousse. Elles s'étaient

retrouvées ici pour finir d'emballer leurs cadeaux de Noël entreposés là, loin des regards, avant de se rendre ensemble chez Maddie. Ils organisaient une fête pour les employés de Linc, à Swift Oil. Grant les attendait en bas, dans l'ancien salon qui allait bientôt devenir un hall d'accueil pour ses clients.

Ryder, lui, n'était pas venu du tout. Il déplaçait son troupeau dans un nouveau pré et la tâche lui prenait plus de temps que prévu. Au fond, il était sans doute aussi soulagé que Greer à l'idée de manquer la fête.

— Inutile d'être aveugle. Il ne me regarde pas.

— Vraiment ? demanda sa sœur, perplexe. Vous dormez pourtant ensemble, non ?

Greer jura en étalant du mascara sur sa joue.

— Oui, mais chacun de son côté.

— Je pense que tu pourrais combler le vide entre vous, si tu le voulais. Tu l'as déjà fait, puisque tu es enceinte.

Greer ignora cette pique et essuya la tache noire avec un mouchoir humide. Si seulement elle pouvait gommer les ombres qui hantaient sa vie conjugale aussi facilement !

— Je n'aurais jamais dû me confier à toi, dit-elle.

Ni au sujet de l'orage, ni au sujet du gouffre toujours plus large entre Ryder et elle.

— Je pense que tu avais besoin d'en parler à quelqu'un, répondit Ali avec compassion.

Il était toujours plus facile de supporter ses remarques acides que sa gentillesse… Greer s'éclaircit la voix, gênée, et jeta le mouchoir dans la poubelle.

— Tu m'as surprise dans un moment de faiblesse.

— Oui, assise au bord de la route, en train de pleurer. C'est un peu plus qu'un simple moment de faiblesse, non ?

Elle rentrait d'un rendez-vous avec son gynécologue de Weaver, ce jour-là, et avait fondu en larmes près de l'endroit où Ryder l'avait dépannée au mois d'août. Elle s'était arrêtée avant de faire une embardée et Ali, en patrouille, l'avait découverte. Incapable de se taire, Greer lui avait tout avoué.

— Ce sont les hormones, dit-elle en rangeant son maquillage. Bon, je suis prête.

Elle libéra le bas de son pantalon coincé dans le talon haut de sa chaussure. Sa sœur descendit du meuble en grommelant :

— Plutôt un cœur brisé, non ? Je t'avais prévenue…

Elle suivit Greer au rez-de-chaussée. Celle-ci, bien que vexée, appréciait de retrouver sa sœur fidèle à elle-même.

— Enfin ! s'écria Grant en les voyant. Plus vite nous arriverons, plus vite nous serons rentrés. Nous sommes déjà en retard…

— Tu n'as jamais aimé les fêtes, gloussa Ali tandis qu'il l'aidait à enfiler son manteau.

— Oh si, j'adore te faire ta fête… au lit.

— Si c'est une promesse, alors dépêchons-nous.

Greer prit à son tour son manteau et se dirigea vers la porte. Elle n'était pas jalouse du bonheur de sa sœur – vraiment – mais ses hormones se réveillaient de nouveau et elle n'avait aucune envie de remonter pour nettoyer des coulures de mascara.

Elle s'arrêta un instant sous le porche. Toutes les maisons voisines étaient décorées pour Noël. Il n'avait pas neigé depuis octobre, mais les gens s'en moquaient. Au ranch, Ryder avait installé un sapin qu'il avait coupé lui-même et avait laissé Greer en charge de la décoration avec Adelaide. Le résultat était… intéressant. La créativité d'Adelaide était peut-être acclamée au MoMA, mais Greer était sans doute trop conventionnelle pour apprécier ses suspensions étranges mêlées aux guirlandes de pop-corn dont elle avait l'habitude.

Elle réprima un soupir, s'assit au volant et démarra. Ali et Grant la suivaient dans leur SUV. Elle avait pris l'habitude de conduire le pick-up de Grant, plus adapté au siège-auto de Layla ; mais sa fille était restée au ranch avec Adelaide. La tante de Ryder avait décliné l'invitation, clamant que deux fêtes en quelques jours auraient été trop fatigantes pour elle et qu'elle préférait garder son énergie pour la soirée annuelle de Vivian, le lendemain de Noël.

Ryder allait-il trouver une excuse pour ne pas y aller non plus ? Greer aurait plus de mal à justifier son absence. Le repas d'entreprise de son beau-frère était une chose ; la fête de Vivian en était une autre…

Comme l'avait prédit Grant, l'apéritif avait déjà commencé quand ils arrivèrent chez les Swift. Greer laissa son manteau à l'adolescent embauché pour gérer le vestiaire. Elle mourait d'envie de boire un cocktail mais dut se contenter de jus de canneberge et citron vert. Elle remplit ensuite une assiette de brownies préparés par Maddie et d'autres gourmandises. Si jamais quelqu'un remarquait son ventre, on penserait juste qu'elle avait trop mangé.

Des chants de Noël résonnaient en fond, assez fort pour couvrir les silences gênés des employés sans assourdir. Si Vivian gardait ses vieilles habitudes, *sa* fête serait animée par un quatuor à cordes. Jamais elle ne regardait à la dépense…

Elle erra un moment dans la maison, saluant des connaissances sans montrer son ennui. Tous les recoins avaient été garnis de guirlandes, de houx, et l'arbre installé au pied de l'escalier était chargé d'ornements rouges et or. Elle l'admira un instant en sirotant son jus de fruits.

— Il est plus normal que le nôtre, hein ?

Elle sursauta, renversant du jus de canneberge sur sa tunique, et essuya vite la tache en dévisageant Ryder.

— Je croyais que tu ne venais pas.

Il portait une chemise blanc cassé sur un jean. Pourquoi était-il si beau, quand elle se sentait si mal ?

— Au départ, non. Mais j'ai fini de déplacer le troupeau plus tôt que prévu et j'ai décidé de te rejoindre.

Ses yeux bleus l'examinaient, sans trahir ses pensées. Ils étaient peut-être mariés, mais Greer avait l'impression de ne rien savoir de lui. Il lui prit la serviette des mains, la plia et la pressa sur la tache.

— Aurais-tu préféré que je reste à la maison ?

Son cœur battait bien trop fort. Pourvu qu'il ne le sente pas à travers son pull.

— Bien sûr que non, répondit-elle. Tu m'as juste surprise.

Elle récupéra la serviette, la froissa et lui montra son assiette encore à moitié pleine.

— Il y a un bar et un buffet. Tu devrais te dépêcher de te servir : les brownies de Maddie partent vite.

Il la regarda encore un moment avant de tourner les talons. Ou bien avait-elle juste l'impression qu'il l'observait d'un air étrange ? Était-ce un symptôme de sa mauvaise conscience ? En dépit des tensions entre eux, elle devait lui parler du bébé. Cette fois, il ne douterait pas d'être le père, et c'était bien le seul point lumineux de cette situation intenable.

— Greer ? C'est toi ?

Elle se retourna et découvrit un visage familier.

— Juge Manetti !

— Avant, tu m'appelais Steve, tu te souviens ? dit-il avec un sourire. Nous ne sommes pas au tribunal.

Il l'embrassa sur la joue.

— En te voyant de dos, je t'ai prise pour Maddie avec tes cheveux longs. Tu as l'air en forme. Il paraît que tu t'es mariée. Félicitations : ça te réussit !

Elle fit de son mieux pour garder le sourire.

— Je ne savais pas que tu étais lié à Swift Oil.

— Ma femme y travaille depuis quelques mois. J'ai toujours été intrigué par ce manoir. Le décor est stupéfiant.

Cette fois, elle eut moins de mal à avoir l'air enjouée.

— Oui. Alors, comment se passe le boulot ?

— C'est de la folie. Tu sais que... Oui, bien sûr. Il paraît que les grands pontes ont déjà une liste de candidats pour remplacer ton patron.

Du coin de l'œil, elle vit Ryder revenir du buffet.

— Oh ? Quelqu'un de Cheyenne, je suppose.

— Tu n'es vraiment pas au courant ?

— Je ne... Keith Gowler ? Il a de l'expérience à la barre, mais je crois qu'il est heureux dans le privé. Il choisit au moins ses dossiers.

— Non, pas Keith. Toi.

Elle cligna les paupières, puis secoua la tête.

— Impossible ! Il y a trop d'avocats plus compétents que moi et j'ai démissionné, tu te souviens ?

Ryder s'arrêta près d'eux et passa la main au bas de son dos. Elle faillit renverser son verre de nouveau.

— Un de tes amis, Greer ?

Elle posa son jus de canneberge et son assiette sur le coin d'une marche de l'escalier et fit les présentations.

— Voici le juge Steve Manetti. Steve, mon... mon...

— Ryder Wilson, coupa son mari en tendant la main, si large et musclée comparée à celle de Manetti.

Elle s'humecta les lèvres. Elle devait rester de marbre.

— Steve et moi nous connaissons depuis l'école primaire.

— Je disais à votre femme qu'elle est pressentie pour remplacer Towers au bureau.

— Elle ouvre son propre cabinet, répondit Ryder, les sourcils froncés.

— Sans blague ? Je ne le savais pas. Bien sûr, tu serais très douée pour ça, mais j'ai toujours cru que le sens du service public coulait dans tes veines...

— Apparemment pas, répliqua Ryder sans lui laisser le temps de parler, la main crispée sur ses reins. Si vous voulez bien nous excuser, nous devons rejoindre quelqu'un.

Le juge sourit en les regardant partir, mais Greer vit qu'il était surpris. Dès qu'ils furent hors de portée, elle s'écarta vivement de Ryder.

— Qu'est-ce que tu fais ? Je ne savais pas que tu donnais dans le style Neandertal !

— Tu ne vas pas retourner travailler pour le bureau des commis d'office.

Elle sentit ses sourcils se hausser jusqu'à ses cheveux.

— Premièrement, je n'ai pas entendu parler de cette rumeur. Et deuxièmement, même si c'était le cas, c'est *ma* décision, tu ne crois pas ?

— Ton travail là-bas t'a épuisée, et tu n'étais qu'un pion parmi les autres.

Elle se raidit, hors d'elle.

— Je suis heureuse de voir que tu as un tel respect pour mon métier !

— Ce n'est pas ce que je voulais dire, et tu le sais.

Les poings sur les hanches, elle redressa le menton.

— Non, je ne le sais pas. Pourquoi ne pas me l'expliquer ?

— Veux-tu vraiment diriger ce bureau ? Et Layla ? Il y a quelques mois, tu m'as dit qu'elle était plus importante que tout, et je t'ai crue. Qui va s'occuper de *notre fille*, quand tu passeras de nouveau quatre-vingts heures par semaine à défendre des chauffards ivres et des voleurs à l'étalage ?

Elle n'en croyait pas ses oreilles.

— Si c'est ce que tu crains, pourquoi m'as-tu encouragée à ouvrir mon cabinet ? Et ne me parle pas de mon *rêve* ! Penses-tu vraiment que je pourrai bâtir une entreprise avec Layla accrochée à moi vingt-quatre heures sur vingt-quatre ?

— Dans ton cabinet, tu choisirais tes horaires, dit-il, les dents serrées. Tu gérerais ton planning et tu aurais le temps d'être une mère. Ou bien, maintenant que l'adoption est officielle, cette idée te rebute-t-elle ? Veux-tu abandonner Layla à la première venue, quand tu seras au bureau ?

Greer arrivait à peine à parler tant elle était furieuse. Elle voyait rouge – littéralement. D'un geste brusque, elle le poussa pour s'éloigner.

— Tu peux regretter de m'avoir épousée, lâcha-t-elle, mais ne me compare *jamais* à Daisy.

Il la rattrapa par le bras.

— Où vas-tu ?

— Loin de toi, cria-t-elle en se libérant d'un geste.

Le hall était rempli d'invités et elle s'en détourna pour monter à l'étage.

— Bon sang, Greer !

Ryder était sur ses talons, sans se soucier d'attirer l'attention. Quand il posa la main sur son épaule, elle perdit la tête. Elle fit volte-face avec brusquerie.

— *Ne me touche pas !*

Il jura, voulut lui reprendre le bras. Pourquoi insistait-il tant pour la toucher, quand il n'avait pas posé un doigt sur elle depuis leur mariage ? Elle le repoussa, monta une marche de plus, mais son talon se prit de nouveau dans son pantalon large et elle trébucha. Elle se rattrapa à la rambarde, fit un pas de plus, et posa le pied sur l'assiette qu'elle avait abandonnée là. Sa semelle glissa sur le reste du brownie et elle bascula en arrière, les bras battant dans le vide. Une partie de son esprit entendit quelqu'un hurler. Une autre enregistra le regard bleu de Ryder quand il essaya de la rattraper.

Puis elle atterrit sur le dos et rebondit contre la rambarde si fort que le sapin de Noël chancela.

Ensuite, plus rien. L'obscurité se referma autour d'elle.

13

— Comment va-t-elle ?

Ryder, assis sur une chaise inconfortable en plastique moulé, redressa la tête pour regarder Meredith, Carter, puis enfin Greer. Elle était endormie dans son lit d'hôpital. Le bandage blanc qui recouvrait son front était en partie caché par ses cheveux. Ses autres blessures étaient plus difficiles à voir et leurs conséquences restaient incertaines.

C'était pourquoi elle se trouvait toujours là, trente-six heures après sa chute.

— Elle n'a pas perdu le bébé, répondit-il avec douleur.

Pas encore. Il n'ajouta pas ça, mais sentit ces mots résonner entre les rideaux qui cachaient le lit. Il avait encore du mal à croire qu'il avait appris sa grossesse juste avant de découvrir qu'elle risquait de faire une fausse couche. Faute d'une meilleure solution, on lui avait donné des somnifères et on attendait.

Meredith pressa une main tremblante contre ses lèvres et Carter déposa un baiser sur son front en l'enlaçant.

— Elle va se remettre, dit-il. Rien n'arrivera à notre petite fille, la veille de Noël.

Ryder aurait aimé en être si sûr.

— Où est Layla ? demanda encore Meredith.

— Ali est venue la chercher, ce matin.

Il adorait Adelaide, mais elle n'était plus assez en forme pour courir après une fillette d'un an toute la journée.

— Bien.

Meredith le contourna pour embrasser les cheveux de sa fille. Ryder se détourna en se pinçant l'arête du nez.

— As-tu dormi ? demanda Carter.

Il secoua la tête. Comment aurait-il pu dormir ? Dès qu'il fermait les yeux, il revoyait Greer dégringoler dans le vide.

— Tu devrais, fils.

Nouvelle dénégation muette.

— Fais au moins une pause.

Voyant qu'il ne réagissait pas, Carter soupira et posa la main sur son épaule.

— Elle ira bien. Si le bébé...

Il s'éclaircit la voix, embarrassé.

— Je sais que tu n'as pas envie d'entendre ça, mais il pourra y avoir d'autres grossesses.

Ryder était convaincu du contraire. Ce bébé était leur dernière chance. Si Greer le perdait, elle ne le lui pardonnerait jamais – et il ne se le pardonnerait pas non plus.

Il appuya ses coudes sur ses cuisses et contempla le sol.

Au bout d'un moment, Carter et Meredith partirent en promettant de revenir bientôt pour lui apporter un déjeuner et de quoi boire. Il s'en moquait. La seule personne qui comptait était allongée là, dans ce lit.

Commença alors l'inévitable défilé de la famille. Hayley. Archer. Des cousins qu'il connaissait. D'autres, qu'il n'avait jamais rencontrés.

Personne ne restait longtemps. Il n'y avait de place que pour une chaise, dans l'alcôve fermée par des rideaux, et Ryder ne la quittait pas. Pas même pour laisser un instant la place à ces gens qui, eux aussi, aimaient Greer. Il dut finir par s'assoupir et se réveilla en sursaut quand il entendit le cri d'un bébé.

Mais il n'y avait aucun bébé. Seulement sa femme. Les yeux toujours clos. La respiration si faible qu'il devait fixer la blouse bleu ciel à petits pois qu'on lui avait enfilée pour s'assurer que sa poitrine bougeait.

— Comment va-t-elle ?

Combien de fois lui avait-on posé cette question ? Dix ? Vingt ? Il se tourna vers la petite femme qui venait d'écarter le rideau.

— Vivian ? Que faites-vous ici ?

— Je viens prendre des nouvelles de ma petite-fille, voyons, répondit-elle en se glissant près du lit pour observer Greer et lui parler à mi-voix. Tu es une Templeton, ma grande. Nous avons bien des défauts, mais nous ne sommes pas faibles. Bats-toi !

Elle l'embrassa sur le front, comme l'avait fait Meredith, et s'étira. Son visage semblait plus ridé, plus fatigué. Pour la première fois, Ryder se leva pour lui offrir sa chaise.

Elle s'y assit, son petit sac bien posé sur ses genoux.

— J'ai passé trop de journées à l'hôpital, dans ma vie...

Elle soupira, se secoua et serra la main de Ryder.

— C'est le réveillon de Noël. Rien n'arrivera à notre petite fille, aujourd'hui.

— C'est exactement ce que Carter a dit.

La vieille femme eut un sourire doux-amer.

— Il ressemble tellement à son père, murmura-t-elle.

Soudain, Ryder pensa aux festivités.

— Votre repas de Noël n'a-t-il pas lieu ce soir ?

— Je l'ai mis en suspens.

— Greer a dit que vous aviez invité plus de cent personnes !

Elle agita la main avec nonchalance.

— Ils reviendront un autre jour. Quand Greer et toi serez là aussi.

— Je ne sais pas si ça arrivera, soupira-t-il.

— Moi, j'en suis sûre, dit-elle en souriant avant de se lever. Je suis passée prendre Adelaide. Elle m'a laissée voir Greer en premier, mais elle est dans la salle d'attente.

— C'était très gentil à vous, Vivian. Merci.

— Ne te méprends pas : ce n'est pas un geste gratuit. J'ai convaincu ta tante de s'installer quelque temps chez moi, avec Brutus. Et ce n'est pas négociable, mon garçon.

Elle lissa son tailleur rose et quitta l'alcôve. Ryder s'assit de nouveau pour prendre la main de Greer. Elle était froide. Il la pressa contre ses lèvres pour la réchauffer. Il n'avait pas encore bougé quand il entendit le rideau s'ouvrir.

Adelaide était là.

Il abandonna la main de sa femme et laissa sa tante l'enlacer de ses bras maigres et étrangement forts.

— Tu l'aimes, souffla-t-elle.

Jamais il ne l'avait entendue parler aussi bas.

— Tu dois le lui dire.

— Comment sais-tu que je ne l'ai pas déjà fait ?

Elle s'écarta et le dévisagea de ses yeux trop maquillés.

— Je vis sous le même toit que vous deux depuis quatre mois. À ton avis ? dit-elle avant de fourrer un écrin à bijoux trop familier dans sa main.

— Comment l'as-tu trouvé ?

— Tu as toujours caché tes trésors dans ton tiroir à chaussettes, dit-elle avec un petit sourire. Ce n'est pas très original, si je peux me permettre, et j'ai eu du mal à contourner le berceau de Layla pour le fouiller...

La situation n'était pas drôle, et pourtant il sourit aussi. Faiblement. Puis il se tourna de nouveau vers sa femme inconsciente et ferma les yeux.

— Ryder, murmura Adelaide. Aie la foi.

— La foi ne m'a pas encore mené bien loin en matière de mariage, Adelaide. Tu le sais.

— C'est parce que tu ne cherchais pas vraiment, protesta-t-elle avant d'indiquer le lit de sa main chargée de bagues. Que vois-tu, quand tu la regardes ?

Ma vie.

— Dis-lui que tu l'aimes. Donne-lui l'alliance de ta grand-mère. Je sais que tu as eu peur de le faire, jusqu'à maintenant, que tu craignais qu'elle la refuse ou qu'elle ne comprenne pas l'importance d'un tel cadeau. Le dernier objet qui reste de ta famille...

Elle referma les doigts de Ryder autour de l'écrin.

— Mais je suis sûre qu'elle comprendra.

Puis, lui prenant le menton pour mieux le regarder, elle demanda de nouveau :

— Que *vois*-tu, quand tu la regardes, Ryder ?

Ses paupières brûlaient.

— Ma vie.

Elle poussa un profond soupir et sourit avant de lui pencher la tête pour l'embrasser sur le front, comme elle l'avait déjà fait un million de fois. Puis, à son tour, elle disparut derrière le rideau.

Ryder ouvrit l'écrin. La boîte seule était antique et la bague, un solitaire monté sur un anneau filigrané, datait des années 1920. Il la retira du coussin en velours bleu délavé. Elle était si petite qu'il ne pouvait pas y passer une phalange.

Il se rassit au bord du lit, prit lentement la main de Greer. Elle était toujours froide. Trop froide.

Lorsqu'on l'avait admise à l'hôpital, les médecins avaient retiré ses bijoux – son alliance, ses boucles d'oreilles – et les avaient placés dans un sachet en plastique pour les confier à Ryder. Il ne savait même plus ce qu'il en avait fait...

Il glissa lentement l'anneau au doigt de Greer, s'attendant à ce qu'il ne lui aille pas, mais la taille était parfaite.

— Par cette alliance, murmura-t-il d'une voix étranglée.

— Je te fais mien.

Sa voix était faible et ses doigts se replièrent à peine sur les siens. Son cœur s'emballa et il redressa la tête. Ses yeux étaient tout juste entrouverts. Une larme roula sur sa joue.

— Le bébé...

Elle battit des paupières. Il essuya vite ses pleurs.

— Le bébé va bien, promit-il. Tu vas bien. Tu dois juste te reposer.

Elle rouvrit les yeux, avec un peu plus d'énergie. Sa main si délicate effleura la joue de Ryder.

— Tu pleures. Dis-moi la vérité. Le bébé...

— Le bébé ira très bien.

— J'aurais dû te le dire, soupira-t-elle en laissant retomber sa tête sur l'oreiller. Je suis tellement désolée...

— Et moi, j'aurais dû le voir, répondit-il avant de prendre son visage dans le creux de sa paume. J'aurais dû m'en rendre compte. La vérité était sous mes yeux.

Il se pencha pour l'embrasser.

— Tu es ma vérité, Greer, mais j'ai été trop obtus pour l'admettre. Tu es ma femme et je t'ai épousée pour les bonnes raisons. Promets-moi de te remettre et de rentrer à la maison. Layla et moi avons besoin de toi. Tu peux bien accepter le boulot que tu veux, mais... ne m'abandonne pas. N'abandonne pas notre famille.

Elle rouvrit les yeux et le contempla.

— Je pensais que tu m'avais tourné le dos.

— Jamais ! jura-t-il farouchement.

Il l'embrassa de nouveau, en tremblant, et sentit la main de Greer dans sa nuque.

— Ne me laisse pas.

Il secoua la tête, mais elle ne le vit pas. Elle avait déjà refermé les yeux. Il abaissa la barrière de sécurité, sur le côté du lit. Avec autant de précautions que lorsqu'il avait pris Layla dans ses bras pour la première fois, tous ces mois plus tôt, il repoussa un peu Greer pour s'allonger au bord du matelas avec elle. Il avait à peine la place de tenir et était obligé de passer un bras au-dessus d'elle dans une position étrange pour ne pas la bousculer, ou bousculer leur bébé, mais il réussit.

— Je t'aime, Greer.

Elle soupira et tourna à demi la tête vers lui.

— Je… t'aime…

Ses doigts vinrent de nouveau caresser sa joue.

— Plus… de… séparation.

Il sourit malgré lui.

— Plus de séparation, répéta-t-il comme un serment. Plus jamais.

Il ferma les yeux, serrant sa femme contre lui.

Et ils s'endormirent ensemble.

Épilogue

— Sois la bienvenue chez toi, madame Wilson.

Greer sourit tandis que Ryder la portait pour lui faire passer la porte de leur maison. C'était une situation étrange : il la portait, elle portait Layla.

— On aurait pu marcher, tu sais. Les médecins m'ont promis que le bébé n'aurait pas de séquelles. Tant que je n'essaie pas de courir un marathon, tout se passera bien.

— Je sais.

Il referma la porte d'un coup d'épaule.

— Mais je tenais à impressionner mes deux princesses en traversant la toundra, comme un vrai héros.

Greer pressa sa joue contre son torse et regarda leur fille.

— Papa est un peu bêta, aujourd'hui, non ? Deux flocons de neige, et il parle de toundra...

Les yeux émeraude de Layla pétillèrent.

— Papa !

Immédiatement, la fossette de Ryder fit son apparition sur son menton rasé de frais.

— Papa n'est pas bêta, corrigea-t-il. Il est *heureux*.

Il traversa le salon et les déposa avec soin sur le canapé. Puis il enleva son manteau et le suspendit à la patère avant de s'asseoir près d'elles et de prendre la main de Greer.

— C'est Noël et j'ai déjà reçu le plus beau cadeau du monde, Layla : maman est à la maison.

— Maman !

Greer se figea.

— Vient-elle de…
— En effet. Qui est maman, Mini-Terreur ?
— Maman, glapit la fillette en posant un baiser mouillé sur la joue de Greer, avant de faire de même avec Ryder. Papa !
Elle descendit du canapé et courut vers leur sapin, si étrangement décoré, pour commencer à déchirer les emballages des paquets en chantonnant.
— Elle va tous les déballer, remarqua Ryder.
— Sans doute, mais ce n'est pas grave : ils sont presque tous pour elle, de toute manière. Entre nous et Adelaide, je crois que nous avons un peu perdu le sens de la mesure…
Elle prit la main de Ryder et la posa sur son ventre, sous la sienne.
— C'est notre premier Noël en famille. Perdre le sens de la mesure est normal, non ?
— On croirait entendre Vivian.
Il sourit.
— Tu sais, elle a réussi à reprogrammer son grand dîner pour demain soir, d'un claquement de doigts.
— Les avantages de la fortune…
— Maman !
Layla revint en se dandinant, les mains pleines de lambeaux de papier qu'elle déposa sur les genoux de Greer.
— C'est pour moi ?
La fillette hocha la tête avec entrain et courut de nouveau s'attaquer à la montagne de paquets.
— Nous pourrions aller chez tes parents, suggéra Ryder. Tout le monde y est et espère te voir.
Elle l'enlaça, les bras passés autour de son cou.
— Peut-être plus tard. Pour l'instant… Pour l'instant, tout ce que j'ai souhaité posséder sans même le savoir se trouve ici.
Son regard lui sourit.
— Joyeux Noël, maman de Layla.
Elle sourit en retour. Il pensait avoir obtenu le plus beau cadeau du monde, mais ce n'était pas tout à fait vrai. Ils avaient *tous* eu le meilleur des cadeaux – et elle le chérirait pour le restant de ses jours.
— Joyeux Noël, papa de Layla.

BRENDA JACKSON

Troublante passion

Traduction française de
HERVÉ MALRIEU

PASSIONS

HARLEQUIN

Titre original :
IAN'S ULTIMATE GAMBLE

Ce roman a déjà été publié en 2007.

Prologue

— Jamais je ne ferai une chose pareille ! lança sèchement Brooke Chamberlain en repoussant derrière son oreille une mèche de ses longs cheveux bruns. Si j'avais eu la moindre idée de ce que tu voulais me demander, je n'aurais même pas répondu à ta convocation !

Ce que son supérieur hiérarchique venait de lui demander n'était rien moins qu'inacceptable. D'abord, elle revenait à peine de mission. Et, surtout, il voulait la renvoyer derechef dans l'ouest des États-Unis afin d'espionner — le mot n'était pas trop fort — l'homme qui la détestait le plus au monde : Ian Westmoreland.

Malcolm Price se passa la main sur le visage.

— Assieds-toi, Brooke. Je vais t'expliquer pourquoi c'est toi que j'ai choisie pour cette mission.

Brooke poussa un soupir d'exaspération.

Il n'y avait rien à expliquer ! Malcolm était certes son chef, mais c'était aussi un ami de longue date, puisqu'ils avaient débuté ensemble au FBI. Aussi était-il au courant de son ancienne liaison avec Ian, et de la raison pour laquelle ils s'étaient séparés.

— Comment peux-tu me demander de faire ça, Malcolm ? dit-elle en arpentant nerveusement le bureau, au lieu de s'asseoir comme son boss le lui avait proposé.

— Parce que, si tu refuses, c'est Walter Thurgood qui sera envoyé à ta place.

Elle se figea.

— Thurgood ?

— Malheureusement, oui. Et dès qu'il le sera, il n'aura plus aucun compte à me rendre, comme tu le sais.

Brooke se laissa finalement tomber dans le fauteuil que Malcolm lui avait désigné.

Arriviste excessivement zélé, Walter Thurgood ne travaillait au FBI que depuis deux ans, mais il s'était déjà taillé une réputation de grande efficacité, même si ses méthodes ne semblaient pas toujours très orthodoxes. Et c'était un secret de polichinelle qu'il n'ambitionnait rien de moins que la place de directeur général. Celle que son père, Peter Thurgood, occupait actuellement...

— Même si ton Ian est aussi innocent que l'agneau qui vient de naître, poursuivait Malcolm, Thurgood saura le faire passer pour le pire des individus si ça peut faire avancer sa carrière.

Elle savait que Malcolm avait raison. Elle savait aussi que le fils du directeur général ne risquait guère de se faire dénoncer par les collègues, même s'il manquait à l'éthique de la profession.

— Il y a tout de même une chose que je ne comprends pas, dit-elle. Si tu penses que Ian n'a rien à se reprocher, pourquoi enquêter sur lui ?

— Tout simplement parce que le précédent propriétaire du casino, Bruce Aiken, a été reconnu coupable d'organiser des paris illégaux. Or, nous voulons éviter que ceux de ses amis qui ont échappé à la police ne reprennent ce genre d'activités clandestines dans le casino à l'insu de Ian Westmoreland. Tu vois, dans un sens, tu lui rendras un fier service.

Brooke baissa les yeux comme pour examiner ses mains crispées sur ses genoux.

Elle savait bien que Ian ne l'entendrait pas de cette oreille. Cela ne ferait qu'exacerber sa méfiance à son égard. D'un autre côté, comment laisser Thurgood enquêter à sa place ? Ce serait une véritable catastrophe.

Elle leva les yeux.

— Ce n'est pas une enquête officielle, au moins ? demanda-t-elle.

— Non. Officiellement, tu es là-bas en vacances. Bien méritées, d'ailleurs. Mais tu gardes les yeux et les oreilles grands ouverts...

Elle était prise entre le marteau et l'enclume, et tous deux le savaient.

— Tu savais que je serais obligée d'accepter ! dit-elle en se penchant vers le bureau, les paupières plissées.

Comme Malcolm hochait la tête, elle lut dans ses yeux bleu foncé qu'il savait aussi autre chose : quatre ans après leur rupture, elle était toujours amoureuse de Ian Westmoreland.

1

Plongé dans les paperasses jusqu'au cou, Ian Westmoreland sentit soudain son estomac se contracter sans raison apparente.

À trente-trois ans, il avait appris à se fier à son intuition autant qu'à sa raison, aussi appuya-t-il sur un bouton et s'adossa-t-il confortablement dans son fauteuil directorial : il devait bien y avoir une raison à sa soudaine inquiétude.

Le panneau qui recouvrait l'une des parois du bureau se mit à coulisser, laissant apparaître plusieurs écrans de contrôle.

Affairés autour des tables de jeu et des machines à sous, les clients du casino étaient loin de se douter que l'on surveillait leurs moindres faits et gestes. On les écoutait même dans certaines salles. Les agents de sécurité avaient plus d'une fois surpris des confidences intimes... Mais un casino aussi immense que le Rolling Cascade ne pouvait faire l'économie de micros et de caméras de surveillance, car tout le monde ne fréquentait pas le casino pour le seul amour du jeu. Certains cherchaient à s'enrichir de toutes les manières possibles et imaginables en exploitant la faiblesse des autres... Aussi des agents équipés d'un matériel ultrasophistiqué traquaient-ils ces peu recommandables personnages au troisième étage du Rolling Cascade sur plus d'une centaine de moniteurs. Et cela, vingt-quatre heures sur vingt-quatre.

Ian quitta son fauteuil et s'assit sur un coin du bureau afin de mieux scruter la foule, en esquissant un sourire de fierté devant une telle affluence, si peu de temps après l'inauguration. Il ne regrettait certes pas d'avoir troqué sa caquette de capitaine de bateau à aubes sur le Mississippi contre celle de propriétaire de casino. *People Magazine* affirmait que le Rolling Cascade avait recréé avec classe l'ambiance de Las Vegas sur les bords du lac Tahoe.

Quelques minutes plus tard, il était sur le point de renoncer à sa recherche — son intuition avait sans doute connu un instant de défaillance —, quand il l'aperçut.

Brooke Chamberlain !

Il se leva d'un bond, soudain tendu à l'extrême. Que diable faisait-elle ici ?

Décidant qu'il n'avait pas de temps à perdre à essayer de le deviner, il décrocha le combiné et appela Vance, le chef de la sécurité.

— À la table 25, il y a une femme en tailleur-pantalon bleu pastel. Tu peux me la conduire dans mon bureau immédiatement ?

Il répondit d'une voix brève à la question de son interlocuteur :

— Oui, je connais son nom. Elle s'appelle Brooke Chamberlain.

Dire qu'il avait failli demander cette fille en mariage... juste avant qu'elle ne le trahisse dans les grandes largeurs.

La dernière fois qu'il l'avait vue, c'était trois ans auparavant, à Atlanta, au mariage de son cousin, le shérif Dare Westmoreland. Brooke avait été invitée parce qu'elle avait travaillé quelque temps avec Dare comme adjointe. Il l'avait alors délibérément ignorée. Cette fois-ci, il en irait tout autrement : il était chez lui et entendait bien le lui rappeler.

Ian l'observait en ce moment, Brooke en était certaine.

Elle ne savait pas exactement à partir d'où, mais en tant qu'agent du FBI elle ne pouvait ignorer que des caméras vidéo la traquaient. Le casino en était littéralement truffé, même si le commun des mortels n'avait aucun moyen de le soupçonner.

— Je vous demande pardon. Mademoiselle Chamberlain ?

Elle leva les yeux.

Un grand costaud proche de la cinquantaine fixait sur elle ses yeux bleus.

— Oui ?

— Je suis Vance Parker, chef de la sécurité. Le propriétaire de cet établissement, Ian Westmoreland, voudrait vous parler. Il vous attend dans son bureau.

— Très bien, monsieur Parker. Je vous suis.

Tandis qu'ils se dirigeaient vers l'ascenseur le plus proche, elle se demanda quel miracle pourrait lui permettre de survivre ici pendant quinze jours.

L'œil fixé sur le miroir, Ian sut exactement à quel moment Vance mentionna son nom. En l'entendant, Brooke ne manifesta aucune surprise.

Elle savait donc qu'il possédait cet établissement, elle s'était jetée dans la gueule du loup en toute connaissance de cause… Il était bien décidé à savoir pourquoi.

Il retourna s'asseoir à son bureau, l'estomac de plus en plus serré.

Il lui fallait bien l'admettre, il allait se retrouver en face de la seule femme qu'il n'ait jamais réussi à oublier. En deux années de vie commune, Brooke Chamberlain avait considérablement élevé le niveau de ce qu'il attendait des femmes. Celles qu'il avait connues après elle lui avaient paru incroyablement fades, incomplètes… En fait, Brooke l'avait privé de tout désir envers les autres femmes. Elle seule avait été capable de dompter son cœur.

Et de le capturer.

Cette pensée lui fit esquisser un sourire amer. Heureusement, il s'était assagi avec les années, et le cœur qu'elle avait jadis contrôlé était devenu de pierre… Ce qui ne l'empêcha pas de retenir son souffle en entendant s'ouvrir les portes de l'ascenseur.

Lorsqu'elle entra dans le bureau, leurs regards se rencontrèrent immédiatement, et l'alchimie qui avait toujours fait fusionner leurs âmes se manifesta aussitôt, plus brûlante que jamais.

Depuis ce matin fatal où il avait découvert la vérité, ils ne s'étaient jamais trouvés aussi près l'un de l'autre. À l'issue de la terrible dispute qui s'était ensuivie, il avait quitté pour toujours l'appartement de Brooke. Et, lors du mariage de Dare et Shelley, il avait veillé à ne pas s'approcher de la jeune femme. Cependant, même à une distance de vingt mètres, il avait perçu ce courant magnétique qui les attirait irrésistiblement l'un vers l'autre.

Au fil des années, il avait essayé d'oublier leur rencontre

dans le bureau de Dare… Brooke avait alors vingt-deux ans, et, même dans son uniforme de shérif adjoint, elle lui avait coupé le souffle !

Tout comme elle le faisait aujourd'hui à vingt-huit ans.

Malgré les circonstances qui l'avaient conduit à mettre un point final à leur liaison — qu'il avait jusque-là estimée parfaitement satisfaisante —, il devait reconnaître qu'il ne lui avait jamais été donné d'admirer plus belle femme. La peau de Brooke avait la couleur de l'amande douce, ses yeux si expressifs épousaient diverses nuances du brun sombre au doré selon son humeur, à la moindre moue de ses lèvres il sentait vibrer toutes les cellules de son corps… Sans oublier ces longs cheveux fluides qui lui tombaient en cascade sur les épaules et qu'il aimait tant caresser.

Furieux de ne pouvoir échapper à ces indésirables sentiments, il serra le poing et se tourna vers Vance.

— Je vous remercie, monsieur Parker. Ce sera tout.

Celui-ci haussa légèrement les sourcils, mais ce fut la seule manifestation de curiosité qu'il se permit. Il tourna les talons et disparut du côté de l'ascenseur.

Ian reporta son attention sur Brooke.

La jeune femme lui tournait le dos, apparemment absorbée par deux photographies encadrées accrochées au mur. Toutes deux le représentaient, l'une en compagnie de Tiger Woods, l'autre en compagnie de Dennis Rodman.

— J'ai entendu dire que Tiger et Dennis possèdent des résidences par ici, dit-elle.

Ian fronça les sourcils. Ainsi, elle cherchait à l'entraîner dans des bavardages futiles. Il savait bien qu'elle se mettait à babiller chaque fois qu'elle se sentait gênée. Il avait même trouvé cela charmant lors de leur premier rendez-vous… Mais aujourd'hui cela l'agaçait au plus haut point.

Il voulait des réponses. Et tout de suite !

— Si je t'ai fait venir dans mon bureau, ce n'est pas pour parler des résidences secondaires de Woods et Rodman. Ce que je veux, Brooke, c'est savoir ce que tu fais ici !

Le moment de vérité était arrivé.

Brooke s'y était préparée depuis l'instant où elle avait quitté le bureau de Malcolm. Et pourtant, comme elle le redoutait encore ! Il ne lui restait plus qu'à espérer de tout son être que Ian lui pardonnerait le mensonge qu'elle s'apprêtait à lui sortir, s'il découvrait un jour la vérité.

Poussant un soupir, elle se retourna, et instantanément leurs regards s'accrochèrent avec encore davantage d'intensité que tout à l'heure, en présence de Parker. Une sensation de brûlure torride la traversa de part en part, et les mots lui manquèrent.

Trois ans après leur dernière rencontre, Ian avait encore plus merveilleuse allure. Surtout avec ce collier de barbe finement taillé ! Il avait toujours eu un regard à damner une sainte, mais à présent sa virilité s'était encore davantage affirmée…

Lorsqu'elle était revenue à Atlanta pour devenir l'adjointe de Dare Westmoreland, la réputation de Ian et de son cousin Storm était parvenue à ses oreilles : ils passaient dans toute la région pour des amants de légende. Storm avait été surnommé le Cyclone, et Ian, la Parfaite Conclusion. On prétendait que toutes les femmes qui sortaient avec lui finissaient idéalement la soirée dans ses bras.

Et pourtant, cela avait changé dès l'instant où il avait témoigné de l'intérêt pour elle. Elle avait été l'une des rares femmes à lui résister et l'avait mis au défi de mériter de coucher avec elle — au point qu'il l'avait comparée à une noix de cajou, presque impossible à briser.

Elle ne doutait pas qu'elle devait à cette fermeté les deux années qui avaient suivi, tout au long desquelles elle s'était trouvée l'exclusive bénéficiaire de l'extraordinaire expertise sexuelle de Ian Westmoreland…

Et pourtant, la rumeur ne s'était pas révélée entièrement exacte. Certes, Ian lui avait maintes et maintes fois prouvé qu'il était bien la Parfaite Conclusion. Mais il s'était également avéré un Parfait Initiateur. Personne ne réveillait une femme chaque matin aussi bien que lui. Le seul souvenir de ses prouesses suffisait à la mettre instantanément dans un état de délicieuse expectative !

Il avait été son premier amant. Son *seul* amant…

— Tu vas rester plantée là longtemps, à ne rien dire ? Ou vas-tu oui ou non te décider à répondre à ma question ?

La colère qui vibrait dans la voix de son interlocuteur balaya instantanément le souvenir des merveilleux moments partagés.

— Eh bien, répondit-elle sur le même ton coléreux, les mains sur les hanches, je suis heureuse de pouvoir te répondre, Ian.

Ian se croisa les bras, plus troublé qu'il ne l'eût voulu.

Comment avait-il pu oublier comment le regard de la jeune femme s'embrasait lorsque la colère s'emparait d'elle ? Ou comment ses lèvres pouvaient alors former la moue la plus séduisante du monde ? Il avait pourtant gardé un souvenir cuisant de sa promptitude à s'enflammer...

Les femmes qu'il avait connues après elle lui avaient paru si mièvres, si fades, si totalement dépourvues de personnalité ! S'il leur avait ordonné de sauter à la mer, elles auraient demandé à quelle profondeur !

Mais la femme qui se tenait à présent devant lui n'avait rien de commun avec ces dernières. Elle n'avait pas sa pareille pour se défendre et s'affirmer, et il l'avait admirée pour cela. C'était même la raison pour laquelle il en était tombé à ce point amoureux.

— Je suis ici pour la même raison que tout le monde, dit-elle, interrompant ses pensées. J'avais besoin de prendre un peu de vacances, et j'ai réservé pour deux semaines ici.

Trop facile !

— Et pourquoi ici ? Tu aurais pu choisir mille autres endroits !

— Parce que, lorsque j'ai réservé, je ne savais pas que tu étais le propriétaire de cette station. Je te croyais toujours aux commandes de ton bateau sur le Mississippi.

Ian garda le silence quelques instants, soupesant cette réponse.

— L'ouragan Katrina a provisoirement interrompu cette activité touristique, répliqua-t-il enfin. De toute façon, j'avais décidé d'acheter cette station avant cela. Un jour ou l'autre, j'aurais quitté le *Princesse du Delta* et retrouvé la terre ferme.

Il la regarda droit dans les yeux et ajouta :

— Dis-moi, quand as-tu appris que j'étais le propriétaire des lieux ?

Brooke haussa légèrement les épaules.

— Il y a deux jours. Mais je me suis dit que mon argent était aussi bon à prendre que celui de n'importe qui. Et, surtout, que je ne pouvais pas passer ma vie à avoir peur de te rencontrer à chaque coin de rue.

Elle poussa un soupir et se passa la main dans les cheveux, les faisant déferler sur ses épaules.

— Pour l'amour du ciel, Ian, tournons la page. Peu importe que nous considérions notre liaison comme une époque heureuse ou malheureuse, il est temps de vivre nos vies ! Ta station jouit, semble-t-il, d'une excellente réputation, et c'est exactement ce dont j'ai besoin actuellement. Cependant, pour être tout à fait franche avec toi, je n'apprécie guère d'avoir été convoquée dans ton bureau comme une voleuse. Si tu es encore prisonnier du passé au point de penser que nous ne pouvons pas respirer le même air pendant quinze jours, fais-le-moi savoir, j'irai dépenser mon argent ailleurs.

Ian serra les dents.

Évidemment, elle avait raison : il devrait être capable de tourner la page… Cependant, ce qui le torturait, ce n'était pas leur rupture, mais la raison de celle-ci. Ils avaient partagé un amour exclusif, absolu. Brooke était même la seule femme avec laquelle il ait jamais envisagé de se marier ! Et pourtant, c'était elle qui lui avait brisé le cœur…

Lorsqu'elle s'était installée à Washington afin de travailler pour le FBI — alors que lui, dans le même temps, prenait les commandes du *Princesse du Delta* —, ils avaient réussi à poursuivre leur idylle avec la même ardeur, au prix de fréquents allers et retours en avion. C'était pendant cette période qu'ils avaient décidé de se marier.

Mais la seule fois où elle aurait dû se confier à lui, elle avait failli : elle avait détruit à jamais toute possibilité de lui faire confiance en lui cachant qu'elle avait été chargée d'enquêter sur l'un de ses associés. Lorsqu'il s'en était aperçu, un homme avait déjà perdu la vie, et une famille avait été détruite. Cependant, quatre ans après leur séparation, il était obligé de le reconnaître, il avait toujours cette fille dans la peau. La façon dont il réagissait à sa présence ne laissait planer aucun doute à ce sujet.

Pourtant, elle avait raison, il était grand temps de tourner la page. Ne devaient-ils pas commencer par être capables de se côtoyer pendant quinze jours ?

— Très bien, reste ici puisque tu as pris ta décision, dit-il enfin.

Brooke leva la tête d'un air de défi. Visiblement, elle pensait que si cela n'avait tenu qu'à lui, il lui aurait fait quitter sa station avec perte et fracas... Peut-être même l'aurait-il fait jeter au milieu du lac Tahoe !

— Dans ce cas, je reste. Puis-je commencer à profiter de mes vacances, à présent ?

Sur ces mots, elle se dirigea vers l'ascenseur sans même lui faire l'aumône de le saluer.

Cependant, à l'instant où les portes automatiques se refermaient sur elle, leurs yeux se rencontrèrent de nouveau, et Ian crut voir scintiller une étrange lueur au fond de son regard sombre.

Effronterie ? Regret ? Désir ?

Il fronça les sourcils. Comment diantre tourner la page, alors que la colère qu'il éprouvait en pensant à ce qu'elle avait fait était aussi vive que jamais ?

Il appuya sur un bouton, et la voix grave de Vance ne tarda pas à se faire entendre.

— Oui, Ian ?

— Mlle Chamberlain vient de quitter mon bureau.

— Tu veux que je garde l'œil sur elle chaque fois qu'elle fréquentera les salles de jeu ?

— Non, répondit-il vivement.

Curieusement, il n'aimait guère l'idée qu'un autre homme garde l'œil sur elle... Comprenant qu'il devait une explication à son ami, il ajouta :

— Brooke et moi avons eu une liaison, et nous avons décidé de tourner la page.

— Je m'en doutais.

— Autre chose, Vance : elle travaille pour le FBI.

Ian entendit son ami étouffer un juron avant de demander :

— Elle est ici en vacances ou en mission ?

— Elle prétend qu'elle est en vacances, mais j'aimerais en être sûr. Elle veut peut-être mener une enquête discrète. Si les soupçons du FBI se portent sur un ou plusieurs employés de la station, cela pourrait faire à celle-ci une mauvaise publicité.

— Si elle était en mission, elle te l'aurait dit, pas vrai ?

Ian émit un petit rire glacial.

— Non, elle ne m'aurait rien dit du tout ! La loyauté ne figure pas parmi les points forts de Brooke Chamberlain.

Certaine que des caméras de surveillance traquaient ses moindres mouvements, Brooke affecta le plus grand calme en traversant le casino, fendant la foule qui affluait dans les bars, les salons de thé, les salles de jeu, surtout celle où s'alignaient les machines à sous. Enfin, elle atteignit l'ascenseur permettant d'accéder aux villas de la station. Elle parvint à retenir ses larmes jusqu'à l'instant où elle referma derrière elle la porte de sa villa.

Le regard sombre de Ian ne laissait planer aucun doute : comme elle le craignait, il la détestait toujours. Et si jamais il découvrait la véritable raison de son séjour…

Elle inspira profondément et s'essuya les joues, puis elle sortit son téléphone portable de son sac. Il était temps d'appeler Malcolm.

Celui-ci répondit dès la deuxième sonnerie.

— Je suis au Rolling Cascade, Malcolm.

La tension de sa voix n'échappa pas à son supérieur.

— Si je comprends bien, dit-il, tu as déjà vu Ian Westmoreland.

— Oui.

Malcolm garda quelques instants le silence avant de répliquer :

— N'oublie pas que ce n'est pas une mission officielle, Brooke. Tu dois avant tout profiter de tes vacances. Simplement, si d'aventure tu as vent de quelque chose d'intéressant, nous comptons sur toi pour nous passer un coup de fil.

— Cela ressemble quand même à de l'espionnage.

— Peut-être, mais c'est dans l'intérêt de Westmoreland. Tu es là pour l'aider.

— Il ne l'entendra pas de cette oreille, protesta-t-elle faiblement, tandis que ses yeux s'emplissaient de nouveau de larmes. Écoute, Malcolm, ajouta-t-elle, je te rappelle si je vois quoi que ce soit de suspect. Sinon, à dans quinze jours.

— O.K. Sois prudente.

Elle remit son portable dans son sac puis elle s'approcha de la baie vitrée du salon, dans l'espoir de se laisser distraire par la riante bordure du lac et la douceur printanière d'avril, ou par le spectacle des fabuleuses chaînes de montagnes qui dominaient la station.

Sa villa, située à proximité de plusieurs chemins forestiers, donnait sans doute sur le plus beau panorama qu'il lui ait jamais été donné d'admirer. Depuis le salon et la chambre, la vue sur le lac Tahoe était littéralement époustouflante. Sa surface miroitante semblait capturer tous les reflets du couchant. C'était vraiment un lieu où l'on pouvait oublier tous ses soucis...

Mais, pour elle, il ne pouvait qu'intensifier encore ses peines.

Chassant cette pensée de son esprit, elle entra dans la salle de bains.

Presque aussi vaste que le salon, celle-ci ressemblait à un véritable établissement de bains, se dit-elle en dirigeant ses pas vers le Jacuzzi, assez grand pour accueillir confortablement quatre personnes... Et puis, il y avait cette magnifique fontaine qui, selon les publicités, s'écoulait en cascade dans la salle de bains de chacune des villas. Un endroit idéal pour nouer une idylle !

Elle se souvenait d'une nuit où Ian, le visage niché au creux de son épaule, lui avait fait part de son rêve de posséder un jour avec elle un endroit de ce genre. Et, lorsqu'il avait saisi l'occasion d'acheter le *Princesse du Delta* — un magnifique bateau à aubes qui proposait des croisières de dix jours sur le Mississippi au départ de Memphis avec arrêts à La Nouvelle-Orléans, Baton Rouge, Vicksburg et Natchez —, elle s'était trouvée à son bras lors de l'inauguration et lors de la fête qui avait suivi chez ses frères et ses cousins. Elle n'oubliait pas non plus qu'elle avait assisté avec lui aux deux célébrations — l'une aux États-Unis, l'autre au Moyen-Orient — du mariage de sa cousine Delaney avec un cheikh du désert.

Elle soupira profondément, sachant qu'elle devait oublier le passé, comme elle-même avait suggéré à Ian de le faire. Ces deux années avaient pourtant été plus merveilleuses que tout ce qu'elle pourrait vivre désormais avec qui que ce soit, et elle avait tant anticipé le jour où ils se seraient unis pour la vie...

Malheureusement, il y avait quatre ans, il avait rompu net et refusé d'écouter ses explications. Pourtant, si le FBI n'avait pas découvert à temps les rapports qu'entretenait son associé Boris Knowles avec la mafia, la police aurait forcément enquêté sur toutes ses activités professionnelles. Y compris sur son partenariat avec lui.

De toute évidence, Ian ne lui faisait pas davantage confiance aujourd'hui et ne manquerait pas de surveiller ses moindres faits et gestes.

Elle sentit sa respiration s'accélérer à la seule idée qu'il n'allait pas la quitter des yeux, et un léger sourire se dessina sur ses lèvres.

Eh bien, qu'il passe son temps à l'observer ! Peut-être cela lui ferait-il comprendre enfin ce qu'il avait perdu en la quittant ?

Ian jeta un nouveau coup d'œil sur l'horloge de son bureau et renonça à se donner l'illusion de travailler. Il ne parvenait pas à se concentrer sur ses dossiers, voilà tout. Il avait bien d'autres préoccupations !

La main crispée sur la page qu'il était censé parcourir, il résista à sa furieuse envie de presser sur le bouton lui permettant de voir sur les écrans de contrôle tout ce qui se passait dans le casino — ce qu'il venait pourtant de faire un nombre incalculable de fois depuis une heure, dans l'espoir d'apercevoir Brooke un instant...

Il se trouvait absolument pitoyable. Et dire que la jeune femme ne partait que dans quinze jours !

Plongé dans ses pensées, il lui fallut une bonne minute pour remarquer que sa ligne privée clignotait.

— Oui ?

— Ian, comment vas-tu ?

Il sourit, reconnaissant la voix de Tara, la pédiatre qu'avait épousée son cousin Thorn, constructeur de motos et coureur de renommée nationale.

— Je vais bien, Tara. Que me vaut le plaisir de t'entendre ?

— La fête d'anniversaire de Delaney. Shelley et moi revoyons la liste des invités, et nous avons un doute sur l'un des noms de cette liste.

Ian se cala dans son fauteuil.

Comment pourrait-il jamais croire que sa cousine Delaney allait bientôt passer le cap de la trentaine ? Il avait l'impression qu'hier encore ses frères et ses cousins se relayaient pour la surveiller. À l'époque, elle était encore la seule fille de leur génération dans le clan Westmoreland. Eh bien, à présent, elle n'était rien moins que la mère du futur roi de Tahran, le pays dont elle était la princesse… Et pour couronner le tout, son époux, le prince Jamal Ari Yasir, avait choisi de célébrer son anniversaire de manière fabuleuse au Rolling Cascade en attendant la naissance de leur deuxième enfant…

— Sur qui as-tu des doutes ?

— Brooke Chamberlain.

Quelle coïncidence !

Soucieux de calmer l'irritation qu'il sentait de nouveau monter en lui, Ian se passa la main sur le visage.

— Quel est donc le problème avec Brooke ?

— Je sais que Delaney adorerait la revoir, mais nous ne voulons pas te placer dans une position délicate. Nous avons bien remarqué que sa présence te gênait lors du mariage de Dare et Shelley.

De nouveau, il se cala dans son fauteuil. Personne ne se douterait jamais à quel point les choses avaient été difficiles pour lui pendant ce mariage !

— Hé, répondit-il, aucune inquiétude à avoir. Je sais comment m'y prendre.

Tara hésita un instant avant de répliquer :

— Tu en es sûr ?

— Absolument, confirma-t-il.

Décidant de ne pas mentionner la présence de la jeune femme dans son casino, il ajouta :

— J'ai tourné la page il y a des années. Elle n'est plus rien pour moi.

Il ponctua intérieurement ces paroles d'un soupir.

Il espérait de tout son cœur qu'elles s'avéreraient exactes un jour.

2

Ian s'était installé à une table du fond, afin que rien ne puisse lui échapper de ce qui se passait dans le salon du *Lagon Bleu*. Aussi aperçut-il Brooke à l'instant même où elle poussa la porte de l'établissement.

Avec élégance et distinction, elle se fraya un passage entre les tables.

Ordinairement, il ne gratifiait les plus jolies femmes que d'un bref coup d'œil. Sauf, évidemment, dans le cas de Brooke, qui ne cessait d'ailleurs de susciter sur son passage le désir des hommes.

Remarquant la flamme qui s'allumait dans les regards masculins, il fronça les sourcils, agacé. Ce qui l'irritait le plus, cependant, c'était de sentir la même passion dans le sien. Le terme « séduisante » était mille fois trop faible pour qualifier cette femme. Et la tenue qu'elle avait choisie ne risquait pas d'arranger les choses !

Des mèches échappées de son chignon semblaient flirter avec son cou gracieux et ses longs cils noirs, et le feu vif de son rouge à lèvres rendait plus espiègles ses lèvres délectables. Mais ce qui attirait par-dessus tout les regards, c'était sa courte jupe noire fendue sur les côtés, qui mettait si bien en valeur ses rondeurs parfaites, autant que ses longues et superbes jambes…

Lorsqu'elle s'assit sur l'un des tabourets du bar, exposant ainsi généreusement ses cuisses, Ian crut même entendre déglutir la plupart des mâles de la salle ! À peine avait-elle fini de s'installer que plusieurs hommes se levèrent afin d'aller tenter leur chance auprès d'elle.

En toute tranquillité, il porta son verre à ses lèvres.

À moins que Brooke n'ait énormément changé ces dernières années, ces pauvres diables se préparaient une brutale désillusion. La jeune femme appréciait probablement autant qu'une autre les regards de braise qui lui étaient adressés, mais elle ne recherchait certes pas les attentions des hommes. Lors de leur première rencontre, il l'avait appris à ses dépens.

Il était évidemment le seul dans ce salon à avoir connu intimement l'actuel point de mire de l'assistance masculine. Il savait combien la jeune femme avait manqué de sécurité durant son enfance et son adolescence. Son père et deux de ses frères aînés avaient sillonné les États-Unis en collectionnant les hold-up et les casses de banque avant de se faire arrêter par le FBI. Pour fuir les sarcasmes de leur entourage, sa mère et elle avaient tenté de refaire leur vie à Atlanta. Et, lorsqu'elle était sortie du lycée, Brooke avait décidé de rétablir l'honneur du nom de Chamberlain en travaillant à faire respecter la loi.

Ramenant son attention sur ce qui se passait autour du bar, il ne put réprimer un petit rire en observant le manège de Brooke : celle-ci accueillait les hommes les uns après les autres avec le plus éblouissant des sourires, avant de leur opposer une fin de non-recevoir des plus courtoises.

Il leva son verre en leur souhaitant mentalement bon vent.

Ce devait être la pleine lune ! s'amusa Brooke en sirotant sa boisson.

Tous les loups étaient de sortie et la prenaient pour une proie facile. Certains s'imaginaient que beauté rimait avec stupidité. L'un d'eux lui avait même offert d'être sa seconde femme, tout en lui affirmant qu'il était toujours très heureux avec la première !

— Tu as toujours autant de succès, à ce que je vois.

Elle leva les yeux vers l'homme qui venait de se glisser sur le tabouret à côté d'elle, et son regard radieux la désarçonna un instant, tandis qu'un curieux frisson lui parcourait le dos.

— Merci, répliqua-t-elle. Je prends cela pour un compliment.

De nouveau, elle porta son verre à ses lèvres. Elle se sentait brusquement la gorge étrangement sèche...

— Je croyais que je ne te reverrais plus de la soirée, dit Ian en levant son verre.

Haussant les sourcils, Brooke se tourna vers lui. Il avait échangé son costume de travail contre un autre, tout aussi élégant et représentatif de sa réussite. Mais, qu'il le veuille ou non, il se distinguait de tous les autres hommes par son pouvoir de séduction.

— Et pourquoi donc ? Tu n'imaginais tout de même pas que j'allais me cacher dans ma villa après notre entrevue ? Je te l'ai déjà dit, je ne vais pas passer ma vie à t'éviter comme si j'étais coupable de quelque chose.

— Un homme a perdu la vie, dit-il d'une voix tendue.

— Oui, répliqua-t-elle froidement. Mais Boris Knowles ne s'était pas acoquiné avec des amateurs, Ian. Il s'agissait de la mafia ! N'essaye pas de me culpabiliser à sa place.

— Mais si j'avais été au courant, j'aurais pu...

— Tu n'aurais *rien* pu faire ! Il était trop engagé. Est-ce donc si difficile à comprendre ? T'en parler n'aurait fait que t'impliquer dans une situation dont tu devais absolument te tenir à l'écart !

Brooke secoua la tête. Que dire d'autre à cet entêté pour le convaincre qu'il n'aurait rien pu faire ? Ignorer les agissements de Boris l'avait au contraire sauvé d'une situation inextricable.

L'entendant étouffer un juron, elle sut qu'elle aurait mieux fait ce soir d'éviter le *Lagon Bleu*, où elle avait de grandes chances de le retrouver.

— Écoute, Ian, nous ne serons évidemment jamais d'accord sur ce qui s'est passé, ni sur le bien-fondé de ma décision de ne pas te mettre au courant. C'est inutile de remettre ça sur le tapis. Et j'en ai assez que tu me considères toujours comme la fautive !

Elle se leva et jeta deux billets devant elle.

— Au revoir. Nous ferions peut-être mieux de nous éviter, désormais.

Ian regarda Brooke se diriger vers la sortie en laissant flotter derrière elle les sensuels effluves de son parfum. De nouveau, il étouffa un juron.

Chaque fois qu'il pensait à sa trahison, son cœur se serrait douloureusement. Dare s'était efforcé de lui faire comprendre qu'en devenant agent fédéral Brooke avait fait le serment de garder le secret sur ses activités. Si elle n'avait pas respecté cette obligation, disait-il, elle aurait mis en danger la vie d'autres agents fédéraux en même temps que la sienne propre.

Il comprenait tout cela, mais s'obstinait à penser que lorsque deux personnes s'étaient engagées à vivre ensemble, même s'ils n'étaient pas encore mariés, il ne pouvait y avoir de secrets entre eux. Il était donc persuadé que Brooke lui avait préféré son métier. C'était cela qui le faisait le plus souffrir.

Il faudrait pourtant bien lui pardonner un jour… Il ne pouvait continuer à la culpabiliser ainsi, sachant ce que représentait pour elle son job d'agent du FBI. Sa candidature avait été rejetée par deux fois à cause des délits de son père et de ses frères. Il avait fallu que Dare se porte absolument garant d'elle pour qu'on l'accepte enfin.

Il poussa un profond soupir.

Il était grand temps de faire la paix avec Brooke Chamberlain. Certes, à cause de sa trahison, l'amour qui l'unissait à elle autrefois ne renaîtrait jamais. Cependant, ne devraient-ils pas essayer de redevenir amis ?

Brooke ôta sa robe d'un geste rageur.

Décidément, Ian était toujours aussi têtu. Pire qu'une mule ! Quatre ans plus tard, il refusait toujours d'admettre qu'elle aurait mis sa vie en danger si elle lui avait parlé de son enquête. Tout ce qui lui importait, c'était le sort d'un homme qui avait menti à sa famille, à ses amis et à ses associés !

Eh bien, s'il n'avait pas changé d'avis au bout de quatre ans, elle s'efforcerait d'effacer de sa mémoire tous les souvenirs en rapport avec lui qui l'avaient hantée ces dernières années. Autant éradiquer Ian Westmoreland de son esprit et de son cœur !

Résolue néanmoins à profiter coûte que coûte de ses vacances, elle enfila son Bikini sur une impulsion.

Un bain de nuit ne pourrait que lui faire du bien. Nager l'avait toujours détendue, et elle envisageait sérieusement de faire construire une piscine près de sa maison dans la banlieue de

Washington. La seule question, c'était de savoir quand elle aurait le temps d'en profiter.

Elle allait se saisir de son peignoir lorsqu'elle entendit frapper à la porte. Sans doute le traiteur s'était-il trompé de villa.

Elle traversa le salon, jeta un coup d'œil à travers le judas et se raidit, l'estomac serré.

Si Ian s'imaginait pouvoir entrer chez elle, il allait devoir déchanter !

Elle ouvrit la porte à la volée.

— Écoute, Ian, je...

Sans lui laisser le temps de finir sa phrase, il lui tendit une rose blanche.

— Je viens faire la paix, Brooke. Tu as raison, il est grand temps de tourner la page.

Le cœur de Ian battait à tout rompre.

Il croyait s'être préparé à toute éventualité, mais il n'aurait jamais pensé que Brooke lui ouvrirait sa porte en Bikini, avec autour de la taille un simple châle mettant en valeur ce qu'il était censé cacher !

Son parfum, dont il avait suivi les effluves depuis le *Lagon Bleu*, était exceptionnellement féminin et excitant. Il imprégnait l'entrée de sa villa, lui entrait dans la peau... Ses seins fermes et pleins semblaient prêts à bondir hors du soutien-gorge du Bikini, sa taille fine s'évasait en des hanches parfaites prolongées par la plus belle paire de jambes qu'il connaissait. Quant à ses pieds, comment avait-il pu oublier qu'il étaient aussi sexy ? Nus, ils étaient délicieusement mis en valeur par un vernis à ongles rouge vif et des sandales de cuir.

Ian sentit son self-control s'affaiblir dangereusement et poussa un profond soupir, regrettant de ne pouvoir se concentrer sur quelque chose d'autre. Décidément, Brooke était toujours la femme de ses rêves.

Il baissa les yeux sur la rose qu'il venait de lui offrir, mais ce faisant son regard se porta sur le nombril de la jeune femme, l'un des endroits de son corps qu'il préférait. Mais après toutefois son...

— Ian ?

Se forçant à relever la tête, il s'éclaircit la gorge.

Sapristi, il était venu pour faire la paix, pas l'amour ! Il savait pourtant bien qu'il n'entretiendrait plus jamais ce genre de relation avec elle !

— Oui ?

— Merci pour la rose. Je suis ravie que nous puissions oublier le passé et vivre nos vies. J'espère qu'un jour nous pourrons redevenir amis.

— Moi aussi, je l'espère, répliqua-t-il.

Brooke plongea ses yeux dans les siens et remarqua probablement sa réticence. Elle hocha la tête.

— Très bien, dit-elle.

Il s'appuya contre l'embrasure de la porte.

— Tu t'apprêtais à sortir ?

— Oui. Je voulais aller piquer une tête dans l'une des piscines. De préférence celle avec une grande cascade au milieu, elle a l'air vraiment sympa.

Ian hocha la tête. Il était passé devant pour venir chez Brooke et avait remarqué que les hommes y étaient bien plus nombreux que les femmes à cette heure.

— C'est vrai, cette piscine n'est pas mal, mais j'en connais une cent fois mieux !

— Ah bon ? Où se trouve cette merveille ?

— Sur ma terrasse.

Leurs regards se rencontrèrent.

Il imaginait sans peine les pensées qui traversaient l'esprit de la jeune femme. Quant aux siennes propres… Certes, se défendit-il, il n'avait plus aucun droit de se montrer possessif à son égard, mais devait-il pour autant faire taire son instinct protecteur ?

Soulagé d'avoir trouvé une raison avouable de l'inviter dans son appartement, il lui prit la main.

— Naturellement, dit-il, c'est seulement une invitation à utiliser ma piscine, mais je serai également heureux de parler avec toi de ces quatre dernières années. Bien entendu, si tu préfères t'en tenir là, libre à toi.

Brooke sentit les paroles de Ian s'imprimer douloureusement en elle.

Ainsi, il voulait qu'ils redeviennent amis, et rien de plus. Il lui faisait une offre de paix et désirait simplement qu'ils parlent de leurs vies... Il était certainement loin de se douter qu'elle avait souvent pris de ses nouvelles auprès de Dare ! En fait, chaque fois qu'elle avait eu celui-ci au bout du fil. De cette manière, elle savait que Ian méritait de nouveau sa réputation de Parfaite Conclusion.

Il jurait, paraît-il, qu'il ne se marierait jamais, au grand jamais. Bien que son cousin Storm fût à présent ravi de s'être passé la corde au cou, Ian préférait visiblement demeurer le loup solitaire du clan des Westmoreland.

— Je serai heureuse de visiter ton appartement et de nager dans ta piscine, dit-elle, priant le ciel de sortir indemne d'une telle soirée.

Une soirée dans le domaine privé de Ian !

Un sourire se dessina sur ses lèvres de son interlocuteur, et elle se sentit submergée d'une vague brûlante de sensations.

— Très bien. Es-tu prête ?

— Oui. Il suffit que je prenne une serviette.

— Inutile. J'en ai à revendre !

— O.K. Il ne me reste plus qu'à prendre ma clé.

Quelques instants plus tard, ils se dirigeaient côte à côte vers l'immeuble du Rolling Cascade.

Brooke était parfaitement consciente que Ian la regardait en coin, mais elle se garda bien d'en faire autant. Si elle surprenait un seul éclair de désir dans ses yeux, elle ne pourrait probablement pas éviter de faire quelque chose de vraiment stupide. Comme par exemple céder à l'attirance qu'il exerçait toujours sur elle et lui demander de l'embrasser...

De toute façon, connaissant la volonté de fer de Ian, il la repousserait.

— Bienvenue dans mon repaire, Brooke.

Ian s'écarta pour lui permettre d'entrer, et au premier aperçu elle eut le souffle coupé.

Il habitait, juste au-dessus de ses bureaux, un appartement dont les deux étages étaient reliés par un escalier en spirale. Dès qu'elle en franchit le seuil, elle eut l'impression d'entrer au paradis. Elle pensait que le propriétaire du Rolling Cascade devait disposer d'un magnifique appartement, mais elle n'aurait jamais imaginé un lieu aussi splendide.

Elle remarqua tout de suite le choix éclectique des couleurs — une éclatante palette de rouges, d'oranges, de jaunes, de verts et de bleus — ainsi que les grandes baies vitrées et la hauteur des plafonds. Deux cheminées blanches se faisaient face, surmontées de tentures peintes à la main. D'innombrables plantes vertes tropicales témoignaient de l'amour que Ian portait à la nature.

Il fallait reconnaître que tout cela se mariait harmonieusement.

— Viens que je te fasse visiter ma tanière, dit Ian.

Sa main se referma sur la sienne, et sa chaleur envahit le corps de Brooke en même temps qu'un déluge de sensations.

Elle s'efforça de ne pas penser à l'expertise de ses mains ni au pouce qu'il aimait jadis promener sur sa peau nue en partant de ses seins... ni à sa langue qui le suivait si souvent !

La douceur de ces caresses l'obligeait à émettre toute une gamme de sons, depuis les ronronnements jusqu'aux gémissements, et lorsqu'il atteignait son nombril, elle se consumait tellement de désir qu'elle finissait par l'implorer !

— Tout va bien ?

S'arrachant à ses délicieux souvenirs, elle leva les yeux vers Ian en haussant les sourcils. S'était-elle trahie ? Avait-elle émis quelque chose, un son qu'il aurait reconnu, dont il se serait souvenu ?.

— Oui. Pourquoi me demandes-tu cela ?

— Pour rien, murmura-t-il d'un ton qui la submergea de frissons.

D'élégantes portes-fenêtres leur permirent l'accès aux différentes pièces, qui toutes portaient la marque d'un architecte d'intérieur talentueux. La cuisine spacieuse, avec son bar raffiné judicieusement encastré au-dessus du comptoir et ses chaises aériennes, utilisait l'espace pour le plus grand confort des usagers. Non que l'espace fût à économiser ! Elle avait rarement visité un appartement aussi vaste. Sa maison à elle lui paraissait minuscule en comparaison...

Ian était en train de lui expliquer que son principal actionnaire était le prince Jamal Ari Yasir, le mari de Delaney, mais que ses frères Spencer et Jared, sans oublier son cousin Thorn, avaient également investi dans le Rolling Cascade. Elle avait toujours admiré l'esprit de corps qui soudait le clan Westmoreland.

Enfin, il ouvrit la porte de sa chambre à coucher.

Une vague de jalousie la submergea. Tant d'autres femmes avaient dû partager son lit géant ! Cependant, elle se reprit, songeant que la vie amoureuse de Ian Westmoreland ne la regardait nullement.

— Alors, qu'en penses-tu ? demanda ce dernier d'un ton désinvolte.

— Je suis fière de toi ! dit-elle en quittant le lit des yeux. Ce que tu as accompli est magnifique. Et quelle chance tu as d'appartenir à une famille où tout le monde est solidaire ! Tous les Westmoreland sont merveilleux.

Il lui adressa un sourire radieux.

— J'en suis bien conscient ! approuva-t-il.

— Comment vont-ils ?

— Très bien. Tu sais que Storm s'est marié ?

Elle lui rendit son sourire tandis qu'il l'entraînait hors de la chambre.

— Je suis au courant, mais j'ai du mal à l'imaginer avec la corde au cou !

Ian lui adressa un petit sourire en coin.

— Et pourtant, on ne pourrait imaginer un père plus parfait. Sa femme Jayla et leurs jumelles sont la meilleure chose qui soit arrivée dans sa vie. Il les adore toutes les trois.

Ils gardèrent quelques instants le silence.

— J'ai aussi appris que ton oncle Corey avait des triplés.

— Ça aussi, c'est incroyable, pas vrai ? Il a retrouvé une ancienne petite amie qui lui avait caché jusque-là qu'elle avait eu des triplés de lui une vingtaine d'années auparavant ! D'autre part, il vient d'épouser la mère de Madison, Abby, et ils sont heureux comme des rois dans leurs montagnes.

Brooke hocha la tête.

Elle avait autrefois rendu visite à Corey avec Ian, ce qui lui avait permis d'admirer les splendides montagnes du Montana au sein desquelles il vivait.

— J'ai entendu dire que Chase s'est marié aussi. Tout comme Durango.

Ian hocha la tête, affichant à présent un large sourire.

— Oui. Ils ont eu le coup de foudre pour deux sœurs, Jessica et Savannah Clairborne. Durango et Savannah se sont fiancés et mariés ici même.

Il la regarda droit dans les yeux.

— Je vois que Dare t'a tenue parfaitement au courant, dit-il.

Brooke haussa les épaules, croyant discerner un sourire dans sa voix.

— C'est vrai. Cela te gêne que Dare et moi soyons restés en contact ?

— Pas du tout ! s'exclama-t-il, comme si elle avait exprimé une idée ridicule. Dare t'a connue longtemps avant moi. Tu étais son collègue le plus proche et vous étiez très liés. Tu n'avais aucune raison de rompre les ponts avec lui sous prétexte que cela ne marchait plus entre nous. Les Westmoreland ne sont pas ainsi, Brooke.

Quelques instants plus tard, il ajouta sans cesser de sourire :

— Je sais aussi que tu as gardé le contact avec d'autres membres de la famille...

Il hocha la tête avant de poursuivre :

— À moins que ce ne soit eux qui aient gardé le contact avec toi. En tout cas, Delaney m'a fait savoir sans équivoque que notre rupture n'a en rien affecté votre amitié.

— Vraiment ? dit Brooke en affectant une désinvolture qu'elle était loin d'éprouver.

Effectivement, elle et Delaney étaient restées amies. Lorsque Delaney accompagnait son mari à Washington où il participait à des sommets internationaux, elles passaient une journée à faire du shopping, avant d'aller au cinéma puis de dîner ensemble au restaurant.

— Nous y voilà, dit Ian.

Brooke cessa un instant de respirer.

Cette fois, c'était vraiment le paradis ! Reliée à une salle privée de sport et de remise en forme, l'immense piscine de Ian s'étalait devant eux, avec toutes ses cascades et ses plantes exotiques !

— Ça te plaît ?

— Oh, Ian, c'est merveilleux ! Tu avais raison : elle est encore plus paradisiaque que les autres !

Il prit deux serviettes et les lui tendit.

— Au fait, dit-il, je voulais te demander tout à l'heure : comment va ta maman ?

— Comme un charme ! répondit-elle en souriant. Le mariage lui réussit. Tom, mon beau-père, est un homme affectueux qui l'entoure comme elle le mérite. Du vivant de papa, lorsqu'il était en prison, elle refusait toute liaison et ne voulait pas entendre parler de divorce, mais maintenant elle se sent libérée des vœux qu'elle avait prononcés.

Ian hocha la tête.

— Je sais ce qui est arrivé à ton père. Je suis désolé.

Elle haussa les épaules, reconnaissante à Ian de s'intéresser à sa famille.

— Il n'avait plus que deux ans à tenir avant d'être mis en liberté conditionnelle, et que fait-il ? dit-elle, une pointe de colère dans la voix. Rien de mieux que fomenter une révolte qui lui coûte la vie ainsi qu'à trois autres détenus !

— Et tes frères, comment vont-ils ?

— Bud et Sam vont bien. Maman est restée en contact avec eux, bien davantage que leur mère biologique, la première femme de mon père.

Lorsque sa mère avait épousé Nelson Chamberlain, ses frères étaient déjà adolescents.

— Je leur écris souvent, poursuivit-elle, et j'emmène maman les voir de temps en temps. Je crois qu'ils ont compris la leçon et qu'ils reprendront une vie normale dès qu'ils seront libérés.

Elle avait aimé son père et ses frères malgré leurs méfaits, et elle adorait littéralement sa mère d'avoir tout fait pour la protéger et l'élever dans un meilleur environnement.

Au moment d'ôter son peignoir, elle adressa à Ian un coup d'œil plutôt nerveux.

— Tu vas te baigner aussi ?

Il secoua la tête en souriant.

— Non, pas ce soir. La piscine t'appartient. Je dois te laisser quelque temps, j'ai une paire de coups de fil à donner. Tu n'y vois pas d'inconvénient ?

— Non. Je te suis très reconnaissante de me laisser disposer de cette merveille !

— Ce n'est rien.

— Et j'ai été heureuse de bavarder avec toi.

— Moi aussi.

Il jeta un coup d'œil à sa montre avant d'ajouter :

— Je reviens d'ici une heure pour te raccompagner à ta villa.

— Très bien.

Après le départ de Ian, elle passa la langue sur ses lèvres asséchées. Avait-elle rêvé ? Ian ne s'était-il pas empressé de fuir à la perspective de la voir se dévêtir devant lui ? Hum… Peut-être le parfait contrôle de lui-même dont il avait toujours fait preuve n'était-il pas sans faille, après tout ?

À la pensée que l'attirance qui les avait portés l'un vers l'autre n'était peut-être pas non plus morte chez lui, elle se sentait submergée par un profond trouble.

Saisie de vertige, elle ôta son peignoir, gagna rapidement l'autre extrémité de la piscine et plongea.

Lorsque Ian se versa un verre de vin, sa main tremblait.

Il avait rarement ressenti à ce point le besoin d'une boisson réconfortante. Toute la soirée, il avait dû mobiliser sa volonté pour s'empêcher de prendre Brooke dans ses bras. Pire, il avait senti qu'elle-même avait très envie d'un rapprochement entre eux…

Jamais il n'aurait dû rester auprès d'elle en sachant à quoi elle pensait, puisqu'il s'interdisait à présent de la satisfaire, comme il l'aurait fait autrefois avec tant d'empressement…

Avec colère, il reposa violemment son verre sur la table basse.

Inutile de songer à revenir en arrière ! La seule chose que Brooke et lui pourraient désormais partager, c'était de l'amitié. Et c'était déjà pousser loin le bouchon.

Le téléphone se mettant à sonner, il décrocha en poussant un juron.

— Oui ?

— Eh, vieux, comment vas-tu ?

Il reconnut aussitôt la voix de Storm et se détendit.

Seul son cousin Storm pouvait deviner quand il avait des problèmes, même si des milliers de kilomètres les séparaient. Chose étonnante, ce n'était pas avec Quade, son frère jumeau, qu'il se sentait le plus d'affinités, mais avec son cousin. Lequel le lui rendait d'ailleurs bien, au détriment de son propre frère jumeau, Chase... Plus étonnant encore, Quade et Chase éprouvaient entre eux la même affinité que Storm et lui !

— Et qu'est-ce qui te fait penser que quelque chose n'irait pas ? s'enquit Ian en s'asseyant sur le divan de cuir, idéalement placé pour ne pas perdre de vue Brooke, du moins lorsqu'elle nagerait dans la moitié peu profonde de la piscine.

Storm eut un petit rire.

— Je l'ai senti, mon vieux ! La seule nuit où j'aurais pu dormir correctement — la première où les petites ne se sont pas réveillées une seule fois —, il a fallu que je m'inquiète pour toi !

Ian haussa les sourcils.

— Sans blague ?

— Parfaitement. Que se passe-t-il ? insista Storm. Qu'est-ce qui te rend si nerveux que je le sens d'ici ?

Cependant, Ian ne l'écoutait déjà plus : Brooke venait d'apparaître dans la partie peu profonde de la piscine. Cessant de nager, elle se redressa, émergeant de l'onde telle une déesse de l'Antiquité, et rejeta en arrière ses cheveux luisants.

Mais il n'y avait pas que ses cheveux qui captivaient son attention. Bon Dieu, Elle avait un corps à faire saliver n'importe quel homme ! Et avec ce Bikini collé sur sa peau... C'en était trop ! Tout autre que lui se serait déjà précipité au bord de la piscine.

À la pensée qu'il avait autrefois caressé et même léché chaque millimètre de ce corps, qu'il lui avait fait l'amour de mille façons différentes, il sentit son sang galoper furieusement dans ses veines.

— Hé, Ian, dis quelque chose ! Que se passe-t-il donc ?

En entendant ces mots, il se souvint qu'il tenait un combiné et résista de toutes ses forces à l'envie de raccrocher. Il se sentait soudain épuisé.

— Brooke, murmura-t-il dans un soupir rauque. Elle est ici.

— Qu'est-ce que tu veux dire, Ian ?

— Cela et rien d'autre, Storm. Elle passe quinze jours de vacances au Rolling Cascade. Et, en ce moment, elle se baigne dans la piscine de mon appartement. Nous essayons tous deux d'oublier le passé.

Storm eut un petit rire.

— Génial, vieux ! Si je comprends bien, toi et Brooke essayez de tourner la page et de devenir amis ? C'est la meilleure que j'aie entendue depuis un moment. Allons, Ian, réfléchis ! Tu ne te crois tout de même pas capable de te contenter d'amitié avec la seule femme qui ait jamais ravi ton cœur ?

— Bien sûr que si, puisqu'il s'agit du passé. Cela fait des années que je ne l'aime plus.

— C'est ce que tu dis !

— Et c'est la vérité. Bonne nuit, Storm.

Ian se leva et se dirigea vers l'immense baie vitrée.

La vue sur le lac Tahoe était à couper le souffle.

Il avait rénové le casino et la station en s'efforçant d'allier le charme du Nevada au luxe d'un complexe de tout premier ordre et en le dotant d'une vie nocturne propre à lui attirer la clientèle la plus huppée. À l'écart des villas et des multiples boutiques, restaurants et autres courts de tennis, son appartement occupait une bonne partie du huitième et du neuvième étage du bâtiment principal. Il le considérait comme une arme de séduction, même si la rénovation du casino, son inauguration et la mise en route de la station ne lui avaient pas encore permis de s'adonner à la poursuite de plaisirs intimes.

En fait, il n'avait encore introduit aucune femme dans son repère, à l'exception des membres de sa famille — et maintenant de Brooke.

Brooke.

Entendant la jeune femme plonger, il afficha un large sourire. Bizarrement, il aimait sentir sa présence… Et pourtant, quoi qu'en dise Storm, aucun attachement ne les liait plus. Absolument aucun.

Au plus, ils redeviendraient un jour amis.

3

Brooke fit plusieurs fois le tour de la piscine à la nage indienne. Au-delà de sa fatigue, elle se sentait renaître.

Enfin, elle se hissa hors de l'onde et avisa une banquette capitonnée qui lui tendait les bras.

Elle s'y étendit de tout son long et s'abîma dans la contemplation des plantes tropicales qui l'entouraient.

En réalité, elle ne pouvait détacher ses pensées du regard intense que Ian lui avait jeté avant de s'éclipser. En nageant, elle n'avait cessé de fantasmer à ce sujet. Pourtant, sachant que la simple évocation de Ian pouvait l'embraser à chaque instant, elle devrait faire l'impossible pour demeurer détachée. Du moins en partie…

Mais, une fois de plus, elle s'avouait incapable de contrôler l'attirance qu'il exerçait sur elle.

Peine perdue ! Impossible de le chasser de son esprit.

Elle ferma les yeux et se remémora aussitôt la bouche de Ian se déplaçant avec agilité sur sa peau, puis sa langue excitant délicieusement ses tétons, tandis que ses doigts — Oh oui ! — s'insinuaient habilement entre ses jambes…

Ian ne savait pas très bien combien de temps il était resté près de la baie vitrée, son verre à la main, à regarder sans les voir les lumières des multiples yachts et voiliers scintiller sur le lac.

La journée du lendemain s'annonçait très occupée. Il avait rendez-vous le matin avec Nolen McIntosh, son directeur adjoint, puis avec Vance pour des questions de sécurité, et enfin avec Danielle

Worms qui s'occupait des relations publiques. Sans oublier, bien entendu, de superviser les derniers préparatifs de l'anniversaire surprise de Delaney.

Remarquant enfin qu'aucun clapotis ne parvenait plus de la piscine, il posa son verre et décida de rejoindre Brooke.

Comme il s'y attendait, la piscine était vide. La jeune femme dormait sur une des chaises de repos, étendue sur le ventre.

Lorsqu'il l'aperçut, une violente émotion l'étreignit.

Quand Brooke avait-elle dormi chez lui pour la dernière fois ? Bien des années auparavant, en tout cas. Les mots empreints de colère de leur séparation retentissaient encore à ses oreilles... Et c'était surtout lui qui les avait prononcés ! Il avait refusé d'écouter ses explications. Refusé de la revoir et même de lui parler.

Dans ce cas, pourquoi lui parler aujourd'hui ? Pire, pourquoi lui permettre d'envahir son espace, le seul où rien jusque-là ne pouvait lui rappeler son existence ?

Entendant Brooke gémir dans son sommeil, il s'approcha et, soudain embrasé, parcourut son corps des yeux. Son regard caressa l'évasement de ses hanches, s'attarda sur la douce courbure de son dos et sur le minuscule bout de tissu constituant le bas de son Bikini. Sa peau semblait si douce, si engageante, si chaude sans doute... Il brûlait de la couvrir entièrement de ses mains et de ses lèvres brûlantes.

Il poussa un soupir.

Quelques années auparavant, il n'aurait pas hésité une seconde à la réveiller en lui faisant l'amour. À l'aide de ses mains et de sa bouche, il lui aurait donné d'autres raisons de gémir !

À cette pensée, il eut l'impression que son corps s'emplissait de lave en fusion. Cependant, tout était différent à présent. Plus jamais ils n'auraient ce genre de relation. Plus jamais il ne la toucherait.

S'arrachant à sa contemplation, il se saisit d'un drap de bain et l'étendit sur elle. Il ne la réveillerait pas, il la laisserait se reposer.

Pourtant, il ne souhaitait pas la quitter non plus. Il tenait à assister à son réveil. Était-ce du masochisme ? Il brûlait de plonger ses yeux dans ceux de Brooke à l'instant où se soulèveraient ses paupières... En fait, il adorait capturer le regard si sexy qui était le sien lorsqu'elle sortait du sommeil. Ce premier regard l'excitait toujours autrefois, éveillant en lui une force et une passion qu'aucune autre femme n'avait jamais réussi à susciter.

Il s'assit dans un fauteuil en osier et étendit ses jambes devant lui. De là, il ne perdrait rien de l'instant où elle ouvrirait les yeux.

Mais, très vite, son esprit le ramena à l'instant où ils s'étaient rencontrés, six ans auparavant, alors qu'il venait d'entrer dans le bureau de Dare.

Cet instant qui avait changé sa vie.

Emergeant d'un profond sommeil, Brooke garda un moment les paupières closes pour mieux goûter l'impression de bien-être qu'elle ressentait. Rien de tel qu'une bonne séance de natation pour se détendre !

Prenant conscience d'une fragrance virile et familière à proximité, elle souleva cependant les paupières, et aussitôt ses yeux rencontrèrent ceux de Ian Westmoreland, pénétrants et sombres.

Il avait retroussé ses manches et quelque peu déboutonné sa chemise d'un blanc immaculé, mais ce léger débraillé n'altérait en rien sa séduction…

D'autant moins que son pantalon étroit lui moulait à ravir les muscles des cuisses !

Un frisson la parcourut. Elle prit alors conscience du drap de bain qui la recouvrait et comprit que c'était lui qui l'avait étendu sur elle.

À l'idée qu'il s'était à ce point approché d'elle, qu'il l'avait forcément effleurée pour la couvrir ainsi, une douce brûlure l'envahit.

Elle aurait voulu s'asseoir, s'étirer, s'excuser de s'être endormie, mais elle ne pouvait esquisser le moindre geste. En fait, elle pouvait à peine respirer, hypnotisée par le regard de Ian. Le souvenir d'une époque remplie de bonheur et de passion s'imposait à elle. En était-il de même pour lui ?

Quand elle vit ses yeux s'assombrir, une vague de désir l'embrasa.

Cela faisait si longtemps… Quatre ans ! Sa présence virile mettait tous ses sens en éveil, comme aucun autre homme ne pouvait le faire.

Cet homme lui avait fait découvrir tous les plaisirs que peut partager un couple, lui qui la réveillait le matin en promenant ses mains et ses lèvres sur son corps, lui qui était devenu son confident et son meilleur ami en même temps que le meilleur des amants.

Il se leva et s'approcha d'elle, affichant la preuve irréfutable de son désir. Son regard brûlant ne laissait planer aucun doute sur l'orientation de ses pensées.

Elle se redressa lentement, sentant son propre corps réagir instantanément au pouvoir de séduction qui émanait de lui.

Bien des différends subsistaient en eux, et bien des choses appartenaient désormais au passé. Cependant, sur un plan très profond, ils ne pouvaient pas connaître de désaccord... Et c'était l'un de ces instants privilégiés qu'ils vivaient en ce moment.

Une part d'elle-même aurait préféré qu'il en fût autrement, qu'il fût possible d'exclure Ian Westmoreland de son cœur. Car, elle le savait, lui-même l'avait exclue du sien. Bien entendu, il était toujours capable de la désirer, mais de toute évidence il ne l'aimait plus.

Pourtant, en cet instant, elle aussi brûlait de sentir son corps pressé contre le sien, ses lèvres sous les siennes, et d'être une fois de plus serrée dans ses bras.

Il s'arrêta tout près d'elle.

Le cœur battant, elle se leva, tout en se demandant si ses jambes n'allaient pas se dérober sous elle. Prise d'une conscience aiguë de sa virilité et de sa force musculaire, elle nota comme dans un rêve le contraste entre sa peau hâlée et la blancheur de sa chemise.

Ian ne put contenir un gémissement entre ses dents serrées, signe qu'il essayait de résister au désir qui les poussait l'un vers l'autre.

Il n'essaya pas très longtemps.

Lorsque leurs bouches se rejoignirent, elle s'embrasa et perdit le peu de contrôle qui lui restait. Elle fit alors ce qui lui semblait le plus naturel : rendre son baiser, de toutes les manières qu'elle avait apprises de lui, à l'homme qui s'était emparé de ses lèvres...

Ian embrassait Brooke avec toute la passion contenue pendant les dernières heures.

Dieu ! Il avait tant besoin de cela...

De toute évidence, leurs quatre années de séparation n'avaient en rien altéré la soif qu'il avait d'elle. Il l'avait dans la peau ! Mais peut-être ce baiser allait-il rompre l'enchantement qui les liait l'un à l'autre, l'aider à s'éloigner d'elle ? Cependant, plus leurs langues s'entremêlaient, plus il trouvait difficile de se contrôler.

Il serra encore davantage la jeune femme contre lui, faisant glisser ses mains sur son dos avec une possessivité qu'il n'avait aucun droit d'éprouver. À présent, il ne pensait plus qu'à une chose : l'étendre sur la banquette, attiser encore le feu qui les embrasait, ôter les deux pièces de ce malheureux Bikini, se débarrasser de ses propres vêtements et la faire sienne.

De nouveau.

À cette pensée, il se redressa avec effort, se rappelant que c'était la dernière chose à faire. Il était impossible de revenir en arrière. Certaines choses ne guérissaient jamais — les cœurs brisés, par exemple. Il l'avait aimée. Beaucoup. À la folie. Et, volontairement ou non, elle avait détruit cet amour.

Baissant les yeux, il scruta les traits de ce visage qu'il chérirait toute sa vie.

Il savait qu'il n'irait jamais plus loin. Il la désirerait, il voudrait la posséder, mais plus jamais il ne l'aimerait.

— Je vais te raccompagner, dit-il d'une voix rauque teintée de regret.

Dans un état second, Brooke acquiesça d'un hochement de tête, ramassa son peignoir qu'elle enfila précipitamment et se dirigea sans mot dire vers l'ascenseur privé, suivie de Ian.

— Je n'avais pas l'intention d'abuser de ton accueil, dit-elle tandis que les portes de l'ascenseur se refermaient sur eux.

Le visage fermé, il abaissa le regard vers elle.

— Tu n'as pas abusé de mon accueil, répondit-il.

Elle n'en croyait pas un mot. Elle était bien placée pour savoir que Ian n'était pas homme à pardonner aisément. Ni rapidement. Il prétendait vouloir tourner la page et se lier d'amitié avec elle, mais il ne pourrait sans doute jamais le supporter.

Elle était certaine qu'il avait à présent décidé de garder ses distances jusqu'à la fin de son séjour.

Lorsqu'ils se trouvèrent devant la villa, Ian s'effaça pour lui permettre de chercher ses clés. Évidemment, se dit-elle, il allait lui dire au revoir sans même franchir le seuil... Cependant, à sa grande surprise, il la suivit à l'intérieur avant de refermer la porte derrière lui.

— Des caméras sont dissimulées devant toutes les entrées, murmura-t-il d'une voix rauque en la prenant dans ses bras.

Il l'embrassa tout aussi complètement que la fois précédente. Mais cette fois lentement, longuement, avec gourmandise... Puis il lui couvrit le cou de baisers brûlants, tandis que sa barbe râpeuse lui irradiait le corps de sensations.

Enfin, il plongea son regard dans le sien tandis qu'elle rassemblait toute sa volonté pour ne pas se liquéfier sur place.

— Cela te dirait de faire un tour sur mon voilier demain ?

— Tu es sûr d'en avoir toi-même envie ? demanda-t-elle.

— Évidemment que j'en suis sûr !

Il recula d'un pas avant d'ajouter :

— Je commence à me rendre compte de quelque chose, Brooke.

— Quoi donc ? demanda-t-elle en avalant difficilement sa salive.

— Oublier ce que nous avons vécu ensemble autrefois va être plus difficile que je ne l'avais cru.

Une énorme émotion serra la gorge de Brooke, lui coupant le souffle.

— Que veux-tu dire ?

— Nous ne pourrons jamais nous limiter à une simple relation d'amitié entre nous.

— Tu crois ?

— Oui, répliqua-t-il froidement. Et comme on ne peut jamais reproduire le passé, mieux vaut mettre un terme à toute relation. Il est temps de tirer le rideau.

Brooke avait beau savoir qu'il avait raison — surtout après les baisers qu'ils venaient d'échanger —, ces paroles la blessèrent énormément.

— Si je comprends bien, tu voudrais que je quitte les lieux avant la fin de mes vacances ? demanda-t-elle, sachant qu'elle ne pourrait pas lui obéir, de toute façon : elle ne pouvait mettre un terme à sa mission que sur ordre de l'un de ses supérieurs.

Il la regarda longuement sans répondre.

— Non, répondit-il enfin, je ne veux pas que tu partes. Ce que je veux, ce dont j'ai absolument besoin, c'est cesser de t'avoir dans la peau. Et je ne connais qu'un seul moyen pour y parvenir.

Brooke poussa un profond soupir.

Elle non plus ne connaissait pas d'autre moyen, et cependant elle ferait tout pour ne pas l'employer. Peut-être serait-ce efficace pour Ian, mais pour elle cela ne ferait qu'empirer les choses.

Elle secoua vivement la tête.

— Ça ne marchera jamais !

— Ça marchera. Tu peux me faire confiance.

Levant la tête, elle regarda Ian dans les yeux, s'efforçant d'ignorer la réaction de son corps à sa voix rauque.

— Peut-être pour toi, mais pas pour moi !

Sans répondre, il se pencha vers elle jusqu'à effleurer ses lèvres des siennes.

— Ce sera un délice pour moi de te prouver que tu as tort, Brooke, dit-il enfin. À cet instant même, tu ressens la brûlure du désir. Tu te souviens aussi vivement que moi de l'intensité de notre relation passée... Nous ne pouvions même pas attendre d'avoir refermé la porte de l'appartement pour nous déshabiller !

— Oh, Ian !

— Je te prenais tout de suite, sur le divan, contre la cloison, sur le sol... Je te donnais tout ce que tu voulais, tout ce dont tu avais besoin. Et tu étais littéralement...

— Tais-toi ! cria-t-elle en s'éloignant vivement. Jamais je ne ferai ce à quoi tu penses !

Elle vit briller dans ses yeux une lueur de défi, nota l'obstination qui durcissait son regard.

— O.K., dit-il avec un sourire entendu.

De toute évidence, il ne la croyait pas. Pire : il savait qu'elle ne se croyait pas elle-même !

— À demain, Brooke. Je passerai à midi pour t'emmener faire un tour en voilier.

Elle le regarda traverser la pièce et sortir sans se retourner.

Sentant un frisson la parcourir, elle s'enveloppa plus étroitement dans sa sortie de bain puis se dirigea d'un pas décidé vers la douche.

Elle ne monterait certes pas sur son voilier avec lui. Et elle lui ferait savoir sans tarder qu'elle avait changé d'avis.

Visiblement, il adorait jouer avec le feu. Eh bien, pas elle.

4

Ian jeta un coup d'œil à sa montre. Cette réunion avec ses directeurs adjoints s'éternisait.

Il avait commandé un panier-repas pour son déjeuner avec Brooke, et il lui tardait de la faire monter à bord de son voilier. Il lui avait laissé un message pour confirmer qu'il passerait la prendre à midi.

— ... Et nous avons signé des contrats avec quelques-unes des stars américaines les plus prestigieuses, concluait le directeur de l'animation. Smokey Robinson, Phil Collins, Michael MacDonald, Mariah Carey... Smokey Robinson se produit dès ce soir et va rester deux semaines à l'affiche. Toutes les places sont déjà vendues.

Joanne Sutherlin, directrice de la station, prit à son tour la parole.

— Quant au cas de Pat Barnley dont je vous ai déjà parlé, dit-elle, nous faisons l'impossible pour savoir si notre hôte fume réellement. Il semble qu'il cherche à dissimuler l'odeur de tabac dans sa villa à grand renfort de parfum. Dès que nous aurons la preuve formelle qu'il contrevient aux règlements, nous le prierons de plier bagage.

Ian hocha la tête avec satisfaction. Ses employés se montraient aussi impitoyables que lui envers les fumeurs, et il leur en savait gré.

Il se souvint de la conversation à l'issue de laquelle il était délibérément sorti sans se retourner de chez Brooke la veille au soir. Il ne regrettait pas de lui avoir parlé aussi franchement. Il était temps pour eux de regarder la réalité en face : ils devaient absolument se purger de leur attirance mutuelle s'ils voulaient cesser de se faire souffrir l'un l'autre.

Il songea à l'après-midi qu'ils allaient passer ensemble et sentit son pouls s'accélérer. Pour l'instant, Brooke le prenait de haut, mais, dès qu'elle aurait embarqué sur son voilier, il commencerait à lui rappeler toutes ces choses excitantes qu'elle s'efforçait d'oublier, et la journée s'achèverait comme elle l'espérait, à son insu, tout autant que lui...

Une heure plus tard, la réunion de bilan enfin terminée, il se hâtait de regagner son appartement afin de troquer son costume de travail contre une tenue plus décontractée quand il s'entendit appeler.

— Monsieur Westmoreland ?

Il s'arrêta net, juste avant d'entrer dans son ascenseur privé.

— Qu'y a-t-il, Cassie ?

— Quelqu'un a laissé ce message pour vous, répondit la jeune employée du quartier des affaires de la station.

— Merci, répondit-il en prenant le pli qu'elle lui tendait.

Il décacheta nerveusement l'enveloppe dans l'ascenseur et fronça les sourcils en prenant connaissance du message.

« J'ai changé d'avis : je n'irai pas sur ton voilier avec toi. Brooke. »

Si elle s'imaginait qu'elle pouvait l'écarter aussi facilement, elle ne tarderait pas à déchanter !

Les mains sur les hanches, Brooke considérait les vêtements qu'elle avait étalés sur son lit.

Tous convenaient pour courir les boutiques. Si elle était allée avec Ian sur son voilier, elle aurait choisi le pantalon cigarette. Il faisait partie d'un ensemble sur mesure qu'elle avait acheté à San Francisco le mois précédent. Cependant, le short serait beaucoup plus confortable pour faire des courses, bien que moins chic.

Elle s'apprêtait à remettre le pantalon cigarette dans le placard lorsqu'elle entendit frapper à sa porte.

Sans doute le déjeuner qu'elle avait commandé.

Sans être peureuse pour autant, elle ne tenait pas à rencontrer Ian Westmoreland et avait déjà pris son petit déjeuner dans sa chambre. Il faudrait au moins une paire de jours à Ian pour reconsidérer à tête reposée la proposition absurde qu'il lui avait faite.

Pendant ce temps, elle aurait tout loisir de profiter des avantages de la magnifique station qu'il dirigeait.

Elle jeta un coup d'œil par le judas, et aussitôt les battements de son cœur s'accélérèrent : c'était lui. En tenue décontractée — pantalon kaki et polo bleu —, il se tenait sur le seuil, un panier à pique-nique à la main. Elle avait oublié qu'il était encore plus séduisant lorsqu'il ne portait pas de costume ! Aurait-on omis de lui transmettre son message ?

Incapable de calmer les battements de son cœur, elle ouvrit la porte.

— Tu es prête ? demanda-t-il avec un sourire ravageur.

Elle haussa les sourcils et se hâta de resserrer son peignoir sur elle.

— Tu n'as pas reçu mon message ?

Sans attendre d'y être invité, il entra sans façon.

— Je l'ai reçu, et j'ai tout de suite compris que c'était une erreur !

Elle lui lança un coup d'œil des plus sombres.

— Eh bien, tu as compris de travers. Ce n'est pas une erreur. Je ne souhaite pas t'accompagner sur ton voilier.

Il posa le panier sur la table et se croisa les bras sur la poitrine.

— Et pour quelle raison ? Aurais-tu peur de te retrouver seule avec moi ?

Elle fit un effort pour garder son calme.

— Ce n'est pas de la peur, Ian ! C'est simplement de la prudence.

— Et de quoi veux-tu te protéger, Brooke ?

Et dire qu'il avait le toupet de lui demander cela ! se dit-elle avec irritation.

— Tu as déjà joué ce petit jeu avec moi ! répliqua-t-elle.

Il prit un air innocent.

— De quel jeu parles-tu ?

— De ton jeu de séduction ! répliqua-t-elle sans hésiter.

Elle vit un sourire moqueur s'esquisser sur les lèvres de Ian.

— Puisque tu penses si bien me connaître, pourquoi crains-tu à ce point de sortir avec moi ? Autrefois, tu savais très bien comment t'y prendre avec moi — du moins, tu le croyais !

— Je ne croyais rien du tout. Je savais parfaitement m'y prendre avec toi. Et je t'ai prouvé que je n'avais rien de commun avec ces écervelées que tu adorais fréquenter ! lui lança-t-elle, les yeux plongés dans les siens.

Elle s'approcha encore de lui et pointa son index sur sa poitrine avant d'ajouter :

— De toute façon, Ian Westmoreland, ta technique de séduction ne peut pas marcher avec moi !

— Tiens donc ! Pourtant, jusque-là, c'est toujours le contraire qui s'est produit ! répliqua-t-il en écartant son index avant qu'il ne lui transperce la poitrine.

— Vraiment ? Cela a toujours marché ? Eh bien, c'est ce que nous allons voir ! dit-elle en tournant les talons. Je serai prête dans cinq minutes.

— Tu veux que je t'aide à t'habiller ?

— Merci bien. Si j'ai bonne mémoire, c'était surtout à me déshabiller que tu excellais !

Et elle claqua derrière elle la porte de sa chambre, refusant de voir le sourire de Ian. Lui aussi s'en souvenait parfaitement, bien entendu.

Le regard de Brooke se perdit sur l'étendue azurée du lac. Elle inspira profondément l'air vif d'avril. Qu'elle le voulût ou non, elle devait admettre que c'était une journée idéale pour une telle sortie : elle se sentait exactement là où elle avait envie d'être.

Cela faisait deux ans qu'elle n'avait pas fait de promenade en bateau. Ce jour-là, Malcolm l'avait emmenée faire une partie de pêche en haute mer en compagnie de l'un de ses anciens copains d'université, qu'il lui avait présenté. Malheureusement le courant n'était pas passé entre eux, et elle avait passé tout son temps à faire des comparaisons avec Ian.

— Alors, que penses-tu de mon bateau ?

Les paroles de Ian interrompirent brutalement ses pensées. Elle lui jeta un coup d'œil… et le regretta aussitôt. Debout contre le bastingage et auréolé de soleil, il ne le cédait en rien au plus séduisant des capitaines.

— Merveilleux, évidemment ! Absolument merveilleux.

Et son propriétaire l'était tout autant ! soupira-t-elle intérieurement, pensant au style impeccable avec lequel il avait conduit le voilier hors du port et le faisait à présent glisser sans effort sur les eaux limpides du lac Tahoe... Et, jusque-là, il s'était comporté en hôte tout aussi idéal et en gentleman, ce qui ne laissait pas de la surprendre.

Au cours du pique-nique — délicieux —, il lui raconta de quelle façon Stone avait rencontré sa future épouse lors d'un voyage dans le Montana. Il lui parla aussi de ses trois nouveaux cousins, les triplés d'oncle Corey — Clint, Cole et Casey —, soudainement réapparus dans la constellation familiale au bout d'une vingtaine d'années au grand bonheur de leur père.

— Tu adoreras Casey si un jour tu la rencontres, dit Ian.

Il savoura une gorgée de vin avant d'ajouter avec un sourire :

— Apparemment, ses frères ont autant de mal à éloigner ses prétendants que nous à protéger Delaney lorsqu'elle était adolescente !

— Cela a dû être étrange pour eux d'apprendre que leur père vivait toujours, contrairement à ce que leur avait fait croire leur mère.

Ian hocha la tête.

— Oui. Cela a été surtout difficile pour Casey d'apprendre que sa mère leur avait menti pendant tant d'années, car elle était beaucoup plus proche d'elle que ses frères. Mais assez parlé de mes cousins ! ajouta-t-il en se rapprochant.

Il se pencha vers elle, une lueur espiègle dans les yeux.

— Si nous profitions plutôt du temps que nous passons ensemble ?

Hum ! songea Brooke, Ian n'était peut-être pas tout à fait devenu le gentleman qu'elle croyait...

— C'est pourtant exactement ce que nous avons fait jusque-là ! protesta-t-elle, déstabilisée par sa soudaine proximité.

— Nous devrions songer davantage à nous, répliqua-t-il. Nous amuser.

— À quels jeux ?

— Je t'ai observée l'autre soir...

— Vas-y, continue ! dit-elle d'un ton de défi.

Elle croyait avoir une idée assez précise de ce que Ian avait en tête.

— Tu faisais une partie de vingt et un.

— Et alors ?

— Eh bien, j'ai remarqué quelque chose à ton sujet.

— Quoi donc ?

— Que tu n'y connais vraiment rien !

Brooke ouvrit tout grands les yeux avant d'éclater de rire.

Ce n'était pas du tout ce à quoi elle s'attendait. Cependant, elle devait bien admettre qu'il avait raison : elle ne connaissait rien au vingt et un. Elle n'y avait pratiquement jamais joué de sa vie.

— Tu as l'intention de me donner des tuyaux ?

À sa grande surprise, Ian sortit un jeu de cartes.

— Je ne puis te laisser dans un tel état d'ignorance, dit-il en souriant. Si tu perds tout ton argent au casino, les autres commerces en pâtiront. À présent, mademoiselle Chamberlain, je vous demande de mobiliser toute votre attention !

Et il passa l'heure suivante à essayer de la transformer en joueuse expérimentée.

— Quelle merveilleuse journée nous avons passée ! dit Brooke tandis qu'ils s'approchaient de sa villa.

— Nous pouvons la prolonger en allant ensemble ce soir au spectacle, suggéra Ian en lui prenant la main.

— Au spectacle ?

— Smokey Robinson. C'est la première ce soir.

Brooke écarquilla les yeux.

— Smokey Robinson *en personne* ?

Il acquiesça d'un signe de tête.

— À part mon père, je crois que c'est le seul homme que ma mère a aimé, dit-elle.

— Dans ce cas, le moins que tu puisses faire pour elle, c'est de venir te pâmer en son honneur ! assura Ian avec un large sourire.

Il se souvenait que sa propre mère éprouvait les mêmes sentiments pour Smokey Robinson...

— Tu veux dire que c'est uniquement pour ma mère que tu me proposes de sortir avec toi ce soir ? demanda-t-elle, une lueur espiègle dans les yeux.

Il eut un petit rire.

— Bien sûr !

— Très bien. Dans ce cas, j'accepte !

Lorsqu'ils s'arrêtèrent sur le seuil de la villa, il considéra pensivement la jeune femme.

Si tout à l'heure, en tenue de soirée, elle était aussi excitante que l'autre soir dans le salon de thé, il n'était pas question de la laisser seule un instant !

— Je viendrai te chercher pour la séance de 22 heures, décida-t-il.

— Ce ne serait pas plus commode pour toi si nous nous donnions rendez-vous quelque part ?

Il lui adressa un large sourire.

— Aucun problème. De toute façon, j'ai besoin de prendre de l'exercice.

Comme il ne faisait pas mine de partir, Brooke déverrouilla sa porte.

— Tu veux entrer une minute ?

Il la regarda en coin, sachant que, s'il entrait dans la villa, il y resterait bien plus d'une minute. Mais il savait d'expérience que l'impatience était mauvaise conseillère. Il avait passé un excellent après-midi avec la jeune femme, même s'il n'avait pas réussi à lui rappeler tous les moments excitants qu'ils avaient passés ensemble. Mais il veillerait à ce que d'autres occasions se présentent...

— Non, dit-il en reculant d'un pas, j'ai encore deux ou trois choses à faire ce soir. Mais je t'autorise à me poser la même question après le spectacle, murmura-t-il sur son ton le plus séducteur.

Elle lui rendit son sourire.

— Hum... Je vais y réfléchir, répliqua-t-elle d'un air moqueur.

Il eut un petit rire.

— Je l'espère bien ! lança-t-il en tournant les talons.

La salle était comble. Des gens se pressaient même debout autour du comptoir du petit bar, près de l'entrée. Avec sa voix de ténor et ses chansons riches de sens, Smokey Robinson focalisait l'attention du public.

Lorsqu'il entonna son air bien connu *Oh, Baby Baby*, Brooke jeta un coup d'œil en biais à Ian.

Se disait-il la même chose qu'elle ? Qu'ils avaient tous les deux fait des erreurs lorsqu'ils vivaient ensemble ? Ou persistait-il à rejeter toutes les fautes sur elle ?

Plongée dans ses pensées, elle fut un instant surprise lorsque les gens se levèrent pour gratifier le chanteur d'une ovation. Celui-ci entonna ensuite son dernier morceau, un autre standard, et quelques couples de seniors ne purent s'empêcher de monter sur scène, la transformant en piste de danse.

Brooke, émue, se souvint qu'enfant elle avait vu sa mère danser ainsi avec son père sur le même morceau.

— N'as-tu pas envie d'en faire autant ? demanda Ian en se penchant vers elle.

La voyant hésiter, il ajouta avec un petit rire :

— Hé, qu'est-ce qu'on risque ?

— De perdre la face, tout simplement. Je ne suis pas entraînée à me tortiller de la sorte. Sans parler du risque de recevoir un coup de coude.

Ian se mit à rire. Sa voix riche et sonore emplit soudain Brooke de nostalgie. Autrefois, ils sortaient si souvent ensemble. Eux aussi, ils allaient danser, ils s'amusaient... Cependant, avant-hier encore, elle n'aurait jamais cru qu'ils seraient capables de faire taire leurs ressentiments, ne fût-ce que le temps d'une soirée. Car ils avaient souffert tous les deux...

De nouveau, Ian se pencha vers elle et lui prit la main.

— Allez, viens ! Montrons à ces seniors que, nous aussi, nous savons nous amuser !

Sans avoir le temps de protester, Brooke se retrouva sur la piste, et tous deux se mirent à se contorsionner aussi bien que tout un chacun. Ian l'avait complimentée pour le choix de sa tenue, une robe courte de mousseline couleur chocolat qui mettait sa silhouette en valeur. Elle découvrait à présent que cette robe avait également l'avantage de la laisser totalement libre de ses mouvements. Elle ne se souvenait pas s'être jamais autorisée à se laisser aller à ce point en dansant !

Ce n'est qu'avec Ian qu'elle pouvait se sentir ainsi libre. Seulement avec Ian.

Lorsque la musique cessa, il la serra contre lui, et approcha ses lèvres à quelques millimètres des siennes.

— Viens avec moi, dit-il. Je veux te montrer quelque chose.

Bien sûr, se dit-elle, elle devrait *d'abord* lui demander ce qu'il voulait lui montrer et où il allait l'emmener.

Mais elle n'en fit rien. Elle s'en sentait incapable.

Tout ce qu'elle pouvait faire, c'était marcher au même pas que le sien tandis qu'il l'entraînait par la main, et prier le ciel de conserver un minimum de self-control lorsqu'ils parviendraient à cette mystérieuse destination.

Appuyé contre la paroi intérieure de son ascenseur privé, Ian avait splendide allure dans son costume de grand couturier. Et, comme il tenait les yeux fixés sur elle, elle se sentit parcourue d'un torrent de vives sensations. Avec de tels yeux, cet homme était capable de faire vibrer la plus minuscule des cellules de son corps, et elle devait mobiliser toutes ses forces pour ne pas lui succomber sur-le-champ.

— Finalement, où m'emmènes-tu ? s'enquit-elle lorsqu'ils dépassèrent les étages de son appartement.

Ian sourit avant de s'écarter légèrement de la paroi de l'ascenseur.

— Patience. Nous y serons assez tôt.

C'était bien ce qui l'inquiétait.

— Tu ne veux vraiment pas me le dire ?

L'ascenseur dépassait à présent le dix-huitième étage. Où Ian pouvait-il bien l'emmener ? Dans son domaine privé, en tout cas...

Lorsque l'ascenseur s'arrêta, Brooke dut s'avouer qu'il avait réussi à exciter sa curiosité.

Et pas seulement sa curiosité, d'ailleurs !

Tout près de lui dans cette cabine exiguë, elle devait à présent faire un effort inimaginable pour ne pas se jeter sur lui. Consciente que son corps s'embrasait littéralement, elle le suivit sur le palier.

Là, sa respiration se bloqua.

Serti d'étoiles étincelantes comme des diamants, le ciel les enveloppait d'un doux cocon bleu marine. La demi-lune s'unissait à l'éclairage des spots lumineux pour renforcer l'impression d'opulence qui prévalait en ce lieu.

Ian l'avait emmenée sur le toit de l'immeuble — sur sa terrasse privée !

Il avait fait de cette terrasse un havre de confort et de détente en harmonie avec l'univers. Les meubles en rotin, fauteuils et divan, étaient tissés de feuilles de bananier délicatement entrelacées. Quant aux épais coussins qui les garnissaient, ils semblaient presque trop confortables pour être vrais ! Tout paraissait idéalement conçu, depuis les petites tables rondes jusqu'à… l'homme magnifique qui la dominait de sa haute taille.

— Qu'est-ce que tu en penses ? demanda-t-il, l'interrompant dans sa rêverie.

Répondre qu'elle était impressionnée eût été un euphémisme. Ian ne laissait pas de la surprendre, de la stupéfier même.

Elle le savait intelligent, titulaire à vingt-quatre ans du plus haut diplôme de physique de l'université de Yale. Mais il n'avait rien d'un intellectuel ordinaire. Il avait travaillé un an à la NASA à cap Canaveral avant de revenir près de sa famille à la mort de son grand-père. Il avait alors été engagé comme chercheur par un laboratoire d'astronomie d'Atlanta. C'était dans cette ville qu'il avait attrapé le virus du jeu. Selon lui, le hasard pouvait être vaincu par le calcul des probabilités. Il s'agissait d'un problème scientifique, ni plus ni moins. Et comme il excellait dans le domaine des sciences… Mais, là, il la surprenait vraiment.

— Ta terrasse est sublime, Ian ! Tu l'as admirablement aménagée. C'est extraordinaire de trouver un endroit à ciel ouvert aussi confortable.

Ian hocha la tête.

— C'est exactement ce que je voulais. J'ai toujours adoré observer le ciel nocturne, tu le sais.

Il lui prit la main et la conduisit au pied d'un imposant télescope.

— À travers cet engin, le ciel est encore plus merveilleux ! dit-il.

Aidée par les instructions de Ian, Brooke se plongea dans l'observation des astres.

Quelques instants plus tard, la vue d'une étoile filante la fit s'exclamer.

Selon la légende, les étoiles filantes faisaient fleurir une fleur à leur point d'impact sur la terre…

Soudain, elle sentit dans son dos la chaleur de Ian et le devina si proche qu'elle en retint son souffle.

— Tu viens souvent sur cette terrasse ? demanda-t-elle enfin.

— Oui, assez souvent, avoua Ian. Chaque fois que j'ai besoin d'évasion. Ou simplement pour réfléchir.

Il se garda bien de dire à Brooke qu'il pensait souvent à elle dans ces moments-là. C'était le seul endroit où il s'autorisait à se souvenir de l'amour qu'ils avaient partagé.

La jeune femme était pour lui une étoile toujours brillante, même lorsque le ciel s'obscurcissait et que d'épais nuages noirs s'amoncelaient à l'horizon. Et, après chaque orage, elle était son soleil. Lorsqu'il avait fêté l'achat du *Princesse du Delta*, se souvint-il avec nostalgie, elle était à ses côtés… Devenir propriétaire de casino après avoir été astronome puis capitaine de bateau n'avait pas été si facile, mais Brooke l'avait encouragé, l'exhortant tout autant que sa famille à poursuivre son rêve.

Il poussa un profond soupir. De toute évidence, il avait toujours cette femme dans la peau, et le seul moyen de l'en déloger, c'était…

À l'idée de faire une dernière fois l'amour avec elle, une vague brûlante le submergea.

Mais il ne serait pas correct de la plonger trop vite dans une nuit de passion débridée, se dit-il, même s'il savait que c'était exactement ce dont tous deux avaient besoin.

Il lui fallait faire preuve de patience.

S'efforçant d'oublier les sensations qui la submergeaient depuis que Ian s'était approché tout près d'elle, Brooke pointa le doigt vers le ciel.

— Regarde cette étoile, s'écria-t-elle. Elle bouge !

Affichant un large sourire, Ian la prit par la taille et l'attira contre lui.

— Désolé de te décevoir, dit-il, mais ce n'est qu'un satellite.

— Oh !

Brooke sentit le corps musclé de son compagnon se presser contre son dos et s'embrasa. Contre le bas de son dos, elle sentait… tout l'effet qu'elle produisait sur lui. Comment échapper à ce courant intense qui les reliait, sans recourir au moyen que Ian préconisait pour se sortir de cette situation ?

Ne pouvant en supporter davantage, elle se retourna pour lui suggérer de descendre finir la soirée au *Blue Lagoon*.

Mal lui en prit.

Leurs regards se rencontrèrent, et elle se sentit soudain frappée d'amnésie. Toute pensée cohérente sembla se figer dans son esprit. À cet instant, une seule chose comptait pour elle : l'homme qui plongeait les yeux dans les siens.

Se profilant sur la voûte étoilée, le visage de Ian se rapprocha du sien, faisant redoubler les battements de son cœur. Quand il lui caressa doucement la joue du bout des doigts, elle eut l'impression que de puissants courants électriques la traversaient.

— Sais-tu ce que cela signifie lorsque deux amoureux s'embrassent sous une étoile filante ? demanda-t-il d'une voix basse et rauque.

— Non. Qu'est-ce que cela signifie ?

— À en croire la mythologie grecque, Zeus leur fait don d'une passion incontrôlable.

« Une passion incontrôlable » ? Brooke avala difficilement sa salive. À cette seule évocation, elle se sentait fondre littéralement. Nul doute qu'elle avait embrassé Ian sous une étoile filante autrefois ! Cet homme semblait doté d'un pouvoir magnétique qui l'attirait irrésistiblement depuis toujours.

Elle fit un effort désespéré pour reprendre le contrôle d'elle-même.

— Dans ce cas, mieux vaudrait que nous évitions de nous embrasser sous une étoile filante, dit-elle.

— Je ne suis pas du tout d'accord ! protesta-t-il.

Il fit glisser ses doigts le long de son cou avant de préciser :

— Rien n'est plus sain que de céder de temps en temps à la passion.

Il approcha encore son visage du sien.

Pas lorsqu'on s'était abstenu pendant quatre ans ! voulut-elle répliquer.

Mais les mots s'arrêtèrent dans sa gorge.

Incapable d'esquisser le moindre geste, elle vit la bouche de Ian s'approcher inexorablement de la sienne et ferma les yeux.

Qu'est-ce qui pouvait surpasser un baiser de l'homme que l'on aime sous un ciel scintillant d'étoiles ?

Elle frémit en sentant la langue de Ian rejoindre doucement la sienne.

Elle avait toujours adoré ses baisers. Ils avaient même inventé une technique originale connue d'eux seuls ! La langue agile de son amant mettait ses sens à vif, la faisait fondre entièrement. Elle sentait un feu monter en elle, ce feu que lui seul savait allumer... Ils n'avaient certes pas besoin d'étoile filante pour s'embraser. L'alchimie qui les faisait fusionner suffisait amplement pour cela !

Leur étreinte se fit plus intense, et la terrasse se mit à tanguer autour d'elle. Sentant la langue de Ian pénétrer davantage dans sa bouche, elle s'agrippa à ses épaules, de peur de se trouver emportée par l'incroyable vertige qui s'emparait d'elle.

Longtemps après, quand il s'écarta d'elle, elle suffoquait littéralement. Un gémissement qu'elle s'efforça en vain de contenir s'échappa de ses lèvres. Elle sentait, pressée contre elle, la preuve de l'excitation de Ian.

Elle leva la tête et rencontra le regard de ces yeux sombres qui avaient fait défaillir tant de femmes. Elle-même allait inexorablement subir le même sort.

Il continua à attiser l'incendie qui la consumait en faisant glisser ses mains le long de ses bras, de ses épaules, puis il se pencha et, de ses cils, lui effleura le nez et la bouche.

— Je dois m'absenter quelques jours, dit-il doucement, les lèvres contre les siennes.

Les yeux de Brooke s'agrandirent de surprise.

— Comment cela ?

Il s'écarta légèrement d'elle — pas assez cependant pour ne pas lui permettre d'admirer les riches nuances de son regard.

— Il faut que je sois à Memphis demain matin pour la vente du *Princesse du Delta*. Je serai de retour dans deux jours.

— Oh !

Brooke s'efforça en vain de masquer sa déception et comprit que Ian avait vu la désolation se peindre sur son visage...

Il avait l'air plutôt amusé.

— Je vais te manquer ? demanda-t-il.

Elle lui répondit d'un pâle sourire.

Bien sûr qu'il allait lui manquer ! Cependant, cette séparation lui permettrait peut-être de se remettre les idées à l'endroit.

Elle réussit à prendre un air taquin.

— Pas du tout ! lança-t-elle avec autant d'effronterie qu'elle le put.

— Hum... Dans ce cas, répliqua Ian, je devrais peut-être te donner une raison de me regretter ?

Sans lui laisser le temps de respirer, il la souleva de terre et la serra dans ses bras puissants.

5

Ian franchit très vite avec Brooke dans les bras les quelques mètres qui les séparaient du divan, saisi d'une furieuse envie de lui déchirer ses vêtements et de la prendre là, sur-le-champ.

Seule Brooke pouvait susciter en lui une excitation aussi rapide et intense ! Et pourtant, il savait qu'avec elle il ne s'agirait jamais d'un simple assouvissement physique. Certes, autrefois, ils avaient souvent fait l'amour plusieurs fois de suite. Très souvent, même. Il l'avait prise dans toutes les positions connues, et dans d'autres qu'ils avaient découvertes ensemble et qui défiaient les lois de la pesanteur... Mais chaque fois cela avait également revêtu pour lui une signification émotionnelle.

Aujourd'hui, s'il lui faisait l'amour, il savait que cela impliquerait tout son être, alors même qu'il ne voulait que tourner la page.

C'était bien là le cœur du problème ! Faire l'amour à Brooke représenterait toujours pour lui bien davantage qu'un simple expédient. Ses meilleures intentions pouvaient se retourner contre lui, car elle risquait fort de lui entrer bien plus profondément encore dans la peau ! Et, pourtant, ce risque n'atténuait en rien le désir qui le poussait vers elle, à l'exclusion de toute autre femme.

Étreignant toujours la jeune femme, il se cala sur le divan et introduisit sa langue entre ses lèvres offertes.

Tandis qu'il approfondissait son baiser, ses mains parcouraient convulsivement le corps de Brooke dans tous les sens, la caressant et s'insinuant sous ses vêtements.

Se rendant soudain compte que ses doigts atteignaient déjà

l'intimité humide et chaude de la jeune femme, il tressaillit en même temps qu'elle.

C'était de la folie d'agir ainsi — d'agir de nouveau comme ils l'avaient toujours fait !

Il vit ses yeux s'assombrir… Elle le désirait autant qu'il la désirait.

Il étouffa un gémissement. Rien n'avait donc changé entre eux ! Au contact l'un de l'autre, ils redevenaient deux volcans en éruption.

Mais, avant d'aller plus loin, il voulait le lui entendre dire. Il avait besoin de s'assurer de son complet accord.

Brooke entendit Ian murmurer son nom d'une voix si rauque et si sensuelle que sa respiration se bloqua dans sa gorge. Ce qu'il attendait d'elle était évident, et à cet instant elle se sentait incapable de lui refuser quoi que ce soit. Elle payait leur tribut aux quatre longues années d'abstinence qu'elle venait de subir.

Elle agrippa sa veste par les revers et le força à approcher encore son visage du sien.

— Je ne comprends pas, Ian… Je veux dire, tout cela est si soudain, si intense ! murmura-t-elle.

— Alors, laisse-moi t'expliquer ce qui nous arrive ! répliqua-t-il doucement contre ses lèvres. Et pour cela, je n'aurai pas besoin de mots.

Il l'embrassa encore et encore. Puis, sans cesser de l'embrasser, il s'agenouilla au bord du divan et se glissa entre ses jambes.

Sa robe retroussée jusqu'à la taille, Brooke sentit, pressée contre elle, la vigueur de l'érection de Ian. Elle eut l'impression de fondre comme de la lave en fusion. Comment reprendre ses esprits à présent, même si elle l'avait voulu ?

Puis elle sentit les bretelles de son soutien-gorge glisser le long de ses épaules. Ian avait cessé de l'embrasser à présent. Il tournait son attention vers ses seins, et ses lèvres s'emparaient de l'un de ses tétons.

Il ne s'agissait que d'un commencement, car Ian excellait plus que quiconque dans l'art subtil de stimuler les seins ! À cet instant, il savait exactement ce dont elle avait besoin.

— Oh, Ian…

Sans cesser de la serrer dans ses bras, il releva la tête en souriant, et... quelque chose se mit à sonner.

Ian proféra un énorme juron en sortant son téléphone portable de sa poche.

— Qu'y a-t-il donc ? aboya-t-il, plaçant l'appareil contre son oreille.

— Une dispute conjugale.

La réponse du chef de la sécurité lui fit l'effet d'une douche froide.

— L'un de nos électriciens a reçu une visite surprise de sa femme, précisa Vance.

— Et alors ?

— Eh bien, elle l'a surpris au lit avec...

Vance hésita un instant avant de poursuivre :

— ... avec un autre électricien. Un homme.

— Quoi ?

— Tu m'as bien entendu. Et, maintenant, sa femme fait une crise d'hystérie.

Ian se passa la main sur le visage. On ne pouvait guère blâmer cette femme !

Plongeant les yeux dans ceux de Brooke, il comprit qu'elle avait tout entendu. Il eut la furieuse envie de raccrocher et d'embrasser de nouveau la jeune femme, avec encore davantage de voracité...

— Continue. Je suppose qu'il n'y a pas que cela, dit-il, parvenant à grand-peine à se maîtriser.

— En effet. Elle menace de poursuivre tout le monde en justice : le syndicat des électriciens, la compagnie de l'avion qui l'a amenée ici, le type avec lequel elle a surpris son mari, et le casino pour tolérer un tel comportement de la part de ses employés.

Il n'aimait guère entendre parler de procès !

— Où êtes-vous ?

— Au quatorzième étage.

— J'arrive.

Il regarda Brooke. La jeune femme était plus séduisante que jamais, avec ses cheveux décoiffés et ses lèvres enflées.

— Je dois y aller, dit-il d'une voix chargée de regret, en défroissant sa veste.

— Je sais ce que c'est, quand le devoir appelle...

Il répondit avec un pâle sourire.

— Je te remercie.

Il lui faudrait quelque temps pour remettre les choses en place... Comme il était déjà 2 heures du matin et qu'il devait partir à l'aube, il ne risquait pas de revoir Brooke avant deux jours.

Il la prit par la main et la conduisit vers l'ascenseur.

— Amuse-toi bien pendant que je serai à Memphis.

— O.K.

Il fronça les sourcils.

— Mais pas trop, tout de même !

Elle eut un petit rire.

— Ne t'inquiète pas !

Lorsque les portes de l'ascenseur se furent refermées derrière eux, il la prit dans ses bras. Comme il aimerait l'emmener à Memphis ! Il se retint à grand-peine de le lui proposer.

— Je t'invite à dîner dans mon appartement le soir de mon retour, dit-il.

Il craignait que deux jours de réflexion ne fassent hésiter Brooke, en lui faisant considérer comme une erreur ce qui venait de se passer. Il tenait donc à la faire changer d'avis aussi tôt que possible après son retour.

— Ian, je...

D'un baiser, il étouffa la suite de ses paroles.

— Non, Brooke. Nous achèverons ce que nous avons commencé, je m'y engage.

Elle plongea son regard dans le sien.

— Vraiment ?

— Oui.

De nouveau il l'embrassa, heureux de la tenir dans ses bras, de sentir toute sa chaleur, son parfum.

Lorsqu'il s'écarta de sa bouche, elle poussa un profond soupir.

— Très bien, dit-elle.

La tension qui s'était accumulée en lui le quitta progressivement.

— Je te raccompagne.

Brooke secoua la tête.

— Ce n'est pas nécessaire, Ian. Tu as un problème urgent à

résoudre, et j'ai bien envie de faire un petit tour au casino. Il me tarde d'essayer quelques-uns des tuyaux que tu m'as enseignés !

— O.K.

— Fais bon voyage, Ian.

— Je te remercie.

Lorsqu'ils parvinrent au rez-de-chaussée, elle laissa Ian dans l'ascenseur. Aussitôt dans le hall, elle se sentit horriblement seule, mais s'obligea à ne pas se retourner.

— N'oublie pas notre dîner vendredi soir ! cria-t-il.

Elle tourna la tête et lui adressa un sourire.

— Ne crains rien !

— Chez moi. À 19 heures tapantes !

Elle acquiesça d'un signe de tête et continua de le regarder jusqu'à ce que la porte de l'ascenseur se referme sur lui.

Sirotant un café dans l'un des bars de la station, Brooke repensait à la conversation téléphonique qu'elle avait eue le matin même avec Tara Westmoreland. Celle-ci, la meilleure amie de Delaney dont elle avait épousé le frère Thorn, venait de l'inviter à la célébration surprise du trentième anniversaire de Delaney, une fête splendide qui devait se tenir le week-end suivant au Rolling Cascade.

Curieux que Ian n'ait pas fait mention de ces réjouissances proches ! Peut-être ne souhaitait-il pas sa présence ? Elle se souvenait de la tension qui avait régné entre eux au mariage de Dare et de Shelley. Mais à l'époque leur relation était très tendue. À présent, même s'ils ne s'étaient pas remis ensemble, du moins ils se parlaient… et s'embrassaient ! se rappela-t-elle avec un sourire.

Cependant, Ian ne voulait peut-être pas donner une impression fausse à sa famille, chose qui se produirait immanquablement si on les voyait ensemble.

— Vous appréciez votre séjour, mademoiselle Chamberlain ?

Levant la tête, Brooke rencontra le regard plutôt hostile de Vance Parker.

Ce n'était certes pas la première fois qu'elle le surprenait en train de l'observer ! Elle se demanda si Ian l'avait prié de la surveiller pendant son absence… Si tel était le cas, cela prouverait qu'il ne lui faisait toujours pas confiance et qu'il la soupçonnait de quelque chose.

Elle sentit son cœur battre plus vite. Pourquoi tirer des conclusions hâtives ? De par la fonction de responsable de la sécurité de cet homme, la méfiance était sans doute pour Parker une seconde nature.

— Absolument, répondit-elle. Ce casino et cette station sont magnifiques.

— C'est aussi mon avis, mademoiselle Chamberlain.

— Je vous en prie, appelez-moi Brooke.

— O.K. Et moi, c'est Vance.

Elle hocha la tête. Elle savait parfaitement qui était l'homme qui l'avait conduite dans le bureau de Ian le jour de son arrivée. Et elle avait l'intuition que, même si elle avait refusé de le suivre, il aurait trouvé le moyen de l'y emmener.

— Vous prendrez bien une tasse de café avec moi ? proposa-t-elle, en désignant d'un signe de tête au milieu de la table l'énorme cafetière mise à la disposition des consommateurs.

— Avec plaisir, répondit-il aimablement en s'asseyant en face d'elle.

Brooke se cala confortablement sur sa chaise, un peu surprise de son acceptation.

Peut-être Vance voulait-il profiter de l'occasion pour en apprendre un peu plus sur elle ? Cependant, il lui avait déjà posé une question, c'était donc à elle de lui en poser une à son tour.

— N'avez-vous pas déjà travaillé au FBI ou dans les services spéciaux de l'armée, Vance ?

Tandis qu'il se versait du café, ses yeux bleu vif demeurèrent rivés aux siens.

— Qu'est-ce qui vous fait penser que j'ai servi dans l'armée ou au FBI ?

Elle haussa légèrement les épaules.

— Cela se voit à votre comportement.

Il eut un petit rire.

— À mon avis, il faut y travailler soi-même pour le deviner chez les autres, rétorqua-t-il.

Brooke leva les sourcils. Cependant, sans lui laisser le temps de répliquer, Vance ajouta :

— Inutile de le nier. Ian m'a mis au courant. Il a une confiance absolue en moi. Personne d'autre ne connaîtra votre secret.

Elle prit le temps de boire une gorgée de café avant de protester :

— Ce n'est pas un secret. C'est seulement mon métier. Mais, justement, mon métier ne regarde personne.

Vance haussa ses massives épaules.

— Ian a sans doute pensé qu'il devait en informer son responsable de la sécurité.

Qu'est-ce que Ian avait pu lui dire d'autre ?

— Vous n'avez toujours pas répondu à ma question, lui rappela-t-elle.

— Vraiment ? dit-il avec un sourire d'excuse. En fait, oui, j'ai travaillé au FBI. Dans les services secrets.

— Alors, vous avez dû faire la connaissance de Quade, le frère jumeau de Ian ?

Le sourire de Vance s'élargit.

— Et comment ! Nous avons fait équipe pendant deux ans. C'est lui qui m'a fait savoir que Ian cherchait un homme de confiance pour travailler ici. Le reste, comme on dit, appartient à l'histoire...

Brooke sourit à son tour.

— Et j'ai l'impression que ce job vous convient à merveille, dit-elle en toute sincérité.

— Je vous remercie.

Vance se tut un instant avant d'ajouter :

— Mais vous, vous n'êtes pas ici pour votre travail, pas vrai ? Ian m'a dit que vous étiez en vacances...

Brooke croisa son regard et porta sa tasse à ses lèvres.

Quel vieux renard, ce Vance ! Elle le sentait en alerte, cherchant discrètement à tout savoir sur elle, sans avoir trop l'air de s'y intéresser.

— C'est exact, répondit-elle. Mais, dans nos professions, l'esprit d'observation devient une seconde nature, n'est-ce pas ? C'est ainsi, par exemple, que j'ai très vite compris d'où vous veniez.

Il se pencha sur la table avant de répliquer :

— Un peu d'esprit d'observation ne peut pas faire de mal.

Mais que ce soit bien clair : Ian est un homme très capable, d'une grande probité, et son entreprise jouit de la confiance absolue des investisseurs. Mon job est de lui prêter mes yeux et mes oreilles pour le protéger. De plus, et ce n'est pas le moins important, Ian n'est pas seulement mon patron. C'est aussi un excellent ami.

Brooke considéra un instant le peu de liquide noirâtre qui demeurait au fond de sa tasse, puis plongea les yeux dans ceux de Vance.

— Avez-vous une raison particulière de me dire cela, Vance ? demanda-t-elle.

— Vous seule pouvez répondre à cette question, répondit l'homme avec un petit rire.

— Contrairement à ce que vous semblez croire, j'ai pleinement confiance en Ian, rétorqua-t-elle sans cesser de soutenir son regard.

— Je vous crois, mais...

— Mais nous devrions mettre fin à cette conversation ! lança-t-elle, fronçant les sourcils.

Sans doute en avait-elle déjà trop dit. Vance n'était pas né de la dernière pluie. Il devait être persuadé qu'elle n'était nullement en vacances.

Le rire de Vance interrompit ses pensées.

— Vous m'êtes sympathique, Brooke, dit-il en se levant. C'est pourquoi je me propose de vous faire visiter les lieux, afin de vous prouver que Ian dirige une entreprise parfaitement honnête. Si vous voulez bien me suivre...

Deux heures plus tard, Brooke rentra se changer pour le dîner, songeuse.

Vance lui avait fait visiter le centre de surveillance du casino et de la station. Il n'y avait certes pas de caméras de surveillance à l'intérieur des appartements et des villas, mais elles fourmillaient littéralement partout ailleurs, y compris dans les ascenseurs et devant les entrées des résidences ! C'est ainsi que les agents de sécurité avaient déjà remarqué les visites anormalement longues et tardives que se rendaient les deux électriciens... Vance lui avait également signalé que Ian, excellent diplomate, avait réussi la veille au soir à calmer quelque peu l'épouse bafouée.

Elle s'apprêtait à prendre une douche lorsque le téléphone sonna. Elle se hâta de traverser le salon en sens inverse pour décrocher.

— Allô ?

— Je te manque, j'espère ! fit la voix enjôleuse de Ian

Brooke en resta coite. Elle ne s'attendait pas à ce qu'il appelle si vite. C'était la preuve qu'il pensait à elle...

Cette constatation fit fleurir un sourire sur ses lèvres.

— Pas du tout ! dit-elle pour le taquiner. J'ai été trop occupée pour m'apercevoir de ton absence.

— Oh ! Et qu'as-tu fait de si important ?

Elle hésita. Ian apprécierait-il d'apprendre que Vance lui avait fait admirer son système de sécurité ?

— Une foule de choses. En particulier, je me suis exercée au vingt et un.

Ian eut un rire chaleureux et communicatif.

— J'espère que tu ne vas pas profiter de mon absence pour ruiner le casino !

— Je fais tout pour me restreindre, mais j'ai eu quelques jolis coups de chance.

— Je t'ai déjà dit que la chance n'avait rien à voir avec cela. C'est un simple problème scientifique.

— Puisque tu le dis... Tu penses toujours revenir demain soir ?

— Oui. Jusqu'à présent, tout se passe comme prévu. Je devrais être de retour en fin d'après-midi.

Elle sourit pour elle-même. Elle était bien obligée d'admettre que Ian lui manquait. Elle venait de passer quatre ans sans le voir, et pourtant, dès qu'elle l'avait revu, son cœur s'était de nouveau ouvert à lui comme s'ils ne s'étaient jamais quittés ! Et son corps brûlait de faire de même...

— Comment vas-tu finir la journée ? murmura la voix grave à son oreille.

— En faisant les magasins jusqu'à ce que mes jambes crient grâce, répondit-elle.

Puis elle décida d'aborder le sujet qui la tracassait depuis le matin.

— Tara m'a appelée. Elle m'a invitée à la fête d'anniversaire surprise de Delaney. Pourquoi ne m'en as-tu pas parlé ?

— À vrai dire, je n'ai guère pensé à cette fête jusqu'à présent. Tu aurais fini tôt ou tard par être mise au courant par l'un ou l'autre.

— Et tu es d'accord pour que je vienne ?

— Bien sûr ! Pourquoi me demandes-tu cela ?

— Je ne sais pas, répondit-elle lentement. Ce que je sais, c'est que ma présence au mariage de Dare t'avait visiblement contrarié.

— Nous ne pouvions que nous sentir gênés tous les deux, vu l'état de nos relations à l'époque.

— Et maintenant ?

— Maintenant, c'est très différent. Nous nous sentons beaucoup plus à l'aise en compagnie l'un de l'autre, pas vrai ?

Elle ne risquait pas de le contredire !

— En tout cas, je ne voudrais pas que ta famille se fasse des idées à notre sujet. Cela te mettrait sûrement mal à l'aise.

— Tu sais, Brooke, j'ai l'habitude de ma famille. Je crois qu'en réalité c'est toi qui serais mal à l'aise. J'ai beau lui dire le contraire, maman s'obstine à croire que nous résoudrons un jour nos problèmes et reprendrons notre vie commune. Elle t'aime bien, et depuis toujours.

Brooke sourit. Elle éprouvait le même sentiment pour la mère de Ian.

— Si je comprends bien, reprit Ian, tu veux venir à cette fête d'anniversaire ?

— J'aimerais bien, en tout cas, répondit-elle. Si cela ne provoque pas trop de spéculations !

Elle se tut, songeant que les chances de l'éviter étaient malheureusement bien minces. Tout le monde dans la famille savait à quel point sa relation avec Ian avait été sérieuse. Certains ignoraient même peut-être leur rupture.

Car Ian avait beau être très proche de sa famille, il n'en demeurait pas moins très réservé lorsqu'il s'agissait de sa vie privée.

— Tu es sûr que ça ne te pose pas de problème si je décide de venir ? insista-t-elle.

— Tout à fait sûr ! De toute façon, il est temps de renouveler les sujets de conversation au sein de ma famille.

Il émit un petit rire avant d'ajouter :

— Il ne s'est pas passé grand-chose chez les Westmoreland depuis que Durango s'est marié, il y a deux mois de cela. Et je suis le premier à convenir qu'il faut remettre de temps en temps un peu de piment dans les discussions !

Dès que Ian s'accorda une pause déjeuner, ses pensées revinrent à la conversation qu'il avait eue avec Brooke.

Il lui avait demandé s'il lui avait manqué, et, avant qu'ils ne raccrochent, il avait réussi à lui faire admettre que c'était le cas. Signe qu'il approchait du but… Malheureusement, il ne s'en tirait guère mieux qu'elle : à lui aussi, elle lui manquait.

Jamais il n'aurait dû la laisser revenir dans sa vie. C'était incroyable les dégâts que quelques simples baisers pouvaient causer à l'équilibre d'un homme. Ce feu qui le dévorait dès qu'ils se trouvaient en présence l'un de l'autre…

— Vous désirez autre chose, monsieur ?

Il leva les yeux vers le serveur. Le restaurant où il se trouvait était connu pour l'excellence de ses steaks, délicieux et cuits à point. Il n'avait pas été déçu, mais la nourriture n'avait pas réussi à lui faire oublier Brooke un seul instant.

— Non, merci. Ce sera tout pour aujourd'hui.

Tout ce qu'il souhaitait, c'était demeurer seul à siroter la fin de son verre en se languissant de la femme qu'il désirait plus que tout au monde.

Il lui tardait tant de la revoir, de la prendre dans ses bras, de lui faire l'amour…

Sa main se serra sur son verre. Comment une femme pouvait-elle générer en lui un désir et une passion aussi incroyables ?

— Ian ?

Arraché à ses songes enflammés, il adressa néanmoins un sourire de bienvenue à la séduisante jeune femme qui se tenait près de sa table.

— Casey, que fais-tu à Memphis ? s'exclama-t-il en se levant.

La dernière fois qu'il avait vu sa cousine, c'était au mariage de son frère Durango.

— Je fais des achats pour la boutique de mode où je travaille, répliqua-t-elle en lui rendant son sourire. Cela va me prendre un ou deux jours. Et toi, qu'y fais-tu ?

— Je suis ici pour affaires, expliqua-t-il, je repars demain matin.

Il écarta une chaise de la table à son intention.

— Tu prendras bien quelque chose ?

— Non, merci, dit-elle en s'asseyant. Je viens de manger et je m'apprêtais à partir, lorsque je t'ai aperçu à l'autre bout de la salle. J'ai hésité à te rejoindre : tu paraissais tellement immergé dans tes pensées...

Il lui sourit avant de se caler confortablement sur sa chaise.

— Je l'étais !

Cependant, il s'abstint de toute explication. Mieux valait que Casey continue d'ignorer ce qui le préoccupait.

— Nous feras-tu le plaisir de participer à la fête d'anniversaire de Delaney au Rolling Cascade, la semaine prochaine ?

Casey esquissa une légère grimace. De toute évidence, elle n'avait pas encore pris sa décision.

Alors que ses frères Clint et Cole s'étaient rapidement intégrés aux Westmoreland, elle demeurait encore un peu sur la réserve. Les Westmoreland l'effrayaient sans doute par leur nombre, car elle n'avait eu pour toute famille que ses deux frères des années durant.

— Est-ce que tu sais si mon père sera de la fête ? s'enquit-elle.

— Oui. Pour autant que je sache, oncle Corey vient.

Ian but une gorgée de vin avant d'ajouter :

— Je ne le vois pas rater cela.

— Je pense que je vais aller passer un mois chez lui dans le Montana, dit Casey.

Il haussa les sourcils. Il avait entendu dire qu'oncle Corey avait invité sa fille, mais qu'il n'était pas sûr que cette dernière accepte. Elle avait du mal à renouer avec ce père qu'elle avait cru mort pendant des années.

— C'est une excellente idée, Casey ! Je suis certain qu'oncle Corey et Abby seront aux anges de t'avoir quelque temps chez eux, approuva-t-il avec chaleur.

Casey lui parla ensuite de ses frères, tous deux propriétaires de ranch au Texas. Ils lui avaient dit l'un et l'autre qu'ils se rendraient à la fête d'anniversaire de Delaney. Cependant, lorsqu'elle le quitta peu après, Ian ne put s'empêcher de remarquer que la jeune femme n'avait pas précisé ses intentions à ce sujet.

Seul le soir dans sa chambre d'hôtel, Ian se mit à se déshabiller en se demandant une fois de plus ce qui lui arrivait. Il brûlait d'envie de téléphoner de nouveau à Brooke, ce qu'il avait pourtant déjà fait dans la journée. Dire qu'il lui tardait de se retrouver sur les rives du lac Tahoe serait un euphémisme.

Il secoua la tête. Il suffisait que Brooke réapparaisse dans sa vie pour lui faire perdre la tête !

O.K., c'était la femme la plus séduisante qu'il lui ait jamais été donné de connaître, mais était-ce une raison suffisante pour que plus rien d'autre ne compte ?

En effet, constata-t-il en se passant la main dans les cheveux, plus rien d'autre ne comptait pour lui. Il vivait de nouveau des émotions qu'il avait oubliées pendant des années. Ce n'était sûrement pas une bonne chose, mais il n'y pouvait rien.

Absolument rien.

6

Pendant l'absence de Ian, Brooke avait passé deux jours à profiter de tous les agréments de la station, sans oublier de garder grands ouverts ses yeux et ses oreilles sur le comportement des habitués des salles de jeu. Mais, à présent que le retour de Ian était imminent, elle ressentait une excitation plus intense que tout ce qu'elle avait éprouvé ces dernières années.

Elle décida de s'offrir une séance de Jacuzzi pour se détendre un peu après avoir visité des boutiques toute la matinée.

S'immergeant entièrement, elle goûta le massage profond que lui prodiguaient les jets d'eau, et ses muscles surmenés par sa frénésie d'achats se détendirent.

Elle ferma les yeux. Les bulles et les jets d'eau la calmaient... tout en exacerbant en même temps son excitation !

Elle gémit. Un seul homme serait capable d'assouvir le besoin qu'elle ressentait : Ian Westmoreland.

Ce n'était pas pour rien qu'il avait été surnommé la Parfaite Conclusion !

Les yeux clos, elle anticipa le déroulement du dîner. Elle savait d'expérience comment s'achevaient les repas avec Ian... Les souvenirs affluèrent à son esprit, et son corps fut parcouru de frissons.

Deux heures plus tard, Brooke entreprit de s'habiller pour la soirée.

Elle savait bien que faire l'amour une fois de plus ne réduirait en rien l'attirance que Ian et elle éprouvaient l'un pour l'autre, néanmoins elle avait fini par accepter l'idée de coucher une dernière fois avec lui pour mettre un point final positif à la merveilleuse relation qu'ils avaient entretenue. L'idée que tout cela allait finir lui serrait le cœur, mais il n'y avait pas d'autre issue possible. Elle devait tourner la page et vivre enfin sa vie. Elle était jeune, tôt ou tard elle arriverait enfin à oublier Ian, quoi qu'il puisse lui en coûter.

Pour commencer, dès son retour à Washington, elle demanderait à Malcolm deux semaines de vacances. Elle avait besoin de réfléchir, de mettre de l'ordre dans sa vie. Se ferait-elle affecter à un poste moins éprouvant, comme, par exemple, diriger le service de sécurité de la Première Dame du pays ? C'est en tout cas ce que lui avait conseillé Malcolm lorsqu'elle lui en avait parlé. À l'en croire, il y avait un poste à la Maison Blanche pour une femme capable comme elle.

Elle jeta un coup d'œil rêveur aux sous-vêtements noirs étalés sur le lit.

Elle venait juste de les acheter. Ian avait toujours aimé la voir parée de dentelles noires, et ce soir elle ferait en sorte qu'il soit comblé.

Elle répandit un peu de parfum sur ses poignets et entre ses seins. La tenue qu'elle s'était achetée pour l'occasion était excitante au possible... Et, en même temps, elle devrait donner à Ian la furieuse envie de la lui ôter !

Elle tenait absolument à ce que sa dernière nuit avec lui soit en tout point mémorable.

Ce soir, ce serait elle, la Parfaite Conclusion !

Il faisait bon être de retour ! pensa Ian en entrant dans son appartement.

De nombreuses turbulences avaient retardé son vol de correspondance. Il avait voulu rejoindre Brooke dès son arrivée, mais Vance l'avait informé qu'elle avait quitté la station, apparemment pour faire du shopping en ville. Il avait alors décidé de se concentrer sur la soirée qu'il allait passer avec elle.

Il tenait à ce que la jeune femme s'en souvienne très, très longtemps.

À 6 h 50, il finissait de boutonner une chemise blanche sur un pantalon noir quand la sonnerie de l'ascenseur le prévint d'une visite imminente.

Il retint son souffle. Où qu'elle se rende, Brooke avait toujours quelques minutes d'avance. Pourquoi aurait-elle changé ses habitudes pour leur dernière nuit ?

Il était encore pieds nus... Et il le resterait, décida-t-il en se dirigeant vers l'ascenseur. Cela donnerait à sa tenue une touche désinvolte bienvenue. Il voulait paraître tout à fait à son aise, détendu, maître de lui.

Lorsque la porte de l'ascenseur s'ouvrit, sa gorge se serra. Il ne put détourner les yeux du fascinant spectacle qui s'offrait à lui : Brooke arborait un très court assortiment de dentelles noires qui semblaient lui crier : enlève-nous !

Ses doigts lui démangèrent aussitôt de le faire.

— Je sais que je suis un peu en avance, lança-t-elle en souriant. Me permets-tu d'entrer ?

Il ouvrit la bouche, mais ne put articuler la moindre syllabe. Il avait l'intention de lui permettre bien plus. Elle lui avait tellement manqué ! Pendant ses deux jours d'absence, elle s'était enfoncée encore plus profondément en lui.

Aucune femme ne porterait jamais la dentelle noire aussi bien qu'elle, et elle n'ignorait rien de l'effet que cela produisait sur lui...

Il fit un pas vers elle, s'efforçant de maîtriser le désir qui s'emparait de lui, l'enflammait, faisait battre son cœur à tout rompre.

Alors seulement il détailla le visage de Brooke, ce visage qui avait si souvent envahi ses rêves ces dernières années et qu'il n'oublierait jamais, quoi qu'il arrive.

Il n'était pas dupe. Il savait bien que l'attirance qu'il éprouvait pour cette femme devait bien davantage à la personne même de Brooke qu'à cette robe de dentelle — qui, certes, mettait encore en valeur le charme particulier qui l'avait subjugué dès leur première rencontre...

— Ian ?

Il fixa les yeux sur ses lèvres et, remarquant leur léger tremblement, décida de l'effacer d'un baiser. Il brûlait de lui souhaiter la bienvenue à la Ian Westmoreland, comme elle le méritait !

De ses doigts, il lui effleura la joue puis se pencha vers elle jusqu'à lui mordiller les lèvres, doucement, lentement, les goûtant pleinement sous les siennes, savourant l'instant autant que son parfum...

Il aurait aimé s'attarder, prolonger cette douce étape, mais le désir qui faisait battre son sang dans ses veines était trop impérieux pour cela. Dès qu'elle gémit, il réagit en approfondissant son baiser. Le besoin qu'il avait si longtemps nié l'envahissait de nouveau avec une force décuplée, le portant de tout son être vers la seule femme capable de l'assouvir.

Il la serra très fort contre lui, et leurs bouches torrides s'unirent totalement. Brooke lui rendait chaque caresse de sa langue, retrouvant tout naturellement les initiatives qui l'avaient toujours rendu fou de désir...

Sans doute se souvenait-elle des concours de baisers dont ils avaient été si friands dans le passé ! Ils avaient alors expérimenté toutes les positions conçues par le génie humain et y avaient même ajouté quelques trouvailles de leur invention !

Brooke faisait preuve de tant de maîtrise et d'adresse qu'il gémissait dans sa bouche et que ses genoux étaient tout près de se dérober sous lui. Il était loin de s'attendre à ce qu'elle aille au-devant — et au-delà ! — de ses fantasmes les plus débridés. Dire qu'il avait cru qu'elle combattrait de toutes ses forces l'attirance qu'ils continuaient à éprouver l'un pour l'autre !

Manifestement, il n'en était rien.

— Brooke ! murmura-t-il lorsqu'elle s'écarta légèrement de lui.

Il ne lui laisserait pas l'initiative du baiser suivant.

Lui laissant à peine le temps de reprendre son souffle, il la serra très fort contre lui et, de nouveau, couvrit ses lèvres des siennes.

Elle pourrait embrasser cet homme jusqu'à la fin des temps, pensa Brooke en rendant à Ian des baisers aussi voraces que les siens.

Lorsqu'il la souleva et l'emporta vers l'escalier qui menait à sa chambre, elle leva les yeux et vit le désir qui embrasait son regard.

Elle sentit son cœur bondir dans sa poitrine, contre le sien. La tension qu'elle éprouvait lui devenait presque intolérable.

Parvenu à l'étage supérieur du duplex, Ian s'arrêta et la déposa doucement sur ses pieds, faisant glisser très lentement son corps contre le sien afin qu'elle n'ignore rien de l'effet qu'elle produisait sur lui. Puis il lui prit le menton entre les doigts et l'obligea à lever la tête.

— Je t'aime tant ! dit-il en plongeant les yeux dans les siens.

À ces mots, la respiration de Brooke se fit haletante.

Cela faisait quatre ans qu'elle n'avait pas approché d'homme. De plus, elle se sentait profondément en phase avec Ian. C'était le seul homme qu'elle eût jamais connu intimement. Dans toutes ses cellules, elle se prépara au plaisir que lui seul était capable de lui prodiguer. Et, à la seule pensée de ce qui se préparait, un feu d'artifice de sensations la submergeait.

— Moi aussi, je t'aime tellement, Ian ! Ce soir, j'ai... tant besoin de toi !

— Pas autant que moi, souffla Ian en commençant à ôter sa robe à Brooke.

Il ne put réprimer un grognement admiratif à la vue de son soutien-gorge sexy et de sa minuscule culotte de soie. Incapable de se contenir, il tomba à genoux et se blottit le visage contre le ventre de la jeune femme.

Il avait tant besoin de retrouver son parfum, son goût...

Se redressant quelque peu, il passa la langue dans le creux de son nombril, tout en faisant descendre sa petite culotte le long de ses jambes, en une douce caresse.

Puis, de ses lèvres, il lui mordilla le ventre, descendant toujours plus bas...

Au moment crucial, il s'écarta un instant, levant les yeux vers elle.

Le regard rivé au sien, il glissa la main entre ses jambes, et ses doigts experts fouillèrent sa chair humide.

Très vite, Brooke gémit, lui agrippant les épaules, se pressant très fort contre sa main...

De toute évidence, elle se trouvait au bord d'un orgasme impérieux, et même imminent s'il ne faisait rien pour l'en empêcher !

Il plongea la tête au centre d'elle-même, glissant la langue sur elle, *en* elle, l'explorant, la sondant, l'aimant comme il n'aimerait jamais une autre femme.

Les mains rivées à ses cuisses, sa langue l'assaillit encore et encore de caresses fermes et pénétrantes. De ses lèvres et de sa bouche entière, il goûtait les frissons de la jeune femme, quand soudain il la sentit tressauter de tout son corps et l'entendit crier son nom.

Instinctivement, elle se pressa violemment contre sa bouche...

Ce qui ne le fit pas reculer d'un pouce. Au contraire, sa langue sembla saisie de frénésie, s'emparant des zones les plus sensibles de Brooke avec une avidité extrême.

Lorsque les spasmes de la jeune femme se calmèrent, un gémissement étranglé échappa à Ian. Une série de frissons le secouaient à son tour, il ne pouvait plus attendre.

Il se releva, et, l'embrassant encore, la souleva dans ses bras et la déposa sur le dessus-de-lit de satin.

Puis il dégrafa son corsage et l'en libéra.

Il avait toujours considéré les seins de Brooke comme les plus beaux du monde. Instinctivement, il y frotta son visage puis caressa de sa langue la vallée qui les séparait, avant d'enserrer de ses lèvres un téton durci et de l'aspirer dans sa bouche.

Stimulé par les gémissements de la jeune femme, il suça ses tétons avec ardeur, l'un après l'autre. S'en rassasierait-il jamais ? Enfin, n'y tenant plus, il se redressa et fit voler ses propres vêtements à travers la pièce, son corps tout entier palpitant du désir de se joindre à elle.

Les paupières mi-closes, Brooke le regarda s'approcher du lit, et, dès qu'il fut à portée de main, se saisit de son sceptre dressé comme si elle brûlait de le retrouver et de le caresser.

— Pas si vite ! murmura-t-il, posant le genou sur le matelas. Si tu insistes, je ne réponds plus de rien !

Il se saisit d'un préservatif sur la table de nuit et s'apprêtait à ouvrir le petit sachet lorsqu'elle s'en empara et, de ses doigts caressants, le plaça doucement sur lui.

— J'ai tellement besoin de toi, Brooke ! dit-il en rejetant la tête en arrière sous la caresse à peine supportable.

Puis, avec un gémissement rauque, il entra en elle, tandis qu'une force primitive et sauvage prenait possession de lui.

Il fut surpris de la trouver si serrée, presque autant que la première fois qu'ils avaient fait l'amour, lorsqu'elle était encore vierge. Il sentait ses muscles féminins l'enserrer étroitement, comme pour l'empêcher de partir, même s'il l'avait voulu.

Elle n'avait pas à s'inquiéter de cela. Il n'avait aucunement l'intention d'aller autre part que plus profondément encore en elle — une fois qu'il aurait compris pourquoi elle l'enserrait aussi étroitement.

Maîtrisant la passion qui le possédait, il l'interrogea du regard.

Il lut dans ses yeux qu'elle avait saisi le sens de son interrogation muette. Non moins silencieusement, elle semblait lui répondre : « Devine. » Ce qu'il fit.

— C'est la première fois depuis que... ?

Stupéfait, il fut incapable de finir sa question. Quatre ans. Autant dire une éternité ! La fidélité de Brooke le toucha plus qu'il n'aurait pu l'imaginer, et un troublant sentiment de possessivité l'envahit. Ainsi, elle n'avait jamais connu que lui !

À partir de cet instant, il la désira avec une passion extrême, une passion qu'il n'avait jamais à ce point ressentie auparavant...

S'agrippant à ses hanches, il imprima aux siennes un mouvement de va-et-vient qui le fit s'enfoncer toujours plus profondément en elle, tandis qu'elle le serrait toujours davantage. Ce qui l'obligeait à des poussées chaque fois plus frénétiques !

Il regarda Brooke afin d'imprimer à jamais cet instant dans sa mémoire.

Voyant le feu qui embrasait son regard, il sut que ni l'un ni l'autre ne tiendrait beaucoup plus longtemps malgré les efforts que chacun déployait.

C'était la dernière fois qu'ils connaîtraient ensemble l'extase !

Comme pour se marquer l'un l'autre à jamais, il lui mordilla l'épaule tandis qu'elle enfonçait ses ongles dans son dos.

— Ian, je...

Il étouffa ses paroles d'un baiser. Avaient-ils besoin de mots dans un moment pareil ?

Soudain, un million de frissons le secouèrent, et un puissant grognement jaillit des profondeurs de sa poitrine. Presque aussitôt, Brooke atteignit à son tour l'apogée dans ses bras, ce qui déclencha chez lui un nouvel orgasme !

Et lorsque son corps explosa une troisième fois, déclenchant chez elle la même réaction, le désir fou qu'il éprouvait pour elle n'en fut pas diminué le moins du monde, et il comprit qu'il s'était trompé.

Il avait eu la naïveté de croire que coucher une dernière fois avec Brooke Chamberlain lui permettrait de l'oublier et de tourner la page... En réalité, il l'avait incrustée encore plus profondément en lui !

— Repose-toi, souffla Ian à l'oreille de Brooke. Je te dirai quand le dîner sera prêt.

La jeune femme ouvrit lentement les yeux. Sous son regard, elle sourit et se blottit sous les couvertures.

— Hmm... O.K. C'est vrai que tu m'as littéralement épuisée.

Il sourit en descendant.

Brooke ne se doutait pas qu'il allait allumer des bougies parfumées à la vanille et commander pour elle un repas thaïlandais — elle adorait la nourriture thaï.

En attendant la livraison du repas, il brûlait d'envie de retourner dans la chambre, afin de la réveiller et de lui faire l'amour une fois de plus.

De toute évidence, il la désirait plus encore maintenant qu'il avait de nouveau couché avec elle. Le souvenir de leurs récents ébats était si vivace que le sang bouillonnait dans ses veines...

Cependant, bien que la passion qu'ils partageaient fût devenue encore plus volcanique — qui donc aurait cru cela possible ? —, une part de lui-même se méfiait encore de Brooke. Elle l'avait blessé dans le passé, elle pourrait donc recommencer, et il n'avait pas une vocation de martyr.

— Ian ?

Au son de la voix adorée, il prit une profonde inspiration et se retourna.

Aussitôt, il le regretta : elle avait enfilé sa propre chemise, sans prendre la peine de la boutonner. Le tableau qu'elle lui présentait était à couper le souffle. Rien au monde n'était aussi beau que Brooke nue — ou à moitié nue. Surtout s'il venait de lui faire l'amour. Et encore davantage si son regard disait : « Recommençons ! »

Le souvenir de ce qu'ils venaient de vivre le submergea comme un raz de marée. Il lutta de toutes ses forces pour paraître calme et maître de lui, s'empêcher de bondir vers elle et de la prendre sur place.

En fait, il ne s'était pas un instant calmé depuis leurs exploits de tout à l'heure !

— Oui, Brooke ? répondit-il d'une voix rauque, à peine audible. Que veux-tu ?

Il plongea les yeux dans les siens, résigné. Si elle faisait la moindre allusion à la possibilité de lui faire de nouveau l'amour, il serait incapable de résister !

— Tu n'as qu'un mot à dire, ma chérie. Pour moi, tes moindres désirs sont des ordres.

Soutenant le regard de Ian, Brooke sentit sa respiration se bloquer.

Cela faisait si longtemps qu'il ne l'avait pas appelée « ma chérie » ! Pourtant, ces mots avaient coulé de ses lèvres avec la même aisance que quatre ans auparavant. Et ses yeux foncés n'étaient pas seulement débordants de désir…

L'espoir la submergea. Peut-être après tout allait-il renoncer à tourner la page ?

Elle se hâta de chasser cette pensée de son esprit. Certes, Ian la désirait, mais il ne l'aimait plus, n'est-ce pas ?

Mais comment faire fonctionner son esprit, alors qu'il la regardait de cette façon ?

Surtout après lui avoir dit que ses moindres désirs étaient des ordres… Elle avait bien envie de le prendre au mot.

— Quand le dîner sera-t-il livré ? demanda-t-elle en se laissant tomber dans un fauteuil près de la table de jeu du salon.

— Quand désires-tu qu'il le soit ?

Elle sourit, se demandant s'il parlait toujours du dîner.

— Si le chef décidait de le faire mijoter très longtemps, cela ne me dérangerait pas, dit-elle d'une voix soyeuse.

À peine avait-elle achevé sa phrase qu'ils entendirent l'ascenseur se mettre en marche. Le chef n'avait pas eu la bonne idée de prendre tout son temps !

Ian ne manqua pas de remarquer sa moue de déception.

— Aucune loi ne nous oblige à prendre notre dîner aussitôt qu'il est prêt, assura-t-il. Cela va rester chaud un moment.

Pour toute réponse, elle lui adressa un sourire sensuel. Puis elle changea de position dans son fauteuil, ce qui eut apparemment pour effet de dévoiler bien davantage que son genou...

Elle entendit un grognement sourd monter des profondeurs de la poitrine de Ian.

— Reste comme cela. Ne bouge pas d'un millimètre ! ordonna-t-il.

Puis il tourna les talons et se dirigea prestement vers l'ascenseur.

Brooke sentit un frisson monter en elle.

Comment serait-elle capable de rester immobile comme il le lui avait demandé ?

En entrant dans la pièce, elle avait été surprise et envoûtée par le parfum de vanille et les bougies à la flamme vacillante. Sans oublier Ian qui, accoudé à la fenêtre, semblait exposer tout exprès à ses regards les muscles saillants de ses épaules et de son torse nus. Quant à son pantalon, il le moulait à ravir...

Elle avait eu toutes les peines du monde à ne pas se précipiter pour le caresser partout et s'agenouiller devant lui afin de le déguster comme il l'avait fait pour elle auparavant...

Elle poussa un profond soupir puis, dans l'espoir de se calmer, tenta de focaliser son attention, au-delà de la table de jeu, sur le merveilleux panorama de montagnes sombrant dans la nuit que découvrait la baie vitrée.

Mais ce qu'elle vit surtout, ce fut le reflet de Ian debout non loin d'elle.

Leurs regards se croisèrent, reflétés par la vitre, et elle lutta pour ne pas se retourner.

Elle le vit s'approcher d'elle, sentit ses bras s'enrouler autour d'elle.

Elle se laissa aller contre lui, posa la tête sur sa poitrine puissante. De nouveau, elle ressentait le besoin de ne faire qu'un avec lui, de tout partager — pas seulement son corps, mais aussi son cœur, qu'il le veuille ou non. Elle l'aimait, et rien ni personne ne pourrait jamais rien y changer.

— Brooke...

Il prononça son nom de sa voix la plus séduisante, tout en

effleurant de ses lèvres une zone particulièrement sensible de son cou, chose qu'il savait l'exciter infailliblement.

Quand elle sentit sa langue lui caresser le lobe de l'oreille, elle s'abandonna, les yeux fermés.

Les mains de Ian écartaient les pans de son chemisier, descendaient jusqu'au centre d'elle-même tandis que de brûlantes sensations la traversaient...

— Tu es sûre que tu ne veux pas dîner d'abord ? demanda-t-il d'une voix rauque, en promenant sa barbe naissante le long de son cou.

— Tout à fait sûre ! murmura-t-elle, à peine capable de prononcer ces trois mots de façon cohérente.

Ian força Brooke à se retourner, désireux de la voir lui répondre.

— Dans ce cas, ma chérie, dis-moi de quoi tu as besoin.

— De toi, Ian. J'ai besoin de toi.

En entendant ces paroles, il eut l'impression que quelque chose explosait en lui.

Il souleva la jeune femme et l'assit sur le bord de la table de jeu. Puis il recula d'un pas et ôta son pantalon qu'il fit voler à l'autre bout de la pièce, avant de revenir vers elle afin de faire subir le même sort à la chemise blanche de Brooke.

— Moi aussi, j'ai besoin de toi, Brooke. Et je vais te montrer à quel point ! dit-il en la soulevant par les fesses et en faisant passer ses jambes autour de lui.

Sans même lui laisser le temps de reprendre sa respiration, il la pénétra d'un coup, profondément, avant de se lancer dans un frénétique mouvement de va-et-vient.

La semaine précédente encore, si on lui avait dit qu'il ne se lasserait pas de faire l'amour à Brooke Chamberlain ici, dans son appartement privé, il ne l'aurait pas cru. La raison était impuissante à expliquer un tel événement. Pour l'heure, cependant, il n'avait aucune envie de faire fonctionner sa raison. Il ne pensait qu'à une chose : faire l'amour à Brooke sur sa table de jeu privée. Il n'avait jamais fait l'amour à une femme sur une table de jeu. C'était pourtant un jeu auquel il se sentait expert, et il n'envisageait absolument pas de perdre ! Au contraire, il était en veine, et bien décidé à triompher, coûte que coûte !

Ce soir, Brooke était tout ce dont il avait besoin. Seules focalisaient son attention les sensations qui explosaient en lui tel un feu d'artifice, chaque fois qu'il s'enfonçait en elle.

Il resserra encore l'étreinte de ses mains sur ses hanches et la souleva du tapis de feutre vert afin de s'introduire plus loin en elle.

Il l'embrassa longuement, profondément, heureux de la sentir gémir dans sa bouche.

Lorsqu'il écarta ses lèvres des siennes, Brooke leva vers lui un regard embrasé de désir.

— Nous avons les meilleures cartes ! dit-elle, comme si elle avait lu dans ses pensées.

Répondant par un large sourire, il s'enfonça encore davantage en elle, en prenant soin d'insister sur un certain petit endroit qui, il le savait, ne pouvait que la rendre folle de plaisir.

Ce qui se produisit bientôt.

Tandis qu'elle criait son nom, il rejeta la tête en arrière, se délectant de sentir autour de lui l'orgasme de la jeune femme — un apogée qu'il allait bientôt connaître à son tour, il le sentait... Puis il fut secoué de spasmes, et rien ne compta plus que la femme à qui il faisait l'amour.

Elle le prit par la nuque et s'empara de sa bouche avec toute la voracité que lui-même ressentait. Déjà, son excitation sexuelle redevenait manifeste. Seraient-ils un jour rassasiés l'un de l'autre ? C'était comme s'il leur fallait rattraper le temps perdu, et il n'avait rien contre !

Ce soir, ils avaient besoin l'un de l'autre. Ce soir, ils étaient tous les deux vainqueurs. C'était la seule chose qui comptait.

Pourquoi se préoccuper du lendemain ?

7

— Alors, qu'en penses-tu ?

Levant les yeux de son assiette, Brooke rougit lentement mais sûrement.

Si Ian voulait connaître son opinion sur le plat qu'elle était en train de déguster, elle pouvait lui répondre que c'était excellent. S'il faisait allusion aux moments qu'ils venaient de vivre, les mots seraient impuissants à traduire l'émerveillement qu'elle ressentait. Quoi qu'il arrive, lorsqu'elle aurait quitté le Rolling Cascade, elle garderait toujours le souvenir ébloui des instants qu'elle avait passés avec lui.

Elle se cala dans son fauteuil.

— J'adore la cuisine thaïlandaise ! De plus, ce cuisinier est fabuleux. Maintenant, si ta question porte sur autre chose, ajouta-t-elle en lui jetant un coup d'œil par-dessus le rebord du verre qu'elle portait à ses lèvres, tout ce que je peux dire, c'est que j'ai l'impression d'avoir consommé le dessert avant le plat principal !

Elle illustra ses paroles d'un sourire gourmand.

Ian fit entendre un petit rire issu des profondeurs de sa poitrine et but une gorgée de vin sans la quitter des yeux..

— Je suis bien aise que tout soit à ton goût ! répliqua-t-il.

— Bien plus qu'à mon goût, Ian ! Je crois que je ne pourrai plus jamais voir une table de jeu sans rougir !

Ian frissonna à l'évocation de leurs derniers ébats. Lorsqu'il verrait de nouveau une table de jeu, s'il ne rougissait pas, il serait en tout cas terriblement excité.

Il était urgent de penser à autre chose qu'à coucher avec Brooke ! Il la trouvait toujours aussi incroyablement séduisante, vêtue comme elle l'était de son seul chemisier… Encore heureux qu'elle l'eût boutonné !

— Que penses-tu faire demain ? demanda-t-il.

Brooke lui adressa un sourire.

— En tout cas, je ne ferai pas les magasins, répondit-elle.

— Veux-tu passer la journée avec moi ?

Brooke ne fut pas peu surprise par la question de Ian.

Après la soirée qu'ils venaient de vivre, elle s'attendait à ce qu'il veuille l'éviter à tout prix, ne fût-ce que pour vérifier que la page qu'ils avaient écrite ensemble était réellement tournée.

Elle posa les coudes sur la table et appuya pensivement son menton sur ses mains.

— Tout dépend de ce que tu as prévu de faire.

Il lui répondit d'un sourire.

— J'ai une réunion importante avec les directeurs de ma station : je veux m'assurer que tout est prêt pour la fête d'anniversaire de Delaney. Mais ensuite je serai libre de faire ce que je voudrai. As-tu des suggestions ?

Elle ne répondit pas tout de suite.

— La table de jeu est hors de question, dit-elle enfin.

Ian fit entendre un petit rire.

— Si tu le dis…

— Hmm… Pourquoi pas une partie de golf ?

Il haussa les sourcils d'un air interrogateur.

— Tu sais y jouer ?

— Non, mais j'aimerais apprendre. Tu accepterais de m'enseigner les bases ?

— Ouais.

— Et j'aimerais utiliser de nouveau ta piscine privée, si cela ne te dérange pas.

Il la considéra longuement.

— Cela ne me dérange pas, à condition que tu me laisses faire un petit plongeon avec toi cette fois.

C'était bien ce qu'elle avait espéré !

— Parfait.

Elle jeta un coup d'œil à sa montre et se leva.

— Il se fait tard. Il vaut mieux que je parte.

Il se leva à son tour, fixant sur elle un regard intense.

— Reste avec moi ce soir, Brooke, dit-il d'une voix chaude.

En entendant cette invitation, elle sentit son cœur bondir dans sa poitrine, tandis que les raisons de refuser se pressaient dans son esprit. Elle craignait surtout que son hôte ne la soupçonne de duplicité, si jamais il apprenait la raison de son séjour dans sa station.

— Je ne crois pas que ce soit une bonne idée, Ian. Nous étions censés mettre le point final à notre relation, lui rappela-t-elle doucement.

— Je sais, dit Ian en contournant la table pour se placer en face d'elle. Mais pour l'instant, je ne peux penser qu'à une chose : tout recommencer avec toi.

Elle haussa les sourcils.

— « Tout recommencer » ?

Il sourit du coin des lèvres.

— Oui. Comme cela ! dit-il en déboutonnant la chemise qu'elle avait enfilée, avant de glisser ses mains le long de sa taille, puis, plus haut, vers sa poitrine...

Les yeux rivés aux siens, il caressa de ses doigts ses tétons durcis.

— Suis-je assez explicite ? demanda-t-il.

Il porta ses caresses plus bas, autour de son nombril. Puis plus bas encore...

Elle laissa échapper un gémissement.

— Oh oui, tes intentions sont parfaitement claires, reconnut-elle.

Pour lui prouver qu'elle les avait bien comprises, elle noua les bras autour du cou de Ian et attira sa bouche contre la sienne.

Ils s'occuperaient du point final une autre fois.

Ian battit des paupières.

— Je vous demande pardon. Je n'ai pas entendu ce que vous avez dit, Margaret.

Sa chargée de communication lui sourit. De toute évidence, elle avait déjà remarqué que son attention était ailleurs.

Il ne disposait pas de sa vivacité d'esprit coutumière, préoccupé qu'il était par les derniers événements. Zut. Les autres participants de la réunion s'en étaient-ils également aperçus ?

— Je disais que Mme Tara Westmoreland m'a faxé le menu qu'elle souhaitait. Je l'ai transmis au restaurant qui fournira les repas.

— Combien d'invités attendons-nous ?

— Nous avons trois cents réservations confirmées.

Ian hocha la tête. Il n'ignorait pas qu'un certain nombre de célébrités et de hauts dignitaires se joindraient aux membres des deux familles et à leurs amis, en raison du statut international de Jamal.

— Il n'est pas impossible que le ministre des Affaires étrangères nous fasse l'honneur de sa présence, ajouta Margaret d'une voix que le respect faisait légèrement trembler. Nous saurons dans quelques jours si son emploi du temps le lui permet.

Ian dirigea son regard vers Vance.

— Je présume que le service de sécurité est prêt à toute éventualité ? dit-il.

— Bien sûr. Et, si nous avons la visite du ministre des Affaires étrangères, nous collaborerons avec le service de protection des hauts fonctionnaires.

Ian savait aussi que le prince Jamal Ari Yasir avait réservé une grande partie de la station pour loger ses propres invités à la fête d'anniversaire de son épouse. Il jeta un coup d'œil à sa montre.

— O.K., il semble que tout soit prévu, conclut-il en se levant. Tenez-moi au courant s'il y a du nouveau.

Il devait retrouver Brooke dans une demi-heure et n'avait nullement l'intention de la faire attendre.

— Ce sera tout pour aujourd'hui, ajouta-t-il. Je vous remercie tous pour votre excellent travail. Je veux que nous fassions tout ce qui est en notre pouvoir pour que la princesse de Tahran garde de cette fête un souvenir inoubliable.

Brooke parcourut le golf d'un regard admiratif.

La pelouse était d'un vert éclatant, le club-house d'une architecture imposante. Le cours atteignait presque trois cents mètres, et les larges fairways serpentaient entre des pins et des chênes au tronc couvert de mousse. Ian lui avait expliqué la veille que le cours longeait la rive du lac Tahoe et que l'un des départs se trouvait directement au-dessus de l'eau.

Tout contribuait à l'agrément des lieux. Il ne manquait qu'une chose : l'homme qu'elle attendait.

Ian.

Elle frissonna, se souvenant de l'émerveillement qu'elle avait éprouvé ce matin en se réveillant dans ses bras. Ils avaient fait l'amour une fois encore, puis elle s'était rendormie.

Environ une heure plus tard, quand elle avait rouvert les yeux, Ian était adossé à la porte de la chambre, tout habillé, les yeux fixés sur elle. Tous deux s'étaient regardés en silence pendant quelques secondes qui lui avaient paru une éternité... Enfin, il s'était avancé vers elle en ôtant lentement sa veste, l'avait prise dans ses bras et l'avait embrassée avec passion, comme si sa vie en dépendait.

Lorsqu'il était parti, il lui avait donné rendez-vous à 11 heures sur l'allée menant au club-house.

Soucieuse de se conformer au code vestimentaire de l'activité en question, elle avait acheté une casquette noire à visière, un short jaune citron — le vendeur lui avait juré que les vêtements de golf étaient souvent colorés — et des chaussures de golf.

Se retournant, elle vit une séduisante blonde d'une trentaine d'années qui s'approchait d'elle, longeant l'allée. Elle la reconnut aussitôt : elle avait croisé cette femme la veille dans un magasin. En fait, distraite par une robe qu'elle voulait acheter, elle l'avait bousculée et avait fait tomber les sacs contenant ses achats.

Elle lui adressa un sourire lorsque celle-ci arriva à sa hauteur.

— Bonjour ! lui dit-elle. Cette fois-ci, je vous ai vue avant de vous heurter !

La femme blonde la regarda d'un air surpris, comme si elles ne s'étaient jamais vues auparavant.

Brooke décida de lui rafraîchir la mémoire.

— Vous ne vous souvenez pas ? Hier, dans la boutique ? J'ai fait accidentellement tomber vos sacs, et...

— Oh oui, c'est vrai ! Je m'en souviens à présent. Cela m'était sorti de l'esprit.

La jolie blonde afficha un sourire que Brooke jugea un peu forcé puis elle ajouta d'une voix marquée d'un fort accent britannique :

— Bonjour à vous aussi. Désolée de ne pas vous avoir reconnue !

Brooke haussa les épaules.

— Ce n'est pas un problème. Vous êtes venue faire une partie de golf ? ajouta-t-elle, remarquant la tenue et les chaussures de golf de son interlocutrice.

— Oui. Je dois retrouver mon mari dans le hall d'accueil, et comme d'habitude je suis en retard.

Brooke hocha la tête.

— Dans ce cas, ce n'est pas le moment de bavarder. Amusez-vous bien !

— Merci, dit la jeune Anglaise en se précipitant dans le pavillon.

Brooke la regarda partir, songeuse. Elle lui avait vraiment donné l'impression de n'avoir aucun souvenir de l'incident de la veille !

— Hé, ma chérie, pourquoi fronces-tu les sourcils comme ça ? Tu m'as attendu trop longtemps ?

Brooke se retourna et sourit à Ian, qui la rejoignait au volant d'une voiturette de golf.

— Pas du tout ! répondit-elle en s'asseyant à côté de lui dans la voiturette.

— Dans ce cas, pourquoi as-tu l'air préoccupée ?

— Oh, rien d'important. Je viens de voir une femme que j'ai maladroitement heurtée hier dans un magasin, et elle n'a pas eu l'air de me reconnaître. Je lui ai pourtant fait lâcher ses sacs. J'ai même dû l'aider à les ramasser ! Et, contrairement à aujourd'hui, elle n'arrêtait pas de jacasser.

— Comment ? s'exclama Ian en riant. Tu ne vas tout de même pas me dire que quelqu'un ne se souvient pas de toi ? Ce n'est pas possible, tu es inoubliable ! ajouta-t-il en faisant démarrer la voiturette.

Elle se rapprocha de lui sur la banquette.

— Pas d'ironie, je te prie ! dit-elle en lui faisant une grimace.

Cependant, elle ne put s'empêcher de se demander si Ian pensait réellement ce qu'il disait. Avait-il eu autant de mal qu'elle à oublier leur liaison ? Mais en fait elle n'avait jamais vraiment essayé de l'oublier... Il avait toujours fait partie de ses rêves.

— Où m'emmènes-tu ? demanda-t-elle, tandis qu'ils serpentaient entre les arbres.

Il lui sourit.

— Sur mon terrain de golf privé. Si je veux t'apprendre à jouer, il ne faut pas que nous soyons dérangés. Le golf, c'est comme le vingt et un : il faut être extrêmement attentif.

— Oh...

À la seule mention du jeu de vingt et un, des souvenirs brûlants se pressèrent dans son esprit. L'ardeur de Ian faiblirait-elle un jour ?

Elle s'était à peine posé cette question qu'elle se souvint que leur séparation prochaine et définitive approchait — dans une semaine exactement. Et ils n'étaient même pas sûrs de se revoir un jour !

Elle s'efforça de reporter son attention sur le chemin qui serpentait toujours, mais cette fois entre les *greens* et les départs de *tees*.

Enfin, Ian arrêta la voiturette.

Elle embrassa du regard le terrain situé sur un promontoire surplombant la mer.

— Et que se passe-t-il si l'on envoie une balle dans la mer ? dit-elle en lançant un coup d'œil circonspect à Ian.

Celui-ci répondit par un rire joyeux tout en sortant du véhicule.

— N'aie aucune crainte. Je ne vais pas t'obliger à la récupérer. Nous sommes ici pour pratiquer, pas pour nous baigner. Lorsque nous perdrons une balle, nous en utiliserons une autre. J'en ai apporté des dizaines.

Tandis que Ian prenait le sac de golf à l'arrière de la voiturette, elle ne put s'empêcher de remarquer qu'il avait fort belle allure en chemise et short de golf.

Il fixa le sac sur ses épaules et se tourna vers elle.

— Allons-y. Au fait, t'ai-je prévenue que la pratique du golf est déconseillée aux petits marcheurs ?

Il passa le quart d'heure suivant à lui expliquer les règles du jeu et la manière de noter les points sur la carte de parcours.

— Et maintenant, es-tu prête à passer à la pratique ? demanda-t-il en lui tendant un club.

Puis il vint se placer juste derrière elle.

Elle faillit lui dire qu'elle n'était pas prête, et surtout qu'elle le sentait beaucoup trop près d'elle pour pouvoir se concentrer. Mais, de toute évidence, Ian n'avait pas ce problème. La proximité de son corps ne semblait pas le déranger le moins du monde.

L'entourant de ses bras, il posa les mains sur les siennes et entreprit de lui montrer comment tenir le club afin de frapper la balle.

— Écoute-moi bien, lui murmura-t-il à l'oreille. Lorsque tu exécutes un *back swing*, il ne faut pas que ton corps bouge plus lentement que le club. Et pour le *down swing*, ajouta-t-il en lui faisant exécuter le mouvement, tu dois veiller cette fois à ce que ton corps ne bouge pas plus vite que lui. Le club ne doit pas être obligé d'essayer de te rattraper.

Brooke passa l'heure suivante à exécuter toute une série de swings. Certains d'entre eux lui paraissaient plus difficiles que d'autres, mais l'apprentissage du golf n'était pas sa seule préoccupation. Comment aurait-il pu en être autrement, avec Ian Westmoreland presque collé à son dos ?

Elle tourna la tête vers lui.

— Dis donc, quand allons-nous jouer avec des balles réelles ? demanda-t-elle.

— Il n'y a que toi pour poser des questions à double sens dans un moment pareil ! lui murmura-t-il à l'oreille d'une voix rauque.

Puis il l'attira contre lui sans chercher à lui dissimuler son excitation.

Elle rit, voyant à quelle sorte de balles il faisait allusion. Pourtant, elle s'écarta doucement de lui.

— Désolée, répliqua-t-elle en s'efforçant d'éviter de regarder en dessous de sa ceinture. Je voulais dire : que faisons-nous à présent ?

— Selon moi, nous embrasser ne serait pas du tout une mauvaise idée !

Ian se tenait si près d'elle que des vagues de chaleur la parcouraient tout entière. Et, certes, savoir qu'il était excité n'arrangeait rien ! Enivrée par son parfum masculin qui jouait avec ses sens depuis plusieurs jours, elle entrouvrit les lèvres avec un soupir.

C'était exactement le signal qu'espérait Ian. Il se pencha vers Brooke et perdit littéralement la tête dès que leurs lèvres se touchèrent.

Jamais il n'avait eu un tel besoin d'embrasser une femme. Et pourtant, jamais sa raison ne s'y était opposée à ce point ! Cependant, il n'avait aucune envie de penser rationnellement dans un tel moment.

Tandis qu'il lui enseignait les différents swings, il avait senti de nombreuses fois les fesses de Brooke l'effleurer, ce qui l'avait presque rendu fou. Il avait eu le plus grand mal à s'empêcher de la serrer contre lui au mépris de toutes les règles de bonne conduite sur un parcours de golf. Et s'il lui était venu à l'esprit que personne ne pouvait les voir, il serait en cet instant même en train de lui arracher les vêtements !

Il ne voulait pas prendre ce risque, mais il veillerait à ce qu'ils tirent un profit optimal de quelque moment intime, plus tard dans la journée...

Il lui enserra la taille, continuant de l'embrasser voracement. Il savait qu'il aurait dû se retenir, mais tous ses sens étaient à la fête et voulaient profiter d'elle au maximum.

Beaucoup plus tard, il s'écarta d'elle et promena le bout des doigts sur sa lèvre supérieure.

— Tu es toujours partante pour la piscine ? demanda-t-il, espérant qu'un plongeon dans l'eau fraîche l'aiderait à contenir ses ardeurs.

— Oui. Et toi ?

Un petit rire monta de sa poitrine.

— Moi aussi, répondit-il, je suis toujours résolument d'accord pour plonger avec toi !

— Ian ! répliqua-t-elle d'un ton de reproche.

Il plaça le sac de golf sur ses épaules et, sans lui laisser le temps de protester, la prit par la main et l'entraîna vers la voiturette.

— Et la suite de ma leçon ? objecta-t-elle.

Il la considéra en souriant.

— Cela viendra, promit-il.

Mais autre chose allait venir encore plus vite, se dit-il en accélérant le pas.

— Puis-je te demander quelque chose, Ian ?

Sans cesser de marcher, il tourna la tête vers elle.

— Bien sûr.

— Est-ce que tu m'as encore dans la peau ?

Cette fois, il s'arrêta net et la fixa.

— Et comment ! Tu n'as encore jamais été si profondément enracinée en moi !

Elle sourit, comprenant ce qu'un tel aveu pouvait lui coûter, et tous deux se remirent à marcher.

— As-tu besoin d'une aspirine ? ajouta-t-elle avec une timidité affectée.

S'arrêtant de nouveau, il lui caressa doucement le visage du plat de la main.

— Et maintenant, qui essaye de faire de l'ironie ? Non, je n'ai pas besoin d'aspirine, Brooke. J'ai seulement besoin de toi. Et tu sais ce que je trouve le plus terrifiant, dans tout ça ?

— Non, répondit-elle, soutenant son regard.

— Je m'étais promis de t'éviter comme la peste après notre dernière nuit ensemble. Mais à présent je ne peux même pas supporter l'idée de te perdre de vue !

Le visage de la jeune femme s'éclaira lentement d'un sourire.

— On dirait que nous avons un problème, dit-elle.

Ian fit entendre un petit rire. Et pourtant, tout au fond de lui-même, il ne trouvait pas leur situation si amusante que cela.

— Ouais, c'est bien ce qu'il me semble aussi. Allez, il est temps de déjeuner.

— Et maintenant, demanda Ian en sirotant son soda, quel autre sport veux-tu essayer pour bien profiter de ton séjour ici ?

Brooke et lui déjeunaient sur la terrasse ensoleillée de l'un des nombreux cafés de la station.

Elle leva les yeux de son assiette d'entrées à la grecque et lui adressa un sourire.

— N'importe lequel, du moment qu'il n'y ait pas trop de contact physique.

Ian se mit à rire.

— Cela signifie que mon contact te gêne ?

— Non, pas exactement.

— Dans ce cas, quel effet cela produit-il sur toi ?

Elle se pencha au-dessus de la table de façon à n'être entendue que de lui.

— Cela met mes hormones à l'épreuve ! chuchota-t-elle.

Ian esquissa un sourire.

— Sois un peu plus précise, réclama-t-il.

Elle leva les yeux au ciel.

C'était bien à lui de demander cela ! Avec un esprit analytique comme le sien, il n'avait certainement pas besoin de la moindre précision. Mais puisqu'il voulait l'entendre de sa bouche, eh bien, elle allait être plus explicite.

— Chaque fois que tu me touches ou même que tu m'effleures, je ne peux plus penser à rien d'autre qu'à toi.

Ian eut l'air très intéressé par cette explication.

— En d'autres termes, je t'excite, dit-il.

— Oh ! Non, voyons ! Seuls les hommes peuvent être excités. Les femmes, elles, sont seulement « mises à l'épreuve par leurs hormones » !

— Je vois.

Elle ne doutait pas qu'il voyait de quoi elle parlait — et même très bien. Et dire que, quelques jours auparavant, ils nourrissaient encore tant d'hostilité l'un pour l'autre !

À présent, cependant, ils étaient bien loin de pouvoir tourner la page...

— Alors, qu'as-tu fait de beau ces quatre dernières années ? reprit Ian d'un ton faussement désinvolte avant d'avaler une autre gorgée de soda.

Elle haussa les sourcils.

Elle n'était pas stupide. En réalité, il lui demandait ce qu'elle n'avait *pas* fait ces quatre dernières années... Mais Ian la connaissait mieux que quiconque, et, après la nuit qu'ils avaient vécue ensemble, il savait déjà parfaitement ce qu'elle n'avait pas fait pendant si longtemps !

— J'ai passé le plus clair de mon temps à travailler. J'ai eu une paire de missions plutôt délicates.

Ian hocha la tête. Il n'avait jamais aimé voir Brooke risquer sa vie à chaque mission. Mais il ne pouvait l'empêcher de gagner sa vie comme elle l'entendait. De plus, l'ayant vue mener une ou deux opérations en service commandé, il la savait parfaitement capable de se défendre.

— Tu penses rester encore longtemps un agent de terrain ? demanda-t-il.

Il se souvenait de ce qu'elle lui avait dit un jour : elle resterait un agent de terrain tant qu'elle n'aurait pas décidé de fonder une famille.

La jeune femme haussa les épaules.

— Je ne sais pas encore. Cela fait déjà cinq ans que je risque ma vie, c'est vrai. Il faudra bien que je me réfugie un jour dans les bureaux si je ne veux pas y perdre trop de plumes.

La sonnerie de son téléphone ne permit pas à Ian de répliquer.

Lorsqu'il eut raccroché, il adressa à Brooke un sourire contrit.

— Désolé, dit-il, c'était le directeur du casino. Il a un problème urgent à me soumettre.

— Je comprends.

— Tu es toujours partante pour une petite baignade ? Dans ma piscine ?

Brooke sourit.

— Et comment !

— Et après, je te nourrirai. Une fois de plus.

Elle se mit à rire.

— Comment résister à une invitation aussi galante ?

— Je savais que tu accepterais. Rendez-vous, disons, autour de 17 heures. Cela te va ?

La jeune femme hocha la tête.

— C'est parfait.

— Très bien.

Puis, approchant ses lèvres de son oreille, il murmura d'une voix suave :

— N'oublie pas d'apporter tes affaires de nuit, que je puisse m'occuper tout à loisir de ton histoire d'hormones !

Sur ces mots, il tourna les talons et s'éloigna d'un pas rapide.

Brooke regarda Ian s'éloigner jusqu'à ce qu'il soit hors de vue. Alors seulement elle poussa un profond soupir.

Elle doutait fort qu'il puisse un jour apaiser ses hormones... Bien au contraire !

Souriant aux anges, elle portait son verre à ses lèvres, quand elle aperçut à l'autre bout de la terrasse la femme qu'elle avait bousculée la veille.

Contrairement à ce qu'avait dit Ian en plaisantant, elle savait qu'elle n'était pas inoubliable. Il n'y avait donc pas lieu de s'étonner de l'attitude de cette femme. Et, pourtant, quelque chose l'intriguait chez elle.

Celle-ci se trouvait en compagnie d'un homme, sans doute le mari dont elle lui avait parlé. Ses cheveux, qui tombaient librement sur ses épaules la veille, étaient aujourd'hui retenus par une barrette, et elle portait un chapeau. Cela n'avait rien d'anormal en soi. Mais dans ce cas, pourquoi avait-elle l'impression que quelque chose lui échappait ?

Haussant les épaules, elle vida son verre de soda. Cela n'avait sans doute aucune importance.

Brooke avait dix minutes d'avance lorsqu'elle sonna à la porte de Ian.

Dès que la porte de l'ascenseur s'ouvrit, il sut qu'il était en danger : elle avait opté pour une robe moulante couleur chair avec un corsage ajouré plutôt osé. L'ourlet festonné, placé très haut, mettait en valeur ses jambes superbes.

Il recula d'un pas pour mieux admirer la jeune femme et poussa un profond soupir. Il n'avait aucune peine à imaginer les pensées des hommes qu'elle avait croisés. Les yeux avaient dû leur sortir des orbites lorsqu'elle était passée devant eux !

— Hum... Je m'étonne que tu aies pu arriver jusqu'ici sans encombre ! dit-il.

En riant, Brooke déposa à ses pieds le sac contenant les affaires qu'elle avait emportées pour passer la nuit.

— Aurais-tu oublié que je sais me défendre ? demanda-t-elle.

Certes, il ne l'avait pas oublié. Il avait même toujours admiré cette faculté chez elle.

Elle s'approcha de lui, et son parfum fit instantanément monter sa température de plusieurs degrés.

— Je croyais que nous allions nous baigner, dit-il en s'éclaircissant la gorge

— Nous y allons, répliqua-t-elle. Mais cette fois, je ne mettrai mon maillot de bain qu'une fois là-bas. Toi, au contraire, tu es déjà prêt, à ce qu'il me semble.

Dans tous les sens du terme, confirma-t-il en pensée, même s'il savait que Brooke ne faisait allusion qu'au maillot de bain qu'il portait.

— Oui, je pensais que nous irions nager tout de suite. Le dîner ne sera livré que dans une paire d'heures. Naturellement, si tu préfères dîner maintenant, je peux toujours...

— Non, c'est parfait comme cela. Je n'ai pas encore une grande faim. Mais, dans deux heures, j'aurai sans doute une faim de loup.

Ian sourit. Il espérait bien qu'elle aurait une faim dévorante !

— Je te le rappellerai au besoin, dit-il en se penchant pour prendre son sac.

Lisant la surprise sur son visage, la jeune femme haussa les épaules en souriant.

— Tu m'as déjà connue avec des bagages légers ? demanda-t-elle.

— Jamais.

— Eh bien, il n'y a aucune raison pour que j'aie changé.

Il fronça les sourcils.

— Pourtant, quand tu es en mission, il vaut sans doute mieux que tu n'aies pas des bagages trop lourds !

— En mission, c'est différent.

Ian hocha la tête en souriant.

— Je monte tes affaires dans ma chambre. Tu peux t'y changer. Mais si tu préfères utiliser l'une de mes chambres d'amis, il n'y a pas de problème.

— Je me changerai dans ta chambre.

Il s'écarta pour la laisser passer devant, mais dès que la jeune femme se mit à gravir l'escalier, il comprit son erreur : il sentait doubler son excitation chaque fois qu'elle posait le pied sur la marche suivante ! Le fait de lever le pied relevait encore l'extrémité de sa jupe déjà extrêmement courte, soulignant davantage ses courbes délicieuses...

Il s'arrêta au pied de l'escalier afin de jouir du spectacle sans être tenté de bondir sur elle. Lorsqu'elle parvint sur le palier, elle se retourna et haussa les sourcils.

— Quelque chose ne va pas ? s'inquiéta-t-elle.

— Tout va bien. Je pensais simplement que nous devrions peut-être nous occuper un peu de ta jupe.

Brooke s'appuya contre la rambarde, et il eut soudain très chaud. Savait-elle qu'en prenant cette position elle lui permettait de voir *sous* sa jupe ? Il ne put s'empêcher de se demander si elle portait une culotte... Évidemment, il pouvait se tromper, étant donné que ses vêtements étaient de couleur chair.

— Que voudrais-tu que nous fassions ? demanda-t-elle.

Battant des paupières, il la regarda bouche bée.

— Quelle question ! dit-il enfin.

Brooke se mit à rire.

— Tu parlais de ma jupe. Tu viens de dire que nous devrions nous en occuper.

— Nous pourrions... la brûler ?

— Sûrement pas ! protesta-t-elle avec un large sourire. Elle a été faite sur mesure.

Ian haussa les sourcils.

— Vraiment ?

— Affirmatif. Tu n'aimes pas ma tenue ?

— Je l'aime un peu trop. Je te suggère d'enfiler ton maillot de bain au plus vite, avant que je ne décide que nous n'avons aucun besoin d'aller nager !

Il grimpa ensuite l'escalier quatre à quatre et lui tendit son sac.

— Je crois que je ne devrais pas aller plus loin, étant donné que...

— Étant donné que quoi ?

— Que je meurs déjà d'envie de te prendre sur-le-champ, contre cette rambarde.

Reprenant son sac, Brooke lui adressa un large sourire.

— L'après-midi promet d'être intéressant, fit-elle remarquer.
Il lui rendit son sourire.
— Fais-moi confiance. Il le sera.

Ian ne tenait plus en place.
Il fallait qu'il plonge immédiatement dans la piscine pour se calmer un peu. Sinon, il ne pourrait pas s'empêcher de monter rejoindre Brooke à l'étage supérieur... Et, dans ce cas, il y avait de grands risques pour qu'ils y demeurent jusqu'à ce que l'on apporte le dîner.
Une fois qu'il se trouva immergé dans l'eau fraîche, son esprit revint à la leçon de golf qu'il avait donnée à Brooke.
Elle avait toujours appris vite, et cette séance n'avait pas fait exception. Avec un peu de pratique, nul doute qu'elle deviendrait très vite un adversaire redoutable !
Puis il repensa à leur déjeuner sur cette terrasse de restaurant. Le simple fait de la voir boire de longues gorgées — sa bouche entourant si parfaitement la paille — avait suffi à l'exciter. À un certain moment, il avait eu la furieuse envie de l'arracher de sa chaise et de l'embrasser. Sans parler de la suite, lorsqu'elle avait longuement aspiré les dernières gouttes de son soda !
Il entamait son quatrième tour de piscine lorsqu'il entendit sa voix.
— Tu aurais tout de même pu m'attendre !
Il leva la tête et remercia le ciel de se trouver dans la partie peu profonde de la piscine. Sinon il aurait sans nul doute coulé à pic !
Brooke se tenait tout au bord de la piscine, vêtue d'un maillot de bain orange, si minuscule que l'on pouvait douter de son existence. Celui qu'elle avait porté l'autre soir lui avait pourtant déjà semblé battre tous les records du genre !

Brooke avala difficilement sa salive. Elle ne pouvait pas ignorer l'excitation de Ian, que moulait son caleçon de bain trempé.
Debout dans l'eau peu profonde, celui-ci lui fit un signe implorant de la main.

— Viens ! dit-il d'une voix rauque et veloutée à la fois.

Elle entra dans l'eau et prit la main qu'il lui tendait.

— Tu adores jouer avec le feu, pas vrai, Brooke ? demanda-t-il.

Elle se tenait si près de lui que leurs cuisses se touchaient. Sans parler de son érection.

— Pas particulièrement, non.

Subjuguée par la passion qu'elle lisait dans les yeux de Ian, c'était la seule réplique qu'elle avait trouvée.

— Oh, si ! Et je veux voir jusqu'à quel point tu peux t'embraser, à jouer ainsi avec le feu !

— Tu le sais déjà, jusqu'à quel point, Ian !

Elle sentit s'accélérer les battements de son cœur lorsqu'il la prit par la taille et la pressa contre, hum... la preuve de son excitation.

Ian sourit. Bien sûr qu'il le savait ! C'était l'une des qualités de Brooke qu'il avait toujours adorée : sa capacité à ne rien retenir lorsqu'ils faisaient l'amour, telle la lave brûlante d'un volcan en éruption... Et, après quatre années de séparation, rien de tout cela n'avait changé !

Quelle que soit la raison pour laquelle elle n'avait pas connu d'autre homme pendant cette période, il entendait bien lui faire rattraper le temps perdu !

Il tenta de se souvenir des raisons pour lesquelles il avait cru devoir tourner la page, mais pas une seule ne lui revint à l'esprit. Sans doute parce que celui-ci était totalement vide, toute son énergie s'étant concentrée dans la partie inférieure de son corps !

— Je croyais que nous allions nager, murmura-t-elle tandis qu'il approchait ses lèvres des siennes.

— Nous nagerons. Mais plus tard.

Il avait à peine prononcé ces paroles que, déjà, il s'emparait de sa bouche avec une voracité extrême, comme s'il ne pouvait plus supporter d'avoir été séparé d'elle depuis la dernière fois qu'ils avaient fait l'amour.

Était-ce ce matin même ? Il avait l'impression que cela faisait une éternité qu'il ne l'avait pas serrée contre lui, goûtée, possédée...

Comme à l'ordinaire, elle avait un goût d'épices et de feu. Mais déjà il ne pouvait plus se contenter de l'embrasser. Sans même dégrafer le haut de son Bikini, il gratifia avec maestria ses seins, l'un après l'autre, de fougueuses caresses buccales... vite interrompues, car il voulait goûter encore davantage de son corps.

Bénissant le peu de profondeur de la piscine à cet endroit, il s'agenouilla et entreprit de faire doucement descendre le long des hanches de Brooke le minuscule bas de son Bikini. Bientôt, sa main caressa l'intérieur de sa cuisse, puis remonta lentement. Il la caressa longuement, se délectant de l'entendre haleter. Enfin, se redressant, il la souleva par les hanches.

— Passe tes jambes autour de moi, Brooke, dit-il.

La jeune femme obéit sans hésiter.

Il se glissa entre ses cuisses afin de les écarter encore et s'enfouit aussitôt en elle, jusqu'au centre d'elle-même, exactement en même temps qu'il enfouissait sa langue au plus profond de sa bouche.

Brooke gémissante plaquée contre lui, il se dirigea vers le bord de la piscine.

Ils avaient fait l'amour dans tous les endroits imaginables, mais jamais dans une piscine. N'avait-il pas entendu dire que l'eau était un puissant excitant ? Il allait vérifier sur-le-champ s'il s'agissait d'un mythe ou d'une réalité !

Dès que la jeune femme fut adossée contre le rebord, il imprima à ses hanches un puissant mouvement de va-et-vient.

Brooke enfonça ses ongles dans les épaules de Ian et ne put retenir un cri. Puis elle ferma les yeux, s'abandonnant à l'intensité de ses sensations.

C'était si merveilleux... Il lui donnait exactement ce dont elle avait besoin !

Seulement quelques secondes avant qu'un orgasme n'explose en elle, il se retira et la fit se retourner, l'obligeant à lui tourner le dos.

— Penche-toi et accroche-toi au rebord, ma chérie, lui murmura-t-il à l'oreille.

Elle s'exécuta et sentit aussitôt qu'il l'écartait légèrement pour la pénétrer par-derrière. S'immobilisant, il l'embrassa sur l'épaule et lui demanda d'une voix rauque :

— Cela te convient, ma chérie ?

— Oui ! clama-t-elle, agrippée au rebord de la piscine et songeant qu'elle adorait le contact de ses cuisses fermes contre les siennes. Mais tu sais ce que je veux, à présent ?

— Non. Qu'est-ce que tu veux ?

— Davantage de toi. Et tout de suite !

Elle entendit Ian inspirer profondément avant de reprendre son mouvement de va-et-vient.

Chaque poussée déclenchait une véritable décharge électrique qui faisait vibrer toutes les cellules de son corps. Elle gémissait chaque fois que les hanches de son amant la heurtaient, et chaque heurt aiguisait délicieusement ses sens et son esprit…

Un cri lui déchira la poitrine à l'instant précis où Ian criait son nom en lui immobilisant les hanches. Lorsqu'il connut l'apogée, elle eut l'impression qu'une coulée de lave en fusion l'emplissait, stimulant tous les atomes de son corps et lui faisant connaître l'orgasme à son tour.

S'abandonnant tout entière, elle gémit de plénitude et de plaisir.

Elle savait que cet instant sublime qu'ils partageaient à présent lui appartiendrait à jamais, quoi qu'il arrive, lorsque leurs chemins seraient séparés. Personne ne pourrait la priver de ce souvenir !

8

Loin de s'apaiser, la passion qui les unissait se faisait de plus en plus brûlante, se disait Brooke une semaine plus tard, en flânant le long du lac par un bel après-midi.

Chaque matin ils s'éveillaient dans les bras l'un de l'autre, et elle passait davantage de temps dans l'appartement de Ian que dans la villa qu'elle avait louée.

Ils faisaient presque tout ensemble. De nouveau, il l'avait emmenée sur son voilier, ils avaient fait plusieurs parties de golf, il lui avait appris à jouer au poker... Et un soir ils avaient même tous deux improvisé un dîner dans la cuisine de Ian.

Ensemble, ils faisaient de longues promenades, ensemble, ils parlaient de toutes sortes de choses — de la conjoncture économique, des événements en Extrême-Orient, des ouragans qui semblaient empirer de saison en saison, de l'altermondialisme...

Mais ce dont ils ne parlaient jamais, c'était de ce qui se passerait lorsqu'elle quitterait la station.

Dimanche soir, dans trois jours seulement...

Elle n'était pas assez sotte pour croire qu'ils pourraient un jour revivre ensemble ce qu'ils avaient vécu autrefois. Même s'ils vivaient actuellement des jours merveilleux, ils n'auraient pas de deuxième chance. Elle sentait bien que Ian ne lui ferait plus jamais autant confiance qu'avant leur rupture.

Depuis un jour ou deux, il avait été davantage accaparé par son travail, et surtout par les préparatifs de l'anniversaire de Delaney. Elle faisait désormais partie des invités, et tous deux avaient décidé de répondre d'une même voix aux questions qui ne manqueraient pas de leur être posées : « Non, nous n'avons pas repris notre vie commune, diraient-ils en substance. Nous sommes amis, rien de plus. »

À cette pensée, Brooke sentait son cœur se déchirer.

Amis *et rien de plus* !

Mais elle ne pouvait rien changer à cette situation. Les choses s'étaient produites exactement comme elle l'avait prévu : en voulant lui faire l'amour une dernière fois pour l'oublier, Ian lui était entré encore plus profondément dans la peau !

Il avait beau ne pas l'aimer, elle ne l'en aimait que davantage encore…

La sonnerie de son portable interrompit ses pensées, et elle se hâta de le prendre dans sa poche.

— Allô ?

— Alors, comment se passe ton séjour, Brooke ?

Surprise d'entendre la voix de Malcolm, elle prit une profonde inspiration. N'étaient-ils pas convenus que c'était elle qui appellerait, et seulement si elle avait remarqué quelque chose d'anormal ? Or, comme elle s'y attendait, tout indiquait que l'entreprise de Ian était parfaitement saine et honnête, et elle n'avait pas jugé bon de joindre Malcolm.

— Tout va bien, Malcolm. Pourquoi m'appelles-tu ?

— Aujourd'hui, j'ai entendu quelque chose qui pourrait t'intéresser.

— Ah bon ?

— Le prince Jamal Ari Yasir organise une fête d'anniversaire pour son épouse au Rolling Cascade, et il a prévu de lui offrir un coffret de diamants d'une valeur de quinze millions de dollars.

Elle se croisa les bras.

— Je sais cela.

— Comment t'es-tu procuré cette information ? Très peu de gens savent ce que le prince va offrir à sa femme.

— Ian m'en a parlé. Tu sais bien que c'est l'une de ses cousines que le cheikh a épousée.

— Et Westmoreland te fait confiance au point de te parler de ces diamants ?

Brooke réfléchit à ce que venait de lui dire Malcolm. Il avait raison : en lui parlant des diamants, Ian avait prouvé qu'il lui faisait tout de même confiance...

— Il savait que je n'en parlerais à personne. Mais, dis-moi, en quoi cela intéresse-t-il le FBI ?

— C'est peut-être une fausse alerte, mais l'un de nos informateurs a mentionné la possibilité d'un braquage au Rolling Cascade ce week-end. Précisément pour s'emparer de ces diamants.

Brooke secoua la tête.

— Un tel braquage est presque impossible à réaliser. Le système de surveillance du casino est de tout premier ordre. J'ai vu comment il fonctionne. De plus, les diamants sont arrivés ce matin et sont au secret dans une chambre forte surveillée par des caméras vingt-quatre heures sur vingt-quatre.

— Peut-être, mais nous avons affaire à des professionnels de très haut niveau, Brooke. L'informateur soutient qu'il s'agit du gang Waterloo.

Elle avala difficilement sa salive.

— Tu es sûr ?

Le gang Waterloo était une organisation internationale spécialisée dans le vol de bijoux de très grande valeur, et qui ne comptait que des succès à son actif. Cela faisait des années qu'il narguait la police de tous les pays, et en premier lieu le FBI. Il venait de dérober pour plus de dix millions de bijoux à San Francisco. Quelques mois auparavant, il avait dévalisé l'un des musées de Paris et emporté pour plus de trente millions de dollars d'œuvres d'art.

— Nous n'avons pas la preuve que cette information est exacte, mais le FBI ne veut pas courir de risque, car un tel braquage aurait des implications internationales. Le prince Yasir est considéré comme l'un de nos principaux alliés au Moyen-Orient, et nous voulons éviter tout ce qui pourrait menacer nos bonnes relations.

Brooke hocha la tête.

— J'imagine que le prince aurait du mal à digérer le vol d'un tel cadeau d'anniversaire !

— Tu es sûre de n'avoir rien remarqué d'anormal ?

— Pas tout à fait. J'ai vu quelques joueurs accros, et une personne un peu schizophrène...

Elle se tut un instant, pensant à la femme qu'elle avait bousculée dans un magasin la semaine précédente. Depuis, elle l'avait rencontrée quelquefois. Certains jours elle était aimable, et d'autres pas. Une véritable Dr Jekyll et M. Hyde !

— Finalement, ce doit être assez normal dans un casino ! conclut-elle.

— Tiens-moi au courant si tu remarques quelque chose. Les coups du gang Waterloo sont extrêmement bien planifiés, ils sont toujours sur place plusieurs jours à l'avance pour étudier le terrain.

— Ian sera-t-il informé de tout cela ?

— Pas avant que nous n'ayons vérifié l'authenticité de nos informations.

Elle fronça les sourcils.

— Ce serait une erreur d'attendre si longtemps, Malcolm. Il faut le mettre immédiatement au courant, afin qu'il puisse prendre les précautions nécessaires. Ne me demande pas de tenir ma langue !

Il y eut un long silence, et Brooke craignit que Malcolm ne lui interdise de parler de tout cela à Ian.

— Il y a encore une chose que tu dois savoir, Brooke, dit enfin celui-ci. C'est Walter Thurgood qui est chargé de traquer le gang Waterloo.

— Encore lui ! Mais pourquoi ?

— On doit l'avoir pistonné en haut lieu. Évidemment, s'il met ce gang sous les verrous, on pourra difficilement lui refuser la promotion qu'il espère.

— Comme si tout le monde ne savait pas qui le pistonne ! rétorqua Brooke d'un ton sarcastique. Mais en ce qui me concerne je me moque pas mal qu'il ait sa promotion ou non. Tout ce que je veux, c'est que Ian soit mis au courant de la menace qui plane sur les bijoux du prince Yasir !

— Hum, O.K. Appelle-moi si tu remarques quoi que ce soit. Et n'oublie pas que ces soupçons sont peut-être sans fondement. À ce jour, rien n'a encore été prouvé.

— D'accord. Je comprends.

Ian raccrocha son téléphone en souriant un peu jaune.

Parler à sa mère lui faisait toujours cet effet. Non contente que deux de ses fils aient déjà la corde au cou, Sarah Westmoreland ne pensait qu'à marier en grande pompe le reste de sa progéniture !

Aujourd'hui, elle délirait quasiment à la suite d'un coup de téléphone de Durango lui apprenant que Savannah portait peut-être des jumeaux. Une échographie était prévue dans une quinzaine de jours pour confirmer ou infirmer la nouvelle.

Il secoua la tête. Il ne s'était pas encore habitué à ce que Durango soit marié, et il lui fallait à présent s'accoutumer à voir en lui un père ! Sans doute certaines choses étaient-elles écrites dans les étoiles.

Comme sa relation avec Brooke…

Il inspira profondément et s'approcha de la baie vitrée de son bureau.

Jamais le lac Tahoe n'avait été aussi beau. Mais peut-être le voyait-il ainsi à cause de l'extrême bonne humeur qu'il éprouvait ?

Tout cela à cause de Brooke.

Après avoir passé presque deux semaines avec elle, il comprenait ce qui avait manqué jusque-là à sa vie : exactement ce à quoi il avait tourné le dos quatre années auparavant ! Mais à présent il savait que ce dont il avait besoin, c'était de s'éveiller aux côtés de Brooke, de s'abîmer dans la profondeur de son regard et la chaleur de son sourire… Les jours qu'il venait de passer avec elle avaient été si merveilleux ! Jamais il n'avait été aussi heureux. Et le souvenir de leurs ébats suffisait encore à bloquer sa respiration !

Au fil des années, il avait certes essayé de l'oublier dans les bras de femmes apparemment aussi désirables, mais jamais il n'avait désiré une femme autant que Brooke. Et il n'avait jamais non plus trouvé de femme capable de la remplacer dans son cœur.

La seule idée de son départ dans trois jours lui était intolérable. Il désirait tant oublier le passé et la faire sienne à jamais !

Seigneur, il l'aimait ! Et il l'aimerait toujours.

Il inspira profondément, sentant que cet aveu avait jailli du plus profond de lui-même. Il devait même reconnaître qu'il n'avait jamais cessé de l'aimer…

Et dire qu'il avait cru pouvoir tourner la page ! Alors qu'il ne voulait plus qu'une chose : qu'elle fasse partie de sa vie.

Son sourire s'élargit lorsqu'il décida de lui dire le soir même ce qu'il éprouvait pour elle.

Il retourna à son bureau et décrocha le téléphone. Il veillerait à ce que cette soirée soit inoubliable.

— Brooke ?

Brooke s'apprêtait à rejoindre Ian dans son bureau lorsqu'elle entendit quelqu'un l'appeler. Elle tourna la tête, et, souriante, traversa le hall du casino pour embrasser Tara Westmoreland.

— Tara ! Depuis quand es-tu ici ?

— Depuis ce matin. Jamal m'a demandé de participer à l'organisation de l'anniversaire de Delaney, alors j'ai pensé qu'il valait mieux que je sois sur place à l'avance. Comme Ian fait visiter les lieux à Thorn afin de lui montrer les nouveautés, j'ai pensé que je pourrais essayer quelques-unes de ces machines à sous.

Tara s'interrompit, levant les sourcils.

— Mais toi, que fais-tu ici ? As-tu décidé aussi de venir quelques jours à l'avance ?

Brooke secoua la tête en riant.

— Non, cela fait une semaine et demie que je suis ici. En vacances.

— Hum, je vois ! dit Tara en affichant un large sourire.

— Ce n'est pas ce que tu crois !

Brooke se passa la main sur le visage avant de préciser :

— Du moins, pas exactement…

Faisant mine de tout comprendre, Tara sourit et lui prit la main.

— Viens. Allons dans un endroit sympathique, où nous pourrons bavarder entre femmes.

— Un daiquiri à la fraise, commanda Tara à la souriante serveuse.

— La même chose pour moi, enchaîna Brooke.

Puis, peu soucieuse de parler tout de suite de sa relation avec Ian, elle demanda :

— Delaney ne va pas se douter de quelque chose si elle te voit ici ?

Tara eut un petit rire.

— Non. Tout est prévu ! Elle viendra directement de Tahran avec Jamal. Ce dernier lui a fait croire qu'il doit participer à une réunion des actionnaires du Rolling Cascade avec Ian, Thorn,

Spencer et Jared. Elle trouvera donc naturel que j'accompagne Thorn et que Dana accompagne Jared. Jamal lui a également assuré qu'ils s'envoleront pour la France juste après cette réunion, afin de célébrer là-bas son anniversaire.

Elle se tut, voyant la serveuse revenir avec leur commande.

— Et quand arrivent-ils ? s'enquit Brooke.

— Demain.

Elle but une gorgée de son daiquiri avant de demander :

— Et moi, tu ne crois pas qu'elle va se douter de quelque chose en me voyant ? Contrairement à toi et Dana, je n'ai pas de raison particulière de me trouver ici !

Le sourire de Tara s'élargit.

— Elle ne se doutera de rien, je te dis ! Comme nous tous, elle va supposer que tu t'es réconciliée avec Ian et que tu vis de nouveau avec lui.

Tara haussa les sourcils avant d'ajouter :

— C'est bien la vérité, n'est-ce pas ?

Plus que tout au monde, Brooke aurait souhaité pouvoir répondre oui. Malheureusement, c'était impossible.

— Non. Tout ce que Ian et moi avons réussi à faire depuis que je suis ici, c'est enterrer la hache de guerre. Je suis sûre que redevenir amis est une bonne chose pour tous les deux.

— Moi aussi, j'en suis sûre, confirma Tara avec un sourire. Puisque tu l'aimes encore !

Les joues de Brooke s'empourprèrent.

— Est-ce si évident que cela ? demanda-t-elle.

— Oui. Mais seulement parce que, moi-même, j'aime un Westmoreland. Lorsqu'on est tombée amoureuse d'un homme de cette famille, il n'y a aucun moyen de revenir en arrière !

Brooke ne put qu'acquiescer. C'était exactement ce qu'elle ressentait depuis le début de sa relation avec Ian. Quatre années de séparation n'avaient rien pu y changer.

— Alors, que ferais-tu à ma place ?

— J'aimerais bien pouvoir te répondre, répondit Tara en lui serrant le bras. Nous savons tous que Ian est un homme sensé — trop, même, car il a tendance à tout vouloir analyser. Pourtant, s'il écoute un peu son cœur, il s'apercevra qu'il a eu une chance inouïe de te rencontrer !

Brooke espérait que Tara ait raison. Mais celle-ci ignorait beaucoup de choses, comme par exemple la raison de sa présence au Rolling Cascade… Même si Ian pouvait enfin oublier ce qui s'était passé quatre ans auparavant, qu'adviendrait-il si jamais il découvrait qu'elle était en service commandé dans son établissement, et non en vacances comme elle le lui avait fait croire ?

— Ne te retourne pas tout de suite, mais je vois arriver les hommes du clan Westmoreland ! dit Tara, interrompant ses pensées. Je suis certaine qu'ils nous cherchent.

Brooke leva la tête, et son regard rencontra celui de Ian.

Lui et son cousin Thorn se dirigeaient droit vers la table qu'elle occupait avec Tara.

Son cœur se mit à battre très vite et sa main à trembler, ce qui l'obligea à poser son verre.

Ce fut Thorn qui la tira de sa chaise pour la gratifier d'une chaleureuse accolade.

Naguère le plus renfrogné des Westmoreland, il était métamorphosé. Le mariage semblait lui convenir à merveille ! Brooke se souvint qu'à celui de Dare Tara et lui ne s'entendaient guère mieux qu'elle et Ian. Ce qui ne les avait pas empêchés de se marier quelques mois plus tard ! Elle avait été invitée à la cérémonie, mais, par égard pour Ian, elle avait décliné l'invitation.

— Tara t'a-t-elle parlé de ce qui nous arrive ? lui demanda Thorn.

Brooke jeta un coup d'œil à Tara et haussa les sourcils.

— Non. De quoi s'agit-il ?

— Nous allons avoir un bébé, annonça-t-il avec un large sourire.

Brooke se précipita dans les bras de Tara.

— Félicitations ! Tu ne m'avais pas dit…

— Nous ne le savons que depuis quelques jours. Nous ne l'avons encore dit à personne ! s'exclama Tara en adressant un tendre sourire à son époux.

Brooke vit briller dans leurs yeux tout l'amour qui les unissait.

— C'est merveilleux ! s'exclama-t-elle. Il faut fêter cela. Tu ne crois pas, Ian ?

— Certainement ! répondit celui-ci en souriant. Mais pas ce

soir, car nous avons un dîner un peu particulier, ajouta-t-il en lui adressant un clin d'œil.

— Oh !

« Un dîner un peu particulier » ? Elle ne s'attendait certainement pas à cela.

— Je te donne rendez-vous à 18 heures sur la terrasse, lui souffla-t-il. Tu y seras ?

Brooke hocha la tête.

— Et comment ! assura-t-elle.

Ian consulta sa montre.

— Je n'ai vraiment pas envie de vous quitter, vous tous, dit-il. Malheureusement, j'ai une téléconférence à 16 heures.

Sur ces mots, il tourna les talons.

En entrant dans l'ascenseur privé de Ian, Brooke jeta un coup d'œil dans le miroir.

Ian n'ayant pas précisé où il entendait l'emmener dîner, elle avait supposé que ce serait un repas en tête à tête auquel une tenue décontractée conviendrait parfaitement. Elle s'était vêtue d'un pantalon couleur chocolat et d'un chemisier beige à manches courtes.

Elle eut à peine le temps de prendre une profonde inspiration que l'ascenseur s'immobilisait devant la terrasse sommitale de l'immeuble. La première fois qu'elle était venue en compagnie de Ian, le trajet lui avait semblé beaucoup plus long…

Dès que la porte coulissante s'ouvrit, elle aperçut Ian qui l'attendait. Une vague brûlante la submergea. Comme elle s'avançait pour le rejoindre, elle aperçut une magnifique table éclairée de chandelles et garnie de deux couverts.

— J'espère que je ne suis pas trop en avance.

— Tu es en avance, mais j'en suis très heureux ! dit-il en se penchant vers elle.

Il mit ses lèvres sur les siennes, puis sa langue ne tarda pas à lui court-circuiter le cerveau.

À partir de cet instant, plus rien ne compta plus. Pas même l'idée qui lui était venue que Ian entendait probablement profiter de ce dîner « un peu particulier » pour lui dire adieu, avant que les choses ne deviennent incontrôlables à cause de la fête d'anniversaire de Delaney.

Il écarta ses lèvres des siennes sans cesser de la serrer dans ses bras.

— Nous avons vraiment dû nous embrasser sous une étoile filante, l'autre soir, dit-il à voix basse en promenant son pouce sur ses lèvres. Parce que, depuis, nous n'avons connu que des rapports pleins de passion !

— Il y a toujours eu de la passion entre nous, lui rappela-t-elle.

Il l'embrassa de nouveau avant de répliquer :

— C'est vrai, il en a toujours été ainsi. Je n'ai jamais réussi à t'oublier, même dans les bras d'autres femmes.

Brooke inspira profondément. Contrairement à ce qu'elle avait craint, une telle confession ne pouvait guère préluder à une cérémonie d'adieu !

Elle décida de suivre le même chemin.

— Moi, je n'ai même pas essayé de t'oublier, Ian. Je savais que ce serait inutile. Une femme n'oublie jamais son premier amant. De toute façon, je ne pouvais même pas supporter l'idée qu'un autre homme me touche !

Visiblement ému, Ian la serra encore davantage contre lui.

— Ian, pourquoi parlons-nous de cela ?

Il lui sourit.

— Passons à table. Après le dîner, je serai plus à l'aise pour tout t'expliquer, avoua-t-il en l'embrassant de nouveau.

Il la fit asseoir avant de poursuivre :

— J'ai demandé au chef de nous soigner particulièrement ce soir. Tu veux du vin ?

Sa voix était si rauque qu'elle sentit des frissons tout le long de son dos.

— Où est le menu ? demanda-t-elle.

Il eut un petit rire.

— Je te laisse la surprise.

Elle eut bientôt la conviction que rien n'était aussi romantique que de dîner sous les étoiles, surtout en compagnie d'un certain Ian Westmoreland !

Le chef leur avait confectionné les plats qu'elle préférait : plateau de la mer, cailles flambées, salade composée, tarte aux fraises, glace... Le tout arrosé des vins les plus raffinés.

Au cours du dîner, Ian lui parla de son nouveau rêve : ouvrir un deuxième casino aux Bahamas. Puis il évoqua la conversation qu'il avait eue avec sa mère, et l'excitation de celle-ci à l'idée que ses premiers petits-enfants seraient peut-être des jumeaux.

— Je ne peux pas imaginer que Durango se soit laissé passer la corde au cou ! dit-elle en secouant la tête.

Elle avait toujours considéré le frère de Ian comme le plus grand coureur de jupons de la planète. Ce qui ne l'empêchait pas de le trouver très gentil et vraiment sympathique.

— C'est ce que je me suis dit quand j'ai appris qu'il s'était fiancé, répliqua Ian. Mais j'ai tout compris en faisant la connaissance de Savannah. Ils se sont mariés parce qu'elle était enceinte, mais je suis absolument certain que Durango l'aime sincèrement. Les Westmoreland comptent donc encore un célibataire de moins !

— J'en ai bien l'impression, dit Brooke en baissant la tête, troublée.

Afin de garder plus longtemps les yeux baissés, elle but une gorgée de vin. Peut-être était-elle victime de son imagination, mais il lui avait semblé au cours du dîner que les yeux de Ian s'étaient fixés à plusieurs reprises sur elle d'une drôle de façon... Qu'est-ce que tout ça signifiait ?

Lorsque le repas fut achevé, Ian alla brancher son système stéréo, et la terrasse résonna bientôt de la musique de Miles Davis. Puis il revint vers sa chaise et s'inclina galamment devant elle.

— Mademoiselle Chamberlain, désirez-vous danser avec moi ?

Brooke prit une profonde inspiration, se demandant où il voulait en venir. Peut-être ne se donnait-il autant de mal que pour lui faire ensuite ses adieux ?

Lorsque Ian la serra dans ses bras, elle posa la tête contre sa poitrine en ravalant ses larmes. Dès le milieu du premier morceau, elle s'écarta de lui, n'y tenant plus.

— Que se passe-t-il, Brooke ?

— Je suis désolée, Ian, mais je n'en peux plus. Pourquoi te donnes-tu tant de mal ? Pourquoi ne pas dire les choses simplement ?

Ian haussa les sourcils.

— Et selon toi, Brooke, qu'est-ce que j'ai à te dire ?

— Tu le sais bien ! Rien que de très banal. *Adios, goodbye, sayonara, arriverdeci*... Tu n'as que l'embarras du choix.

Il s'avança tout près d'elle.

— Et pourquoi pas *I love you* ? protesta-t-il. *Te amo ? Kimi o ai shiteru ? Nakupenda ?* Et, parce que j'ai souvent entendu Jamal le dire à Delaney, *ana behibek* ?

Il s'approcha encore davantage d'elle.

— Mais je préfère la bonne vieille version traditionnelle, dit-il en lui prenant la main. Je t'aime !

Les larmes que Brooke avait retenues jusque-là lui jaillirent des yeux. Ian était-il sincère ? Un tel bonheur était-il possible ?

Comme s'il avait lu dans ses pensées, il lui releva le menton et plongea les yeux dans les siens.

— Oui, je t'aime ! dit-il. Je n'ai jamais cessé de t'aimer, Brooke, même si j'ai parfois essayé de t'oublier. Mais c'était impossible. Ces jours merveilleux que nous venons de passer m'ont fait comprendre tout ce que tu représentes pour moi... Cela faisait quatre ans que je *fonctionnais*, mais je ne vivais pas. Dès l'instant où je t'ai aperçue, le jour de ton arrivée, j'ai eu l'intuition de ce qui avait manqué à mon existence. Et, ce matin, je l'ai enfin admis de tout cœur ! J'ai décidé de ne plus jamais te laisser sortir de ma vie.

Brooke eut l'impression que son propre cœur allait éclater dans sa poitrine. Cependant, que resterait-il de l'amour de Ian, si jamais il découvrait la raison réelle de sa venue dans son établissement ? Elle sentit qu'elle devait l'en informer sans attendre.

— Ian, il faut que je te dise... Il y a des choses que tu dois savoir.

— Tu as l'air de parler sérieusement, mais la seule chose sérieuse que je veux entendre de toi, c'est que tu m'aimes toi aussi.

— Oh, Ian ! s'écria-t-elle en lui caressant le visage, tu sais bien que je t'aime ! Moi non plus, je n'ai jamais cessé de t'aimer !

Avec un sourire radieux, il la prit dans ses bras.

— Cela me suffit. Je ne veux rien entendre d'autre !

Puis il la gratifia d'un long et merveilleux baiser qui chassa toute pensée de son esprit.

Le lendemain matin, lorsque Brooke s'éveilla dans le lit de Ian, elle le trouva vide. Ils avaient d'abord fait l'amour sous les étoiles, puis ils étaient retournés dans l'appartement, où ils avaient de nouveau fait l'amour.

Prise d'une soudaine anxiété, elle écarta les draps.

Elle devait trouver Ian sur-le-champ afin de l'informer de ce qui se tramait peut-être dans son établissement. Le plus tôt serait le mieux !

Une demi-heure plus tard, courant dans le hall du casino, elle faillit littéralement renverser Vance.

— Jolie course ! dit ce dernier, en la tenant par le bras pour l'empêcher de tomber. Je ne vois pourtant de feu nulle part !

— Où est Ian, Vance ?

— Il fait le tour du propriétaire avec Jared et Dare, qui sont arrivés ce matin avec leurs épouses.

Puis, considérant son visage anxieux, il lui demanda :

— Quelque chose va de travers, Brooke ?

Elle poussa un profond soupir.

— J'espère bien que non ! répondit-elle. Malgré tout, je crois qu'il vaut mieux prendre un maximum de précautions.

— O.K. Vous voulez bien me dire de quoi il s'agit ?

— Bien sûr. Mais je veux d'abord retrouver Ian.

Vance hocha la tête.

— Ce n'est pas un problème, dit-il en sortant son portable de sa poche. Ian ? appela-t-il. On a besoin de toi. Brooke et moi t'attendons dans ton bureau.

Puis, avec un sourire bref, il la prit par le bras.

— Allons-y, dit-il. Ian y sera dans quelques minutes.

Deux minutes après leur arrivée, Ian entra dans son bureau en compagnie de Dare.

Comme tous les Westmoreland, Dare était grand, et... extrêmement beau. En toute autre circonstance, Brooke aurait été heureuse de rencontrer son ancien supérieur hiérarchique, mais pas au moment où elle s'était enfin décidée à avouer à Ian la raison réelle de son séjour dans son casino ! Mieux valait remettre cette confession à plus tard, songea-t-elle. De toute façon, il était plus urgent encore de lui rapporter sa conversation avec Malcolm.

Dès que Dare eut fini de la serrer dans ses bras, Ian la prit par la taille, l'air inquiet.

— Brooke, que se passe-t-il ? Il ne t'est rien arrivé, j'espère ?

Elle lui adressa un sourire.

— Ne t'inquiète pas, je vais bien. Mais hier j'ai appris quelque chose dont je dois t'informer. J'ai bien essayé de t'en parler au cours du dîner, mais…

Elle resta coite. De toute évidence, Ian avait compris pourquoi elle n'avait pas achevé sa phrase. Quant à Dare et à Vance, ils devaient s'en douter fortement.

— Préfères-tu que nous soyons seuls pour me dire cela ? demanda Ian d'une voix incroyablement basse et sexy.

Levant la tête, elle rencontra son regard.

— Non. En fait, Vance doit être mis au courant, lui aussi. Quant à Dare, il peut nous faire profiter de son expérience.

Ian fronça les sourcils.

— Cela m'a l'air sérieux ! s'exclama-t-il.

— Il est encore trop tôt pour le dire.

— Alors, nous t'écoutons.

Brooke répéta l'essentiel de sa conversation avec Malcolm. Dare et Vance l'interrompirent pour lui poser des questions, car tous deux avaient souvent entendu parler du gang Waterloo.

Lorsqu'elle eut achevé, Ian se tourna vers Vance.

— Qu'en penses-tu ? lui demanda-t-il.

Vance affichait un visage grave.

— Je pense qu'il faut prendre cette menace au sérieux et renforcer notre système de surveillance, répondit-il.

Ian hocha la tête.

— Tout à fait d'accord, dit-il.

Puis, se tournant vers Brooke, il ajouta :

— D'après ce que tu dis, ces malfaiteurs commencent toujours par se familiariser à l'avance avec les lieux de leurs futurs coups, n'est-ce pas ?

— C'est exact.

— Autrement dit, ils sont probablement déjà ici ! lança-t-il avec colère.

— C'est plus que probable ! approuva Brooke en hochant la tête. À moins que ces informations ne soient sans fondement.

— En tout cas, si elles sont vraies, s'écria Vance, nous serons prêts à accueillir ces gredins comme ils le méritent !

Ian hocha la tête.

— Il faut nous en occuper sur-le-champ, dit-il. Rendons-nous tout de suite en salle de surveillance.

Se tournant vers Dare et Vance, il ajouta :

— Vous deux, passez devant. Brooke et moi vous rejoignons dans une minute.

Dès que les deux hommes furent partis, Ian s'assit sur le bord de son bureau et poussa un long soupir, sans la quitter des yeux.

— Tu as l'air très nerveuse, dit-il après un silence. Il y a autre chose, pas vrai ?

Brooke soupira à son tour, sachant que le moment de vérité était arrivé.

— C'est vrai. Je ne voulais pas en parler devant Vance et Dare.

Ian hocha la tête.

— O.K. De quoi s'agit-il ?

Relevant la tête, elle soutint son regard scrutateur.

— Je ne suis pas ici en vacances, Ian. Je suis en service commandé.

Ian fronça les sourcils.

— Tu es venue traquer le gang Waterloo ?

Brooke s'assombrit. S'efforçant de conserver son calme, elle s'approcha de la fenêtre et fit mine de s'absorber dans la contemplation du paysage.

— Non. Cela n'a rien à voir avec le gang Waterloo.

— Avec quoi, alors ? demanda-t-il en haussant les sourcils.

Elle se retourna vers lui.

— Avec toi. On m'a demandé de m'assurer que ton entreprise était parfaitement honnête. Évidemment, je n'ai pas un seul instant...

Il ne lui laissa pas le temps d'achever sa phrase.

— Quoi ? s'écria-t-il en se levant d'un bond. Tu as le front de me dire en face qu'on t'a demandé de m'espionner ! Et que tout ce temps que nous avons passé ensemble, les nuits autant que les jours, tu ne faisais que ton travail ! Cela ne signifiait donc rien d'autre pour toi ?

Brooke se précipita vers lui.

— Pas du tout. Je n'ai pas voulu dire cela ! Comment peux-tu imaginer une chose pareille ? Ce n'était pas un service commandé officiel ! De plus...

— Je ne veux rien entendre de plus ! cria-t-il d'une voix tremblante de colère.

— Ian, je t'en prie, laisse-moi t'expliquer ! supplia-t-elle en essayant de lui prendre la main.

Il recula hors de sa portée.

— Non. Pas besoin d'en dire plus. Pour moi, tu en as déjà dit assez !

9

À l'arrivée de Brooke dans la salle de surveillance, Vance et Dare tournèrent la tête au même moment. L'étonnement se peignit sur leur visage.

— Où est Ian ? demanda Vance.

Haussant les épaules, elle s'avança vers eux.

— Je ne sais pas trop, répondit-elle. Il est sorti de son bureau deux minutes avant moi.

Trop polis pour insister, ils hochèrent la tête.

— J'ai demandé à mes hommes d'examiner les enregistrements des caméras de surveillance, pour voir si une ou plusieurs personnes ne se seraient pas intéressées d'un peu trop près à la chambre forte, dit Vance. Montre-nous ce que tu as sélectionné, Bob, ajouta-t-il en se tournant vers l'un des surveillants assis devant les moniteurs.

Avant que Bob ait pu s'exécuter, Ian entra.

Personne ne dit mot, car de toute évidence son humeur était des plus sombres.

Vance lui expliqua ce qu'ils faisaient.

— O.K., Bob, tu peux envoyer la bande, dit-il.

Ils visionnèrent les enregistrements pendant plus d'une demi-heure sans que rien n'éveille leur suspicion.

À un moment, Brooke tourna la tête et vit les yeux de Ian fixés sur elle. Son regard lui brisa le cœur. Tous les progrès qu'ils avaient faits depuis son arrivée étaient réduits à néant. L'homme qui, la nuit passée, lui avait si bien exprimé — et prouvé — son amour semblait à présent l'avoir en horreur !

— Là, arrête la bande ! s'écria soudain Vance à l'intention de Bob. Fais-moi un gros plan sur cette personne.

Le surveillant fit un zoom sur le visage d'une rouquine. Vance haussa les épaules.

— O.K., continue de passer la bande. J'avais eu l'impression que cette femme me rappelait quelqu'un.

Brooke se leva, l'esprit en alerte, les yeux fixés sur la femme rousse.

— Non, attendez ! dit-elle. J'ai un drôle de pressentiment en voyant cette femme. Pouvons-nous avoir une vue de l'intérieur du casino tel qu'il est en ce moment ?

Vance fit un signe de tête, et Bob désigna un autre moniteur montrant la foule qui se pressait dans l'établissement. Dare se mit à rire en voyant Shelley Westmoreland, enceinte, entrer dans une boutique de cadeaux.

— Je vois que ma femme ne change rien à ses habitudes, dit-il. Où qu'elle soit, il faut qu'elle dépense de l'argent !

— On peut avoir une idée de ce que tu cherches ? intervint Ian avec nervosité.

Brooke lui lança un coup d'œil par-dessus l'épaule.

— Tu te souviens de cette femme dont je t'ai parlé la semaine dernière ? Celle que j'ai bousculée en faisant mon shopping, et qui ne se souvenait pas de moi le lendemain ?

— Oui, et alors ?

— Eh bien, chaque fois que je l'ai rencontrée, elle a toujours agi différemment. Comme si elle souffrait d'un dédoublement de la personnalité.

— Elle est peut-être seulement lunatique, objecta Vance.

Brooke hocha la tête.

— Peut-être. Tout de même, c'est étonnant ! La première fois, lorsque je l'ai bousculée, elle m'a dit qu'elle avait un rendez-vous, mais que je ne risquais pas de la mettre en retard, car elle s'arrangeait toujours pour être très en avance. Et le lendemain, sur le cours de golf, elle m'a dit qu'elle était en retard, comme d'habitude.

Brooke reporta son attention sur le moniteur, qui continuait ses panoramiques sur les occupants de l'établissement.

— O.K., Bob ! dit-elle quelques instants plus tard. La voilà ! C'est la blonde qui se trouve à côté de ce grand type aux cheveux longs jusqu'aux épaules. Elle prétend que c'est son mari.

Bob fit un zoom sur les visages des deux personnages.

— Fais apparaître leurs fiches, Bob, que nous sachions qui ils sont, dit Vance.

Quelques instants plus tard, les informations demandées apparurent sur l'écran.

La femme s'appelait Kasha Felder, et l'homme, Jeremy Felder. Ils résidaient à Londres et avaient tous deux un casier judiciaire parfaitement vierge.

— Et maintenant, pouvez-vous nous donner l'identité de la femme rousse ? demanda Brooke.

Bob retourna prestement à l'écran précédent.

— C'est bizarre, dit-il. Je ne trouve pas sa fiche. C'est comme si elle n'existait pas !

Jetant un coup d'œil à Vance, Brooke hocha la tête. De toute évidence, le chef de la sécurité avait compris où elle voulait en venir.

— Bob, scanne le visage de ces deux personnes, commanda Vance.

Quelques instants plus tard, il était évident que les deux femmes avaient des traits identiques. Un plan encore plus rapproché prouva que la femme rousse portait une perruque. En réalité, c'était une blonde.

Ian s'approcha de Brooke.

— C'est la même femme ? demanda-t-il, fronçant les sourcils.

Brooke secoua la tête.

— Non, je ne crois pas.

— Des jumelles, alors ?

— C'est plus que probable. Cela expliquerait mon impression de dédoublement de personnalité. Mais j'ai l'intuition qu'il n'y a pas que cela.

Elle jeta un coup d'œil à Vance.

— Pouvons-nous regarder les enregistrements faits autour de la chambre forte ? demanda-t-elle.

Vance hocha la tête.

— Certainement !

Brooke eut un petit rire. Elle pouvait presque visualiser l'adrénaline qui se répandait dans les veines du chef de la sécurité.

Ils passèrent encore un bon quart d'heure à visionner la bande.

— Que cherchons-nous, à présent ? demanda Ian.

Elle jeta un coup d'œil dans sa direction, et sentit immédiatement les battements de son cœur s'accélérer, car il s'était encore rapproché d'elle.

— La troisième femme, répondit-elle.

Dare haussa les sourcils.

— Des triplées ?

— C'est bien possible, répondit-elle. Ces deux-là portent des bracelets au poignet gauche. Or, un jour, j'ai remarqué qu'elle les portait au poignet droit.

Quelques instants plus tard, elle dit à Bob :

— Reviens un peu en arrière et ralentis. O.K... Arrête ici. La dame aux cheveux châtain foncé. Examinons sa structure faciale d'un peu plus près...

Ils ne tardèrent pas à être convaincus que sa structure faciale était identique à celle des deux autres femmes. Et, en réalité, toutes trois avaient les cheveux blonds...

Des triplées !

— Pas étonnant qu'elles aient réussi tous ces coups ! s'exclama Vance.

Ian se tourna vers lui.

— Crois-tu qu'elles se sont trouvé un complice parmi le personnel de l'établissement ?

— C'est comme cela qu'elles procèdent la plupart du temps.

Se tournant vers Bob, il ajouta :

— O.K., nous allons disséquer les enregistrements de toute la semaine. Je veux savoir si, oui ou non, elles ont rencontré un ou plusieurs de nos employés, même s'ils n'ont échangé que quelques mots.

Trois heures plus tard, ils avaient la réponse. La femme à la perruque châtain foncé avait rencontré à deux reprises Cassie, qui travaillait dans l'administration du casino. La deuxième fois, on voyait même l'employée lui tendre une enveloppe.

— Je crois que nous en savons assez, à présent, n'est-ce pas ? dit Ian d'une voix vibrante de colère.

— Oui, répondit Vance en secouant la tête. Du moins, pour l'instant. Nous allons convoquer Cassie et lui poser quelques questions. Elle n'a que vingt-trois ans et avouera tout ce qu'elle sait pour éviter la prison.

— Et ensuite ? demanda Ian.

Vance sourit. De toute évidence, son esprit passait déjà en revue toutes les éventualités.

— Ensuite, nous piégerons le gang Waterloo. Nous l'empêcherons de nuire à jamais.

Incapable de supporter davantage le regard méprisant de Ian, Brooke fut la première à quitter la salle de surveillance. Le soir tombait déjà.

Tandis qu'elle traversait le grand hall du casino, elle rencontra Tara et Shelley en compagnie d'une autre femme, qu'elles lui présentèrent. Dana était l'épouse du frère de Ian, Jared. Son sourire était franc et amical, et elle la trouva immédiatement sympathique.

— Aimerais-tu dîner avec nous ? demanda Shelley en souriant. J'ai l'impression que nos maris nous ont laissées tomber. Ils ont décidé de passer la soirée à jouer au poker d'as chez Ian.

Brooke sourit.

— Quelle merveilleuse idée !

Depuis quelques jours, elle dînait toujours avec Ian, mais ce soir elle savait qu'il refuserait sa compagnie. Ce soir et tous les autres soirs...

— Delaney est-elle arrivée ?

Tara eut un petit rire.

— Bien sûr. Ils sont là depuis midi.

— Et tu n'as toujours pas peur qu'elle rencontre quelqu'un et se doute de quelque chose ?

Un large sourire s'afficha sur le visage de Tara.

— Pas du tout. Jamal a donné des ordres stricts pour que sa femme soit toujours très occupée. Mais je pense qu'il est parfaitement capable d'obtenir ce résultat tout seul. J'ai comme l'impression que Delaney n'aura guère l'occasion de quitter sa chambre… si tu vois ce que je veux dire !

Brooke sourit à son tour et secoua la tête. Oui, elle voyait ce que Tara voulait dire.

— N'est-elle pas enceinte ?

— Si. Mais, crois-moi, cela n'y fait rien. Même après cinq ans de mariage, l'attirance qui unit Delaney à son cheikh est si forte que Jamal n'aura aucune peine à lui faire garder la chambre quarante-huit heures !

Brooke prit plaisir à dîner avec les trois jeunes femmes. Elle visita quelques boutiques en leur compagnie avant de les quitter. De retour dans sa villa, elle utilisa longuement le Jacuzzi.

Si tout se passait comme prévu, le gang Waterloo ne tarderait pas à être pris la main dans le sac en essayant de dérober les bijoux. Dès qu'il serait mis hors d'état de nuire, elle quitterait les lieux. Sans attendre la fête d'anniversaire de Delaney.

Elle aurait dû y assister en tant que compagne de Ian, mais elle savait qu'elle était désormais la dernière personne au bras de laquelle il souhaitait se montrer.

En posant la tête sur l'oreiller, elle ne put retenir ses larmes.

Si seulement Ian l'avait laissée s'expliquer ! Mais il n'en avait pas été ainsi. Il avait refusé d'écouter un seul mot d'explication. Une fois de plus, il la considérait comme une personne dissimulée, incapable de sincérité. De toute évidence, il ne lui faisait pas confiance. Or, sans confiance, l'amour n'était rien.

— Hé, Ian, tu ne viens pas jouer au poker d'as avec nous ?

Debout devant la baie vitrée de son appartement, Ian ne se retourna pas. Il ferma les yeux, laissant surgir dans son esprit les images de la nuit où il avait fait l'amour avec Brooke sur la table de jeu, celle-là même autour de laquelle Jared, Dare et Thorn étaient à présent assis.

— Ian ?

Il discerna une pointe d'inquiétude dans la voix de Jared. En tant qu'aîné, ce dernier s'était toujours senti la responsabilité de veiller sur ses frères…

Jugeant qu'il valait mieux répondre, il se retourna enfin.

— Non. Jouez sans moi.

Voyant le soulagement se peindre sur leurs visages, il ne put s'empêcher de sourire. Évidemment, ils le savaient imbattable au poker d'as !

— Que l'un d'entre vous distribue ! commanda Dare. J'ai deux ou trois mots à dire à Ian.

Ian leva les yeux au ciel.

Plus âgé de quelques mois que Jared, Dare se sentait, lui, responsable de tous ses cousins. Et c'était parfois assommant !

— S'il s'agit de Brooke, tu n'as rien à me dire ! protesta-t-il avant de porter son verre à ses lèvres.

— Bien sûr que si ! Allons dans une pièce tranquille.

Se rendant compte qu'il ne pourrait de toute façon pas échapper au sermon de son cousin, Ian le conduisit dans le petit bureau de son appartement, où il lui offrit un siège qu'il refusa.

Les poings sur les hanches, Dare le fixait d'un œil totalement dépourvu d'aménité.

— Dis ce que tu as à dire, et qu'on en finisse ! lança Ian en posant son verre.

Dare se pencha vers lui, le doigt pointé vers sa poitrine.

— Tu passes pour un homme très intelligent, Ian. Eh bien, ce que tu fais ne l'est guère !

Ian esquissa un sourire. Dare avait parfaitement le droit de penser ce qu'il voulait.

— Pourquoi ? Parce que je refuse de laisser une femme me briser le cœur une deuxième fois ?

— Plutôt parce que tu refuses encore une fois de la laisser veiller sur ton intérêt ! Mais tu es trop aveugle pour t'en rendre compte. Je sais ce qui t'a mis en colère contre elle. Je sais aussi ce qu'elle t'aurait dit, si tu lui avais laissé une chance de s'expliquer. Elle t'aurait simplement appris que, si elle n'avait pas accepté cette mission, ils auraient envoyé à sa place un agent fédéral pistonné et prêt à tout pour obtenir de l'avancement. Et, malgré la manière dont tu l'as traitée il y a quatre ans, elle est venue parce qu'elle te faisait confiance. Elle savait que ton entreprise était parfaitement honnête.

Ian prit un air détaché et se cala confortablement dans son fauteuil.

— C'est elle qui t'a dit tout ça ?

— Non. C'est Vance.

Ian se redressa soudain.

— Vance ? Comment diable peut-il être au courant ?

— Par ses relations avec le FBI. Comme il ne l'a pas crue lorsqu'elle lui a dit qu'elle était ici en vacances, il s'est renseigné. Et s'il ne t'a pas mis au courant de ses soupçons, c'est parce qu'il ne considérait pas que Brooke constitue une menace. Surtout depuis qu'elle lui avait dit — je cite — « Quoi que vous puissiez en penser, je fais absolument confiance à Ian ».

Comme Ian gardait le silence, Dare poursuivit :

— Je ne connais pas beaucoup d'hommes pouvant compter sur une telle loyauté de la part d'une femme !

Puis, sans attendre de réponse, il tourna les talons et sortit de la pièce.

Ian demeura longtemps immobile, songeur. Puis il se leva et se mit à arpenter son bureau en long et en large tandis que défilaient dans son esprit tous les moments qu'il avait passés avec Brooke depuis son arrivée au Rolling Cascade.

Dare avait raison. Elle était venue pour le protéger.

Il se passa la main sur le visage. Pourquoi diable l'amour était-il si compliqué ? Et pourquoi fallait-il que ses émotions dominent si souvent son bon sens dès qu'il s'agissait de Brooke ?

Serait-ce parce qu'il l'aimait ?

Oui. En grande partie. Essentiellement parce qu'il l'aimait !

Au plus profond de lui-même, il sentait bien qu'il avait encore une petite réticence à lui offrir son cœur. Mais il vaincrait cette réticence. Il savait ce qu'il lui fallait faire pour cela : ravaler son orgueil et capituler entièrement. Sans condition.

Un besoin impérieux de voir Brooke s'empara de lui, et il se dirigea vers la porte.

À cet instant, son téléphone portable sonna. Il s'arrêta pour répondre.

— Oui ?

— C'est Vance. On dirait qu'elles vont passer à l'action plus tôt que prévu.

Ian comprit à demi-mot de quoi parlait son chef de la sécurité.

— Tout est bien en place ?

— Au millimètre près. Le film va commencer. Je vous ai réservé un fauteuil au premier rang.

— J'arrive !

Il se hâta de sortir du bureau et interpella Dare du regard.

— Viens avec moi, lui dit-il, ce n'est plus le moment de jouer au poker ! Si mes renseignements sont exacts, les triplées sont sur le point d'entamer leur dernier show.

10

À peine Ian et Dare étaient-ils entrés dans la salle de surveillance que le regard de Ian se porta sur Brooke. Il avait tellement envie de la rejoindre, de lui demander pardon, de lui dire qu'il l'aimait plus que tout au monde ! Mais ce n'était ni le moment ni le lieu.

Tout de même, il était incapable de la quitter des yeux. Il était à peine 11 heures du soir, mais elle avait l'air endormi d'une femme que l'on a réveillée en plein sommeil. Cependant, il ne doutait pas que les événements imminents ne tarderaient pas à lui rendre toute sa vivacité d'esprit.

Sentant qu'il finirait par traverser la salle pour aller l'embrasser s'il continuait à la fixer ainsi, il se tourna vers Vance.

— Où en sont-elles ?

Vance eut un petit rire.

— Elles ont fait exactement ce que nous avions prévu, répondit-il. Elles ont placé les moniteurs en mode différé, afin que mes hommes voient actuellement ce qui s'est passé il y a trois heures. Évidemment, à leur insu, nous avions disposé d'autres caméras vidéo, et nous pouvons tout de même voir ce qu'elles font en direct. Jetez donc un coup d'œil !

Ian s'approcha du moniteur. Il vit deux silhouettes vêtues de noir se diriger furtivement vers la chambre forte.

— Où est la troisième femme ? Et le type ?

— Dans le casino, répondit Brooke.

Ian ne manqua pas de remarquer qu'elle évitait soigneusement de le regarder. Elle désigna un autre moniteur qui cadrait le couple.

— Ils établissent un alibi, expliqua-t-elle. Depuis une heure, ils vont de table en table, jouent au vingt et un, au poker, devisent avec les employés du casino… Bref, ils font tout leur possible pour se faire voir. Comment pourraient-ils se trouver en même temps dans la chambre forte ?

Dare fronça les sourcils.

— Évidemment, dit-il, personne n'est censé connaître l'existence des deux autres triplées.

Ian hocha la tête. Si Brooke n'avait pas trouvé suspect le comportement de cette femme, le quatuor aurait parfaitement réussi son coup !

Incapable de se contenir plus longtemps, il s'approcha d'elle, et, l'ayant rejointe, il l'entendit prendre une profonde inspiration. Cependant, ce fut à Vance qu'il s'adressa.

— Sait-on pourquoi nous avons si peu de renseignements sur les deux autres triplées ? lui demanda-t-il.

— Oui. Il semble qu'elles aient été séparées dès leur naissance. Elles se seraient retrouvées à l'université et n'ont jamais fait parler d'elles.

Vance secoua la tête avant de poursuivre :

— À mon avis, elles font ça pour s'amuser. Cela fait quatre ans qu'elles défient les autorités avec succès, et leur audace augmente de jour en jour. Elles se croient invulnérables.

Ses yeux pétillèrent de malice.

— C'est pour cela qu'elles se sont attaquées à moi ! ajouta-t-il.

Tout le monde reporta alors son attention sur le moniteur qui cadrait les deux femmes en noir.

— Naturellement, elles ont réussi à neutraliser en professionnelles les systèmes d'alarme, dit Brooke. Ce qu'elles ignorent, c'est qu'elles déclencheront automatiquement un mécanisme qui les enfermera dans la chambre forte dès qu'elles en auront franchi la porte !

Ian décida de s'éloigner de la jeune femme. Son parfum faisait des ravages sur son système nerveux, et il se sentait excité au plus haut degré. Il se rapprocha de Dare qui ne quittait pas le moniteur des yeux. Cependant, tout comme ce n'était ni le moment ni le lieu d'embrasser Brooke, ce n'était pas non plus celui de remercier son cousin de lui avoir fait prendre conscience de cette évidence : en la personne de Brooke, il avait déniché un trésor !

Brooke désigna la femme blonde qui devisait aimablement en compagnie de son mari avec une employée du casino.

— Vous voyez le bracelet-montre qu'elle porte au poignet droit ? J'ai l'intuition qu'il lui permet de communiquer avec ses deux sœurs qui opèrent dans la chambre forte. Si quelque chose va de travers, elle le saura tout de suite.

— Ne vous inquiétez pas, dit Vance, mes gens s'attendent à ce qu'elle et son mari essayent d'intervenir. En fait, c'est avec l'une de mes collaboratrices qu'elle bavarde. Ce soir, Nadia se fait passer pour une employée du casino.

Ian secoua la tête.

— Chapeau, Vance, tu as vraiment pensé à tout !

— Je suppose que c'est pour ça que vous me payez si bien, répliqua Vance en riant.

À cet instant, chacun retint son souffle.

Les deux femmes en noir s'apprêtaient à pénétrer dans la chambre forte. Dès qu'elles furent à l'intérieur, la porte se referma derrière elles. Et, comme Brooke l'avait prévu, tous virent sur l'autre moniteur la femme blonde donner immédiatement des signes de panique. De toute évidence, ses sœurs lui avaient envoyé un signal de détresse. Ils la virent murmurer quelque chose à l'oreille de son mari, puis tous deux se lancèrent au pas de course vers la sortie.

Ils n'eurent que le temps de faire deux ou trois pas avant qu'une quinzaine d'agents de sécurité ne les encerclent.

Vance afficha un large sourire.

— Et maintenant, dit-il, il ne nous reste plus qu'à nous occuper des deux autres.

Deux heures plus tard, le bureau de Ian était envahi d'agents du FBI et de journalistes. Tout le monde voulait savoir comment son service de sécurité avait pu réussir là où tant de policiers avaient échoué.

— Nous avons bénéficié de l'aide d'un agent du FBI venu passer par hasard ses vacances dans ma station, dit-il dans le micro qu'on lui tendait. Cet agent nous a signalé le comportement bizarre de l'une de ces femmes. S'il avait négligé de le faire, nous aurions tous été mis devant le fait accompli. Je suis sûr que le prince Yasir lui en sera des plus reconnaissants !

Ian parcourut l'assemblée des yeux, mais n'aperçut Brooke nulle part. Sans doute était-elle allée se détendre.

— Je dois également remercier mon cousin, le shérif Dare Westmoreland, qui me rendait visite. Il nous a aidés à monter le piège que nous avons tendu au gang Waterloo.

Puis, jetant un coup d'œil à Vance, il sourit plus largement encore.

— Et, bien sûr, je n'oublie pas l'équipe de sécurité du Rolling Cascade, qui a préparé ce piège dans ses moindres détails et veillé à ce qu'il soit sans faille. Tout a été filmé, les bandes seront transmises à la section locale du FBI.

Il regarda sa montre. Il était presque 2 heures du matin. Plus que tout, il voulait retrouver Brooke, lui parler, la supplier de lui pardonner, l'embrasser, lui faire l'amour…

— Si vous avez d'autres questions, dit-il, je vous prie de vous adresser à Vance Parker, mon directeur de la sécurité. J'ai une affaire urgente à régler.

Il s'engouffra dans l'ascenseur. Une fois parvenu dans la grande salle du casino, il poussa un soupir de soulagement en apercevant Tara et Thorn.

Tara ne lui laissa même pas le temps de lui demander s'ils avaient vu Brooke.

— C'est vrai que ton service de sécurité a arrêté un gang de voleurs de bijoux ? Les gens ne parlent que de cela devant les machines à sous !

— Oui, c'est vrai. Avec l'aide de Brooke et de Dare. Au fait, ajouta-t-il en parcourant anxieusement la foule du regard, l'un de vous a-t-il vu Brooke ?

Le sourire de Tara s'estompa.

— Oui, répondit-elle en fronçant les sourcils, je l'ai vue il y a quelques instants. Elle partait.

Ian jeta un coup d'œil en direction des ascenseurs les plus proches.

— Elle retournait dans sa villa ? demanda-t-il.

— Non. Elle quittait le casino.

Le front plissé, il tourna vivement la tête vers Tara.

— Qu'est-ce que tu veux dire par « quitter le casino » ? s'écria-t-il.

— Rien d'autre que ce que j'ai dit. Elle s'est excusée de ne pouvoir rester pour la fête d'anniversaire de Delaney. En raison des circonstances, elle pensait préférable de s'en aller tout de suite. Là-dessus, elle est partie au volant de sa voiture de location.

Ian poussa un terrible juron et se massa la nuque, soudain terriblement tendue.

— T'a-t-elle dit où elle allait ?

Tara mit les mains sur les hanches et lui lança un regard des plus noirs.

— Peut-être. Mais pourquoi te le dirais-je ? Tu as déjà eu ta chance avec elle, Ian Westmoreland. Deux fois !

Ian se tourna vers Thorn, espérant qu'il le soutiendrait. Malheureusement, son cousin se mit à rire, avant de répliquer :

— Hé, ne me regarde pas de cet air implorant ! Je n'y suis pour rien, moi !

Ian secoua la tête. De toute évidence, tous deux défendaient Brooke comme si elle était une Westmoreland. Cela lui convenait parfaitement, puisqu'il entendait justement en faire une Westmoreland... Mais, pour cela, il fallait d'abord la retrouver, et donc convaincre Tara qu'il était digne de son amour !

— O.K., Tara, dit-il, j'ai agi comme un idiot. Je lui dois mille excuses.

Tara leva les yeux au ciel et se croisa les bras sur la poitrine.

— Tu crois vraiment que tu ne lui dois que ça ?

Il tenta de se calmer en inspirant profondément.

— Quelle idée as-tu derrière la tête ?

— Un énorme diamant ferait peut-être l'affaire, répondit-elle.

Il faillit répliquer vertement, mais se retint : personne ne serait assez fou pour risquer de se mettre Thorn à dos ! Même si le mariage avait, de toute évidence, fortement adouci son caractère...

— Aucun problème, dit-il. De toute façon, elle mérite bien plus que cela.

Tara scruta quelques instants son visage avant de demander :

— Est-ce que tu l'aimes ?

Ian n'hésita pas un instant.

— Oui, oui ! Plus que la vie elle-même. Tout ce que j'espère, c'est qu'elle me pardonnera d'avoir été aussi stupide !

Tara haussa les épaules.

— Je l'espère, moi aussi. Elle avait l'air si triste en partant, tout à l'heure… Rien de ce que j'ai dit n'a pu la convaincre de rester.

Ian hocha la tête. Puis, jugeant qu'il pouvait de nouveau tenter sa chance, il demanda :

— Où est-elle allée ?

Tara le considéra longuement avant de répondre.

— À Reno, dit-elle enfin. Elle n'a pas trouvé d'avion ce soir. Elle va passer la nuit à l'hôtel en attendant le prochain départ demain.

— Et tu connais le nom de l'hôtel ? s'écria-t-il, saisi de panique.

Tara prit tout son temps pour répondre.

— Le Hilton.

Muni de ce précieux renseignement, il se précipita vers la sortie.

— Mais si, Malcolm, je vais bien ! dit Brooke en se mordant la lèvre inférieure pour s'empêcher de pleurer. Non, je ne suis pas au casino, je suis dans un hôtel à Reno, ajouta-t-elle. Je rentre demain par avion.

Quelques instants plus tard, elle poursuivit :

— C'est une longue histoire, Malcolm, et je n'ai pas envie d'entrer dans les détails ce soir. Je te rappellerai quand je serai de retour.

Elle raccrocha. Malcolm lui avait dit que tous ses collègues fêtaient la capture du gang Waterloo. Le directeur voulait la rencontrer pour lui exprimer solennellement ses remerciements. Une seule personne ne partageait pas la liesse générale : Walter Thurgood. Selon Malcolm, celui-ci écumait littéralement de rage d'avoir laissé échapper une si belle occasion de se mettre en valeur. Mais Dare, Vance et elle-même l'avaient plutôt bien remplacé ! Sans oublier Ian…

Ian.

Au seul souvenir de son nom, Brooke sentit une vive douleur lui déchirer de nouveau la poitrine. Elle avait eu l'impression qu'il ne l'avait pas quittée des yeux de la soirée. Et, chaque fois qu'elle se souvenait de tout le mal qu'il pensait d'elle, son cœur se brisait encore davantage. Comme elle avait essayé de l'expliquer à Tara, elle ne pouvait pas rester au Rolling Cascade une seconde de plus en sachant que Ian la tenait en si piètre estime.

Elle sursauta en entendant frapper à sa porte. Qui pouvait bien lui rendre visite à 3 heures du matin ?

— Oui ?

— Brooke, c'est Ian.

Elle sentit son cœur battre la chamade. Ian ! Que faisait-il à Reno ? L'avait-il suivie jusque-là pour lui dire une fois de plus qu'il ne lui faisait pas confiance ? Eh bien, elle lui répéterait qu'elle n'avait rien à se reprocher. Et, surtout, elle lui ferait savoir que, désormais, elle ne tolérerait plus son attitude !

Elle ouvrit la porte d'un geste plein de colère.

— Qu'est-ce que tu fais...

Elle ne put achever sa phrase. Un énorme bouquet de roses blanches faisait écran entre Ian et elle. Puis le visage de Ian apparut progressivement derrière le bouquet, et il lui tendit une rose unique. Rouge.

— Je suis venu te demander mille pardons, ma chérie. Puis-je entrer ?

Il fallut plus d'une minute à Brooke pour recouvrer le rythme normal de sa respiration. Cependant, elle s'écarta d'un pas et se sentit vibrer comme un instrument de musique lorsque son visiteur passa devant elle. Elle ferma la porte et se retourna.

Ian avait l'air aussi fatigué qu'elle, mais, même ainsi, il lui semblait merveilleusement parfait.

— Les journalistes sont déjà partis ? demanda-t-elle au hasard.

— Non, mais je les ai laissés entre les mains de Vance.

Elle hocha la tête.

— Je t'offrirais bien quelque chose à boire, mais...

— Aucune importance. J'ai beaucoup de choses à te dire, Brooke. Je ne sais pas par quoi commencer... Je suis désolé de t'avoir jugée si hâtivement. Je te demande pardon de ne pas t'avoir fait confiance, de n'avoir pas cru en toi. Ma seule excuse — en réalité ce n'en est pas une —, c'est que je t'aime tant. J'avais peur de t'aimer avec une telle intensité. J'ai tellement souffert, la dernière fois...

— Et tu crois que je n'ai pas souffert autant que toi ? demanda-t-elle d'une voix calme. Il ne s'agissait pas que de toi, il s'agissait de nous. Je t'aimais assez pour tout risquer afin de te protéger. Et, au fil des années, rien n'a changé. Si je ne t'avais pas aimé autant qu'il y a quatre ans, j'aurais laissé la place à un agent du FBI arriviste et sans scrupule qui t'aurait sans doute faussement accusé.

Elle prit une profonde inspiration avant de poursuivre :

— Pendant ces dix jours, je n'ai pas travesti mes sentiments, Ian. J'ai été entièrement sincère. Je ne me suis pas servie de toi pour collecter des informations. À la seule idée que c'est ce que tu crois, je...

Ian s'approcha d'elle et lui prit le visage entre ses mains.

— Chérie, je confesse que j'ai eu tort. J'ai été si stupide ! Mais je suis venu te supplier de me donner — de nous donner — une autre chance. Ma vie n'est rien sans toi, je m'en suis rendu compte au cours de ces quatre années. Je t'aime, Brooke. J'ai confiance en toi. J'ai commis une énorme bévue, une bêtise que je veux passer le reste de ma vie à racheter. Je t'en prie, dis que tu me pardonnes et que tu m'aimes encore !

Lui prenant les deux mains, elle plongea ses yeux dans les siens.

— Je t'aime, Ian, et je te pardonne.

Un intense soulagement envahit Ian. Venir retrouver Brooke à Reno avait été le coup de poker de la dernière chance, et cela avait marché.

Il se pencha sur le visage aimé et s'empara de ses lèvres. Il l'embrassa longuement, profondément, voracement, avide de se relier de nouveau à elle, d'avoir la preuve qu'elle lui donnait — qu'elle *leur* donnait — une deuxième chance.

Lorsqu'elle enroula les bras autour de ses épaules, il la serra contre lui avec emportement. Il avait tant besoin de la toucher, de la goûter, de lui faire l'amour, de tout recommencer avec elle, de s'unir à elle pour l'éternité... Comment lui faire comprendre tout ce qu'elle représentait pour lui et à quel point il l'aimait ?

Il la porta jusqu'au lit et l'y déposa. Couvrant de baisers son cou et ses épaules, il entreprit de la déshabiller. Lorsqu'il eut achevé cette tâche, il s'écarta du lit et la contempla, imprégnant tout son être de cette vision adorée.

Puis, s'étant déshabillé à son tour, il la prit de nouveau dans ses bras.

— Je t'aime, Brooke. J'ai constaté à quel point en passant ces deux dernières semaines avec toi. J'ai compris que nous étions faits pour vivre ensemble.

— Moi aussi, je t'aime ! murmura-t-elle, tandis qu'elle pressait contre lui son corps frémissant.

Alors, il mit en acte toutes les paroles qu'il venait de prononcer.

L'amour le poussa à goûter avidement chaque centimètre de son corps, à la sentir gémir et se tortiller sous lui... Puis, comprenant qu'elle n'en pouvait plus de l'attendre, il entra en elle, les unissant en un seul corps.

— Je t'aime, Brooke.

Il commença à bouger en elle fortement, puissamment, la conduisant vers un orgasme si impétueux qu'il craignit d'être englouti.

Déployant ensuite une technique et une passion inégalées, il lui fit l'amour longuement, attisant le feu de ses désirs jusqu'au plus haut degré d'intensité. Il prit son temps, désireux de lui faire sentir toute la dévotion qu'il lui portait. Il voulait lui donner la preuve qu'il ne désirait et ne désirerait jamais d'autre femme, qu'il ne pouvait aimer et n'aimerait jamais qu'elle seule.

Ensemble, ils furent catapultés dans un autre monde. Il gémit en atteignant son apogée, qu'elle reçut avec un long tressaillement. Lorsqu'elle se cambra et resserra les jambes autour de lui, il sut qu'il lui appartiendrait éternellement.

Une fois redescendu sur terre, il la serra dans ses bras, éprouvant le besoin de la sentir contre lui, et ferma brièvement les yeux. C'était vraiment le paradis !

Cependant, il avait encore une chose à faire pour que rien ne manque plus à son bonheur.

S'écartant légèrement de la femme qu'il aimait, il plongea les yeux dans son regard profond comme la mer.

— Veux-tu m'épouser, Brooke ? Veux-tu unir ta vie à la mienne pour l'éternité ?

Il vit ses yeux s'embuer de larmes et ses lèvres trembler.

— Oui, je veux t'épouser.

Se sentant l'homme le plus heureux du monde, il blottit son visage au creux de son épaule.

— Viens, mon amour, dit-il avec un large sourire.

De nouveau, il la prit dans ses bras, bien décidé à faire l'amour jusqu'à l'aube à cette femme si précieuse.

Jusqu'à l'aube et même bien après...

Épilogue

La fête d'anniversaire de Delaney fut une parfaite réussite.

Peu après l'entrée de l'héroïne du jour, la salle de bal jusque-là plongée dans l'obscurité s'était tout à coup illuminée, et la jeune femme s'était soudain trouvée entourée de tous les membres de sa famille et de ses amis, sans oublier le ministre des Affaires étrangères. Elle n'avait alors pu retenir ses larmes.

Le visage rayonnant de bonheur, elle s'était tournée vers son mari et, en guise de remerciements, avait gratifié le prince Jamal Ari Yasir d'un baiser que tous avaient jugé suprêmement passionné, à la hauteur des diamants que Sa Majesté allait lui offrir.

Brooke avait toujours trouvé le prince Jamal d'une rare beauté, et, ce soir-là, revêtu de son costume traditionnel de cheikh, il était plus éblouissant que jamais. De toute évidence, il était profondément amoureux de son épouse, et toutes les femmes enviaient Delaney — surtout lorsque Jamal lui offrit le coffret de diamants.

Toutes, sauf une.

Avec un large sourire, Brooke regarda l'homme merveilleusement beau qui se trouvait à côté d'elle.

Bien sûr, dès qu'ils les avaient vus ensemble, les membres de la famille de Ian les avaient harcelés de questions. Et, loin de leur répondre de façon évasive comme ils étaient d'abord convenus de le faire, tous deux avaient déclaré avec la plus grande joie et la plus grande sincérité du monde que, oui, ils étaient de nouveau ensemble, et qu'ils se marieraient en juin ici même, au Rolling Cascade.

Cette nouvelle avait excité tout le monde, et personne davantage que la mère de Ian. Elle l'avait longuement serrée dans ses bras.

— Je savais bien qu'il finirait par recouvrer la raison, lui avait-elle murmuré à l'oreille. Bienvenue dans la famille, ma chérie.

À propos de famille, Brooke avait enfin fait la connaissance des triplés d'oncle Corey. Elle trouvait Clint et Cole extrêmement beaux, de purs Westmoreland. Quant à Casey, sa beauté très personnelle ne cessait d'attirer l'attention des hommes.

Elle fit également la connaissance de toutes les nouvelles épouses Westmoreland : les sœurs Clairborne, Jessica et Savannah, épouses de Chase et de Durango. Jayla, l'épouse de Storm, et Madison, celle de Stone. Oncle Corey la gratifia d'une vigoureuse accolade avant de lui présenter sa nouvelle épouse, Abby, qui se trouvait être la mère de Madison. Quel bel esprit de famille, et comme elle était heureuse de faire bientôt partie de leur communauté familiale !

Après la fête, Ian l'entraîna sur la terrasse en plein ciel. Là, il mit un genou à terre et lui offrit une magnifique bague de fiançailles en lui demandant de nouveau d'être sa femme.

Des larmes coulèrent sur les joues de Brooke tandis que Ian lui passait la bague au doigt sous la bénédiction de la lune et des étoiles.

— Je veux t'embrasser sous une étoile filante, murmura-t-il avant de lui couvrir le visage de baisers.

— Tu crois que nous pourrons assumer une passion aussi dévorante ? demanda-t-elle en souriant.

— Bien sûr que oui ! Ensemble, nous pouvons tout assumer.

Et, lorsqu'il l'embrassa de nouveau, elle le crut absolument. Étant donné les épreuves qu'ils avaient déjà surmontées, oui, ils seraient capables de tout assumer !